Kurtlar İmparatorluğu

KURTLAR İMPARATORLUĞU

Orijinal adı: *L'Empire des Loups*
© Éditions Albin Michel S.A., Paris, 2003
Yazan: Jean-Christophe Grangé
Fransızca aslından çeviren: Şevket Deniz

Türkçe yayın hakları: © Doğan Kitapçılık AŞ
1. baskı / temmuz 2003
24. baskı / haziran 2004 / ISBN 975-293-124-3
Bu kitabın 24. baskısı 2 000 adet yapılmıştır.

Kitaba katkılarından dolayı **Hürriyet** gazetesine teşekkür ederiz.

Kapak ve kitap tasarımı: DPN Design
Baskı: Altan Matbaacılık / Yüzyıl Mahallesi
Matbaacılar Sitesi 222/A Bağcılar - İSTANBUL

Doğan Kitapçılık AŞ Hürriyet Medya Towers, 34544 Güneşli - İSTANBUL
Tel. (212) 677 06 20 - 677 07 39 Faks (212) 677 07 49
www.dogankitap.com.tr

Kurtlar İmparatorluğu

Jean-Christophe Grangé

Çeviren: Şevket Deniz

Priscilla'ya

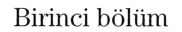

Birinci bölüm

– Kırmızı.

Anna Heymes gitgide kendini rahatsız hissediyordu. Deney en ufak bir tehlike içermiyordu, ama o anda beyninin içinin okunabilecek olması onu derinden etkiliyordu.

– Mavi.

Yarı karanlık bir odanın tam ortasına yerleştirilmiş inox bir masanın üzerine uzanmıştı, kafası, beyaz ve yuvarlak bir makinenin ortasındaki deliğin içine yerleştirilmişti. Yüzünün tam karşısında, başının üzerine hafif eğik bir konumda tespit edilmiş bir ayna vardı, aynanın üzerinde, bir projeksiyon makinesinden yansıyan küçük küçük kareler görülüyordu. Tek yapması gereken, aynanın üzerinde beliren renkleri yüksek sesle söylemekti.

– Sarı.

Sol koluna bağlı serum yavaş yavaş vücuduna akıyordu. Dr. Eric Ackermann ona, bunun radyoaktif bir izotop çözeltisi olduğunu, beynin içindeki kan akışının yerini saptamakta kullanıldığını açıklamıştı.

Farklı renkler birbiri ardına aynada beliriyordu. Yeşil. Turuncu. Pembe... Sonra ayna karardı.

Anna hareketsiz yatıyordu, sanki bir lahtin içindeymişçesine kolları vücudunun iki yanındaydı. Sol tarafında, birkaç metre uzakta, Eric Ackermann ile kocası Laurent'ın durduğu camlı kabininin su yeşili ışığını görüyordu. İki adamı, monitörlerin karşısında, nöronlarının aktivitesini dikkatle takip ederken hayal ediyordu. Kendini gözetlenmiş, yağmalanmış, özel hayatının tüm gizli yanlarına tecavüz edilmiş gibi hissediyordu.

Kulağına takılı küçük alıcıdan Ackermann'ın sesini duydu:

– Çok güzel Anna. Şimdi kareler hareket etmeye başlayacak.

Sen sadece onların hareket yönlerini belirleyeceksin. Her seferinde tek bir kelimeyle: sağ, sol, yukarı, aşağı...

Sonra geometrik şekiller yer değiştirmeye başladı, küçük balıklardan oluşan bir sürü gibi esnek ve akışkandı, alacalı, karışık renkli bir mozaiği andırıyordu. Anna kulağına bağlı mikrofona konuştu:

– Sağ.

Kareler, çerçevenin üst kenarına doğru yükseldi.

– Yukarı.

Bu uygulama birkaç dakika sürdü. Yavaş, tekdüze bir sesle konuşuyordu, kendini uyuşmuş hissediyordu; aynanın ısısı uyuşukluğunu daha da artırıyordu. Her an uykuya dalabilirdi, buna daha fazla engel olamazdı.

– Çok iyi, dedi Ackermann. Sana bu kez, farklı biçimlerde anlatılmış bir hikâye sunacağım. Bu versiyonları çok dikkatle dinle.

– Peki ne söylemem gerekiyor?

– Hiçbir şey. Sadece dinlemen yeterli.

Birkaç saniye sonra, kulaklıktan bir kadın sesi duyuldu. Yabancı bir dilde konuşuyordu; seslerin kulağa geliş düzenine bakılırsa, bir Asya ya da Doğu dili olabilirdi.

Kısa bir sessizlik oldu. Hikâye yeniden başladı, bu kez Fransızca olarak. Ama sözdizimi bozuktu: mastar halinde fiiller, uyumsuz tanımlıklar, uygulanmayan ulamalar.

Anna bu bozuk ve biçimsiz dili çözmeye çalıştı, ama hikâyenin başka bir versiyonu başlamıştı bile. Bu kez cümlelerin içinde anlamsız kelimeler dikkat çekiyordu... Bütün bunlar ne demek oluyordu? Birden derin bir sessizlik oldu, içinde bulunduğu silindir biraz daha karanlığa gömüldü.

Bir süre sonra, doktor yeniden konuştu:

– Bir sonraki test. Her ülke adından sonra, bana o ülkenin başkentini söyleyeceksin.

Anna, anladığına dair bir işaret yapmak istedi, ama ilk ülkenin ismi kulağında çınladı:

– İsveç.

Düşünmeden cevap verdi:

– Stockholm.

– Venezuela.

– Caracas.

– Yeni Zelanda.

– Auckland. Hayır! Wellington.

– Senegal.

– Dakar.

Her başkent en ufak bir zorlama olmadan, kolaylıkla aklına geliyordu. Cevapları refleks olarak ağzından çıkıyordu, ama sonuçtan memnundu; demek belleğini tamamen kaybetmemişti. Acaba Ackermann ile Laurent monitörlerde ne görüyordu? Beyninin hangi bölgeleri harekete geçiyordu?

– Son test, diye uyardı nörolog. Birazdan karşında, aynada bazı yüzler belirecek. Yüksek sesle kim olduklarını söyleyeceksin, mümkün olduğunca çabuk tabiî.

Bir yerlerde, basit bir uyarının bile –bir kelime, bir hareket, görsel bir ayrıntı– fobi mekanizmasını harekete geçirdiğini okumuştu; psikiyatrlar bunu, uyarı kaygısı olarak adlandırıyordu. Uyarı: terim kusursuzdu. Kendi durumuna gelince sadece "yüz" kelimesi bile kaygı duymasına yetiyordu. Birden boğulacak gibi oldu, midesi ağırlaştı, kolları ve bacakları uyuştu, yutkunmakta zorlanıyordu...

Aynada, siyah beyaz bir kadın portresi belirdi. Kıvırcık sarı saçlar, kalın dudaklar, dudağın üstünde ben. Çok kolay:

– Marilyn Monroe.

Bu fotoğrafın ardından bir gravür belirdi. Karamsar bakışlar, karemsi bir çene, dalgalı saçlar:

– Beethoven.

Yuvarlak, bir şekerleme kutusu gibi düz ve parlak bir surat, iki çekik göz.

– Mao Zedong.

Anna, bu yüzleri bu kadar çabuk tanımış olmaktan şaşkındı. Başka yüzler birbirini izledi: Michael Jackson, Mona Lisa, Albert Einstein... Bir büyülü fenerden yansıyan parlak görüntüleri seyrediyormuş gibi bir izlenime kapılmıştı. Tereddüt etmeden cevap veriyordu. Kaygısı ve heyecanı çoktan azalmış, hatta yok olmuştu.

Ama birden, aynada beliren bir portre onu güç duruma düşürdü; bu, kırklı yaşlarda, ama hâlâ genç görünen, fırlak gözlü bir adamdı. Sarı saçları ve kaşları, onun belli belirsiz yeniyetme havasını daha da güçlendiriyordu.

Bir elektrik dalgası gibi, içini bir korku kapladı; vücudu acıyla gerildi. Bu yüz hatları ona yabancı gelmiyordu, ama ne bir isim ne de bir anı çağrıştırıyordu. Belleği karanlık bir tüneldeydi. Bu yüzü daha önce nerede görmüştü? Bir aktör müydü? Ya da bir şarkıcı? Yoksa uzak bir tanıdık mı? Görüntü yerini başka bir resme bıraktı, yuvarlak gözlüklü bir portreye. Anna cevap verdi, ağzı kurumuştu:

– John Lennon.

Sonra aynaya Che Guevara'nın resmi yansıdı, Anna yalvaran bir sesle konuştu:

– Eric, dur.

Ama geçit töreni devam ediyordu. Van Gogh'un bir otoportresi, parlak ve canlı renkler. Anna mikrofonun sapını kavradı:

– Eric, lütfen.

Görüntü bu kez değişmedi. Anna, aynadan renklerin ve ısının tenine yansıdığını hissediyordu. Kısa bir sessizlikten sonra Ackermann sordu:

– Ne var? N'oldu?

– O adam, tanımadığım adam: kimdi o?

Eric cevap vermedi. David Bowie'nin biri başka, diğeri başka renkteki gözleri aynada titreşti. Anna hafifçe doğruldu ve bu kez daha güçlü bir sesle konuştu:

– Eric, sana bir soru sordum: kim-di-o?

Ayna karardı. Bir saniye sonra Anna'nın gözleri karanlığa alıştı. Dikdörtgen aynada kendi aksini gördü: soluk, kemikli. Bir ölü yüzü.

Sonunda, doktor, Anna'nın sorusunu cevapladı:

– O, Laurent'dı, Anna. Laurent Heymes, kocan.

2

– Ne kadar zamandır bu tür unutkanlıkların var?

Anna cevap vermedi. Öğlen olmuştu: sabahtan beri bir sürü teste tabi tutulmuştu. Radyografiler, scanner'lar, MR ve son olarak da yuvarlak makinedeki bu testler... Kendini yorgun, bitkin ve içi boşalmış hissediyordu. Ve bu ofis insanı daha da karamsar yapıyordu: dar bir odaydı, penceresiz, iyice aydınlatılmış bir oda, etrafta bir yığın dosya göze çarpıyordu, bazıları çelik dolaplara yerleştirilmişti, ama çoğu yerlerdeydi. Duvarlarda insan beyinlerini, saçları kazınmış, üzerinde delikler bulunan kafataslarını gösteren çizimler, resimler vardı. Bir nörolog için gerekli şeyler...

Eric Ackermann tekrar etti:

– Ne kadar zamandır, Anna?

– Bir aydan daha fazla.

– Tam olarak ne zaman? İlk seferi hatırlıyor musun, ha?

Elbette hatırlıyordu: böyle bir şeyi nasıl unutabilirdi?

– Geçtiğimiz 4 şubattı. Bir sabah. Banyodan çıkıyordum. Koridorda Laurant'la karşılaştım. Giyinmiş, büroya gitmek için çıkmak üzereydi. Bana gülümsedi. İrkildim: ne olduğunu anlamıyordum.

– Hiç mi?

– İlk anda hayır. Sonra yavaş yavaş her şey kafamda yerli yerine oturmaya başladı.

– O anda neler hissettiğini bana anlat, tam olarak.

Anna omzunu silkti, siyahlı kahverengili şalının altında yaptığı belli belirsiz bir hareketti bu.

– Tuhaf bir duyguydu, çok kısa sürdü. Sanki daha önce yaşanmış bir şeydi. Bu tedirginlik, şimşek gibi geldi geçti (parmaklarını şıklattı), sonra her şey normale döndü.

– O an ne düşündün?

– Çok yorgundum o günlerde, ona yordum.

Ackermann önündeki bloknota bir şeyler yazdı, sonra yeniden sordu:

– Laurent'a, o sabahtan söz ettin mi?

– Hayır. Bana fazla önemli gelmemişti.

– Peki ikinci kriz, o ne zaman oldu?

– Ertesi hafta. Art arda birkaç kez.

– Hep Laurent'ın önünde mi?

– Evet, hep.

– Ama bu krizlerin sonunda Laurent'ı hatırlıyordun, değil mi?

– Evet. Ama her kriz bana... Bilmiyorum... sanki biraz daha uzun geliyordu.

– O zaman Laurent'a bundan söz ettin mi?

– Hayır.

– Neden?

Anna bacak bacak üstüne attı, zayıf ellerini koyu renkli ipek eteğinin üzerine koydu; tüylerinin rengi solmuş iki kuşu andırıyordu.

– Ona bundan söz etmek, sorunu daha da büyütecek gibi geldi bana. Ve sonra...

Nörolog gözlerini önündeki bloknottan kaldırdı; kızıl sarı saçları gözlüklerinin camında yansıyordu.

– Ve sonra?

– İnsanın kocasına bunu söylemesi kolay bir şey değil. O...

Laurent'ın odada olduğunu hatırladı, arkasında ayakta duruyordu, sırtını çelik dolaba dayamıştı.

– Laurent benim için her geçen gün bir yabancı oluyordu.

Doktor, Anna'nın kaygılandığını fark etmişti; konuyu değiştirmeyi tercih etti:

– Bu tanıyamama, daha doğrusu hatırlayamama sorunu, başka yüzler için de oldu mu?

– Bazen, dedi Anna tereddütle. Ama çok nadir.

– Kimler mesela?

– Mahalledeki dükkân sahipleri. İşyerimde de başıma geldi. Bazı müşterileri hatırlayamıyordum, halbuki sürekli gördüğüm kişiler.

– Peki arkadaşların?

Anna belirsiz bir hareket yaptı:

– Arkadaşım yok.

– Ya ailen?

– Annem ve babam öldü. Güneybatıda sadece birkaç amca ile

kuzen var. Ama onları görmeye hiç gitmedim.

Ackermann hâlâ not alıyordu; yüz hatlarından tepkisi anlaşılmıyordu. Balmumundan bir heykel gibiydi.

Anna bu adamdan tiksiniyordu: Laurent'ın bir aile dostuydu. Bazen onlara akşam yemeğine gelirdi, ama her koşulda buz gibi soğukluğunu sürdürürdü. Şüphesiz, araştırmaları –beyin, beynin yapısı, insanın bellek sistemi– hakkında konuşulursa başka. İşte o zaman her şey değişirdi: öfkelenir, kendinden geçer, uzun kollarıyla havayı döverdi.

– Demek senin için en temel sorun Laurent'ın yüzü, öyle mi? diye sordu.

– Evet. Ama, aynı zamanda bana en yakın olan. En sık gördüğüm kişi o.

– Başka bellek bozuklukları da hissediyor musun?

Anna alt dudağını ısırdı. Bir kez daha tereddüt etti:

– Hayır.

– Zaman ve mekân içinde yönelme bozuklukları?

– Hayır.

– Konuşma bozuklukları?

– Hayır.

– Bazı hareketleri yapmakta zorlanıyor musun?

Anna cevap vermedi, sonra hafifçe gülümsedi:

– Alzheimer'den şüpheleniyorsun, değil mi?

– Teşhis koymaya çalışıyorum, hepsi bu.

Anna'nın da düşündüğü ilk hastalık bu olmuştu. Bilgi toplamış, tıp ansiklopedilerini karıştırmıştı: yüzleri tanıyamama, hatırlayamama Alzheimer hastalığının semptomlarından biriydi.

Ackermann, genellikle çocukları ikna etmekte kullanılan bir ses tonuyla ekledi:

– Kesinlikle Alzheimer olacak yaşta değilsin. Zaten ilk muayenelerden itibaren bunu biliyorum. Nörodejeneratif bir hastalığa yakalanmış bir beyin çok spesifik bir morfolojiye sahiptir. Ama, hastalığını tam olarak teşhis edebilmek için sana tüm bu soruları sormak zorundayım, anlıyor musun?

Anna'nın cevabını beklemedi ve son soruyu tekrar etti:

– Bazı hareketleri yapmakta zorlanıyor musun?

– Hayır.

– Uyku bozuklukları?

– Yok.

– Peki, nedenini bilemediğin bir uyuşukluk?

– Hayır.

– Migren.

– Asla.

Doktor bloknotunu kapattı ve ayağa kalktı. Her seferinde aynı şaşırtıcı görüntü. Yaklaşık 1,90 metre boyunda, 60 kg civarındaydı. Beyaz önlüğünü, sanki kuruması için üzerine asmışlar gibi sırtında taşıyan bir fasulye sırığını andırıyordu.

Kızıl saçlı, beyaz tenliydi; kötü kesilmiş dağınık saçları bal rengiydi; tüm vücudu gözkapaklarına kadar çillerle kaplıydı. Suratı köşeliydi, metal çerçeveli, ince camlı gözlükleri yüzünün bu köşeli görüntüsünü daha da belirgin kılıyordu.

Onun bu fizyonomisi zamanın yıpratıcı etkisine maruz kalmamış gibiydi. Laurent'dan daha yaşlıydı, ellili yaşlarda olmalıydı, ama çok daha genç gösteriyordu. Yüzündeki kırışıklıklar belli belirsizdi: keskin, sert, ifadesiz yüz hatları vardı. Sadece yanaklarındaki geçmişe ait sivilce izleri onun geçmişi ve yaşı hakkında bilgi veriyordu.

Doktor odanın içinde birkaç adım attı, konuşmuyordu. Saniyeler akıp gidiyordu. Anna fazla dayanamadı, sordu:

– Tamam, peki, neyim var benim?

Nörolog, cebindeki metal bir nesneyi şıngırdattı. Anahtar olmalıydı; ama daha çok bir söylevin başladığını bildiren zil sesini andırıyordu.

– Müsaade et, önce sana yaptığımız testleri izah edeyim.

– Çok iyi olur, evet.

– Kullandığımız makine bir pozitron kamerası. Uzmanlar ona "Petscan" diyor. Bu aygıt pozitron yayımlı tomografi tekniğine göre çalışıyor. Beynin gerçek zamanda etkinlik bölgelerini incelemeyi sağlıyor. Seninle bir tür genel revizyon gerçekleştirmek istedim. Beynin, yerleri çok iyi bilinen birçok önemli bölgesinin, görme, konuşma, bellek mesela, işleyişini incelemek gibi.

Anna, tabi tutulduğu farklı testleri düşündü. Renk kareleri; farklı biçimlerde anlatılan hikâye; ülke başkentlerinin isimleri. Anna bu testlerin hiçbirinde zorluk çekmemişti, Ackermann yeniden konuşmaya başladı:

– Konuşma, mesela. Her şey alın lobunda, işitme, sözcük dağarcığı, sözdizimi, anlatma, düzgün ifade gibi altsistemlere ayrılan bir bölgede gerçekleşir... (Parmağıyla kafasına dokunuyordu.) Bu bölgelerin ortak çalışması sözcükleri anlamamızı ve kullanmamızı sağlar. Biraz önceki küçük hikâyem sayesinde, kafadaki bu sistemlerin her birini harekete geçirdim.

Doktor küçücük odanın içinde bir aşağı bir yukarı yürümeyi

sürdürüyordu. Duvarlardaki resimler doktor adım attıkça bir görünüyor bir kayboluyordu. Tuhaf bir resim Anna'nın dikkatini çekti, bu, büyük ağızlı, iri elli bir maymunun renkli resmiydi. Neonlardan yayılan ısıya rağmen sırtı buz gibiydi.

– O halde? dedi Anna, iç çekerek.

Ackermann, güven vermek isteyen bir hareketle ellerini iki yana açtı:

– Evet, her şey yolunda. Konuşma. Görme. Bellek. Her bölgenin faaliyeti gayet normal.

– Laurent'ın portresinin gösterildiği anın dışında.

Ackermann masasına doğru eğildi ve bilgisayar ekranını çevirdi. Ekranda, bir beynin dijital görüntüsü vardı. Parlak yeşil renkli, profilden bir kesitti; iç kısmı ise simsiyahtı.

– Laurent'ın fotoğrafını gördüğün anda, beynin. Hiçbir tepki yok. Hiçbir bağlantı yok. Düz, sade bir resim.

– Bunun anlamı ne?

Nörolog doğruldu ve ellerini yeniden ceplerine soktu. Yapmacık, abartılı bir tavırla göğsünü şişirdi: kararın açıklanacağı büyük an, bu olmalıydı.

– Beyninde bir lezyon olduğunu düşünüyorum.

– Lezyon mu?

– Özellikle yüzleri tanıma, hatırlama bölgesini etkileyen bir lezyon.

Anna şaşkındı:

– Yüzleri... yüzleri tanıma bölgesi de mi var?

– Evet. Beynin sağ yarımküresinde, artbeyinde, şakak lobunun karıncık bölümünde yer alan ve sadece bu işlevi yerine getirmekle görevli bir nöron sistemi bu. 50'li yıllarda keşfedildi. Bu bölgedeki damarları hasara uğramış kişiler yüzleri tanıyamıyor, hatırlayamıyordu. O tarihten beri, Petscan sayesinde, çok daha kesin bir şekilde lezyonun yerini saptıyoruz. Mesela bu bölgenin, gece kulüplerinin ve kumarhanelerin giriş kapılarında duran "body guard"larda çok daha gelişmiş olduğu biliniyor.

– Ama bana gösterdiğin yüzlerin çoğunu tanıyorum, diye atıldı Anna. Test sırasında, bütün portreleri tanıdım...

– Evet, kocanın resmi dışında, bütün portreleri. Ve bu da önemli bir belirti.

Ackermann iki elinin işaretparmaklarını dudaklarında birleştirdi, düşünen adam görüntüsü vermek ister gibiydi. Duygusuz ve soğuk olmadığında, yapmacık ve tumturaklı davranışlarda bulunuyordu.

– İki tip belleğimiz vardır. Biri okulda öğrendiklerimizle oluşan bellek, diğeri özel hayatımızda öğrendiklerimizi içeren bellek. Bu iki bellek beyinde aynı yolu izlemiyor. Yüzlerin anlık analizleri ile kişisel hatıralarından yola çıkarak onların mukayesesi arasında bir bağlantı kurmada zorluk çektiğini düşünüyorum. Bir lezyon bu sistemin normal çalışmasını engelliyor. Einstein'ı tanıyabilirsin, ama senin özel arşivinde yer alan Laurent'ı tanıyamıyorsun.

– Peki... Peki bu tedavi edilebilir mi?

– Tamamen. Bu işlevi beynin daha sağlıklı bir bölgesine taşıyarak. İşte bu da, beyin denilen organın avantajlarından biri: yeniden biçim verilebilir olma özelliği. Bu nedenle bir yeniden eğitim programına tabi tutulman gerekiyor; bir tür zihin egzersizi, düzenli alıştırmalar, uygun ilaçlarla desteklenecek elbette.

Nöroloğun ciddi ses tonu bu iyi haberle bağdaşmıyordu.

– Peki sorun ne? diye sordu Anna.

– Lezyonun nedeni. İşte burada durum değişiyor, bunu itiraf etmek zorundayım. Herhangi bir tümör belirtisi, nörolojik bir anomali yok. Beynin bu bölgesindeki kan dolaşımını etkileyecek bir kafa travması geçirmedin, beyin damarlarında da bir arıza yok. (Dilini şaklattı.) Teşhis koyabilmek için yeni ve daha ileri tetkiklerin yapılması lazım.

– Ne tür tetkikler?

Doktor yeniden masasına oturmuştu. Donuk gözleri Anna'ya sabitlendi:

– Biyopsi. Beyin korteksinden küçük bir doku parçası alma.

Anna birkaç saniye boyunca, söyleneni anlamaya çalıştı, sonra yüzünü bir korku dalgası kapladı. Laurent'a doğru döndü, ama kocası onaylayan bir ifadeyle Ackermann'a bakıyordu. Korku yerini öfkeye bıraktı: kuşkusuz o ikisi suç ortağıydı. Kaderi çoktan belirlenmişti; belki de bu sabah kliniğe geldiği andan itibaren.

Kelimeler dudaklarının arasından titreyerek döküldü:

– Söz konusu bile olamaz.

Nörolog ilk kez gülümsedi. Anna'nın yüreğine su serpmek isteyen bir gülümsemeydi bu, ama çok yapmacıktı.

– Çekinmene, korkmana gerek yok. Stereotaksik biyopsi uygulayacağız. Basit bir sondayla...

– Kimse beynime dokunmayacak.

Anna ayağa kalktı ve şalına sarındı; altın varaklı karga kanatlarını andırıyordu. Laurent müdahale etti:

– Böyle kestirip atamazsın. Eric beni temin etti ki...

– Ondan yana mısın?

– Hepimiz senden yanayız, dedi Ackermann.

Anna, bu iki riyakârı daha iyi görebilmek için geriledi.

– Kimse beynime dokunmayacak, diye yineledi, kararlı bir ses tonuyla. Belleğimi tamamen yitirmeyi, hatta bu hastalık sonucunda gebermeyi tercih ederim.

Birden bağırdı, panik halindeydi:

– Asla, anlıyor musunuz?

3

Anna ıssız koridorda koştu, merdivenleri indi, sonra binanın girişinde aniden durdu. Soğuk rüzgârın damarlarındaki kanı harekete geçirdiğini hissetti. Güneş avluyu aydınlatıyordu. Gökyüzünde yaz mevsiminin berraklığı vardı, ancak hava soğuk, ağaçlar yapraksızdı.

Avlunun diğer tarafında, Nicolas, şoför, Anna'yı fark etti ve kapıyı açmak için arabadan fırladı. Anna başıyla beklemesini işaret etti. Titreyen elleriyle çantasından bir sigara çıkardı ve yaktı, sonra gırtlağına dolan yakıcı dumanı tadına vara vara ciğerlerine çekti.

Henri-Becquerel Enstitüsü, yer yer taflanla kaplı, birkaç ağacın bulunduğu bir iç avluyu çevreleyen dört katlı birçok binadan oluşuyordu. Binaların donuk, gri ve pembe renkli cephelerinde, sert ifadeli uyarı levhaları vardı: İZİNSİZ GİRMEK YASAKTIR; SADECE KLİNİK PERSONELİNE AİTTİR; DİKKAT TEHLİKE. Bu boktan hastanede, en önemsiz şey bile ona düşmanca geliyordu.

Sigarasından bir nefes daha çekti, ağız dolusu duman ciğerlerine indi; tütünün yakıcı tadı onu yatıştırmıştı, sanki tüm öfkesini sigaranın ucundaki bu küçücük kora boşaltmıştı. Gözlerini kapadı, kendini o berrak havanın kollarına bıraktı.

Arkasında ayak sesleri duydu.

Laurent, ona bakmadan çevresinden dolandı, avluyu geçti, sonra arabanın arka kapısını açtı. Parlak mokasen ayakkabılarıyla asfalta vurarak Anna'yı beklemeye başladı, yüzü asıktı. Anna Marlborosunu fırlattı ve arabanın yanına geldi. Deri arka koltuğa geçip oturdu. Laurent arabanın çevresini dolanıp, diğer kapıdan onun yanına yerleşti. Büyük bir sessizlik içinde gerçekleştirilen bu hareketin ardından şoför arabayı çalıştırdı, bir uzay gemisinin yavaşlığıyla park alanından çıktı.

Ana kapıdaki kırmızı-beyaz bariyerin önünde birkaç asker nöbet tutuyordu.

– Kimliğimi almam gerekiyor, dedi Laurent.

Anna ellerine bakıyordu: hâlâ titriyordu. Çantasından pudralığını çıkardı ve oval aynasından kendine baktı. Yüzünde izler görmekten korkuyordu, sanki ruhundaki bu altüst oluşun sebebi yüzüne almış olduğu bir yumruk darbesiydi. Ama hiçbir iz yoktu, aynı parlak ve pürüzsüz yüz, aynı kar rengi beyazlık, Kleopatra tarzı kesilmiş siyah saçlar, koyu mavi aynı çekik gözler; bir kedi tembelliğiyle gözlerini ağır ağır kapattı.

Anna, arabaya dönmekte olan Laurent'ı gördü. Rüzgârdan korunmak için öne doğru eğilmiş, siyah paltosunun yakalarını kaldırmıştı. Anna, bir anda tüm vücudunu sıcak bir dalganın sardığını hissetti. Arzu. Ona hâlâ hayrandı: kıvırcık sarı saçlarına, fırlak gözlerine, alnındaki kırışıklıklara... Laurent bir eliyle paltosunun eteklerinin rüzgârda uçuşmasına engel olmaya çalışıyordu. Bu, bir yüksek devlet görevlisinin gücüyle pek bağdaşmayan, ürkek ve temkinli çocuklara mahsus bir davranıştı. Tıpkı bir kokteyl ısmarladığında, istediği karışımı oluşturacak içki miktarlarını belirtirken olduğu gibi. Ya da üşüdüğünü veya rahatsızlığını göstermek için, omuzlarını kaldırırken, iki elini uyluklarının arasına sokarken olduğu gibi. İşte, onun bu kırılganlığıydı Anna'yı cezbeden; bu ürkeklik ve bu kırılganlık onun nüfuzuyla ve yetkileriyle çelişiyordu. Anna onda hâlâ sevecek bir yan buluyor muydu? Geçmişteki ortak anılarından hangilerini hatırlıyordu?

Laurent yeniden Anna'nın yanına oturdu. Bariyer kalktı. Geçerken Laurent, silahlı adamlara esaslı bir selam çaktı. Bu saygı dolu davranış Anna'yı yeniden kızdırdı. Tüm arzusu yok oldu. Sert bir tonda sordu:

– Bütün bu aynasızların sebebi ne?

– Askerler, diye düzeltti Laurent. Onlar asker.

Araba şehir trafiğine karıştı. Orsay'deki Général-Leclerc Meydanı, düzenli küçük bir meydandı. Bir kilise, belediye binası, bir çiçekçi: her bina birbirinden belirgin biçimde ayrıydı.

– Bu askerlerin sebebi ne? diye ısrarla soruyu yineledi Anna.

Laurent, isteksiz bir tonla, baştan savma bir cevap verdi:

– Oksijen-15 nedeniyle?

– Neyle?

Laurent, Anna'ya bakmıyor, parmaklarıyla arabanın camına vuruyordu.

– Oksijen-15. Test sırasında kanına enjekte edilen madde. Radyoaktif bir madde.

– Ne kadar hoş.

Laurent başını ona doğru çevirdi; güven telkin edici bir ifade takınmaya çalışıyor, ama gözbebeklerinden öfkesi okunuyordu.

– Hiçbir tehlikesi yok.

– Hiçbir tehlikesi olmadığı için bu kadar güvenlik var herhalde.

– Saçmalamayı bırak. Fransa'da nükleer madde kullanılan her operasyon CEA, yani Atom Enerjisi Komiserliği gözetiminde gerçekleştirilir. Ve CEA demek askerler demektir, hepsi bu. Eric orduyla işbirliği yapmak zorunda.

Anna alaylı bir biçimde güldü. Laurent'ın yüz hatları gerildi:

– Ne var? N'oldu?

– Hiç. Ama içinde, beyaz önlüklüden çok üniformalı dolaşan İle-de-France'daki tek hastaneyi bulman pek zor olmadı herhalde.

Laurent omzunu silkti ve dışarıyı seyre koyuldu. Araba çoktan otoyola çıkmış, Bièvre Vadisi'ne doğru yol alıyordu. Kızıl ve kahverengi ağaçların oluşturduğu karanlık ormanlar, tepeler, bayırlar göz alabildiğince uzanıyordu.

Gökyüzü yeniden bulutlanmıştı; uzakta beyaz bir ışık, puslu gökyüzünde kendine bir yol açmaya çalışıyordu. Ama bununla birlikte, güneş her an üzerlerinde yeniden parlayacak ve ışığı tüm çevreyi aydınlatacak gibiydi.

Laurent yeniden konuşmaya başladığında, yaklaşık on beş dakikadır yoldaydılar.

– Eric'e güvenmen gerekiyor.

– Kimse beynime el sürmeyecek.

– Eric ne yaptığını biliyor. O Avrupa'nın en iyi nörologlarından biri...

– Ve çocukluk arkadaşın. Bu bana en az bin kez söyledin.

– Eric'in gözetiminde olman senin için bir şans. Sen...

– Onun kobayı olmayacağım.

– Onun kobayı mı? (Hecelerin üstüne basa basa bir kez daha söyledi) O-nun-ko-ba-yı-mı? Kuzum sen neler söylüyorsun?

– Ackermann beni inceliyor. Onu ilgilendiren tek şey hastalığım, hepsi bu. O bir araştırmacı, bir doktor değil.

Laurent derin bir iç çekti:

– Gerçekten saçmalıyorsun. Doğrusu, sen...

– Kaçık mıyım? (Anna sevimsiz bir biçimde güldü, sesi gürültüyle inen bir demir kepenk gibiydi.) Bu yeni bir haber değil.

Bu iç karartıcı gülüş, kocasının öfkesini daha da artırdı:

– Ne yani? Hastalığının iyice ilerlemesini eli kolu bağlı bekleyecek misin?

– Kimse bana hastalığımın ilerleyeceğini söylemedi.

Laurent oturduğu yerde kıpırdandı.

– Bu doğru. Özür dilerim. Bu kez de ben saçmaladım.

Arabanın içine yeniden sessizlik hâkim oldu.

Dışarıdaki manzara, gitgide ıslak otların oluşturduğu ateş rengi bir görünüm alıyordu. Kızılımsı, hüzünlü, gri bir sis dumanıyla karışık bir manzara. Ufukta görünen ağaçlar önce belli belirsizdi, sonra, araba yaklaştıkça yırtıcı hayvanların kanlı tırnaklarını, özenle kazınmış gravürleri, siyah arabesk motifleri andırmaya başladı...

Zaman zaman, kırın ortasında bir mızrak gibi yükselen çan kulesiyle bir köy görünüyordu. Sonra, tertemiz, beyaz renkli bir su deposu cılız ışıkta titreşti. Paris'ten sadece birkaç kilometre uzakta olduklarına inanmak çok zordu.

Laurent sıkıntıyla şansını bir kez daha denedi:

– En azından birkaç yeni tetkik yapılmasına müsaade edeceğine dair bana söz ver. Biyopsi dışında tabiî. Sadece birkaç gününü alacak.

– Bakarız.

– Hep yanında olacağım. Gereken zamanı ayıracağım. Biz senin yanındayız, anlıyor musun?

"Biz" kelimesi Anna'yı rahatsız etmişti: Laurent, Ackermann'sız yapamıyordu. Zaten, artık bir eşten çok bir hastaydı.

Birden, Meudon Tepesi'nin en yüksek noktasına geldiklerinde, aşağıda Paris, bir ışık huzmesi içinde göründü. Sonsuz sayıda beyaz damlarıyla tüm şehir, kristal tepeleri, kırağı kümeleri, kar topaklarıyla dolu, buz tutmuş bir gölü andırıyordu, Défense semtindeki binalar kocaman aysbergler gibiydi. Tüm kent güneşin etkisiyle bir ışık selini andırıyordu.

Bu göz kamaştırıcı manzara derin bir sessizliğe gömülmelerine neden oldu; Sèvres Köprüsü'nü geçtiler, sonra Boulogne-Billancourt yönüne saptılar, hiç konuşmuyorlardı.

Saint-Cloud yakınlarında Laurent sordu:

– Seni eve mi bırakayım?

– Hayır. İşe.

– Bana bugün çalışmayacağımı söylemiştin.

Sesinde bir sitem vardı.

– Daha fazla yorulacağımı sanıyordum, diye yalan söyledi Anna. Ve Clothilde'i yalnız bırakmak istemiyorum. Cumartesileri, mağaza müşterilerin hücumuna uğruyor.

– Clothilde, mağaza... diye yineledi Laurent alaylı bir tonda.

– Yani?

– Bu iş, doğrusu... Sana uygun değil.

– Yani bana, demek istiyorsun.

Laurent cevap vermedi. Belki, Anna'nın son cümlesini işitmemişti. Arabanın önünde olanları görmek için kafasını uzattı; trafik tamamen durmuştu.

Sabırsız bir ses tonuyla, şoföre onları "buradan çıkarması"nı söyledi. Nicolas mesajı aldı ve torpido gözünden manyetik tepe lambasını çıkardı, arabanın üstüne yerleştirdi. Siren sesleri arasında, Peugeot 607 trafikten kurtuldu ve hızla uzaklaştı.

Nicolas ayağını gaz pedalından çekmiyordu. Parmakları ön koltuğun arkalığına kilitlenmiş Laurent direksiyonun her manevrasını, şoförün her hareketini izliyordu. Bütün dikkatini bir atari oyunu üzerine yoğunlaştırmış bir çocuğa benziyordu. Tüm diplomalarına, İçişleri Bakanlığı Araştırmalar ve Bilançolar Dairesi'ndeki müdürlük makamına rağmen Laurent'ın hâlâ sokakları, dış görevleri unutamamış olmasına Anna hep şaşırmıştı. "Zavallı aynasız" diye düşündü.

Porte Maillot'da, çevreyolundan ayrıldılar ve Ternes yoluna saptılar; şoför sireni kapattı. Anna yeniden kendi dünyasına dönüyordu. Faubourg-Saint-Honoré Sokağı ve pırıltılı vitrinleriyle dükkânları; Pleyel Salonu ve yüksek pencereleri; nadir bulunan çayları satın aldığı Mariage Kardeşler dükkânının maun kemerleri.

Anna arabanın kapısını açmadan önce, siren yüzünden yarım kalan sözlerine kaldığı yerden devam etti:

– Bu benim için sadece bir iş değil, bunu biliyorsun. Bu... bu benim dış dünyayla tek ilişki kurma biçimim. Evde uyuşuk bir şekilde oturamam.

Arabadan çıktı ve yeniden Laurent'a doğru eğildi:

– Bu iş, benim sığınağım, anlıyor musun?

Bakıştılar, bir göz kırpması kadar kısa sürmüştü, ama işte yeniden dosttular. Anna, aralarındaki ilişkiyi tanımlamak için hiçbir zaman "aşk" kelimesini kullanmamıştı. Arzunun, tutkuların, kızgınlıkların neden olduğu çalkantıların ötesinde bir ortaklık, bir paylaşmaydı. Sakin sular, evet, derinlerde birbirine karışan yer altı suları gibiydi ilişkileri. Kelimelerin arasından, dudakların arasından anlaşıyorlardı.

Birden Anna yeniden umutlandı. Laurent ona yardım ediyor, onu seviyor, ona destek oluyordu. Karanlık aydınlığa dönüşecekti.

– Akşam seni almaya geleyim mi? diye sordu Laurent.

Anna başıyla "evet" işareti yaptı, ona bir öpücük yolladı, sonra Çikolata Evi'ne doğru yöneldi.

Kapının çıngırağı, Anna kapıyı açtığında, içeri bir müşteri girmiş gibi çaldı. Sadece bu çıngırağın tanıdık sesi bile onu rahatlatıyordu. Önceki ay, vitrindeki ilanı görüp bu işe talip olmuştu; tek arzusu takıntılarından kurtulmaktı. Ama burada, bu dükkânda arzuladıklarından çok daha fazlasını bulmuştu.

Bir sığınak.

Takıntılarından, sıkıntılarından kurtulduğu bir yer.

Saat 14.00'tü; dükkânda hiç müşteri yoktu. Clothilde, depoyu ve stokları kontrol etmek için bu fırsatı değerlendirmişti kuşkusuz.

Anna, dükkânı boydan boya geçti. İçerisi, altın sarısı ile kahverengi tonlarının hâkim olduğu bir çikolata kutusunu andırıyordu. Tam ortada, klasik siyah çikolataları, kremalı topları, madlenleriyle bir orkestra gibi sıralanmış ana tezgâh yer alıyordu. Solda, üzerinde kasanın bulunduğu mermer masanın hemen yanında, müşterilerin ödeme yaparken görmesi, son anda satın alması için fondanlar, küçük kaprisler duruyordu. Sağda çikolatadan elde edilmiş diğer ürünler sergileniyordu: meyveli ezmeler, drajeler, nugatlar ve aynı tarzda başka çeşitler. Yukarıda, etajerlerin üzerinde de, pırıl pırıl kâğıttan küçük paketlerin içinde başka şekerlemeler göze çarpıyor, boğazına düşkünler için cezbedici bir görüntü sergiliyordu.

Anna, Clothilde'in Paskalya için hazırlamaya başladıkları vitrini tamamlamış olduğunu fark etti. İçinde her boydan yumurtaların ve tavukların bulunduğu hasır sepetler; bahçesinde bademezmesinden domuzcukların bulunduğu, çatısı karamelden çikolata evler; beyaz-sarı kâğıttan bir gökyüzünün altında salıncakta sallanan civcivler.

– Burada mısın? Çok iyi. Biraz önce yeni çeşitler geldi.

Clothilde, bir teker ile eski tip bir çıkrık aracılığıyla çalışan ve çikolata kolilerini yukarı çekmekte kullanılan dükkânın en dibindeki yük asansöründen dışarı fırladı. Elindeki kolileri yere bıraktı ve nefes nefese, ama neşe dolu bir şekilde Anna'nın karşısına dikildi.

Clothilde birkaç hafta içinde Anna'nın koruyucularından biri haline gelmişti. 28 yaşındaydı, küçük pembe bir burnu ve gözlerinin önünde uçuşan sarı kâkülleri vardı. İki çocuğu ve "bankada" çalışan bir kocası, krediyle alınmış bir evi ve gönyeyle çizilmiş bir kaderi vardı. Anna'yı şaşırtan mutlak bir mutluluk tablosu çiziyordu. Bu genç kadının yanında yaşamak hem güven verici hem de rahatsız ediciydi. Anna, çatlakları ve sürprizleri olmayan böyle bir hayatı bir saniyeliğine bile hayal edemezdi. Onun hayatında hep takıntılar, yalanlar olmuştu. Yine de boş bir hayal bile onun için erişilmezdi: otuz bir yaşındaydı, çocuğu yoktu ve bugüne kadar huzursuz, kararsız bir hayat sürmüş, gelecek korkusu duymuştu.

– Bugün tam bir cehennem azabıydı. Hiç bitmeyecek sandım.

Clothilde bir karton kutuyu kucakladı ve mağazanın arka tarafındaki depoya doğru yöneldi. Anna şalını omuzlarına attı ve o da bir başka kutuyu alarak peşinden gitti. Cumartesileri dükkân o kadar kalabalık oluyordu ki boşalan çikolata tepsilerini yeniden doldurmaya güçlükle vakit bulabiliyorlardı.

Depoya girdiler, burası on metrekare genişliğinde penceresiz bir odaydı. Etrafta renkli paket kâğıdı tomarları, sarı renkli kaba ambalaj kâğıtları göze çarpıyordu.

Clothilde elindeki kutuyu yere bıraktı ve alt dudağını hafifçe ileri doğru uzatarak alnına dökülmüş saçlarını üfledi.

– Şu işe bak, sana sormayı bile unuttum: nasıl gitti?

– Sabahtan öğlene kadar birçok tetkik yaptılar. Doktor bir lezyondan söz etti.

– Bir lezyon mu?

– Beynimdeki ölü bir bölge. Yüzleri tanıma, hatırlama bölgesi.

– Bu çok aptalca. Peki ya iyileşme olasılığı?

Anna da elindeki yükü bıraktı ve bir makine gibi Ackermann'ın söylediklerini tekrar etti.

– Tedavi görürsem, evet. Bellek egzersizleri, beynin bu bölgesinin işlevini başka bir kısma, sağlıklı bir bölgeye aktarmak için ilaçlar.

– Çok iyi!

Clothilde, Anna'nın tamamen iyileşebileceğini anlamış gibi sevinçle gülümsedi. Zaten Clothilde'in tepkileri koşullarla nadiren uyum sağlardı ve kayıtsızlığını açığa vururdu. Aslında Clothilde, başkalarının bedbahtlığına karşı duyarsızdı. Üzüntü, sıkıntı, keder onun üzerinde, bir muşambadan akıp giden yağ damlaları gibi kayardı. Ama bu kez, yaptığı gafı anlamıştı sanki.

Kapının çıngırağı imdadına yetişti.

– Ben gidip bakayım, dedi topuklarının üzerinde dönerken. Sen bekle, döneceğim.

Anna birkaç kutuyu açtı ve bir taburenin üzerine oturdu. Bir tepsiye Romeoları –kahveli musları– yerleştirmeye başladı. Odayı baş döndürücü bir çikolata kokusu sardı. Günün sonunda, elbiselerinden, hatta terlerinden bile bu koku yayılıyordu, tükürüklerine kadar şekerlemeyle, çikolatayla dolu oluyorlardı. Bar garsonlarının sürekli alkol solumaktan sarhoş oldukları söylenirdi. Çikolata satıcılarının da şekerlemelere bu kadar yakın oldukları için şişmanladıkları söylenebilir miydi?

Bu işe başladığından beri Anna bir gram bile almamıştı. Gerçekten de asla tek bir gram almıyordu. Her şeyi büyük bir iştahla yiyordu, onun değil sanki yiyeceklerin ondan korunması gerekiyordu. Glusitler, lipitler ve diğer lifli yiyecekler vücuduna girdiği gibi çıkıp gidiyordu.

Anna çikolataları tepsiye dizerken, bir yandan da Ackermann'ın söylediklerini düşünüyordu. Lezyon. Hastalık. Biyopsi. Hayır: asla kesip biçmelerine izin vermeyecekti. Ve özellikle de soğuk tavırlı, böcek bakışlı o tipin kesmesine.

Zaten konulan teşhise de inanmıyordu.

İnanamıyordu.

Üstelik inanmamasının basit bir sebebi de vardı, çünkü doktora gerçeğin dörtte birini bile söylememişti.

Şubat ayından beri, söylediğinden çok daha sık kriz geçirmişti. Artık her an, herhangi bir yerde unutkanlık, yüzleri tanıyamama gibi sorunlar yaşayabiliyordu. Arkadaşlarının evinde bir akşam yemeğinde; kuaförde; bir mağazada alışveriş yaparken. Anna bir anda kendini yabancılarla, isimsiz yüzlerle çevrilmiş hissediyordu, en yakın dostlar arasında bile.

Bu krizlerin tipi de değişmişti.

Söz konusu olan sadece bellek boşlukları, kara delikler değildi, korkunç halüsinasyonlar da görüyordu. Yüzler bulanıklaşıyor, titreşiyor, gözünün önünde deforme oluyordu. Yüzlerin ifadeleri, bakışlar sanki suyun dibindeymiş gibi dalgalanmaya, belli belirsiz bir görünüm almaya başlıyordu.

Bazen, karşısındakilerin, yanmakta olan mumdan yüzler oldu-
ğunu sanıyordu: eriyor, büzülüyor, şeytanî biçimler alıyorlardı.
Bazen de, yüz hatları titreşiyor, aynı anda birçok yüz üst üste ça-
kışana dek sarsılıp duruyordu. Bir çığlık. Bir kahkaha. Bir öpü-
cük. Tüm bunlar tek bir yüzde oluyordu. Bir kâbus.

Sokakta, Anna başı önünde yürüyordu. Akşamları, karşısında-
kinin yüzüne bakmadan konuşuyordu. Ürkek, titrek, korkak biri
olmuştu. "Başkaları" onun deliliğini biraz daha artıracak bir gö-
rüntüden başka bir şey değildi. Bir korku aynası.

Laurent konusuna gelince, duygularını tam olarak açıklayamı-
yordu. Aslında kafasının bulanıklığı asla dağılmıyor, asla tam ola-
rak düzelmiyordu. Hep bir iz, daima bir korku kalıntısı vardı.
Sanki kocası hiç tanımadığı biriydi; sanki bir ses hep kulağına fı-
sıldıyordu: "Bu o, ama bu o değil."

Laurent'ın yüz hatlarını değiştirdiğine, estetik ameliyat olduğu-
na inanıyordu.

Saçmalık.

Bu saçmalıktan daha saçma bir şey daha vardı. Kocası ona ta-
mamen yabancı biri gibi gelirken, çikolatacıdan alışveriş yapan
bir müşteri onda tanıdık, bildik bir insan intibaı uyandırıyordu.
Onu daha önce bir yerlerde gördüğünden emindi... Nerede, ne za-
man olduğunu söyleyemezdi, ama belleği onun varlığını reddet-
miyordu; gerçek bir elektrostatik titreme. Yine de belleğinde
onunla ilgili belirgin bir anı yoktu.

Adam haftada bir veya iki kez dükkâna geliyor ve hep aynı çiko-
lataları satın alıyordu: Jikola. Doğu'ya özgü şekerlemeleri andıran,
içi bademezmesi dolu kare çikolatalar. Öte yandan, hafif bir aksan-
la konuşuyordu, Arap olabilirdi. Kırklı yaşlardaydı, hep aynı şekil-
de giyiniyordu, bir blucin pantolon ve son düğmesine kadar ilik-
lenmiş eski bir kadife ceket; üniversite öğrencilerinin her zamanki
kıyafeti. Anna ve Clothilde ona "Bay Kadife" adını takmışlardı.

Her gün onun dükkâna gelmesini bekliyorlardı. Bu onların sır-
ları, çözmeleri gereken bilmeceleri, dükkânda geçirdikleri saatle-
rin eğlencesiydi. Çoğu kez bazı varsayımlarda bulunuyorlardı.
Adam, Anna'nın bir çocukluk arkadaşıydı; ya da eski bir flörtü;
veya tam tersine bir kokteylde karşılaştığı, göz göze geldiği bir
kadın avcısı...

Halbuki gerçek çok daha basitti, şimdi Anna bunu biliyordu.
Bu bulanık anı, sadece lezyonun neden olduğu halüsinasyonların
bir başka biçimiydi. Mademki tutarlı bir referans sistemi yoktu,

gördükleri üstünde, yüzler karşısında hissettikleri üzerinde fazla durmamalıydı.

Deponun kapısı açıldı. Anna irkildi; sıkılı parmaklarının arasında çikolataların erimekte olduğunu fark etti. Clothilde kapıdan belirdi. Yüzüne dökülen perçemlerinin arasından konuştu: "O burada."

Bay Kadife, Jikolaların yanında duruyordu.

– Merhaba, dedi Anna gülümseyerek. Ne arzu etmiştiniz?

– İki yüz gram, her zamanki gibi.

Anna tezgâhın arkasına süzüldü, bir maşa ile parlak bir kesekâğıdı aldı, sonra çikolataları doldurmaya başladı. Bir yandan da fark ettirmeden adamı inceliyordu. Önce kocaman ayakkabıları dikkatini çekti, derisi iyice aşınmıştı, sonra bir akordeon gibi buruş buruş olmuş, parçaları çok uzun blucini gördü ve ardından da bazı yerleri aşınmaktan bir portakal gibi parlamış safran rengi kadife ceketi.

En nihayet, adamın yüzüne bakma cesareti gösterdi.

Kare şeklinde bir kafası, sert bir yüz ifadesi ve kestane rengi kirpi gibi saçları vardı. Bir öğrencinin kibar görünümünden ziyade bir köylünün suratıydı bu. Çatık kaşlarıyla kızgın, hatta öfkesini bastırmış bir ifadesi vardı.

Ama Anna, onun bu ifadesini daha önce de fark etmişti, gözkapaklarını açtığında, kız gibi uzun kirpikleri ve çevresi siyah, açık mor renkli gözbebekleri daha belirgin oluyordu; koyu renkli menekşe tarlası üzerinde uçan bir yabanarısının sırtı gibi. Bu bakışları daha önce nerede görmüştü?

Kesekâğıdını teraziye bıraktı.

– On bir euro, lütfen.

Adam parayı ödedi, çikolataları aldı ve arkasını dönüp uzaklaştı. Bir saniye sonra, dışarıdaydı.

Anna onu kapıya kadar izledi; Clothilde de peşinden. Faubourg-Saint-Honoré Sokağı'nı geçen, sonra yabancı plakalı, füme camlı siyah bir limuzine binen adamın arkasından baktılar.

– Evet? diye sordu Clothilde. Kim o adam? Hâlâ bilmiyor musun?

Araba trafiğin içinde kayboldu. Anna cevap vermek yerine mırıldandı:

– Sigaran var mı?

Clothilde pantolon cebinden buruşuk bir Marlboro Light paketi çıkardı. Anna ilk dumanı ciğerlerine çekti, rahatlamış, yatışmıştı; tıpkı sabah hastane avlusunda olduğu gibi. Clothilde şüpheci bir ses tonuyla konuştu:

– Senin hikâyende yolunda gitmeyen bir şeyler var.

Anna ona doğru döndü, kolu havadaydı, sigarasını bir silah gibi doğrultmuştu:

– Nasıl?

– O herifi tanıdığını ve onun görünümünü değiştirdiğini kabul edelim. Tamam.

– Yani.

Clothilde, dudaklarını büktü:

– Peki neden, o, o adam seni tanımıyor?

Anna, dışarı, donuk gökyüzünün altında seyreden arabalara baktı, bulutların arasından süzülen güneş ışınları otomobillerin kaportalarına parlak çizgiler çiziyordu. Biraz ileride, Mariage Kardeşler'in ahşap çerçeveli camekânını, La Marée Restoranı'nın soğuk vitrinini ve gözünü bir an olsun ondan ayırmayan soğukkanlı şoförünü gördü.

Ağzından dökülen sözcükler sigaranın mavi dumanına karıştı:

– Deliriyorum. Her geçen gün biraz daha deliriyorum.

Haftada bir kez Laurent, hep aynı "dostlarıyla" akşam yemeği için bir araya geliyordu. Bu bir tür ritüel, vazgeçilmez bir kuraldı. Bu adamlar ne çocukluk arkadaşı ne de özel bir derneğin üyeleriydi. Hiçbir ortak tutkuları da yoktu. Sadece hepsi aynı meslektendi: polis. Mesleklerinin farklı kademelerinde birbirleriyle tanışmışlar ve bugün her biri kendi branşlarında piramidin en tepesine ulaşmışlardı.

Anna, diğer eşler gibi bu toplantılara kesinlikle katılmıyordu; akşam yemeği Hoche Caddesi'ndeki evlerinde olduğunda, Anna sinemaya gitmeyi yeğliyordu.

Ama, üç hafta sonra, yani üçüncü toplantıdan sonra, Laurent bir sonraki toplantıya onun da katılmasını önermişti. Anna önce reddetmiş, ancak Laurent bir hastabakıcının ses tonuyla ısrarını sürdürmüştü: "Göreceksin, sıkılmayacak, aksine eğleneceksin!" Sonra Anna fikir değiştirmişti; Laurent'ın meslektaşlarıyla tanışmak, diğer yüksek devlet görevlilerini gözlemlemek hiç de fena olmayabilirdi. Ne de olsa onun için tek bir model vardı: kendi kocası.

Aldığı karardan pişman olmamıştı. Gece boyunca, sert görünümlü, ama tutkuları olan, aralarında tabuları bir kenara bırakıp teklifsizce konuşan o adamları tanımıştı. Kendini bir kraliçe gibi hissetmişti, çünkü oradaki tek kadındı, onun yanında bu polisler başlarından geçen olayları, silah kullanmadaki ustalıklarını anlatarak birbirleriyle rekabet ediyordu.

Bu ilk geceden sonra, Anna her yemeğe katılmaya ve onları daha yakından tanımaya başladı. Onların tiklerini, üstün yanlarını, hatta takıntılarını öğrenmişti. Bu toplantılar, polis dünyasının gerçek bir fotoğrafıydı. Siyah beyaz bir dünya, şiddet dolu, ama aynı zamanda da cezbedici, büyüleyici bir âlem.

Toplantılara katılanlar, bazı istisnalar dışında hep aynı kişilerdi. Çoğunlukla Alain Lacroux konuşmak isteyenlere söz veriyordu. Uzun boylu, zayıf, baston yutmuş gibi dimdik yürüyen, ellili yaşlarda biriydi, her cümlenin bitiminde çatalıyla tabağına vuruyor veya başını sallıyordu. Aynı şekilde cümlelerin sonunda güneyli aksanının tonunda da değişiklik oluyordu. Şarkı söyler, gülümser gibi konuşuyordu; kimse onun gerçek sorumluluklarını tasavvur edemezdi. Paris Cinayet Bürosu müdür yardımcısıydı.

Pierre Caracilli onun zıttıydı. Ufak tefek, bodur, karamsar bir adamdı, sürekli insanları uyutan yavaş bir sesle mırıldanır gibi konuşuyordu. En azılı canileri uyuşturarak, onları itirafa zorlayan bu ses olmalıydı. Caracilli Korsikalıydı. DST'de (Yurtiçi İstihbarat ve Karşıcasusluk Birimi) önemli bir görevi vardı.

Jean-François Gaudemer ise tıknaz, inatçı, kaya gibi sert bir adamdı. Geniş ve çıplak alnının altında, fırıl fırıl dönen gözleri sanki her an bir fırtına bekler gibiydi. O konuştuğunda Anna hep kulak kabartıyordu. Sözleri edepsiz, anlattıkları ürkütücüydü, ama insan ona karşı hep bir tür minnettarlık duyuyordu; onun belli belirsiz duygusallığıydı belki de dünyada dönen dolapların üzerindeki örtüyü kaldıran. OCTRİS'in (Uyuşturucu Madde Kaçakçılığını Önleme Merkez Bürosu) patronuydu.

Ama Anna'nın favorisi Philippe Charlier'ydi. Çok pahalı takımlar giyen, bir seksen boyunda dev gibi bir adamdı. Meslektaşları arasındaki lakabı "Yeşil Dev"di, bıyıklı, geniş bir yüzü, boksörler gibi kocaman bir kafası vardı, kırlaşmış saçları sanki hiç tarak yüzü görmemişti. Çok yüksek sesle konuşuyor, patlamalı bir motor gibi gülüyor ve konuştuğu kişinin omzuna elini atarak ona eğlenceli hikâyeler anlatıyordu.

Onu anlamak için, uçkuruna düşkünlere özgü bir lügat gerekiyordu. "Ereksiyon" demiyor ve "külotun içinde bir kemik" diyordu, kıvırcık saçlarını "taşak kılları" olarak tanımlıyordu; ve Bangkok'ta geçirdiği tatili anlatırken, "İnsanın Tayland'a karısını götürmesi Münih'e bira götürmek gibi" diyordu.

Anna onu bayağı, kaygı verici, ama karşı konulamaz buluyordu. Onda hayvanî bir güç, "aynasız"lık fışkıran bir şeyler vardı. Onu ancak kötü aydınlatılmış bir odada zanlıları sorguya çekerken düşünmek mümkündü. Ya da açık arazide silahlı adamları yönetirken.

Laurent, Anna'ya Charlier'nin meslek kariyeri boyunca en az beş kişiyi soğukkanlılıkla öldürdüğünü söylemişti. Çalışma alanı terörizmdi. DST, DGSE, DNAT: bunlar onun çalıştığı birimlerden bazılarının kısaltmasıydı, hep aynı mücadeleyi, savaşı vermişti. Gizli operasyonlarda, zorlu görevlerde geçen yirmi beş yıl. Anna onun işi hakkında biraz daha fazla ayrıntı istediğinde, Laurent daima kaçamak cevaplar veriyor, "Bunlar aysbergin sadece görünen kısmı diyordu."

O akşamki yemek, Charlier'nin Breteuil Caddesi'ndeki evindeydi. Ev, Haussman üslubunda bir apartman katıydı, parlak cilalı parkeleri olan; sömürgelerden getirilmiş eşyalarla dolu bir daire. Meraktan Anna evin bütün odalarını dolaşmıştı: evde bir kadının yaşadığına dair herhangi bir iz yoktu; Charlier müzmin bir bekârdı.

Saat 23.00'tü. Davetlilerin tümüne güzel bir yemek sonrasının rehaveti çökmüş, salonu yoğun bir puro dumanı kaplamıştı.

2002 yılının bu mart ayında, başkanlık seçimlerinden birkaç hafta önce, her biri kendi görüşlerini, kendi hipotezlerini anlatıyor, seçilen adayın İçişleri Bakanlığı bünyesinde gerçekleştirebileceği değişikliklerden bahsediyorlardı. Sanki hepsi büyük bir mücadeleye hazırdı.

Anna'nın yanında oturan Philippe Charlier, gizlice onun kulağına fısıldadı:

– Bunların aynasız hikâyelerinden bıkkınlık geldi. Sana İsviçrelinin hikâyesini anlatmış mıydım?

Anna gülümsedi:

– Geçen cumartesi anlatmıştın.

– Peki ya Belçikalının hikâyesini?

– Hayır.

Charlier dirseklerini masaya dayadı:

– Bir gece kulübünde içtikten sonra kafayı bulan Belçikalı arabasına atlayıp evinin önüne gelmiş. Müsait bulduğu yere arabayı park ettikten sonra evine gidip yatmış. Geceyarısı zilin çalmasıyla uyanmış. Bakmış karşısında polisler. Ne yapacağını şaşırmış. Asıl şaşkınlığıysa, aşağı indikten sonra yaşamış. Çünkü arabasını park ettiği yer tren yoluymuş. Trenin çarpıp sürüklediği araba hurdaya dönmüş. Belçikalıya hem yanlış yere park etmekten, hem tren kazasına sebep olmaktan, hem trafiği aksatmaktan yüklü bir para cezası kesilmiş. Belçikalı yine de seviniyormuş: arabanın içinde kendisi olmadığı için.

Charlier'nin şakaları asla belden aşağı olmazdı, ama hep hiç duyulmamış olmakla ünlüydü. Charlier'nin yüzü bulanıklaşmaya başladığında Anna hâlâ gülüyordu. Birden, yüz hatları netliğini kaybetti; dalgalanıyor, sanki farklı bir biçim alıyordu.

Anna gözlerini kaçırdı ve diğer davetlilere çevirdi. Onların yüz hatları da titriyor, ekseninden kaçıyor, birbiriyle çelişen, korkunç ifadeler takınıyor, tenler, sırıtmalar, çığlıklar birbirine karışıyordu... Kasıldı. Ağzından derin derin nefes almaya başladı.

– N'oldu? Ne var? diye endişeyle sordu Charlier.

– Ben... Ben sıcaktan bunaldım. Yüzümü yıkasam iyi olacak.

– Banyoyu göstereyim mi?

Anna elini Charlier'nin omzuna koydu ve ayağa kalktı:

– Gerek yok. Ben bulabilirim.

Şöminenin köşesinden destek alarak, tekerlekli servis masasına çarparak ve topuklarıyla tıkırtılar çıkararak duvar boyunca ilerledi...

Salonun kapısına ulaşınca arkasına baktı: maskelerden oluşan bir deniz kabarmış ona doğru geliyordu. Birbirine karışmış yüz hatları, sesler, bulanık görüntüler sanki onu takip ediyordu. Çığlığını tutarak kapıdan çıktı.

Hol aydınlık değildi. Portmantoya asılı paltolar tedirgin edici şekiller oluşturuyor, yarı açık kapılardan karanlık sızıyordu. Anna, eskimiş altın çerçeveli bir aynanın karşısında durdu. Aynaya akseden görüntüsüne baktı: çok beyaz ve çok ince bir kâğıt gibi solgundu, karanlıkta çevresine ışık saçan bir hortlak gibiydi. Siyah yün kazağının altında titreyen omuzlarını tuttu.

Birden, aynada, tam arkasında bir adam belirdi.

Anna onu tanımıyordu; akşam yemeğinde de yoktu. Ona bakmak için geriye döndü. O kimdi? Buraya nereden gelmişti? Bakışları tehditkârdı; yüzünde çarpık, biçimsiz bir ifade vardı. Elleri karanlıkta beyaz iki silah gibi parlıyordu...

Anna geri çekildi, portmantoya asılı paltoların içine gömüldü. Adam ilerledi. Yan odada konuşan adamların sesini duyuyordu; bağırmak istedi, ama sanki boğazına bir şeyler tıkanmıştı, sesi çıkmadı. Adamın yüzü şimdi birkaç santimetre ötesindeydi. Aynaya yansıyan görüntüyle gözbebekleri büyüdü...

– Hemen gitmemizi ister misin?

Anna çığlık atmamak için kendini zor tuttu: bu Laurent'ın sesiydi. Derken yüzü o her zamanki tanıdık biçimine kavuştu. İki elin kendisini tuttuğunu ve düşüp bayılmak üzere olduğunu hissetti.

– Sakin ol, dedi Laurent. Neyin var?

– Mantom. Mantomu ver bana, diye emretti Anna Laurent'ın kollarından kurtularak.

Hep huzursuz, hep tedirgindi. Kocasını bile tanıyamıyordu. Daima aynı şeyler oluyordu: evet, yine yüz hatları değişmişti, gizemli, donuk farklı bir yüzdü karşısındaki.

Anna'ya yün mantosunu uzattı. Laurent titriyordu. Şüphesiz hem Anna hem de kendi adına korkuyordu. Arkadaşlarının durumu fark etmelerinden çekiniyordu: İçişleri Bakanlığı'nın en önemli yetkililerinden birinin karısı kaçıktı.

Anna mantosunu giydi, vücudu temas ettiği soğuk astarın tadını çıkardı. Hep kaçmak, ortadan yok olmak, kendini kaybettirmek istiyordu...

Salon kahkaha sesleriyle çınlıyordu.

– İkimizin adına onlara veda etmek istiyorum.

Anna içeriden sitem dolu sözler, sonra gülüşmeler duydu. Aynaya son bir kere daha göz attı. Bir gün, çok yakında, bu siluetin karşısında kendine soracaktı: "Kim o? O kim?"

Laurent geri döndü. Anna mırıldandı:

– Götür beni. Eve gitmek istiyorum. Uyumak istiyorum.

6

Ama hastalık, uykusunda da rahat bırakmıyordu onu. Krizlerin başladığı günden beri, Anna hep aynı rüyayı görüyordu. Siyah beyaz görüntüler, bir sessiz filmde olduğu gibi düzensiz aralıklarla art arda geçip gidiyordu.

Sahne her seferinde aynıydı: açgözlü köylüler, geceyarısı bir garın peronunda bekliyordu; buhar dumanları arasında bir marşandiz geliyordu. Bir yük vagonunun kapısı açılıyordu. Kasketli bir adam görünüyor ve ona uzatılan bir bayrağı almak için eğiliyordu; bayrakta tuhaf bir kısaltma vardı: üzerindeki, yıldız biçiminde yerleştirilmiş dört hilal dikkati çekiyordu.

Adam kara kaşlarını çatarak doğruluyordu. Elindeki bayrağı sallayarak kalabalığa sesleniyordu, ama söyledikleri duyulmuyordu. Onun yerine kalabalıktan sesler yükseliyordu: iç çekmeler ve çocuk ağlamalarıyla karışık dayanılmaz bir uğultu.

Böylece Anna'nın fısıldamaları da bu yürekleri parçalayan koroya karışıyordu. Anna küçük çocuklara sesleniyordu: "Nerelisiniz?" "Neden ağlıyorsunuz?"

Cevap olarak garın peronunda şiddetli bir rüzgâr çıkıyordu. Bayrağın üzerindeki dört hilal, fosfor gibi ışıldamaya başlıyordu. Kâbus, hayal, Anna'nın kâbusunu oluşturan bu sahne de rüzgârda savruluyordu. Adamın paltosu aralanıyor, çıplak, açık, bomboş göğüs kafesi görünüyordu; sonra fırtına adamın yüzünü un ufak ediyordu. Rüzgârda savrulan kül gibi, etler çevreye dağılıyordu...

Anna sıçrayarak uyandı.

Gözlerini karanlığa açtı, her şey ona yabancıydı. Oda. Yatak. Yanında uyuyan adam. Bu yabancı ortama alışmak için birkaç saniye bekledi. Yatakta doğrulup sırtını duvara dayadı ve yüzünü kuruladı, ter içindeydi.

Neden hep aynı rüyayı görüyordu? Hastalığıyla ilgisi neydi? Bunun hastalığın bir başka semptomu olduğuna emindi; zihinsel bozukluğunun açıklanamaz ikincil bir etkisi, gizemli bir göstergesiydi. Anna karanlığın içinde seslendi:

– Laurent?

Arkası dönük kocası kıpırdamadı. Anna, Laurent'ın omzunu tuttu:

– Laurent, uyuyor musun?

Belli belirsiz bir hareket yaptı, çarşaf buruştu. Sonra Anna, karanlığın içinde Laurent'ın yüzünü gördü. Alçak sesle tekrar etti:

– Uyuyor musun?

– Artık uyandım.

– Sana... sana bir soru sorabilir miyim?

Laurent hafifçe doğruldu ve dirseklerini yastığa dayadı.

– Dinliyorum.

Anna sesini iyice alçalttı; rüyasında gördüğü çocukların hıçkırıkları hâlâ kulağında çınlıyordu:

– Neden... (Tereddüt etti.) Neden çocuğumuz yok?

Bir saniye kadar, hiçbir şey kıpırdamadı. Sonra Laurent üzerindeki örtüyü attı ve yatağın kenarına oturdu, sırtı dönüktü. Odadaki sessizlik, gerginlik ve sevgisizlik yüklüydü sanki.

Laurent, konuşmaya başlamadan önce yüzünü ovuşturdu:

– Ackermann'la yeniden konuşmamız gerekiyor.

– Ne?

– Ona telefon edeceğim. Hastaneden randevu alacağım.

– Neden böyle söylüyorsun?

Laurent, başını çevirdi:

– Yalan söyledin. Bize başka bellek rahatsızlıklarının olduğundan bahsetmedin. Sadece yüzleri tanıyamama, hatırlayamama sorunundan söz ettin.

Anna bir gaf yaptığını anladı; sorusu, kafasındaki yeni bir uçurumu apaçık ortaya koymuş olmalıydı. Anna sadece Laurent'ın ensesini, dalgalı saçlarının buklelerini, dar sırtını görüyordu, ama onun öfkesini, bıkkınlığını ve ruhsal çöküntüsünü de hissediyordu.

– Ne söyledim? diye ağzından kaçırdı Anna.

Laurent ona doğru döndü:

– Hiçbir zaman çocuk istemedin. Bu, benimle evlenmek için tek şartındı. (Sesini yükseltmiş, sol kolunu ona doğru uzatmıştı.)

Hatta evlendiğimiz gece, çocuk konusunu bir daha açmamam için bana yemin ettirmiştin. Aklını oynatıyorsun, Anna. Savaşman, karşı koyman gerekiyor. Bu tetkikleri bir an önce yaptırmamız lazım. Olan biteni anlamalıyız. Buna bir son vermek gerek! Allah kahretsin!

Anna yatağın diğer ucuna büzüldü:

– Bana birkaç gün daha izin ver. Başka bir çözüm daha olmalı.

– Hangi çözüm?

– Bilmiyorum. Birkaç gün daha. Lütfen.

Laurent yeniden yatağa uzandı ve kafasını örtünün altına soktu:

– Gelecek çarşamba Ackermann'ı arayacağım.

Ona teşekkür etmek gereksizdi: Anna bile bu ertelemeyi neden istediğini bilmiyordu. Gerçeği yadsımanın ne gibi bir yararı olabilirdi? Hastalık galip gelmek üzereydi, nöron nöron beyninin her bölgesini ele geçiriyordu.

Anna da örtünün altına süzüldü, ama Laurent'dan mümkün olduğunca uzak yatmaya gayret etti ve şu çocuk meselesini düşünmeye başladı. Neden böyle bir istekte bulunmuştu? O zamanki düşünceleri neydi? Hiçbir cevap bulamadı. Kendi öz kişiliği bile kendine yabancılaşmıştı.

Evlendiği günü düşündü. Sekiz yıl oluyordu. O zamanlar yirmi üç yaşındaydı. Tam olarak ne hatırlıyordu?

Saint-Paul-de-Vence'da küçük bir şato, palmiye ağaçları, güneşten sararmış, göz alabildiğince uzanan bir çimenlik, çocukların gülüşmeleri. Anna gözlerini kapadı, aynı duyguları yeniden yaşamaya çalıştı. El ele tutuşup çimenlerin üzerinde dans eden kalabalık, bir gölge oyunu gibi uzuyordu. Çiçeklerle süslü saç örgülerini, beyaz elleri de görüyordu...

Birden, tül kadar ince bir eşarp belleğinde dalgalandı; kumaş, kendi etrafında dönerek, rondo oynayan kalabalığın şaşkın bakışları arasında yeşil otların içinden süzülerek geçti ve ışığa asılı kaldı.

Kumaş parçası Anna'nın yüzüne doğru yaklaştı, sonra dudaklarının çevresine dolandı. Anna, bir kahkaha atarak ağzını açtı, ilmikler gırtlağına doğru akmaya başladı. Soluğu kesildi, tül damağına yapıştı. Ama bu tül, eşarp değil, bir gazlı bezdi.

Onu boğan, soluğunu tıkayan ameliyatlarda kullanılan gazlı bez.

Gecenin karanlığında bağırdı; çığlığı sessizdi. Gözlerini açtı: uykuya dalmıştı. Ağzı yastığa gömülüydü.

Bütün bunlar ne zaman sona erecekti? Yatakta doğruldu, ter içindeydi. El yordamıyla odadan çıktı, ışığı yakmadan önce kapıyı kapattı. Elektrik butonuna bastı, sonra başını lavabonun üstündeki aynaya doğru kaldırdı.

Yüzü kan içindeydi.

Alnında kan lekeleri vardı; gözlerinin altında, burun deliklerinin kenarında, dudaklarının çevresinde kanlar kurumuştu. Önce yaralanmış olduğunu düşündü. Sonra aynaya iyice yaklaştı: sadece burnu kanamıştı. Karanlıkta kurulanmak isterken, kanı her tarafa bulaştırmış olmalıydı. Sweat-shirt'ü bile kanlanmıştı.

Soğuk su musluğunu açtı ve ellerini uzattı, lavabonun içinde pembe renkli bir su burgacı meydana geldi. İçini bir duygu kapladı: bu kan vücudunda saklı gerçeğin somut bir örneğiydi. Bilincinin tanımayı, biçimlendirmeyi reddettiği, vücudundan organik akışlar halinde uzaklaşan bir gizemin.

Yüzünü soğuk suyla yıkadı, hıçkırıkları musluktan akan suyun sesine karışıyordu. Gürültüyle akan suyla birlikte mırıldanmayı sürdürüyordu:

– Ama neyim var benim? Benim neyim var?

İkinci bölüm

Altından küçük bir kılıç.

Anılarının arasında onun çok farklı bir yeri vardı. Aslında, onun, kabzası İspanyol üslubunda işlenmiş bakırdan bir kâğıt açacağı olduğunu biliyordu. Paul, sekiz yaşındayken onu babasının atölyesinden aşırmış ve odasına saklanmıştı. O günü bugün gibi hatırlıyordu. Panjurlar sıkı sıkıya kapalıydı. Dışarıda boğucu bir sıcak vardı. Etrafa siestanın sessizliği hâkimdi.

Diğer günlerden farksız bir yaz öğleden sonrasıydı.

Bu birkaç saat dışında her şey normaldi.

– Elinde ne saklıyorsun?

Paul avucunu sımsıkı kapattı; annesi odanın kapısında duruyordu:

– Sakladığın şeyi bana göster.

Sesi sakindi, sadece merak içindeydi. Paul parmaklarını iyice sıktı. Kadın loş odada ilerledi, perdelerin arasından içeri güneş ışınları sızıyordu; sonra yatağın kenarına oturdu, yavaşça, okşar gibi Paul'ün sıkılı yumruğunu açtı.

– Neden bu kâğıt açacağını aldın?

Paul, onun yüz hatlarını görmüyordu, içerisi karanlıktı.

– Seni korumak için.

– Beni korumak mı, kime karşı?

Sessizlik.

– Babaya karşı beni korumak için mi?

Kadın ona doğru eğildi. Yüzü perdenin arasından süzülen bir ışıkla aydınlandı; şiş, yer yer morluklarla dolu bir yüz; bir gözünün akına kan oturmuştu. Sorusunu yineledi:

– Babaya karşı beni korumak için mi?

Paul "evet" anlamında başını salladı. Bir an bir sessizlik oldu, kısa süreli bir kararsızlık yaşandı, sonra kadın, onu kucakladı, şaşkındı. Paul kadını itti; gözyaşı ve acıma istemiyordu. Sadece gelecekteki savaşını düşünüyordu. Bir önceki gece, dut gibi sarhoş babası annesini mutfakta dövüp yere serdiğinde kendine söz vermişti. Canavar ruhlu baba mutfaktan çıkarken Paul'ü fark etmişti, çocuk kapının pervazında korkudan titriyordu; adam tehditkâr bir sesle bağırmıştı: "Geri döneceğim. İkinizi öldürmek için geri döneceğim."

Böylece Paul silahlanmaya başlamıştı, elinde kılıcı şimdi onun dönüşünü bekliyordu.

Ama adam geri dönmemişti. Ne ertesi gün ne de daha sonraki günler. Beklenmedik bir şekilde, kaderin bir cilvesi olarak, Jean-Pierre Nerteaux, çocuğuna, karısına tehditler savurduğu günün gecesi öldürülmüştü. Cesedi, öldürüldükten iki gün sonra, kendi taksisi içinde Gennevilliers Limanı'ndaki petrol depolarının yakınında bulunmuştu.

Ölüm haberini alan karısı, Françoise, garip bir tavır sergilemişti. Cesedi teşhis etmek yerine, arabanın bulunduğu yere, Peugeot 504'ün durumunu görmeye gitmek istemişti, taksi şirketiyle bir sorun olsun istemiyordu.

Paul o günle ilgili fazla ayrıntı hatırlamıyordu: Gennevilliers'ye kadar otobüsle gitmişlerdi; annesinin mırıldanmaları ve konuşmalarıyla serseme dönmüştü; onun için kaygılanıyor, anlayamadığı bir olay karşısında endişeleniyordu. Paul, antrepoların bulunduğu alana geldiklerinde, gördüğü şeyler karşısında büyük bir hayranlığa kapılmıştı. Dev çelik çemberler bomboş arazide yükseliyordu. Ayrıkotları, çalılar beton yıkıntıların arasında kök salmıştı. Çelik çubuklar metal kaktüsler gibi paslanmıştı. Kitaplığında bulunan çizgi romanlardaki çölleri andıran gerçek bir Western görüntüsüydü bu.

Her an yağacakmış gibi gözüken bir gökyüzünün altında, anne ile çocuk malların istiflendiği alanı boydan boya geçmişti. Terk edilmiş bu bölgenin en ucunda, aileye ait Peugeot'yu görmüşlerdi, araba gri kumların içine yarısına kadar gömülmüştü. Paul, sekiz yaşında olmasına rağmen her ayrıntıyı, her simgeyi aklının bir köşesine not etmişti. Polislerin üniformaları; güneşte parıldayan kelepçeler; alçak sesle yapılan açıklamalar; arabanın çevresinde dört dönen, beyaz tulumları içinde kara elli tamirciler...

Babası direksiyonun başında bıçaklanmıştı. Yarı açık arka kapının aralığından, koltuğun sırt kısmının yırtılmış olduğu görmüştü.

Katil, kurbanının işini koltuğun üstünden bitirmişti.

Bu görüntü, yapmak istediği şey ile bu olay arasındaki gizemli tutarlılık, çocuğu şaşırtmıştı. Daha önceki gün, babasının ölmesini istemişti. Silahlanmış, sonra annesine, babasını öldürme planını itiraf etmişti. İşte bu itirafta söyledikleri gerçekleşmişti: gizemli bir güç onun bu arzusunu yerine getirmişti. Bıçağı saplayan kendisi değildi, ama düşünce olarak bu infazın kararını veren oydu.

O andan sonra, artık hiçbir şey hatırlamıyordu. Ne cenaze törenini, ne annesinin sızlanmalarını, ne de günlük hayatta karşılaştıkları maddî sıkıntıları. Paul sadece tek bir gerçek üzerinde yoğunlaşmıştı: tek suçlu kendisiydi.

Cinayetin planlayıcısıydı o.

Çok sonra, 1987'de, Sorbonne'da Hukuk Fakültesi'ne yazılmıştı. Ufak tefek işlerde çalışarak kazandığı paralarla, Paris'te bir oda kiralamıştı, sürekli içen annesinden hep uzak durmaya çalışmıştı. Büyük bir hipermarkette temizlik görevlisi olarak çalışan Françoise, oğlu avukat olacağı için çok mutluydu. Ama Paul'ün başka planları vardı.

Yüksek lisans için 1990'da Cannes-Ecluse'deki müfettişlik okuluna girdi. İki yıl sonra, devre birincisi olarak mezun olmuş ve acemi polislerin büyük rağbet gösterdiği en önemli bölümlerden birini seçmişti: Uyuşturucu Madde Kaçakçılığını Önleme Merkez Bürosu (OCRTİS). Uyuşturucu avcılarının tapınağı.

Mesleğinde hızla yükseliyordu. Merkez büroda ve seçme polislerden oluşan birimde ancak dört yıl çalıştıktan sonra, komiserlik sınavına girilebiliyordu. Ama Paul Nerteaux, dört yıl beklemeden, Beauvau Meydanı'ndaki İçişleri Bakanlığı'nda önemli bir göreve getirilmişti. "Zorlu bir ortam"dan yetişen bir çocuk için bu çok parlak bir başarıydı.

Aslında Paul, bu tür başarılarla ilgilenmiyordu. Polislik mesleğine olan tutkusunun nedenleri başkaydı, hep suçluluk duygusu hissetmişti. Gennevilliers Limanı'ndaki olaydan on beş yıl sonra bile, hâlâ vicdan azabı çekiyordu; tek arzusu bu azaptan kurtulmak, kaybettiği masumiyetini yeniden kazanmaktı.

Sıkıntılarını bastırmak için, kişisel teknikler geliştirmeye, dikkatini belli bir nokta üzerinde yoğunlaştırmak için gizli yöntemler bulmaya çaba göstermişti. Böylece sert, acımasız bir polis olmak için gerekli disiplini kazanmıştı. İşyerinde, kimsenin hoşlanmadığı, korktuğu ya da duruma göre hayran olduğu, ama asla sevmediği biriydi. Çünkü hiç kimse onun bu uzlaşmaz tutumunu anlamıyordu, kazanma arzusu, hayatta kalması, aşağı düşmemesi için bir korkuluk, bir tırabzandı. İçindeki şeytanı kontrol etmenin tek yoluydu. Hiç kimse, masasının çekmecesinde, sağ elinin altında, hâlâ bakırdan bir kâğıt açacağını sakladığını bilmiyordu...

Elleriyle direksiyon simidini sıkıca kavradı ve tüm dikkatini yola verdi.

Neden bugün yeniden bu boktan olayı düşünüyordu? Yağmurla ıslanmış manzara mı onu bu düşüncelere sevk etmişti? Yoksa bugünün, canlılar için ölü bir gün olmanın dışında başka bir şey ifade etmeyen pazar olması nedeniyle mi?

Otoyolun iki yanında, sürülmüş tarlalar uzanıyordu. Ufuk çizgisi bile gökyüzüne açılan sonsuz bir hat gibiydi. Bu bölgede, bir umut tutulması dışında hiçbir şey olamazdı.

Yan koltuğa koyduğu haritaya bir göz attı. Amiens yönüne doğru devlet yoluna sapmak için A1 otoyolunu terk etmesi gerekiyordu. Ardından 235 numaralı vilayet yoluna sapacaktı. On kilometre sonra da varmak istediği yere ulaşacaktı.

Karamsar düşüncelerinden kurtulmak için buluşacağı adamı düşünmeye odaklandı; şüphesiz o, asla karşılaşmayı istemeyeceği tek polisti. İçişleri Teftiş Bürosu'ndan onun dosyasının fotokopisini almış ve tüm geçmişini ezberlemişti.

Jean-Louis Schiffer, Seine-Saint-Denis, Aulnay-sous-Bois'da 1943'te doğmuştu. Duruma göre lakabı "Rakam" ya da "Demir"di. Suçluların yasadışı işlerinden yüzde alma temayülünden dolayı Rakam; acımasız bir polis olduğundan ve gümüş renkli, uzun ve ipeksi saçlarından dolayı da Demir'di.

1959'da lise diploması aldıktan sonra, Cezayir'e Avras'a gitmişti. 1960'ta başkent Cezayir'e dönmüş ve burada İstihbarat subayı, DOP'un (Harekât Koruma Birliği) aktif bir üyesi olmuştu.

1963'te Fransa'ya, çavuş rütbesiyle geri dönmüştü. Ardından polis saflarına katılmıştı. Önce Paris'te polis memuru olarak görev yapmış, sonra 1966'da 6. Bölge'de Ulusal Soruşturma Bürosu'na atanmıştı. Sokaklardaki davranışları ve gizli görevlerdeki başarısıyla dikkati çekmişti. Mayıs 1968'te, o karmaşanın içine gözü kapalı daldı ve öğrencilerin arasına sızdı. O dönemde saçını at kuyruğu yapıyor ve esrar içiyordu; ve gizlice siyasî olayların elebaşılarının isimlerini not ediyordu. Gay-Lussac Sokağı'ndaki çatışmalar sırasında bir toplum polisini yağmur gibi yağan kaldırım taşlarından kurtarmıştı.

İlk cesaret gösterisi.

İlk rütbe.

Başarıları hep devam etmişti. 1972'de Cinayet Bürosu'na atanmış, orada müfettiş olmuş ve kahramanlıklarına kahramanlıklar katmıştı, ne silahtan ne de kavgadan korkuyordu. 1975'te Cesaret Madalyası almıştı. Hiçbir şey onun yükselişini engelleyemez gibiydi. Ama, 1977'de, BRİ'de (Araştırma ve Müdahale Birimi), yani ünlü "organize suçlarla mücadele bürosu"nda kısa bir süre çalıştıktan sonra aniden başka bir servise atanmıştı. Paul o döneme ait, Komiser Broussard tarafından bizzat imzalanmış raporu bulmuştu. Komiser dolmakalemle, sayfanın kenarına "başına buyruk" notunu düşmüştü.

Schiffer, gerçek av alanını, 10. Bölge'deki Asayiş Müdürlüğü Birinci Şube'de bulmuştu. Her türlü terfiyi veya başka yere atanma riskini göz ardı etmiş, yirmi yıl boyunca Batı yakasının bir polisi olarak, Büyük Bulvarlar ile Doğu ve Kuzey garları arasında kalan, ayrıca Sentier'nin bir kısmı ile Türk mahallesini ve göçmenlerin yoğun olarak yaşadığı diğer mahalleleri de kapsayan bir bölgede düzeni sağlamış, yasaları uygulamıştı.

Bu yıllarda geniş bir muhbir ağına sahipti, onların ufak tefek yasadışı işlerine –kumar, fahişelik, uyuşturucu gibi– göz yummuş, her topluluğun liderleriyle anlaşılması güç, ancak etkili bir ilişki kurmuştu. Böylece yürüttüğü soruşturmalardan rekor denebilecek oranda bir başarı sağlamıştı.

Polis teşkilatının yüksek makamlarının yaygın kanısına göre, 10. Bölge'nin bu kısmı 1978 ile 1998 yılları arasındaki sükûnetini ona, sadece ona borçluydu. Jean-Louis Schiffer de, bundan yararlanarak hizmet süresini 1999'dan 2001'e kadar uzatmıştı.

Geçen yılın nisan ayında da resmen emekli olmuştu. Meslekî bilançosu mükemmeldi: biri Liyakat Nişanı olmak üzere, beş madalya, iki yüz otuz dokuz tutuklama ve dört öldürme. Elli sekiz yaşındaydı, basit bir müfettiş olmak dışında başka rütbesi yoktu. Bir kaldırım savaşçısı, bir görev adamıydı.

İşte Jean-Louis Schiffer'in "Demir" tarafı.

"Rakam" tarafı ise 1971'de, polis, Madeleine Mahallesi'ndeki Michodière Sokağı'nda bir fahişeyi sorguya çekerken beklenmedik bir biçimde ortaya çıkmıştı. Ahlak Bürosu ile İGS tarafından ortaklaşa sürdürülen soruşturma birden yön değiştirmişti. Ama kızlardan hiçbiri gümüş saçlı adam aleyhine ifade vermeyi kabul etmiyordu. 1979'da yeni bir şikâyet daha kayıtlara geçmişti. Schiffer'in Kudüs Sokağı ile Saint-Denis Sokağı'nda çalışan fahişelerden para aldığı ve onları koruduğu söylentisi kulaktan kulağa yayılıyordu.

Yeni bir soruşturma, yeni bir başarısızlık.

Rakam, arkasını sağlama almayı biliyordu.

İlk ciddi sorun 1982'de yaşandı. Bir Türk kaçakçı şebekesinden ele geçirilen önemli miktarda eroin Bonne-Nouvelle Karakolu'ndan buharlaşmıştı. Herkesin dudaklarında Schiffer'in adı dolaşıyordu. Polis hakkında soruşturma açıldı. Ama bir yıl sonra, aklandı. Hiçbir kanıt, hiçbir şahit yoktu.

Yıllar boyunca hakkında başka şikâyetler de oldu. Şantajla alınan yüzdeler; kumar ve bahislerden toplanan komisyonlar; pezevenklere göz yumma; çeşitli entrikalar... Aslında Schiffer her yerde bol para harcıyordu, ama kimse bunu onun yüzüne vuramıyordu. Aynasız kendi bölgesinin hâkimiydi ve onu çok iyi koruyordu. Karakolda bile, İGS müfettişleri yaptıkları soruşturmalarda Schiffer'in meslektaşlarının ağzından tek bir kelime alamamıştı.

Herkesin gözünde, Rakam, her şeyden önce Demir'di. Bir kahraman, kamu düzenini sağlama şampiyonu, polislik mesleğinin saygın kişisiydi.

Ama yaptığı son hata az kalsın tökezlemesine neden oluyordu. 2000 yılının ekim ayıydı. Gazi Hamdi adındaki kaçak bir Türk'ün cesedi, Kuzey Garı'nda rayların üzerinde bulunmuştu. Bir önceki gün Hamdi, uyuşturucu kaçakçılığından şüpheli görülerek bizzat Schiffer tarafından tutuklanmıştı. Ama "şiddet" kullanmakla suçladığı polis tarafından, gözaltı süresi sona ermeden serbest bırakılmıştı; bu onun tarzı değildi oysa.

Hamdi onun darbeleri neticesinde mi ölmüştü? Otopsi bu konuya hiçbir açıklık getirmiyordu; 08.10 treni cesedi paramparça etmişti. Ama adlî tıp tarafından verilen ikinci raporda Türk'ün vücudunda açıklanması zor bazı "lezyonlar" olduğu yazılıydı, işkence yapılmış olabilirdi. Bu kez Schiffer cezaevini boylamaktan kurtulamayacak gibiydi.

Ama, nisan 2001'de savcılık bir kez daha takipsizlik kararı verdi. Ne olmuştu? Jean-Louis Schiffer'in arkasında kimler vardı? Paul, soruşturmayı yürüten İçişleri Teftiş Bürosu memurlarını sorgulamıştı. Ama adamlar cevap vermeye pek istekli davranmamışlardı: artık bu işten tiksinti duyuyorlardı. Üstelik Schiffer, onları birkaç hafta önce "mesleğe veda" partisine bizzat davet etmişti.

Ahlaksız, pislik herif.

İşte Paul'ün karşılaşmaya hazırlandığı aşağılık herifin geçmişi.

Amiens'e doğru gitmek için otoyoldan ayrıldı, devlet yoluna saptı. Longères tabelasını görmek için önünde kat edeceği sadece birkaç kilometre vardı.

Paul vilayet yolunu izledi ve çok geçmeden köye vardı. Hız kesmeden köyün içinden geçti, sonra yağmurdan ıslanmış vadiye inen yeni bir yola saptı. Yağmurdan pırıl pırıl parlayan otların üzerinden geçerken, onu Jean-Louis Schiffer'e götüren yolda neden kendi babasını düşündüğünü anlıyordu.

Bir bakıma, Rakam bütün polislerin babasıydı. Yarı kahraman, yarı şeytandı, o hem iyiyi hem kötüyü, hem ahlaklılığı hem kokuşmuşluğu, hem sevabı hem günahı temsil ediyordu. Bağışlayan, her şeye muktedir bir şahsiyetti, tüm kinine rağmen, sert ve alkolik babasına nasıl hayranlık duyduysa, ona da hayranlık duyuyordu.

8

Paul aradığı binayı bulduğunda kahkahalarla gülmemek için zor tuttu kendini. Çevre duvarları ve kule biçimindeki iki çanıyla, Longères'deki Yaşlı Polisler Evi bir hapisaneyi andırıyordu. Duvarın öte tarafında bu benzerlik daha da artıyordu. Avlu at nalı biçiminde yerleştirilmiş üç ana binayla çevriliydi, binaların ön cephesinde birbirine bağlanan siyah kemerli geçitler vardı. Birkaç adam yağmura meydan okurcasına petanque[1] oynamak için toplanmıştı; üzerlerinde eşofman vardı ve dünyanın herhangi bir yerindeki bir cezaevinde bulunan tutuklulara benziyorlardı. Onların biraz uzağında, üniformalı üç polis, kuşkusuz bir aile büyüğünü ziyarete gelmişlerdi, birer gardiyan edasıyla dolaşıyordu.

Paul, durumun gülünçlüğünün tadını çıkarıyordu. Longères'deki bu yaşlılarevi, Ulusal Polis Teşkilatı Yardım Sandığı tarafından finanse ediliyordu ve tüm polislere açık en önemli düşkünler yurduydu. Bu merkez "herhangi bir psikosomatik rahatsızlığı veya alkol problemi" olmamak koşuluyla her kademeden polisi ve emniyet mensubunu kabul ediyordu. Paul, bu huzur dolu sığınağın, kapalı alanları ve erkek nüfusuyla, diğerlerinden farksız, basit bir yaşlılarevi olduğunu biliyordu.

Ana binanın girişine ulaştı ve camlı kapıyı itip içeri girdi. Kare biçimli, oldukça loş bir hol, buzlu camlı küçük bir pencerenin bulunduğu merdivene açılıyordu. İçeriye bir vivariumun sıcak ve boğucu havası hâkimdi, her tarafa ağır bir ilaç ve idrar kokusu sinmişti.

Sol tarafa, kanatları olmayan kapıya doğru yöneldi, içerden keskin bir yemek kokusu geliyordu. Öğlen vaktiydi. Pansiyonerler yemekte olmalıydı.

---

1. Fransa'nın Provence Bölgesi'ne özgü, demir bilyalarla oynanan bir oyun. (ç.n.)

Sarı duvarları olan, zemini kan kırmızısı muşambayla kaplı bir yemekhanede buldu kendini. İçerde inoxtan uzun masalar vardı; tabaklar ile çatal ve bıçaklar özenle yerleştirilmişti; çorba dolu tencerelerden dumanlar yükseliyordu. Her şey yerli yerindeydi, ama salon bomboştu.

Yandaki odadan gürültüler geliyordu. Paul gürültü patırtının geldiği tarafa yöneldi, ayaklarının pıhtılaşmış zemine gömüldüğünü hissediyordu. Buradaki her ayrıntı ortama hâkim genel uyuşuklukla uyum içindeydi; insan attığı her adımda biraz daha yaşlandığını hissediyordu.

Eşiği geçip odaya girdi. Çirkin eşofmanları içinde yaklaşık otuz kadar polis emeklisi ayakta duruyordu, sırtları dönüktü, hepsi tüm dikkatini bir televizyon ekranına yöneltmişti. "Rasgele, Bartók'u geçti..." Ekranda at yarışı vardı.

Paul biraz daha yaklaştı ve odanın bir başka köşesinde, solda, bir ihtiyarın tek başına oturduğunu fark etti. İçgüdüsel olarak, onu daha iyi görmek için kafasını uzattı. Kamburlaşmış, tabağının üzerine doğru iyice eğilmiş yaşlı adam çatalının ucuyla önündeki biftekle oynuyordu.

Paul gerçeği kabul etmek zorunda kaldı: moruk onun adamıydı. Rakam ve Demir.

İki yüz otuz dokuz tutuklamanın kahramanı polis.

Salonu boydan boya geçti. Arkasında, televizyon bangır bangır bağırıyordu: "Rasgele, Rasgele hâlâ önde..." Son fotoğraflarıyla karşılaştırıldığında, Jean-Louis Schiffer sanki yirmi yıl yaşlanmıştı.

Düzgün yüz hatları zayıflamış, avurtları çökmüş, elmacıkkemikleri iyice belirginleşmişti; çatlak çatlak olmuş, griye çalan derisi, özellikle gerdanı iyice sarkmıştı, teni bir sürüngenin pullarını andırıyordu; bir zamanlar krom mavisi olan gözleri, çökmüş gözkapaklarının altında güçlükle algılanıyordu. Yaşlı polisin, bir dönem kendisine ün kazandırmış uzun saçlarından da eser yoktu, fırça gibi çok kısa kesilmişlerdi; gümüş rengi aslan yelesini andıran saçları yerini beyaz demirden bir kafatasına bırakmıştı.

Ama bedeninin hâlâ güçlü ve heybetli bir görünümü vardı, yakalarını omuzlarına doğru düşürdüğü koyu lacivert bir eşofman giymişti. Paul, yaşlı adamın tabağının yanında bir yığın ganyan kuponu durduğunu gördü. Jean-Louis Schiffer, sokakların efsane adamı, yaşlılarevinin bahis yazmanı olup çıkmıştı.

Paul, enkaz haline gelmiş onun gibi bir yaşlının kendisine nasıl yardımcı olabileceğini hayal bile edemiyordu. Vazgeçmek, geri dönmek için çok geçti. Kemerini, silahını ve kelepçelerini düzeltti, bakışlar dik ve çenesi sıkılı ciddi bir ifade takındı. Gözleri çoktan adama kilitlenmişti. Paul henüz birkaç adım atmıştı ki yaşlı adam teklifsizce lafa girdi:

– İGS'den olmak için çok gençsin.

– Yüzbaşı Paul Nerteaux, birinci kademe DPJ (Adlî Polis Teşkilatı), 10. Bölge.

Tüm bunları çok ciddi bir tonda söylemişti, bundan pişmanlık duydu, ama ihtiyar buna aldırmadı ve ekledi:

– Nancy Sokağı mı?

– Nancy Sokağı.

Soru, aslında dolaylı bir iltifattı: çünkü bu adreste SARİJ'in, yani Adlî Araştırma ve İnceleme Bürosu'nun merkezi yer alıyordu. Schiffer da burada soruşturma memuru olarak görev yapmıştı.

Paul bir sandalye çekti, otururken istemeyerek de olsa, hâlâ televizyonun önünde çakılı bir halde durmakta olan bahisçilere bir göz attı. Schiffer onu gözleriyle takip etti ve bir kahkaha patlattı:

– Ömrünü ayaktakımından birilerini kodese tıkmakla geçiriyorsun, peki sonuçta eline ne geçiyor? Sen de kendini bir delikte buluyorsun.

Ağzına bir parça et attı. Derisinin altında çeneleri, bir makinenin dişlileri gibi hareket etmeye başladı. Paul, onun hakkındaki yargısını bir daha gözden geçirdi, Rakam bu halinden daha kötü olamazdı. Tozunu gidermek için bu mumyaya üflemekten başka yapacak bir şey yoktu.

– Ne istiyorsun? diye sordu ağzındaki lokmayı yuttuktan sonra.

Paul bu kez daha ılımlı bir tonda konuştu:

– Sana akıl danışmaya geldim.

– Hangi konuda?

– Bu konuda.

Paul parkasının cebinden sarı bir zarf çıkardı ve ganyan kuponlarının yanına bıraktı. Schiffer tabağını kenara itti ve acele etmeden zarfı açtı. İçinden bir düzine kadar renkli fotoğraf klişesi çıkardı.

İlk fotoğrafa baktı ve sordu:

– Bu nedir?

– Bir yüz.

Diğer resimlere bakmaya başladı. Paul açıklamalarda bulunuyordu:

– Burun falçatayla kesilmiş. Ya da bir usturayla. Yanaklardaki yırtıklar ve yarıklar da aynı kesici aletle yapılmış. Çene eğelenmiş. Dudaklar makasla parçalanmış.

Schiffer yeniden ilk fotoğrafa dönmüş, ancak tek kelime söylememişti.

– Ama, diye devam etti Paul. Vücutta darbe izleri de var. Adlî tabibe göre tüm bu kesikler kurban öldükten sonra gerçekleştirilmiş.

– Kimliği saptandı mı?

– Hayır. Parmak izlerinden hiçbir sonuç alınamadı.

– Kaç yaşında?

– Yaklaşık yirmi beş.

– Peki ölüm nedeni?

– Hangisinde karar kılarsan o. Darbeler. Yaralar. Yanıklar. Vücut da suratla aynı durumda. Her şeyden önce yirmi dört saatten fazla bir süre işkence görmüş. Ayrıntıları bekliyorum. Otopsi hâlâ sürüyor.

Emekli polis gözlerini resimlerden ayırıp, ona baktı:

– Neden bunları bana gösteriyorsun?

– Ceset, dün, sabaha karşı Saint-Lazare Hastanesi'nin yakınlarında bulundu.

– Yani?

– Orası sizin bölgenizdi. 10. Bölge'de yirmi yıldan fazla bir süre görev yaptınız.

– Ama bu beni patolog yapmaz.

– Kurbanın işçi bir Türk kızı olduğunu düşünüyorum.

– Neden Türk?

Her şeyden önce mahalle. Sonra dişler. Ağzında, sadece Ortadoğu'da kullanılan altın dolgu kalıntıları var. (Daha güçlü bir şekilde ekledi.) Alaşımların ismini ister misiniz?

Schiffer yeniden tabağını önüne çekti ve yemeğine devam etti.

– Neden işçi? diye sordu, ağzındaki lokmayı uzun uzun çiğnedikten sonra.

– Parmaklar, diye karşılık verdi Paul. Parmak uçlarında yara izleri var. Konfeksiyon işinde çalışanlarda rastlanan bir özellik. Teyit ettim.

– Hakkında herhangi bir kayıp ihbarı var mı?

Emekli polis anlamamış gibi davranıyordu.

– Hiçbir kayıp tutanağı yok, diye iç çekti Paul büyük bir sabırla. Hiç kimse aranması için polise başvurmamış. O bir kaçak işçi, Schiffer. Fransa'da oturma ve çalışma izni olmayan biri. Kimsenin bulmak için peşine düşmeyeceği bir kadın. İdeal bir kurban.

Rakam, acele etmeden, ağır ağır bifteğini bitirdi. Tabağını, çatalını ve bıçağını kenara çekti ve fotoğrafları yeniden eline aldı. Bu kez gözlüklerini taktı. Her klişeyi birkaç saniye boyunca inceledi, yaralara dikkatle baktı. Paul de gözlerini resimlere çevirmişti. Tersten de olsa, koparılmış burnun yerindeki kara deliği, surattaki bıçak kesiklerini, iğrenç bir görüntü arz eden yarık dudağı gördü.

Schiffer fotoğraf tomarını masaya bıraktı ve yoğurt kabını önüne çekti. Kaşığını içine daldırmadan önce itinayla kapağı kaldırdı. Paul, bütün sabrının son hızla tükendiğini hissediyordu.

– Her yeri dolaştım, diye devam etti. Atölyeler. Yurtlar. Barlar. Hiçbir şey bulamadım. Kimse kaybolmamış. Ve bu gayet normal; çünkü böyle biri asla var olmamış. Bunlar kaçak işçiler. Bu tür görünmez insanlardan oluşan bir toplulukta bir kurbanın kimliği nasıl saptanabilir ki?

Schiffer suskunluğunu hâlâ sürdürüyor; iştahla yoğurdunu yiyordu. Paul devam etti:

– Hiçbir Türk hiçbir şey görmemiş. Ya da bana hiçbir şey söylemek istemiyorlar. Aslında zaten kimse olan biteni bana anlatamaz. Çünkü bunun basit bir nedeni var, kimse Fransızca bilmiyor.

Rakam, kaşığıyla oyununu sürdürüyordu. Sonunda konuşma lütfunda bulundu:

– Ve sana benden söz ettiler.

– Herkes bana sizden bahsetti. Beauvanier, Monestier, müfettişler, dedektifler. Onların dediğine göre, bu boktan araştırmada sizin yardımınız olmadan en ufak bir ilerleme kaydedemezmişiz.

Yeniden sessizlik oldu. Schiffer peçetesiyle dudaklarını sildi, sonra küçük plastik kabı yeniden önüne çekti.

– Bütün bunlar çok eskide kaldı. Ben artık emekli bir polisim ve artık sadece bunlarla ilgileniyorum. (Ganyan kuponlarını işaret etti.) Kendimi yeni uğraşlara vakfettim.

Paul masanın kenarını kavradı ve Schiffer'e doğru eğildi:

– Schiffer, kızın ayaklarını kırmışlar. Çekilen röntgenlerde vücutta yetmişten fazla kırık saptandı. Memelerini kesmişler, hem de etlerin arasından kaburgaları gözükünceye kadar. Vajinasına, üzerinde keskin bıçaklar bulunan bir çubuk sokmuşlar. (Paul masaya vurdu.) Bunun bu şekilde devam etmesine izin veremem!

Yaşlı aynasız bir kaşını kaldırdı:

– Devam etmek mi?

Paul, oturduğu sandalyede kıpırdandı, sonra beceriksiz bir hareketle, parkasının iç cebine rulo halinde yerleştirdiği dosyayı çıkardı.

İstemeye istemeye konuştu:

– Bu üçüncü.

– Üçüncü mü?

– İlk ceset geçen kasımda bulundu. İkincisi ise ocak ayında. Ve şimdi de bu. Hepsi de Türk mahallesinde. Hep aynı şekilde işkence edilmiş ve öldürülmüş kızlar.

Schiffer ona sessizce bakıyordu, kaşığı havada öylece duruyordu. Paul birden bağırdı, böğürüyordu:

– Tanrım, Schiffer, anlamıyor musunuz? Türk mahallesinde seri cinayetler işleyen bir katil var. Bir herif kaçak işçi kızlara saldırıyor. Fransa'da varlığı tartışılan bir bölgede hiçbir zaman var olmayan kadınlara!

Jean-Louis Schiffer nihayet yoğurdunu bir kenara bıraktı ve Paul'ün tuttuğu dosyayı aldı.

– Bana biraz zaman ver.

Dışarıda, güneş tekrar kendini göstermişti. Gümüş renkli su birikintileri çakıl taşı kaplı büyük avluda güneşin etkisiyle yeniden hayat bulmuştu. Paul ana kapının önünde, Jean-Louis Schiffer'in hazırlanmasını beklerken bir aşağı bir yukarı gidip geliyordu. Başka bir çözüm yoktu. Biliyordu, daima da bilmişti. Rakam ona yardım edebilecek tek insandı. Yaşlılarevinden ona yardımcı olamaz, Paul sıkıntıda olduğunda telefonla imdadına yetişemezdi. Hayır. Bu eski polis Türkleri bizzat sorgulamalı, bağlantılarını harekete geçirmeli, her yerden iyi tanıdığı bu mahalleye dönmeliydi.

Paul, başvurduğu bu yöntemin sonuçlarını düşünerek titredi. Kimsenin bundan haberi yoktu; ne savcının ne de diğer üst kademe emniyet mensuplarının. Zaten kaba ve sıradışı yöntemleriyle tanınan bir polis eskisine asla müsaade etmezlerdi; onun dizginlerini elinde tutması gerekiyordu.

Bir tekmeyle, küçük bir çakıl taşını su birikintisine yuvarladı, suda yansıyan görüntüsü bozuldu. Hâlâ bu fikrinin iyi olduğuna inanmaya çalışıyordu. Buraya nasıl gelmişti? Neden bu araştırmada bu noktaya ulaşmıştı? Neden, ilk cinayetten itibaren tüm varlığını bu çıkış noktasında yoğunlaştırmıştı?

Bir an düşündü, onun puslu, bulanık geçmişine hayranlık duydu, sonra tüm öfkesinin tek bir nedeni olduğunu kabullendi.

Her şey Reyna'yla başlamıştı.

25 mart 1994

Paul, Narkotik Şube'de önemli başarılar kazanmıştı. Üzerinde çalıştığı davaları bir bir neticelendiriyor, düzenli bir hayat sürüyor ve komiserlik sınavlarına hazırlanıyordu. Büründüğü polis zırhı onu, geçmişteki sıkıntılarına, korkularına karşı koruyordu sanki.

O gece, Kâbilli bir uyuşturucu kaçakçısını on saatten fazla bir süre Paris Emniyet Müdürlüğü'nde sorgulamıştı. Rutin bir işti. Ama, İle-de-la-Cité'deki Quai des Orfèvres'de gerçek bir ayaklanma meydana gelmişti; polis otobüsleri peş peşe emniyet amirliğine geliyor ve salkım saçak bağıran, el kol hareketleri yapan yeniyetmeleri taşıyordu; CRS'ler nehir boyunca koşuşturuyor, ambulanslar sirenler çalarak Hôtel-Dieu'nün avlusuna hızla giriyordu.

Paul bilgi topladı, neler olup bittiğini öğrendi. Toplu iş sözleşmesine karşı Mesleklerarası Asgarî Ücreti Artırma Komisyonu "SMİC" tarafından düzenlenen bir gösteri çığırından çıkmıştı. Nation Meydanı'nda yüzden fazla polisin ve otuz-kırk kadar göstericinin yaralandığı, milyonlarca frank zarar olduğu söyleniyordu.

Paul sorguladığı şüpheliyi yanına aldı, hızla bodrum katına indi. Eğer nezarethanelerde yer yoksa, onu Santé Hapishanesi'ne hem de kendi bileğine kelepçelenmiş olarak götürmesi gerekecekti.

Nezarethaneye her zamanki gürültü patırtı hâkimdi, her kafadan ayrı bir ses çıkıyordu. Hakaretler, bağırıp çağırmalar, balgamlar: göstericiler demir parmaklıklara asılıyor, tırmanıyor, küfürler savuruyordu, polisler de ellerindeki coplarla onlara cevap veriyordu. Şüpheliyi bir kodese tıktı ve tükürüklerden, hakaretlerden kaçarak alelacele geri döndü.

Nezarethaneyi terk edeceği sırada gördü onu.

Yere oturmuş, kollarını dizlerinin etrafına dolamıştı ve çevresindeki bu kargaşayı sanki küçümser gözlerle izliyordu. Paul kıza doğru yaklaştı. Siyah, kirpi gibi diken diken saçları vardı, vücudu hem bir kadının hem de bir erkeğin vücudunu andırıyordu, karamsar bir hali vardı, 80'li yıllardan kalmış gibiydi. Günümüzde bir tek Yaser Arafat'ın hâlâ kullandığı, mavi kareli bir kefiye takmıştı.

Punk kesimi saçlarının altında, yüzü şaşırtıcı derecede düzgündü; Eski Mısır dönemine ait, beyaz mermere yontulmuş, küçük bir heykele benziyordu. Paul bir dergide gördüğü heykelleri düşündü. Doğal bir parlaklığı olan, hem ağır hem ahenkli, avuç içine yerleşmeye ya da bir parmağın üstünde dengede durmaya hazır heykelcikler. Brancusi adındaki bir sanatçının imzasını taşıyan büyüleyici sanat eserleri.

Paul gardiyanlarla görüştü ve kızın adının kayıt defterine işlenmemiş olduğunu öğrendi, sonra onu üçüncü kata, sorgulama odalarının bulunduğu kısma götürdü. Merdivenleri tırmanırken,

Paul sahip olduğu kozları ve handikapları düşündü.

Elindeki kozlar pek yabana atılamazdı: her şeyden önce yakışıklı sayılabilecek bir herifti; uyuşturucu satıcılarının peşinde tekinsiz sokakları arşınlarken fahişeler arkasından ıslık çalıyor ve onu küçük adıyla çağırıyorlardı. Saçları bir Kızılderili'ninki gibi düz ve parlak siyahtı. Yüz hatları düzenli, gözleri koyu kahverengiydi. Soğuk ve sinirli bir görünümü vardı, çok uzun boylu değildi, ama kalın tabanlı Paraboot'lar giyiyordu. Eğer yüzüne sert bir ifade takınmasa, aynanın karşısında biraz daha vakit harcayıp, güzel, sevimli yüzünü çirkinleştiren üç günlük sakalla dolaşmasa hiç de fena değildi.

Handikaplara gelince, sadece bir taneydi, ama önemliydi: sonuçta bir aynasızdı.

Kızın adlî sicilini incelediğinde, karşısındakinin baş edilemez biri olduğunu anladı. Reyna Brendosa, yirmi dört yaşındaydı, Sarcelles'de Gabriel-Péri Sokağı 32 numarada oturuyordu ve şiddet yanlısı Devrimci Komünist Birliği'nin aktif bir üyesiydi; globalizm karşıtı İtalyan örgütü "Tutte Bianche"nin ("Beyaz Birlik") de mensubuydu; yakıp yıkmaktan, kamu düzenini bozmaktan, müessir fiilden birçok kez tutuklanmıştı. Patlamaya hazır gerçek bir bombaydı.

Paul, gözlerini bilgisayarından ayırdı ve masanın diğer tarafında, sabit bakışlarla kendisini inceleyen kıza hayranlıkla baktı. Sürmeli siyah gözleri, onu bir akşam Château-Rouge'da Zaireli iki torbacıdan yediği dayaktan daha fazla sersemletmişti.

Tüm polislerin yaptığı gibi bir süre kızın kimlik kartıyla oynadı, sonra sordu:

– Her şeyi yakıp yıkmak seni eğlendiriyor mu?

Kız cevap vermedi.

– Savunduğun fikirleri ifade etmenin başka yolu yok mu?

Yine cevap yoktu.

– Şiddet... şiddet uygulamak seni tahrik mi ediyor?

Cevap vermedi. Ama sonra, birden yavaş ve etkileyici bir sesle konuştu:

– Tek gerçek şiddet, özel mülkiyettir. Halk yığınlarının soyulmasıdır. Sınıf bilincinin kaybedilmesidir. En kötüsü de yasaların da buna izin vermesidir.

– Bu fikirlerin hepsinin modası geçti: haberin yok mu?

– Hiç kimse kapitalizmin çöküşünü engelleyemeyecek.

– Kapitalizmin çöküşünü beklerken, sen de üç ay kadar bir süre kapalı kalacaksın.

Reyna Brendosa güldü:
– Küçük askeri oynuyorsun, ama bir piyondan başka bir şey değilsin. Sana doğru üflüyorum ve sen yok oluyorsun. Bu kez gülen Paul oldu. Bugüne kadar hiçbir kadından bu denli tahrik olmamış, hiçbir kadını bu denli çekici bulmamıştı; onu şiddetle arzuluyor, ama aynı zamanda ondan çekiniyordu.

Birlikte geçirdikleri ilk geceden sonra, Paul onu yeniden görmek istemişti; kız ise ona "pis aynasız" der gibi bakmıştı. Bir ay kadar sonra, zaten hemen her akşam Paul'ün evinde uyuyordu, Paul, Reyna'ya yanına taşınmasını önermişti; kız "Canın cehenneme" diye cevap vermişti. Yine bir süre sonra Paul ona evlilikten söz etmiş, kız bu kez kahkahalarla gülmüştü.

Portekiz'de, Porto yakınlarında, Reyna'nın doğduğu köyde evlenmişlerdi. İlk tören komünistlerin elindeki belediyede, sonra ikincisi, küçük bir kilisede yapılmıştı. İnancın, sosyalizmin ve güneşin güzel bir birlikteliğiydi bu. Paul'ün en iyi anılarından biriydi.

Daha sonraki aylar Paul'ün hayatının en güzel günleri olmuştu. Ona olan hayranlığı devam ediyordu. Reyna, Paul için ete kemiğe bürünmüş, maddî bir yaratıktan çok daha fazla şey ifade ediyordu, onun bir hareketi, bir tavrı Paul de tahmini zor bir huzur, neredeyse hayvanî bir cinsel arzu yaratıyordu. Siyasî görüşlerini anlatarak, ütopyalar tasvir ederek, Paul'ün adını bile duymadığı filozoflardan söz ederek saatler geçirebiliyordu. Sonra, tek bir öpücükle Paul'e ateşli, yürek hoplatan, organik bir varlık olduğunu da hatırlatıyordu.

Nefesi kan kokuyordu; çünkü dudaklarını durmaksızın ısırıyordu. Her koşulda sanki dünyanın soluğunu içine çekiyor, tabiatın dişlileriyle uyum sağlıyordu. Bir tür içsel algılaması vardı, evreni, dünyayı kavrayabiliyordu; sanki dünyanın titreşimlerini, canlıların içgüdülerini algılamasını sağlayan gizli bir gücün sahibiydi.

Paul, ona ciddi bir hava veren ağırlığını seviyordu. Onun haksızlık, sefalet, insanın başıboşluğu karşısında duyduğu derin ıstırabı seviyordu. Onun isteyerek seçtiği bu mücadele yolunu, günlük hayatlarını bir tragedya düzeyine çıkaran bu mücadele yolunu seviyordu. Karısıyla yaşadığı bu hayat, bir tür dünya zevklerinden el etek çekmeydi; tanrısal esine bir hazırlıktı. Dinî, ulvî ve özenli bir yol.

Reyna ya da aç açına bir hayat... Bu duygu olacakların bir habercisiydi. 1994 yazının sonunda Reyna, Paul'e hamile olduğunu söyledi. Paul haberi bir ihanetin itirafı gibi algılamıştı: hayallerini çalmışlardı. Tüm idealleri tabiat gerçeklerinin ve ailenin bayağılığında yok olmuştu. Aslında ondan yoksun kalacağını hissediyordu. Önce fizik olarak sonra da moral olarak. Reyna'nın ilgi alanı da şüphesiz değişecekti; hayalleri, içinde her geçen gün biraz daha büyüyen canlı üzerinde yoğunlaşacaktı...

Tüm bunların hepsi gerçekleşti. Önce Paul'den uzaklaştı, onun kendisine dokunmasını bile istemiyordu. Paul'ün varlığıyla ilgilenmiyordu. Kendi idolü, yani çocuğu üzerinde yoğunlaşmış, bir tür yasak mabedi andırıyordu. Paul, ondaki bu değişime uyum sağlayabilirdi, ama hissettiği başka bir şey vardı, bugüne kadar farkına varmadığı büyük bir yalan.

1995 nisanındaki doğumdan sonra ilişkileri iyice soğudu. Kızlarının yanında bile birbirlerine çok mesafeli davranıyorlardı. Yeni doğan çocuklarına rağmen evde kasvetli bir hava, sağlıksız bir ortam vardı. Paul, Reyna'nın kendisinden iğrendiğine kanaat getirmişti.

Bir gece, Paul kendini tutamayıp sordu:

– Beni hâlâ arzuluyor musun?

– Hayır.

– Peki beni bir daha arzulamayacak mısın?

– Hayır.

Paul bir süre tereddüt etti, sonra kaçınılmaz soruyu sordu:

– Bugüne kadar beni hiç arzuladın mı?

– Hayır, asla.

Bir polis için, bu durumda yapacak fazla bir şey yoktu. Tanışmaları, birliktelikleri, evlilikleri, hepsi düzmece, sahte bir hikâyeydi, bir ikiyüzlülüktü.

Bu dalaverenin tek bir amacı vardı, o da çocuktu.

Birkaç ay içinde boşandılar. Hâkimin karşısında Paul tam anlamıyla kendini gerçeklerden soyutlamıştı. Mahkeme salonundan yükselen boğuk bir ses duyuyordu ve bu kendi sesiydi; sakallı yüzünü bir zımpara kâğıdı gibi hissediyordu; salonda bir hortlak, sanrılı bir hayalet gibi geziniyordu. Her şeye evet demişti, çocuğa verilecek nafakaya, bakıcıya ödenecek paraya, hiçbir konuda pazarlığa girmemişti. Hiçbir şey umurunda değildi, uğradığı ihanet dışında. Farkına varmadan, oldukça tuhaf bir ortaklığın kurbanı olmuştu... Reyna, o Marksist kız onun spermlerinden yararlanmıştı. Onu kullanarak doğal yollardan hamile kalmıştı, komünist usulü.

En acı olanı da, Reyna'ya en ufak bir kin duymamasıydı. Tam

tersine hâlâ o entelektüele hayranlık duyuyor, tuhaf bir şekilde onu hâlâ arzuluyordu. Tek bir şeyden emindi: Reyna Paul'ün dışında başka hiç kimseyle cinsel ilişkiye girmemişti. Ne bir erkekle, ne de bir kadınla. Ve sadece insanlara hayatını vakfetmeyi isteyen bu idealist kız hem duygu hem de düşünce olarak onu şaşırtmıştı.

O günden sonra Paul değişmeye, kirli denizini arayan pislik dolu bir nehir gibi yatağını değiştirmeye başlamıştı. İşinde de hayatı pamuk ipliğine bağlıydı. Nanterre'deki ofisine neredeyse hemen hiç uğramıyordu. Tüm vaktini en kötü mahallelerde, sıradan ayaktakımının yanında geçiriyor, çok fazla esrar içiyor, uyuşturucu satıcıları ve uyuşturucu müptelalarıyla takılıyordu, insan müsveddeleriyle birlikte olmaktan hoşlanıyordu...

Sonra, 1998 ilkbaharında kızını görmeyi kabul etmişti.

Adı Céline'di ve üç yaşına gelmişti. İlk birkaç hafta sonu Paul için ölümcül olmuştu. Parklar, atlıkarıncalar, pamukhelvalar: ebedî bir sıkıntı. Sonra, yavaş yavaş, hiç beklemediği bir huzura kavuştu. Çocuğun hareketlerinde, yüzünde, ifadesinde bir saydamlık, bir duruluk keşfetti; esnek, kaprisli, yerinde duramayan, dolambaçsız ve doğrudan bir şeyler.

Parmaklar sıkılı bir biçimde bir eli dışa dönük olduğunda bir şeye dikkati çekmek istiyor demekti; kimi kez öne doğru eğilip yüzüne muzip bir ifade takınıyordu; kısık sesi onun sevimliliğini biraz daha artırıyor, Paul'ün içini titretiyordu. Bu çocuğun içinde insanın yüreğine heyecan veren bir kadın saklıydı. Ama o kadın annesi –özellikle de annesi– değildi, ama bu saklı kadın yaramaz, canlı ve eşsiz bir kadın olabilirdi.

Dünyada Paul'ün artık yeni bir amacı vardı: Céline onun için çok değerliydi.

Paul radikal kararlar aldı ve sonunda velayet hakkını büyük bir tutkuyla kullanmaya başladı. Kızıyla olan düzenli buluşmaları Paul'ün hayatına çekidüzen vermişti. Özsaygısını yeniden kazandı. Kendini tüm pisliklerden arınmış bir kahraman, namuslu ve dürüst bir süper polis olarak görüyordu.

O, artık aksi her sabah aynada ışıldayan bir adamdı.

Tekrar göreve döndüğünde, çalışma alanı olarak cinayet masasını seçti. Komiserlik sınavını unuttu ve Paris Cinayet Bürosu'nda görevlendirilmek istedi. Geçirdiği o dalgalı ve kararsız döneme rağmen 1999'da yüzbaşı oldu. Zorlu ve yaman bir dedektif olup çıkmıştı. Ve hep, onu zirveye taşıyacak bir vaka alma umudunu korudu. Tüm yürekli polislerin ağzını sulandıracak türden bir soruşturma: bir dazlak avı, ismine layık bir düşmanla, *mano a mano*, teke tek bir düello.

İşte o dönemlerde, Paul ilk cesetten söz edildiğini duydu.

İşkence görmüş, yüzü haşat edilmiş bir kadın 15 kasım 2001'de Strasbourg Bulvarı yakınlarında polis tarafından bir garaj girişinde bulunmuştu. Şüpheli yoktu, neden yoktu, ama cinayete kurban gitmiş biri vardı... Emniyetteki kayıp dosyalarında maktule ait bir bilgiye rastlanmamıştı. Parmak izleri de emniyet kayıtlarında yoktu. Cinayet Bürosu tarafından bu cinayet dosyası çoktan rafa kaldırılmıştı. Şüphesiz bu, bir fahişe ile pezevengi arasındaki anlaşmazlığın bir neticesiydi. Zaten Saint-Denis Sokağı olay yerinden iki yüz metre uzaktaydı. Ama içgüdüsel olarak Paul'ün düşünceleri farklıydı. Dosyayı –tutanakları, adlî tıp raporunu, cesedin fotoğraflarını– buldu. Noel tatili boyunca, Céline'in de Portekiz'e, anneannesinin yanına gitmiş olmasından yararlanıp, bütün meslektaşları aileleriyle birlikte tatil yaparken, belgeleri iyice inceledi. Ve bu cinayetin sıradan bir vaka olmadığını anladı. Çünkü işkence izlerinin farklılığı, yüzdeki bıçak darbeleri bir pezevengin işine benzemiyordu. Üstelik kurban gerçekten bir fahişeyse, parmak izi kayıtlarından bir sonuç alınmalıydı, çünkü 10. Bölge'deki tüm orospuların poliste dosyası vardı.

Strasbourg-Saint-Denis Mahallesi'nde meydana gelebilecek olaylara ayrı bir dikkat göstermeye karar verdi. Ve yeni bir olay için uzun süre beklemesi gerekmedi.

10 ocak 2002'de, Faubourg-Saint-Denis Sokağı'nda, bir Türk'ün atölyesinin avlusunda ikinci bir ceset bulundu. Kurbanın öldürülme şekli ilkiyle aynıydı; polis yine hiçbir ipucu bulamadı; aynı işkence izleri; yüzdeki aynı bıçak darbeleri dışında.

Paul soğukkanlılıkla, ancak var gücüyle araştırmaya başladı, birinin "seri cinayetlerine" devam ettiği gün gibi açıktı. Soruşturmayı yürüten sorgu yargıcı Thierry Bomarzo'nun ofisine daldı ve ondan soruşturma hakkında bilgi aldı. Ne yazık ki önemli bir kanıt, ipucu yoktu. Asayiş Bürosu'nun elemanları cinayet mahallinin içine etmiş ve Olay Yeri İnceleme Bürosu hiçbir şey bulamamıştı.

Paul, katili kendi bölgesinde araması, Türk mahallesine girmesi gerektiğini anladı. 10. Bölge'deki DPJ'ye tayinini ve Nancy Sokağı'ndaki SARİJ'de (Adlî Araştırma ve İnceleme Bürosu) sıradan bir müfettiş gibi çalışmayı talep etti. Evi soyulan dullarla, vitrini kırılarak malları çalınan bakkallarla, huysuz komşularından şikâyetçilerle uğraşan bir polis olarak yeniden sokaklara döndü.

Şubat ayı bu şekilde geçti. Paul kendi kendini yiyordu. Hem yeni bir ceset bulmaktan korkuyor hem de katilin başka bir cinayet işlemesini istiyordu. Bu olayı çözmek için kimi zaman büyük bir istek duyuyor, kimi zaman da yoğun iş temposundan bunalıyordu. Dibe vurduğu anlarda, Val-de-Marne'daki Thiais Kimsesizler Mezarlığı'na gidip iki isimsiz kurbanın mezarları başında derin düşüncelere dalıyordu.

Mezarlıkta, üzerinde sadece bir numara bulunan mezartaşlarının karşısında, onları öldüren iblisi bulacağına, intikamlarını alacağına dair kadınlara söz veriyordu. Sonra, bir kez de, daima aklının bir köşesinde duran Céline'e söz veriyordu. Evet, katili yakalayacaktı. Hem kızı için hem de kendisi için yakalayacaktı. Tüm âlem onun nasıl büyük bir polis olduğunu öğrenecekti.

16 mart 2002'de, bir şafak vakti, yeni bir ceset daha ortaya çıktı.

Belediye görevlileri, sabahın 5'inde telefon edip haber vermişlerdi. Cesedi çöpçüler bulmuştu: ceset hâlâ Saint-Lazare Hastanesi'nin hendeğindeydi, burası Magenta Bulvarı'ndan biraz içeride, briketten, terk edilmiş bir binaydı. Paul, buraya kimsenin bir saatten önce ulaşamayacağını düşündü. Ceketini kaptığı gibi cinayet mahalline doğru yola çıktı. Vardığında etrafta kimseler yoktu, konsantrasyonunu bozacak ne bir polis ne de tepe lambaları yanıp sönen arabalar...

Gerçek bir mucizeydi.

Onun kokusunu, varlığını ve çılgınlığını soluyarak katilin izini sürebilecekti... Ama yeni bir hayal kırıklığı oldu. Elle tutulur, somut ipuçları, katilin kimliğini ortaya koyacak özel bir işaret bulmayı umut etmişti. Ama bir beton teknesinin içine bırakılmış bir cesetten başka bir şey bulamadı. Morarmış, kolları ve bacakları kırılmış, yüzü parçalanmış, balmumu rengi saçları darmadağın edilmiş bir ceset.

Paul, iki suskunluk arasına sıkışmış olduğunu anladı. Ölülerin suskunluğu ve mahallenin suskunluğu.

İlk polis arabası gelmeden önce, yenilmiş, umutları kırılmış bir halde geri döndü. Saint-Denis Sokağı'nı yürüyerek boydan boya geçti ve Küçük Türkiye'nin uyanmakta olduğunu gördü. Esnaf dükkânlarını açıyor; işçiler işyerlerine koşturuyor; bin bir Türk kaderlerine doğru yol alıyordu. Şüphe götürmez tek bir şey vardı: bu göçmen mahallesi katilin saklandığı ormandı. Kaçıp saklandığı, kendini güvende hissettiği karmakarışık bir cangıl.

Ama Paul'ün, onu sığındığı bu ormandan çıkarmak için en ufak bir şansı yoktu.

Bir rehbere ihtiyacı vardı. Bir iz sürücüye.

Elbiseleri içinde Jean-Louis Schiffer bayağı yakışıklı olmuştu. Zeytin yeşili Barbour bir av ceketi; iri birer kestane gibi parlak, kocaman Church ayakkabılarının üzerine dökülen açık yeşil kadife bir avcı pantolonu giymişti.

Bu elbiseler, sert görünümünü bozmadan, ona belirgin bir zariflik kazandırmıştı. Tıknaz, geniş bir gövde, yay gibi bacaklar: güçlü, dayanıklı, zorlu bir adamda olması gereken her şey. Şüphesiz bu polisi, yönetmeliğe uygun bir silah olan 38'lik Manhurin'in geri tepme gücü bile yerinden kıpırdatamıyordu. Daha da önemlisi, tavrında, duruşunda geri adım atmayan bir adam edası vardı; bu onun tarzının bir parçasıydı.

Paul'ün aklından geçenleri okumuş gibi, Rakam kollarını havaya kaldırdı:

– Beni arayabilirsin, ufaklık. Metal taşımıyorum.

– Umarım, dedi Paul. Burada hâlâ görevde olan tek bir polis var: bunu unutmayın. Ve ben sizin "ufaklığınız" değilim.

Schiffer, topuklarını birbirine vurarak bir şaklaban gibi hazır ola geçti. Paul, sırıtmadı bile. Rakam'ın binmesi için arabanın kapısını açtı, kendisi de direksiyona geçti ve hemen hareket etti, kaygılarına, korkularına doğru yola çıktı.

Yol boyunca Rakam tek kelime etmedi. Elindeki dosyaya gömülmüştü. Paul dosyadaki en ufak ayrıntıyı bile biliyordu. "Corpus"[2] diye adlandırdığı kimlikleri belirsiz bu cesetler hakkında bilinebilecek her şeyi biliyordu.

Paris yakınlarına geldiklerinde, Schiffer dosyadan başını kaldırıp sordu:

– Cinayet mahallerinin incelemesinden sonuç çıkmadı mı?

2. "Gövde" anlamında Latince sözcük. (ç.n.)

– Hayır.

– Peki Olay Yeri İnceleme Bürosu herhangi bir parmak izine, ipucuna rastlamadı mı?

– Hiçbir şey yok.

– Cesetlerde de mi?

– Özellikle cesetlerde. Adlî tabibe göre katil cesetleri sanayi deterjanıyla temizliyor. Yaraları dezenfekte ediyor, maktullerin saçlarını yıkıyor, tırnaklarını fırçalıyor.

– Peki çevrede yapılan soruşturmalar?

– Size bundan daha önce de bahsetmiştim. Her cinayet mahallinin çevresindeki işçileri, esnafı, fahişeleri, çöpçüleri sorguladım. Hatta evsizleri bile sorguya çektim. Kimse bir şey görmemiş.

– Senin düşüncen?

– Katilin bir arabayla dolaştığını, günün ilk saatlerinde, durum müsait olur olmaz da cesetten kurtulduğunu düşünüyorum. Temiz bir iş.

Schiffer dosyanın sayfalarını çeviriyordu. Cesetlerin fotoğraflarına gelince durdu:

– Peki yüzler, herhangi bir fikrin var mı?

Paul derin bir nefes aldı; geceler boyunca bu bıçak darbelerini düşünmüştü.

– Birçok olasılık var. Birincisi, katil sadece izleri yok etmek istiyor olabilir. Bu kadınlar katili tanıyordu ve kimliklerinin belirlenmesi onun için bir tehlike yaratabilirdi.

– Öyleyse neden parmaklarını kesmemiş ve dişlerini sökmemiş?

– Çünkü kadınlar kaçak işçi ve hiçbir yerde kayıtları yok.

Rakam başıyla onu onayladı.

– İkinci olasılık.

– Psikolojik. Bu konu üzerine hayli kitap okudum. Psikologlara göre, katilin kimlik saptaması yapılabilecek organları parçalamasının, yok etmesinin nedeni kurbanlarını tanıyor olması ve onların bakışlarına tahammül edememesiymiş. Böylece kurbanlarını sıradan birer nesneye dönüştürerek, insan olma statülerini yok ediyor, onları kendinden uzak tutuyor.

Schiffer yeniden dosyanın sayfalarını karıştırmaya başladı.

– Bu tür "psiko" inceliklerine aklım basmaz. Üçüncü olasılık?

– Katilin yüzlerle bir sorunu var. Bu kadınların yüz hatlarında onu korkutan, onda ruhsal bir travma yaratan bir şeyler var. Hayır sadece onları öldürmek değil, yüzlerini de parçalamak zorunda. Benim düşünceme göre, bu kızıl saçlı kadınlar birbirlerine benziyor. Onların yüzleri katilin krizlerini tetikliyor.

– Yine de pek açık değil.

– Cesetleri görmediniz, diye çıkıştı Paul, sesini yükselterek. Bir ruh hastasının işi. Su katılmamış bir psikopat. Bizim de onun çılgınlığına ayak uydurmamız lazım.

– Peki, bu... bu ne?

İçinde antik döneme ait heykellerin fotoğraflarının bulunduğu son zarfı da açmıştı. Başlar, masklar, büstler. Paul bu resimleri müze kataloglarından, gezi rehberlerinden, *Archeologia* ya da *Le Bulletin du Louvre* gibi dergilerden kesmişti.

– Tamamen benim fikrim, dedi Paul. Yüzlerdeki bıçak yaralarının, bir taşın üzerindeki çatlaklara, çukurluklara benzediğini fark ettim. Ayrıca tıraşlanmış burunlar, kesilmiş dudaklar, törpülenmiş kemikler de taşlardaki yıpranma izlerini çağrıştırıyor. Katilin bu antik heykellerden esinlendiğini düşünüyorum.

– Göreceğiz, bakalım.

Paul kızardığını hissetti. Evet bu fikri gerçekten mantıksızdı, zaten o da tüm araştırmalarına rağmen, heykeller ile Corpus'ların vücutlarındaki yaralar arasında uzaktan veya yakından bir benzerlik olduğunu gösteren bir iz bulamamıştı. Yine de düşüncesini söyledi:

– Katil için bu kadınlar, hem saygı duyduğu hem de tiksindiği birer tanrıça olabilir. Ama katilin Türk olduğuna ve Akdeniz mitolojisiyle yoğrulduğuna eminim.

– Hayal gücün çok geniş.

– Bugüne kadar hiç sezgilerinize göre hareket etmediniz mi?

– Daima. Sezgilerimden başka bir şeye güvenmem. Ama inan bana, tüm bu "psiko" hikâyeleri çok öznel. Bütün dikkatimizi, her şeyden çok katilin muamma dolu yöntemleri üzerinde yoğunlaştırmalıyız.

Paul anladığından emin değildi. Schiffer devam etti:

– Öncelikle onun çalışma biçimini düşünmeliyiz. Eğer sen haklıysan ve eğer öldürülen bu kadınlar gerçekten kaçak işçiyse, o zaman Müslüman olmaları gerekir. Elbette yüksek topuklu ayakkabılarla dolaşan İstanbullu Müslüman kadınlar değil. Duvara sinerek yürüyen ve tek kelime Fransızca bilmeyen köylü kadınlar. Onlarla yakınlık kurabilmek için onları tanımak gerekir. Ve Türkçe bilmek. Adamımız belki bir atölyede ustabaşı. Veya bir esnaf. Ya da bir yurt sorumlusu. Ayrıca bir de çalışma saatleri var. Bu kadın işçiler yer altında, mahzenlerde, sağlıksız atölyelerde çalışıyor. Katil, onları yeryüzüne çıktıklarında yakalıyor. Ne zaman? Nasıl? Bu ürkek kızlar onunla birlikte gitmeyi neden kabul ediyor? Bu soruların cevabını bulduğumuzda ancak bir miktar yol alabiliriz.

Paul onunla aynı fikirdeydi, ama tüm bu sorular aynı zamanda hiçbir şey bilmediklerinin de bir göstergesiydi. Yani her şey mümkündü. Schiffer başka bir soru sordu:

– Buna benzer cinayetleri araştırdın umarım?

– Ne kadar suç dosyası varsa inceledim. Jandarmanın kayıtları da dahil. Cinayet Bürosu'ndaki bütün çocuklarla konuştum. Fransa'da, uzaktan bile olsa bunu çağrıştıran herhangi bir kaçıklık asla olmamış. Almanya'da, Türklerin yoğun olarak yaşadığı yerleri bile araştırdım. Hiçbir şey bulamadım.

– Peki, ya Türkiye?

– Sonuç aynı. Sıfıra sıfır, elde var sıfır.

Schiffer başka bir soru sordu. Gerçek bir durum saptaması yapıyordu.

– O mahalledeki devriyeleri artırdın mı?

– Louis-Blanc Karakolu'nun patronu Monestier'yle uzlaşıldı. Kontroller sıklaştırıldı. Ama gizlice. Bölgede panik yaratmamız yersiz.

Schiffer bir kahkaha patlattı:

– Sen ne sanıyorsun? Zaten Türklerin olan bitenden haberi vardır.

Paul, bu laf dokundurmanın üzerinde durmadı:

– Yine de, bugüne kadar medyayı uzak tutmayı başardık. Bu, benim olay üzerinde yalnız başıma çalışabilmemin garantisi. Olayın etrafında fazla gürültü koparsa, Bomarzo başka müfettişleri de görevlendirir. Ama şimdilik bu Türklerin meselesi ve kimsenin umurunda değil. İstediğim gibi davranmakta serbestim.

– Neden bunun gibi önemli bir davayla Cinayet Bürosu ilgilenmiyor.

– Ben Cinayet Bürosu'ndan geliyorum. Ama bir ayağım hep buradaydı. Bomarzo bana güveniyor.

– Ve sen yanına kimseyi istemedin, öyle mi?

– Evet.

– Bir araştırma grubu da mı oluşturmadın?

– Hayır.

Rakam sırıttı:

– Demek bu davayı kendi başına çözmek istiyorsun, ha?

Paul cevap vermedi. Schiffer elinin tersiyle pantolonunun üzerindeki ipliği yere attı:

– Senin gerekçelerinin önemi yok. Benimkilerin de. Gereken yapılacak, inan bana.

11

Paul, çevreyolundan, batıya, Porte d'Auteuil'e doğru yöneldi.

– Râpée'ye gitmiyor muyuz? diye şaşkınlıkla sordu Schiffer.

– Ceset Garches'da. Raymond-Poincaré Hastanesi'nde. Orada Versailles Adliyesi için otopsi yapmakla görevli bir adlî tıp kurumu var ve...

– Biliyorum. Peki, neden orası?

– Güvenlik önlemi. Gazetecilerden, amatör vurgunculardan, yani kısacası sürekli Paris Morgu'nun etrafında dolaşanlardan uzak olmak için.

Schiffer onu dinlemiyordu sanki. Büyülenmiş gözlerle araba trafiğini izliyordu. Bazen ışığa alışmak ister gibi gözlerini kısıyordu. Şartlı tahliye olmuş bir mahkûmu andırıyordu.

Yaklaşık yarım saat sonra, Paul Suresne Köprüsü'nü geçti, Sellier Bulvarı boyunca yol aldıktan sonra République Bulvarı'na ulaştı. Garches'a varmadan önce Saint-Cloud şehrini boydan boya geçti:

Tepeye vardıklarında hastane gözüktü. Altı hektarlık bir alana yayılmış binaları, cerrahî blokları ve beyaz odalarıyla; doktorları, hemşireleri ve çoğu trafik kazası kurbanı binlerce hastasıyla gerçek bir şehirdi.

Paul, Vésale Pavyonu'na doğru yöneldi. Güneş tepedeydi ve briketten inşa edilmiş binaların cephelerini okşuyordu. Duvarların her biri kırmızının, gülkurusunun, krem renginin farklı bir tonundaydı, özenle fırında pişirilmiş gibi.

İki yanı ağaçlı yolda, ellerinde çiçekler ya da pasta kutuları olan ziyaretçi gruplarına rastladılar. Buraya hâkim olan *rigor mortis*'ten[3] etkilenmiş gibi ciddi neredeyse mekanik bir tavırla yürüyorlardı.

---

3. "Ölümün soğukluğu" anlamında Latince deyim. (ç.n.)

Pavyonun iç avlusuna ulaştılar. Bina gri ve gülkurusu tonlarındaydı, ön cephedeki küçük çıkması ince kolonlarla desteklenmişti, daha çok bir sanatoryuma ya da gizemli tedavi yöntemleri olan bir kaplıca binasına benziyordu.

Morg binasına girdiler ve beyaz fayans kaplı koridoru izlediler. Bekleme salonuna ulaştıklarında Schiffer sordu:

– Burası, orası mı?

Fazla önemli bir şey değildi ama, Paul onu şaşırtmış olmaktan mutluydu.

Birkaç yıl önce, Garches Adlî Tıp Kurumu çok orijinal bir biçimde yenilenmişti. İlk salon tamamen turkuaz mavisine boyanmıştı; ayrım gözetmeksizin zemin, duvarlar, tavan hep aynı renkti; tavanın nerede başladığı veya bittiği anlaşılmıyordu. Burada kristal bir denize dalmış gibi oluyordu insan, canlı bir saydamlığa girmiş gibi.

– Garches'ın doktorları, çağdaş bir sanatçıya benziyor, diye açıklamada bulundu Paul. Sanki bir hastanede değiliz. Bir sanat eserinin içindeyiz.

Bir hemşire onlara doğru yaklaştı ve sağdaki kapıyı gösterdi:

– Dr. Scarbon taburcu odasında size katılacak.

Çok yakın mesafeyle birbirlerini takip ederek yürüdüler, başka odaların önünden geçtiler. Her yer hâlâ mavi, hâlâ boştu; arada bir, tavana birkaç santimetre arayla yerleştirilmiş bir aydınlatma düzeneğinden yansıyan beyaz bir ışık huzmesi görünüyordu. Koridorda yüksek noktalara yerleştirilmiş mermer vazolar koyudan açığa doğru giden pastel tonlardaydı: gülkurusu, şeftali rengi, sarı, kirli beyaz, sarı... Her yere tuhaf bir duruluk hâkimdi.

Son salona girdiklerinde, Rakam kendini tutamayıp hayranlık dolu bir ıslık çaldı.

Burası, yaklaşık yüz metrekare genişliğinde, kesinlikle ayak basılmamış, yine mavi rengin hâkim olduğu, bölme duvarları olmayan dikdörtgen bir salondu. Giriş kapısının solunda, dışarının aydınlığını içeri yansıtan yüksek üç pencere vardı. Bu pencerelerin karşısında, tam karşı duvara oyulmuş, Yunan kiliselerindeki tonozları andıran üç kemer yer alıyordu. İçerde, çok iri metal külçeler gibi, yine mavi renkli mermer bloklar sanki doğrudan zemine yerleştirilmiş gibiydi.

Bu mermer bloklardan birinin üzeri vücut şeklini almış bir kumaşla örtülmüştü.

Schiffer, salonun tam ortasında yer alan beyaz mermer küpe yaklaştı. Ağır ve parlaktı, içi suyla doluydu, Antikçağ'a özgü kutsal su kaplarına benziyordu. İçindeki su bir motor yardımıyla çalkandırılıyor ve etrafa okaliptüs kokusu yayılıyordu; amaç ölülerden yayılan koku ile formol kokusunu azaltmaktı.

Polis suya parmaklarını daldırdı.

– Bütün bunlar beni gençleştiriyor.

Aynı anda Dr. Claude Scarbon'un ayak sesleri duyuldu. Schiffer o yöne doğru döndü. İki adam da karşısındakini şöyle bir süzdü. Paul bu görünümden iki adamın birbirlerini tanıdıklarını anladı. Yeni ortağından hiç söz etmeden doktoru yaşlılarevinden telefonla aramıştı.

– Geldiğiniz için teşekkür ederim Doktor, dedi Paul adamı selamlarken.

Scarbon başını hafifçe salladı, bakışlarını Rakam'dan ayırmıyordu. Üzerinde koyu renkli yün palto vardı, ellerinde oğlak derisi eldivenleri duruyordu. Yaşlı, zayıf bir adamdı. Gözlerini sürekli kırpıştırıyor, gözlüklerini burnunun ucunda, gereksiz bir şeymiş gibi taşıyordu. Galyalı bıyıkları sanki, savaş öncesi filmleri çağrıştıran ağır ve tekdüze sesini filtre ediyordu.

Paul, Schiffer'e doğru bir harekette bulundu:

– Size...

– Biz tanışıyoruz, diye atıldı Schiffer. Merhaba Doktor.

Scarbon cevap vermeden paltosunu çıkardı ve tonozlardan birinin altına asılı önlüğü alarak sırtına geçirdi; sonra salonun mavisiyle uyum içinde olan soluk yeşil renkli lateks eldivenleri taktı.

Ağır ağır mermer blokun üzerindeki örtüyü kaldırdı. Tüm odayı çürümüş et kokusu sardı ve sıkıntılı havaya son verdi.

Schiffer'e rağmen, Paul gözlerini kaçırdı. Bakmak için tüm cesaretini topladığında, yarıya kadar açılmış çarşafın altında yatan, ağırlaşmış bembeyaz cesedi gördü.

Schiffer kemerin altına geçmiş, cerrahî eldivenlerini takıyordu. Yüzünde en ufak bir rahatsızlık belirtisi yoktu. Arkasında, duvarda tahtadan bir haç ile siyah demirden iki şamdan duruyordu. Boş bir sesle mırıldandı:

– Tamam Doktor, başlayabilirsiniz.

12

Kurban kadındı, Kafkas ırkındandı. Kas tonusundan yirmi ila otuz yaşları arasında olduğu anlaşılıyordu. Kısa boylu ve topluydu. 1,60 metre boy, 70 kilogram. Kızıllara özgü beyaz bir teni ve bu ten rengine uyan saçları vardı; ilk iki kurbanla fizik olarak büyük bir benzerlik arz ediyordu. Anlaşılan adamımız bu tiplerden hoşlanıyordu: otuzlu yaşlarda, kızıl, tombul.

Scarbon monoton bir sesle konuşuyordu. Sanki hazırladığı raporu, uykusuz geçen bir gecenin sonunda yazdığı satırları ezbere okur gibiydi. Schiffer sordu:

– Herhangi bir özel işaret yok mu?

– Ne gibi?

– Dövme. Kulakta delikler. Alyans izi. Kısacası katilin yok edemeyeceği şeyler.

– Hayır.

Rakam, cesedin sol elini tuttu, avucu dışa gelecek şekilde çevirdi. Paul titredi: bu tür bir hareketi yapmaya asla cesaret edemezdi.

– Kına lekesi de yok mu?

– Hayır.

– Nerteaux, kadının parmaklarında terzilik yaptığını belirtir izler bulunduğunu söyledi. Siz bu konuda ne düşünüyorsunuz?

Scarbon başıyla onaylar gibi bir işaret yaptı:

– Bu kadınlar uzun süre el işçisi olarak çalışmışlar. Bu çok açık.

– Yani terzilik yaptıklarını onaylıyor musunuz?

– Kesin olarak bunu söylemek gerçekten çok zor. İğne izlerinin yanı sıra parmaklarda küçük yarıklar var. Ayrıca başparmak ile işaretparmağının arası da nasır tutmuş. Belki dikiş makinesi kullanmaktan, belki de ütüden. (Bakışlarını yerdeki karolara çevirdi.)

Bu kadınlar Sentier Mahallesi yakınlarında bulundu, değil mi?

– Yani?

– Bunlar Türk kadın işçiler.

Schiffer, kesinlik arz eden bu üsluba kulak asmadı. Cesedi inceliyordu. Paul yaklaştı. Böğürler, memeler, omuzlar ve uyluklar üzerindeki, çevresi iyice kararmış yaraları gördü. Bu yaralardan bazıları o kadar derindi ki, arasından kemiklerin beyazlığı fark ediliyordu.

– Bize şu yaralardan bahsedin, dedi Rakam.

Doktor, birbirine tutturulmuş kâğıtları hızla karıştırdı:

– Bu cesette, yirmi yedi bıçak darbesi saptadım. Bazıları yüzeysel, bazıları derin. Katilin saatler boyunca işkence yaptığını söylemek hayalcilik olmaz. Diğer iki cesette de en az bundaki kadar bıçak darbesi var. (Elindeki kâğıtlara bakmayı bırakıp, bakışlarını iki adama çevirdi.) Genel olarak, burada söylediğim her şey diğer iki kurban için de geçerli. Üç kadın da aynı şekilde işkence edilip öldürülmüş.

– Ne tür bir silahla?

– Testere ağızlı, krom kaplı bir komando bıçağı. Birçok yarada bıçağın testere dişlerinin izleri net olarak görülüyor. İlk iki ceset üzerinde, bıçağın boyu ve ağız genişliğinin saptanması için bir inceleme yapılmasını istedim, ama ipucu olabilecek bir sonuç alamadık. Onlarca modeli olan, standart bir asker bıçağı.

Rakam, gövde üzerindeki diğer yaraları yakından incelemek için eğildi; ısırık ya da yanık izlerini andıran, etrafında siyah hareler oluşmuş çok sayıda tuhaf yara dikkatini çekmişti. Paul, bu ayrıntıyı ilk cesette fark ettiğinde bunun bir iblisin işi olduğunu düşünmüştü. Bir cehennem yaratığı bu vücuttan büyük bir zevk almış olmalıydı.

– Peki bunlar? diye sordu Schiffer işaretparmağıyla göstererek. Tam olarak nedir? Isırık izleri mi?

– İlk bakışta, yanık izleri olduğu söylenebilir. Ama ben bu izlerle ilgili daha makul bir açıklama buldum. Katil, onlara elektrik şoku vermek için bir araba aküsü kullanmış. Daha açık olarak söylemek gerekirse, elektrik akımı vermekte çok sık kullanılan tırtıklı penslerden yararlanmış. Benim düşünceme göre elektrik akımının şiddetini artırmak için de kurbanlarının vücutlarını ıslatıyormuş. Bu da yaraların etrafındaki siyahlıkların nedenini açıklıyor. Bu cesette yirmiden fazla bu tür iz var. (Elindeki kâğıt tomarını salladı.) Her şey raporumda yazılı.

Paul, tüm bu bilgileri ezberlemişti; ilk iki kurbanın otopsi raporunu birkaç kere okumuştu. Ama her seferinde aynı tiksintiyi duyuyordu. Bu tür bir çılgınlık karşısında tiksinti duymamak imkânsızdı.

Schiffer, cesedin bacaklarına baktı, mavi-siyah bir renk almış ayaklar, olanaksız bir açıyla katlanmıştı.

– Ya bunlar?

Scarbon da cesedin diğer tarafından dolanıp, Schiffer'in yanına geldi. Bir haritadaki engebeleri inceleyen iki topografa benziyorlardı.

– Röntgenler şaşırtıcı. Ayakkemeri, ayaktarağı ve parmak kemikleri, hepsi un ufak olmuş. Dokulara saplanmış yaklaşık yetmiş tane kemik kıymığı saptadık. Hiçbir düşme bu tür bir hasara neden olmaz. Katil çok ağır bir cisimle vurmuş olmalı. Demir bir çubuk ya da bir beyzbol sopası gibi. Diğer iki ceset de aynı işlemden geçmiş. Öğrendiğime göre bu, bir zamanlar Türkiye'de çok sık başvurulan bir işkence tekniğiymiş. Felaka ya da felika, tam olarak bilmiyorum.

Schiffer boğazsıl bir sesle konuştu:

– Falaka.

Paul, Rakam'ın rahatça Arapça ve Türkçe konuşabildiğini hatırladı.

– Hiç düşünmeden, diye devam etti. Bu işkence yönteminin on kadar ülkede hâlâ uygulanmakta olduğunu söyleyebilirim.

Scarbon, gözlüklerini burnunun ucuna doğru itti.

– Evet. Güzel. Şimdi de egzotizm...

Schiffer, cesedin karın kısmına baktı. Sonra, yeniden cesedin ellerinden birini tuttu. Paul, siyahlaşmış ve şişmiş parmakları gördü. Doktor açıklamada bulundu:

– Tırnaklar kerpetenle sökülmüş. Parmak uçları asitle yakılmış.

– Ne tür bir asit?

– Söylemesi zor.

– Parmak izlerini yok etmek için bu geçerli bir teknik olmalı.

– Eğer öyle olsa bile, katil amacına ulaşamamış. Parmak ve avuç içi izleri oldukça belirgin. Hayır, bunun daha çok ilave bir işkence olduğunu düşünüyorum. Katil, öyle ya da böyle başarısız olacak türden biri değil.

Rakam, cesedin elini bırakmıştı. Şimdi bütün dikkati fırın gibi açık cinsiyet organına yönelmişti. Doktor da yaraya bakıyordu. Topograflar, akbabalar gibi toplanmaya başlıyordu.

– Tecavüze uğramış mı?

– Tam bir cinsel münasebetten söz edilemez.

Scarbon ilk kez duraksadı. Paul gözlerini indirdi. Fırın gibi açılmış, genişlemiş, parçalanmış deliği gördü. İç kısımlar –büyükdudaklar, küçükdudaklar, klitoris– dayanılmaz bir et yığını halinde dışarı çıkmıştı. Doktor gırtlağını temizledikten sonra konuştu:

– Katil, kızın içine, ustura bıçaklarıyla kaplı bir tür cop sokmuş. Burada, vulvanın içinde ve burada uyluklar boyunca yara izleri gayet iyi görülüyor. Klitoris parçalanmış. Dudaklar kesilmiş. Tüm bunlar bir iç kanamaya neden olmuş. İlk kurbanda da aynı yaralar var. İkinci...

Yeniden duraksadı. Schiffer onun bakışlarını aradı:

– Evet?

– İkinci kurbanın durumu farklı. Sanırım onda başka bir şey... canlı bir şey kullanmış.

– Canlı mı?

– Bir kemirgen, evet. Bu türün en küçük hayvanı. Dış cinsel organlar, rahme kadar ısırılmış, parçalanmış. Sanırım Latin Amerika'da da işkenceciler bir zamanlar bu tekniği kullanmışlar...

Paul'ün kafası sanki bir mengenenin arasındaydı. Tüm bu detayları biliyordu, ama bunların her biri onu yaralıyor, her kelime midesini bulandırıyordu. Mekanik bir hareketle, parmaklarını kokulu suya daldırdı ve aynı hareketi birkaç dakika önce Schiffer'in de yapmış olduğunu hatırladı. Hemen parmaklarını sudan çıkardı.

– Devam edin, dedi Schiffer, boğuk bir sesle.

Scarbon hemen cevap vermedi; turkuaz renkli salona sessizlik hâkim oldu. Üç adam da artık geri adım atamayacaklarını anlamışlardı; cesedin yüzünü incelemekten kaçamazlardı.

– Burası en karmaşık kısım, dedi adlî tabip, her iki işaretparmağıyla haşat edilmiş yüzde bir çerçeve çizerek. Şiddetin birçok safhasına maruz kalmış.

– Açıklayın.

– Öncelikle ezikler. Surata tamamen kan oturmuş. Katil uzun süre, vahşice vurmuş. Belki de bir muştayla. Metal bir şey, sanırım ve bir sopadan veya bir coptan daha etkili. Sonra kırıklar ve bıçak darbeleri de var. Ancak bu yaralarda kanama yok. Kadın öldükten sonra yapılmış.

Şimdi bu korkunç maskeye çok yakındılar. Fotoğrafların insanı olaylara belli bir mesafede tutan o soğukluğu olmadan, bütün vahşetiyle derin yaraları çıplak gözle görebiliyorlardı. Yüzdeki boydan boya bıçak yaraları alnında ve şakaklarda da vardı; yanaklar üzerindeki yarıklar ve diğer kesikler: tıraşlanmış burun, bir kısmı koparılmış çene, örselenmiş dudaklar...

– Benim gibi siz de görüyorsunuz, katil kesmiş, doğramış, koparmış. Burada ilginç olan taraf, gösterdiği itina. Sanat eserini özenle hazırlayıp süslemiş. Bu onun imzası. Nerteaux adamın bir şeylere öykündüğünü...

– Onun ne düşündüğünü biliyorum. Siz, siz ne düşünüyorsunuz?

Scarbon cesedin yanından uzaklaştı, elleri arkasındaydı:

– Katilin bu yüzlerle ilgili bir saplantısı var. Onun için, hem bir çekicilik hem de bir öfke kaynağı bu yüzler. Onları bir heykel gibi yontuyor, onlara biçim veriyor ve aynı zamanda da onların kişiliklerini yok ediyor.

Schiffer, şüpheyle yaklaştığını belirten bir omuz hareketi yaptı.

– Peki ölüm sebebi?

– Size söylemiştim. İç kanama. Cinsel organların parçalanması sebebiyle. Bütün içi boşalmış olmalı.

– Ya diğer ikisi?

– İlk kadın da aynı şekilde, kanamadan. Tabiî daha önce kalpten ölmedilerse. İkincisini, tam olarak bilmiyorum. Belki, sadece korkudan. Ama bu üç kadının da büyük acılar çekerek öldüğü söylenebilir. Bu ceset üzerinde DNA ve toksikoloji analizleri halen devam ediyor, ama bu incelemelerin sonuçlarının öncekilerden farklı olacağını sanmıyorum.

Scarbon, duygusuz bir hareketle çarşafı yeniden cesedin üzerine örttü, sabırsız bir hali vardı. Schiffer söze başlamadan önce odada birkaç adım attı:

– Olayların bir kronolojisini çıkartabilir misiniz?

– Ayrıntılı olarak zaman belirtmem oldukça güç, ama bu kadının üç gün önce, yani perşembe akşamı kaçırıldığını sanıyorum. İşten çıktıktan sonra elbette.

– Neden?

– Çünkü midesi boştu. Diğer iki kadın gibi. Katil onları evlerine dönerken ansızın yakalıyor.

– Varsayımları bir kenara bırakalım.

Doktor öfkeyle iç çekti:

– Sonra, yirmi ila otuz saat boyunca, sürekli işkence görmüş.

– Bu süreyi nasıl belirlediniz?

– Çırpınmış. Bağları derisini yakmış, etlerinin içine kadar işlemiş. Yaralar irinlenmiş. Bu iltihaplar sayesinde zaman saptaması yapılabilir. Yirmi ila otuz saat: hesabımda yanılmış olmam imkânsız. Yine de bu, insanın acıya dayanma sınırının eşiği.

Schiffer salonu adımlarken, bir yandan da zeminin maviye çalan parlaklığına dikkatle bakıyordu:

– Cinayet mahalli hakkında bize verebileceğiniz herhangi bir ipucu var mı?

– Belki.

Paul atıldı:

– Ne?

Scarbon dilini şaklattı:

– Diğer iki cesette de fark etmiştim, ama bunda çok daha belirgin. Kurbanın kanında azot kabarcıklarına rastladım.

– Bu ne demek?

Paul not defterini çıkardı.

– Oldukça şaşırtıcı. Kadının vücudu, yani henüz hayattayken, yeryüzündekinden çok daha fazla bir basınca maruz kalmış. Mesela denizin derinliklerindeki basınç.

Doktor ilk kez bu ayrıntıdan bahsediyordu.

– Ben dalgıç değilim, diye devam etti. Ama olayı biliyorum. Siz dibe daldıkça, basınç artar. Kandaki azot erir. Eğer basınca alışmak için belli mesafelerde beklemeden hızla yüzeye çıkarsanız, azot aniden gaz haline geçer ve vücutta kabarcıklar oluşturur.

Schiffer bu kez çok ilgilenmiş gibiydi:

– Peki kurbanın başına ne gelmiş?

– Üç kurbanın. Organizmalarındaki azot kabarcıkları çoğalmış ve patlamış, bu da lezyonlara ve kuşkusuz yeni acılara neden olmuş. Bu yüzde yüz kesin değil, ama bu kadınlar "vurgun yemiş" olabilir.

Paul yeni bir soru daha sordu, sürekli not alıyordu.

– Büyük bir derinliğe mi dalmışlar?

– Ben öyle demedim. Sualtı sporlarıyla ilgilenen stajyer doktorlarımızdan birine göre, kadınlar en az dört barlık bir basınca maruz kalmış. Bu da yaklaşık kırk metrelik bir derinliğe eşit. Paris'te bu derinlikte bir su kütlesi bulmak biraz zor gibi geliyor bana. Kadınların bir yüksek basınç odasına sokulduğunu düşünüyorum.

Paul büyük bir coşkuyla yazıyordu:

– Bu tür aygıtlar nerede bulunur?

– Araştırmak lazım. Basınç gidermek için sadece profesyonel dalgıçlar tarafından kullanılan yüksek basınç odaları var, ama İlede-France'da olup olmadığını bilmiyorum. Bir de hastanelerde kullanılanlar var.

– Hastaneler mi?

– Evet. Damar rahatsızlığı olan hastalara oksijen vermek için.

Diyabet, aşırı kolesterol... Yüksek basınç, oksijenin organizmada daha iyi dağılmasını sağlıyor. Bu cihazdan Paris'te dört veya beş tane olduğunu sanıyorum. Ama katilimizin bir hastaneye girebileceğini düşünmüyorum. Sanayi tesislerine bakmak daha iyi olur.

– Hangi sektörler bu teknikten yararlanıyor?

– Hiçbir fikrim yok. Araştırın: bu sizin işiniz. Ve bir kez daha söylüyorum, hiçbir şeyden emin değilim. Bu kabarcıkların başka bir açıklaması da olabilir. Sanırım hepsi bu kadar, işimiz bitti...

Ama Schiffer yeni bir soru sordu:

– Üç ceset üzerinde, adamımızın fiziksel özelliği hakkında ipucu olarak değerlendirilebilecek herhangi bir şey var mı?

– Hayır. Onları büyük bir özenle yıkıyor. Zaten eldivenle çalıştığına eminim. Onlarla cinsel ilişkiye girmiyor. Onları okşamıyor. Sarılıp öpmüyor bile. Bu onun tarzı değil. Kesinlikle değil. Adamımız daha çok klinik yöntemlere meraklı. Robot gibi. Bu katil... bu katil etten kemikten biri değil sanki.

– Bu cinayetler boyunca onun bu çılgınlığında herhangi bir artış göze çarpıyor mu?

– Hayır. İşkenceler hep aynı sertlik, acımazlık içinde uygulanmış. Hastalık derecesinde saplantılı biri. Ama asla soğukkanlılığını kaybetmiyor. (Dudaklarında yorgun bir gülümseme belirdi.) Kriminoloji kitaplarının yazdığı gibi düzenli intizamlı bir katil.

– Sizin düşüncenize göre onu böyle davranmaya iten şey ne?

– Istırap. Sadece ıstırap. Kurbanlarına, ölene dek büyük bir titizlikle, en ince ayrıntılara bile dikkat ederek işkence yapıyor. Onlara verdiği acı adamımızı tahrik ediyor, ona zevk veriyor. Ama bunun ardında kadınlara karşı duyduğu derin öfke var. Onların bedenlerinden, yüzlerinden nefret ediyor.

Schiffer, Paul'e doğru döndü ve sırıttı:

– Demek bugün psikologlarla da görüşmem gerekiyor.

Scarbon kızardı:

– Adlî tıp, aynı zamanda psikoloji demektir. Bizim elimize gelen şiddet vakaları, hasta beyinlerin bir tezahüründen başka bir şey değildir...

Schiffer, doktorun söylediklerini kabullendi, ama hâlâ sırıtıyordu. Scarbon'un mermer bloklardan birinin üzerinde bıraktığı kâğıtları aldı.

– Teşekkür ederim, Doktor.

Üç pencerenin aydınlattığı kapıya doğru yöneldi. Kapıyı açar açmaz salona yoğun bir güneş ışığı girdi ve mavinin hâkim olduğu geniş salon bir anda bembeyaz oldu.

Paul, otopsi raporunun bir diğer kopyasını aldı:

– Bunu alabilir miyim?

Doktor cevap vermeden ona baktı, sonra:

– Üstlerinizin Schiffer'den haberi var mı? diye sordu.

Paul gülümsedi:

– Endişelenmeyin. Her şey kontrol altında.

– Sizin için endişeleniyorum. O bir canavardır.

Paul ürperdi. Adlî tabip vurucu cümleyi söyledi:

– Gazi Hamdi'yi öldürdü.

Bu isim hatıralarını yeniden canlandırdı. Ekim 2000: Türk, Thalys treninin altında paramparça olmuştu, Schiffer aleyhine kastî adam öldürmekten dava açıldı. Nisan 2001: savcılık, gizemli bir şekilde davadan vazgeçti. Paul buz gibi bir sesle karşılık verdi:

– Ceset lime lime olmuştu. Otopsiden hiçbir sonuç alınamadı.

– İkinci otopsi raporunu ben hazırladım. Yüzde tüyler ürpertici, çok kötü yaralar vardı. Bir gözü oyulmuştu. Şakaklar matkap ucuyla delinmişti. (Örtüyü işaret etti.) Bundan farklı bir yanı yoktu.

Paul bacaklarının titrediğini hissetti; birlikte çalışacağı adam hakkında bu tür şüphelerin olmasını kabul edemezdi.

– Rapor sadece bazı lezyonlardan söz ediyordu ve...

– Benim hazırladığım raporu kaybettiler. Onda her şey yazılıydı.

– Kim, kimler kaybetti?

– Korkuyorlar. Hepsi korkuyor.

Paul, dışarının aydınlığına doğru geri geri yürüdü. Claude Scarbon, lastik eldivenlerini çıkarırken fısıldadı:

– Şeytanla işbirliği yapıyorsunuz.

13

– Adı *İskele*. Tam telaffuzuyla: *is-ke-le*.

– Ne?

– "Rıhtım" ya da "teknelerin indirme, bindirme veya yükleme, boşaltma yaptıkları yer" olarak Fransızca'ya çevrilebilir.

– Siz neden söz ediyorsunuz?

Paul, arabaya gelip Schiffer'in yanına oturmuş, ama henüz motoru çalıştırmamıştı. Hâlâ Vésale Pavyonu'nun avlusunda, zarif sütunların gölgesinde duruyorlardı. Rakam devam etti:

– Kaçak Türklerin Avrupa'ya gidiş gelişlerini kontrol altında tutan en önemli mafya örgütü. Ayrıca onlara iş ve kalacak yer bulmakla da ilgileniyorlar. Her işyerinde aynı kökenden gruplar oluşturmaya gayret gösteriyorlar. Paris'teki bazı yerlerde her şeyiyle Anadolu'nun bir köyünü yeniden kuruyorlar.

Schiffer sustu, parmaklarıyla torpido gözünün üstünde piyano çalar gibi yaptı, sonra devam etti:

– Ücretler çok değişken. Zenginler uçağı tercih ediyor ve gümrük memurlarına rüşvet veriyor. Fransa'ya uyduruk çalışma izniyle ve sahte pasaportla giriyorlar. Fakirler ise Yunanistan yoluyla şileplerle ya da Bulgaristan yoluyla kamyonlarla Fransa'ya geliyor. Ama her durumda, en az iki yüz bin frank ödemek zorundalar. Köydeki akrabaları aralarında para topluyor ve miktarın yaklaşık üçte birini karşılıyor. Geri kalanı ödemek için de on yıl boyunca işçinin imanı gevriyor.

Paul dikkatle Schiffer'e bakıyordu, güneşin vurduğu camda profili çok belirgindi. Bugüne kadar bu şebekelerin onlarcasından ona söz etmişlerdi, ama ilk kez bu kadar açık ve doğru bir izahat işitiyordu.

Gümüş saçlı polis devam etti:

– Bu heriflerin nasıl organize olduğunu tahmin edemezsin. Her şeyin kayıtlı olduğu bir sicil tutuyorlar. Her kaçak işçinin ismi, soyu sopu, çalıştığı yer ve borç durumu burada yazılı. Aileleri baskı altında tutan, Türkiye'deki adamlarıyla e-posta'yla iletişim kuruyorlar. Paris'te her şeyle ilgileniyorlar. Havale göndermeden indirimli telefon görüşmelerine kadar. Postanenin, bankaların, elçiliklerin işini yapıyorlar. Çocuğuna bir oyuncak mı yollamak istiyorsun? İskele'ye başvuruyorsun. Jinekolog mu arıyorsun? İskele, senin Fransa'daki statüne fazla önem vermeyen bir doktorun adını veriyor. İşyerinle bir sorunun mu var? Yine İskele bu anlaşmazlığı çözüyor. Türk mahallesinde onlardan habersiz ve onların talimatı dışında hiçbir olay olmaz.

Paul, sonunda Rakam'ın nereye varmak istediğini anladı.

– Bu cinayetlerden haberdar olduklarını mı düşünüyorsunuz?

– Eğer bu kızlar gerçekten kaçak işçilerse, patronları öncelikle İskele'den yardım istemiştir. Birincisi, ne olup bittiğini öğrenmek için. İkincisi ölenlerin yerine birilerini bulmak için. Ölen kadınlar her şeyden önce para kaybı demek.

– Siz... Siz onların bu işçi kadınları tanıdığını mı ima ediyorsunuz?

– Her dosyada göçmenin bir fotoğrafı bulunur. Paris'teki adresi. İşverenin adı ve adresi de.

Paul başka bir soru sormayı daha göze aldı, ama cevabı biliyordu:

– Bu herifleri tanıyor musunuz?

– Paris'teki İskele'nin patronu Malik Cesur adında biri. Herkes onu Marius olarak tanır. Strasbourg Bulvarı'nda bir konser salonu var. Oğullarından birinin doğumunu bile hatırlıyorum.

Paul'e göz kırptı.

– Yola çıkmayacak mıyız?

Paul, bir kez daha Jean-Louis Schiffer'e hayranlık duydu. *Şeytanla işbirliği yapıyorsunuz?* Belki Scarbon haklıydı, ama izini sürdüğü böyle bir av için en mükemmel ortakla çalışmayı kim istemezdi ki?

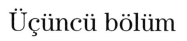

Üçüncü bölüm

14

Pazartesi sabahı Anna Heymes gizlice apartman dairesinden çıktı ve Rive Gauche'a[1] gitmek için bir taksiye bindi. Odéon kavşağının çevresinde tıp kitapları satan birçok kitapçı olduğunu hatırlıyordu.

Bu kitapçılardan birinde, beyin biyopsileri hakkında bilgi edinmek için psikiyatri ve nöroşirürji kitaplarını karıştırdı. Ackermann'ın söylediği kelime hâlâ kulaklarında çınlıyordu: "stereotaksik biyopsi". Bu yöntem üzerine birçok fotoğraf ve ayrıntılı bir tanım bulmakta zorluk çekmedi.

Hastaların tıraşlanmış, kare bir armatür arasına sıkıştırılmış kafalarını gördü. Küp biçimindeki metal bir alet de hastanın şakaklarına vidalarla tutturulmuştu. Çerçevenin tam üstünde bir matkap –gerçek bir delgi– vardı.

Fotoğraflarla, cerrahî operasyonun her aşamasını izledi. Matkap ucu kemikte bir delik açıyordu; skalpel[2] delikten içeri giriyor ve *dura mater*'i, beyni örten sert zarı geçiyordu; sonra içi boş iğne beyne sokuluyordu. Fotoğrafların birinde, cerrah sondasını çıkardığı sırada beynin pembemsi rengi bile fark ediliyordu.

Bunun haricinde her şeyi kabul edebilirdi.

Anna kararını vermişti: teşhiste yanlışlık olmalıydı; ona bir alternatif, farklı bir tedavi önerecek bir ikinci uzmana danışmalıydı, hem de hiç gecikmeden.

Saint-Germain Bulvarı'nda, bir kafeye kendini attı; bodrum katındaki telefon kabinine daldı ve rehberin sayfalarını karıştırmaya başladı. Birkaç başarısız denemeden –kimi doktorların telefo-

1. Sen Nehri üzerindeki Île de la Cité'de bulunan Notre-Dame Katedrali tam karşıya alındığında nehrin sol tarafında kalan bölge; Sol Yaka. (ç.n.)

2. Cerrahî müdahalelerde, diseksiyonda kullanılan bir tür bisturi. (ç.n.)

nu cevap vermiyordu, kimilerinin de bütün randevu saatleri doluydu– sonra, nihayet Mathilde Wilcrau adında bir psikiyatr ve psikanalist buldu, en müsait durumda olan oydu.

Kadının sesi kalındı, ama ses tonunda bir yumuşaklık, bir muziplik vardı. Anna kısaca "bellek sorunları"nı anlattı ve ısrarla, durumun acil olduğunu, derhal görüşmek istediğini söyledi. Psikiyatr onu hemen görmeyi kabul etti. Muayenehanesi Panthéon'un yakınında, Odéon'a beş dakika mesafedeydi.

Şimdi Anna, hepsi Versailles Şatosu'ndan çıkmışa benzeyen, parlak ve oymalı eski mobilyalarla dekore edilmiş küçük bir salonda sabırla bekliyordu.

Odada tek başınaydı, duvarları süsleyen çerçevelenmiş fotoğraflara bakıyordu: en aykırı sporlarda kazanılmış başarıları gösteren fotoğraflar.

Fotoğrafların birinde, yamaç paraşütüyle dağdan süzülerek inen biri görülüyordu; diğerinde kapüşonlu bir dağcı buzdan bir duvara tırmanıyordu; bir başka karede, sadece göz yerleri açık bir başlık takmış ve kayak elbisesi giymiş biri dürbünlü tüfeğiyle nişan alıyordu.

– Gençlik yıllarımda kazandığım bazı başarılar.

Anna sesin geldiği tarafa döndü.

Mathilde Wilcrau, geniş omuzlu, uzun boylu, ışıl ışıl gülümseyen bir kadındı. Kolları, tayyörünün ceketinden neredeyse yakışıksız bir biçimde dışarı çıkmıştı. Bacakları uzun ve çok kaslıydı, sanki birer kuvvet eğrisi çiziyorlardı. "Kırk ila elli yaşları arasında olmalı" diye bir tahminde bulundu Anna, kadının gözkapakları sarkmış, gözlerinin çevresinde kırışıklıklar oluşmuştu. Ama bu atletik yapılı kadının yaş konusunu dert ettiği söylenemezdi: onun için önemli olan enerjiydi; bunun yıllarla değil, kilojulle bir ilgisi vardı.

Psikiyatr, Anna'yı daldığı düşüncelerden uyandırdı:

– Buradan.

Ofisi daha çok bir bekleme salonunu andırıyordu; ahşap, mermer, altın sarısı renkler. Anna bu kadının gerçeğinin bu değerli dekorasyonda değil başarılarını gösteren fotoğraflarda saklı olduğunu anlamıştı.

Ateş rengi çalışma masasının iki yanına karşılıklı olarak oturdular. Doktor bir dolmakalem aldı ve kareli bir bloknota alışıldık bilgileri yazmaya başladı. İsim, yaş, adres... Anna kimliği konusunda yalan söylemek istedi, ama dürüst davranacağına, açık sözlü olacağına dair kendine söz vermişti.

Soruları cevaplarken, hâlâ psikiyatrı inceliyordu. Onun göz kamaştırıcı, gösterişli, neredeyse Amerikanvari tavırları Anna'yı etkilemişti. Kestane rengi saçları omuzlarına dökülüyordu; geniş ve düzenli yüz hatları, tüm bakışları cezbeden, şehvetli, ateş kırmızısı dudakları vardı. Şeker ve enerji dolu bir meyve püresini andırıyordu. Ama bu kadın onda güven uyandırıyordu.

– Evet, şikâyetiniz nedir? diye sordu, neşeli bir ses tonuyla.

Anna kısaca izah etmeye çalıştı:

– Bellek zayıflığı.

– Ne tür bir zayıflık?

– Tanıdığım, bildiğim yüzleri artık tanıyamıyorum.

– Tüm tanıdık yüzleri mi?

– Özellikle de kocamın yüzünü.

– Daha açık olun: onu artık hiç tanıyamıyor musunuz? Yani hiç?

– Hayır. Bu durum çok kısa sürüyor. Bir an, kocamın yüzü bana hiçbir çağrışım yapmıyor. Tam bir yabancı oluyor. Sonra tık, her şey düzeliyor. Bugüne kadar bu kara delikler en fazla bir saniye sürüyordu. Ama bana gitgide daha uzun gelmeye başladı.

Mathilde önündeki sayfaya dolmakaleminin ucuyla hafif hafif vuruyordu; parlak siyah renkli bir Mont-Blanc'dı. Anna, psikiyatrın sezdirmeden ayakkabılarını çıkarmış olduğunu fark etti.

– Hepsi bu mu?

Anna tereddüt etti:

– Bazen de tam tersi oluyor...

– Tam tersi mi?

– Bana yabancı olan yüzleri tanıyormuşum gibi bir hisse kapılıyorum.

– Bana bir örnek verebilir misiniz?

– Bu özellikle bir kişi için geçerli, bir adam. Yaklaşık bir aydır, Faubourg-Saint-Honoré Sokağı'ndaki Çikolata Evi'nde çalışıyorum. Düzenli olarak dükkâna uğrayan bir müşteri var. Kırk yaşlarında bir adam. Dükkâna her gelişinde ona karşı bir yakınlık hissediyorum, daha doğrusu bana tanıdık geliyor. Ama kimliği asla belleğimde aydınlığa kavuşmuyor.

– Peki o... o ne diyor?

– Hiç. Aslında beni hep tezgâhımın arkasında gördü.

Masanın altında, psikiyatr siyah çoraplarının içinde ayak parmaklarını oynatıyordu. Tavırlarında afacan, eğlenen bir hal vardı.

– Özetleyecek olursak, tanımanız gereken insanları tanımıyorsunuz, ama tanımadığınız insanları tanıdığınızı zannediyorsunuz, değil mi?

Son heceleri tuhaf bir şekilde uzatmıştı, bir viyolonselin titreşen sesi gibi.

– Durum bu şekilde özetlenebilir, evet.

– Gözlük takmayı denediniz mi?

Anna birden büyük bir öfkeye kapıldı. Yüzüne ateş bastığını hissetti. Hastalığıyla nasıl alay edebilirdi? Çantasını alarak ayağa kalktı. Mathilde Wilcrau içten bir hareketle onu durdurdu:

– Özür dilerim. Sadece bir şakaydı. Aptalca bir şaka. Oturun, lütfen.

Anna olduğu yerde kaldı. Kadının kırmızı gülümsemesi onu bir hale gibi sardı. Direnci yok oldu. Kendini koltuğa bıraktı.

Psikiyatr da oturdu ve yeniden konuya döndü:

– Devam edelim, lütfen. Başka yüzler karşısında da, arada sırada olsa da, bu tür rahatsızlıklar hissediyor musunuz? Şunu söylemek istiyorum: her gün sokakta, umuma açık yerlerde rastladığınız insanlar karşısında da oluyor mu?

– Evet. Ama bu başka bir duygu. Ben... ben bazı halüsinasyonlar görüyorum. Otobüste, akşam yemeklerinde, herhangi bir yerde. Yüzler bulanıklaşıyor, tuhaf biçimler alıyor, korkunç masklara dönüşüyor. İnsanların yüzüne bakmaya cesaret edemiyorum. Artık evden çıkmaya bile korkuyorum...

– Kaç yaşındasınız?

– Otuz bir.

– Ne kadar zamandan beri bu tür şikâyetleriniz var?

– Yaklaşık bir buçuk aydır.

– Bunların yanında fiziksel rahatsızlıklar da oluyor mu?

– Hayır... Ama, evet. Özellikle de iç sıkıntısı. Titremeler. Vücudum ağırlaşıyor. Kollarım, bacaklarım uyuşuyor. Bazen de boğulacak gibi oluyorum. Son seferinde de burnum kanadı.

– Ama genel olarak sağlık durumunuz iyi, değil mi?

– Mükemmel. Bir şikâyetim yok.

Psikiyatr bir süre not aldı. Bloknotuna yazıyordu.

– Başka bellek rahatsızlıkları da çekiyor musunuz, mesela geçmişinizle veya geçmişinizin bazı bölümleriyle ilgili olarak?

Anna bir süre düşündü ve cevap verdi:

– Evet. Bazı anılarım netliğini yitiriyor. Uzakta kalmış, silinmiş gibi sanki.

– Hangileri mesela? Kocanızla ilgili olanlar mı?

Sırtını koltuğun ahşap arkalığına dayadı:

– Neden bunları soruyorsunuz?

– Büyük bir ihtimalle, krizlerinizi tetikleyen özellikle de kocanızın yüzü. Onunla paylaştığınız geçmiş de sizin için bir sorun teşkil ediyor olabilir.

Anna iç çekti. Bu kadın, sanki rahatsızlığının sebebi kendi duyguları veya bilinçaltıymış gibi onu sorguluyordu; sanki belleğini kasıtlı olarak belli bir yöne kanalize etmek istiyordu. Yaklaşımı Ackermann'ın yaklaşımından tamamen farklıydı. Buraya gelmesinin sebebi de bu değil miydi?

– Evet, doğru, diye psikiyatrın söylediklerini onayladı. Laurent'la olan ortak anılarım dağılıyor, yok oluyor. (Sustu, sonra daha canlı bir ses tonuyla devam etti.) Ama bunun mantıklı bir açıklaması var.

– Ne gibi?

– Laurent benim hayatımın, anılarımın odak noktası. Hatıralarımda önemli bir yeri var. Çikolata Evi'nden önce, sıradan bir ev kadınıydım. Eşim benim tek meşgalemdi.

– Hiç çalışmadınız mı?

Anna iğneleyici bir ses tonuyla cevap verdi, kendiyle alay ediyordu.

– Hukuk mezunuyum, ama bir avukatlık bürosundan içeri adımımı bile atmadım. Çocuğum yok. Laurent benim "her şeyim", nasıl kabul ederseniz, benim geleceğim...

– Kaç yıldan beri evlisiniz?

– Sekiz.

– Cinsel ilişkileriniz normal mi?

– "Normal mi" derken neyi kastediyorsunuz?

– Tatsız tuzsuz. Sıkıcı.

Anna anlamadı. Psikiyatr gülümsedi:

– Biraz gevşeyin. Sadece size düzenli ilişkiniz var mı diye sordum.

– Bu bakımdan her şey çok iyi. Hatta ben... ben ona karşı çok arzuluyum. Bu arzum her geçen gün biraz daha artıyor. Bu çok tuhaf.

– Belki de değil.

– Ne demek istiyorsunuz?

Cevap vermek yerine sustu.

– Kocanızın mesleği ne?

– Polis.

– Nasıl?

– Üst düzey devlet memuru. Laurent, İçişleri Bakanlığı Bilançolar ve Araştırmalar Dairesi'nin müdürü. Fransa'daki bütün suçların istatistikleri, raporları onun denetiminden geçiyor. Tam olarak ne iş yaptığını asla anlamadım, ama önemli olmalı. Bakana çok yakın. Mathilde, her şey pek doğalmış gibi soruları peş peşe sıralıyordu:

– Neden çocuklarınız yok. Bu konuda bir sorun mu var?

– Fizyolojik olarak hayır.

– Peki sebep?

Anna tereddüt etti. Cumartesi gecesini hatırladı: kâbus, Laurent'ın isyanı, yüzündeki kan... – Tam olarak bilmiyorum. İki gün önce bu soruyu ben de kocama sordum. Benim hiçbir zaman çocuk istemediğimi söyledi. Hatta bu konuyu bir daha açmaması için ona söz bile verdirmişim. Ama hatırlamıyorum. (Sesi hafifçe yükseldi.) Böyle bir şeyi nasıl unuturum? (Her şeyi iyice vurguladı.) A-ma-ha-tır-la-mı-yo-rum!

Doktor birkaç satır bir şeyler yazdı, sonra sordu:

– Ya çocukluk anılarınız? Onlar da mı silindi?

– Hayır. Çok uzaktalar, ama hâlâ varlıklarını koruyorlar.

– Ailenizle ilgili anılar?

– Hemen hemen hiçbir anım yok. Ailemi çok küçük yaşta kaybettim. Bir araba kazası. Bordeaux yakınlarında bir yatılı okulda büyüdüm, bir amcanın vesayetinde. Onu artık görmüyorum. Zaten çok sık da görmemiştim.

– Peki neler hatırlıyorsunuz?

– Doğa manzaraları. Landes'daki uçsuz bucaksız kumsallar. Çam ormanları. Tüm bunlar belleğimde bozulmamış olarak duruyor. Şu anda bile gayet iyi hatırlıyorum. Bu doğa manzaraları bana her şeyden daha gerçek geliyor.

Mathilde hâlâ yazıyordu. Anna, doktorun aslında kargacık burgacık bir şeyler çiziktirdiğini fark etti. Gözlerini önündeki kâğıttan ayırmadan, psikiyatr yeniden saldırıya geçti:

– Uykunuz nasıl? Uykusuzluk çekiyor musunuz?

– Tam tersine. Gayet kolay uyuyorum.

– Belleğinizi zorladığınız zaman bir uyuşukluk, yarı uyku hali hissediyor musunuz?

– Evet. Bir tür uyuşukluk.

– Bana rüyalarınızdan bahsedin.

– Hastalığımın başladığı andan beri, bir rüya görüyorum... tuhaf bir rüya.

– Sizi dinliyorum.

Geceleri sık sık gördüğü rüyayı anlattı. Tren garı ve köylüler. Siyah paltolu adam. Üzerinde dört hilal bulunan bayrak. Çocuk ağlamaları. Sonra kâbusun bir fırtınaya dönüşmesi: içi boş bir gövde, parçalanmış suratlar...

Psikiyatr hayranlık dolu bir ıslık çaldı. Anna, onun davranışlarının ne kadar samimi olduğunu kestiremiyordu, ama bu kadın da kendisine güç veren bir şeyler vardı. Mathilde'in sorduğu soru onu şaşırttı:

– Benden önce bir başkasına da danıştınız, değil mi? (Anna ürperdi.) Bir nöroloğa, mesela?

– Ben... Bu kanıya nerden vardınız?

– Semptomlarınız daha çok klinik. Bu bellek zayıflıkları, bu dengesizlik nörodejeneratif bir hastalığı düşündürüyor. Bu gibi durumlarda, hasta bir nöroloğa başvurmayı tercih eder. Hastalığın sebebini saptayan ve ilaç tedavisiyle onu iyileştiren bir doktora.

Anna boyun eğdi:

– Adı Ackermann. Kocamın çocukluk arkadaşı.

– Eric Ackermann mı?

– Onu tanıyor musunuz?

– Fakültede birlikteydik.

Anna sıkıntıyla sordu:

– Onun hakkında ne düşünüyorsunuz?

– Parlak bir öğrenciydi. Teşhisi ne?

– Bana bazı tetkikler yaptı. Scanner. Röntgen. MR.

– Ya Petscan?

– O da. Geçen cumartesi testleri tamamladılar. Askerlerle dolu bir hastanede.

– Val-de-Grâce mi?

– Hayır, Henri-Becquerel Enstitüsü, Orsay'de.

Mathilde, bu ismi, önündeki kâğıdın bir köşesine not etti.

– Sonuçlar?

– Net bir şey yok. Ackermann beynimin sağ yarımküresinde, şakak lobunda bir lezyon olduğunu söylüyor.

– Yüzleri tanıma, hatırlama bölgesi.

– Doğru. Küçük bir nekrozun söz konusu olduğunu düşünüyor. Ama cihazlar tam olarak yerini belirleyemediler.

– Peki ona göre, bu lezyonun sebebi ne olabilirmiş?

Anna çok hızlı konuşuyor, konuştukça rahatlıyordu:

– Tam olarak o da bilmiyor. Yeni tetkikler yapmak istiyor. (Sesi çatallaştı.) Beynimin bu bölümü için bir biyopsi. Beyin hücrelerimi incelemek istiyor ya da başka bir şey. Ben... (Derin bir nefes aldı.) Tam bir tedavi uygulayabilmek için bunun tek yöntem olduğunu söyledi.

Psikiyatr dolmakalemini bıraktı ve kollarını göğsünde kavuşturdu. İlk kez Anna'nın söylediklerini bu kadar ciddiye alıyor, şaka yapmıyordu:

– Şikâyetlerinizden ona da bahsettiniz mi? Silinen anılardan? Bulanıklaşan yüzlerden?

– Hayır.

– Niçin ona güvenmiyorsunuz?

Anna cevap vermedi. Mathilde üsteledi:

– Neden bana geldiniz? Neden tüm bunları bana anlatma ihtiyacı duydunuz?

Anna belli belirsiz bir hareket yaptı, sonra gözlerini doktorun bakışlarından kaçırıp konuştu:

– Bana biyopsi yapmalarını istemiyorum. Beynime girmek istiyorlar.

– "Onlar" kim? Kimlerden söz ediyorsunuz?

– Kocam. Ackermann. Belki bu konuda başka bir fikriniz vardır diye, bir umutla size geldim. Kafamda bir delik açılsın istemiyorum!

– Sakin olun.

Yeniden doktora baktı, gözleri dolmuştu:

– Ben... Ben sigara içebilir miyim?

Doktor başını salladı. Anna bir sigara yaktı. Duman dağıldığında, psikiyatrın dudaklarında aynı gülümsemeyi gördü.

Bir çocukluk anısı, gözlerinin önüne geldi. Uzunca bir yürüyüşten sonra, sınıfındaki öğrencilerle birlikte okula dönüyordu, kolları gelinciklerle doluydu. Çiçeklerin renklerini uzun süre koruması için saplarını yakmaları gerektiğini söylemişlerdi...

Mathilde Wilcrau'nun gülümsemesi, ona ateş ile taçyaprakların arasındaki gizemli ilişkiyi hatırlatmıştı. Bu kadının içinde alev alev yanan bir şeyler vardı ve dudaklarının kırmızılığının sebebi buydu.

Psikiyatr yeniden durakladı, sonra sakin bir ses tonuyla sordu:

– Ackermann size, bir bellek yitiminin psikolojik bir şok nedeniyle de olabileceğini, sadece fiziksel bir lezyondan kaynaklanmayacağını söylemedi mi?

Anna büyük bir hırsla dumanı üfledi.

– Sizin söylemek istediğiniz... Rahatsızlıklarımın sebebi bir travma... psişik travma olabilir mi?

– Bu bir olasılık. Şiddetli bir heyecan baskılanmaya yol açabilir.

Bir anda büyük bir rahatlama hissetmişti. Şimdi, biraz önce duyduğu sözcüklerin onun için ne ifade ettiğini gayet iyi biliyordu; hastalığının sadece psişik bir yanı olduğunu teyit etmek için bir psikanalist seçmişti. Coşkusunu ifade etmede zorluk çekmedi:

– Ama bu şok, dedi soluk soluğa, bunu nasıl atlatacağım?

– Zorlamadan. Çoğu zaman bellek yitimi yavaş yavaş etkisini kaybeder. Bu bir süreç.

– Peki yüzlerle ilgili travma?

– Bu da mümkün, evet. Yüzler ve kocanızın yüzü.

Anna koltuğunda kaykıldı:

– Bu ne demek, peki ya kocamın yüzü?

– Bana söylediklerinizden yola çıkarsak, bunlar sizin bloke olduğunuz iki nokta.

– Laurent benim heyecana bağlı şokumun nedeni mi?

– Bunu söylemedim. Ama benim düşünceme göre, her şey ona bağlı. Uğradığınız şok, eğer şoksa, sizin bellek yitiminiz ile kocanız arasındaki tuhaf bir karışımın neticesi.

Anna sustu. Gözlerini sigarasının ucundaki kora dikmişti.

– Biraz zaman kazanabilir misiniz? diye sordu Mathilde.

– Zaman kazanmak mı?

– Biyopsiden önce.

– Siz... Siz benimle ilgilenmeyi kabul ediyor musunuz?

Mathilde masanın üzerine bıraktığı dolmakalemi aldı ve Anna'ya doğru yöneltti.

– Bu tetkiklerden önce biraz zaman kazanabilir misiniz, evet ya da hayır?

– Düşünüyorum. Birkaç hafta belki. Ama rahatsızlıklarım...

– Konuşarak belleğinizin derinliklerine inmeyi kabul ediyor musunuz?

– Evet.

– Çok sık buraya gelmeyi kabul ediyor musunuz?

– Evet.

– Peki, bazı telkin yöntemlerini, hipnoz gibi mesela?

– Evet.

– Bazı sinir yatıştırıcı ilaçlar almayı?

– Evet. Evet. Evet.

Mathilde elindeki dolmakalemi bıraktı. Mont-Blanc'ın beyaz yıldızı parıldadı.

– Belleğinizi okuyacağız, bana güvenin.

15

Sevinçten yüreği kıpır kıpırdı.

Uzun süreden beri, hiç kendini bu kadar mutlu hissetmemişti. Semptomlarının sebebinin, fiziksel bir bozukluk değil, psikolojik bir travma olma ihtimali onu umutlandırmıştı; böylece, artık sürekli olarak beyninin, beyin hücreleri arasında yayılan bir nekroz tarafından bozulduğunu, kemirildiğini düşünmeyecekti. Dönüş yolunda takside, böyle zor bir dönemeci atlatmış olmaktan dolayı kendini kutlamayı sürdürüyordu. Lezyonlara, makinelere, biyopsilere sırt çeviriyordu artık. Mathilde Wilcrau'nun anlayışına, önerilerine, tatlı sesine kucak açıyordu... Belki onda eksik olan da bu güven duygusuydu.

Faubourg-Saint-Honoré Sokağı'na ulaştığında saat bire geliyordu, her şey gözüne çok canlı, çok net göründü. Oturduğu bu semtteki her dükkânın tadını çıkarıyordu. Bu dükkânlar sokak boyunca uzanan, her biri kendine özgü gerçek birer ada, takımadaydı.

Faubourg-Saint-Honoré Sokağı ile Hoche Caddesi'nin kesiştiği yerden müzik sesi yükseliyordu: tam karşıda, Pleyel Salonu'nun dansçı kızları Hamm piyanolarından yayılan müziğe eşlik ediyordu. Sonra Neva Sokağı ile Daru Sokağı arasında, Moskova lokantaları ve Ortodoks kilisesiyle Küçük Rusya yer alıyordu. Ve en nihayet şekerlemelerin dünyasına giriliyordu: Mariage Kardeşler'in çayları, Çikolata Evi'nin şekerlemeleri; kahverengi akajudan iki cephe, parlak iki camekân tatlar müzesindeki çerçevelere benziyordu.

Anna, Clothilde'i etajerleri temizlemeye çalışırken buldu. Seramik vazoların, ahşap kâselerin, porselen tabakların arasında kaybolmuştu; bunların çikolatalarla tek ortak noktası koyu esmer tonda, bakır renginde olmaları ya da sadece bir rahatlık, bir mutluluk duygusu vermeleriydi. Parıldayan ve sıcak tüketilen rahat bir yaşam...

Clothilde başını çevirdi, taburenin üstündeydi:

– Nihayet! Bana bir saat müsaade eder misin? Monoprix'ye gitmem gerekiyor.

Bu, oyunun kurallarına uygundu. Anna sabahtan beri ortalarda yoktu, öğle yemeği sırasında dükkânda kalabilirdi. Tek kelime etmeden, ama karşılıklı gülümseyerek vardiya değiştirdiler. Anna eline bir bez parçası aldı, Clothilde'in bıraktığı yerden işe başladı ve yeniden kazandığı neşesinin verdiği enerjiyle silmeye, parlatmaya, cilalamaya koyuldu.

Sonra, ansızın canlılığını, neşesini kaybetti, beynindeki kara delik hâlâ duruyordu. Birkaç saniye içinde neşesinin ne kadar zorlama olduğunu anladı. Sabahki randevusunda olumlu ne vardı? Lezyon veya psikolojik şok, bu onun durumunda, sıkıntılarında neyi değiştirirdi ki? Onu iyileştirmek için Mathilde Wilcrau fazladan ne yapabilirdi? Ve tüm bunlar oldukça, onun sıkıntıları, deliliği nasıl azalacaktı?

Anna tezgâhın arkasına çöktü. Belki de psikiyatrın varsayımı Ackermann'ınkinden daha kötüydü. Bellek yitimine neden olan psikolojik şok fikri, şimdi onun korkusunu artırıyordu. Böyle ölü bir bölgenin arkasında ne saklı olabilirdi?

Bazı cümleler aklından hiç çıkmıyordu, özellikle de bir tanesi: "Yüzler ve kocanız da" Laurent'ın tüm bunlarla ne gibi bir ilgisi olabilirdi?

– Merhaba.

Ses kapının çıngırağının sesine karıştı; kim olduğunu görmek için kafasını kaldırmadı, zaten biliyordu.

Eprimiş ceketli adam ilerledi, her zamanki ağır adımlarıyla yürüyordu. O anda kesin bir yargıya vardı, evet bu adamı tanıyordu. Bu düşüncesi çok kısa sürdü, ama etkisi güçlü, bir o kadar da yaralayıcı oldu. Yine de belleği o adamla ilgili her şeyi reddediyordu.

Bay Kadife biraz daha yaklaştı. Anna'nın dikkatini özel olarak çeken, onu rahatsız eden bir davranışı yoktu. Bakışları dalgındı, menekşe rengi, parlak gözleri çikolata dolu raflarda geziniyordu. Neden Anna'yı tanımıyordu? Yoksa rol mü yapıyordu? Aklına çılgınca bir düşünce takıldı: belki de bu adam Laurent'ın bir arkadaşı, suç ortağıydı, onu gözetliyor, kontrol ediyordu. Ama neden?

Adam Anna'nın sessizliği karşısında gülümsedi, sonra isteğini belirtti:

– Sanırım yine her zamankinden alacağım.

– Hemen hazırlıyorum.

Anna tezgâha doğru yöneldi, ellerinin titrediğini hissediyordu. Küçük kesekâğıtlarından birini almakta ve içine çikolataları koymakta zorlandı. Nihayet Jikolaları teraziye bırakabildi.

– İki yüz gram. 10 euro 50 sent, Bayım.

Yeniden gözucuyla adama baktı. Artık onu tanıdığından pek emin değildi... Ama iç sıkıntısı, tedirginlik hâlâ devam ediyordu. Bu adamın da, Laurent gibi estetik ameliyat olarak yüzünü değiştirmiş olabileceğine dair tuhaf bir fikre kapıldı. Bu onun hatıralarının yüzüydü, bu o adamın yüzü değildi...

Adam yeniden gülümsedi ve dalgın gözlerle Anna'ya baktı. Parayı ödedi, sonra zorlukla duyulan bir "iyi günler" diyerek dükkândan çıkıp gitti.

Anna uzun süre hareketsiz kaldı, uyuşmuş, taş kesilmişti. Şimdiye kadar hiç bu kadar şiddetli bir kriz gelmemişti. Sanki sabahki neşesinin, mutluluğunun kefaretini ödüyordu. Tam iyileştiğini düşünürken yeniden dibe vurmuştu, hem de çok kötü bir şekilde. Kendini, kaçmaya çalışırken, yakalanıp, yerin birkaç metre altındaki bir hücreye kapatılan bir mahkûm gibi hissediyordu.

Kapının çıngırağı yeniden çaldı.

– Merhaba.

Clothilde dükkâna girdi, yağmurdan ıslanmıştı, eli kolu paketlerle doluydu. Birkaç saniye için arka depoda yok oldu, sonra yeniden göründü, içeri tatlı bir yağmur serinliği getirmişti.

– Neyin var? Zombi görmüş gibi bir halin var.

Anna cevap vermedi. Kusmak, bağıra bağıra ağlamak istiyordu.

– Canını sıkan ne? diye ısrarla sordu Clothilde.

Anna ona baktı, serseme dönmüştü. Ayağa kalktı.

– Biraz hava almam gerekiyor, dedi sadece.

16

Dışarıda yağmur hızını artırmıştı. Anna büyük bir sıkıntı içindeydi. Kendini yağmurla birlikte esen rüzgâra bırakmıştı. Tüm bu akıl durgunluğu arasında onu allak bullak eden, gri bulutların altındaki Paris'e hayranlıkla bakıyordu. Bulutlar çatıların üzerinde hızla akıp gidiyor; binaların cephelerinden yağmur sel gibi iniyordu; balkonların ve pencerelerin oymalı sütun başları suyun altında boğulmuş, yeşile çalan, morarmış yüzlere benziyordu. Anna Faubourg-Saint-Honoré Sokağı boyunca yürüdü, sonra Hoche Caddesi'ni geçip, sola Monceau Parkı'na ulaştı. Gri ve altın sarısı demir parmaklıklar boyunca ilerledi ve Murillo Sokağı'na çıktı.

Trafik yoğundu. Arabalar büyük bir uğultuyla geçip gidiyorlardı. Kapüşonlu anoraklarını giymiş motosikletliler, kauçuktan küçük Zorro'lar gibi arabaların arasında akıyordu. Yayalar, yağmurla birlikte esen fırtınayla mücadele ediyordu, rüzgâr, giysilerini henüz tamamlanmamış heykellerin üzerine örtülen ıslak örtüler gibi vücutlarına yapıştırıyordu.

Her şey cılız, gümüşî ışıkla kirlenmiş bakır renklerin, siyahlıkların, yağlı karanlığın pırıltıları içinde dans ediyordu.

Anna ışıklı binalarla çevrili, iki yanı ağaçlı Messine Caddesi'ni takip etti. Ayaklarının kendisini nereye götürdüğünü bilmiyordu, ama buna aldırdığı yoktu. Sokaklarda da kafasının içinde olduğu gibi amaçsızca dolaşıyordu.

Tam o sırada gördü onu. Karşı kaldırımda, bir vitrinde renkli bir portreydi. Anna caddeyi geçti. Bu bir tablonun röprodüksiyonuydu. Canlı renklere sahip kötü görünümlü, yara bere içinde, eciş bücüş bir yüz resmi. Hipnotize olmuş gibi biraz daha yaklaştı: bu resim bütün hatlarıyla halüsinasyonlarını hatırlatıyordu.

Gözleri ressamın ismini aradı. Francis Bacon. 1956 tarihli bir otoportreydi. Ressamın sergisi bu galerinin birinci katında devam ediyordu. Tahran Sokağı'nda, sağ taraftaki birkaç kapının arasından galeri girişini buldu ve yukarı çıktı.

Kırmızı duvar kaplamaları sergiyi beyaz salonlardan ayırıyordu, ve gösterişli, neredeyse dinî bir hava katıyordu. Salonda hiç de fena sayılmayacak bir kalabalık vardı. Bununla birlikte etrafa bir sessizlik hâkimdi. Sergide, sanat eserlerinin belki de zorla kabul ettirdiği buz gibi bir saygı havası esiyordu.

Birinci salonda Anna, iki metre yüksekliğinde, hep aynı konuyu ele alan tablolar gördü: bir psikopos koltuğuna oturmuş bir kilise adamı. Erguvan rengi bir elbise giymişti ve bir elektrikli sandalyede ızgara oluyormuş gibi uluyordu. Bir başka tabloda kırmızı; bir diğerinde siyah; bir başkasındaysa menekşe rengi giymişti. Ama detaylar daima aynıydı. Çoktan yanmaya başlamış elleri, koltuk kollarının kömürleşmiş tahtasına yapışmış gibi kasılı duruyordu. Uluyan ağzı, bir yarayı çağrıştıran kara bir delik gibi açıktı, her yerden morumsu alevler yükseliyordu...

Anna iki salonu ayıran perdenin arasından diğer tarafa geçti.

Bu bölümde, büzülmüş çıplak adamlar renk birikintileri içine ya da ilkel kafeslere hapsedilmişti. Biçimsiz, kamburu çıkmış vücutlar vahşi hayvanları andırıyordu. Ya da birçok tür arasında sıkışıp kalmış hayvan biçimli yaratıkları. Yüzleri, kıpkırmızı vitrayları, kanlar içindeki hayvansı suratları, doğranmış, lime lime edilmiş yüzleri çağrıştırıyordu. Bu anormal yaratıkların arkasındaki dümdüz, pütürsüz yağlıboya, bir kasap dükkânının, bir mezbahanın karo yer döşemesine benziyordu. Vücutların kasaplık hayvanlara, derisi yüzülmüş gövdelere, yaşayan leşlere indirgendiği bir kurban yeri. Her tabloda yüz hatları, kopuk kopuk oynayan eski belgesel filmler gibi titrek ve bulanıktı.

Anna rahatsızlığının arttığını hissediyordu, ama buraya aramaya geldiği şeyi henüz bulamamıştı; acı çeken yüzler.

Onlar, acı çeken yüzler Anna'yı son salonda bekliyordu.

Daha normal ölçülerde on iki kadar tablo, kırmızı kadife kordonlarla koruma altına alınmıştı. Öfke, şiddet ve korku dolu, parçalanmış, biçimi bozulmuş yüzler; dudakların, burnun, kemiklerin bir karmaşası, umutsuzca yolunu arayan gözler.

Resimler, üçkanatlı tablolar halinde yeniden gruplandırılmıştı. *İnsan Kafasının Üç İncelemesi* adlı ilk tablonun tarihi 1953'tü. İlk yaraların izlerini taşıyan mavi, kurşunî mor renkli, ceset yüzleri. İkinci üçkanatlı, ilkinin doğal bir devamı gibiydi, şiddet bir derece daha artıyordu. *Üç Kafa İçin İnceleme, 1962.* Yeniden daha güçlü bir biçimde görünmek ve bir palyaço makyajı altında yaralarını sergilemek için bakışlardan kaçan beyaz yüzler. Belli belirsiz bir şekilde, bu yaralar insanları güldürmek ister gibiydi, çocukları güldürmek için Ortaçağ'da suratlarını biçimsizleştiren palyaçolar, soytarılardı sanki. Anna biraz daha ilerledi. Sanatçının halüsinasyonlarını tam olarak tanımlayamıyordu. Sadece korkunç yüzlerle çevrilmiş olduğunu hissediyordu. Ağızlar, elmacıkkemikleri, bakışlar fır fır dönüyor, dayanılmaz sarmallar halindeki biçimsizleşmeler burgu gibi yükselip iniyordu. Ressam yüzlerin görünüşlerini değiştirmişti. En etkili silahlarıyla onlara saldırmış, onların biçimlerini bozmuştu. Fırçalar, spatula, bıçak: yaralar açmış, derilerini yüzmüş, yanaklarını yırtmıştı...

Anna, kafasını omuzlarının arasına sıkıştırmış, korkudan sinmiş bir halde yürüyordu. Artık tablolara bakmıyordu bile, gözkapakları titriyordu. Bu incelemeler serisi, şiddetin doruklarındaki bu tablolar "İsabel Rawsthorne" adında bir kadına adanmıştı. Kelimenin tam anlamıyla kadının yüz hatları her yere dağılmıştı. Anna geriledi, umutsuzca bu et ve beden çılgınlığında insanî bir ifade arıyordu. Ama dağınık parçalardan, yarayı andıran ağızlardan, yuvalarından fırlamış, çevrelerinde mor halkalar bulunan gözlerden başka bir şey göremedi.

Birden paniğe kapıldı ve geri dönüp çıkışa doğru aceleyle ilerledi. Galerinin holünden geçerken, beyaz bir tezgâhın üzerine bırakılmış sergi kataloğunu gördü. Durdu.

Onu görmeliydi; onun yüzünü görmeliydi.

Heyecanla kitapçığın sayfalarını çevirmeye başladı, atölye fotoğraflarının, eserlerin röprodüksiyonlarının yer aldığı sayfaları geçti ve nihayet, Francis Bacon'ın kendi portresinin bulunduğu sayfaya ulaştı. Siyah beyaz bir klişeydi, sanatçının etkili bakışları, parlak kâğıttan daha yoğun bir şekilde parlıyordu.

Anna, daha iyi bakmak için iki elini sayfanın üstüne koydu.

Sanatçının yakıcı, doymak bilmeyen gözleri vardı; yüzü geniş, ay gibi yuvarlaktı, güçlü bir çeneye sahipti. Küt bir burun, fırça gibi saçlar, yalıyar gibi dik bir alın, tablolarındaki derisi yüzülmüş suratlara her sabah şiddetle direnen bu adamın yüzünü tamamlıyordu.

Ama bir ayrıntı Anna'nın özellikle dikkatini çekti.

Ressamın bir kaş kemeri diğerinden daha yukarıdaydı. Bir gözü sabit, şaşkın, faltaşı gibi açık tek bir noktaya bakıyordu sanki. Anna inanılmaz gerçeği anladı: Francis Bacon fiziksel olarak tablolarındaki resimlere benziyordu. Fizyonomisi onların deliliğiyle, çarpıklığıyla örtüşüyordu. Bu asimetrik göz ressama biçimsizleşmiş figürleri yapmada ilham vermiş olmalıydı ya da tam tersine bu tablolar ressamını bu hale getirmişti. Ama her iki durumda da, eserler ile sanatçının yüz hatları arasında bir benzeşme vardı.

Bu basit gözlem Anna'nın aklına beklenmedik bir düşünce getirdi.

Eğer Bacon'ın resimlerindeki biçimsizleşmelerin gerçek bir temeli varsa, neden kendi halüsinasyonlarının da gerçek bir dayanağı olmasındı? Neden onun bu halüsinasyonlarının kökeninde, gerçekte var olan bir işaret, bir imge yatmasındı?

Anna'nın içinde yeni bir şüphe uyandı. Ya gerçekten haklıysa? Ya Laurent ile Bay Kadife gerçekten yüzlerini değiştirdilerse?

Duvara dayandı ve gözlerini kapadı. Her şey yerli yerine oturuyordu. Laurent, sebebini bilemediği bir nedenden dolayı, yüz hatlarını değiştirmek için onun bellek yitimi krizlerinden yararlanmıştı. Onun yüzünün arkasına saklanmak için estetik ameliyat olmuştu. Bay Kadife de aynı operasyondan geçmişti.

İki adam suç ortağıydı. Bu iğrenç oyunu birlikte tezgâhlamışlar ve bu nedenle de, fizyonomilerini değiştirmişlerdi. İşte, onların yüzleri karşısında rahatsızlık duymasının nedeni buydu.

Vücudunu bir titreme aldı, bütün bu olmayacak şeyleri, bütün bu saçmalıkları bir kenara bıraktı. Sadece bir an, gerçeğe yaklaştığını, o kadar delirmişti ki, bunun olabileceğini düşünmüştü.

Diğerlerine karşı olan beyniydi.

Tüm diğerlerine.

Kapıya doğru koştu. Sahanlıkta, girerken fark etmediği bir resim gördü.

Bir sürü yaralı yüz onu gülümsetmeye çalışıyordu.

Messine Caddesi'nin aşağı kısmında Anna bir kafe-bar gördü. İçeri girip bir Perrier ısmarladı, sonra hiç oturmadan bir telefon rehberi bulmak için dosdoğru bodrum katına indi.

Bu sahneyi daha önce de yaşamıştı; aynı sabah, bir psikiyatr numarası bulmak için gittiği Saint-Germain Bulvarı'ndaki bir barda. Belki de bu, gerçeğe ulaşmak için bir ritüel, tekrarlanması gereken bir davranıştı, tıpkı bir derneğe, bir tarikata kabul edilirken aşılması gereken safhalar, yapılan törenler gibi...

Kırışmış sayfaları çevirirken, "Estetik Cerrahî" kısmını arıyordu. İsimlere dikkat etmiyor, adreslere bakıyordu. Bu yakınlarda bir doktor bulması gerekiyordu. Parmağıyla sayfayı tararken, bir ismin üstünde durdu: "Didier Laferrière, Boissy-d'Anglas Sokağı, 12 numara". Hatırladığı kadarıyla bu sokak, Madeleine Meydanı'na çok yakındı, bulunduğu yerden yaklaşık beş yüz metre ötedeydi.

Altıncı çalışında telefon açıldı, bir erkek sesi duyuldu. Anna hemen sordu:

– Doktor Laferrière?

– Benim.

Şansı yaver gitmişti. Karşısında aşması gereken bir sekreter yoktu.

– Randevu almak için aramıştım.

– Sekreterim bugün izinli. Bekleyiniz... (Anna bir bilgisayar klavyesinin sesini duydu.) Ne zaman gelmek istersiniz?

Adamın sesi bir tuhaftı: boğuk, tınısız. Anna cevap verdi:

– Hemen. Acil bir durum?

– Acil mi?

– Size anlatacağım. Beni kabul edin.

Bir duraklama, bir saniyelik bir kesinti oldu. Sonra aynı boğuk ses sordu:

– Ne kadar süre içinde burada olabilirsiniz?

– Yarım saat.

Anna, adamın sesinde hafif bir tebessüm algıladı. Onun bu sabırsızlığı, acelesi doktoru eğlendirmişe benziyordu.

– Sizi bekliyorum.

18

– Anlamıyorum. Tam olarak ne tür bir ameliyat sizi ilgilendiriyor.
Didier Laferrière, donuk yüz hatlarına sahip, kıvırcık gri saçlı,
ufak tefek bir adamdı; görüntüsü vurgusuz sesiyle bağdaşıyordu.
Kibar, ölçülü, kimi zaman da anlaşılmaz el kol hareketleri yapan
bir adam. Pirinç kâğıdından bir duvarın arkasından konuşuyor gi-
biydi. Anna, eğer kendisini ilgilendiren bilgileri almayı istiyorsa
bu duvarı delmesi gerektiğini anladı.
– Henüz tam olarak ne olduğunu bilmiyorum, dedi Anna. Ön-
celikle, bir yüzü değiştirmeyi sağlayan ameliyatları öğrenmek is-
tiyorum.
– Ne dereceye kadar değiştirmek?
– Tamamen.
Cerrah, bir uzman havasıyla anlatmaya başladı:
– Yüzde önemli değişiklikler yapmak için, öncelikle kemik ya-
pısından işe başlamak gerekir. İki temel teknik vardır. Çıkıntılı
hatları yumuşatmak için tıraşlama yöntemi ve tam tersine var
olan bazı bölgeleri değerlendirmek için kemik nakli yöntemi.
– Tam olarak nasıl yapıyorsunuz?
Adam derin bir soluk aldı, bir süre düşünüyormuş gibi yaptı.
Muayenehanesi boştu. Pencerelerdeki storlar kapalıydı. Zayıf bir
ışık Asya tarzı mobilyaları yalıyordu. İçeriye, kiliselerdeki günah
çıkarma yerlerinin havası hâkimdi.
– Tıraşlama yönteminde, dedi. Derinin altına girerek kemikte-
ki çıkıntıları azaltıyoruz. Nakil yönteminde ise, önce parçalar alı-
yoruz, genellikle de kafatasının tepesinden, yankafa kemiğinden,
sonra bunları saptadığımız bölgelere monte ediyoruz. Bazen de
protez kullanıyoruz.
Ellerini iki yana açtı, sesi yumuşadı:

– Her şey mümkün. Tek amaç sizi tatmin etmek.

– Bu müdahaleler neticesinde iz kalır, değil mi?

Adam hafifçe gülümsedi:

– Pek sayılmaz. Endoskopi yöntemiyle çalışıyoruz. Dokuların altına optik borular ve mikroaygıtlarla giriyoruz. Sonra ekranda görerek çalışıyoruz. Bu nedenle yara izleri belli olmayacak kadar küçük.

– Bu yaraların fotoğraflarını görebilir miyim?

– Elbette. Ama en baştan başlayalım, ister misiniz? Birlikte sizi ilgilendiren ameliyat tipini belirleyelim, arzu ediyorum.

Anna, bu adamın kendisine, en ufak bir izin bile görülmediği rötuşlu klişeler göstereceğini anladı. Konuşmanın yönünü değiştirdi:

– Peki burun? Burun için ne gibi operasyonlar yapılabiliyor?

Doktorun alnı kırıştı, kuşkulanmıştı. Anna'nın burnu düzgün, dar ve ufaktı. Değişiklik gerektiren bir şey yoktu.

– Burnunuzda da bir değişiklik istiyor musunuz?

– Bütün olasılıkları göz önünde bulundururum. Bu kısımla ilgili neler yapabiliyorsunuz?

– Bu alanda büyük bir ilerleme kaydettik. Kelimenin tam anlamıyla hayallerinizin burnunu yapabiliyoruz. İsterseniz burnunuzun bütün hatlarını birlikte çizerek oluşturabiliriz. Bu konuda bize yardımcı olacak bilgisayar programı...

– Peki cerrahî anlamda, ne tür teknikler kullanıyorsunuz?

Doktor, gömlek yerine giydiği beyaz spencer'in içinde kıpırdandı.

– Bu bölgeyi yumuşattıktan sonra...

– Nasıl? Kıkırdakları kırarak, değil mi?

Bir kez daha gülümsedi, ama artık meraklı gözlerle bakıyordu. Didier Laferrière, Anna'nın niyetini anlamaya çalışıyordu.

– Kuşkusuz oldukça radikal olan bu işlemi uygulamamız gerekir. Ama her şey anestezi altında yapılıyor?

– Sonra, sonra ne yapıyorsunuz?

– Kemikleri ve kıkırdakları kararlaştırdığımız profile göre yerleştiriyoruz. Bir kez daha tekrar ediyorum: her şeyi istediğiniz gibi yapabilirim.

Anna konuşmanın hâkimiyetini bırakmıyordu:

– Bu tür bir operasyon iz bırakır, değil mi?

– Hayır. En ufak bir iz bile kalmaz. Burun deliklerinden içeri aletler sokulur. Deriyle hiçbir temasımız olmaz.

– Peki lifting için, diye sordu. Hangi tekniği kullanıyorsunuz?

– Daima endoskopi. Deriyi ve kasları çok küçük penslerle çekiyoruz.

– Öyleyse bu teknikte de iz kalmıyor değil mi?

– Bir izin gölgesi bile söz konusu değil. Kulak memesinin üstünden giriyoruz. Burası tamamen bu işe müsait bir bölge. (Elini salladı.) Bu yara izi işini unutun: bunların hepsi eskide kaldı.

– Ya liposuccion?

Dider Laferrière kaşlarını çattı:

– Bana yüz demiştiniz?

– Boyun bölgesine de liposuccion yapılıyor, değil mi?

– Evet, doğru. Ayrıca bu en kolay uygulanabilen operasyonlardan biridir.

– İz bırakıyor mu?

Bu soru artık çok fazlaydı. Doktor düşmanca bir tavır takındı:

– Anlamıyorum, sizi ilgilendiren estetik iyileştirmeler mi yoksa yara izleri mi?

Anna soğukkanlılığını yitirdi. Bir an, sanat galerisinde olduğu gibi paniğe kapıldığını hissetti. Bütün vücudunu ateş bastı, boynundan alnına kadar kıpkırmızı olmuş olmalıydı.

Bir şeyler mırıldandı, kelimeleri doğru düzgün bir araya getiremiyordu:

– Özür dilerim. Ben çok korkuyorum. Ben... Ben memnun olacağım... Yani, karar vermeden önce estetik ameliyatlara ait fotoğrafları görmekten memnun olacağım.

Laferrière'in sesi biraz yumuşadı: demli bir çaya konulan bir miktar bal gibi.

– Bu söz konusu bile olamaz. Bunlar çok çarpıcı fotoğraflardır. Biz şu an sadece sonuçlar üzerinde konuşalım, anlıyor musunuz? Gerisi, benim işim.

Anna koltuğun kollarını sıktı. Öyle ya da böyle bu doktordan gerçeği öğrenmeliydi.

– Gözlerimle bana ne yapacağınızı görmeden, asla ameliyat olmayacağım.

Doktor ayağa kalktı, özür belirten bir hareket yaptı.

– Çok üzgünüm. Bu tip bir ameliyata psikolojik olarak hazır olduğunuzu sanmıyorum.

Anna oturduğu yerden kıpırdamadı.

– Sakladığınız şey nedir?

Laferrière donup kaldı.

– Sizden özür diliyorum.

– Size yara izlerinden söz ediyorum. Bana söz konusu bile olmadığını söylüyorsunuz. Size ameliyat fotoğraflarını görmek istediğimi söylüyorum. Reddediyorsunuz. Sakladığınız şey nedir?

Doktor eğildi ve iki yumruğuyla masanın üzerine abandı:

– Günde yirmiden fazla kişiyi ameliyat ediyorum, Hanımefendi. Salpêtrière Hastanesi'nde plastik cerrahî dersi veriyorum. Bu, insanların yüzlerini iyileştirerek onları mutlu etmeye dayanan bir meslektir. Bu mesleğin amacı bisturi yaralarından söz ederek veya kırılmış kemiklerin fotoğraflarını göstererek insanları ruhen travmaya uğratmak değildir. Ne aradığınızı bilmiyorum, ama adresi şaşırdığınızdan eminim.

Anna, doktorun bakışlarını yakaladı:

– Siz bir yalancısınız.

Lafferrière doğruldu, kuşku dolu bir kahkaha attı:

– Ne... ne?

– Çalışmanızı göstermeyi reddediyorsunuz. Elde ettiğiniz sonuçlar hakkında yalan söylüyorsunuz. Sizin bir sihirbaz olduğunuza inanmamı istiyorsunuz, ama bir dolandırıcıdan başka bir şey değilsiniz. Mesleğinizdeki yüzlercesi gibi.

"Dolandırıcı" kelimesi beklenen etkiyi yaptı. Lafferrière'in suratı, karanlıkta parlayacak kadar beyazlaştı. Arkasını döndü ve panjurlu bir dolabı açtı. İçinden naylon föylü bir klasör çıkardı ve hışımla masanın üzerine koydu.

– Görmek istediğiniz bu mu?

Klasörü açıp ilk fotoğrafı gösterdi. Bir eldiven gibi ters yüz edilmiş bir yüz, kan dindirici penslerle deri etten ayrılmıştı.

– Yoksa bu mu?

İkinci resmi çıkardı: kıvrılmış dudaklar, bir makas kan içindeki dişetlerini kesiyordu.

– Belki de bu, ha?

Üçüncü fotoğraf: küçük bir çekiçle burun deliklerinden birinin içine çivi çakılıyordu. Anna resme bakmak için kendini zorladı, midesi bulanmıştı.

Bir sonraki fotoğrafta bir bisturi, yuvasından fırlamış gibi duran bir gözün gözkapağını kesiyordu.

Anna kafasını kaldırdı. Doktoru tuzağa düşürmeyi başarmıştı, artık devam etmeye gerek yoktu.

– Bu tip operasyonlar sonucunda hiçbir iz kalmaması imkânsız, dedi.

Lafferrière içini çekti. Yeniden dolabını karıştırdı, sonra masanın üzerine ikinci bir klasör koydu. Bitkin bir sesle ilk fotoğrafı yorumladı:

– Bir alın düzgünleştirme operasyonu. Endoskopi yöntemiyle. Ameliyattan dört ay sonra.

Anna dikkatle operasyon geçirmiş yüzü inceledi. Aslında, saç diplerinden aşağıya doğru her biri on beş milimetre uzunluğunda üç çizgi vardı. Doktor sayfayı çevirdi:

– Kemik naklinde kullanılmak üzere yankafa kemiğinden parça alma operasyonu. Müdahaleden iki ay sonra.

Fotoğraf, saçları yeni uzamış bir kafayı gösteriyordu, saçların altından "S" biçimindeki pembemsi yara izi net olarak görünüyordu.

– Saçlar hemen yarayı örter, diye ekledi, zaten bir süre sonra da iz tamamen yok olur.

Sayfayı çevirdi:

– Endoskopi yöntemiyle üçlü lifting. Deri altı dikişi, eriyen iplik. Bir ay sonra, hemen hemen hiçbir iz kalmaz.

Sayfada bir kulağın önden ve profilden iki fotoğrafı yer alıyordu. Anna kulakmemesinin üst kısmında belli belirsiz zikzak biçiminde bir iz gördü.

– Boyun liposuccion'ı, dedi Laferrière, yeni bir fotoğrafı gösterirken. Operasyondan iki buçuk ay sonra. Burada gördüğünüz çizgi kaybolacak. Bu en az iz bırakan bir operasyondur.

Bir sayfa daha çevirdi ve kışkırtıcı, neredeyse sadistçe bir ses tonuyla devam etti:

– Tümünü görmek isterseniz, işte elmacıkkemiği nakli yapılmış bir yüzün skanografisi. Deri altındaki ameliyat izleri asla kaybolmaz...

En etkili resim buydu. Kemikli kısmında vidalar ve ganklar bulunan maviye çalan bir ölü kafası.

Anna klasörü kapattı.

– Size teşekkür ederim. Görmek istediğim kesinlikle buydu.

Doktor masanın çevresini dolaştı, hâlâ bu ziyaretin ardındaki gizemli amacı anlamaya çalışıyordu.

– Ama... ama yani, anlamıyorum, ne istiyorsunuz?

Anna ayağa kalktı ve yumuşak siyah renkli mantosunu giydi. İlk kez gülümsedi:

– Düşünüp karar vermem gerekiyor.

19

Saat sabahın ikisiydi.

Yağmur hâlâ yağıyor; gök gürültüsü, yağmurun düzenli tıkırtısı devam ediyordu. Camlara, balkonlara, taş korkuluklara çarparak yankılanan damlaların sesi duyuluyordu. Anna salon penceresinin önünde ayakta duruyordu. Üzerinde bir sweat-shirt ile bir jogging pantolonu vardı; titriyordu, bu ev ona hep soğuk geliyordu nedense.

Gecenin karanlığında camdan dışarı, asırlık çınar ağacının kopkoyu karaltısına dikkatle bakıyordu. Boşlukta sallanan bir iskelet gözünün önüne geldi. Tüm yapraklarını dökmüş üzerinde sadece ipliksi likenleri bulunan dalları, sokak lambalarının ışığı altında gümüş gibi parlayan bir iskelet. Sanki yırtıcı tırnaklarını geçirecek bir et –ilkbahar yapraklarını– arıyordu.

Gözlerini kaçırdı. Masanın üzerinde, önünde, öğleden sonra, estetik cerrahla olan randevusunun bitiminde satın aldığı eşyalar duruyordu. Maglite marka küçük bir el feneri; gece çekimi yapmayı da sağlayan polaroid bir fotoğraf makinesi.

Bir saatten fazla bir süredir, Laurent yatak odasında uyuyordu. Anna onun yanında kalmış, uykusunda onu gözlemişti. Laurent'ın uyurken hafif hafif titremelerini, uykuya geçerken vücudunun gevşemesini dikkatle incelemişti. Sonra da düzenli bir hal alan nefes alışlarını dinlemişti.

İlk uyku.

En derin uyku.

Malzemelerini topladı. İçinden, dışarıdaki ağaca, açıklı koyulu parke kaplı bu geniş salona, beyaz kanepelere elveda dedi. Ve bu evle ilgili bütün alışkanlıklarına. Eğer haklıysa, eğer düşündükleri gerçekse, kaçması gerekiyordu. Ve tüm bu olan biteni anlamaya çalışması.

Koridora çıktı. O kadar temkinli yürüyordu ki, evin soluk alıp verdiğini –parkelerin gıcırdaması, kalorifer kazanının sesi, yağmurun dövdüğü camların tıkırtısı– duyuyordu sanki... Yatak odasına yavaşça girdi.

Yatağın yanına geldi, fotoğraf makinesini baş ucu konsoluna ses çıkarmadan bıraktı, sonra el fenerini yere doğru tuttu. Avucunu ısıtan küçük halojen ışık demetini yakmadan önce elini fenere siper etti.

Bu şekilde, nefesini tutarak kocasının üzerine doğru eğildi.

Fenerin ölgün ışığında kocasının hareketsiz yüzünü gördü; vücudu, buruşmuş yatak örtüsünün altında kıvrılmış bir halde yatıyordu. Bu görüntü karşısında boğazı düğümlendi. Az kalsın gevşiyor, her şeyden vazgeçiyordu, ama kendini toparladı.

Fenerin ışığını bir kez kocasının suratına tuttu.

Hiç tepki yoktu: başlayabilirdi.

Önce alnını incelemek için yavaşça saçlarını kaldırdı: hiçbir şey bulamadı. Laferrière'in gösterdiği fotoğraftakine benzer üç yara izinden eser yoktu.

Feneri şakaklarına doğru indirdi; herhangi bir iz göremedi. Yüzün alt kısımlarını, çeneyi, boynu fenerle taradı: en ufak bir anormallik görünmüyordu.

Yeniden titremeye başladı. Ya tüm bunlar bir hezeyandan başka bir şey değilse? Ya deliliğinin yeni bir safhasıysa? Kasıldığını hissetti, ama incelemesini sürdürdü. Laurent'ın kulaklarına doğru eğildi, kafatasının üstünü kontrol etmek amacıyla hafifçe yankafa kemiğinin üst kısmına bastırdı. Herhangi bir eksiklik yoktu. Bir dikiş izi görmek umuduyla yavaşça gözkapaklarını kaldırdı. Bulamadı. Hiçbir şey bulamadı. Burun kanatlarına, burun deliklerinin içine dikkatle baktı. Sonuç yine olumsuzdu.

Ter içinde kalmıştı. Nefes alıp verirken gürültü etmemeye çalışıyordu, ama soluğunun, burun deliklerinden, ağzından çıkmasını engelleyemiyordu.

Başka bir yerde daha yara izi olma ihtimali vardı. Kafatasının üstünde "S" biçiminde dikiş izi. Doğruldu, elini yavaşça Laurent'ın saçlarının arasına soktu, her saç tutamını kaldırarak feneriyle her saç köküne bakıyordu. Yoktu. En ufak bir iz, en ufak bir kabartı bile yoktu. Yoktu. Yoktu. Yoktu.

Şimdi bütün tedbiri elden bırakmış Laurent'ın saçlarını büyük bir hışımla karıştırıyor, bir yandan da hıçkırarak ağlıyordu; bu kafa ona ihanet etmiş, deli olduğunu ispatlamıştı...

Bir el aniden Anna'nın bileğini yakaladı.

– Ne yapıyorsun, delirdin mi?

Anna geriye doğru sıçradı. Fener elinden düştü. Laurent yatakta doğrulmuştu. Baş ucu konsolunda duran gece lambasını yaktı:

– Ne yapıyorsun, delirdin mi?

Laurent yerde duran Maglite marka el fenerini, masanın üzerindeki polaroid fotoğraf makinesini gördü:

– Tüm bunlar ne anlama geliyor, ne yapmak istiyorsun? diye gergin bir şekilde sordu.

Anna cevap vermedi, duvara yaslanmış, bitkin bir haldeydi. Laurent üzerindeki örtüyü attı ve ayağa kalktı, yerdeki el fenerini aldı. Fenere dikkatle baktı, bıkkın bir hali vardı, sonra Anna'nın yüzüne doğrulttu.

– Beni mi inceliyorsun? Geceyarısı? Tanrım! ne arıyorsun?

Anna hâlâ susuyordu.

Laurent eliyle alnını sıvazladı ve bezmiş bir halde içini çekti. Üzerinde sadece bir külot vardı. Yandaki gardrop odasının kapısını açtı ve içerden bir blucin ile bir kazak aldı, tek kelime etmeden giyindi. Sonra, Anna'yı yalnızlığı ve deliliğiyle tek başına bırakarak odadan çıktı.

Anna dayandığı duvardan yavaşça yere doğru kaydı ve halının üzerinde büzüldü. Hiçbir şey düşünmüyor, hiçbir şey hissetmiyordu. Her geçen saniye biraz daha artan kalp atışlarının dışında.

Laurent yeniden odanın kapısında belirdi, cep telefonu elindeydi. Yüzünde bir gülümseme vardı, merhametle başını sallıyordu; birkaç dakika içinde sakinleşmiş, aklının sesini dinlemiş gibiydi.

Yavaş bir sesle, telefonu işaret ederek konuştu:

– Her şey düzelecek. Eric'i aradım. Yarın seni enstitüye götüreceğim.

Anna'ya doğru eğildi, onu kaldırdı, sonra ağır ağır yatağa götürdü. Anna karşı koymadı. Laurent, sanki kırılmasından –ya da tam tersine yeni bir çılgınlık yapmasından– korkuyormuş gibi Anna'yı yatağa oturttu.

– Her şey yoluna girecek.

Anna kabullendi, gözlerini, Laurent'ın baş ucu konsolunun üstündeki, fotoğraf makinesinin yanına bıraktığı el fenerinden ayırmıyordu. Mırıldandı:

– Biyopsi yok. Sonda yok. Ameliyat olmak istemiyorum.

– İlk başta, Eric sadece bazı yeni tetkikler yapacak. Parça alma işlemine, yani biyopsiye gerek kalmaması için elinden gelen gayreti gösterecek. Sana söz veriyorum. (Anna'yı öptü.) Her şey yoluna girecek.

Bir uyku ilacı vermeyi teklif etti. Anna reddetti.

– Lütfen, diye ısrar etti Laurent.

Anna ilacı içmeye razı oldu. Ardından Laurent onu yatağa yatırıp üstünü örttü, kendisi de yanına uzandı ve şefkatle sarıldı. Kendi tedirginliği hakkında tek bir söz söylemedi. Karısının bu deliliği karşısında kendi bunalımını düşünmedi.

Gerçekten Laurent ne düşünüyordu?

Ondan kurtulduğu için rahatlamış mıydı? Az sonra, Anna, Laurent'ın düzenli bir biçimde soluk alıp verdiğini duydu, uykuya geçmişti. Böyle bir durumda nasıl yeniden uyuyabiliyordu? Ama belki de bu olayın üstünden çok uzun saatler geçmişti... Anna zaman mefhumunu kaybetmişti. Yanağını kocasının göğsüne dayadı, kalp atışlarını dinledi. Ruh sağlığı yerinde olan, korkmayan insanların sakin kalp vuruşlarıydı bunlar.

Yavaş yavaş, içtiği sakinleştiricinin etkisini hissetmeye başladı. Vücudunun içinde bir uyku çiçeği büyümekteydi...

Yatağın rotadan saptığı ve ana karadan ayrıldığı hissine kapıldı. Ağır ağır karanlıkların içinde yüzüyordu sanki. Bu akıntıya karşı mücadele etmek için kendinde en ufak bir direnme gücü bulamıyordu. Kendini akan dalgalara bırakmaktan başka yapacağı bir şey yoktu.

Laurent'a doğru biraz daha sokuldu ve salon penceresinin karşısında yağmur altında parıldayan çınar ağacını düşündü. Çıplak dalları tomurcuklarla ve yapraklarla dolmayı bekliyordu. Yaklaşmakta olan ve kendisinin göremeyeceği ilkbaharı.

O ise akıllı yaratıkların dünyasında son mevsimini yaşıyordu.

20

– Anna! Ne yapıyorsun? Geç kalacağız?

Duştan dökülen sıcak suyun altında, Anna, Laurent'ı güçlükle duyuyordu. Sadece, ensesine çarptıktan sonra vücudundan süzülüp ayaklarının dibinde patlayan damlalara bakıyor, bazen de yüzünü duştan hızla akan suya doğru kaldırıyordu. Bütün vücudu sıcak suyun etkisiyle gevşemiş, rahatlamıştı. Ruhen uysallaşmış gibiydi.

Uyku ilacının sayesinde, birkaç saat uyumayı başarmıştı. Bu sabah kendini sakin, dingin, başına gelebileceklere karşı duyarsız hissediyordu. Umutsuzluğu tuhaf bir sakinliğe dönüşmüştü. Bir tür mesafeli barış.

– Anna! Çabuk ol lütfen!

– Tamam! Geliyorum.

Duştan çıktı ve lavabonun önünde yerde duran tahta ızgaraya atladı. Saat 08.30'du: Laurent giyinmiş, parfümünü sürmüş, banyo kapısının arkasında yerinde duramıyordu. Anna hızla iç çamaşırlarının üstüne, siyah yün bir elbise giydi. Vücudu sımsıkı saran, Kenzo marka, kapalı bir elbiseydi; belli bir stili olan, fütürist bir matem giysisini andırıyordu.

Tamamen duruma uygun bir elbise.

Bir fırça aldı ve saçlarını taradı. Banyodaki buhar nedeniyle aynada bulanık bir yansımadan başka bir şey görmüyordu: zaten o da bunu yeğliyordu.

Birkaç gün, belki birkaç hafta içinde, tüm gerçek bu opak aynadaki görüntü gibi olacaktı. Hiç kimseyi tanıyamayacak, hiçbir şeyi anlayamayacak, çevresindeki her şeye yabancılaşacaktı. Kendi deliliğiyle ilgilenemeyecek, kalan aklının son kırıntılarının yok olmasını bile engelleyemeyecekti.

– Anna!

– Buradayım!

Laurent'ın aceleciliğine güldü. Geç kalmaktan veya deli karısının vazgeçmesinden korkuyordu.

Aynanın üzerindeki buğu dağılıyordu. Anna, sıcak suyun etkisiyle kızarmış ve şişmiş suratını gördü. Zihninde Anna Heymes'e elveda demişti. Ve Clothilde'e, Çikolata Evi'ne, gelincik gibi kıpkırmızı dudaklı Psikiyatr Mathilde Wilcrau'ya da.

Kendini Henri-Becquerel Enstitüsü'ndeymiş gibi hissediyordu. Dış dünyayla hiçbir teması olmayan, beyaz ve kapalı bir oda. Ona gereken de buydu. Kendini yabancı ellere teslim etmek, hemşirelerin ellerine bırakmak için neredeyse sabırsızlanıyordu.

Biyopsi fikrine bile alışmaya başlıyordu; kafatasından içeri sokulacak ve ağır ağır beynine doğru inecek, belki de hastalığının nedenini ortaya çıkaracak bir sonda fikrine. Aslında tedavi olmakla alay ediyordu. Sadece yok olmak, buharlaşmak ve artık kimseyi rahatsız etmemek istiyordu...

Her şey durduğunda Anna hâlâ saçını tarıyordu.

Aynada, perçeminin altında, aşağıya doğru inen üç yara izi fark etti. Bir an buna inanamadı. Sol eliyle aynanın üzerinde kalmış buğuyu sildi ve iyice yaklaştı, soluğu kesilmişti. İzler belli belirsizdi, ama oradaydı, alnının üstünde.

Estetik ameliyatın yara izleri.

Geçen gece boşu boşuna başka yerlerde aradığı izler.

Bağırmamak için yumruğunu ısırdı ve iki büklüm oldu, midesi lav yutmuş gibi yanıyordu.

– Anna! Delirdin mi, geç kalıyoruz?

Laurent'ın çağrıları başka bir dünyadan geliyor gibiydi.

Titremelerle sarsılan Anna doğruldu, aynadaki görüntüsüne bir kez daha baktı. Kafasını çevirdi ve bir parmağıyla sağ kulak kepçesini büktü. Yankafa kemiğinin üstünden aşağı doğru uzanan beyazımsı çizgiyi gördü. Diğer kulağın arkasında da aynı iz vardı.

Aynadan hafifçe uzaklaştı, titremelerine hâkim olmak için iki eliyle lavaboya dayandı. Sonra çenesini aynaya doğru kaldırdı, başka bir iz, bir liposuccion ameliyatının göstergesi olacak küçük bir belirti arıyordu. Bulmakta zorluk çekmedi.

Başı dönmeye başladı.

Midesine bir yumruk yemiş gibiydi.

Başını eğdi, son işareti, kemik alındığını gösteren S biçimindeki dikiş izini bulmak için saçlarını araladı? Pembemsi yılan saç derisinin üstünde onu bekliyordu, tıpkı iğrenç bir sürüngen gibi.

Bayılmamak için lavaboya biraz daha sıkı tutundu; gerçek, bir balyoz gibi beynine iniyordu. Artık bundan kaçamazdı, başı öne eğik, saçları yüzüne dökülmüş, içine düştüğü uçurumu düşünüyordu.

Yüzünü değiştirmiş, estetik olmuş biri varsa o da kendisiydi.

21

– Anna! Tanrı aşkına cevap ver! Laurent'ın sesi banyonun içinde, açık vasistastan dışarının nemli havasına karışan son buhar dumanlarının arasında çınlıyordu. Çağrıları, Anna'yı üzerine çıktığı saçak silmesine kadar takip edip binanın avlusuna ulaşıyordu.

– Anna! Kapıyı aç!

Anna, sırtını duvara vermiş, saçak silmesinin üstünde dengesini kaybetmemeye çalışarak yan yan ilerliyordu. Taşın soğukluğunu kürekkemiklerinde hissediyordu; yağmur sel gibi yüzünden akıyor, rüzgâr ıslak saçlarını yüzüne yapıştırıyordu.

Aşağıya, yirmi metre aşağıdaki avluya bakmamaya çalışıyor, tam önüne, bütün dikkatiyle karşıdaki binanın duvarına bakıyordu.

– KAPIYI AÇ!

Banyo kapısının kırıldığını duydu. Bir saniye sonra Laurent, Anna'nın kaçtığı pencerede belirdi, yüz hatları değişmiş, gözleri yuvalarından fırlamıştı.

Aynı anda Anna, yan balkonun kafesli bölmesine ulaştı. Taş bordürü yakaladı, tek hareketle üzerinden atladı ve diğer tarafa dizlerinin üstüne düştü, kaçarken aceleyle elbisesinin üzerine geçirdiği siyah kimononun yırtıldığını hissetti.

– ANNA! GERİ DÖN!

Balkonun korkuluk sütunlarının arasından, kocasının gözleriyle kendisini aradığını gördü. Ayağa kalktı, teras boyunca koştu, diğer balkon bölmesinin öte tarafına geçti ve duvara yapıştı, yeni saçak silmesini geçmeye hazırdı.

O andan itibaren her şey kontrolden çıktı.

Laurent'ın elinde bir VHF vericisi vardı. Paniklemiş bir sesle bağırıyordu:

– Bütün birimlerin dikkatine: o kaçıyor. Tekrar ediyorum: kaçmak üzere.

Birkaç saniye sonra, avluda iki adam belirdi. Sivil giyimliydiler, ama kollarında kırmızı polis bantları vardı. Otomatik tüfeklerini Anna'ya doğrultmuşlardı.

Aynı anda, karşı apartmanın üçüncü katındaki vitray camlı bir pencere açıldı. Bir adam belirdi, iki eliyle krom renkli bir tabanca tutuyordu. Çevresine bakındı, Anna'nın yerini tespit etti; bu mesafeden onun için mükemmel bir hedefti.

Aşağıda yeni bir hareketlenme oldu. Üç adam ilk iki adama katıldı. Aralarında, Nicolas, yani şoförleri de vardı. Her biri eğri şarjörlü aynı tip otomatik tüfekler taşıyordu.

Anna gözlerini kapadı ve dengesini sağlamak için kollarını açtı. Etrafa büyük bir sessizlik hâkimdi; bütün düşünceleri yok eden ve Anna'ya tuhaf bir soğukkanlılık kazandıran bir sessizlik.

Gözleri kapalı, kolları açık bir halde ilerlemeye devam etti. Laurent hâlâ bağırıyordu:

– Ateş etmeyin! Tanrı aşkına! O bize canlı lazım!

Gözlerini açtı... Sağ tarafta özenle saçlarını taramış Laurent, bir yandan elindeki telsize bağırıyor diğer yandan da parmağıyla Anna'yı işaret ediyordu. Karşıda, elleriyle tabancasını sıkıca kavramış nişancı hareketsiz duruyordu; Anna, adamın ağzındaki telsiz mikrofonu bu mesafeden seçebiliyordu. Aşağıda, yüzleri yukarı doğru çevrilmiş, neredeyse nefes bile almadan hareketsiz duran beş adam atış pozisyonunda bekliyordu.

Ve bu bir sürü silahlı adamın tek bir hedefi vardı: kendisi. Siyahlara bürünmüş bir tebeşir gibi bembeyaz, İsa konumunda bekliyordu.

Oluğun hafifçe kavis yapmış olduğunu gördü. Vücudunu geriye doğru büktü, elini diğer tarafa geçirdi, sonra engelin üstünden geçti. Birkaç metre ileride bir pencere onu durdurdu. Binanın planını hatırlamaya çalıştı: bu pencere servis merdivenine açılıyordu.

Dirseğini kaldırdı ve camı kırmak için hızla vurdu. Ama kırılmadı. Bir kez daha hamle yaptı, kolunu var gücüyle indirdi. Cam patladı. Kırılan cam parçalarından kaçmak için geri çekildi ve dengesini kaybetti.

Bastığı yer ağırlığına dayanamadı. Düşerken Laurent'ın bağırdığını duydu:

– ATEŞ ETMEYİN!

Bir müddet havada asılı kalmış gibi hissetti kendini, sonra sert bir zemine çarptı. Siyah bir alev tüm vücudunu sardı. Çarpmanın etkisiyle her yanı acıdı. Sırtı, kolları, topukları sert köşelere vurdu, kol ve bacaklarında, binlerce acı hissetti. Düştüğü yerde yuvarlandı. Kafası bacaklarının altında kaldı. Çenesi göğüs kafesinin altında ezildi ve nefesi kesildi.

Sonra kendini kaybetti.

Önce toz tadı, ardından da kan tadı aldı. Kendine geldi. Bir merdivenin dibinde, dizleri karnına çekik, iki büklüm bir haldeydi. Gözlerini yukarı kaldırdı ve gri tavanı, sarı ışıklı lamba karpuzunu gördü. Evet olmak istediği yerde, servis merdivenindeydi.

Korkuluğa tutunarak ayağa kalktı. Her şeyden önce kırılan bir yeri yoktu. Sadece sağ kolunda boylamasına bir yarık vardı; bir cam parçası deriyi yırtmış ve omza yakın bir yere saplanıp kalmıştı. Dişetleri de yaralanmış olmalıydı, çünkü ağzı kan içindeydi, ama dişleri yerinde duruyordu.

Yavaşça kolundaki cam parçasını çıkardı, sonra seri hareketlerle kimonosunun etek kısmını yırttı ve yarasının üstüne sardı.

İçinde bulunduğu durumun bir muhakemesini yaptı. Sırtüstü bir kat aşağı inmişti, öyleyse burası ikinci katın sahanlığı olmalıydı. Peşindeki adamlar her an zemin kata ulaşabilirlerdi. Dörder dörder basamakları tırmandı, kendi katını geçti, sonra dördüncü ve beşinci katları.

Birden Laurent'ın sesi merdiven boşluğunda yankılandı:

– Acele edin! Hizmetçi odalarından yandaki binaya geçecek.

Anna hızlandı, yedinci kata ulaştı, içinden, verdiği fikir için Laurent'a teşekkür ediyordu.

Hizmetçi odalarının bulunduğu koridora daldı ve koştu, bir sürü kapının, pencerenin, lavabonun önünden geçti, sonra bir başka merdivene ulaştı. Hızla atıldı, yeniden sahanlıkları birer birer geçmeye başlamıştı ki, bir anda durdu, kurulan tuzağı anlamıştı. Adamlar telsizle haberleşiyordu. Bazıları peşinden gelirken, bazıları da bu binanın girişinde onu bekliyor olacaktı.

O sırada, sol taraftan bir aspiratör gürültüsü geldiğini duydu. Kaçıncı katta olduğunu bilmiyordu, ama bunun bir önemi yoktu: bu kapı başka bir daireye açılıyordu, böylece yeni bir servis merdivenine ulaşabilirdi.

Var gücüyle kapıya vurdu.

Hiçbir şey duymuyordu. Ne yumrukladığı kapıdan çıkan sesi ne de göğüs kafesi içindeki kalbinin atışlarını.

Bir daha vurdu. Üst katlardan büyük bir hızla ona doğru yaklaşan bir koşuşturma duyuyordu. Aşağıdan da, yukarı doğru çıkan birilerinin ayak sesleri geliyordu. Yeniden kapıya yüklendi, hem yumrukluyor, hem de bağırarak yardım istiyordu.

Sonunda, kapı açıldı. Pembe bluzlu ufak tefek bir kadın kapı aralığında belirdi. Anna bir omuz darbesiyle kapıyı iyice açıp içeri girdi, sonra çelik kapıyı kapattı. Anahtarı kilidin içinde iki kez çevirdi ve alıp cebine attı.

Anna kendi etrafında döndü ve pırıl pırıl beyaz bir mutfakta olduğunu gördü. Temizlikçi kadın şaşkın bir halde süpürgesine sımsıkı tutunmuştu. Anna yaklaşıp kadının yüzüne doğru bağırdı:

– Kapıyı açmayacaksınız, anladınız mı?

Temizlikçi kadını omuzlarından tuttu ve tekrarladı:

– Hiç kimseye açmayacaksın, anladın mı?

Kapı vurulmaya başlamıştı bile:

– Polis! Açın!

Anna, dairenin içinde kaçmaya başladı. Bir koridora çıktı, sağlı sollu odaları geçti. Birkaç saniye içinde bu dairenin de kendi dairesiyle aynı olduğunu anladı. Salonu bulmak için sağa döndü. Büyük tablolar, kızılağaçtan mobilyalar, Doğu halıları, döşekten daha geniş kanepeler. Hole ulaşmak için sola dönmesi gerekiyordu.

İleri doğru atıldı, ayaklarını bir köpeğin –açık pas rengi, iri, ancak sessiz bir köpek– ağzından son anda kurtardı, sonra kafasına bir havlu sarmış bornozlu bir kadının üstüne düştü.

– Kim... kimsiniz? diye bağırdı kadın, tepesindeki havluyu değerli bir testi gibi tutuyordu.

Anna az kalsın kahkahalarla gülecekti; bugün ona sorulacak bir soru değildi bu. Kadını itti, antreye ulaştı ve kapıyı açtı. Tam dışarı çıkıyordu ki akaju konsolun üstünde anahtarları ve otopark kapısının uzaktan kumanda aletini gördü. Bu apartmanların hepsinin altlarında, bodrumlarında otopark vardı. Uzaktan kumandayı aldı ve kırmızı kadife halı kaplı merdivenlere yöneldi.

Doğrudan bodruma indi. Her yeri sızlıyor, kısa kısa soluk alıyordu. Ama planı kafasında tıkır tıkır işliyordu. Polislerin kurduğu tuzak bodrum katında işe yaramayacaktı. Anna otopark rampasından dışarı çıkmayı tasarlamıştı. Burası, blokun diğer tarafına, Daru Sokağı'na açılıyordu. Bu çıkışı düşünmediklerine dair bahse bile girebilirdi...

Otoparkın beton zemini üzerinde, karanlıkta kapıya doğru koştu. Tam uzaktan kumandayı kapıya yöneltmişti ki, kapının kendiliğinden açıldığını gördü. Silahlı dört adam rampadan aşağı iniyordu. Düşmanı küçümsemişti. Bir arabanın arkasına gizlenecek zamanı ancak buldu, dizüstü çökmüştü, iki eli de yerdeydi.

Adamlar önünden geçerken, sert ayak seslerinin tüm vücudunu titrettiğini hissetti ve hıçkırıklara boğulmamak için kendini zor tuttu. Aynasızlar arabaların arasında dolaşıyor, fenerleriyle her yeri kontrol ediyordu. Anna iyice duvara yapıştı, o esnada kolunun yeniden kanamaya başlamış olduğunu fark etti. Koluna sıkıca sardığı kimono parçası gevşemişti. Dişlerinin de yardımıyla bir daha sıktı, kafasının içinde bin bir düşünce vardı. Adamlar, en ücra köşeleri bile kontrol ederek, arayarak ağır ağır uzaklaşıyordu. Ama her an geri dönebilir ve onu yakalayabilirlerdi. Anna gözleriyle çevresini taradı ve sağ tarafta birkaç metre ilerde gri bir kapı gördü. Eğer hafızası onu yanıltmıyorsa buradan, Daru Sokağı'nda bulunan bir binaya geçiliyordu. Daha fazla düşünmeden, duvar ile araba tamponlarının arasından süzülerek kapıya ulaştı ve tam geçebileceği kadar araladı. Birkaç saniye sonra, aydınlık ve modern bir holdeydi: kimse yoktu. Basamakları uçarcasına tırmandı ve kendini dışarı attı.

Yola fırladı, vücuduna temas eden yağmurun tadını çıkarıyordu, ama bir fren sesi Anna'yı kendine getirdi. Bir araba birkaç santimetre önünde durmuştu, rüzgârda uçuşan kimonosunun etekleri arabanın tamponuna değiyordu.

Anna geriledi, korkmuş, şaşırmıştı. Şoför camını indirdi ve bağırdı:

– Hey, yosma! Karşıdan karşıya geçerken önüne baksan iyi olur!

Anna adamı dikkate almadı. Etrafta başka aynasız var mı diye, sağına soluna bakıyordu. Adam, tehlikeli bir fırtına öncesi gibi gergin ve elektrik yüklüydü.

Ama asıl fırtına Anna'nın kendisiydi.

Şoför ağır ağır ilerledi.

– Sağlığına dikkat et, yavrum!

– Bas git!

Adam fren yaptı.

– Ne?

Anna parmağını adama doğru uzattı, sinirden kıpkırmızı kesilmişti:

– Çek arabanı, diyorum!

Şoför duraksadı, dudakları titriyordu. Böyle bir karşılık alacağını beklemiyordu, alt tarafı basit bir ağız dalaşıydı, ama durum ciddileşebilirdi. Omzunu silkti ve gaza bastı.

Aklına yeni bir fikir geldi. Son hızla birkaç numara ileride olan

Paris Ortodoks Kilisesi'ne doğru kaçmaya başladı. Demir parmaklıklar boyunca ilerledi, çakıl taşlı avluyu geçti ve ana kapıya çıkan basamakları tırmandı. Vernikli ahşap kapıyı itti ve koyu karanlığın içine daldı. Sahın Anna'ya çok karanlık geldi, ama gerçekte şakaklarının zonklaması nedeniyle görüşü bulanıklaşmıştı. Sonra yavaş yavaş, pırıl pırıl parlayan altın süslemeleri, kızılımsı ikonaları, yorgun alevleri andıran bakır rengi sandalye arkalıklarını seçmeye başladı. Dikkatle ilerledi ve kilisedeki daha az parlak diğer eşyaları da görmeye başladı, her şey ölçülü bir düzen içindeydi. Her eşya vitraylardan, mumlardan, ferforje avizelerden yayılan birkaç damla ışık altında birbiriyle bir çekişme içindeydi. Fresklerdeki kişiler bile ışığa kavuşmak için karanlıklarından kurtulmak ister gibiydi. Tüm kilisenin içi gümüş rengi bir ışıkla kaplıydı; aydınlık ile karanlık arasında gizli bir savaşın sürdüğü ışık-karanlık dalgalanması.

Anna nefesini tuttu. Göğsü yanıyordu. Vücudu, elbiseleri terden sırılsıklamdı. Durdu, bir sütuna yaslandı, taşın soğukluğu hoşuna gitmişti. Az sonra kalp atışları normale döndü. Buradaki her ayrıntının sanki sakinleştirici bir etkisi vardı: şamdanların üstünde titreşen mumlar, mum topaklarını andıran uzun ve erimiş İsa yüzleri, muz hevenkleri gibi asılı altın parıltılı lambalar.

– Rahatsız mısınız?

Anna arkasına döndü ve Boris Godunov'u gördü. İriyarı, simsiyah bir cüppe giymiş, göğüslük yerine uzun, bembeyaz bir sakalı olan bir Rus papazıydı. Sanki bir resimden fırlamış gibiydi. Bariton sesiyle bir kez daha tekrar etti:

– İyi misiniz?

Anna kapıya doğru bir göz attı, sonra sordu:

– Kilisenizde bir kripta var mı?

– Anlayamadım?

Her kelimenin üzerine basa basa bir daha söyledi:

– Bir kripta. Cenaze törenlerinin yapıldığı bir salon.

Din adamı Anna'nın isteğini anladığını sandı. Hüzünlü bir ifade takınıp ellerini cübbesinin yenine soktu:

– Kimi defnediyorsunuz, çocuğum?

– Beni.

22

Saint-Antoine Hastanesi acil servisine girdiğinde kendisini yeni bir sınavın beklediğini anladı. Hastalığa ve deliliğe karşı vereceği zorlu bir sınav. Bekleme salonunun fluoresans ışıkları beyaz karo duvarlara yansıyor ve dışarıdan gelen ışığı yok ediyordu. Saat sabahın sekizi mi, yoksa akşamın on biri mi anlaşılmıyordu. İçerinin sıcaklığı da bu kapalı mekânı daha da klostrofobik hale getiriyordu. Boğucu ve hareketsiz bu ortam, orada bekleyen insanların üzerine, antiseptik kokularla yüklü kurşun bir kütle gibi iniyordu. İnsan burada kendini yaşam ile ölüm arasında yer alan bir geçiş noktasındaymış gibi hissediyordu, saatlerle ve günlerle alakası olmayan bir geçiş noktasında.

Duvara tutturulmuş koltuklar hasta insanlarla doluydu. Kafası tıraşlı bir adam, başını ellerinin arasına almıştı ve sürekli kaşıdığı kolundan yere sarımsı renkte bir şeyler dökülüyordu; yanında tekerlekli sandalyeye sıkıca bağlanmış bir sokak serserisi vardı, gırtlağından çıkan boğuk bir sesle hemşirelere küfrediyor, sigara vermeleri için yalvarıyordu; onlardan biraz uzakta yaşlı bir kadın ayakta duruyordu, anlaşılmaz kelimeler mırıldanarak soyunuyor, fil derisi gibi kırış kırış gri vücudunu sergilemekten çekinmiyordu, kıçına bir çocuk bezi bağlanmıştı. Normal gözüken tek bir kişi vardı; pencere kenarındaki koltukta oturuyordu, Anna onu profilden görüyordu. Ama kafasını çevirdiğinde yüzünün diğer yarısının kan içinde olduğunu fark etti; kanlar yol yol kurumuş, suratında girift bir desen oluşturmuştu.

Anna, mucize kabilinden hayatta kalmış bir sürü insanın arasında bulunmaktan ne şaşkındı ne de ürkmüştü. Tam tersine bu sığınak göze çarpmamak için ideal bir yerdi.

Dört saat önce, kriptada Ortodoks papazıyla konuşmuştu. Ona, kendisinin Rus asıllı olduğunu, dininin buyruklarını harfiyen yerine getirdiğini, tehlikeli bir hastalığa yakalandığını ve bu kutsal mekâna gömülmek istediğini söylemişti. Papaz kuşkuyla yaklaşmış, ama yine de yarım saat boyunca onu dinlemişti. Kırmızı kolluklu adamlar çevreyi ararken Anna'yı burada saklamıştı. Yeniden yukarı çıktığında yol boştu, etrafta hiç aynasız gözükmüyordu. Yarasındaki kan pıhtılaşmıştı. Fakat dikkat çekmemek için kolunu kimonosunun içine sokmuştu, artık sokağa çıkabilirdi. Koşar adımlarla ilerlerken, Kenzo'ya ve moda çılgınlıklarına dua ediyordu; elbisesinin üzerinde bir sabahlıkla dolaşan bu kadını kimse yadırgamıyordu.

İki saat kadar, yağmur altında amaçsızca dolaştı, Champs-Elysées'nin kalabalığında kayboldu. Düşünmemeye, bilincini kuşatan girdaba yaklaşmamaya çalışıyordu.

Serbestti, hayattaydı.

Ve bu da, zaten çok şey demekti.

Öğlen, Concorde Meydanı'ndan metroya binmişti. Château de Vincennes yönüne giden 1 nolu hattı seçmişti. Vagonun en dibinde bir yere oturmuş, kaçış planını tasarlamadan önce bir doktordan kendi durumunu doğrulatmayı kararlaştırmıştı. Zihninden bu hat üzerinde bulunan hastaneleri sıralamış ve Bastille İstasyonu'na çok yakın bir yerde bulunan Saint-Antoine'ı seçmişti.

Şimdi, yaklaşık yirmi dakikadan beri hastanede bekliyordu; büyük bir röntgen zarfı taşıyan doktoru görünce ayağa kalktı. Doktor elindeki zarfı boş bir masanın üzerine bıraktı, sonra aradığı bir şeyi bulmak için çekmeceleri karıştırmaya başladı. Anna doktorun yanında bitiverdi:

– Sizi görmem gerekiyor, hemen.

– Sıranızı bekleyin, dedi doktor, Anna'nın yüzüne bile bakmadan. Hemşireler sizi çağıracak.

Anna adamın kolunu yakaladı:

– Lütfen. Röntgen çektirmem gerekiyor.

Doktor, öfkeyle ona doğru döndü, ama Anna'yı görünce yüzünün ifadesi değişti:

– Kayıt yaptırdınız mı?

– Hayır.

– Sağlık karnenizi vermediniz mi?

– Yanımda değil.

Doktor, baştan aşağı Anna'yı süzdü. İriyarı ve çok esmerdi, beyaz bir önlük giymişti, ayağında mantar tabanlı sabolar vardı.

Bronzlaşmış tenini, kıllı göğsünü ve altın zincirini gösteren V yakalı gömleğiyle kadın avcısı İtalyan aktörlere benziyordu. Fütursuzca Anna'yı inceledi, dudaklarında bildik bir gülümseme vardı. Başıyla yırtılmış kimonoyu, pıhtılaşmış kanı işaret etti:

– Kolunuz için mi?

– Hayır. Ben... Benim rahatsızlığım yüzümde. Röntgen çektirmek istiyorum.

Doktor kaşlarını çattı, göğüs kıllarını kaşıdı; damızlık bir aygırın sert yele kıllarına benziyordu.

– Düştünüz mü?

– Hayır. Yüz nevraljim var sanırım. Bilmiyorum.

– Ya da basit bir sinüzit. (Göz kırptı.) Şu anda röntgen müsait değil.

Salona ve bekleyenlere baktı: esrarkeş, sarhoş, büyükanne... Her zamanki topluluk. Derin bir iç çekti; Anna'yla ilgilenerek kendine küçük bir mola vermeyi kararlaştırmış gibiydi.

Côte d'Azur tarzı yayvan yayvan sırıttı ve sıcak bir ses tonuyla fısıldar gibi konuştu:

– Sizi scanner'dan geçireceğim, Hanımefendi. Panoramik yöntemle. (Yırtık kolundan tuttu.) Ama önce, pansuman yapmak gerekiyor.

Bir saat sonra Anna, hastane bahçesinin kenarında, taş galerinin altında bekliyordu, doktor tetkik sonuçlarını alması için beklemesini söylemişti.

Hava değişmişti, güneş ışınları birer ok gibi sağanak yağmuru delip geçiyor, etrafa olağanüstü, gümüşümsü bir aydınlık veriyordu. Anna yağmur damlalarının yaprakların, kıpır kıpır su birikintilerinin, çakılların, ağaçların arasında oluşan küçük dereciklerin üzerindeki sıçrayışını dikkatle seyrediyordu. Bu küçük oyun beynindeki boşluğu doldurmasını, içindeki gizli paniği şimdilik bastırmasını sağlıyordu. Henüz elle tutulur bir kanıt yoktu.

Sağ tarafta ayak sesleri işitti. Doktor, elinde scanner klişeleriyle taş galerinin sıra kemerleri boyunca ona doğru yaklaşıyordu. Yüzündeki gülümseme yok olmuştu.

– Bana geçirdiğiniz kazadan söz etmeliydiniz.

Anna ayağa kalktı.

– Kaza mı?

– Başınıza ne geldi? Bir araba kazası mı?

Anna korku ve şaşkınlıkla geri çekildi. Adam başını salladı, inanmamış bir hali vardı.

– Günümüzde plastik cerrahînin neler yapabildiğini biliyoruz. Sizi gördüğümde asla bunu anlayamazdım...

Anna doktorun elindeki klişeleri çekip aldı.

Resimde çatlamış yeniden birleştirilmiş üzerinde dikiş izleri bulunan bir kafatası gözüküyordu. Alnın üst kısmından ve elmacık-kemiklerinden alınmış kemik parçalarının yerleri siyahtı; burun deliklerinin çevresindeki çatlaklar burnun tamamen yeniden yapılmış olduğunu gösteriyordu; çene kemikleri ile şakak kemiklerinin kenarlarındaki vidalar protezleri sabitlemek için olmalıydı.

Anna gülümsemek istedi, ama boğazından kahkaha ile hıçkırık karışımı bir ses çıktı, sonra sıra kemerlerin altında koşarak uzaklaştı.

Scanner klişeleri elinde mavi bir alev gibi dalgalanıyordu.

Dördüncü bölüm

23

İki günden beri Türk mahallesinde iz sürüyorlardı. Paul Nerteaux, Schiffer'in stratejisini anlamıyordu. Halbuki daha pazar akşamı, Türklerin kaçak yollarla Fransa'ya girmesini sağlayan İskele'nin şefi Malik Cesur'u, yani namı diğer Marius'u ziyaret etmeleri, bu ahlaksız köle tüccarını biraz hırpalayarak üç kurbanın kimlik bilgilerine ulaşmış olmaları gerekiyordu.

Ama bunun yerine Rakam "mahallesindeki" eski ilişkilerini tazelemeyi istemişti; iz sürmek gerekiyor, diyordu. İki günden beri Schiffer'in eski bölgesinde dolaşıyor, gözlemlerde bulunuyor, havayı kokluyorlardı, ama cinayetlerle ilgli olarak kimseyi sorgulamıyorlardı. Hiç durmadan yağan yağmur, arabaların içinde onları görünmez kılıyor, görünmeden etrafı kolaçan etmelerini sağlıyordu.

Paul'ün içi içini yiyordu, ama bu kırk sekiz saat içinde Küçük Türkiye hakkında üç aylık soruşturma sırasında öğrendiklerinden çok daha fazla şey öğrendiğini kabul etmeliydi.

Jean-Louis Schiffer ona önce diğer göçmen grupları tanıtmıştı. Strasbourg Bulvarı'ndaki Brady Pasajı'na, Hint dünyasının merkezine gitmişlerdi. Uzun bir cam çatının altında küçük küçük rengârenk dükkânlar ve camekânları paravanlarla kapatılmış loş restoranlar sıralanmıştı; garsonlar pasajdan geçenlere sesleniyor, sarili kadınlar, keskin baharat kokuları arasından ortalığa laf yetiştirmeye çalışıyordu. Bu yağmurlu havada, şiddetli sağanak her kokuyu biraz daha keskinleştiriyordu, insan kendini muson mevsiminde, Bombay'da bir pazarda hissedebilirdi.

Schiffer, Paul'e Hintlilerin, Bengallilerin, Pakistanlıların buluşma noktası olan küçük dükkânları tek tek göstermişti. Ona Hinduların, Müslümanların, Sihlerin, Budistlerin, Caynacıların dinî liderlerini tanıtmıştı... Biraz hava parası karşılığında bu egzotik mekânı oluşturan dükkânların birer ikişer el değiştirdiğini anlatmıştı.

– Birkaç yıl içinde, diyerek sırıtmıştı, 10. Bölge'nin kontrolü Sihlerin eline geçecek.

Sonra, Faubourg-Saint-Martin Sokağı'ndaki Çinlilere ait dükkânların karşısında durmuşlardı. Bakkallar, dükkândan çok bir mağarayı andırıyordu, sarmısak ve zencefil kokusundan geçilmiyordu; perdeleri çekik restoranlar birer kadife mücevher kutusunu andırıyordu; seyyar aşçı dükkânlarının pırıltılı camekânlarında ve krom kaplı tezgâhlarında yağda kızartılmış börekler ve renk renk salatalar yer alıyordu. Uzaktan, Schiffer Paul'e, Çinli göçmen topluluğunun ileri gelenlerini teker teker göstermişti; bunların ancak yüzde beşi dükkânında gerçek işini icra ediyordu.

– Bu şapşallara asla güvenilmez, dedi, dişlerini gıcırdatarak. Burada doğru dürüst tek bir adam bile bulamazsın. Bunların kafaları da yemekleri gibidir. Bilmem kaç parçaya bölünmüş yüzlerce numarayla doludur. Senin aklını başından almak için glutamatla tıka basadır.

Ardından, Strasbourg Bulvarı'na dönmüşler, Antilli ve Afrikalı kuaförlerin kaldırımda kozmetik ürünler pazarlayan toptancılarla tartışmasına tanık olmuşlardı. Mağazaların tentelerinin altına yağmurdan korunmak için sığınmış siyahlar, yoldan gelip geçenler için mükemmel bir etnik renk cümbüşü oluşturuyordu. Fildişi Kıyısı'nın Bauleleri, Mboşileri ve Beteleri, Kongo'nun Larileri, eski Zaire'nin Ba Kongoları ve Balubaları, Kamerun'un Bamelekeleri ve Evondoları...

Paul işsiz güçsüz dolaşan bu Afrikalılardan hep kuşkulanmıştı. İçlerinden çoğunun kaçakçı veya dolandırıcı olduğunu biliyordu, ama onlara belirli bir sevecenlikle yaklaşmaktan da kendini alamıyordu. Uçarılıkları, mizah anlayışları ve bu caddelerde bile sürdürdükleri tropikal yaşam Paul'ün çok hoşuna gidiyordu. Özellikle de kadınlar onu büyülüyordu. Yumuşak ve siyah bakışları sanki, Afro 2000 ya da Royal Kuaförü'nde kıvırcıklaştırılmış parlak saçlarıyla gizemli bir suç ortaklığı oluşturuyordu. Ormanda yaşayan saten tenli, iri siyah gözlü perilerdi sanki...

Schiffer, Paul'e daha gerçekçi ve ayrıntılı açıklamalarda bulunmuştu:

– Sahtecilikte Kamerunluların üzerine yoktur, bilet ve mavi kart sahteciliği. Kongolular biraz daha temkinlidir: elbise hırsızlığı, sahte markalar vb. Fildişililere ise "36 15" denir. Sahte hayır dernekleri konusunda uzmandırlar. Etyopya'daki açlar veya Angola'daki yetim çocuklar için senden para koparmanın hep bir yolunu bulurlar. Dayanışmanın iyi bir örneği anlayacağın. Ama en tehlikelileri Zairelilerdir. Onların imparatorluğu uyuşturucu üzerine dayalıdır. Tüm mahallenin hâkimidirler. "Black'ler" içlerinde en kötü olanlarıdır, diye eklemişti. Gerçek birer asalaktırlar. Onların tek bir var olma sebepleri vardır: kanımızı emmek.

Paul, Schiffer'in bu ırkçı düşünceleri karşısında tek kelime etmiyordu. Soruşturmayla doğrudan ilgisi olmayan konular hakkında ağzını açmama kararı almıştı. Diğer tüm yaklaşımları bir kenara bırakarak, sadece sonuca, çözüme ulaşmak istiyordu. Zaten soruşturma oldukça yavaş ilerliyordu. SARİJ'den iki müfettişi, Naubrel ile Matkowska'yı yüksek basınç odalarını araştırmakla görevlendirmişti. İki polis teğmeni şimdiye kadar üç hastaneyi ziyaret etmiş, ama bir sonuç alamamıştı.

Şimdi de Paris'in derinliklerinde, yüksek basınç altında, yer altı suyunun şantiyeleri basmasını önlemek için çalışan işçileri soruşturuyorlardı. Çünkü bu işçiler her akşam iş bitiminden sonra basınç odasına giriyordu. Karanlıklar, yer altı... Bu Paul'ün iyi bildiği bir yöntemdi. OPJ'den günlük raporu bekliyordu.

Ayrıca, BAC'tan, organize suçlarla mücadele bürosundan genç bir müfettişi Türkiye hakkında gezi rehberleri, arkeoloji katalogları toplamakla görevlendirmişti. Müfettiş bir önceki gün ilk kitabı Paul'ün 11. Bölge Chemin-Vert Sokağı'ndaki evine bırakmıştı. Paul henüz onları inceleme fırsatı bulamamıştı, ama çok yakında uykusuz gecelerini dolduracaktı.

İkinci gün gerçek Türk bölgesine girmişlerdi. Bu bölge güneyde Bonne-Nouvelle ile Saint-Denis bulvarları; batıda Faubourg-Poissonnière Sokağı ve doğuda Faubourg-Saint-Martin Sokağı'yla kuşatılmıştı. Kuzeydeyse La Fayette Sokağı ile Magenta Bulvarı'nın kesiştiği nokta mahallenin sınırını oluşturuyordu. Mahallenin omurgası ise Strasbourg Bulvarı'ydı; dosdoğru Doğu Garı'na kadar uzanan bu bulvara Petites-Ecuries Sokağı, Château-d'Eau Sokağı gibi bazı sokaklar açılıyordu... Bölgenin kalbi ise Strasbourg-Saint-Denis Metro İstasyonu'nun altında atıyor, Doğu'dan bir parça olan bu mahalleye sanki hayat veriyordu.

Mimarî açıdan mahallenin herhangi bir özelliği yoktu: yıkık dökük, kimisi onarılmış, ama genellikle harap gri binalar sanki binlerce yaşama tanıklık ediyor gibiydi. Binaların hemen hepsinin yerleşim planı aynıydı: zemin kat ile birinci katta dükkânlar vardı; ikinci ve üçüncü katlar atölyelere ayrılmıştı; üst katlar ise çatı katına kadar konut olarak kullanılıyordu; ikiye, üçe, dörde bölünmüş, içinde çok sayıda insanın yaşadığı apartman daireleri. Bu mahallenin sokaklarına durağan olmayan, transit yolcu salonlarını andıran bir hava hâkimdi. Çok sayıda esnaf sürekli hareket halindeydi, sanki her an kalkıp gidecekmiş gibi eğreti bir hayat sürüyorlar, tetikte bekliyorlardı. Kaldırım kenarında ayaküstü bir şeyler atıştırılabilen sandviç büfeleri; geliş gidişleri sağlayan seyahat acentaları; euro almak için döviz büroları; kimlik belgelerini çoğaltmak için fotokopi standları... Bir de camekânında satılık veya kiralık ev ilanları bulunan emlakçiler...

Paul tüm bu görüntülerden bu bölgede sürekli bir göç olgusunun yaşandığını, kaynağı çok uzaklarda olan bir insan nehrinin bu sokaklara doğru aktığını hissediyordu.

Yine de bu mahallenin bir başka var olma nedeni daha vardı: konfeksiyon atölyeleri. Türkler, Sentier'nin Yahudi topluluğunun elinde olan bu işkolunu denetimleri altında tutmasalar da, 1950'li yıllardan sonra artan göçle birlikte zincirin önemli bir halkasını oluşturuyorlardı. Sahip oldukları yüzlerce atölye ve evlerinde çalışan işçiler sayesinde, toptancılara rahatlıkla mal verebiliyorlardı; binlerce saat çalışan binlerce el, onları Çinlilerle rekabet edebilir hale getirmişti. Zaten bu işkolunda eski olmalarının ve daha legal bir sosyal konumda bulunmalarının yararını da görüyorlardı.

İki polis bu tıka basa dolu, insanı sersem çeviren, hareketli sokaklara dalmıştı. Mal teslim edenlerin, yük boşaltan kamyonların, çuvalların, balyaların, elden ele geçirilen giysilerin müsaade ettiği ölçüde. Rakam Paul'e rehberlik etmeyi sürdürmüştü. İsimleri, mal sahiplerini tanıyor, Türklerin özelliklerini biliyordu. Muhbir olarak kullandığı Türkleri, şu ya da bu sebeple "arka çıktığı" bahisçileri, ona "borçlu olan" restoran sahiplerini isimleriyle hatırlıyordu. Gitgide uzayan liste hiç bitmeyecekmiş gibiydi. Paul önce not almaya çalışmış, sonra vazgeçmişti. Artık sadece Schiffer'in açıklamalarını dinlemeye karar vermişti, bir yandan da bağırışlar, korna sesleri ve pis kokular arasında çevredeki kalabalığı gözlemişti.

Nihayet salı günü öğlen saatlerinde mahallenin merkezine girmek için son engeli de aşmışlardı. "Küçük Türkiye" olarak adlandırılan bu yaka Petites-Ecuries Sokağı'nı, aynı adı taşıyan avluyu ve pasajı, Enghien Sokağı'nı, Echiquier Sokağı'nı ve Faubourg-Saint-Denis Sokağı'nı kapsıyordu. Sadece birkaç hektar olan bu yakadaki binaların, çatı katlarının çoğunda Türkler oturuyor, barların çoğunu Türkler işletiyordu.

Bu kez Schiffer gerçekten iyi bir iş yapmış, bu eşsiz köyün

kodlarını ve anahtarlarını ona sunmuştu. Her kapı sundurmasının, her binanın, her pencerenin var olma nedenini açıklamıştı. Bir hangara açılan ve içinde bir cami bulunan bu arka avlu; aşırı solcuların toplanma yeri olan bir iç avlunun dibindeki mobilyasız bu lokal... Schiffer, Paul için bütün ışıkları yakmış, haftalardır onun içini kemiren sırları birer birer ortadan kaldırmıştı. Petites-Ecuries avlusunda dikilmiş duran, siyahlar giyinmiş sarı saçlı gizemli tipleri bile tanıtmıştı:

– Lazlar, diye açıklamıştı Rakam, Türkiye'nin kuzeydoğusunda yaşayan Karadenizliler. Savaşçıdırlar, kavgacıdırlar. Mustafa Kemal bile kendi muhafızlarını onlardan seçermiş. Efsaneleri çok eskiye dayanıyor. Yunan mitolojisine göre Kolhis'te Altın Post'u koruyanlar onlarmış.

Ya da, duvarında koca bıyıklı bir adamın resminin asılı olduğu Petites-Ecuries Sokağı'ndaki bu karanlık bar:

– Genellikle Kürtlerin yaşadığı bir sokak. Resimdeki tip, Apo. Tonton. Abdullah Öcalan, PKK'nın lideri, şimdi hapiste.

Rakam, sanki bir ulusal marş söylermişçesine coşkuyla konuşmaya başlamıştı.

– Dünya üzerinde ülkesi olmayan en büyük halk. Yaklaşık yirmi beş milyon, bunun on iki milyonu Türkiye'de yaşıyor. Türkler gibi onlar da Müslüman. Türkler gibi onlar da bıyıklı. Türkler gibi onlar da konfeksiyon atölyelerinde çalışıyor. Tek sorun onların Türk olmaması.

Schiffer, Paul'e Enghien Sokağı'nda toplanan Alevîleri de göstermişti.

– Şiî mezhebine bağlı Müslümanlar, ibadetlerini gizli yaparlar, onlara Anadolu Alevîleri de denir. İnatçıdırlar, bana inanabilirsin... Ve ayrıca gerek mezhepleri bakımından gerekse aralarındaki sıkı dostluk nedeniyle daima dayanışma içinde olan bir topluluktur. Kendilerine bir "yol arkadaşı", bir "musahip" seçerler ve Tanrı'nın önüne birlikte çıkarlar. Geleneksel İslam'a karşı koyan bir güçtür.

Schiffer bu şekilde konuştukça, bu halklara anlaşılmaz bir saygının yanı sıra bir nefret beslediği de anlaşılıyordu. Aslında Türk dünyasına karşı duyguları öfke ve hayranlık arasında gidip geliyordu. Paul onun Anadolulu bir kızla evlenmek üzereyken vazgeçtiğine dair bazı dedikodular da duymuştu. Ne olmuştu? Bu hikâye nasıl sonuçlanmıştı? Paul, Schiffer ile Doğu arasında farklı, romantik bir ilişki olduğunu düşünürken, Schiffer ırkçı söylemine devam ediyordu.

İki adam şimdi külüstür arabalarında, Emniyet Müdürlüğü'nün Paul'e soruşturmanın başında tahsis ettiği eski Golf'te oturuyordu. Petites-Ecuries Sokağı ile Faubourg-Saint-Denis Sokağı'nın köşesine, Le Château d'Eau Birahanesi'nin tam karşısına park etmişlerdi.

Hava kararıyordu ve gece, yağmurla karışarak mahallenin görüntüsünü çamura, renksiz bir balçığa dönüştürüyordu. Paul saatine baktı. Sekiz buçuktu.

– Burada ne eşelenip duruyoruz Schiffer? Bugün Marius'un tepesine binmemiz gerekiyordu ve...

– Sabırlı olun. Konser birazdan başlayacak.

– Hangi konser?

Schiffer koltuğunda kıpırdandı, Barbour marka pantolonunun kırışıklıklarını düzeltti.

– Bunu daha önce de söylemiştim. Marius'un Strasbourg Bulvarı'nda bir salonu var. Eskiden porno filmler gösteren bir sinema. Bu gece orada bir konser var. Korumaları içerinin düzenini sağlamakla meşgul olacak. (Göz kırptı.) Onu enselemek için ideal bir zaman.

Yolu işaret etti:

– Arabayı hareket ettir ve Château-d'Eau Sokağı'na sap.

Paul öfkeyle denileni yaptı. Schiffer'e tek bir şans vermişti. Marius konusunda en ufak bir başarısızlığa uğradıkları takdirde Schiffer'i derhal Longères'e, yaşlılarevine geri götürecekti. Ama, bu herifi iş üstünde görmek için de sabırsızlanıyordu.

– Strasbourg Bulvarı'nın biraz ötesinde park et, diye emretti Schiffer. Herhangi bir aksilik halinde, acil çıkışı kullanmamız gerekebilir.

Paul ana cadde boyunca yol aldı, bir blok geçti, sonra Bouchardon Sokağı'nın köşesine park etti.

– Aksilik olmayacak Schiffer.

– Bana fotoğrafları ver.

Paul bir an tereddüt etti, sonra içinde cesetlerin fotoğraflarının bulunduğu zarfı ona uzattı. Adam gülümseyerek kapıyı açtı.

– Eğer beni rahat bırakırsan, her şey yolunda gidecektir.

Paul de arabadan çıktı, "Sadece bir tek şansın var yaşlı kurt, ikincisi olmayacak" diye düşünüyordu.

24

Salonda gürültü o kadar fazlaydı ki başka bir şeyi algılamak imkânsızdı. Gürültü bir şok dalgası gibi önce bağırsaklarda hissediliyor, sinir uçlarına kadar yayılıyor, ardından topuklara kadar iniyor sonra yeniden omurlara kadar çıkıyor, bir vibrafonun lambaları gibi onları titretiyordu.

İçgüdüsel olarak Paul, başını omuzlarının arasına gömdü ve iki büklüm oldu, sanki vücuduna, midesine, göğsüne ve yüzünün iki yanına inen darbelerden korunmak istiyordu; şakakları alev alev yanıyordu. Sigara dumanından göz gözü görmeyen loş mekâna alışmak için gözlerini kıstı, sahne projektörleri tüm salonu tarıyordu. Sonunda dekoru gördü. Altın rengi oymalı parmaklıklar, yalancı mermerden sütunlar, yalancı kristalden avizeler, lal rengi ağır duvar kaplamaları... Schiffer burasının eski bir sinema salonu olduğunu söylemişti, ama bu dekor daha çok eski bir kabarenin "kitsch" dekorunu, boktan operetlerin oynandığı bir kafe konser salonunu çağrıştırıyordu.

Sahnede müzisyenler hem çalıyor hem de avaz avaz, içinde bol bol küfrün, öldürmek fiilinin geçtiği bir şarkı söylüyordu. Çıplak gövdeleri terden parlıyordu, gitarları, mikrofonları ve mikrofon ayaklarını bir silah gibi doğrultmuşlardı, ön sıralardakiler kendilerinden geçmiş bir halde sallanıp duruyordu.

Paul barın bulunduğu yerden ayrıldı ve partere indi. Kalabalığın arasına karıştı, bu görüntü ona nostaljik duygular uyandırdı. Gençlik yıllarının konserlerini; rock gruplarının öfke dolu şarkılarını; ikinci el olarak satın aldığı sonra telleri, babasının koltuğunun çubuklu desenini andırdığı için sattığı gitarında öğrendiği akor basmaları anımsadı.

Birden Schiffer'i gözden kaybettiğini fark etti. Kendi etrafında döndü, barın yanında, basamakların üstünde ayakta duran izleyicilere dikkatle baktı. Ellerinde bardak, küçümser bir tavırla, sahneden yayılan müziğin ritmine belli belirsiz kalça hareketleriyle iştirak etme lütfunda bulunuyorlardı. Paul, karanlıkta kalan, arada bir projektörlerden yayılan renkli ışıkla aydınlanan yüzleri görmeye çalıştı; aralarında Schiffer yoktu.

Birden kulağının dibinde bir ses duydu:

– Uçmak ister misin?

Paul, soluk benzi kasketinin altında parlayan adamı görmek için döndü.

– Ne?

– Cehennem ateşi gibi yakıcı Black Bombayım var?

– Black ne?

Herif Paul'e doğru eğildi ve elini omzuna koydu:

– Black Bombay. Hollanda Bombay'ı. Sen nerede yaşıyorsun, adamım?

Paul adamdan kurtuldu ve cebinden üç renkli kimlik kartını çıkardı.

– İşte yaşadığım yer. Seni tutuklamadan önce çabuk toz ol.

Herif bir anda gözden kayboldu. Paul bir an Emniyet Müdürlüğü'nün damgasını taşıyan kimlik kartına baktı ve geçmiş dönemlerdeki konserler sırasındaki hali ile bugünkü durumunu mukayese etti; artık hoşgörüsüz bir aynasız, kamu düzenini korumakla görevli bir memur, yasadışı davranışlara göz yummayan biriydi. Yirmi yaşındayken böyle biri olacağını tahmin edebilir miydi?

Bir el sırtına vurdu:

– Her şey yolunda mı? dedi Schiffer. Sok şunu cebine.

Paul ter içinde kalmıştı. Bu durumu gizlemek istedi, ama başaramadı. Çevresindeki her şey sallanıyordu; ışıkların parlaklığı yüzlerin görüntüsünü bozuyor, onları alüminyum yapraklar gibi buruşturuyordu.

Rakam, Paul'ün koluna bir yumruk daha attı, bu kez daha dostçaydı.

– Gel. Marius burada. Gidip deliğinde enseleyelim.

Sıkış sıkış bir konumda, durdukları yerde kıpırdanan, tepinen insanların arasına daldılar; müziğin ritmiyle çılgınca sallanan bir kalça ve omuz selinin içinde kayboldular, insanlar sahneden yayılan müzikle içgüdüsel olarak dans ediyordu. İki polis dirsekleriyle ve dizleriyle kendilerine yol açarak sahneye ulaşmayı başardı.

Schiffer sağ tarafa yöneldi, gitarların kulakları sağır eden gürültüsü hamile kadınların erken doğum yapmasına yol açabilirdi. Paul, Schiffer'i takip etmede zorlanıyordu. Onu dev hoparlörlerin altında bir bar fedaisiyle konuşurken gördü. Adam itaatkâr bir şekilde, ilk bakışta fark edilmeyen bir kapıyı açtı. Paul yeniden kapanmakta olan kapının arasından son anda geçti.

Dar, yarı aydınlık bir koridora çıktılar. Duvarlarda bir sürü afiş vardı. Çoğu siyasî içerikli afişlerdi ve hepsinin üstünde bir hilal ile komünistlerin sembolü olan bir çekiç resmi vardı. Schiffer açıklamada bulundu:

– Marius, Jarry Sokağı'ndaki aşırı sol bir derneğin yöneticisi. Geçen yıl Türk hapisanelerinde isyan başlatan, yangınlar çıkaran onun küçük dostları.

Paul bu cezaevi ayaklanmalarından söz edildiğini duymuştu, ama Schiffer'e herhangi bir şey sormadı. Zaten siyasetle fazla ilgisi yoktu. İki adam yürümeye başladı. Müziğin kulakları sağır eden gürültüsünü sırtlarında hissediyorlardı. Schiffer adımlarının hızını kesmeden sırıttı:

– Konserlerin heyecanı, her şey meydanda. Gerçek bir pazar!

– Anlayamadım.

– Marius uyuşturucu işiyle de uğraşıyor. Ecstasy. Amfetaminler. Speed bazlı her şey (Paul yüzünü buruşturdu) ve LSD. Düzenlediği konserler sayesinde müşteri portföyünü genişletiyor. Anlayacağın her bakımdan kazançlı.

Paul içgüdüsel bir şekilde sordu:

– Black Bombay, ne olduğunu biliyor musunuz?

– Son yıllarda çok sık başvurulan bir yöntem. Eroinle yoğunluğu azaltılmış bir tür Ecstasy.

Yaşlılarevinden yeni çıkmış elli dokuz yaşındaki bir adam nasıl oluyor da Ecstasy konusundaki son gelişmeleri bilebiliyordu? Bu da bir başka sırdı.

– Bulutların üstünden yere inmek için ideal bir uyuşturucu, diye ekledi. Speed'in uyarıcı etkisinin ardından eroin insanı sakinleştirir. Dinginleşir, huzura kavuşursun, fincan gibi büyümüş gözlerin ufalır, gözbebeklerin topluiğne başı kadar küçülür.

– Topluiğne başı mı?

– Evet, eroin insanı uyutur. Cank kullanan birinin başı, uyuklayan bir insan gibi hep düşer. (Durdu.) Anlamıyorum. Uyuşturucu işinde hiç çalışmadın mı yoksa?

– Dört yıl Narkotik'te görev yaptım. Ama bu benim uyuşturucu uzmanı olmamı gerektirmez.

Rakam en güzel gülümsemesiyle ona baktı:

– Kötülüğün ne olduğunu bilmeden nasıl kötülükle mücadele edebilirsin? Düşmanının üstün taraflarını bilmeden nasıl düşmanını tanıyabilirsin? Gençlerin uyuşturucuya olan düşkünlüklerinin sebebini bilmek gerekir. Sebep uyuşturucunun gücüdür, onlar için geçerli tek sebep budur. Kahrolası, bunları bilmiyorsan, uyuşturucuyla mücadele etmene de gerek yok.

Paul onun hakkındaki ilk düşüncelerini hatırladı: Jean-Louis Schiffer, bütün polislerin piri. Yarı kahraman, yarı şeytan. İyilik ile kötülüğün bir arada bulunduğu yeryüzündeki tek insan.

Öfkesini belli etmedi. Schiffer yeniden yürümeye koyulmuştu. Koridordaki son dönemeci döndüler ve siyah bir kapının önünde duran, deri paltolu dev gibi iki herifle karşılaştılar.

Schiffer üç renkli kimlik kartını adamların burnuna dayadı. Paul şaşırdı: bu kart da nereden çıkmıştı. Bu ayrıntı kâğıtları dağıtan kişinin Schiffer olduğunu doğrular gibiydi: şimdi dümen Rakam'ın elindeydi. Bu durumu iyice pekiştirmek ister gibi Türkçe konuşmaya başladı.

Koruma bir an tereddüt etti, sonra kapıya vurmak için elini kaldırdı. Schiffer onu durdurdu ve kapıyı bizzat yumrukladı. İçeri girerken omzunun üstünden Paul'e doğru tükürür gibi konuştu:

– Sorgu sırasında, sesini duymak istemiyorum.

Paul, ona esaslı bir cevap vermek isterdi, ama buna vakit yoktu. En azından bu görüşme Paul için bir tecrübe olabilirdi.

25

– Selamünaleyküm, Marius!

Şaşıran adam az kalsın sırtüstü koltuğundan yere düşüyordu.

– Schiffer?.. Aleykümselam, kardeşim!

Malik Cesur kendini toparlamıştı bile. Ayağa kalktı ve çelik büro masasının çevresini dolandı, beşlik simit gibi sırıtıyordu. Üzerinde Galatasaray futbol takımının renklerini taşıyan sarı-kırmızı bir forma vardı. Oldukça zayıftı, bir stadın tribünlerinde dalgalanan flamalar gibi parlak kumaş gövdesinin üstünde dalgalanıyordu. Kızıl sarı-gri karışımı saçları kötü söndürülmüş külleri andırıyordu; soğuk ancak sevimli bir ifadesi olan kırış kırış yüz hatları ona hüzünlü bir yaşlı-çocuk havası veriyordu; bakır rengi teni robot görünümünü iyice belirginleştiriyor ve pas rengi saçlarıyla uyum sağlıyordu.

İki adam büyük bir sevgi gösterisiyle kucaklaştı. Bir yığın değersiz kâğıtla tıka basa dolu olan penceresiz büro yoğun bir sigara dumanıyla kaplıydı. Yerdeki halının üstünde çok sayıda sigara yanığı vardı. Büronun dekorasyonu 70'li yıllardan kalma gibiydi: gümüş rengi dolaplar, duvarlarda yuvarlak oyuklar, tamtam tabureleri, konik siperlikli tavandan sarkan lambalar.

Paul bir köşede duran baskı malzemelerini gördü. Bir fotokopi makinesi, iki cilt makinesi, bir giyotin; siyasî bir militana gerekli her şey.

Marius'un kalın kahkahası uzaktan gelen müziğin sesini bastırıyordu:

– Ne kadar zaman oldu?

– Benim yaşımda, insan saymayı bırakıyor.

– Bizi ihmal ediyorsun, kardeşim. Gerçekten ihmal ediyorsun.

Türk gayet düzgün bir Fransızcayla konuşuyordu. Yeniden kucaklaştılar; komedi bütün hızıyla devam ediyordu.

– Çocuklar nasıl? diye sordu Schiffer, biraz alaycı bir ses tonuyla.

– Çabuk büyüyorlar. Onları gözümün önünden ayırmıyorum. Başlarına bir şey gelmesinden çekiniyorum.

– Ya küçük Ali?

Marius, Schiffer'in karnına doğru bir kroşe çıkardı, ama karnına birkaç milim kala durdu.

– O en hızlısı!

Birden, Paul'ü yeni fark etmiş gibi yaptı. Gözleri donuklaştı, ama dudakları hâlâ gülümsüyordu.

– Mesleğe geri mi döndün? diye Schiffer'e sordu.

– Basit bir soruşturma. Sana Paul Nerteaux'yu tanıştırayım, DPJ'de yüzbaşı.

Paul tereddüt etti, sonra elini uzattı, ama kimse elini sıkmadı. Bir süre, bu çok aydınlık, sahte gülümsemelerle ve sigara kokusuyla dolu odada, havada asılı kalan parmaklarını seyretti, sonra soğukkanlılığını korumak için sağ tarafında yığın halinde duran el ilanlarına bir göz attı.

– Hâlâ Bolşevik söylem mi? diye sordu Schiffer.

– İdealler, bizi hayata bağlayan idealler.

Schiffer el ilanlarından birini aldı ve yüksek sesle Fransızca'ya çevirdi:

– "İşçiler üretim araçlarına sahip olduklarında..." (Kahkahayı bastı.) Bu tür salaklıklara inanma yaşının geçtiğini sanıyordum.

– Schiffer, dostum, bu salaklıklar bizi ayakta tutuyor.

– Tabiî birilerinin hâlâ bunlara inanması koşuluyla.

Marius yeniden beşlik simit gibi sırıtmaya başlamıştı, dudakları ve gözbebekleri tam bir uyum içindeydi:

– Çay, dostlar?

Cevabı beklemeden, büyük bir termosu kaptığı gibi seramik fincanları doldurdu. Dışarıdan gelen alkış sesleri duvarları titretiyordu.

– Şu Zulu müziğinden gına gelmedi mi?

Marius yeniden çalışma masasının diğer tarafına geçip oturdu, tekerlekli koltuğunu duvara dayamıştı. Çay fincanını ağır ağır dudaklarına götürdü.

– Müzik ruhun gıdasıdır, dostum. Bu bile. Benim ülkemdeki gençler buradaki çocuklarla aynı grupları dinliyorlar. Rock, gelecek kuşakları birleştirecek, bir araya getirecek. Bu da aramızdaki son farkı ortadan kaldıracak.

Schiffer giyotine yaslandı ve fincanını kaldırdı:

– Hard rock'a!

Marius, formasının içinde tuhaf bir biçimde kıvranıp duruyordu, yüzünde hem bezginlik hem de neşe vardı.

– Schiffer, buraya benimle müzikten veya modası geçmiş ideallerimden söz etmek için gelmedin, hem de yanındaki bu oğlanla birlikte.

Rakam büronun bir köşesinde oturuyor, Türk'ü tepeden tırnağa süzüyordu, sonra cesetlerin fotoğraflarını zarfından çıkardı. Yara bere içindeki suratlar Marius'un masasının üstündeki afiş taslakları arasındaki yerini aldı. Malik Cesur koltuğunda geri çekildi.

– Kardeşim, bunlar, bu gösterdiklerin nedir?

– Üç kadın. Mahallende bulunan üç ceset. Geçen kasımdan bugüne kadar. Meslektaşım, bunların kaçak işçi kadınlar olduğunu düşünüyor. Senin bize daha fazlasını söyleyebileceğini düşündüm.

Ses tonu değişmişti. Schiffer her heceyi dikenli tellerle birbirine bağlıyordu sanki.

– Bu konuda herhangi bir şey duymadım, diye inkâr etti Marius.

Schiffer bilgiççe gülümsedi:

– İlk cinayetten itibaren, tüm mahallede sadece bu konuşulmuş olmalı. Bize bildiklerini anlat, böylece zaman kaybetmeyiz.

Marius'un eli mekanik bir hareketle Karo paketine uzandı, yerel filtresiz sigaralardan bir tane aldı.

– Kardeşim, neden bahsettiğini bilmiyorum.

Schiffer ayağa kalktı ve bir panayır çığırtkanı gibi bağırmaya başladı:

– Malik Cesur. Sahteciler ve dolandırıcılar imparatoru. Her türlü üçkâğıdın ve kaçak mal ticaretinin kralı...

Kükrer gibi gürültülü bir kahkaha patlattı, sonra muhatabına kızgın gözlerle baktı:

– Dilinin altındaki baklayı çıkar pis herif, sinirlenmeye başlıyorum.

Türk'ün suratı cam gibi sertleşti. Koltuğunda kıpırdamadan oturuyordu, sigarasını yaktı:

– Schiffer, elinde hiçbir şey yok. Ne bir tutuklama müzekkeresi, ne bir tanık, ne de bir ipucu. Buraya sadece benden bilgi almak için geldin, ama bunu yapamam. Üzgünüm. (Kapıyı işaret etti.) Şimdi, arkadaşını da alıp buradan gitsen ve bu yanlışlığa bir son versen iyi olur.

Schiffer çalışma masasının tam karşısında, sigara izmaritlerinden yer yer yanmış halının üstünde dimdik ayakta duruyordu:

– Burada tek bir yanlışlık var, o da sensin. Bu boktan bürondaki her şey sahte. Beş para etmez el ilanların bile. Ülkendeki hapishanelerde kokuşmuş bir yaşam süren son komünistlerin taşaklarından bile medet umuyorsun.

– Sen...

– Sahte, müziğe olan tutkun bile sahte. Senin gibi bir Müslüman rock müziğinin şeytanın işi olduğunu düşünür. Eğer kendi salonunu yakmakta bir çıkarın olacaksa, bunu yapmaktan bile çekinmezsin.

Marius ayağa kalkmak için hamlede bulundu, ama Schiffer engel oldu.

– Sahte, üzerleri tıka basa değersiz kâğıtla dolu mobilyaların, o çok meşgul, işi başından aşkın tavırların da sahte. Bok herif. Tüm bunlar senin insan kaçakçılığı yaptığını gizleyemiyor.

Giyotine doğru yaklaştı ve bıçağını okşamaya başladı.

– Ve gerek sen gerekse de ben, bu aletin, sana gelen LSD dolu şeritleri kesip içindeki asitleri ayırmaktan başka bir işe yaramadığını biliyoruz.

Müzikal bir komedide oynayan bir aktör gibi kollarını iki yana açıp, başını kirli tavana doğru kaldırdı:

– Ey benim kardeşim, büronun altını üstüne getirmeden ve seni Fleury Hapisanesi'ne birkaç yıllığına gönderecek bir şeyler bulmadan önce bana bu üç kadından bahset!

Malik Cesur kapıya doğru bakmayı sürdürüyordu. Rakam adamın arkasına geçti ve kulağına doğru eğildi:

– Üç kadın, Marius. (Adamın omuzlarını ovuyordu.) Dört ayda üç ceset. İşkence edilmiş, suratları parçalanmış, kaldırıma bırakılmış. Onları Fransa'ya sen getirdin. Dosyalarını bana ver, biz de çekip gidelim.

Odanın sessizliği içinde uzaktan müziğin gürültüsü duyuluyordu. İnsan bu ritmik gürültüyü bir an için Türk'ün göğsünde çarpan kalbinin gürültüsü sanabilirdi.

– Onlar bende değil.

– Neden?

– Hepsini imha ettim. Ölen her kızın arkasından fişini de yok ettim. Herhangi bir iz kalmazsa, başım da ağrımaz, diye düşündüm.

Paul adamın korkusunun gitgide arttığını hissediyordu, ama önemli ifşaatta bulunmuştu. İlk kez soruşturma gerçek bir değer kazanıyordu. Evet üç kurban da kadındı: cesetler gözünün önüne geldi. Ama artık onların kaçak kadın işçiler olduğunu biliyordu. Schiffer yeniden çalışma masasının karşısına geçti.

– Kapıyı kolla, dedi Paul'e hiç bakmadan.

– Ne... neyi?

– Kapıyı.

Paul daha harekete geçmeden, Schiffer, Marius'un üzerine atladı ve suratını masanın köşesine doğru bastırdı. Adamın burun kemiği, bir kabuk kıracağının kıskaçları arasındaki ceviz gibi çıtırdadı. Polis herifin kan içinde kalmış suratını masadan kaldırdı ve Marius'u duvara dayadı.

– Fişler, it herif.

Paul atıldı, ama Schiffer bir dirsek darbesiyle onu durdurdu. Paul elini silahına götürdü, ama bir Manhurin 44 Magnum'un kara ağzı karşısında taş kesti. Rakam, Türk'ü bırakmış, aynı anda da silahını kılıfından çıkarmıştı.

– Kapıyı kolla.

Paul ağzı şaşkınlıktan bir karış açık kalmıştı. Bu silah da nereden çıkmıştı? Bu esnada Marius tekerlekli koltuğunda kaymış ve bir çekmeceyi açmıştı.

– Arkana bak!

Schiffer hızla geri döndü ve silahını adamın yüzüne doğrulttu. Marius koltuğunun çevresinde dolandı ve el ilanlarının üstüne devrildi. Rakam onu formasından yakaladı ve tabancasının namlusunu gırtlağına dayadı.

– Fişler, dostum. Aksi takdirde, seni öldürürüm, yemin ediyorum öldürürüm.

Malik sarsılarak titriyordu; kırılmış dişlerinin arasındaki kan köpürmüştü, ama hâlâ neşeli bir yüz ifadesi vardı. Schiffer silahını kılıfına soktu ve adamı giyotine kadar sürükledi.

Bu kez Paul tabancasını çekti ve bağırdı:

– Yeter, durun artık!

Schiffer giyotinin kolunu kaldırdı ve adamın sağ elini altına soktu:

– Dosyaları ver, bok çuvalı!

– DURUN YOKSA ATEŞ EDECEĞİM!

Rakam ona bakmadı bile. Bıçağın üstüne ağır ağır bastırdı. Parmaklarının derisi bıçağın altında ezilmeye başladı. Kan küçük siyah damlalar halinde fışkırıyordu. Marius ulur gibi bağırdı, ama sesi Paul'ün sesinden daha cılız çıkmıştı:

– SCHİFFER!

Paul iki eliyle tabancasının kabzasını sıkı sıkı kavramış, Rakam'a nişan almıştı. Ateş etmesi gerekiyordu. Ateş etmesi...

Arkasındaki kapı hızla açıldı. Çarpan kapı onu öne doğru itti, yere yuvarlandı ve kendini çelik büro masasının ayağının dibinde buldu, ensesini masanın köşesine çarpmıştı.

İki koruma, kan damlaları üzerlerine sıçradığı sırada silahlarını çekmişti. Odayı bir sırtlan ıslığı kapladı. Paul, Schiffer'in işini bitirdiğini anladı. Bir dizi üstünde doğruldu ve silahını Türklere doğru çevirerek bağırdı:

– Geri çekilin!

Adamlar kıpırdamıyordu, gözlerinin önünde cereyan eden bu sahne karşısında hipnotize olmuşlardı. Titreyerek, Paul 9 milimetrelik silahı heriflerin ağzının hizasına kaldırdı:

– Geri çekilin Allah'ın cezaları!

Tabancasıyla adamların göğüslerine vurdu ve onları geri geri eşikten dışarı çıkarmayı başardı. Kapıyı kapattı, artık bir kâbusa dönüşmüş olan sorgulamayla ilgilenebilirdi.

Marius dizlerinin üstüne çökmüş, hıçkıra hıçkıra ağlıyordu, eli hâlâ giyotinin bıçağının altındaydı. Parmakları tamamen kopmamıştı, ancak kemikleri gözüküyordu, etleri iyice sıyrılmıştı. Schiffer giyotinin kolunu tutmaya devam ediyordu, suratında şeytanî bir ifade vardı, pis pis sırıtıyordu.

Paul silahını kılıfına soktu. Bu hasta adama engel olmak gerekiyordu. Tam Schiffer'in üzerine çullanmaya hazırlanmıştı ki, Türk sağlam eliyle fotokopi makinesinin yanındaki gümüş rengi dolaplardan birini işaret etti:

– Anahtarlar! diye bağırdı Schiffer.

Marius kemerine takılı anahtar demetini çıkarmaya çalıştı. Rakam sert bir hareketle anahtarları aldı ve anahtarları teker teker göstermeye başladı; Türk, başıyla dolabın anahtarını işaret etti.

Yaşlı polis dolapların yanına gitti. Paul acı çeken adamı giyotinden kurtarmayı tercih etti. Dikkatle kopma aşamasına gelmiş parmakların üstündeki bıçağı kaldırdı. Marius masanın ayaklarının dibine yuvarlandı, ayaklarını karnına doğru çekmiş, uluyordu.

– Hastane... hastane...

Schiffer başını Paul'e doğru çevirdi, şaşkın bir hali vardı. Kurdeleyle bağlanmış karton bir dosya tutuyordu. Hızlı hareketlerle dosyayı açtı ve üç kurbanın fişleri ile polaroid fotoğraflarını buldu.

Ne pahasına olursa olsun, Paul kazandıklarını anladı.

26

Acil çıkış kapısından çıktılar ve Golf'e kadar koştular. Paul arabayı çalıştırdı ve gaza köküne kadar bastı, az kalsın o anda yoldan geçmekte olan başka bir arabaya çarpıyorlardı.

Önce cadde boyunca dümdüz ilerledi, sonra sağa Lucien-Sampaix Sokağı'na saptı. Ama geç de olsa ters yöne girdiğini anladı. Ani bir manevrayla arabayı bir kez daha döndürdü, sola Magenta Bulvarı'na yöneldi.

Gerçek gözlerinin önünde dans ediyordu. Gözyaşları ön cama vuran yağmur damlalarına karışıyor, her şeyi daha da bulanık hale getiriyordu. Tam karşısında, sağanağın içinde yara gibi kanayan trafik lambalarını görüyordu.

İlk kavşağı hiç frene basmadan geçti, sonra diğer arabaların korna ve fren sesleri arasında ikincisini. Nihayet üçüncü ışıkta sert bir frenle durdu. Birkaç saniye boyunca kafasının içindeki uğultuya kulak verdi, ne yapması gerektiğini biliyordu.

Yeşil.

Debriyaja basmadan arabayı hareket ettirince motor stop etti, Paul küfrü bastı.

Kontak anahtarını çevirirken Schiffer'in sesini duydu:

– Nereye gidiyorsun?

– Karakola, dedi Paul dişlerinin arasından. Seni tutukluyorum pis herif.

Meydanın diğer tarafında, Doğu Garı bir yolcu gemisi gibi ışıl ışıldı. Arabayı yeniden çalıştırmıştı ki, Rakam bacağını onun tarafına geçirdi ve gaz pedalına köküne kadar bastı.

– Seni orospu...

Schiffer, direksiyonu yakaladı ve sağa kırdı. Sibour Sokağı'na hızla daldılar, burası Saint-Laurent Kilisesi boyunca uzanan dolambaçlı dar bir sokaktı. Tek eliyle sımsıkı tuttuğu direksiyonu bir kez daha kırdı, Golf, bisiklet yolunu ayıran taşların üzerinde zıpladı ve kaldırıma çıkıp durdu.

Direksiyon Paul'ün kaburgalarına çarptı. Paul hıçkırdı, öksürdü, sonra ter içinde kaldı. Yumruğunu sıktı ve yan koltuğa döndü, Schiffer'in çenesini kırmaya hazırdı.

Adamın yüzünün solgunluğu onu bu düşüncesinden caydırdı. Jean-Louis Schiffer sanki yeniden yirmi yaşındaydı. Yandan bakıldığında sanki boynu eski sarkıklığını kaybetmişti. Gözleri donuktu, cam gibi parlıyordu. Gerçek bir ölü kafasını andırıyordu.

– Siz bir kaçıksınız, dedi Paul, bir tiksinti ifadesi olarak yeniden siz diye hitap etmeye başlamıştı. Rezil bir ruh hastasısınız. Sizin için elimden geleni yapacağım, bana güvenin. Kodeste gebereceksiniz, lanet olası işkenceci!

Schiffer cevap vermedi, torpido gözünde eski bir Paris planı buldu ve kan içinde kalmış ceketini temizlemek için birkaç sayfayı kopardı. Üstü beneklerle kaplı elleri titriyordu, dişlerinin arasından ıslık çalar gibi konuştu:

– Bu götverenlerle konuşmanın otuz altı yolu yok.

– Bizler polisiz.

– Marius aşağılık bir pisliktir. Buradaki kadınları, onların Türkiye'deki çocuklarını sakat bırakarak kendi kölesi haline getiriyor. Bir kol, bir bacak: bu Türk annelerinin sesini kesiyor.

– Bizler kanunuz.

Paul'ün soluk alışları normale dönmüş, yeniden kendine güveni gelmişti. Görüş alanı da düzelmişti: artık kilisenin simsiyah ve dik duvarını; başlarının üstünde bir darağacı gibi dikilen çörtenleri; ve gecenin karanlığına bir kâbus gibi inen yağmuru görüyordu.

Schiffer camı açtı ve dışarı tükürdü.

– Benden kurtulmak için çok geç.

– Yaptığım işlerin sorumluluğunu üzerime almaktan korktuğumu düşünüyorsanız... Yanılıyorsunuz. Deliğe gideceksiniz, sizinle aynı hücreyi paylaşmam gerekse bile!

Schiffer arabanın tavan lambasını yaktı, sonra dizlerinin üzerinde duran dosyayı açtı. Üç işçi kadının fişlerini eline aldı; laser printer'la basılmış, üzerlerine birer polaroid fotoğraf ataşlanmıştı. Fotoğrafları çıkardı ve ön konsolun üzerine tarot kâğıtları gibi dizdi.

Yeniden gırtlağını temizledikten sonra sordu:

– Ne görüyorsun?

Paul herhangi bir tepki göstermedi. Sokak lambaları konsolun üzerindeki fotoğrafları harelendiriyordu. İki aydan beri bu yüzleri arıyordu. Onları hayal etmiş, çizmiş, silmiş, en az yüz kere bunu tekrarlamıştı. Şimdi, onlar tam karşısındaydı, ama bir kadınla yatağa girecek bakir bir erkek gibi hissediyordu kendini.

Schiffer onu ensesinden tuttu ve resimlere daha yakından bakması için zorladı:

– Ne görüyorsun? diye sorusunu yineledi, gırtlaktan gelen bir sesle.

Paul gözlerini fal taşı gibi açtı. Yumuşak yüz hatları olan üç kadın ona bakıyordu, aniden patlamış flaşın etkisiyle şaşkın bir halleri vardı. Kızıl saçları, dolgun yüzlerini daha da belirginleştirmişti.

– Dikkatini çeken bir şey görüyor musun? diye ısrar etti Rakam.

Paul kararsızdı:

– Birbirlerine benziyorlar, değil mi?

Schiffer kahkaha atarak onun söylediğini tekrar etti:

– Birbirlerine mi benziyorlar? Her seferinde aynı şeyi söylüyorsun.

Paul, Schiffer'e doğru döndü. Kavramakta zorluk çekiyordu:

– Yani?

– Yanisi, haklısın. Katil tek bir kişiyi ve aynı yüzü arıyor. Sevdiği, ama aynı zamanda da nefret ettiği bir yüzü. Onda takıntı haline gelmiş, çelişik duygular uyandıran bir yüzü. Onun güdülenimlerinden yola çıkarak tahminde bulunulabilir. Ama şimdi, en azından onun bir amacı olduğunu biliyoruz.

Paul'ün öfkesi bir zafer duygusuna dönüşmüştü. Sezgileri doğru çıkmıştı: kurbanlar kaçak işçi kadınlardı, yüz hatları birbirine benziyordu... Acaba Antikçağ heykelleri konusunda da haklı olabilir miydi?

Schiffer devam etti:

– Bu yüzler bizim için çok değerli bir adım. Çünkü bize çok önemli bilgiler veriyor. Katil bu mahalleyi avucunun içi gibi biliyor.

– Bu bir keşif değil.

– Onun Türk olduğunu ve buradaki tüm atölyeleri, gece kulüplerini çok iyi bildiğini sanıyorum. Kurbanlara benzeyen diğer kızları bulmak için büyük bir çaba sarf etmek gerekiyor. Çünkü bu pezevenk her yere rahatlıkla girip çıkıyor.

Paul daha sakin bir tonda konuştu:

– Tamam. Siz olmadan asla bu fotoğrafları ele geçiremeyeceğimi kabul ediyorum. Ben de bir iyilikte bulunup sizi gözaltına almayacağım. Karakola uğramadan dosdoğru sizi Longères'e götüreceğim.

Kontak anahtarını çevirdi, ama Schiffer, Paul'ün koluna yapıştı:

– Hata yapıyorsun delikanlı. Bana her zamankinden daha fazla ihtiyacın olacak.

– Sizin için her şey bitti.

Schiffer fişlerden birini havaya kaldırdı, lambanın ışığına doğru tutup salladı:

– Sadece yüzler ve kimlikler yeterli olmaz. Atölyelerin adresleri, yerleri de gerekli. Ve bu, senin için oldukça zor.

Paul anahtarları bıraktı:

– İş arkadaşları bir şeyler biliyor mudur?

– Adlî tabibin sana söylediği şeyi hatırla. Mideleri boşmuş. İşten çıkmış evlerine gidiyorlarmış. Her akşam aynı yoldan giden diğer işçileri sorgulamak gerek. Tabiî atölye sahiplerini de. Ama tüm bunlar için bana ihtiyacın var, genç adam.

Schiffer fazla üstelememişti: zaten üç aydan beri Paul hep aynı duvarlara tosluyordu. Paul bu soruşturmayı tek başına yürüttüğü takdirde hiçbir şey elde edemeyeceğini düşünüyordu.

– Size sadece bir gün veriyorum, dedi Paul. Atölyeleri dolaşacağız. İş arkadaşlarını, komşularını, eşlerini, önümüze çıkan herkesi sorguya çekeceğiz. Sonra da, sizi yaşlılar yurduna götüreceğim. Ama sizi uyarıyorum: en ufak bir yanlış yaparsanız sizi öldürürüm. Bu kez asla tereddüt etmeyeceğim.

Schiffer gülmemek için kendini zor tuttu, ama Paul bunu hissetti ve yüreğini bir korku kapladı. Artık korku ikisini bir arada tutacaktı. Paul arabayı hareket ettirdiğinde Schiffer yeniden tepkisiz bir adam olmuştu; içi rahat etmiş olmalıydı.

– Marius'un yerinde, o şiddetin sebebi neydi?

Schiffer, karanlığın içinde dışa doğru uzanan çörtenlere bakıyordu. Tünekleri üstüne çöreklenmiş şeytanlar; kanca burunlu iblisler; yarasa kanatları olan cinler. Bir süre daha sessizliğini korudu, sonra mırıldandı.

– Başka yolu yoktu. Onlar asla konuşmazlar.

– "Onlar" dediğin kim?

– Türkler. Tüm mahalleli ağız birliği etmişçesine tek kelime söylemez, Allah kahretsin! Gerçeği cımbızla tek tek çekip almak lazım.

Paul'ün sesi çatallanmış, tizleşmişti:

– Neden bu şekilde davranıyorlar? Onlara yardım etmemizi neden istemiyorlar?

Schiffer hâlâ çörtenleri inceliyordu. Yüzünün solgunluğu tavan lambasının ışığı altında bir kat daha artmıştı:

– Hâlâ anlamadın mı? Katili koruyorlar.

Beşinci bölüm

27

Onun kolları arasında, hep bir nehirdeymiş gibi hissetmişti kendini. Akıcı, esnek, sevecen bir güç. Gece, gündüz hep hafifçe okşamıştı onu, tıpkı suyun altındaki otları okşayan dalgalar gibi, ama asla sevgiyi, şefkati yok etmeden. Onun elleri arasında akıp gitmişti, ormanların alacakaranlığını, yosun yataklarını, kayaların karanlığını aşmıştı. Zevkin doruğuna ulaştığında, gözkapaklarının altında parıldayan ışık huzmesi karşısında vücudu bir yay gibi gerilmişti. Sonra yeniden kendini ağır hareketlerle onun yarısaydam ellerine teslim etmişti...

Yıllar boyunca farklı mevsimlerde yaşamışlardı. Uçarı, neşeli, birbirlerine tatlı sözler söyledikleri mevsimler. Uzun ve gür saçlarının öfkeden köpürdüğü mevsimler. Sığlıklardan geçtikleri, ateşkes ilan ettikleri mevsimlerde, birbirlerine hiç dokunmuyorlardı. Ama bu molalar daima çok güzeldi. Bir saz kadar hafiflemiş, çıplak bir çakıltaşı kadar dingin oluyorlardı hep.

Akış yeniden başladığında, iniltiler içinde, dudakları yarı açık, uzak kıyılara doğru sürüklüyordu onları; hep zevkin eşsiz doruklarına ulaşmak için, her şeyin sadece biri ve diğerinin her şey olduğu yere.

– Anlıyor musunuz, Doktor?

Mathilde Wilcrau irkildi. İki metre ilerisindeki Knoll kanepeye baktı, odadaki XVIII. yüzyıla ait olmayan tek mobilya buydu. Üzerine bir adam uzanmıştı. Bir hasta. Kendi hayal âlemine dalmış, onu tamamen unutmuş ve söylediklerinin tek bir kelimesini bile işitmemişti.

İçinde bulunduğu karışık ruh halini gizlemek için bir şeyler söyleme ihtiyacı duydu:

– Hayır, sizi anlamıyorum. Söyledikleriniz fazla açık değil.

Adam yeniden anlatmaya başladı, yüzü tavana dönük, elleri göğsünde çaprazlanmıştı. Mathilde adama çaktırmadan çekmecesinden nemlendirici bir krem çıkardı. Kremin ellerinin üzerindeki tatlı serinliği onu kendine getirdi. Son günlerde, bu tür kopuşlar, uzaklaşmalar çok sık ve gitgide daha derin olmaya başlamıştı. İçinde bulunduğu bu güç durum nedeniyle psikanaliz esnasında tarafsız davranamıyordu; sanki orada, hastasının yanında değildi. Eskiden, hastalarını dikkatle dinlerdi. Onların lapsuslarını, kaygılarını, anlık ruhsal değişimlerini izlerdi. Bu küçük, beyaz çakıl taşları, onun hastalarına nevroz veya ruhsal travma teşhisi koymasına yardımcı olurdu... Peki ya bugün?

Krem tüpünü yerine koydu ve ellerini ovmaya başladı. Beslemek. Nemlendirmek. Acısını dindirmek. Adamın sesi artık kendi melankolisi içinde unutulmuş, bir uğultu halini almıştı.

Evet, onun kolları arasında hep bir nehirdeymiş gibi hissetmişti kendini. Sonra sığlıklar gitgide çoğalmış, ateşkes ilanları daha uzun hale gelmeye başlamıştı. Başlangıçta bundan fazla kaygılanmamış, yıpranmanın ilk işaretlerini algılayamamıştı. Umut bağladığı kişiye olan güveni, aşka inancı gözlerini kör etmişti. Sonra dilinde bir pas tadı oluşmuş, kollarında ve bacaklarında bir türlü yok olmayan bir uyuşma başlamıştı. Derken damarları kurumuş, canlılığını yitirmişti. Kendini boşlukta hissetmişti. Kalpler, içinde bulundukları bu duruma bir ad vermeden önce vücutlar konuşmuştu.

Sonra kopma her şeye üstün gelmiş, kelimeler bu birlikteliğe son vermişti: ayrılma resmiyet kazanmıştı. Hâkimin karşısına çıkmak, nafakayı saptamak, ayrı evlere taşınmak zorunda kalmışlardı. Mathilde kusursuzdu. Hep ihtiyatlıydı. Hep sorumluluk sahibiydi. Ama aklı başka yerdeydi. Her fırsatta eski hatıralarına dönüyor, kendi geçmişinde bir yolculuk yapıyor, belleğinde eskiye ait çok az iz, çok az kalıntı kaldığını anladığında buna şaşırıyordu. Tüm varlığı ıssız bir çöle, bembeyaz taşlarının yüzeyinde hâlâ geçmişi çağrıştıran hüzünlü izler taşıyan antik bir sit alanına benziyordu.

Çocuklarını düşündüğünde kaygı ve tasalardan kurtulmuştu. Onlar Mathilde'in yaşama nedeniydi, onlar onun son pınarıydı. Tamamıyla kendini onlara adamıştı. Onların eğitimlerinin son yıllarında kendini geri çekmiş, asla kendini düşünmemişti. Ama çocukları, onlar da Mathilde'i terk etmişti. Oğlu, sadece çiplerden ve mikroişlemcilerden oluşan küçük, ama aynı zamanda uçsuz bucaksız bir kentte yitip gitmişti. Kızı ise, tam tersine seyahatlerde ve etnolojide kendini "bulmuştu". En azından o böyle düşünüyordu. Ki bundan emindi, kendi tuttuğu yol da farklı olmamıştı, ailesinden uzakta bir yaşam.

Artık gemide ilgilenilmesi gereken tek bir kişi kalmıştı: kendisi. Fantezilerle, elbiselerle, mobilyalarla, âşıklarla avuttu kendini. Gemi seyahatlerine çıktı, hep hayalini kurduğu yerlere gitti. Ama boşuna. Bu fanteziler, sanki çöküşünü hızlandırıyor, yaşlanmasını çabuklaştırıyordu. Yaşadığı çöküntülerin ardından büyük bir yalnızlık duygusuna kapıldı. Kum fırtınası bir kırbaç gibi onu kamçılıyordu. Sadece vücudunu değil kalbini de. Başkalarına karşı daha katı, daha sert bir insan olmuştu. Kararları hep tartışılmazdı; düşüncelerinde hiçbir esneklik yoktu, kestirip atıyordu. Bağışlayıcılık, anlayış ve merhamet duygularını yitirmişti. En ufak bir hoşgörü için bile çaba sarf etmesi gerekiyordu. Başkalarına karşı gerçek bir duygu tutukluğu yaşıyordu.

En yakın dostlarına bile darılmış, hayatta yalnız, gerçekten yapayalnız kalmıştı. Kendini spora vermiş, rakibi olmadığından hep kendisiyle yarışmıştı. Dağcılıkta, pilotlukta, yamaç paraşütünde, atıcılıkta büyük ilerlemeler kaydetmişti... Antrenmanlar sürekli bir meydan okuma, sıkıntılarını gideren bir takıntı haline gelmişti.

Bugün için, geçmişteki tüm bu sıkıntılar çok uzaktaydı, ama varlığını hâlâ spora borçluydu. Cévennes'de yamaç paraşütü; Chamonix yakınlarında kaya tırmanışı; Valle d'Aosta'da triatlon. Elli iki yaşında olmasına rağmen bir genç kızı kıskandıracak kadar güzel bir fiziği vardı. Ve her gün büyük bir gururla, Oppenordt imzalı konsolunun üzerinde parıldayan kupalarını seyrediyordu.

Aslında onu hoşnut kılan bir başka başarısı daha vardı; gerçek ve önemli bir başarı. Yalnız geçen yıllar boyunca, bir kez bile ilaçlardan medet ummamıştı. Asla tek bir anksiyolitik veya antidepresan yutmamıştı.

Her sabah aynanın karşısına geçiyor ve bu başarısını hatırlıyordu. Cesaret ve arzu rezervlerini tüketmediği için ona kişisel bir dayanıklılık brövesi verilmeliydi.

İnsanların çoğu hep en iyinin umuduyla yaşıyordu.

Mathilde Wilcrau artık en kötüden bile korkmuyordu.

Kuşkusuz, bu yalnızlığın ortasında kendini çalışmaya vermişti. Sainte-Anne Hastanesi'ndeki hastaları, muayenehanesindeki özel hasta seansları. Savaş sanatlarında söylendiği gibi, hem katı hem de esnek bir yol izliyordu. Psikiyatrik tedaviler ve psikanaliz yöntemleri. Ama her iki kutup da, uzun vadede aynı rutin içinde birbirine karışıyordu.

Artık hayatında bazı ritüellere, gerekliliklere ve alışkanlıklara da yer vardı. Haftada bir kez çocuklarıyla öğle yemeği yiyordu. Her hafta sonu, iki antrenman arasında antikacılara uğruyordu. Sonra, salı akşamları Psikanaliz Derneği'nin seminerlerine katılıyor, orada hâlâ birkaç tanıdık yüzle karşılaşıyordu. Çoğu eski sevgililerdi, kimi kez isimlerini bile anımsayamıyor, onun için hiçbir şey ifade etmiyorlardı. Ama belki de kendisiydi aşkın tadını unutan. İnsan, dili yandığında yemeklerin tadını alamazdı... Duvardaki saate bir göz attı; seansın sona ermesine beş dakikadan biraz fazla vardı. Adam hâlâ konuşuyordu. Mathilde koltuğunda kıpırdandı. Birazdan her zamanki şeyleri yeniden hissedecekti: uzun bir sessizliğin ardından vardığı sonuçları söylerken boğazının kuruması; bir sonraki randevuyu not ederken dolmakaleminin ajandası üzerindeki yumuşaklığı; ayağa kalkarken derinin çıkardığı ses...

Holde hastasını geçirirken, adam ona doğru döndü ve sordu, sesi sıkıntılıydı.

– Fazla uzaklara gitmedim, değil mi Doktor?

Mathilde gülümsedi ve kapıyı açtı. Acaba adam bugün önemli bir şeyler söylemiş miydi? Bunun önemi yoktu. nasılsa bir dahaki sefere telafi ederdi. Sahanlığa çıktı ve otomatiğe bastı.

Onu gördüğünde bir çığlık attı.

Kadın, siyah kimonosuna sımsıkı sarılmış, duvara büzülmüş duruyordu. Mathilde onu hemen tanıdı: Anna, Anna bilmem ne. İyi bir gözlüğe ihtiyacı olan kadın. Her yanı titriyordu, çok solgundu. Bu saçmalık da neyin nesiydi?

Mathilde adamı merdivene doğru sürükler gibi götürdü ve öfkeyle genç kadına döndü. Hastalarından birinin bu şekilde, habersiz, randevusuz çıkıp gelmesini asla hoşgörüyle karşılamazdı. İyi bir psikiyatr her zaman önce kapısının önünü temizlemeliydi.

Mathilde onu azarlamaya hazarlanıyordu ki, genç kadın bir yüz scanner'ini burnuna dayayarak hızlı hızlı konuşmaya başladı:

– Belleğimi silmişler. Yüzümü değiştirmişler.

28

Paranoyak psikoz.

Teşhis kesindi. Anna Heymes, kocası ve Eric Ackermann'ın yanı sıra Fransız polis teşkilatına bağlı başka adamlar tarafından kullanılmış olduğunu ileri sürüyordu. Haberi olmadan beynini yıkadıklarını, belleğinin bir kısmını sildiklerini söylüyordu. Estetik ameliyatla yüzünü de değiştirmiş olmalıydılar. Neden, nasıl bilmiyordu, ama kişiliğinin değişmesine sebep olan bir komplonun, bir deneyin kurbanı olmuştu.

Tüm bunları bir çırpıda anlatmıştı, anlatırken de sigarasını orkestra şefinin bageti gibi sallamıştı. Mathilde onu sabırla dinlemiş, bir yandan da genç kadının zayıflığı dikkatini çekmişti; anoreksi, paranoyanın bir belirtisi olabilirdi.

Anna Heymes hikâyesini akıl almaz bir şekilde sonlandırmıştı. Bu sabah banyoda korkunç gerçeği keşfetmiş, kocası onu Ackermann'ın kliniğine götürmeye hazırlanırken yüzündeki yara izlerini görmüştü.

Pencereden kaçmış, tepeden tırnağa silahlı, elleri telsizli sivil polisler peşine takılmıştı. Bir Ortodoks kilisesinde saklanmış, sonra ameliyatıyla ilgili elle tutulur bir kanıt olması için Saint-Antoine Hastanesi'nde yüz röntgeni çektirmişti. Ardından akşama kadar orada burada dolaşmış, güvendiği tek insanın Mathilde Wilcrau'nun yanına sığınmak için gece olmasını beklemişti. Ve işte buradaydı.

Paranoyak psikoz.

Mathilde, Sainte-Anne Hastanesi'nde yüzlerce benzer vakayı tedavi etmişti. Öncelikle krizi gidermek gerekiyordu. Avutucu, teskin edici sözlerle genç kadına 50 miligram Tranxene enjekte etmeyi başarmıştı.

Anna Heymes şimdi, kanepede uyuyordu. Mathilde ise çalışma masasında oturuyordu, her zamanki, alışılagelmiş konumunda. Laurent Heymes'e telefon etmekten başka yapacak bir şey yoktu. Anna'nın hastaneye kaldırılmasıyla bizzat ilgilenebilir ya da doğrudan Eric Ackermann'a, yani doktoruna da haber verebilirdi. Sıradan bir işti onun için bu.

Öyleyse neden telefon etmiyordu? Bir saatten beri, orada duruyor telefonu eline almıyordu. Karanlıkta, pencereden içeri sızan ışığın altında harelenen eşyalarını hayranlıkla seyrediyordu. Yıllardan beri Mathilde, Rokay üslubu antikalarla, çoğu kocası tarafından satın alınmış eşyalarla kuşatılmış bir haldeydi; boşanırken onları kaybetmemek için büyük bir uğraş vermişti. Önce onun canını sıkmak, onu üzmek içindi bu uğraş, sonra ona ait, onu hatırlatan bir şeylere sahip olmak için bu mücadeleyi verdiğini anlamıştı. Onları asla satmamakta kararlıydı. Bugün bir tapınakta yaşıyordu. Yalnızlık içinde geçen yıllarını hatırlatan cilalı, eski püskü eşyalarla dolu bir mozoleydi burası.

Paranoyak psikoz. Derslerde örnek olarak verilebilecek bir vaka.

Yara izlerinin varlığı dışında. Bu izleri genç kadının alnında, kulaklarında, çenesinde görmüştü. Ayrıca derinin altında, yüzün kemik yapısını desteklemek için yerleştirilmiş vidaları ve implantları da fark etmişti. Scanner de, yapılan cerrahî müdahaleleri bütün ayrıntılarıyla gösteriyordu.

Mathilde, meslek hayatı boyunca çok sayıda paranoyakla karşılaşmıştı, ama yüzlerine kazınmış somut kanıtlarla dolaşanlara rastlamak neredeyse imkânsızdı. Anna Heymes, yüzüne dikilmiş gerçek bir maske taşıyordu. Kırılmış kemiklerini, zayıflatılmış kaslarını gizleyen, yeniden biçimlendirilmiş, dikilmiş etten bir kabuk.

Anlattıkları gerçek olabilir miydi? O adamlar –üstelik de polisler– tarafından böyle bir muameleye maruz kalmış mıydı? Gerçekten onun yüz kemiklerini kırmışlar mıydı? Belleğini silmişler miydi?

Bu olayda onun midesini bulandıran başka bir unsur daha vardı: Eric Ackermann. Yüzü lekelerle ve sivilcelerle kaplı uzun boylu ve kızıl saçlı birini hatırlıyordu. Üniversitede çok sayıdaki taliplerinden biriydi, ama özellikle zekâsıyla dikkati çeken bir tipti.

O yıllarda beyne ve "beynin içinde yolculuğa" karşı büyük bir ilgi duyuyordu. Harvard Üniversitesi'nde Timothy Leary'nin LSD üzerine yaptığı deneyleri takip etmişti ve bu yolla bilincin bilinmeyen bölgelerinin keşfedilebileceğini ileri sürüyordu. Her türlü psikotrop ilacı kullanıyor, yol açtığı etkileri analiz ediyordu. Hatta sırf "etkisini görmek için" diğer öğrencilerin kahvelerine LSD bile atmıştı. Mathilde bu saçmalıkları yeniden hatırladığında gülümsedi. Psikedelik rock, protestocu özgürlük, hippi akımı; hepsi bir dönemdi, gelip geçmişti...

Ackermann, bir gün makinelerin beynin içinde yolculuk yapmayı ve beynin gerçek zamandaki etkinliğini gözlemlemeyi sağlayacağını söylüyordu. Zaman onu haklı çıkarmıştı. Nörolog olmuştu, artık pozitron kamerası veya manyetoansefalografi gibi teknolojiler sayesinde, nörolojinin en iyi uzmanlarından biriydi. Bu genç kadın üzerinde bir deney yapmış olabilir miydi?

Ajandasında, 1995 yılında Sainte-Anne Fakültesi'ndeki derslerini izlemiş olan bir kız öğrencinin telefon numarasını aradı. Dördüncü çalıştan sonra telefon açıldı.

– Valérie Rannan?

– Benim.

– Ben Mathilde Wilcrau.

– Profesör Wilcrau mu?

Saat gecenin on birini geçmişti, ama sesi oldukça zindeydi.

– Telefonum sizi şüphesiz şaşırttı, özellikle de bu saatte...

– Ne istiyorsunuz?

– Size birkaç soru sormak istemiştim, biliyorsunuz, doktora tezinizle ilgili olarak. Çalışmanız zihinsel manipülasyonlar ve duyumsal izolasyonlar hakkındaydı, değil mi?

– O tarihlerde, bu konuyla ilgili gibi görünmüyordunuz.

Mathilde, bu cevapta saldırgan bir tavır olduğunu fark etti. Kızın tez hocalığını yapmayı reddetmişti. Çünkü bu araştırma konusuna inanmıyordu. Onun için, beyin yıkamak daha çok bir hayal, gerçekleşmesi imkânsız bir ütopyaydı. Gülümseyerek sesini yumuşattı:

– Evet, biliyorum. Oldukça kuşkucuydum. Ama bugün ivedilikle yazmam gereken bir makale için bilgiye ihtiyacım var.

– Buyurun, sizi dinliyorum.

Mathilde nereden başlayacağını bilmiyordu. Hatta ne öğrenmek istediğinden bile emin değildi. Ama bir yerden başlaması gerekiyordu.

– Tezinizin sinopsisinde, bir insanın belleğini silmenin mümkün olduğunu yazmıştınız. Bu... yani bu gerçekten mümkün mü?

– Bu teknikler 50'li yıllarda alabildiğine gelişti.

– Daha çok Sovyetler mi bu teknikleri kullanıyordu?

– Ruslar, Çinliler, Amerikalılar, herkes. Soğuk Savaş döneminin en önemli silahlarından biriydi. Belleği silmek. İnançları yok etmek. Kişilikleri biçimlendirmek.

– Hangi yöntemleri kullanıyorlardı?

– Hep aynı: elektroşok, ilaçlar, duyumsal izolasyon.

Bir sessizlik oldu.

– Hangi ilaçlar? diye sordu yeniden Mathilde.

– Ben özellikle CİA'nın programı üzerinde çalıştım: MK-Ultra. Amerikalılar sedatiflerden yararlanıyordu. Fenotrazin. Sodyum amital. Klorpromazin.

Mathilde bu ilaçları biliyordu; psikiyatrinin ağır toplarıydı. Hastanelerde bu ilaçları genel bir ad altında, "kimyasal gömlek" diye tanımlıyorlardı. Ama aslında bunların her biri insanın pestilini çıkaran, zihnini öğüten ilaçlardı.

– Yu duyumsal izolasyon?

Valérie Rannan bıyık altından güldü:

– En gelişmiş deneyler, 1954'ten itibaren, Kanada'da, Montreal'deki bir klinikte yapılmaya başlandı. Psikiyatrlar önce hastalarına, ki bunların çoğu depresif hastalardı, sorular soruyordu. Onları, kendilerini utandıran suçlarını, arzularını itiraf etmeye zorluyorlardı. Sonra onları zifirî karanlık bir odaya, döşemeyi, tavanı, ve duvarları göremedikleri bir odaya kapatıyorlardı. Ardından kafalarına Amerikan futbolu oynayan sporcuların giydikleri kasklardan takıyorlardı; bu kasklardan kulaklarına itiraflarından alınmış bazı bölümlerden bir yayın yapılıyordu. Kadınlar sürekli olarak hep aynı kelimeleri, itiraflarının en can sıkıcı, en dayanılmaz kısımlarını dinliyordu. Tek dinlenme zamanları elektroşok seansları ve kimyasal uyku kürleriydi.

Mathilde, divanda uyuyan Anna'ya baktı. Göğsü yavaş yavaş inip kalkıyor, düzenli nefes alıyordu. Kız devam etti:

– Hasta ismini, geçmişini hatırlamadığında, bütün iradesi yok olduğunda, asıl koşullandırma o zaman başlıyordu. Kaskın içindeki bantlar değiştiriliyordu: verilen komutlarla, tekrarlanan buyruklarla yeni kişilik biçimlendiriliyordu.

Diğer tüm psikiyatrlar gibi Mathilde de bu sapkınlıklardan söz edildiğini duymuştu, ama ne denli etkili olduğunu ve ne denli başarıya ulaştığını bilmiyordu, aslında inanmıyordu da.

– Ne tür sonuçlar alındı? diye sordu.

– Amerikalılar, sadece zombiler yarattılar. Rusların ve Çinlilerin, birbirine hemen hemen çok yakın yöntemler kullanarak biraz daha başarılı oldukları söylenebilir. Kore Savaşı'ndan sonra, yedi binden fazla Amerikalı esir, ülkelerine tamamen komünist değerleri benimsemiş olarak döndü. Kişilikleri koşullandırılmıştı.

Mathilde omuzlarını ovuşturdu; bir mezar soğukluğu vücudunu titretmişti.

– Günümüzde de, bu alanda çalışmayı sürdüren laboratuvarlar olduğunu düşünüyor musunuz?

– Elbette.

– Ne tür laboratuvarlar?

Valérie alaycı bir kahkaha attı.

– Siz gerçekten şaşırmışsınız. Yüzlerce askerî araştırma merkezinden söz ediliyor. Bütün silahlı kuvvetler beynin manipülasyonu üzerinde çalışıyor.

– Fransa'da da mı?

– Fransa'da, Almanya'da, Japonya'da, ABD'de. Yeterli teknolojik araç gerece sahip olan her yerde. Sürekli yeni kimyasal ürünler deneniyor. Bugünlerde, yaşanılan son on iki saatle ilgili her şeyi silen bir kimyasal üründen, GHB'den çok söz ediliyor. Ona "ırz düşmanı ilaç" adını vermişler, çünkü ilacı alan kız hiçbir şey hatırlamıyor. Askerlerin bu tür kimyasal ürünler üzerinde çalıştığından eminim. Beyin, hâlâ dünyadaki en tehlikeli silah.

– Çok teşekkür ederim Valérie.

Kız şaşırmıştı:

– Daha belirgin kaynaklar istemiyor musunuz? Bir bibliyografya mesela?

– Teşekkür ederim. Gerekirse sizi ararım.

29

Mathilde, hâlâ uyumakta olan Anna'ya doğru yaklaştı. Herhangi bir iğne izi var mı diye kollarına baktı: iz yoktu. Saçlarını inceledi, sürekli sedatif kullanımı saçlı deride elektrostatik bir yangıya neden olurdu: hiçbir belirti yoktu. Doğruldu, bu kadının hikâyesine inanmakla hata mı yapıyordu? Hayır, ama belki kendisi de aklını oynatmaya başlamıştı. O an, genç kadının alnındaki yara izlerini yeniden gördü; yukarıdan aşağıya doğru uzanan, birkaç santimetre uzunluğunda belli belirsiz üç çizgi. Şakaklarını ve çenesini de elleriyle yokladı: protezler derinin altında hareket ediyordu.

Bunu ona kim yapmıştı? Anna böyle bir cerrahî müdahaleyi nasıl unutmuş olabilirdi?

İlk gelişinde, bazı tomografik testlerden geçtiği bir enstitüden söz etmişti. *Orsay'de. Askerlerle dolu bir hastane.* Mathilde enstitünün adını notlarının arasına, bir yerlere yazmış olmalıydı.

Hızla bloknotunu karıştırdı ve her zamanki gibi anlamsız şekiller çiziktirdiği bir sayfayla karşılaştı. Sayfanın sağ köşesine "Henri-Becquerel" yazmıştı.

Mathilde, çalışma ofisinin bitişiğindeki küçük odadan bir şişe su aldı, bir bardak dolusu suyu bir dikişte içtikten sonra telefonun ahizesini kaldırdı. Bir numara çevirdi:

– René? Ben Mathilde. Mathilde Wilcrau.

Kısa bir tereddüt oldu. Bu saatte. Bunca yıl sonra. Beklenmedik bir olay... Sonunda pes bir ses cevap verdi:

– Nasılsın?

– Seni rahatsız etmiyorum ya?

– Şaka mı yapıyorsun. Sesini duymak benim için daima büyük bir mutluluk olmuştur.

René Le Garrec, Mathilde Val-de-Grâce Hastanesi'nde stajyer doktor olarak görev yaparken hocası ve profesörü olmuştu. Ordunun psikiyatrıydı, savaşın yol açtığı ruhsal travmalarda uzmandı, terör, savaş ve doğal afet kurbanlarının tedavi gördüğü mediko-psikoloji bölümünün kurucusuydu.

– Sana bir soru sormak istiyordum. Henri-Becquerel Enstitüsü'nü biliyor musun?

Yeniden kısa bir tereddüt anı oldu.

– Biliyorum, evet. Askerî bir hastane.

– Orada, ne üzerinde çalışıyorlar?

– Başlangıçta, çalışma alanları nükleer tıptı.

– Ya şimdi?

Yeni bir duraksama daha. Mathilde'in artık şüphesi kalmamıştı; hiç gereği yokken bir işe bulaşmıştı.

– Tam olarak bilmiyorum, dedi doktor. Bazı ruhsal travmaları iyileştiriyorlar.

– Savaşın neden olduğu ruhsal travmalar mı?

– Sanıyorum. Bu konuda bilgi edinmem gerekiyor.

Mathilde, Le Garrec'in servisinde üç yıl kadar çalışmıştı. Ama asla bu enstitünün adını andığını duymamıştı. Beceriksizce söylediği yalanı toparlamak için, asker atağa geçti:

– Bu soruların sebebi ne?

Mathilde soruya kaçamak cevap vermek istemedi:

– Orada bazı testlerden geçmiş bir hastam var.

– Ne tür testler?

– Tomografik testler.

– Onlarda bir Petscan olduğunu bilmiyordum.

– Testleri Eric Ackermann yapmış.

– Haritacı mı?

Eric Ackermann, dünya üzerindeki çeşitli ekiplerin çalışmalarını bir araya getirerek beynin henüz keşfedilmemiş yönlerini açığa çıkaran teknikler üzerine bir kitap yazmıştı. Kitap daha sonra bir başvuru kaynağı olmuştu. Kitabın yayımlanmasıyla birlikte de nöroloğun adı, insan beyni üzerine çalışmalar yapan en önemli topograflar arasında geçmeye başlamıştı. İnsan, bu anatomik bölgede, sanki altıncı kıtada dolaşır gibi dolaşabilirdi.

Mathilde onayladı. Le Garrec devam etti:

– Bizimle çalışıyor olması tuhaf.

"Biz" demesi Mathilde'in dikkatini çekti. Demek artık ordu bir şirket değil, bir aileydi.

– Senin de söylediğin gibi, dedi Mathilde. Ackermann'ı fakültede tanıdım. Tam bir asiydi. İnancı gereği askerlik görevini yapmayı bile reddetmişti. Onun askerlerle çalışıyor olmasına ben de şaşırdım. Hatta bir keresinde "yasadışı yollarla uyuşturucu imal etmekten" tutuklanmıştı, sanıyorum.

Le Garrec bir kahkaha attı:

– Herhalde bunun bir nedeni olmalı. Onunla temasa geçmemi ister misin?

– Hayır. Teşekkür ederim. Sadece orada yapılan çalışmalar hakkında bilgin olup olmadığını öğrenmek istemiştim, hepsi bu.

– Hastanın adı ne?

Mathilde o anda gereğinden fazla konuşmuş olduğunu anladı. Le Garrec onun soruşturmasını kendine mal edebilir ya da daha da kötüsü, üstlerini bu konudan "haberdar" edebilirdi. Birden, Valérie Rannan'ın anlattıkları ona olanaklı gibi geldi. Yüce bir sebep adına yürütülen çok gizli, anlaşılması çok güç deneyler.

Gerginliği azaltmak istedi:

– Üzerinde durmana gerek yok. Sadece bir ayrıntı.

– Hastanın adı ne? diye üsteledi Le Garrec.

Mathilde tüm vücudunun ürperdiğini hissetti.

– Teşekkür ederim, diye karşılık verdi. Ben... Ben Ackermann'ı arayacağım.

– Nasıl istersen.

Le Garrec de geri adım atıyordu: her ikisi de normal rollerine, samimi konuşmalarına geri döndüler. Bu kısa konuşma süresince, aynı mayın tarlasından geçtiklerini biliyorlardı. Mathilde telefonu kapatmadan önce birlikte bir öğle yemeği yemek için söz verdi.

Kuşku götürmez bir şey vardı: Henri-Becquerel Enstitüsü bir sır saklıyordu. Ve işin içinde Eric Ackermann'ın bulunması da bu sırrı daha gizemli hale getiriyordu. Mathilde'e Anna'nın "hezeyanları" gitgide daha az psikotik gibi görünüyordu.

Mathilde, dairesinin özel bölümüne geçti. Kendine has bir yürüyüş stili vardı: omuzlar dik, kollar vücudun iki yanında sarkık, eller bilekten bükük ve özellikle de kalçalar hafifçe yana kaçık. Gençken, bu yürüyüş stili için uzun uzun çalışmıştı, kendisini daha alımlı gösterdiğine inanıyordu. Bugün ise bu yürüyüş biçimi onun bir özelliği haline gelmişti.

Odasına girince, palmiye yapraklarıyla süslü, cilalı yazı masasının çekmecesini açtı. 1740 tarihli bir Meissonnier'ydi bu. Çekmecenin kilidini açmakta kullandığı küçük anahtarı daima yanında taşırdı, çekmeceyi çekti.

İçinden, üzeri sedef kaplamalı bambu bir kutu çıkardı. Kutunun dibinde güderiye sarılı bir şey vardı. Başparmağı ve işaret-parmağıyla kenarlarından tutup güderiyi açtı ve altın gibi ışılda-yan yasak şey ortaya çıktı. Glock marka, 9 milimetrelik otomatik bir tabancaydı bu. Oldukça hafif, mekanik sürgülü, Safe-Action tetik emniyeti olan bir silahtı. Eskiden bu tabancayı atış müsabakalarında kullanılmıştı, ruhsatı vardı. Ama on altı zırh delici kurşunla doldurulduğunda hiçbir ruhsat geçerli değildi elbette. Fransız makamlarının labirentlerinde unutulmuş bir ölüm makinesine dönüşmüştü.

Mathilde silahı avucunda tartarken, durumunu düşünüyordu. Yazı masasının çekmecesinde otomatik bir silah saklayan, dul ve penis özlemi çeken bir psikiyatr.

Muayenehanesine geri dönünce bir telefon görüşmesi daha yaptı, sonra kanepenin yanına gitti. İyice uyanması için Anna'yı sert bir şekilde sarsmak zorunda kaldı.

Sonunda genç kadın ağır ağır yattığı yerden doğruldu. Ev sahibesine dikkatle baktı, yüzünde hiçbir şaşkınlık belirtisi yoktu, kafası yana doğru eğikti. Mathilde alçak sesle sordu:

– Buraya geldiğinden kimseye söz ettin mi?

Başıyla "hayır" işareti yaptı.

– Bizim tanıştığımızı bilen biri var mı?

Yine aynı işaret. Mathilde, onun takip edilmiş olabileceğini düşündü; ya kazanacak ya da tümden kaybedecekti.

Anna gözlerini ovuşturdu, hâlâ uyku sersemliği geçmemişti: gözkapaklarının bu tembelliği, elmacıkkemiklerinin üzerinde, şakaklarına doğru uzanan bu bitkinlik, evet henüz tam kendine gelememişti. Yanağında hâlâ örtünün izleri vardı.

Mathilde kendi kızını düşündü, omzunda, "gerçek" anlamına gelen Çince bir dövmeyle çekip giden kızını.

– Gel, diye fısıldadı. Gidiyoruz.

30

– Bana ne yaptılar?

İki kadın Saint-Germain Bulvarı'nda, Sen yönüne doğru son hızla gidiyorlardı. Yağmur durmuş, ama her yere izlerini bırakmıştı: gecenin titreşimi içinde harelenmeler, renk almaşmaları, su birikintileri.

Mathilde, kuşkularını daha iyi gizlemek için profesörlere mahsus bir ses tonuyla cevap verdi:

– Bir tür müdahale, dedi.

– Ne tür bir müdahale.

– Şüphesiz yeni bir yöntem, belleğinin bir bölümünü etkileyen bir yöntem.

– Bu mümkün mü?

– Normal şartlarda, hayır. Ama Ackermann bir şeyler keşfetmiş olmalı... devrim yaratacak bir şeyler. Tomografiye ve beynin sınırlarını belirlemeye dayanan bir teknik.

Bir yandan arabayı sürerken, diğer yandan da, sabit gözlerle etrafına bakan, ellerini bacaklarının arasına sıkıştırmış bitkin görünümlü Anna'ya kaçamak bakışlar atıyordu.

– Bir şok, kısmî bir bellek yitimine yol açabilir, diye devam etti. Bir maç sırasında beyin sarsıntısı geçiren bir futbolcuyu tedavi ettim. Hayatının bir bölümünü hatırlıyordu, ama diğer bölümü kesinlikle silinmişti. Belki Ackermann da, kimyasal bir madde kullanarak ya da ışınlama yoluyla veya ne bileyim herhangi bir teknikle aynı etkiyi elde etmeyi sağlayan bir yöntem buldu. Belleğine bir tür filtre yerleştirdi.

– Peki neden bunu bana yaptılar?

– Bana göre, bu işin anahtarı Laurent'ın mesleğinde gizli. Görmemen gereken bir şey gördün ya da onun işiyle ilgili bazı bilgileri öğrendin veya seni bu deney için sadece bir kobay olarak kullandılar... Her şey mümkün. Çılgınca bir işin içindeyiz. Saint-Germain Bulvarı'nın sonuna ulaştıklarında, sağ tarafta Arap Dünyası Enstitüsü göründü. Binanın cam cephesinde yansıyan bulutlar hızla yer değiştiriyordu.

Mathilde bu kadar sakin oluşuna şaşırıyordu. Saatte yüz kilometre hızla yol alıyordu, çantasında otomatik bir tabanca vardı, yanında marazî bir genç kadın oturuyordu ve en ufak bir korku hissetmiyordu.

– Belleğim, belleğim yeniden yerine gelebilir mi?

Anna, inatçı bir sesle konuşuyordu. Mathilde bu ses tonundaki değişikliği çok iyi biliyordu: Sainte-Anne'daki hasta muayeneleri sırasında en az bin kez işitmişti bu ses tonunu. Bu saplantılı bir insanın sesiydi. Bu demansın sesiydi. Ama burada delilik gerçekle çakışıyordu.

Mathilde kelimelerini dikkatle seçiyordu:

– Onların hangi yöntemi kullandığını bilmeden sana cevap veremem. Eğer kimyasal maddeler kullandılarsa, bir antidotu olabilir. Ama bir cerrahî müdahale söz konusuysa, bu konuda ... kötümserim.

Küçük Mercedes, Jardin des Plantes'ın[1] hayvanat bahçesinin siyah parmaklıkları boyunca yol alıyordu. Hayvanların derin uykusu, parkın durağanlığı, karanlığın içinde sanki derin bir sessizlik uçurumu gibiydi.

Mathilde, Anna'nın ağladığını fark etti; genç kadın sessizce hıçkırıyordu. Uzun bir suskunluktan sonra yeniden konuştu, gözyaşlarına boğulmuştu.

– Ama neden yüzümü değiştirdiler?

– Bunu anlamak çok zor. Sanırım kötü zamanda, kötü yerde bulunuyordun. Ama yüzünü değiştirmeleri için herhangi bir neden göremiyorum. Ya da bu iş, bizim sandığımızdan çok daha karmaşık: senin kimliğini değiştirmek zorunda kaldılar.

– Yani ben başka biri olabilir miyim?

– Estetik ameliyatla her şey mümkün.

– Ben... ben Laurent Heymes'in karısı değil miyim?

Mathilde cevap vermedi. Anna ısrarla sorularına devam ediyordu:

– Ama... ya benim duygularım? Ya ona olan aşkım?

Mathilde sinirlenmeye başlamıştı. Bu kâbusun ortasında, Anna hâlâ eski aşk günlerinin hayalini kuruyordu. Ama yapacak bir şey

---

1. Paris'in en eski bahçesi, 1635'te XIII. Louis tarafından yaptırıldı, 1793'te Doğa Tarihi Müzesi'ne dönüştürüldü. (ç.n.)

yoktu: gemi batarken bile kadınlar için önemli olan tek şey "arzu ve duygular"dı.

– Onunla olan tüm hatıralarım, onları da uydurmuş olmam imkânsız!

Mathilde omuzlarını silkti, söyleyeceği şeyin önemini biraz olsun hafifletmek ister gibiydi:

– Hatıraların da sonradan belleğine yerleştirilmiş olabilir. Bana, bizzat kendin onların hiçbir gerçekliği olmadığını, hepsinin değerini yitirdiğini söyledin... Aslında bu tür bir müdahale imkânsız. Ama Ackermann'ın kişiliği bütün ihtimalleri dikkate almamızı gerektiriyor. Ayrıca polisler ona sonsuz imkânlar da sağlamış olabilir.

– Polisler mi?

– Uyan, Anna. Henri-Becquerel Enstitüsü. Askerler. Laurent'ın mesleği. Çikolata Evi'ndeki işinin dışında, dünyan sadece polislerden ve üniformalılardan oluşuyordu. Tüm bunları yapanlar onlar. Ve şimdi seni arayanlar da onlar.

Tamamen yenilenmiş Austerlitz Garı'nın yakınlarına gelmişlerdi. Garın cephelerinden biri, bir sinema dekoru gibi tamamen çıplaktı. Sol tarafta, arka planda, Sen Nehri görünüyordu. Çamurlu, karanlık su ağır ağır akıyordu...

Uzun bir suskunluğun ardından Anna yeniden konuşma ihtiyacı duydu:

– Bu olayda polis olmayan biri daha var.

– Kim?

– Dükkâna gelen müşterilerden biri. Tanıdığımı sandığım bir adam. İş arkadaşımla birlikte ona "Bay Kadife" adını taktık. Sana nasıl açıklayacağımı bilmiyorum, ama bu adamın tüm bu olanların dışında olduğunu hissediyorum. O, benim hayatımın silinmiş kısmına ait olmalı.

– Peki neden yoluna çıkıyor?

– Belki bir rastlantı.

Mathilde kafasını salladı:

– Dinle. Emin olduğum bir şey varsa o da bu işte herhangi bir rastlantıya yer olmadığıdır. Bu adam da diğerleriyle birlikte, bundan kuşkun olmasın. Ve eğer yüzü sana bir şeyler ifade ediyorsa, bunun nedeni onu Laurent'ın yanında görmüş olman.

– Ya da Jikoları sevmesi.

– Neleri?

– İçinde bademezmesi bulunan çikolatalar. Bizim bir spesiyalitemiz. (Gözyaşlarını kurularken hafifçe gülümsedi.) Her halükârda beni tanımaması gayet normal, çünkü yüzüm eskisi gibi değil. (Umutsuz bir ses tonuyla devam etti.) Onu bulmamız gerekiyor. Geçmişimle ilgili bir şeyler biliyor olmalı!

Mathilde yorum yapmaktan kaçındı. Şimdi L'Hôpital Bulvarı'nda, havaî metro hattının çelik kemerleri boyunca ilerliyorlardı.

– Buradan, nereye gidiyoruz? diye haykırdı Anna.

Mathilde caddeyi yanlamasına geçti, ve La Pitié-Salpêtrière Hastanesi kampüsünün önünde ters yönde park etti. Kontağı kapattı, el frenini çekti, sonra küçük Kleopatra'ya doğru döndü:

– Bu meseleyi anlayabilmemizin bir tek yolu var, o da "geçmişte" senin kim olduğunu ortaya çıkarmak. Yara izlerinden anladığım kadarıyla yaklaşık altı ay önce ameliyat olmuşsun. Şöyle veya böyle, bu dönemin daha öncesine inmemiz gerekiyor. (İşaretparmağıyla alnına bastırdı.) Bu tarihten önce neler olduğunu hatırlaman lazım.

Anna, üniversite hastanesinin levhasına baktı:

– Beni... Beni hipnoz altında sorguya mı geçmek istiyorsun?

– Bunun için zamanımız yok.

– Peki ne yapmak istiyorsun?

Mathilde, siyah bir saç tutamını Anna'nın kulağının arkasına yerleştirdi:

– Eğer belleğin bize bir şey söylemiyorsa, eğer yüzün değiştirilmişse, geriye seni sana hatırlatacak tek bir şey kalıyor.

– Ne?

– Vücudun.

31

La Pitié-Salpêtrière Hastanesi'nin biyolojik araştırma ünitesi tıp fakültesi binasının içindeydi. Burası altı katlı, yüzlerce penceresi olan, laboratuvar sayısıyla insanı şaşkınlığa düşüren uzun bir bloktu.

60'lı yılların karakteristik özelliklerini taşıyan bu bina, Mathilde'e eğitim gördüğü üniversiteleri ve hastaneleri hatırlatıyordu. Bu tür yerlere karşı daima özel bir duyarlılığı vardı, ama bu mimarî tipi asla bilgiyle, bilimle, otoriteyle bağdaşmıyordu.

Ana kapıya doğru yürüdüler. Ayak sesleri kaldırımda yankılanıyordu. Mathilde giriş kodunu tuşladı. İçerisi soğuk ve karanlıktı. Geniş bir holü geçtiler ve sol taraftaki, para kasasını andıran çelik asansöre ulaştılar.

Bu yağ kokulu yük asansöründe, Mathilde bir bilgi kulesinde, bilim katları boyunca yukarı çıkıyormuş hissine kapıldı. Yaşına, tecrübesine rağmen onun için bir tapınak olan bu tür yerlerde kendini hep ezik hissediyordu. Burası kutsal bir yerdi.

Asansör yükselmeye devam ediyordu. Anna bir sigara yaktı. Yanan sigaranın çıtırtısı Mathilde'in hislerini biraz daha yoğunlaştırdı. Himayesi altına aldığı genç kadına, önceki yıllardan birinde gelen kızının unuttuğu bir gece elbisesini vermişti. İki kadın da hem aynı boydaydı ve hem de aynı rengi seviyordu: siyah.

Anna'nın üzerinde şimdi belden oturan, dar ve uzun kollu kadife bir manto, ipek bir pantolon, ayağındaysa parlak ayakkabılar vardı. Bu gece elbisesi onu yas tutan genç bir kadın gibi gösteriyordu.

Beşinci katta, nihayet asansörün kapıları açıldı. İki yanında mat camlı kapılar bulunan, kırmızı karolu bir koridora çıktılar. Korido-

run ucundan belli belirsiz bir ışık sızıyordu. İlerlediler.
Mathilde, vurmadan kapıyı açtı. Profesör Alain Veynerdi onları bekliyordu, beyaz fayanstan bir tezgâhın yanında ayaktaydı.

Ufak tefek, altmışlı yaşlarda, diri görünümlü, bir Hintli gibi koyu tenli ve bir papirüs gibi kuruydu. Tertemiz beyaz önlüğünün altındaki takım elbisesinin de kusursuz olduğunu tahmin etmek zor değildi. Elleri manikürlüydü; tırnakları teninden daha açık renkteydi, parmakların ucuna tutturulmuş küçük sedef pullara benziyordu; jöleli gri saçları özenle arkaya doğru taranmıştı. *Tenten* çizgi romanından fırlamış renkli figürleri çağrıştırıyordu. Boynundaki papyon, gizemli bir mekanizmanın kurulmaya hazır anahtarı gibi parlıyordu.

Mathilde onları tanıştırdı ve biyoloğa telefonda söylediği yalanları bir kez daha tekrar etti. Anna, yaklaşık sekiz ay önce bir araba kazası geçirmişti. Arabası alev almış, bütün kâğıtları yanmış, belleği silinmişti. Yüzündeki yaraların iyileştirilmesi için önemli bir cerrahî müdahalede bulunulmuştu. Ama kimliği gizemini hâlâ koruyordu.

Hikâye fazla inandırıcı değildi, ama Veynerdi için gerçeğin ne olduğunun bir önemi yoktu. Onu Anna'nın vakasının bilimsel yanı ilgilendiriyordu.

Metal masayı işaret etti:
– Derhal başlayabiliriz.
– Bekleyin, diye karşı çıktı Anna. Bana ne yapacağınızı söylemeniz gerekiyor sanırım, değil mi?
Mathilde, Veynerdi'ye döndü:
– Profesör, ona açıklayın lütfen.
Adam, genç kadına baktı:
– Korkarım sizi bir dizi anatomik muayeneden geçirmemiz gerekecek.
– Bana tepeden bakmayı bırakın.
Profesör belli belirsiz gülümsedi, yüzü hafifçe ekşimişti.
– İnsan vücudunu oluşturan öğeler kendine özgü bir çevrime göre yenilenirler. Alyuvarlar yüz yirmi günde yeniden çoğalır. Deri beş gün içinde tamamen değişir. Bağırsakların iç çeperinin yenilenmesi ise sadece kırk sekiz saat sürer. Bununla birlikte, bu sürekli yeniden oluşum süreci boyunca, bağışıklık sistemi içindeki bazı hücreler, dış öğelerle olan temasın izlerini uzun süre korur. Bunlara bellekli hücreler ya da bağışıklık belleği denir.
Sesi sigara içen bir insanın sesi gibi çatallı ve boğuktu, bakımlı görünümüyle uyuşmuyordu.

– Bir antijenle ikinci kez temas ettiğinde bu hücreler, bir önceki saldırıda edindiği savunma moleküllerini harekete geçirirler. Yenilenmeleri sırasında bu savunma mekanizmasını da aktarırlar. İsterseniz buna, bir tür biyolojik bellek diyebilirsiniz. İnsan vücudunun bir kez bile patojen etkenle temas etmesi, bu hücrelerin yıllar boyu etkisini sürdürecek koruyucu molekülleri üretmesi için yeterlidir. Bir hastalık için geçerli olan bu sistem, dışarıdan gelebilecek herhangi bir şey için de geçerlidir. Daima hayatımızın geçmiş dönemlerine ait izleri koruruz, bir zamanlar temas halinde olduğumuz bütün izleri. Bu izleri incelemek, kökenlerini ve tarihleri belirlemek mümkün.

Küçük bir reverans yaparak hafifçe eğildi:

– Henüz pek iyi bilinmeyen bu alan benim uzmanlığıma giriyor.

Mathilde, Veynerdi'yle ilk karşılaşmasını hatırlıyordu; 1997 yılında Mallorca'da, bellek üzerine bir seminerde tanışmışlardı. Davetlilerin çoğu nörolog, psikiyatr ve psikanalistti. Sinapstan, sinir sisteminden, bilinçaltından konuşmuşlar, hepsi belleğin karmaşıklığından söz etmişti. Sonra, dördüncü gün, papyonlu bir biyolog kürsüye çıkmış ve tüm görüşler değişmişti. Kürsünün ardında, Alain Veynerdi beynin belleğini bir kenara bırakmış, vücudun belleğinden söz etmeye başlamıştı.

Biyolog parfümler üzerine yaptığı bir araştırmayı sunmuştu. Alkol içeren bir maddenin derinin üzerine sürekli sürülmesi neticesinde bazı hücreler "zedeleniyor", denek parfüm kullanmayı bıraksa bile hücreler üzerindeki etkisi devam ediyordu. Örnek olarak, altı yıl boyunca Chanel no 5 kullanmış bir kadını göstermişti; parfüm kullanımını bıraktıktan dört yıl sonra bile hücrelerdeki kimyasal etkisi devam ediyordu.

Aynı gün konferansa katılanların hemen hepsi bu sunumdan büyülenmişti. Birden bellek araştırmaları fiziksel bir özellik kazanmış ve bellek analiz edilmeye, kimyasal olarak incelenmeye ve mikroskop altında araştırılmaya başlanmıştı... Birden bu soyut kavram, modern teknolojik aletlerden uzak kalmış bu kavram, somut, elle tutulur ve gözlemlenebilir bir şey olup çıkmıştı. Bir insan bilimi, sağın bilim haline gelmişti.

Anna'nın yüzü lambanın altında iyice aydınlanmıştı. Yorgunluğuna rağmen gözleri tuhaf bir şekilde parlıyordu. Her şeyi yavaş yavaş anlamaya başlıyordu.

– Benim durumum hakkında, ne düşünüyorsunuz?

– Bana güvenin, dedi biyolog. Vücudunuz, hücrelerinizin derinliklerinde geçmişinizin izlerini saklamıştır. Geçirdiğiniz kaza öncesinde yaşadığınız fiziksel ortamın kalıntılarını saklandığı yerden ortaya çıkaracağız. Soluduğunuz havayı. Beslenme alışkanlıklarınızı. Kullandığınız parfümün markasını. Şu ya da bu şekilde, geçmişten bazı şeyleri hâlâ taşıdığınıza eminim.

32

Veynerdi bir sürü makineyi çalıştırdı. Göstergelerin ve bilgisayar ekranlarının ölgün ışığı laboratuvarın gerçek boyutlarını ortaya çıkarıyordu: büyük bir odaydı, camlı bölmelerle ayrılmış, duvarları sese karşı yalıtılmıştı ve içerisi bir sürü analiz cihazıyla doluydu. Beyaz fayanstan tezgâh ile metal masa her türlü ışık kaynağını yansıtıyor, etrafa yeşil, sarı, pembe ve kırmızı ışık yansıları yayılıyordu.

Biyolog sol taraftaki bir kapıyı işaret etti:

– Şuradaki kabinde soyunabilirsiniz.

Anna sessizce ilerledi. Veynerdi lateks eldivenlerini eline geçirdi, bazı steril ilaç paketlerini tezgâhın üzerine yerleştirdi, sonra bir dizi deney tüpünün arkasında durdu. Camdan bir ksilofonu çalmaya hazırlanan bir müzisyen gibiydi.

Anna yeniden ortaya çıktığında üzerinde sadece siyah bir külot vardı. Vücudu hastalıklı bir insan gibi zayıftı. Kemikleri, en ufak bir harekette derisinin altından dışarı fırlayacak gibiydi.

– Lütfen uzanın.

Anna masanın üzerine çıktı. Bir güç harcadığında sanki olduğundan çok daha kuvvetli görünüyordu. Kasları derisinin altında şişiyor, garip bir güç ve kuvvet açığa çıkıyordu. Bu kadında sürekli bir enerji, bir gizem vardı. Mathilde, içinden bir tyrannosaurus çıkan bir yumurtayla karşı karşıyaydı sanki.

Veynerdi, steril bir iğne ile bir şırınga çıkardı.

– Kan almakla işe başlayacağız.

İğneyi Anna'nın sol koluna batırdı, genç kadın en ufak bir tepki göstermedi. Biyolog, kaşları çatık, Mathilde'e sordu:

– Ona sakinleştirici mi verdiniz?

– Tranxene, evet. Kas içine. Bu akşam biraz huzursuzdu ve...

– Ne kadar?

– 50 miligram.

Biyolog yüzünü buruşturdu. Bu ilaç yapacağı tetkiklerden olumsuz bir netice almasına sebep olabilirdi. İğneyi geri çekti, küçük bir pamuk parçasını iğnenin çıktığı yere bastırdı sonra tezgâhın arkasına geçti.

Mathilde adamın bütün hareketlerini izliyordu. Aldığı kanı, alyuvarları yok etmek ve bir akyuvar konsantresi elde etmek için hipotonik bir çözeltiyle karıştırdı. Elde ettiği numuneyi, küçük bir ocağı andıran siyah bir silindirin içine yerleştirdi: bir santrifüj cihazına. Saniyede bin tur yapan bu cihaz akyuvarları son kalıntılardan ayrıyordu. Birkaç saniye sonra, Veynerdi yarısaydam bir çökelti elde etti.

– Bağışıklık hücreleriniz, diye açıklamada bulundu. Beni ilgilendiren izleri taşıyan bu hücreler. Onlara daha yakından bakmamız gerekiyor...

Elde ettiği akyuvar konsantresini serum fizyolojikle seyreltti, sonra bir sitometrenin –her yuvarın yalıtıldığı ve laser ışınlarına tabi tutulduğu– içine akıttı. Mathilde bu yöntemi biliyordu: makine, Veynerdi'nin bizzat kendisinin oluşturduğu iz kataloğu sayesinde savunma moleküllerini bulacak ve kimliğini saptayacaktı.

– Belirgin bir şey yok, dedi biyolog birkaç dakikanın sonunda. Bazı hastalıklarla ve sıradan patojen etkenlerle bir temas olmuş. Bakteriler, virüsler... Ama önemsiz oranda. Çok sağlıklı bir yaşam sürmüşsünüz, Hanımefendi. Herhangi bir dış etkenin izine de rastlamadım. Parfüm yok, benzer başka bir şey de. Gerçekten nötr bir alan.

Anna masanın üstünde kımıldamadan duruyordu, kollarını dizlerinin etrafına dolamıştı. Berrak teni, bir buz parçası gibi, göstergelerden, bilgisayar ekranlarından yayılan beyazımsı mavi ışığı yansıtıyordu. Veynerdi ona doğru yaklaştı, bu kez elinde daha uzun bir iğne vardı:

– Biyopsi yapmamız gerekiyor.

Anna doğruldu.

– Korkmayın, dedi biyolog. Koltukaltınızdaki lenf düğümünden sadece biraz lenf sıvısı alacağım. Sağ kolunuzu kaldırın lütfen.

Anna kolunu başının üstüne koydu. Adam iğneyi batırdı, bir yandan da sigaradan kısılmış sesiyle mırıldanıyordu:

– Bu lenf düğümlerinin akciğerlerle ilişkisi vardır. Eğer özel bir toz, gaz, polen veya belirgin herhangi bir şey soluduysanız, akyuvarlarınız bunu gösterecektir.

Hâlâ anksiyolitikin etkisinde olan Anna, iğne batarken irkilmedi bile. Biyolog yeniden tezgâhın arkasına geçti ve çalışmaya başladı. Hiçbir şey söylemeden birkaç dakika daha geçti:

– Nikotin ve katran var. Önceki hayatınızda sigara içiyormuşsunuz.

Mathilde araya girdi:

– Bugün de içiyor.

Biyolog "anladım" der gibi başını salladı, sonra ekledi:

– Başka... başka herhangi bir belirgin iz yok, ne bir ortama ne de bir çevreye ait.

Küçük bir kavanoz aldı ve yeniden Anna'nın yanına geldi:

– Akyuvarlarınızda bulmayı umduğum izlerin hiçbirine rastlamadım, Hanımefendi. Bu nedenle başka tetkikler yapmamız gerekiyor. Vücudun bazı bölgelerinde ize rastlanmaz, ama dış etkenlere ait çok küçük parçacıklara rastlanabilir. Bu "mikrostokları" araştırmamız lazım. (Kavanozu uzattı.) Sizden bu kaba idrarınızı yapmanızı istiyorum.

Anna ağır hareketlerle ayağa kalktı ve yeniden kabine girdi. Bir uyurgezer gibiydi. Mathilde atıldı:

– İdrarda ne bulmayı umuyorsunuz, anlamıyorum. Yaklaşık bir yıl öncesine ait izler arıyoruz ve...

Biyolog gülerek onun sözünü kesti:

– İdrar, filtre görevi gören böbrekler tarafından üretilir. İdrardaki kristaller bu filtrelerin içinde birikir. Bundan yola çıkarak aradığımız izi bulabiliriz. Bu kristaller birkaç yıl öncesine ait olabilir ve o kişinin, mesela beslenme alışkanlıkları hakkında bize bilgi verebilir.

Anna odaya geri döndü, kavanoz elindeydi. Gitgide dalgınlaşıyor, kendisiyle ilgili bu çalışmalara yabancılaşıyordu.

Veynerdi, santrifüj cihazını bir kez daha çalıştırdı, sonra çok daha büyük başka bir aygıtın başına geçti: kütle spektrometresi. Altın sarısı sıvıyı kaba boşalttı, ardından analiz sürecini başlattı.

Bir bilgisayar ekranında yeşilimsi salınımlar göründü. Biyolog, sanki ayıplar gibi dilini şaklattı:

– Hiçbir şey yok. İşte kendini kolayca deşifre etmeyen genç bir hanım...

Yöntem değiştirdi. Dikkatini iyice topladı, farklı yerlerden örnekler aldı, bunları analiz etti, kısacası genç kadının vücuduyla daha fazla haşır neşir olmaya başladı.

Mathilde adamın bütün hareketlerini takip ediyor ve yaptığı yorumları dikkatle dinliyordu.

173

Adam önce diş minesinden küçük parçacıklar aldı, burası antibiyotikler gibi kanla taşınan bazı maddelerin biriktiği dişin üzerindeki sert bir dokuydu. Sonra beynin ürettiği melatonin hormonuyla uğraştı. Ona göre, özellikle geceleri salgılanan bu hormonun oranı, Anna'nın eski "uyku" alışkanlıkları hakkında bir bilgi verebilirdi.

Ardından büyük bir dikkatle gözün içinden bir miktar suyuk aldı; bu sıvıda eskiye ait besinlerden izler bulabilirdi. En nihayet saçından bir tutam kesti, saçlar dış etkenleri, yeniden salgılayacak derecede belleğinde tutardı. Bilinen bir yöntemdi: arsenikle zehirlenmiş bir insanın, saç köklerinden öldükten sonra bile bu madde salgılanmaya devam ederdi.

Üç saatlik bir araştırmanın sonunda biyolog tüm savlarından vazgeçti, geri adım attı: hiçbir şey bulamamıştı, neredeyse hiçbir şey. Tasvir etmeye çalıştığı eski Anna'yla ilgili elinde somut bir kanıt yoktu. Sigara kullanan, ancak bugüne dek sağlıklı bir hayat yaşamış bir kadındı; melatonin oranındaki düzensizliklere bakılırsa bazı uyku problemleri olmuş olabilirdi; çocukluğundan beri hep zeytinyağı tüketmişti; göz suyuğunda yağ asitleri bulmuştu. Diğer bir nokta da saçlarını siyaha boyamış olmasıydı; halbuki saçının asıl rengi kızıla çalan kestaneydi.

Alain Veynerdi eldivenlerini çıkardı ve tezgâhın ortasındaki eviyede ellerini yıkadı. Alnındaki küçük ter damlaları inci gibi parlıyordu. Hayal kırıklığına uğramış, tükenmişti.

Son bir kez daha, yeniden uyuklamaya başlamış olan Anna'nın yanına gitti. Etrafında dolandı, bir iz, bir işaret, yarısaydam tenli bu kadının vücudunun şifresini çözmeyi sağlayacak bir şey arıyor gibiydi.

Birden Anna'nın ellerine doğru eğildi. Parmaklarını tuttu ve dikkatle inceledi. Sonra havaya kaldırdı. Anna gözlerini açtı, biyolog büyük bir heyecanla sordu:

– Parmağınızda kahverengi bir leke görüyorum. Ne olduğunu biliyor musunuz?

Anna şaşkın bakışlarla çevresine bir göz gezdirdi. Sonra o da eline uzun uzun baktı ve kaşlarını kaldırdı.

– Bilmiyorum, diye mırıldandı. Nikotin olamaz mı?

Mathilde yanlarına geldi. Tırnağın ucundaki, toprak rengi lekeyi o da fark etti.

– Tırnaklarınızı ne sıklıkla kesersiniz? diye sordu biyolog.

– Bilmiyorum. Ben... Sanırım üç haftada bir.

– Tırnaklarınızın çabuk uzadığını düşünüyor musunuz?

Anna cevap vermek yerine esnedi. Veynerdi tezgâhının başına döndü, bir yandan da söyleniyordu: "Nasıl oldu da bunu görmedim!" Küçük bir makas ile şeffaf bir kutu aldı, sonra Anna'nın yanına gitti ve tırnakta ilgisini çeken lekeli kısmı kesti.

– Eğer tırnaklarınız sizin söylediğiniz periyotlar içinde uzuyorsa, diye açıklamada bulundu alçak sesle, bu boynuzsu yapı geçirdiğiniz kazadan önceki döneme ait olabilir.

Cihazları yeniden çalıştırdı. Ardından aldığı örneği içinde çözelti bulunan bir tüpe koydu.

– Şansımız varmış, diye sırıttı. Aksi takdirde birkaç gün sonra tırnaklarınızı kesecektiniz ve biz de bu çok değerli ipucunu kaybedecektik.

Tüpü santrifüj cihazına yerleştirdi ve çalıştırdı.

– Eğer bu nikotinse, diye ağzından kaçırdı Mathilde. O zaman son umudunuz da boşa çıkacak.

Veynerdi sıvıyı spektrometreye koydu:

– Belki bu genç hanımın kazadan önce sigara içtiğine dair kuşkularımı tamamen ortadan kaldırmak istiyorum.

Mathilde biyoloğun heyecanını anlayamıyordu; böyle bir ayrıntı ona hiçbir şey ifade etmiyordu. Veynerdi, cihazın ekranında beliren diyagramlara dikkatle bakıyordu. Dakikalar su gibi aktı.

– Profesör, dedi Mathilde sabırsızca. Sizi anlayamıyorum. Elimizde somut herhangi bir şey yok. Ben...

– Çok güzel, muhteşem.

Monitörün ışığı biyoloğun yüzünü aydınlatıyordu, adam heyecanlanmıştı.

– Bu nikotin değil.

Mathilde spektrometreye doğru yaklaştı. Anna metal masanın üstünde doğruldu. Veynerdi döner koltuğunu iki kadına doğru çevirdi.

– Kına.

Büyük bir sessizlik oldu.

Biyolog, cihazdan çıkan milimetrik kâğıdı aldı, sonra bilgisayarın klavyesine tuşlayarak verileri girdi. Ekranda bazı kimyasal bileşiklerin listesi gözüktü.

– Benim kataloğuma göre, bu leke çok özel bir bitkisel karışıma ait. Çok nadir bulunan ve sadece Anadolu ovalarında yetişen bir kına.

Alain Veynerdi zafer kazanmış bir komutan edasıyla Anna'ya baktı. O an hayatının en mutlu anı olmalıydı.

– Hanımefendi, bundan önceki hayatınızda siz bir Türk'tünüz.

Altıncı bölüm

33

Gördüğü kâbustan ağzı yapış yapıştı.

Bütün gece Paul Nerteaux, rüyasında 10. Bölge'de dolaşan taş-
tan bir canavar, uğursuz bir dev görmüştü; Türk mahallesini bo-
yunduruğu altında tutan ve kurban isteyen bir Moloh.[1]
Rüyasında canavar, hem Yunan hem de İran kökenli yarı insan,
yarı hayvan bir maske takıyordu. Madenî dudakları akkor haline
gelmişti ve erkeklik organı kirpi dikenleri gibi sivri uçlu bıçaklar-
la kaplıydı.

Sonunda gecenin üçünde uyanmıştı, her yanı ter içindeydi. Üç
odalı küçük dairesinde, titreyen ellerle kendine bir kahve hazır-
lamış ve BAC'taki çocukların bir gece önce kapısının önüne bı-
raktığı yeni arkeoloji belgelerini incelemişti.

Şafak sökene kadar müze kataloglarını, seyahat broşürlerini,
bilimsel kitapları karıştırmış, her heykeli otopsi fotoğraflarıyla
–ve elinde olmadan da, rüyasında gördüğü maskeyle– mukayese
etmişti. Antalya lahitleri. Kilikya freskleri. Karatepe alçakkabart-
maları. Efes büstleri...

Çağları, uygarlıkları ardında bırakmış, en ufak bir sonuç ala-
mamıştı.

Paul Nerteaux Porte Saint-Cloud'daki Les Trois Obus Barı'na
girdi. Onu keskin bir sigara ve kahve kokusu karşıladı; bir yan-
dan içerideki havayı solumamaya, diğer yandan da mide bulantı-
sını bastırmaya çalışıyordu. Keyifsiz olmasının sebebi sadece
gördüğü kâbus değildi. Günlerden çarşambaydı ve diğer bütün
çarşamba günleri gibi, Céline'le ilgilenemeyeceğini haber vermek
için sabahın köründe Reyna'yı aramak zorunda kalmıştı.

Bar tezgâhının ucunda, ayakta duran Jean-Louis Schiffer'i gör-

---

1. Kitabı Mukaddes'te adı geçen, çocukların kurban edilmesiyle bağıntılı olan Kenanlı
sözde tanrı. (ç.n.)

dü. Sinekkaydı tıraş olmuş, Burberry's bir pardösü giymişti, her şeye hâkim bir insan havası vardı. Büyük bir çalımla kruvasanını sütlü kahvesine batırıyordu.

Paul'ü görünce gülümsedi:

– İyi uyudun mu?

– Çok iyi.

Schiffer onun sıkıntılı yüzüne baktı, ama bir şey söylemedi.

– Kahve?

Paul kabul etti. Kenarları kahverengi köpükle kaplı sade kahvesi çinko tezgâhın üzerinde belirdi. Rakam kahve fincanını aldı ve cam kenarındaki boş masayı işaret etti.

– Gel, oturalım. Keyifsiz görünüyorsun.

Masaya oturur oturmaz, kruvasan sepetini ona doğru uzattı. Paul reddetti. Bir şey yeme fikri bile midesini ağzına getirmeye yetiyordu. Anlaşılan Schiffer bu sabah "dost"u oynuyordu. Bu kez Paul sordu:

– Ya siz, siz iyi uyudunuz mu?

– Bir kütük gibi.

Paul'ün gözlerinin önüne doğranmış parmaklar, kanlı giyotin bıçağı geldi. Bu kıyımın ardından Rakam'ı Porte Saint-Cloud'ya kadar götürmüştü; Schiffer'in Gudin Sokağı'nda bir dairesi vardı. O andan beri de içini bir soru kemiriyordu:

– Madem bir daireniz var (dışarıyı, gri meydanı işaret etti), Longères'de ne aradığınızı sorabilir miyim?

– Sürü içgüdüsü. Bir arada yaşama zevki. Tek başıma çok sıkılıyorum.

Açıklaması tatmin edici değildi. Paul, Schiffer'in yaşlılarevine takma bir adla, annesinin kızlık ismiyle kaydolmuş olduğunu hatırladı. Ona bunu İGS'den biri söylemişti. İşte bir muamma daha, diye düşündü. Saklanıyor muydu? Ama kimden?

– Fişleri çıkar, dedi Rakam.

Paul dosyasını açtı ve belgeleri masanın üstüne koydu. Bunlar orijinaller değildi. Sabah erkenden ofise uğramış, fotokopilerini çıkarmıştı. Yanında Türkçe sözlükle birlikte fişleri tek tek incelemişti. Kurbanların soyadlarını belirlemiş, onlarla ilgili önemli bilgilere ulaşmıştı.

İlk kurbanın ismi Zeynep Turna'ydı. Mavi Kapı Hamamı'nın bitişiğindeki, Talat Gürdilek diye birine ait bir atölyede çalışıyordu. Yirmi yedi yaşındaydı. Birol Turna'yla evliydi. Çocuğu yoktu. Fidélité Sokağı, 34 numarada oturuyordu. Türkiye'nin güneydoğusunda yer alan Gaziantep kentine bağlı, telaffuzu zor bir köyde doğmuştu. 2001 eylül ayından beri Paris'te oturuyordu. İkinci kadının adı Rüya Berkes'ti. Yirmi altı yaşındaydı. Bekârdı. Enghien Sokağı, 58 numaradaki evinde, Güzin Halman için çalışıyordu. Paul bu ismin birçok tutanakta geçtiğini hatırlıyordu: deri ve kürk kaçakçılığında uzmanlaşmıştı. Rüya Berkes, Türkiye'nin güneyinde bulunan bir büyük şehirden, Adana'dan geliyordu. Sekiz aydan beri Paris'teydi.

Üçüncü kurban Rukiye Tanyol adında bir kadındı. Otuz yaşındaydı. Bekârdı. Sanayi Pasajı'nda bulunan Sürelik Şirketi'nde konfeksiyon işçisi olarak çalışıyordu. Paris'e geçen ağustos ayında gelmişti. Başkentte hiç kimsesi yoktu. Petites-Ecuries Sokağı 22 numarada bulunan kadınlar yurdunda sahte isimle kalıyordu. İlk kurban gibi, o da Gaziantep'in taşrasında doğmuştu.

Bu bilgilerin hiçbiri birbiriyle örtüşmüyordu. Aralarında ortak bir nokta bulmak imkânsız gibiydi, mesela katil onları nasıl buluyor ya da onlara nasıl yaklaşıyordu. Ama özellikle de bu bilgiler kadınların bedenleri ve kişilikleri hakkında en ufak bir ipucu vermiyordu. Türkçe isimler de onların anlaşılması güç karakterlerini bir kat daha anlaşılmaz hale getiriyordu. Bu kadınların gerçekliğinden kuşku duymamak için yeniden polaroid fotoğraflara bakmak zorunda kalmıştı. İri yüz hatları, bu kadınların vücutlarının genel olarak balıketi olduğunu düşündürüyordu. Zaten bir yerlerde Türk kadınlarının bu formlara, böyle iri yüz hatlarına sahip olduğunu okumuştu...

Schiffer hâlâ verileri inceliyordu, gözlükleri burnunun ucundaydı. Paul kahvesini içip içmeme konusunda tereddüt ediyordu, mide bulantısı geçmemişti. Barın gürültüsü, bardak şıngırtıları kafasının içinde yankılanıyordu. Sarhoşların muhabbeti, özellikle de bar tezgâhının önünde dikilmiş duranların konuşmaları bir burgu gibi beynini deliyordu. Sürekli içerek ayakta ölmeye karar vermiş bu heriflere daha fazla dayanamayacaktı.

Kim bilir kaç kez anne ve babasını, birlikte veya ayrı ayrı, bu çinko tezgâhların yanı başında aramıştı? Kim bilir kaç kez onları talaşların ve sigara izmaritlerinin içinden çekip almış, kim bilir kaç kez onu dünyaya getiren bu insanların üzerine kusmamak için kendini zor tutmuştu?

Rakam gözlüklerini çıkardı ve kararını açıkladı:

– Üçüncü atölyeden başlayalım. Son kurbandan yani. Taze hatıraları kurcalamak en iyi yoldur. Sonra birinci atölyeye uğrarız. Onun ardından da evleri, komşuları ziyaret eder, kurbanların işe gidip gelirken izlediği güzergâhı inceleriz. Katil onları bu güzergâh üzerinde bir yerlerde yakalamış olmalı, unutma ki kimse görünmez değildir.

Paul kahvesini bir defada içti. Midesi safradan yanıyordu, bir uyarıda bulunma ihtiyacı duydu:

– Schiffer, tekrar ediyorum: beladan mümkün olduğunca uzak durun...

– Beni kızdırıyorsun. Anlaşıldı. Zaten bu sabah yöntem değiştirdim.

Bir kuklanın iplerini hareket ettirir gibi parmaklarını oynattı:

– Esnek olmalıyız.

Ekspres yolda ilerliyorlardı, tepe lambasını arabanın üstüne koymuşlardı. Sen Nehri'nin gri rengi, gökyüzünün ve nehir kıyısının granit görünümüyle parlak ve durgun bir dünya oluşturur gibiydi. Paul sıkıntıyı ve hüznü yok eden bu tür havaları seviyordu.

Yolda, cep telefonuna gelen mesajları dinledi. Yargıç Bomarzo'nun bazı haberleri vardı. Sesi gergindi. Cinayet Bürosu'nu bu işe dahil etmeden ve yeni müfettişler görevlendirmeden önce Paul'e iki gün veriyordu. Naubrel ve Matkowska araştırmalarına devam ediyorlardı. Önceki gün Paris'in altında çalışan ve her akşam basınç odasına giren işçilerle konuşmuşlardı. Sekiz değişik şirketin yetkililerini sorguya çekmişler, ama bir netice alamamışlardı. Bu basınç odalarını yapan, Arcueil'deki en önemli firmayı bile ziyaret etmişlerdi. Patrona göre, mühendis vasfı olmayan biri tarafından çalıştırılan bir basınç odasını düşünmek saçmalıktan başka bir şey değildi. Katilin böyle bir formasyonu var mıydı yoksa tam tersine onları yanlış yöne mi sevk ediyordu? DPJ'deki çocuklar ise diğer sanayi alanlarında araştırmalarını sürdürüyordu.

Châtelet Meydanı'na ulaştıklarında Paul, Sébastopol Bulvarı'nda ağır ağır ilerleyen bir ekip otosu gördü. Polis arabasına Lombards Sokağı'nın paralelinde yetişti ve durması için şoföre işaret verdi.

– Bir dakika, dedi Schiffer'e.

Torpido gözünden, bir saat önce satın aldığı "Kinder Surprise"ları ve "Carambar"ları çıkardı. Aceleden kesekâğıdı açıldı ve içindekiler arabaya döküldü. Paul şekerlemeleri topladıktan sonra arabadan çıktı, utançtan kıpkırmızı kesilmişti.

Üniformalı polisler durmuş ve arabalarının yanında bekliyorlardı, başparmakları kemerlerindeydi. Paul, birkaç kelimeyle onlardan ne istediğini söyledi, sonra arabaya geri döndü. Direksiyona geçmişti ki, Rakam ona bir Carambar uzattı:

– Çarşamba, çocuklar günü.

Paul cevap vermeden arabayı hareket ettirdi.

– Ben de devriyeleri kurye olarak kullanırdım. Kadın arkadaşlarıma hediyeler yollamak için...

– Memurlarınızı, demek istiyorsunuz.

– Evet, delikanlı. Haklısın...

Schiffer şekerlemenin kâğıdını açtı ve ağzına attı:

– Kaç çocuğun var?

– Bir kız.

– Kaç yaşında?

– Yedi.

– Adı ne?

– Céline.

– Bir polis kızı için, oldukça züppe bir isim. Paul de aynı kanıdaydı. Sıkı bir Marksist olan Reyna'nın çocuklarına bu adı neden koyduğunu asla anlayamamıştı.

Schiffer şekerlemeyi abartılı ağız hareketleriyle çiğneyip duruyordu:

– Ya annesi?

– Boşandık.

Paul kırmızı ışığa aldırmadan Réaumur Sokağı'na saptı.

Başarısız evliliği, Schiffer'le en son konuşmak isteyeceği konuydu. Strasbourg Bulvarı'nın başlangıcında bulunan McDonald's'ın sarı kırmızı amblemini görünce rahatladı.

Biraz daha hızlandı, ortağının yeni bir soru sormasına imkân vermek istemiyordu.

Av sahaları gözükmüştü.

34

Sabahın onunda Faubourg-Saint-Denis Sokağı ateş altındaki bir savaş alanını andırıyordu. Kaldırımlar ve yollar çılgın bir insan seline dönüşmüştü; yayalar, kıpırdayamaz duruma gelmiş, sürekli korna çalan taşıt labirentinde ustaca ilerliyordu. Renksiz gökyüzünün altında, her şey su dolu bir torba gibi her an patlamaya hazırdı.

Paul Petites-Ecuries Sokağı'nın köşesine park etmeyi yeğledi ve sırtlarında karton kutular, kucaklarında elbiseler ve çeşitli mallar taşıyan insanların arasında kendine açtığı yolda ilerleyen Schiffer'in peşine takıldı. Sanayi Pasajı'na girdiler ve dar bir sokağa açılan taştan bir geçit kemerinin altında buluştular.

Sürelik Atölyesi, perçinli metal bir yapı kafesiyle desteklenmiş tuğla bir binaydı. Ön cephesinde ters eğmeçli bir alın duvarı, camlı bir alınlık tablası, pişmiş topraktan elle işlenmiş frizler vardı. Canlı kırmızı renkli bina insanda hayranlık uyandırıyordu.

Kapıya birkaç metre kala, Paul, Schiffer'i sertçe pardösüsünün arkasından yakaladı ve onu bir kapı sundurmasının altına doğru itti. Usulüne uygun bir şekilde üzerini aradı, ama silah bulamadı.

Yaşlı polis "çık, çık" diyerek onu ayıpladı:

– Zaman kaybediyorsun, delikanlı. Esnek olacağımı sana söyledim.

Paul hiçbir şey söylemeden doğruldu ve atölyeye doğru ilerledi.

Birlikte demir kapıyı ittiler ve beyaz duvarlı, çimento zemini boyalı çok büyük bir yere girdiler. Etraf tertemiz, düzenli ve pırıl pırıldı. İri başlı perçin çivileriyle birbirine tutturulmuş solgun yeşil renkli metal taşıyıcılar, mekânın dayanaklılığını bir kat daha artırıyordu. Büyük pencerelerden sızan aydınlık, duvarlar boyunca, bir uzun yol gemisinin güvertelerini andıran ışık koridorları oluşturuyordu. Paul döküntü bir işyeri görmeyi bekliyordu, ama karşısında düzenli bir atölye buldu. Sadece erkeklerden oluşan kırk kadar işçi, birbirinden uzakta, etrafları kumaşlarla ve karton kutularla dolu dikiş makinelerinin arkasında çalışıyordu. Üzerlerindeki iş gömlekleriyle, İkinci Dünya Savaşı sırasında şifreli planları deşifre eden muhaberat ajanlarına benziyorlardı; bir radyolu kasetçalardan Türk müziği yayılıyor; bir mangalın üzerinde kahve cezvesi cızırdıyordu. Zanaatkârlara mahsus bir cennet.

Schiffer topuğuyla yere vurdu:

– Buranın altında ne olduğunu biliyor musun? Mahzende yani? Krep gibi üst üste, tıkış tıkış yüzlerce işçi. Hepsi kaçak. Biz içerdeyiz. Burası sadece vitrin.

Paul'ü atölyenin kumanda ve kontrol sistemlerinin bulunduğu yere doğru sürükledi; işçiler onlara bakmamak için çaba sarf ediyordu.

– Ne kadar sevimliler, değil mi? Örnek işçiler, evlat. Çalışkan. İtaatkâr. Disiplinli.

– Neden alaylı bir tonla konuşuyorsun?

– Buradaki Türkler çalışmayı sevmez, sadece kendi çıkarlarını düşünürler. İtaatkâr değil, kayıtsızdırlar. Kurallara uymazlar, kendi kuralları vardır. Dilimizi öğrenme gereği bile duymazlar. Çok para kazanmak ve olabildiğince kısa sürede ülkelerine dönmek için buradadırlar. Şiarları "Her şeyi almak, geride hiçbir şey bırakmamaktır".

Schiffer, Paul'ün kolunu tuttu:

– Bir veba gibi, oğlum.

Paul onu sertçe itti:

– Bana bu şekilde hitap etmeyin.

Yaşlı polis, Paul ona bir silah doğrultmuş gibi ellerini kaldırdı; bakışları alaycıydı. Paul, Schiffer'in bu surat ifadesini bir yumrukta değiştirmek istedi, ama arkadan gelen bir ses onu frenledi:

– Size nasıl yardımcı olabilirim, Beyler?

Tertemiz mavi bir iş gömleği giymiş, kısa boylu bir adam onlara doğru yaklaşıyordu, bıyıklarının altında yumuşak bir gülümsemesi vardı.

– Müfettiş? dedi, şaşkın bir ses tonuyla. Sizi görme mutluluğuna erişemeyeli uzun zaman oldu.

Schiffer bir kahkaha attı. Müzik susmuştu. Makinelerin çalışması durmuştu. Etrafa bir ölüm sessizliği hâkimdi.

– Ne oldu, bakıyorum bana artık Schiffer demiyorsun? "Sen" diye de hitap etmiyorsun.

Cevap vermek yerine, atölye şefi, Paul'e kuşkulu gözlerle baktı.

– Paul Nerteaux, dedi yaşlı aynasız. DPJ'de yüzbaşı. Hiyerarşik bakımdan benim amirim, ama her şeyden önce bir dost. (Alaylı bir edayla Paul'ün sırtına vurdu.) Onun önünde konuşmak, benim önümde konuşmak demektir.

Sonra Türk'e doğru yaklaştı, kolunu adamın omzuna attı. Bale küçük adımlarla başlamıştı:

– Ahmet Zoltanoğlu, dedi, Paul'e dönerek, Küçük Türkiye'nin en iyi atölye şefi. Üzerindeki kolalı gömleği gibi sert, ama yeri geldiğinde de iyi niyetli. Burada onu Tanoğlu diye tanırlar.

Türk saygıyla selam verdi. Kömür karası kaşlarının altından bu yeni geleni dikkatle süzüyordu. Dost muydu yoksa düşman mı? Yeniden Schiffer'e döndü:

– Sizin emekliye ayrıldığınızı söylemişlerdi.

– Elde olmayan sebepler. Ama acil bir durumda kim çağırılır? Tabiî ki Schiffer Amca.

– Hangi acil durum, Müfettiş.

Rakam kesim masasının üstündeki kumaş parçalarını eliyle süpürdü ve Rukiye Tanyol'un resmini koydu:

– Onu tanıyor musun?

Adam resme doğru eğildi, elleri ceplerinde, başparmaklarıysa bir tabancanın horozu gibi dışarıdaydı. İş gömleğinin kolalı plilerini dengede tutmak ister gibiydi.

– Hiç görmedim.

Schiffer polaroidi ters çevirdi. Resmin beyaz kenarına tükenmezkalemle yazılmış kurbanın adı ve Sürelik Atölyesi'nin adresi rahatça okunuyordu.

– Marius itiraf etti. Ve şimdi sıra sizde, bana inanın.

Türk çözüldü. Çekinerek fotoğrafı aldı, gözlüklerini taktı ve bütün dikkatini resme verdi.

– Aslında, resim bana bir şeyler ifade ediyor.

– Bence ifade etmekten çok daha fazla şey söylüyor. 2001 ağustosundan bu yana burada çalışıyordu. Doğru mu?

Tanoğlu klişeyi yavaşça masanın üzerine bıraktı.

– Evet.

– Ne iş yapıyordu?

– Makineciydi.

– Aşağıda mı çalışıyordu?

Atölye şefi kaşlarını kaldırdı, bir yandan da gözlüklerini çıkarıyordu. Arkalarında, işçiler yeniden çalışmaya başlamışlardı. Aynasızların kendileri için gelmediğini anlamışlardı, atölye şefleriyle sorunları olmalıydı.

– Aşağıda mı? diye tekrar etti adam.

– Evet mahzende, dedi öfkeli bir şekilde Schiffer. Kendine gel, Tanoğlu. Aksi takdirde, gerçekten sinirlenmeye başlayacağım.

Türk hafifçe topukları üzerinde yaylandı. Yaşına rağmen, yaptıklarından pişman olmuş bir okul çocuğuna benziyordu.

– Aşağıdaki atölyede çalışıyordu, evet.

– Nereden gelmişti, Gaziantep mi?

– Tam Gaziantep denilemez, yakınındaki bir köyden. Bir Güney lehçesiyle konuşuyordu.

– Pasaportu kimde?

– Pasaportu yoktu.

Schiffer derin bir nefes aldı, bu yalana kanmış gibi davrandı.

– Bana nasıl kaybolduğundan bahset.

– Söyleyecek fazla bir şey yok. Kız perşembe sabahı atölyeden ayrıldı. Evine hiç gitmemiş.

– Perşembe sabahı mı?

– Saat altıda, evet. Gece çalışıyordu.

İki polis bakıştı. Kadın işten evine dönerken katilin tuzağına düşmüştü, ama sabaha karşı. Saat dışında tahminleri doğru çıkmıştı.

– Evine hiç gitmediğinden bahsettin, dedi Rakam. Bunu sana kim söyledi.

– Nişanlısı.

– Eve birlikte dönmüyorlar mıydı?

– O gündüz çalışıyordu.

– Onu nerede bulabiliriz?

– Hiçbir yerde. Türkiye'ye döndü.

Tanoğlu'nun cevapları iş gömleğinin dikişleri kadar sertti.

– Cenazeyi almak istemedi mi?

– Pasaportu, herhangi bir belgesi yoktu. Fransızca konuşamıyordu. Acısını kalbine gömerek kaçarcasına geri döndü. Türk'tü ve kaçaktı. Bir sürgünün kaderi.

– Tamam içeri tıkmak yok. Diğer arkadaşları nerede?

– Hangi arkadaşlar?

– Öldürülen kızla birlikte çalışanlar. Onları sorgulamak istiyorum.

– İmkânsız. Hepsi gitti. Ortadan kayboldu.

– Neden?

– Korkuyorlar.

– Katilden mi?

– Sizden. Polisten. Kimse bu işe karışmak istemiyor.

Rakam, Türk'ün karşısına dikildi, ellerini arkasında yumruk yapmıştı.

– Anlattıklarından çok daha fazlasını bildiğini düşünüyorum, koca oğlan. Birlikte mahzene ineceğiz. Belki bu sana bir ilham verir. Adam yerinden kımıldamadı. Geniş salonda dikiş makinelerinin sesi duyuluyordu. Müzik, yapı kafesinin çelik taşıyıcıları arasında kıvrıla kıvrıla dans ediyordu. Birkaç saniye daha tereddüt etti, sonra dip taraftaki demir bir merdivene yöneldi.

Polisler onu izledi. En alt basamağa indiklerinde, karanlık bir koridora girdiler, metal bir kapıyı geçip başka bir koridora ulaştılar, zemin sıkıştırılmış topraktandı. Rahatça ilerleyebilmek için hafifçe eğilmişlerdi. Tavandaki boruların arasından sarkan çıplak ampuller yollarını aydınlatıyordu. Her biri tek bir kanattan oluşan ve üzerinde tebeşirle yazılmış numaralar bulunan iki sıra ahşap kapıyla karşılaştılar. Kapıların ardından uğultular geliyordu.

Rehberleri bir anda durdu ve yayları fırlamış eski bir somyanın arkasına gizlenmiş demir çubuğu aldı. İhtiyatlı adımlarla yürürken bir yandan da tavandaki borulara vuruyordu; borulardan kulakları sağır eden çınlamalar duyulmaya başladı.

Aniden saklı düşman ortaya çıktı. Bir sürü sıçan, başlarının üstünde, döküm bir boruya yapışmış duruyordu. Paul adlî tabibin sözlerini hatırladı: *İkinci kadının öldürülme biçimi oldukça farklı. Katilin... katilin canlı bir şey kullandığını düşünüyorum.*

Atölye şefi Türkçe bir küfür savurdu ve elindeki sopayı var gücüyle onlara doğru salladı; sıçanlar ortadan kayboldu. Şimdi tüm koridor çınlıyordu. Her kapı topukdemirleri üzerinde sarsılıyordu. Sonunda Tanoğlu 34 numaralı kapının önünde durdu.

Omzuyla yüklendi, kapıyı zorlukla açtı. Aynı anda etrafı dikiş makinelerinin gürültüsü kapladı. Karşılarında metrekaresi daha küçük bir atölye duruyordu. Otuz kadar kadın makinelerinin arkasında oturmuş, kendi süratlerinden serseme dönmüş bir halde büyük bir hızla çalışıyordu. Fluoresans lambaların altında iki büklüm olmuş işçi kadınlar, ziyaretçilere aldırmadan, kumaş parçalarını dikiyordu.

Odanın genişliği yirmi metrekare bile değildi ve havalandırması yoktu. İçerinin havası o kadar ağırlaşmıştı ki –boya kokusu, uçuşan kumaş partikülleri, çeşitli solventlerden yayılan pis kokular– insan zorlukla nefes alıyordu. Bazı kadınlar eşarplarıyla ağızlarını, burunlarını kapatmıştı. Bazılarının kucağında bebekler bile vardı. Atölyede çocuklar da çalışıyordu, giysi yığınlarının etrafında kümelenmişler, onları katlayıp karton kutulara yerleştiriyorlardı. Paul'ün soluğu kesilmeye başlamıştı. Kendini gecenin bir yarısı uyanarak gördüğü kâbusun gerçek olduğunu anlayan film kahramanları gibi hissediyordu.

Schiffer, "Bay Namuslu" edasıyla konuştu:

– İşte Sürelik Şirketi'nin gerçek yüzü! Günde on iki-on beş saat çalışma, bir günde, bir işçinin ürettiği binlerce parça. Bir, en fazla iki ekiple gerçekleştirilen Türk usulü "üç vardiya". Ve biz her mahzende hep aynı masalı dinliyoruz, evlat. (Gördüğü acımasız manzaranın tadını çıkarıyordu sanki.) Ama şunu da unutma: devlet bunları görmezden geliyor. Herkes gözlerini yummuş. Konfeksiyon sanayii bir tür kölelik düzeni.

Türk, utanmış gibi davranmaya çalışıyor, ama öte yandan da gözleri gururla parlıyordu. Paul kadın işçilere baktı. Birkaç göz de ona kaçamak bakışlar attı, ama eller çalışmaya devam ediyordu, bizi kimse engelleyemez der gibi bir havaları vardı.

Bu donuk yüzler ile kurbanların bıçak yaraları ve kanla kaplı yüzlerini mukayese etti. Katil yer altında çalışan bu kadınlara nasıl ulaşıyordu? Aralarındaki bu benzerliği nasıl keşfetmişti?

Rakam avazı çıktığı kadar bağırarak, sorgulamaya kaldığı yerden devam etti:

– Vardiya değişirken, üretilen mallar arabalara yükleniyor, değil mi?

– Doğru.

– Eğer bunlara, atölyeden çıkan işçileri de eklersek, sabahın altısında sokakta hiç de yabana atılmayacak sayıda insan oluyor. Ama kimse bir şey görmemiş, öyle mi?

– Size yemin ederim.

Yaşlı aynasız duvara dayandı:

– Yemin etme. Senin Tanrın, benimkinden daha az bağışlayıcı. Diğer kurbanların patronlarıyla konuştun mu?

– Hayır.

– Yalan söylüyorsun, ama bir önemi yok. Bu seri cinayetler hakkında ne biliyorsun?

– Kadınların işkence gördüğü, yüzlerinin parçalandığı söyleniyor. Başka bir şey bilmiyorum.

– Hiçbir polis seni görmeye gelmedi mi?

– Hayır.

– Peki ya sizin adamlarınız, onlar ne bok yiyor?

Paul ürperdi... Hiç bundan söz edildiğini duymamıştı. Demek mahallenin kendi güvenlik birimi bile vardı. Tanoğlu, makinelerin gürültüsünü bastırmak için bağırdı:

– Bilmiyorum. Bir şey bulamadılar.

Schiffer işçi kadınları gösterdi:

– Ya onlar, onlar bu konuda ne düşünüyor?

– Buradan dışarı çıkmak istemiyorlar. Hepsi korkuyor. Allah'a sığınıyorlar. Mahallenin lanetlendiğini düşünüyorlar. Azrail, ölüm meleği burada!

Rakam gülümsedi, adamın sırtına dostça vurdu ve kapıyı işaret etti:

– Hah işte böyle! Nihayet inançlı iyi bir insan gibi davranmaya başladın...

Koridora çıktılar. Paul de peşlerinden, kapıyı makine cehenneminin üzerine kapatmayı ihmal etmemişti. Boğuk bir hırıltı duyduğunda henüz kapıyı yeni kapatmıştı. Schiffer, Tanoğlu'nu borulara yapıştırmıştı.

– Kızları kim öldürüyor?

– Ben... ben, bilmiyorum.

– Kimi koruyorsunuz, salak herifler?

Paul müdahale etmedi. Schiffer'in daha fazla ileri gideceğini tahmin etmiyordu. Onurunu kurtarmak için öfkeyle bir yumruk daha indirdi. Tanoğlu cevap vermiyordu, gözleri yuvalarından fırlamıştı.

Rakam adamı bıraktı, bir sarkaç gibi sallanan ampulün çiğ ışığı altında Tanoğlu'nun solumasının düzelmesini bekledi, sonra mırıldandı:

– Tüm bunları unutacaksın Tanoğlu. Kimseye buraya yaptığımız ziyaretten tek kelime etmeyeceksin.

Atölye şefi, Schiffer'e baktı. Yeniden aşağılık yüz ifadesini takınmıştı.

– Çoktan unuttum, Müfettiş.

35

İkinci kurbanın adı Rüya Berkes'ti, herhangi bir atölyede değil, Enghien Sokağı 58 numaradaki evinde çalışıyordu. Mantolara elle astar dikiyor, daha sonra bunları, Poissonnière Mahallesi'nin tam ortasından geçen Sainte-Cécile Sokağı 77 numarada bulunan Güzin Halman'ın kürk atölyesine teslim ediyordu. Sorguya işçi kadının oturduğu apartmanın sakinlerinden başlayabilirlerdi, ama Schiffer kadını uzun süreden beri tanıyan işvereni sorgulamayı tercih etmişti.

Arabayla sessizce yol alırlarken Paul, temiz hava solumanın zevkini yaşıyordu. Ama şimdi de gördüklerinden kaygıya kapılmaya başlamıştı. Faubourg-Saint-Denis ve Faubourg-Saint-Martin sokaklarında ilerledikçe mağaza vitrinlerinin zevksizleştiğini, sergilenen siyah ve kahverengi malların arttığını, kumaşların ve dokumaların yerlerini postların ve kürklerin aldığını görüyordu.

Paul sağa, Sainte-Cécile Sokağı'na saptı.

Schiffer onu durdurdu: 77 numaraya gelmişlerdi.

Paul bu kez yüzülmüş derilerle, kanlı göğüs kafesleriyle dolu, ölü hayvan eti kokan boktan bir yerle karşılaşmayı bekliyordu. Sağ taraftaki, çiçeklerle bezeli aydınlık avlunun kaldırım taşı döşeli zemini sabah yağan yağmurla ıslanmıştı. İki polis, avlunun dip tarafında yer alan camları demir parmaklıklı binaya doğru ilerlediler; bina görünen tek cephesiyle bir sanayi deposunu andırıyordu.

– Sana söyleyeyim, dedi Schiffer kapının eşiğinden geçerken. Güzin Halman bir Tansu Çiller hayranıdır.

– Kim o? Bir futbolcu mu?

Yaşlı polis kıkır kıkır güldü. Gri renkli ahşap merdivene yöneldiler.

– Tansu Çiller, Türkiye'nin eski başbakanlarından biridir. Harvard'da uluslararası ilişkiler konusunda eğitim görmüş, bir süre dışişleri bakanlığı yapmış biri. Sonra hükûmetin başına geçti. Tam bir başarı timsali.

Paul bıkkın bir ses tonuyla konuştu:

– Her siyaset adamının geçtiği yol.

– Tek farkla ama, Tansu Çiller bir kadın.

İkinci kata ulaştılar. Geçtikleri her merdiven sahanlığı geniş ve karanlıktı, kiliselerin mihraplı bölümlerini andırıyordu. Paul açıklama yapma ihtiyacı hissetti:

– Bir erkeğin bir kadını kendine örnek alması Türkiye'de pek sık rastlanan bir şey olmasa gerek.

Rakam yüksek sesle güldü:

– Ama Güzin de bir kadın! Bir "teyze". Kelimenin tam anlamıyla bir vaftiz annesi. Erkek kardeşlerinin, yeğenlerinin, kuzenlerinin ve onun için çalışan bütün işçilerin üstünde büyük bir tahakkümü var. Evleri mi onarılacak ustaları o bulur ve onartır. Kolileri, havaleleri mi yollanacak o yollar. Gerektiğinde onu rahat bırakmaları için polisleri de görür. O da kaçak işçi çalıştırır, ama iyi niyetli bir kadındır.

Üçüncü kat. Halman'ın atölyesi gri parke kaplı oldukça büyük bir yerdi. Salonun ortasında, dört ayaklı bir destek üzerine yerleştirilmiş tahtalar tezgâh görevi görüyordu. Tezgâhın üzerinde kraft kâğıdından karton kutular, akrilik sepetler, TATİ logosu taşıyan pembe bez torbalar, giysi kılıfları vardı...

Birkaç adam kürk mantoların, ceketlerin, etollerin arasında dolaşıyordu. Astarları inceliyorlar, elleriyle dokunuyorlar, sonra askılara asılı giysileri tetkik ediyorlardı. Tam karşılarında, sıkma başlı, uzun etekli, asık suratlı kadınlar haklarındaki kararı bekler gibi sessizce duruyorlardı, yorgun, tükenmiş bir halleri vardı.

Salonun tam üstünde, beyaz perdeli, camlı bir asmakat vardı: işçilerin bu küçük dünyasını gözetlemek için ideal bir yer olmalıydı. Schiffer hiç tereddüt etmeden ve çevresine bakmadan tırabzanı yakaladı ve asmakata çıkan dik merdiveni tırmanmaya başladı.

Yukarıda, neredeyse alt salon kadar büyük kırma tavanlı bir odaya girmeden önce yeşil bitkilerle kaplı bir duvarla karşılaştılar. Perdeli pencerelerden arduvazdan ve çinkodan oluşan bir manzara görünüyordu: Paris çatıları.

Boyutlarına rağmen, atölye dekorasyonu itibariyle 1900'lü yılların gelin odalarını andırıyordu. Paul ilerledi ve ilk ayrıntılar hemen dikkatini çekti. Küçük örtüler, bilgisayar, hi-fi müzik seti, televizyon gibi modern cihazların üstünü örtüyor, resim çerçevelerine, cam biblolara, dantel fırfırlar içindeki büyük bebeklere farklı bir değer katıyordu. Duvarlarda, İstanbul'un en güzel yerlerini gösteren turistik posterler vardı. Canlı renklere sahip küçük kilimler, stor gibi duvarlara asılmıştı. Hemen her yerde göze çarpan kâğıttan Türk bayrakları, çatı katını destekleyen ahşap direklere iğnelerle tutturulmuş kartpostallarla uyum içindeydi.

Üzerinde deri bir sumen bulunan masif meşeden çalışma masası odanın sağ tarafındaydı, tam ortada, büyük bir halının üstünde yeşil kadife örtülü bir divan vardı. Ama ortalıkta kimse görünmüyordu.

Schiffer, boncuklu bir perdeyle ayrılmış bir bölmeye doğru ilerledi ve bir güvercin gibi kuğurdadı:

– Prensesim, benim, Schiffer. Sürüp sürüştürmene gerek yok.

Cevap alamadı. Paul birkaç adım daha attı ve fotoğrafları dikkatle inceledi. Bunlar, kısa saçlı, güzel bir kadının Bill Clinton, Boris Yeltsin, François Mitterand gibi ünlü başkanlarla çekilmiş fotoğraflarıydı. Şüphesiz bu kadın meşhur Tansu Çiller olmalıydı...

Paul duyduğu bir tıkırtıyla kafasını çevirdi. Açılan boncuklu perdeden sanki fotoğraflardaki kadın çıktı, çok daha gerçek, ama resimdekinden biraz daha iriydi.

Güzin Halman'ın başbakanla büyük bir benzerliği vardı, şüphesiz bu da onun otoritesini bir kat daha artırıyor olmalıydı. Üzerinde siyah bir tünik ile pantolon vardı, taktığı yerinde birkaç mücevher sadeliğini bozmamıştı. Hareketleri, yürüyüşü bu sade görüntüsünü doğruluyor, ona mağrur bir işkadını havası veriyordu.

Sanki çevresine görünmez bir duvar örmüştü. Mesaj açıktı: erkeklerden gelecek her tür girişime bütün kapılar kapalıydı.

Ama yüzü, genel görünümüyle çok farklı, hatta tamamen zıttı. Lâl rengi saçları, öfkeyle parlayan gözleri, bir soytarı gibi pudralanmış bembeyaz geniş bir yüzü vardı: Güzin gözkapaklarını turuncu farla boyamış, küçük pullarla süslemişti.

– Schiffer, dedi kadın boğuk bir sesle, neden burada olduğunu biliyorum.

– Nihayet, anlayışlı bir insan!

Dalgın hareketlerle masasının üzerindeki kâğıtları topladı.

– Seni kutundan çıkaracaklarını tahmin ediyordum.

Fransızca'yı düzgün bir aksanla konuşuyordu; sadece, sanki hoşluk olsun diye her cümlenin sonunu hafifçe ağzının içinde yuvarlıyordu.

Schiffer onları tanıştırdı, cilveli ses tonundan vazgeçmişti. Paul, Schiffer'in kadınla aynı oyunu oynadığını hissediyordu.

– Ne biliyorsun? diye doğrudan sordu.

– Hiç. Önemsiz birkaç şey.

Yeniden çalışma masasının üzerine eğilip, bir şeyler arıyormuş gibi yaptı, sonra gidip kanepeye oturdu, ağır ağır bacak bacak üstüne attı.

– Tüm mahalle korkuyor, dedi güçlükle çıkan bir sesle. Herkes bir şeyler söylüyor.

– Yani?

– Söylentiler. Birbiriyle çelişen haberler. Hatta katilin sizinkilerden biri olduğunu bile duydum.

– Bizimkiler mi?

– Evet, bir polis.

Schiffer bu söylentinin üstünde durmadı.

– Bana Rüya Berkes'ten bahset.

Güzin, kanepenin kolu üstündeki dantel örtüyü hafifçe okşadı:

– Yaptığı işleri iki günde bir uğrayıp teslim ederdi. Son olarak 6 ocakta atölyeye geldi. 8'inde değil. Sana söyleyebileceklerimin hepsi bu.

Schiffer cebinden not defterini çıkardı ve bir şeyler okuyormuş gibi yaptı. Paul onun bu tavrının altında yatan şeyi anlamaya çalışıyordu. "Teyze" şüphesiz kolay teslim olan kadınlardan değildi.

– Rüya, katilin ikinci kurbanı, diye devam etti Schiffer, gözleri hâlâ not defterindeydi. Cesedi 10 ocakta bulundu.

– Allah rahmet eylesin. (Parmaklarıyla dantelle oynamaya devam ediyordu.) Ama bu konu beni ilgilendirmiyor.

– Aksine hepinizi ilgilendiriyor. Ve benim bilgiye ihtiyacım var.

Sesinin tonu gitgide yükseliyordu, ama Paul bu ilişkide tuhaf bir yakınlık olduğunu hissediyordu. Soruşturmayla hiç ilgisi olmayan, ateş ile buz arasındaki suç ortaklığını andırıyordu.

– Söyleyecek hiçbir şey yok, diye tekrar etti kadın. Mahalle bu olayı da örtbas edecek. Tıpkı diğer olaylar gibi.

Kullandığı kelimeler, sesi, tonlaması Paul'ü, bu kadını daha iyi gözlemlemeye teşvik ediyordu. Turuncu boyalı gözkapaklarının altındaki siyah gözlerini Schiffer'e dikmişti. Paul portakal kabukları içine doldurulmuş çikolata parçalarını düşündü. Ama birden, üstü kapalı gerçeği anladı: Güzin Halman, Schiffer'in evlenmekten son anda vazgeçtiği Türk kadınıydı. Ne olmuştu? Bu hikâye neden aniden yön değiştirmişti?

Kürk tüccarı bir sigara yaktı. Ağız dolusu mavi dumanı bezginlikle dışarı üfledi.

– Ne öğrenmek istiyorsun?

– Mantoları ne zaman teslim ediyordu?

– Gün sonunda.

– Yalnız mı?

– Yalnız. Daima.

– Hangi yoldan gidip geliyordu, biliyor musun?

– Faubourg-Poissonnière Sokağı'ndan. O saatte, çok kalabalıktır, eğer sorun buysa.

Schiffer daha genel sorulara geçti:

– Rüya Berkes Paris'e ne zaman geldi?

– 2001 mayısında. Marius'u görmedin mi?

Schiffer duymazdan geldi:

– Ne tür bir kadındı?

– Bir köylü kadınıydı, ama şehirde de yaşamış.

– Adana'da mı?

– Önce Gaziantep, sonra Adana.

Schiffer ona doğru hafifçe eğildi, bu ayrıntı ilgisini çekmiş gibiydi:

– Peki köken olarak Gaziantepli miydi?

– Sanırım, evet.

Schiffer odanın içinde dolaşmaya başladı, bir yandan da biblolara hafifçe dokunuyordu:

– Okuryazar mıydı?

– Hayır. Ama modern bir kadındı. Geleneklere körü körüne bağlı değildi.

– Paris'te dolaşır mıydı? Dışarı çıkar mıydı? Kulüplere, barlara gider miydi?

– Sana onun modern bir kadın olduğunu söyledim, yoldan çıkmış bir kadın değil. O bir Müslüman'dı. Bunun ne anlama geldiğini en az benim kadar iyi bilirsin. Ayrıca, tek kelime Fransızca bilmezdi.

– Nasıl giyinirdi?

– Bir Batılı gibi. (Sesini yükseltmişti.) Schiffer, sen neyin peşindesin, Allah aşkına?

– Katilin tuzağına nasıl düştüğünü öğrenmeye çalışıyorum. Evinden çıkmayan, kimseyle konuşmayan, herhangi bir eğlence mekânına gitmeyen bir kıza yaklaşmak pek kolay olmasa gerek.

Sorgu bir kısırdöngü halini almıştı. Bir saat önceki aynı sorulara beklenen aynı cevapları alıyorlardı. Paul atölye tarafındaki pencerenin önünde duruyor, tülün arasından aşağı bakıyordu. Türkler oyunlarına devam ediyor; uyuklayan hayvanlar gibi sessizce duran kürklerin üzerinde para el değiştiriyordu.

Schiffer konuşmayı sürdürüyordu:

– Rüya'nın ruh hali nasıldı?

– Diğerleri gibi. "Bedenim burada, ama kalbim orada." Ülkesine dönmeyi, evlenmeyi, çocuk sahibi olmayı düşünüyordu. Geçici bir hayattı buradaki. Dikiş makinesine bağlı olarak iki odalı bir evde iki başka kadınla birlikte yaşanan bir karınca hayatı.

– Evini paylaştığı diğer iki kadını görmek istiyorum...

Paul artık onları dinlemiyordu. Alt kattaki gidiş gelişleri dikkatle gözlüyordu. Bu hareketlilik ona bir mal değiş tokuşunu, atalardan kalma bir ritüeli anımsatıyordu. Rakam'ın sözleri yeniden kulaklarında çınlamaya başlamıştı:

– Ya sen, sen katil hakkında ne düşünüyorsun?

Bir sessizlik oldu. Bu o kadar uzun sürdü ki Paul yeniden odaya döndü.

Güzin ayağa kalkmış, pencereden damları seyrediyordu. Yerinden hiç kımıldamadan mırıldandı:

– Ben... ben daha çok bunun siyasî bir yanı olduğunu düşünüyorum.

Schiffer, kadına doğru yaklaştı:

– Ne demek istiyorsun?

Güzin birden çark etti:

– Bu iş, sıradan bir katilin basit çıkarlarının çok üzerinde olabilir.

– Güzin, Tanrı aşkına, bana anlat.

– Anlatacak bir şey yok. Mahalle korku içinde ve ben de bu kuralın dışına çıkma niyetinde değilim. Sana yardım edecek kimse bulamayacaksın.

Paul ürperdi. Geçen gece kâbusunda gördüğü, tüm mahalleyi boyunduruğu altında tutan Moloh, hiç olmadığı kadar gerçek gelmeye başlamıştı Paul'e. Taştan bir tanrı, Küçük Türkiye'nin mahzenlerinde, derme çatma evlerinde av peşinde koşuyordu. "Teyze" devam etti:

– Görüşme sona erdi, Schiffer.

Polis not defterini cebine soktu ve hiç üstelemeden geri adım attı. Paul aşağıda yürütülen pazarlıklara son bir kez daha baktı. İşte o anda onu fark etti.

Bir alıcı –siyah bıyıklı ve mavi Adidas ceketli– ambara giriyordu, kucağında karton bir kutu vardı. Bakışlarını istemdışı olarak asmakata doğru çevirdi. Paul'ü fark edince yüz ifadesi donup kaldı.

Adam elindeki yükü bıraktı, askıların yanında duran bir işçiye bir şeyler söyledi, sonra kapıya doğru geri geri gitti. Paul'ün sezgilerini teyit etmek için asmakata son bir kez daha baktı: korkuyla. İki polis alt salona indi; Schiffer kendini tutamadı.

– Bu kancık canımı sıkıyor, yaptığı imalar beni delirtiyor. Fahişe. Hepsi kaçık. Hepsi deli...

Paul adımlarını sıklaştırdı ve kapı eşiğine ulaştı. Merdiven boşluğuna doğru bir göz attı: esmer bir el gördü tırabzanda. Adam son hızla kaçıyordu.

Paul, Schiffer'e doğru seslendi, sahanlığa henüz ulaşmıştı.

– Gelin. Çabuk.

36

Paul arabaya kadar koştu. Direksiyona geçti ve tek harekette kontak anahtarını çevirdi. Schiffer son anda arabaya atladı.

– Ne oluyor? diye homurdandı.

Paul cevap vermeden gaza yüklendi. Adam Sainte-Cécile Sokağı'nın bitiminden sağa sapmıştı. Paul biraz daha hızlandı ve Faubourg-Poissonnière Sokağı'na döndü, işte yeniden o kargaşanın, trafiğin içindeydi.

Adam hızlı adımlarla yürüyor, yük arabalarının, yayaların, krep ve pide satıcılarından yükselen dumanların arasından ustaca sıyrılıp geçiyor, bir yandan da arkasına kaçamak bakışlar atmaktan geri kalmıyordu. Bonne-Nouvelle Bulvarı'na çıkan sokak boyunca ilerliyordu. Schiffer kızgınlıkla sordu:

– Ne olduğunu bana da anlatacak mısın, ha?

Paul, üçüncü vitese geçerken mırıldandı:

– Güzin'in orada, bir adam. Bizi görünce kaçmaya başladı.

– Yani.

– Polisin kokusunu aldı. Sorgulanmaktan korkuyor olmalı. Belki bizim dava hakkında bir şeyler biliyordur.

"Müşteri" sola, Enghien Sokağı'na saptı. Şanslarına adam trafiğin akış yönünde ilerliyordu.

– Ya da ikamet belgesi yok, diye homurdandı Schiffer.

– Güzin'in orada mı? Kimin belgesi var ki? Bu herifin korkmak için özel bir sebebi olmalı. Bunu hissediyorum.

Rakam dizlerini ön konsola dayadı. Bıkkın bir sesle sordu:

– Adam nerede?

– Sol kaldırımda. Adidas ceketli olan.

Adam hâlâ sokak boyunca yürüyordu. Paul ağır ağır sürmeye gayret ediyordu. Kırmızı ışıkta durdu. Mavili adam uzaklaştı. Paul,

Schiffer'in de gözleriyle adamı izlediğini anlamıştı. Arabanın içindeki sessizlik artık farklı bir anlam kazanmıştı: aynı sükûneti, aynı dikkati paylaşarak, hedefleri üzerinde yoğunlaşma konusunda anlaşmışlardı. Yeşil yandı.

Paul, pedallara hafifçe dokunarak hareket etti. Adamı sağa, Faubourg-Saint-Denis Sokağı'na saparken gördüğünde hızlandı, adam hâlâ trafik akış yönünde ilerliyordu.

Paul de peşinden sokağa girdi, ama biraz sonra yol tıkandı. Gri gökyüzünün altında öfkeyle bağırıp çağıran, klakson çalan insanların arabaları yüzünden kıpırdayamaz hale gelmişlerdi.

Boynunu uzattı, gözlerini kıstı. Kaportaların, kafaların üstünde dükkân tabelalarından başka bir şey görmüyordu. Adidas ceketli adam kaybolmuştu. Biraz daha uzağa baktı. Binaların cepheleri kirliliğin neden olduğu sisin içinde zorlukla ayırt ediliyordu. İlerde, Porte Saint-Denis'nin kemeri dumana boğulmuş ışıkta yüzüyordu sanki.

– Onu göremiyorum.

Schiffer camını açtı. Dışarının gürültü patırtısı arabaya doldu. Omuzlarını dışarı çıkardı.

– İlerde, diye haber verdi. Sağda.

Trafik açıldı. Mavi nokta bir yaya kalabalığının arasında gözüktü. Yol yeniden tıkandı. Paul trafiğin kendileriyle oyun oynadığına inanmaya başlamıştı; bir adamı takip etmek için böyle ağır ağır yol almaları gerekiyordu sanki...

Adam yeniden gözden kayboldu, sonra iki yük kamyonetinin arasında, Café Le Sully'nin tam önünde ortaya çıktı. Arkasına bakmaya devam ediyordu. Onları fark etmiş olabilir miydi?

– Korkudan ölüyor, dedi Paul. Bir şeyler biliyor.

– Bunun bir anlamı yok. Binde bir şans bile olsa...

– Bana güvenin. Sadece bir kez.

Paul yeniden birinci vitese geçti. Ensesi kor gibi yanıyordu, parkasının yakaları terden sırılsıklam olmuştu. Hızlandı ve adamın yakınına geldiğinde Faubourg-Saint-Denis Sokağı da bitmek üzereydi.

Birden, kemerin ayağında, adam karşı kaldırıma geçti; burunlarının dibinden geçmiş, ama onları fark etmemişti. Koşar adımlarla Saint-Denis Bulvarı'na girdi.

– Kahretsin, diye bağırdı Paul. Orası tek yön.

Schiffer doğruldu:

– Park et. Yürüyerek... Piç herif. Metroya binecek!

Kaçak bulvarı geçmiş, Strasbourg-Saint-Denis metrosunun girişinde kaybolmuştu. Paul hırsla direksiyonu kırdı ve Arcade Barı'nın önünde durdu.

Schiffer arabadan çıkmıştı bile.

Paul, üzerinde POLİS yazan güneşliği indirdi ve Golf'ten fırladı. Rakam'ın pardösüsünün etekleri arabaların arasında bir flama gibi dalgalanıyordu. Paul bir heyecan patlaması hissetti. Bir saniye içinde birçok şeyi aynı anda yaşamıştı: ortamın yeniden hareketlenmesi, Schiffer'in yaşına göre sürati ve o anda onları birleştiren kararlılık.

Bulvarın trafiği arasında zikzaklar çizerek karşıya geçti ve Schiffer'e merdivenlerden inerken yetişti.

İki polis istasyonun bekleme salonuna daldılar. Aceleci bir kalabalık turuncu bir tavanın altında kıpırdanıp duruyordu. Paul içeriyi gözleriyle taradı: solda, RATP'nin camlı kabinleri; sağda, metro hatlarını gösteren mavi panolar; karşıda, otomatik kapılar.

Adam ortalarda yoktu.

Schiffer yolcuların arasına daldı ve havalı kapılara doğru slalom yaparak ilerlemeye başladı. Paul ayaklarının ucunda yükseldi, tam o esnada sağa sapan adamı şöyle bir gördü.

– 4. hat! diye bağırdı kalabalığın içinde kaybolmuş ortağına.

Seramik koridorun dip tarafı metro kapıları açılırken çıkan seslerle yankılanmaya başlamıştı bile. Bir anda kalabalık şaşkınlıkla dalgalandı. Ne oluyordu? Kim bağırıyordu? Bu itişip kakışmanın sebebi neydi? Aniden bir kükreme, gürültü patırtıyı bıçak gibi kesti.

– Kapılar, bok herif!

Bu Schiffer'in sesiydi.

Paul sol tarafta ki gişelere doğru koştu. Camın önüne gelince bağırdı:

– Kapıları açın!

RATP'nin memuru donmuştu:

– Ha?

Uzakta, çalan düdük trenin hareketini bildiriyordu. Paul, polis kimliğini cama yapıştırdı:

– Kahrolası herif, kapıları açacak mısın, ha?

Bariyerler kalktı.

Paul dirsekleriyle kendine yol açtı, sendeledi, diğer tarafa geçmeyi başardı. Schiffer kırmızı tavanın altında koşuyordu.

Merdivenlerde ona yetişti. Yaşlı polis basamakları dörder dörder çıkıyordu. Trenin kapılarının kapandığını duyduklarında henüz yolun yarısına gelmişlerdi.

Schiffer bağırdı, koşmaya devam ediyordu. Perona ulaştığında tren çoktan hareket etmişti, Paul onu pardösüsünün yakasından yakalayıp geri çekti. Rakam şaşkınlık içinde bir süre sessiz kaldı. Trenin ışıkları kaskatı kesilmiş yüz hatlarını yaladı. Çılgına dönmüştü.

– Bizi görmüş olamaz! diye bağırdı Paul, Schiffer'in yüzüne doğru.

Schiffer hâlâ sabit gözlerle ona bakıyordu, şaşkındı, zorlukla nefes alıyordu. Paul, metronun düdük sesi gitgide cılızlaşırken, bu kez daha alçak sesle konuştu:

– Bir sonraki istasyonda trene yetişmek için kırk saniyemiz var. Château-d'Eau'da herifi enseleriz.

Göz göze geldiler, birbirlerini anlamışlardı. Hızla merdivenleri tırmandılar, bulvarda akan arabaların arasından seri adımlarla karşı kaldırıma geçtiler, arabalarına atladılar.

Yirmi saniye geçmişti bile.

Paul zafer takının çevresini dolandı, sağa saptı, bir yandan da camını indiriyordu. Mıknatıslı tepe lambasını arabanın üstüne yapıştırdı ve siren çalarak son hızla Strasbourg Bulvarı'na girdi.

Beş yüz metreyi yedi saniyede kat ettiler. Château-d'Eau kavşağına vardıklarında Schiffer arabadan atlamaya kalkıştı. Paul bir kez daha onu tuttu:

– Yukarıda bekleyelim. Sadece iki çıkış var. Bulvarın iki yanında.

– Onun burada ineceğini kim söylüyor?

– Yirmi saniye bekleriz. Eğer trende kalırsa, onu Doğu Garı'nda kıstırmamız için geriye hâlâ yirmi saniyemiz kalıyor.

– Ya orada da trenden inmezse?

– Türk mahallesinin dışına çıkmayacaktır. Ya orada saklanacak ya da birini durumdan haberdar edecektir. Her halükârda buradan, bizim bulunduğumuz yerden geçecektir. Amacına ulaşana kadar onu takip etmeliyiz. Nereye gittiğini öğrenmeliyiz.

Rakam saatine baktı.

– Hızlan.

Paul son bir tur daha attı, sol-sağ, tek-çift numaralar, sonra hızlandı. Tekerleklerin altında yol alan metronun titreşimini damarlarında hissediyordu.

On yedi saniye sonra Doğu Garı'nın avlusunun parmaklıkları önünde durdu, sireni ve tepe lambasını kapatmıştı. Bir kez daha Schiffer arabadan çıkmak istedi. Bir kez daha Paul ona engel oldu.

– Arabada kalıyoruz. Bütün çıkışları buradan görebiliyoruz. Avlunun içindeki merkez çıkış. Sağda Faubourg-Saint-Martin çıkışı; solda, 8 Mai 1945 Sokağı çıkışı. Anlayacağın beşte üç şansımız var.

– Diğer çıkışlar, onlar nerede?

– Garın iki yanında. Faubourg-Saint-Martin çıkışı ile Alsace Sokağı çıkışı.

– Ya o çıkışlardan birini tercih ederse?

– Bu çıkışlar hatta en uzak olanlar. Oraya ulaşmak için bir dakikadan fazla yürümesi gerekiyor. Burada otuz saniye bekleriz. Eğer ortaya çıkmazsa, o zaman seni Alsace Sokağı'na bırakırım, ben de Saint-Martin'e giderim. Cep telefonlarımızla irtibat halinde oluruz. Elimizden kurtulamaz.

Schiffer hâlâ suskunluğunu koruyordu. Düşünceliydi, alnında derin çizgiler oluşmuştu.

– Çıkışlar. Tüm bunları nasıl biliyorsun?

Paul gururla gülümsedi:

– Hepsini ezberledim. Takiplerde faydası olur diye.

Schiffer'in yüz ifadesi gülümsemesini yarıda kesti.

– Eğer bizim herif ortaya çıkmazsa, kafanı kırarım.

On, on iki, on beş saniye.

Hayatının en uzun saniyeleriydi bunlar. Paul metro çıkışında beliren her yolcuya dikkatle bakıyordu: Adidas ceketli adam yoktu.

Yolcular kısa aralıklarla önünden geçiyordu, sanki adımları kalp atışlarıyla uyum içindeydi.

Otuz saniye doldu.

Birinci vitese taktı ve güçlükle soludu:

– Sizi Alsace Sokağı'na bırakıyorum.

Paul lastikleri öttürerek hareket etti, sola, 8 Mai Sokağı'na saptı ve Rakam'ı Alsace Sokağı'nın girişinde bıraktı, onun bir şey söylemesine bile fırsat vermemişti. Bir yarım tur attı, gaza yüklendi ve Faubourg-Saint-Martin Sokağı'na ulaştı.

On saniye daha geçmişti.

Faubourg-Saint-Martin Sokağı'nın yukarı kısmı, aşağı kısmına, yani Türk mahallesi sınırları içinde kalan bölüme göre oldukça farklıydı: boş kaldırımlardan, depolardan ve çeşitli şirketlere ait yönetim binalarından başka bir şey yoktu. İdeal bir çıkış noktası diye düşündü.

Saatinin saniye göstergesine dikkatle baktı; geçen her saniye ondan da bir şeyler alıp götürüyordu. Metrodan çıkan kalabalık dağılmaya, bu çok geniş caddede kaybolmaya başlamıştı. Garın içine bir göz attı. Büyük cam duvarı gördü ve zehirli tohumlar ile etçil bitkilerle dolu bir sera canlandı gözünün önünde.

On saniye daha geçti.

Adidas ceketli adamın ortaya çıkma şansı gitgide azalıyordu.

Yerin altında son hızla giden metro trenlerini; açık havada çeşitli yönlere dağılan şehirlerarası trenleri, banliyö trenlerini; bu gri binanın içinde aceleyle oradan oraya koşturan yüzleri düşündü.

Yanılmış olamazdı: bu her bakımdan imkânsızdı.

Otuz saniye doldu.

Hâlâ görünürde yoktu.

Telefonu çaldı. Schiffer'in boğuk sesini duydu:

– Salak oğlu salak.

Paul, Schiffer'i Alsace Sokağı'nda, metro hattına çıkan merdivenlerin dibinde buldu. Yaşlı polis arabaya binerken bir yandan da küfür etmeye devam ediyordu:

– Salak, sersem herif·

– Kuzey Garı'nı deneyelim. Asla bilemezdim. Ben...

– Kapa çeneni. Şapa oturduk. Herifi kaybettik.

Paul hızlandı ve kuzeye doğru yöneldi.

– Seni asla dinlememeliydim, dedi Schiffer. Hiçbir tecrüben yok. Bir bok bilmiyorsun. Sen...

– O burada, onu gördüm.

Sağda, Des Deux-Gares Sokağı'nın bitimine doğru Adidas ceketli adamı görmüştü. Adam, demiryoluna paralel Alsace Sokağı'nda yürüyordu.

– İbne herif, diye bağırdı Schiffer. SNCF'nin dış merdivenini kullanmış.

İşaretparmağını ileri doğru uzattı:

– Dümdüz devam et. Siren çalma. Hızlanma da. Bir sonraki sokakta onu enseleriz. Usulcacık.

Paul vites küçülttü ve saatte yirmi kilometreyle arabayı sürmeye başladı, elleri titriyordu. Adam, yüz metre ileride yürümeye devam ederken, onlar da La Fayette Sokağı'nın köşesine ulaşmışlardı. Adam çevresine bir göz gezdirdi ve aniden donup kaldı.

– Lanet olsun! diye bağırdı Paul, birden mıknatıslı tepe lambasını arabanın üstünde unuttuğunu hatırlamıştı.

Adam tabana kuvvet kaçmaya başladı. Paul gaz pedalına yüklendi. Önlerinde duran anıtsal tren köprüsü ona kâbuslarındaki canavar gibi gözüktü. Fırtınalı gökyüzüne siyah kollarını açmış taştan bir dev.

Paul yeniden hızlandı ve tam köprünün ortasında Türk'ün önüne geçti. Schiffer, daha araba durmadan aşağı atlamıştı. Paul frene bastı ve dikiz aynasından Schiffer'in adamı küçük bir mücadeleden sonra yere yapıştırdığını gördü.

Paul küfrü bastı, motoru stop etti ve Golf'ten çıktı. Yaşlı polis, adamı saçlarından yakalamış, köprünün demir parmaklıklarına doğru hızla çarpmaya başlamıştı bile. Paul'ün aklına Mairus'un giyotinin altındaki eli gelmişti. Hayır müsaade edemezdi, asla. İki adama doğru koşarken Glock'unu kılıfından çıkardı:

– Durun!

Schiffer, şimdi kurbanını parmaklıkların üzerinden aşağı doğru sarkıtıyordu. Gerek kuvveti gerekse çabukluğu şaşırtıcıydı. Eşofmanlı adam çaresizlik içinde bacaklarını sallıyordu, iki metal dikmenin arasına sıkışmıştı.

Paul, Schiffer'in adamı boşluğa atacağından emindi. Ama Schiffer köprünün kenarına tırmandı, taş kollardan birini yakaladı, sonra tek bir hamlede adamı yukarı çekti.

Tüm bu iş, ancak birkaç saniye sürmüştü ve bu kahramanlık Schiffer'in uğursuz saygınlığına bir saygınlık daha ekliyordu. Paul yanlarına vardığında, iki adam da göremeyeceği bir yerde, iki beton blok arasındaki boşlukta bulunuyordu. Schiffer onu boşluğun içinde sıkıştırmıştı, adam böğürüyor, Rakam ise hem vuruyor hem de Türkçe bir şeyler söylüyordu.

Paul duyduğu sesle irkildi.

– Bozkurtlar! Bozkurtlar! Bozkurtlar!

Adamın bağırışları nemli havada yankılanıyordu. Önce bunun bir yardım çağrısı olduğunu düşündü, ama Schiffer'in kurbanını bıraktığını ve kaldırıma doğru onu ittiğini gördü, sanki istediği şeyi elde etmişti.

Paul kelepçeleri çıkarırken, adam topallayarak kaçmaya başlamıştı.

– Bırak gitsin!

– Na... nasıl?

Schiffer de kendini asfaltın üzerine bıraktı. Sol tarafına doğru kaykılmıştı, yüzünü buruşturdu, sonra bir dizi üzerinde doğruldu.

– Söyleyeceğini söyledi, dedi iki öksürük arasında.

– Nasıl? Ne söyledi?

Ayağa kalktı. Soluk soluğaydı, sol kasığını tutuyordu. Derisi morarmış, üzerinde beyaz benekler oluşmuştu.

– Rüya'yla aynı binada oturuyormuş. Merdiven boşluğunda görmüş onları, kızı götürüyorlarmış. 8 ocak, saat 20'de.

– "Onlar" mı?

– Bozkurtlar.

Paul hiçbir şey anlamıyordu. Schiffer'in parlak mavi gözlerine dikkatle baktı ve onun diğer adını hatırladı: Demir.

– Bozkurtlar.

– Neler?

– Bozkurtlar. Aşırı sağcı bir örgüt. Şimdi içlerinden bazıları Türk mafyasının tetikçiliğini yapıyor. En başından beri yanlış yoldaydık. Kadınları öldürenler bu herifler.

37

Demiryolu gözden kayboldu, insana huzur veren en ufak bir yanı yoktu. İnsanın ruhunu ve duygularını hapseden donuk ve sert bir karmaşadan başka bir şey değildi. Gözbebeklerinde dikenli teller gibi yansıyan çelik raylar; bu rayları farklı yönlere sevk eden makaslar, ama daima bu rayların sınırları içinde, onların müsaade ettiği olanaklar ölçüsünde. Ya köprüler, ister kirli taştan ister siyah metalden olsun, merdivenleriyle, parmaklıklarıyla bu çelik raylarla bir bütün oluşturuyordu.

Schiffer raylara inmek için demiryolu görevlileri dışında başkasına yasak olan bir merdiveni kullanmıştı. Paul de arkasından yetişip onu yakalamıştı, traverslerin üstünde zorlukla yürüyordu.

– Bozkurtlar, kim bunlar?

Schiffer cevap vermeden ilerliyor, ağır ağır nefes alıyordu. Siyah taşlar ayaklarının altında kayıyordu.

– Bunu sana açıklaması çok uzun sürer, dedi. Tüm bunlar Türkiye'nin yakın geçmişiyle alakalı.

– Tanrı aşkına, anlatın! Bana bu açıklamaları yapmak zorundasınız.

Rakam yürümeye devam ediyor, bir yandan da sol böğrünü tutuyordu, sonra bezgin bir sesle anlatmaya başladı:

– 70'li yıllarda, Türkiye'de de Avrupa'da olduğu gibi coşkulu bir atmosfer vardı. Sol fikirler destek bulmaya, yandaş kazanmaya başlamıştı. Bir tür 68 Mayıs'ı yani... Ama orada, gelenek her zaman daha güçlüydü. Bir tepki hareketi ortaya çıktı. Aşırı sağcılar, Alpaslan Türkeş adında birinin etrafında örgütlendiler. Önce üniversitelerde küçük gruplar oluşturdular, sonra Anadolu'da gençleri örgütlemeye başladılar. Bunlar kendilerine "Bozkurtlar" diyordu. Ya da "Ülkücü Gençler"; dernekleri de "Ülkü Ocakları"ydı. Vücudunun sıcaklığına rağmen Paul'ün dişleri takırdıyor, çenesinin gürültüsü beyninde yankılanıyordu.

– 70'li yılların sonunda, diye devam etti Schiffer. Aşırı sağ ve aşırı sol silahlandı. Saldırılar, soygunlar, cinayetler: o dönemde günde yaklaşık otuz kişi ölüyordu. Gerçek bir iç savaş yaşanıyordu. Bozkurtlar kamplarda eğitiliyordu. Gitgide daha gençleri örgütlemeye başladılar. Onları kendi doktrinleriyle eğittiler.

Schiffer hâlâ rayların üstünde yürüyordu. Daha düzenli soluk almaya başlamıştı. Sanki düşüncelerine yön veren onlarmış gibi gözlerini ışıkta parlayan raylardan ayırmıyordu.

– Nihayet 1980'de Türk ordusu iktidara el koydu. Her şey düzene girdi. İki cephenin militanları tutuklandı. Ama Bozkurtlar serbest bırakıldı, çünkü onlar devleti yıkmak değil kurtarmak için mücadele etmişlerdi. Artık işsizdiler. Ve kamplarda eğitilmiş bu gençlerin bazılarının bildiği tek bir şey vardı: öldürmek. İçlerinden bazıları kimileri tarafından çeşitli işlerde kullanıldı. Önce hükûmet kullandı bu gençleri, Ermeni terör örgütlerinin liderlerini, Kürt teröristleri gizlice ortadan kaldırmak için bu çocuklar idealdi. Sonra Türk mafyası, Altın Hilal uyuşturucu kaçakçılığında söz sahibi olmak istiyordu. Mafya için, Bozkurtlar'ın bazıları özellikle de şiddet yanlısı olanlar, yani silah kullanmayı bilenler bulunmaz bir nimetti. Deneyimli, silah kullanmayı bilen büyük bir güç.

O tarihten sonra bu Bozkurtlar bazı suikastlara da katıldılar. 1981'de papaya ateş eden Ali Ağca bir Bozkurt'tu. Bugün içlerinden büyük bir bölümü, para karşılığı hizmet veren insanlar haline geldi, siyasî görüşlerini bir kenara bıraktılar, ama en tehlikelileri, fanatik, her türlü kötülüğü yapabilecek eğitimli teröristler olarak kaldı.

Paul, Schiffer'i büyük bir dikkatle dinliyordu, şaşkına dönmüştü. Uzaklardaki bu olaylar ile araştırması arasında bir ilişki kuramıyordu. Schiffer'in sözünü kesti:

– Yani şimdi, kadınları bu herifler mi öldürdü?

– Adidas ceketli adam Rüya Berkes'i kaçırırken görmüş onları.

– Yüzlerini de görmüş mü?

– Kafalarında kar başlıkları varmış, komando kıyafeti giymişler.

– Komando kıyafeti mi?

Rakam sırıttı:

– Bunlar savaşçı, evlat. Asker. Siyah bir arabayla kaçmışlar. Adam ne plakayı ne de markayı hatırlıyor. Ya da hatırlamak istemiyor.

– Onların Bozkurtlar olduğundan nasıl bu kadar emin?

– Slogan atmışlar. Ayırt edici işaretleri var. Hiç şüphem yok. Zaten, tüm bunlar diğerleriyle de örtüşüyor. Mahalledeki suskunluk. Güzin'in bu işin "siyasî bir yanı" olduğunu düşünmesi. Bozkurtlar Paris'te. Ve mahalle korkudan geberiyor.

Paul, bu kadar farklı, bu kadar umulmadık, kendi yorumundan bu kadar kopuk bir düşünceyi kabul edemezdi. Hep tek bir katil fikri üzerinde yoğunlaşmıştı. Israr etti:

– Peki bu kadar şiddetin sebebi ne?

Schiffer ince yağmur altında parlayan rayları izlemeye devam ediyordu.

– Onlar uzak topraklardan geliyor. Ovalardan, dağlardan, bu tür şiddetin bir kural haline geldiği yerlerden. Bir varsayımdan yola çıktın, seri cinayetler işleyen bir katil arıyordun. Scarbon'la birlikte, kurbanların yaralarında katilin ruh halini, ruhsal bir travmanın izlerini aradınız... Ama en basit çözümü unuttunuz; bu kadınlara profesyoneller tarafından işkence yapıldığını. Anadolu'daki kamplarda eğitilmiş uzmanlar tarafından.

– Peki öldürdükten sonra kolları bacakları kırmanın nedeni ne? Ya yüzlerdeki bıçak yaraları?

– Heriflerden biri, diğerlerinden daha manyak olabilir. Ya da sadece kurbanların tanınmasını istemiyorlardır, nasıl bir kadını aradıklarını kimse anlamasın diye.

– Aradıkları mı?

Rakam durdu ve Paul'e doğru döndü:

– Ne olduğunu hâlâ anlamadın mı, evlat; Bozkurtlar bir sözleşme yapmış. Bir kadını arıyorlar.

Üzerinde kan lekeleri bulunan pardösüsünün ceplerini karıştırdı ve Paul'e polaroidleri uzattı:

– Böyle bir yüzü olan ve bu eşkale uygun bir kadın: kızıl saçlı, terzi, kaçak işçi, Gaziantep kökenli.

Paul, Schiffer'in kırışık elindeki resimlere bakıyordu.

Her şey yavaş yavaş biçimleniyordu.

– Bir şeyler bilen ve bildiklerini itiraf ettirmek istedikleri bir kadın. Şimdiye kadar üç kez onu ele geçirdiklerini sandılar. Üç kez yanıldılar.

– Nasıl bu kadar kesin konuşabiliyorsun? Onu bulmadıklarından nasıl bu kadar emin olabiliyorsun?

– Çünkü içlerinden biri o kadın olsaydı, her şeyi anlatmış olurdu, inan bana. Ve onlar da kayıplara karışırdı.

– Siz... Siz sürek avının devam ettiğini mi düşünüyorsunuz?

– Evet, öyle söyleyebilirim.

Schiffer'in gözbebekleri yarı inik gözkapaklarının altında parlıyordu. Paul, gümüş mermileri düşündü, sadece onlar kurt adamları öldürebilirdi.

– Soruşturma konusunda yanıldın evlat. Sen tek bir katil arıyordun. Ölmüş kadınlar için gözyaşı döküyordun. Ama, şimdi bulman gereken canlı bir kadın var. Kanlı canlı. Bozkurtlar'ın peşinde olduğu kadın.

Demiryolunu çevreleyen binaları gösterdi:

– O burada bir yerlerde, bu mahallede. Mahzenlerde. Çatı katlarında. Bir evin bodrumunda. Hayal edebileceğin en kötü katiller onun peşinde ve sadece sen onu kurtarabilirsin. Ama hızlı davranmak zorundasın. Çok, çok hızlı. Çünkü karşındaki herifler bu konuda eğitimli ve mahalle üzerinde büyük bir tahakkümleri var.

Rakam, Paul'ü omuzlarından tuttu ve gözlerinin içine baktı:

– Ve mademki bela asla yalnız gelmez, sana başka bir bela haberi daha vereyim: bu işin üstesinden gelebilmen için tek şansın benim.

Yedinci bölüm

38

Telefonun zili kulaklarında yankılandı.

– Alo?

Cevap yoktu. Eric Ackermann yavaşça telefonu kapadı, sonra saatine baktı: öğleden sonra üçtü. Dünden beri gelen on ikinci meçhul telefondu bu. Telefonda bir insan sesini son kez bir önceki günün sabahı duymuştu; Laurent Heymes, Anna'nın kaçtığını haber vermek için onu aramıştı. Öğleden sonra Ackermann da Laurent'a ulaşmaya çalışmış, ama numaralarının hiçbiri cevap vermemişti. Laurent için çok mu geç kalmıştı?

Daha sonra birkaç kez daha aramıştı; ama boşuna.

Aynı akşam, ilk meçhul telefonu almıştı. Hemen pencereden dışarı bakmıştı: Trudaine Caddesi'ndeki evinin önünde iki polis bekliyordu. Durum açıktı; aradıkları adam kendisi değildi, ortağı hakkında bilgi edinmek istiyorlardı. Şimdi gözetim altında tutulan, kontrol edilen düşman kendisiydi. Birkaç saat içinde her şey değişmişti. Artık bariyerin diğer tarafında, bu başarısızlığın sorumlularının arasında yer alıyordu.

Ayağa kalktı ve pencereye doğru ilerledi. İki polis, hâlâ Jacques-Decourt Lisesi'nin önünde nöbetteydi. Caddeyi boydan boya ikiye ayıran çimenlikli refüje, çıplak çınar ağaçlarına, Anvers Meydanı'ndaki gri renkli kiosklara baktı. Hiç araba geçmiyordu ve cadde, her zaman olduğu gibi unutulmuş bir yolu andırıyordu.

Aklına bir alıntı geldi: "Tehlike somut olduğunda rahatsızlık fizikseldir, içgüdüsel olduğundaysa psikolojiktir." Bunu kim söylemişti? Freud mu? Yoksa Jung mu? Tehlike onun için ne ifade ediyordu? Onu sokak ortasında vuracaklar mıydı? Uykudayken ansızın yakalayacaklar mıydı? Yoksa sadece askerî bir hapishaneye mi tıkacaklardı? Programla ilgili dokümanları ele geçirmek için işkence mi yapacaklardı?

Beklemek. Planını uygulamak için geceyi beklemeliydi. Hâlâ pencerenin önünde ayakta duruyordu, aslında ölümün bekleme odasına giden yolda ilerliyordu. Her şey korkuyla başlamıştı. Ve her şey yine onunla sona erecekti.

Serüven dolu yolculuğu 1985 haziranında başlamıştı, o tarihte Missouri eyaleti Saint Louis kentindeki Washington Üniversitesi'nden Profesör Wayne C. Drevets'in ekibine katılmıştı. Bu bilimsel ekibin önemli bir görevi vardı: pozitron yayımlı tomografi sayesinde beyindeki korku bölgesinin yerini belirlemek. Bu amaca ulaşmak için, gönüllü deneklere çok katı bir sözleşme imzalatmışlar, sonra onları çeşitli korkularla yüz yüze getirmişlerdi. Yılanlar göstermişler, söylediklerinin çok üstünde elektrik akımı vermişlerdi...

Bir sürü testin sonunda, beynin bu gizemli bölgesinin yerini saptamışlardı. Şakak lobunda, limbik kıvrımın ucunda, insanoğlunun "ilkelbeyin"ine karşılık gelen bir tür oyuk olan ve beyinbademciği olarak adlandırılan küçük bir bölgenin içinde yer alıyordu. Burası beynimizin en eski bölümüydü ve cinsel içgüdüler ile saldırganlık dürtüsünü de içeriyordu.

Ackermann bu coşku dolu anları hatırlıyordu. İlk kez bir bilgisayar ekranı üzerinde faaliyet halindeki beyin bölgelerini izlemişti. İlk kez, düşünen bir beynin gizemli mekanizmasını büyük bir şaşkınlıkla gözlemlemişti. Biliyordu, kendi yolunu ve bu yolda ilerleyeceği gemiyi bulmuştu. Pozitron kamerası, insan beyninin korteksinde yapacağı yolculuktaki taşıtı olacaktı.

Bu alandaki öncülerden biri, bir beyin kartografı olacaktı.

Fransa'ya dönünce, İNSERM'den, CNRS'ten, Sosyal Bilimler Yüksek Okulu'ndan ve çeşitli üniversiteler ile Paris hastanelerinden kendisine bir fon tahsis edilmesini istemiş, bir bütçe elde etmek için her kapıyı çalmıştı.

Ama bir yıl boyunca hiçbir yerden cevap almamıştı. Bunun üzerine İngiltere'ye gitmiş ve Manchester Üniversitesi'nde Profesör Anthony Jones'un yanında çalışmıştı. Bu yeni ekiple birlikte beynin başka bir bölgesine, ağrı alanına doğru yolculuk yapmıştı.

Bir kez daha, çeşitli ağrılara maruz kalmayı kabul etmiş denekler üzerinde yapılan sayısız teste katılmıştı. Bir kez daha monitörlerde yepyeni, hiç bilinmeyen bir bölgeyi keşfetmişti: ağrı bölgesini. Burası sınırları belirgin bir alandan çok, bir örümcek gibi tüm korteksi saran ve aynı anda faaliyete geçen bir noktalar kümesiydi. Bir yıl sonra, Profesör Jones, *Science* dergisinde şunları yazmıştı: "Talamus tarafından bir kez kaydedildikten sonra, ağrı duyumu, cingulum ve alın korteksi tarafından az çok olumsuza doğru yönlendirilir. Böylece bu duyum acıya dönüşür." Bu olgu birinci dereceden öneme sahipti. Ağrıyı algılamada düşüncenin temel işlevini ortaya koyuyordu. Cingulum, bir çağrışım seçici gibi çalıştığı ölçüde, bir dizi psikolojik alıştırma sayesinde acı duyumu zayıflatılabilir, onun beyindeki "yansıması" azaltılabilir ve yönlendirilebilirdi. Mesela bir yanık vakasında, kavrulmuş bedeni değil güneşi düşünmek, ağrının şiddetinin azalması için yeterliydi... Acı düşünceyle alt edilebilirdi: beynin topografyası da bunu ispatlıyordu.

Ackermann coşkulu, bir şeyler yapmaya hevesli bir şekilde Fransa'ya dönmüştü. Kendini, birçok alanda bilimsel araştırmalar yapan bir kurumun başında hayal ediyordu, onunla birlikte çalışan kartograflar, nörologlar, psikiyatrlar, psikologlar vardı. Mademki beyin, fizyolojik sırlarını insanlığın hizmetine sunmuştu, artık bütün bilim dalları arasında işbirliği yapmak gerekli hale gelmişti. Rekabet dönemi geride kalmıştı; beynin haritasına bakmak ve güçleri birleştirmek yeterliydi!

Ama fon talebiyle ilgili tüm başvuruları sonuçsuz kaldı. Tiksinmiş, umutsuzluğa düşmüş, Maisons-Alfort'ta küçük bir laboratuvarda çalışmaya başlamıştı, artık moral toplamak için amfetaminlerden medet umuyordu. Bir süre sonra, kullandığı Benzedrin kaşeleri sayesinde kendine olan güvenini yeniden kazanmıştı, yaptığı başvuruların kayıtsızlıktan değil sadece bilgisizlikten önemsenmediğini düşünüyordu: ne de olsa Petscan'ın gücü çok iyi bilinmiyordu.

Beyin kartografyasıyla ilgili bütün uluslararası incelemeleri tek bir kitapta toplamaya karar verdi. Seyahatlere çıktı. Tokyo, Kopenhag, Boston... Nörologlarla, biyologlarla, radyologlarla tanıştı, onların makalelerini inceledi, bunlardan çeşitli sentezler yaptı. 1992'de altı yüz sayfalık bir kitap yayımladı: *İşlevsel Görüntüleme ve Beynin Coğrafyası;* yeni bir dünyayı, kıtaları, denizleri, takımadalarıyla benzersiz bir coğrafyayı gözler önüne seren gerçek bir atlastı...

Kitap uluslararası bilim çevrelerinde büyük bir başarı kazanmıştı, ama Fransız makamları hâlâ suskunluğunu sürdürüyordu. Daha da kötüsü, Orsay'e ve Lyon'a iki pozitron kamerası alınmış ve bir kez bile onun adını kimse anmamıştı. Kendini gemisiz bir kâşif gibi hissediyordu, böylece yeniden, ama daha yoğun bir şekilde uyuşturucu kullanmaya başlamıştı. O dönemde Ecstasy etkisinde yaşadığı, onu alıp başka diyarlara götüren uçuşları anımsıyordu, ayrıca girdiği tripler sonucu kafasını yardığını da.

Bu uçurumların birinin dibindeyken almıştı Atom Enerjisi Komiserliği'nden (CEA) gelen mektubu.

Önce uyuşturucuya bağlı sayıklamalarının devam ettiğini sandı. Sonra gerçeği anladı: cevap olumluydu. CEA radyoaktif izleyicili bir pozitron kamerası kullandıklarını belirtiyor ve onun çalışmalarıyla ilgileniyordu. Ayrıca özel bir komisyon, onun programının finansmanı konusunda CEA'nın ne ölçüde yardımı olabileceğini saptamak için Ackermann'la görüşmeyi talep ediyordu.

Eric Ackermann ertesi hafta CEA'nın Fontenay-aux-Roses'daki merkezine gitmişti. Orada beklemediği bir şeyle karşılaştı: kabul kurulu tamamen askerlerden oluşuyordu. Nörolog gülümsemişti. Bu üniformalar ona gençlik yıllarını, 1968'i hatırlatmıştı; o sıralar Maocuydu ve Gay-Lussac Sokağı'ndaki barikatlarda polislerle dövüşüyordu. Bu görüntü kendine olan güvenini artırdı. Zaten korkusunu yenmek için bir avuç Benzedrin de yutmuştu. Bu gri kuşları ikna etmek gerekiyorsa, onlarla konuşmalıydı...

Açıklamaları birkaç saat sürdü. 1985'ten bu yana Petscan kullanımı sayesinde nasıl beynin korku bölgesinin yerinin belirlendiğini ve bu bölge saptandığına göre hazırlanacak özel ilaçlarla nasıl korkunun insan beyni üzerindeki etkisinin azaltılabileceğini açıkladı.

Tüm bunları askerlere anlattı.

Sonra Profesör Jones'un çalışmalarından bahsetti; İngiliz'in nasıl beyindeki ağrı alanının yerini belirlediğinden söz etti. Bu bölgelerin psikolojik koşullandırmayla acı duyumunu sınırlandırmanın mümkün olduğunu belirtti.

Tüm bunları generallerden ve askerî psikiyatrlardan oluşan bir kurulun önünde söyledi:

Ardından, şizofreni, bellek, imgeleme yetisi üzerine yapılan çalışmalardan söz açtı.

Birçok istatistikle, makaleyle destekleyerek onlara neler yapılabileceğini gösterdi; artık beyin kartografyası sayesinde insan beynini gözlemlemek, kontrol altında tutmak, eğitmek mümkündü!

Bir ay sonra yeni bir toplantı daveti almıştı. Projesini finanse etmeyi kabul ediyorlardı, ama tek koşulları onun derhal Orsay'deki bir askerî hastanede, Henri-Becquerel Enstitüsü'nde çalışmaya başlamasıydı. Ayrıca ordudaki meslektaşlarıyla tam bir şeffaflık içinde işbirliği yapacaktı.

Ackermann gülmemek için kendini zor tutmuştu: Savunma Bakanlığı için çalışacaktı! O, 70'li yılların karşıkültür hareketinin bir ürünü olan, amfetamin düşkünü yoldan çıkmış psikiyatr... Ortaklarından daha kurnaz olmaya, kullanılmadan kullanmayı öğrenmeye karar verdi.

Ama tamamen yanılıyordu.

Odanın içinde telefonun zili yeniden yankılandı. Bu kez cevap verme gereği bile duymadı. Perdeleri açtı ve pencerenin önünde durdu. Nöbetçiler hâlâ oradaydı.

Trudaine Caddesi, değişik kahverengi tonları sergiliyordu: kurumuş çamurun, altın sarısının, yorgun metallerin farklı tonları. Bunları seyrederken, bir yandan da, nedendir bilinmez, sarı veya pas rengi boyası yer yer kalkmış bir Çin ya da Tibet tapınağı düşünüyordu, evet bir başka gerçeğin üzerindeki örtü kalkıyordu.

Saat 4 olmuştu ve güneş hâlâ tepedeydi.

Birden, gece olmasını beklememeye karar verdi.

Kaçmak için sabırsızlanıyordu.

Salondan çıktı, seyahat çantasını aldı ve kapıyı açtı.

Her şey korkuyla başlamıştı.

Ve her şey yine onunla sona erecekti.

39

Acil çıkış merdiveninden apartmanın kapalı park yerine indi. Kapının eşiğinde durup karanlık park alanını kontrol etti: boştu. Otoparkı boydan boya kat etti, sonra bir kolonun arkasında yer alan ve ilk bakışta görülmeyen demir kapının sürgüsünü çekti. Önüne çıkan koridor boyunca yürüdü, Anvers Metro İstasyonu'na ulaştı. Arkasına baktı; görünürde kimse yoktu.

İstasyonun bekleme salonundaki yolcu kalabalığından bir an için ürktü, sonra bu kalabalığın kaçışını kolaylaştıracağını fark etti. Hiç yavaşlamadan kalabalık arasında kendine yol açtı, gözleri seramik kaplı alanın diğer tarafındaki başka bir kapıya takıldı.

Orada, fotomatik kabininin yanında durup, küçük delikten çıkacak fotoğraflarını bekliyormuş gibi yaptı ve cebinde taşıdığı maymuncukları çıkardı. Birkaç denemeden sonra doğru anahtarı buldu ve kimseye fark ettirmeden, üzerinde "PERSONELE AİTTİR" yazan kapıyı açtı.

Yeniden yalnız kaldı, rahatlamıştı. Koridorda keskin bir koku vardı; ne olduğunu anlayamadığı ve her yeri kaplamış ekşi bir gaz kokusuydu sanki. Bu dar ve uzun galeriye girdi, ezilmiş karton kutulara, metal sandıklara çarparak, yerdeki unutulmuş kablolara takılarak ilerlemeye başladı. Etrafı aydınlatmak için asla bir şey yakma gereği duymadı. Karşısına çıkan sürgüleri, asma kilitleri, parmaklıklı kapıları, sac kapıları açtı. Geçtikten sonra onları yeniden kapatma gereği duymuyordu.

Sonunda, Anvers Meydanı'nın altındaki ikinci park alanına ulaştı. Burası da, açık yeşil boyalı zemini ve duvarları dışında ilkinin bir kopyasıydı. İçeride in cin top oynuyordu. Yürümeye başladı. Ter içinde kalmıştı, titriyordu, bir çok sıcak bir çok soğuk hissediyordu kendini. Kaygının ötesinde, bu semptomları çok iyi biliyordu: korku.

Nihayet, 2033 numarada park etmiş Volvo arabasını gördü. Etkileyici bir görünümü vardı, metalik griydi, Haut-Rhin ilinin plakasını taşıyordu. Tüm vücudu yeniden dengesine kavuşmuş, denge noktasını bulmuştu sanki.

Anna'nın ilk rahatsızlıkları ortaya çıktığında, durumun kötüye gitmekte olduğunu anlamıştı. Bu rahatsızlıkların her geçen gün biraz daha artacağını ve projesinin er ya da geç bir felakete dönüşeceğini herkesten daha iyi biliyordu. Bir çıkış yolu bulmalıydı. Her şeyden önce doğduğu topraklara, Alsace'a geri dönmeliydi. İsmini değiştiremediğine göre yeryüzündeki diğer Ackermann'ların arasında gizlenebilirdi; sadece Bas ve Haut-Rhin illerinde üç yüzden fazla Ackermann vardı. Sonra asıl kaçış planını gerçekleştirebilirdi: Brezilya'ya, Yeni Zelanda'ya Malezya'ya...

Cebinden uzaktan kumanda aletini çıkardı. Kumandanın düğmesine basmıştı ki, arkasından gelen sesle irkildi:

– Bir şey unutmadığına emin misin?

Arkasına döndü ve birkaç metre ilerisinde, kadife bir mantoya sarınmış, siyah-beyaz giysili bir kadın gördü.

Anna Heymes.

Önce öfkeye kapıldı. Onu, ayaklarına takılmış uğursuz, lanetlenmiş biri olarak düşündü. Sonra fikir değiştirdi: "Onu ele verebilirdi, evet onu ele vermek tek kurtuluşuydu."

Çantasını yere bıraktı ve şefkatli bir sesle konuştu:

– Anna, nerelerdeydin Allah aşkına? Herkes seni arıyor. (Kollarını açıp ona doğru ilerledi.) Bana gelmekle ne kadar iyi yaptın. Sen...

– Kımıldama.

Olduğu yerde kaldı ve ağır, çok ağır hareketlerle sesin geldiği tarafa döndü. Sağ tarafta, bir kolonun arkasında başka biri daha vardı. O denli şaşırmıştı ki bir an karşısındaki kişiyi seçemedi. Sonra yavaş yavaş zihninde belli belirsiz bazı anılar canlandı. Bu kadını tanıyordu.

– Mathilde?

Kadın cevap vermeden yaklaştı. Ackermann aynı şaşkın ses tonuyla yineledi:

– Mathilde Wilcrau?

Kadın tam karşısında durdu, eldivenli elinde otomatik bir tabanca vardı. Ackermann bir Anna'ya bir Mathilde'e bakıp kekeledi:

– Siz... Siz tanışıyor musunuz?

– İnsanın nöroloğa olan güveni sarsıldığında, kime gidilir? Psikiyatra.

Eskisi gibi heceleri yuvarlayarak, kelimelerin üstüne basa basa pes bir sesle konuşuyordu. Böyle bir sesi unutmak mümkün müydü? Ağzı tükürükle doldu. Biraz önceki aynı tuhaf tadı hissetti damağında. Ama bu kez ne olduğunu biliyordu: korkunun tadı, acı, yoğun ve kötü. Evet bu tadın tek nedeni korkuydu. Derisinin tüm gözeneklerinden fışkırdığını hissediyordu.

– Beni takip mi ettiniz? Ne istiyorsunuz?

Anna yaklaştı. Çivit mavisi gözleri park alanının yeşil ışığında parlıyordu. Bir okyanus gibi karanlık, hafif çekik, Asyalı gözler. Gülümsedi:

– Sen ne düşünüyorsun?

40

Sinir bilimleri, nöropsikoloji ve bilişsel psikoloji alanlarında dünyanın en iyisiyim ya da en azından en iyilerinden biriyim. Bu bir kendini beğenme değil, sadece, uluslararası bilim çevrelerinin kabul ettiği bir olgu. Elli iki yaşındayım, bu konularda önemli bir değer, bir referans kaynağıyım.

Ama bu alanlarda gerçekten söz sahibi, önemli bir kişi olamadım, çünkü kendimi bilim dünyasından soyutladım, çünkü inandığım yolda ilerlemek için alışılmış yollardan gitmedim, bayatlamış yöntemler uygulamadım. Benden önce hiç kimsenin izlemediği bir yöntemdi benimki. Ancak o zaman gerçek bir araştırmacı, çağa damgasını vuracak bir öncü olabilirdim.

Ama artık benim için çok geçti...

Mart 1994

On altı ay boyunca bellek üzerinde yaptığım tomografik deneylerin sonunda – "Kişisel Bellek ve Kültürel Bellek" programının üçüncü dönemiydi– bazı anomalilerin sürekli yinelenmesi, beni, araştırmalarında ekibimle aynı radyoaktif izleyiciyi, yani Oksijen-15'i kullanan laboratuvarlarla temasa geçmeye yöneltti.

Gelen cevaplar hep aynıydı: dikkate değer hiçbir şey gözlemlememişlerdi.

Bu, benim yanıldığım anlamına gelmiyordu. Bu, deneklerime yüksek dozda Oksijen-15 verdiğim ve elde ettiğim sonuçların şaşırtıcılığının nedeninin bu dozaj olduğu anlamına geliyordu. Bu gerçeği biliyordum: doz eşiğini aşmıştım, ve bu eşik maddenin gücünü ortaya çıkarmıştı.

Henüz bunları yayımlamak için çok erkendi. Bana fon sağlayanlara, yani Atom Enerjisi Komiserliği'ne bir rapor yazmakla yetindim, geçen dönemin bilançosunu da çıkardım. En arka sayfaya iliştirdiğim notta, testler sırasında gözlemlediğim bazı tuhaf olguların yinelendiğini belirttim. Bu olguların, O-15'in insan beynine dolaylı bir etkisinden kaynaklandığını ve şüphesiz bunun özel bir programın konusu olacağını yazdım. Tepki gelmesi gecikmedi. Mayıs ayında CEA'nın merkezine davet edildim. Büyük bir konferans salonunda on kadar uzmanın karşısına çıktım. Alabros kesilmiş saçlar, sert yüz hatları; ilk bakışta tanıdım onları. İlk kez iki yıl önce karşılarına çıkıp araştırma programımı sunduğum askerlerdi bunlar.

Bir komutla sunumuma başladım:

– TEP'in (Pozitron yayımlı tomografi) çalışma ilkesi, bir radyoaktif izleyiciyi deneğin kanına enjekte etmeye dayanır. Böylece bu maddenin yayımladığı radyoaktif ışıma kamera tarafından büyük bir duyarlılıkla algılanır; bu da beynin o anda faaliyette olan bölgesinin yerini belirlemeyi sağlar. Ben bu iş için klasik bir radyoaktif izotop olan, Oksijen-15'i seçtim, ve...

Bir ses araya girdi:

– Notlarınızda, bazı anomalilerden söz ediyorsunuz. Lütfen sadede gelin: ne oldu?

– Testlerden sonra, deneklerin kendi hatıraları ile seans sırasında onlara aktarılan anekdotları birbirine karıştırdığını saptadım.

– Daha açık olun.

– Projemdeki birçok uygulama, deneğe hayal ürünü hikâyeler, kurmaca olaylar anlatmaya, ardından da denekten bunları özetlemesini istemeye dayanır. Testlerden sonra denekler bu hikâyeleri gerçek olaylar gibi anlatıyordu. Deneklerin hepsi, bu kurmaca olayları gerçekten yaşamış olduğuna inanıyordu.

– O-15 kullanımının buna neden olduğunu mu düşünüyorsunuz?

– Öyle sanıyorum. Pozitron kamerasının bilinç üstüne herhangi bir etkisi olamaz: zararsız bir tekniktir. O-15 deneklere verilen tek madde.

– Bu etkiyi nasıl açıklıyorsunuz?

– Açıklayamıyorum. Radyoaktif maddenin nöronlara yaptığı etkiden kaynaklanabilir. Ya da molekülün kendisinin nöron ileticiler üzerindeki bir etkisi olabilir. Sanki deney bilişsel sistemi harekete geçiriyor, onu test sırasında karşılaştığı bilgilere karşı duyarlı hale getiriyor. Beyin sanal veriler ile yaşanmış gerçek arasında ayrım yapamıyor.

– Bu radyoaktif madde sayesinde, bir deneğin bilincinde yapay anılar canlandırmanın mümkün olabileceğini düşünüyor musunuz?

– Bu çok karmaşık bir konu, ben...

– Bunun mümkün olduğunu düşünüyor musunuz, evet ya da hayır?

– Bu yönde çalışmalar yapılırsa, evet.

Kısa bir sessizlik oldu. Bu kez başka biri müdahale etti:

– Meslek hayatınız boyunca, beyin yıkama teknikleri üzerinde çalışmalar da yaptınız, değil mi?

Gülmemek için kendimi zor tutuyordum, salona hâkim olan engizisyon havasını dağıtmak için boşuna bir çabaydı.

– Yirmi yıl kadar önce. Benim doktora tezimin konusuydu!

– Bu alandaki gelişmeleri izlediniz mi?

– Az çok, evet. Ama bu konuda yayımlanmamış çok sayıda araştırma var. Ulusal güvenlik açısından sakıncalı bulunmuş çalışmalar. Bilmiyorum, eğer...

– Bazı maddelerin, bir deneğin belleğini örtmek için kimyasal paravan olarak kullanılması mümkün mü?

– Evet, bu tür birçok madde var.

– Hangileri?

– Bazı madde kullanımlarından söz...

– Hangileri?

İstemeye istemeye cevap veriyordum:

– Günümüzde, GHB, yani gamahidroksibutirat gibi maddelerden çok söz ediliyor. Ama bu tür bir amaç için çok daha yaygın bir maddeyi kullanmak daha uygun olur: Valium gibi.

– Neden?

– Çünkü Valium, anestezi etkisi yapmayacak dozlarda kullanıldığında sadece kısmî bir bellek yitimine değil zihinsel otomatizme de neden olur. Hasta her türlü telkine açık olur. Üstelik antidotu da vardır; denek daha sonra yeniden belleğini kazanabilir.

Sessizlik. İlk konuşan adamın sesi duyuldu:

– Bir deneğin bu tür bir işleme tabi tutulduğunu, yani ona Valium verildiğini farz edelim, ardından Oksijen-15 enjekte edilerek onda tamamen yeni hatıralar oluşturulabilir mi?

– Bu konuda bana güveniyorsanız...

– Evet mi yoksa hayır mı?

– Evet.

Yeniden sessizlik. Bütün gözler bana çevrilmişti.

– Denek hiçbir şey hatırlamayacak mı?

– Hatırlamayacak.

– Ne Valium verildiğini ne de Oksijen-15, öyle mi?

– Evet. Ama çok erken, özellikle de...

– Sizin dışınızda, O-15'in etkilerini bilen biri veya birileri var mı?

– Yok. İzotop kullanan laboratuvarlarla temas kurdum, ama hiçbir şey fark etmemişler ve...

– Kimlerle temas kurduğunuzu biliyoruz.

– Siz... Gözlem altında mı tutuluyorum?

– Bu laboratuvarların yetkilileriyle bu konuyu karşılıklı konuştunuz mu?

– Hayır. Sadece e-mail yoluyla. Ben...

– Teşekkürler Profesör.

1994 yılının sonunda yeni bir bütçe kabul edildi. Tamamen Oksijen-15 kullanımına ayrılmış bir bütçe. Hikâyenin ironik tarafı da buydu: tasarladığım, sunduğum, savunduğum bir programa fon bulmak için birçok zorlukla karşılaşmış olan bana, şimdi, asla aklımın ucundan bile geçmeyecek bir proje için sonsuz malî olanaklar sunuluyordu.

Nisan 1995

Kâbus başladı. Tepeden tırnağa siyahlar giymiş, katil suratlı iki adam tarafından korunan bir polis beni ziyaret etti. Gri bıyıklı, gabardin ceketli iriyarı bir herifti. Kendini Komiser Philippe Charlier olarak tanıttı. Neşeli, güleç yüzlü, babacan tavırlı birine benziyordu, ama eski hippi içgüdüm bana onun tehlikeli biri olduğunu fısıldıyordu. Ondaki, çene kırıcı, ayaklanma bastırıcı, kendine güveni olan pislik herif tavırlarını yakından tanıyordum.

– Sana bir hikâye anlatmaya geldim, dedi. Kişisel bir anı. Fransa'da paniğe yol açan, aralık 1985 ile eylül 1986 arasındaki bir dizi saldırı hakkında. Tümü, Rennes Sokağı'ndaydı, hatırlıyor musun? Toplam on üç ölü ve iki yüz elli yaralı.

O dönemde DST'de (Ulusal Güvenlik Bölümü) çalışıyordum. Hiçbir eksiğimiz yoktu. Binlerce polis, dinleme aygıtları, süresiz gözaltına alma hakkı. İslamcı merkezleri hallaç pamuğu gibi atmış, Filistin destekçilerini, Lübnanlı şebekeleri, İran kökenli tarikatları iyice zayıf düşürmüştük. Paris tamamen kontrolümüz altındaydı. Bize bilgi verecek kişiye bir milyon frank ödül bile vaat edilmişti. Ama tüm bunlar boşunaydı. Herhangi bir iz, bir ipucu bulamamış, hiç bilgi toplayamamıştık. Ve saldırılar, suikastlar devam ediyordu, öldürmeler, yaralamalar; katliamın önüne geçilemiyordu.

Bir gün, 1986 martında, küçük bir şeyler her şeyi değiştirdi ve örgütün tüm üyelerini bir gecede tutukladık: Fuad Ali Salah ile suç ortaklarını. Silahlarını ve patlayıcılarını 12. Bölge'de, Voûte Sokağı'ndaki bir evde saklıyordu. Toplanma yerleri Goutte d'Or Mahallesi Chartres Sokağı'ndaki bir Tunus lokantasıydı. Operasyonu ben yönetmiştim. Birkaç saat içinde hepsini enseledik. Çok temiz, kusursuz bir işti. Akşamdan sabaha saldırılar, suikastlar sona erdi. Şehir yeniden huzura kavuşmuştu.

Bu mucizeyi sağlayan kimdi biliyor musun? Ya bir gecede durumu değiştiren "küçük şey"i? Örgüt üyelerinden biriydi: Lütfi bin Kallak, sadece inandığı şeylerden vazgeçmiş, fikir değiştirmişti. Bizimle temasa geçti ve ödül karşılığı arkadaşlarını sattı. Hatta tuzağın hazırlanmasına bile yardımcı oldu.

Lütfi kaçıktı. Kimse birkaç yüz bin frank için hayatını feda etmez. Kimse sürekli kovalanan bir hayvan gibi yaşamayı, er veya geç öldürüleceğini bile bile, dünyanın bir ucuna sürgüne gönderilmeyi kabul etmez. Ama ben onun ihanetinin sonuçlarını gayet iyi değerlendirdim. İlk kez bir örgütün içine sızılmıştı. Sistemin kalbine, anlıyor musun? O andan itibaren her şey anlaşılır, kolay ve etkili bir hal aldı. İşte hikâyemin kıssadan hissesi. Teröristlerin bir tek gücü vardır: gizlilik. Herhangi bir yerde, canlarının istediği bir zamanda vururlar. Onları durdurmanın tek bir yolu vardır: şebekelerine sızmak. Beyinlerine girmek. İşte o zaman her şey mümkün olur. Lütfi'yle olduğu gibi. Ve senin sayende diğerleri için bunu başarabiliriz.

Charlier'nin planı gayet açıktı: terör örgütlerine yakın kişileri Oksijen-15'le düşüncelerinden caydırmak, onlara sanal hatıralar empoze ederek onları işbirliğine ve silah arkadaşlarına ihanete ikna etmek.

– Programın adı Morfo olacak, dedi. Çünkü bu heriflerin psişik morfolojisini değiştireceğiz. Onların kişiliklerini, beyin coğrafyalarını değişikliğe uğratacağız. Sonra onları kendi ortamlarına salacağız. Sürüdeki zehirlenmiş köpekler gibi.

İnsanın kanını donduran bir sesle devam etti:

– Seçimin gayet basit. Bir tarafta, sınırsız imkânlar, gönüllü denekler, büyük bir gizlilik içinde bilimsel bir devrime öncülük etme fırsatı. Diğer tarafta, boktan araştırmacı kimliğine geri dönüş, para peşinde koşma, derme çatma laboratuvarlar, önemsiz yayınlar. Sen olmasan da bu programı uygulayacağız, başkalarıyla; onlara senin çalışmalarını, notlarını, her şeyi vereceğiz. Bu bilim adamlarının, Oksijen-15'in etkisinden yararlanmak ve onu kendi-

224

lerine mal etmek isteyeceğinden emin olabilirsin.

Daha sonraki günlerde bilgi topladım. Philippe Charlier DCPJ'ye (Adlî Polis Merkez Müdürlüğü) bağlı Altıncı Büro'nun beş komiserinden biriydi. Uluslararası terörle mücadelede söz sahibi birkaç kişi arasındaydı, "Altıncı Büro" amiri Paul Magnard'ın emrinde çalışıyordu.

Servisteki lakabı "Yeşil Dev"di, örgütlerin içine sızma takıntısı olan ve ayrıca yöntemlerinde şiddeti ön plana çıkaran biri olarak ünlenmişti. Kendisi de uzlaşmaz biri olan, ama geleneksel yöntemlere sıkı sıkıya bağlı, her tür deneme yanılma yöntemine kuşkuyla bakan Magnard tarafından hep kenarda tutulmuştu.

Ama 95 ilkbaharındaydık ve Charlier'nin fikirleri bir anda değer kazanmaya başlamıştı. Bir terör örgütü Fransa'yı tehdit ediyordu. 25 temmuzda Saint-Michel RER[1] istasyonunda bir bomba patladı ve on kişi öldü. GİA'dan[2] şüphelenildi, ama saldırıların önünü almak için ellerinde en ufak bir ipucu yoktu.

Savunma Bakanlığı İçişleri Bakanlığı'yla ortaklaşa Morfo programını finanse etme kararı aldı. Operasyon bu özel dosya için –"çok kısaydı"– fazla etkili olmayabilirdi, ama terörizme karşı yeni silahlar kullanmanın zamanı gelmişti.

1995 yazının sonunda, Philippe Charlier yeniden beni görmeye geldi ve Vigipirate planı çerçevesinde yakalanan yüzlerce İslamcı terörist arasından bir kobay seçmişti bile.

İşte tam o tarihlerde Magnard kesin bir zafer kazandı. TGV[3] hattında bir gaz şişesi bulunmuştu ve Lyon jandarması şişeyi imha etmeye hazırlanıyordu ki Magnard cismin analizinin yapılmasını istedi. Şişede bir şüphelinin, Halid Kelkal'ın parmak izleri bulundu, birçok saldırının faillerinden biriydi. Gerisi medyanın ilgi alanına giriyordu: Lyon bölgesi ormanlarında bir hayvan gibi izi sürülen Kelkal 29 eylülde ele geçmiş, ardından tüm örgüt çökertilmişti.

Bu Magnard'ın ve eskinin modası geçmiş yöntemlerinin zaferiydi.

Morfo dosyası kapandı.

Philippe Charlier görevden alındı.

Ama bütçe devam ediyordu. Ülke güvenliğinden sorumlu bakanlıklar, çalışmalarımı sürdürmem için bana önemli olanaklar sağladı. Daha ilk yılda, sonuçlar haklılığımı ispatladı. Uygun doz-

---

1. Paris ve çevresine hizmet veren ekspres tren ağı. (ç.n.)
2. Cezayir'de şeriat yanlısı "Silahlı İslamî Gruplar". (ç.n.)
3. Fransa'da hızlı tren ağı. (ç.n.)

larda enjekte edilen Oksijen-15, nöronları yapay hatıralara açık hale getiriyordu. Oksijen-15'in etkisiyle bellek geçirgenleşiyor, kurmaca öğeleri kolayca alıp, onları gerçek gibi kabul ediyordu. Araştırmalarımı geliştiriyordum. Ordunun bana sağladığı, çoğu gönüllü asker, onlarca denek üzerinde çalışıyordum. Küçük çapta koşullandırmalar uyguluyordum deneklerime. Her seferinde tek bir yapay hatıra aktarıyordum. Sonra günlerce "nakil"in tutup tutmadığını kontrol ediyordum.

Artık geriye uygulayacağım son deney kalmıştı: bir deneğin belleğini örtmek, ardından da ona yepyeni hatıralar yüklemek. Ama bunu derhal uygulamaya geçmem için acelem yoktu. Çünkü polis ve ordu beni unutmuştu. Bu arada Charlier soruşturmalardan çekilmiş, bütün yetkileri alınmıştı. Magnard ise geleneksel yöntemleriyle birlikte hâlâ görevinin başındaydı. Artık kesin olarak yakamı bıraktıklarını umuyordum. Sivil hayata geri dönmeyi, elde ettiğim sonuçları yayımlamayı, deneylerimi yararlı uygulamalarda kullanmayı hayal ediyordum.

11 Eylül 2001 olmasaydı tüm bunlar mümkün olacaktı.

İkiz Kuleler'e ve Pentagon'a saldırılmasaydı.

Saldırılar, tüm dünyada büyük bir şok yarattı, polisiye önlemlerin, araştırma ve casusluk tekniklerinin ne denli boş olduğunu gösterdi. El Kaide'nin tehdidi altındaki gizli servisler, haberalma teşkilatları, polisler ve ordular kıçından soluyordu. Siyasîler şaşkındı. Bir kez daha terör en önemli gücünü gözler önüne serdi: gizlilik.

Cihattan, kimyasal tehditten, nükleer saldırıdan söz ediliyordu...

Philippe Charlier yeniden ortaya çıktı. Öfkeli, takıntılı bir adamdı. Şiddet yanlısıydı, karanlık, ancak etkili yöntemleri vardı. Morfo dosyası mezarından çıkarılmıştı. Tüm ağızlarda aynı lanetli kelimeler vardı: koşullandırma, beyin yıkama, sızma...

Kasım ayının ortalarında, Charlier, Henri-Becquerel Enstitüsü'ne ayak bastı. Pis pis sırıtarak müjdeli haberi verdi:

– İşte yeniden işbaşındayım.

Beni yemeğe davet etti. Bir Lyon lokantasına: sıcak sosis ve Bourgogne şarabı. Pis yağ ve pişmiş kan kokuları içinde kâbus yeniden başlıyordu.

– CİA'nın ve FBİ'nin yıllık bütçesini biliyor musun? diye sordu.

Olumsuz cevap verdim.

– Otuz milyar dolar. Ayrıca bu iki teşkilatın uyduları, casus denizaltıları, otomatik keşif aygıtları, mobil dinleme merkezleri var. Elektronik gözetleme alanında en hassas teknolojiler anlayacağın. NSA (Ulusal Güvenlik Ajansı) ve onun hünerleri buna dahil değil. Amerikalılar her yeri dinleyebilir, her şeyi algılayabilir. Onlar için dünya üzerinde gizli hiçbir şey yoktur. Bunlardan çok söz edildi. Tüm dünya bu gelişmelere kaygıyla bakıyor. Big Brother'ı anımsatıyor değil mi?.. Ama yine de 11 Eylül oldu. Birkaç herif, ellerindeki plastik bıçaklarla uçak kaçırdılar, Dünya Ticaret Merkezi'nin kulelerini ve Pentagon'un bir kısmını yerle bir ettiler, yaklaşık üç bin kişinin ölümüne neden oldular. Amerikalılar her yeri dinliyor, her şeyi algılıyor, gerçekten tehlikeli adamların dışında.

Yeşil Dev gülmüyordu. Ellerini tabağının üstüne getirdi, sonra yavaşça avuçları yere bakacak şekilde çevirdi:

– Bir terazinin iki kefesini düşün. Bir tarafta otuz milyar dolar. Diğerindeyse plastik bıçaklar. Sana göre hangisi ağır basar? Hangisi bu boktan terazinin dengesini bozar? (Hırsla masaya vurdu.) İstek. İnanç. Çılgınlık. Bir teknoloji devine, binlerce Amerikan ajanına rağmen, bir avuç kararlı adam tüm güvenlik önlemlerini, denetimleri kolayca aşıverdi. Çünkü hiçbir makine bir insan beyninden daha güçlü olamaz. Çünkü normal bir hayat süren, normal tutkuları olan hiçbir görevli, kendi hayatını yüce bir amaç uğruna hiçe sayan bir fanatikle mücadele edemez.

Sustu, derin bir nefes aldı, sonra devam etti:

– 11 Eylül'ü düzenleyen kamikazeler vücutlarındaki tüm kılları tıraş etmişlerdi. Neden biliyor musun? Cennete girerken tamamen temiz olmak için. Böyle adamları hiç kimse, hiçbir şey durduramaz. Ne onları ispiyonlamak ne satın almak ne de anlamaya çalışmak.

Gözleri ışıl ışıl parlıyordu, bir felaket habercisi gibiydi:

– Tekrar ediyorum: bu fanatikleri enselemek için tek bir yol var. İçlerinden birini düşüncelerinden caydırmak. Çılgınlıklarının arkasında yatan şeyi, tutkuların içyüzünü anlamak için onu ikna etmek. İşte o zaman, onlarla mücadele edebiliriz.

Yeşil Dev dirseklerini masaya dayadı, dudaklarını büzdü, sonra gülümsedi:

– Sana iyi bir haberim var. Bugün itibariyle Morfo programını başlattık. Ayrıca sana bir de aday buldum. (Biraz daha sırıttı.) Daha doğrusu bir kadın aday.

41

– Yani ben.

Anna'nın sesi, beton zeminde bir pingpong topu gibi yankılandı. Eric Ackermann ona doğru baktı, hafifçe gülümsedi; bir özür gülümsemesiydi bu. Yaklaşık bir saatten beri kesintisiz konuşuyordu; Volvosuna oturmuştu, kapısı açık, bacakları dışarıdaydı. Boğazı kurumuştu ve bir bardak su için her şeyi verebilirdi. Anna Heymes bir kolona dayanmış, hareketsiz duruyordu, çini mürekkebiyle yapılmış bir duvar resmi kadar duruydu. Mathilde Wilcrau bir aşağı bir yukarı gidip geliyor, lambalar söndüğünde otomatiğe basıyordu.

Ackermann konuşurken bir yandan da onları gözlemlemişti. Biri ufak tefek, solgun ve esmerdi, genç olmasına rağmen yüz hatları bir metal gibi sertti. Diğeri, tam tersine uzun boylu ve canlıydı, bozulmamış bir tazeliği vardı. Bu ateş kırmızısı ağız, simsiyah saçlar, çarpıcı renkler, pazar tezgâhındaki bir meyve gibiydi.

Bunları düşünmenin sırası mıydı? Charlier'nin adamları, yanlarında karakol polisleri olduğu halde tüm mahalleyi hallaç pamuğu gibi atıyor, onu arıyor olmalıydı. Onu öldürmek isteyen bir sürü silahlı polis. Ackermann'ın uyuşturucu ihtiyacı susuzluğuyla birlikte gitgide artıyor, vücudunun en küçük noktasını bile etkiliyordu...

Anna daha alçak sesle tekrarladı:

– Ben...

Cebinden sigara paketini çıkardı. Ackermann atıldı:

– Ben... Bir tane de ben alabilir miyim?

Anna önce kendi Marlborosunu yaktı, ardından, kısa bir türeddütten sonra, ona da bir tane uzattı. Çakmağıyla oynarken lambalar söndü. Çakmağın alevi karanlığı deldi.

Mathilde yeniden otomatiğe bastı.

– Devam et, Ackermann. Hâlâ en önemli şeyi söylemedin: Anna kim?

Ses tonu hâlâ tehditkârdı, ama öfke ve kin taşımıyordu. Artık bu kadınların kendisini öldürmeyeceğini biliyordu. İnsan bir anda katil olmazdı. Her şeyi kendi isteğiyle itiraf etmiş ve bu da onu rahatlatmıştı. Yanık tütün tadının gırtlağına dolmasını bekledi, sonra cevap verdi:

– Tam olarak bilmiyorum. Buradan uzak bir yerdensin. Bana söylediklerine göre adın Sema Gökalp. Türk'sün, kaçak işçisin. Anadolu'nun güneydoğusundan, Gaziantep bölgesinden geliyorsun. 10. Bölge'de çalışıyordun. Sainte-Anne Hastanesi'nde kısa bir süre tedavi gördün, sonra 16 kasım 2001'de seni Henri-Becquerel Enstitüsü'ne getirdiler.

Hâlâ kolona dayanmış bir halde duran Anna soğukkanlılığını koruyordu. Duydukları karşısında fazla etkilenmemiş gibiydi ya da kelimeler bir parçacık bombardıman etkisi yapıyordu, görünmez ama öldürücü.

– Beni kaçırdınız mı?

– Buldular demek daha doğru. Ne olup bittiğini bilmiyorum. Türkler arasında bir çatışma çıkmış, Strasbourg-Saint-Denis'deki bir atölyede ya da bir soygun olayı. Belki de bir şantaj meselesi, tam olarak bilemiyorum. Polisler geldiğinde, atölyede kimse yokmuş. Senin dışında. Çatı katına gizlenmişsin...

Sigarasından derin bir nefes çekti. Nikotine rağmen, hâlâ korkunun kokusunu duyuyordu.

– Olay Charlier'ye aksetmiş. O da, Morfo programını hayata geçirmek için senin ideal bir denek olacağını düşünmüş.

– Neden "ideal"?

– Evrakın, ailen, kısacası hiçbir kaydın yoktu. Üstelik şoka girmiştin.

Ackermann, Mathilde'e baktı; uzmanlara has bir bakıştı bu. Sonra yeniden Anna'ya döndü:

– O gece, orada ne gördüğünü bilmiyorum, ama bu dayanılmaz, tüyler ürpertici bir şey olmalıydı. Ruhsal bir travma yaşıyordun. Üç gün sonra bile, kolların ve bacakların katalepsi nedeniyle hâlâ ankiloz durumundaydı. En ufak bir gürültüde irkiliyordun. Ama daha ilginci, bu ruhsal travma belleğini bulandırmıştı. İsmini, kim olduğunu, pasaportunda yazılı bilgileri hatırlayamıyordun. Sürekli olarak tutarsız, anlamsız kelimeler mırıldanıyordun. Bu bellek yitimi benim işimi kolaylaştırdı. Sana derhal yeni hatıralar yükleyebilirdim. Kusursuz bir kobaydın.

Anna bağırdı:

– Pislik herif!

Ackermann hiçbir şey söylemeden gözlerini kapattı, sanki onu onaylıyordu; sonra utanmazca devam etti:

– Üstelik, kusursuz bir Fransızca konuşuyordun. Bu ayrıntı Charlier'nin aklına başka bir fikir getirdi.

– Ne?

– Başlangıçta, yabancı, farklı kültürden bir deneğin beynine yapay hatıralar yüklemek istiyorduk. Bunun ne gibi sonuçlar doğuracağını görmek istiyorduk. Mesela bir Müslüman'ın dinî inançlarını değiştirmek ya da ona kendi geleneklerinden farklı şeyler telkin etmek gibi. Ama seninle başka olanakları denemek de mümkündü. Dilimizi çok iyi konuşuyordun. Fiziğin bir Avrupalının fiziğinden farksızdı. Charlier çıtayı daha yükseğe çıkardı; tam bir koşullandırma istiyordu. Kişiliğini ve kültürünü silmek yerine Batılı kimliği aşılamak.

Sustu. İki kadın da bu sessizliği bozmadı. Yeniden konuşmaya başlaması için bir tür dolaylı çağrıydı bu.

– Aşırı dozda Valium enjekte ederek bellek yitimini derinleştirdim. Sonra koşullandırma çalışmalarına başladım. Oksijen-15'le.

Mathilde düşünceli bir ses tonuyla sordu:

– Bunu nasıl yapacaktınız?

Sigarasından bir nefes daha çekti, sonra cevap verdi, gözlerini Anna'dan ayırmıyordu:

– İlke olarak seni bilgi bombardımanına tutarak. Her türlü bilgi. Konuşmalar. Film görüntüleri. Kaydedilmiş sesler. Her seansta, sana radyoaktif madde enjekte ediyordum. Sonuçlar inanılmazdı. Her veri beyninde gerçek bir anıya dönüşüyordu. Her geçen gün biraz daha gerçek Anna Heymes oluyordun.

Genç kadın dayandığı kolondan uzaklaştı:

– Onun gerçekten var olduğunu mu söylemek istiyorsun?

İçerinin kokusu gitgide ağırlaşmaya başlamıştı. Evet, oturduğu yerde çürüyordu. Amfetamin yoksunluğu beyninin derinliklerinde ağır ağır paniğe neden oluyordu.

– Belleğini birbiriyle tutarlı hatıralarla doldurmak gerekiyordu. Bunun da en iyi yolu senin için gerçek bir kişilik seçmek, onun hikâyesini, fotoğraflarını, video filmlerini kullanmaktı. İşte bu yüzden Anna Heymes'i tercih ettik, elimizde gerekli malzeme vardı.

– Kim o kadın? Gerçek Anna Heymes nerede?

Gözlüklerini burnunun ucuna indirdi:

– Toprağın birkaç metre altında. O öldü. Heymes'in karısı altı ay önce intihar etti. Bir anlamda yeri boştu. Anılarının tümü onun yaşamına ait. Ölmüş anne baba. Fransa'nın güneydoğusunda yaşayan bir aile. Saint-Paul-de-Vence'da evlilik töreni. Hukuk eğitimi. Işık yeniden söndü. Mathilde yeniden yaktı. Sesi yanan ışığın sesiyle çakıştı:

– Sonra bu kadını Türklerin arasına mı bırakacaktınız?

– Hayır. Bunun hiçbir anlamı olmazdı. Bu masum bir operasyondu. Sadece bir koşullandırma girişimi... hepsi bu. Nereye kadar gidebileceğimizi görmek için.

– Sonunda, yani deneyin bitiminde, dedi Anna. Beni ne yapmayı düşünüyordunuz?

– Hiçbir fikrim yok. Bu benim yetkim dahilinde değildi.

Bir yalan daha. Kuşkusuz bu kadını neyin beklediğini gayet iyi biliyordu. Bu kadar tedirgin edici bir kobaya ne yapılırdı? Lobotomi veya ortadan kaldırma. Anna yeniden konuşmaya başladığında bu korkunç gerçeği anlamıştı sanki. Sesi bir bıçak gibi soğuktu.

– Laurent Heymes kim?

– Onun söylediği kadarıyla: İçişleri Bakanlığı İncelemeler ve Bilançolar Dairesi müdürü.

– Bu maskaralığa neden razı oldu?

– Karısının yüzünden. Depresif, kontrolsüz bir kadındı. Son zamanlarda Laurent onu çalışmaya teşvik etmişti. Savunma Bakanlığı'nda Suriye'yle ilgili özel bir görevde çalışıyordu. Anna belgeleri çaldı. Şam yetkililerine para karşılığı bu belgeleri satmak istedi. Tam bir kaçıktı. Olay ortaya çıktı. Görevden alındı ve intihar etti.

Mathilde yüzünü buruşturdu:

– Ve bu hikâye, kadının ölümünden sonra bile Laurent'ın üzerinde bir baskı unsuru olarak kaldı, değil mi?

– Laurent hep bir skandalın patlak vermesinden korktu. Tüm kariyeri bir anda yerle bir olurdu. Bir casusla evli yüksek kademeden bir devlet memuru... Charlier'nin elinde bu konuyla ilgili eksiksiz bir dosya vardı. Diğerleri gibi Laurent'ı da avucunun içine almıştı.

– Diğerleri mi?

– Alain Lacroux. Pierre Caracilli. Jean-François Gaudemer. (Yeniden Anna'ya doğru döndü.) Birlikte akşam yemeklerine katıldığın sözüm ona yüksek kademeden devlet memurları.

– Kim bunlar?

– Soytarılar, şartlı tahliye edilmiş olanlar, meslekten atılmış polisler; Charlier onlar hakkında birçok bilgiye sahipti ve hepsi, bir oyundan başka bir şey olmayan bu toplantılara katılmak zorundaydı.

– Bu toplantıların nedeni neydi?

– Benim fikrimdi. Seni dış dünyayla yüzleştirmek, tepkilerini gözlemlemek istiyordum. Her şey filme alındı. Bütün konuşmalar kaydedildi. Anlayacağın tüm yaşamın düzmeceydi: Hoche Caddesi'ndeki ev, kapıcı kadın, komşular... Her şey kontrolümüz altındaydı.

– Bir laboratuvar faresi gibi.

Ackermann ayağa kalktı ve birkaç adım atmak istedi, ama kendini duvar ile arabanın açık kapısı arasında sıkışmış buldu. Koltuğuna çöktü:

– Bu program bilimde bir devrimdir, dedi boğuk bir sesle. Ahlakî açıdan değerlendirmemek lazım.

Kapının üstünden Anna ona yeni bir sigara uzattı. Onu affetmeye hazır görünüyordu, ama tüm ayrıntıları anlatması şartıyla.

– Peki ya Çikolata Evi?

Marlboro'yu yakarken, Ackermann titrediğini hissetti. Bu yeni bir şokun habercisiydi. Yoksunluk çok yakında derisinin altında ulumaya başlayacaktı.

– Sorunlardan biri de buydu, dedi, ağız dolusu dumanı üflerken. Bu iş bizi telaşlandırdı. Gözetimleri sıklaştırmak gerekti. Polisler devamlı seni kontrol altında tutuyordu. Bir restoranın şoförü, sanırım...

– La Marée Restoranı.

– La Marée, evet.

– Çikolata Evi'nde çalışırken sürekli gelen bir müşteri vardı. Tanıyorum hissine kapıldığım bir adam. O da polis miydi?

– Olabilir. Ayrıntıları bilmiyorum. Tüm bildiğim bizden gitgide uzaklaşıyor olmandı.

Yeniden otopark karanlığa gömüldü. Mathilde bir kez daha otomatiğe bastı.

– Ama asıl sorun, krizlerdi, dedi Ackermann. Bir eksiklik, bir zayıf nokta olduğunu hemen anladım. Ve bu daha da kötüleşecekti. Yüzlerle ilgili yaşadığın karışıklık sadece bir ön belirtiydi; gerçek belleğin yavaş yavaş yüzeye çıkıyordu.

– Neden yüzler?

– Hiçbir fikrim yok. Henüz deneme aşamasındayız.

Ellerinin titremesi gitgide artıyordu. Bütün dikkatini konuşmasına verdi.

– Laurent, gecenin bir yarısı kendini dikkatle incelediğini fark edince, bu rahatsızlıkların her geçen gün biraz daha artacağını anladım. Seni gözlem altında tutmak gerekiyordu.

– Neden biyopsi yapmak istedin?

– Bütün kuşkularımı bertaraf etmek için. Aşırı dozda Oksijen-15 enjekte edilmiş olması bir lezyona yol açabilirdi. Bunu anlamam gerekiyordu! Birden sustu, bir an için bağırdığını sanmıştı. Derisinin altında sanki bir şeyler kısa devre yapıyordu. Sigarasını fırlattı ve ellerini uyluklarının altına soktu. Daha ne kadar dayanabilirdi?

Mathilde Wilcrau asıl soruya geçti:

– Charlier'nin adamları: nereleri arıyorlar? Kaç kişiler?

– Bilmiyorum. Ben kızağa çekildim. Laurent da. Onunla temas bile kuramadım... Charlier için program sona erdi. Şu anda ivedilikle yapması gereken tek şey var: seni ele geçirmek ve ayakaltından kaldırmak. Gazeteleri okuyorsunuz. İzinsiz yapılan her telefon dinlemesinin medyada, kamuoyunda yarattığı tepkileri biliyorsunuz. Böyle bir programının varlığının öğrenilmesi nelere yol açar tahmin edebilirsiniz.

– Yani ben ortadan kaldırılması gereken bir kadın mıyım? diye sordu Anna.

– Daha ziyade, tedavi edilmesi gereken bir kadın. Kafanın içinde ne olduğunu sen bile bilmiyorsun. Teslim olmalı, kendini Charlier'nin ellerine bırakmalısın. Yani bizim ellerimize. İyileşebilmen için tek çözüm yolu bu, böylece hepimiz hayatta kalırız!

Gözlüklerinin üstünden onlara baktı, artık bulanık görmeye başlamıştı ve böyle çok daha iyiydi. Devam etti:

– Tanrı aşkına, siz Charlier'yi tanımıyorsunuz. Her türlü yasadışı yola başvuracağından eminim. Şimdiden temizliğe başlamıştır bile. Hiç boşa zaman harcamaz, Laurent'ın hayatta olup olmadığını bile bilmiyorum. Her şey mahvoldu, ama en azından sizinle hâlâ konuşabiliyorum...

Sesi boğazında düğümlendi. Buna devam etmenin ne yararı vardı? Kendisi bile zaten bu olasılığa inanmıyordu. Mathilde alçak sesle sordu:

– Tüm bunlar, onun yüzünü neden değiştirdiğinizi açıklamıyor.

Ackermann'ın ağzı kulaklarına vardı; en baştan beri bu soruyu bekliyordu.

– Senin yüzünü değiştirmedik.

– Nasıl?

Gözlüklerinin gerisinden onlara baktı. Yüz hatları şaşkınlıkla donup kalmıştı. Gözlerini Anna'nın gözlerine dikti:

– Seni bulduğumuz zaman böyleydin. Daha ilk scanner'da yara izlerini, kemik implantlarını, çivileri gördüm. İnanılmazdı. Kusursuz bir estetik ameliyattı. Sana bir servete mal olmuş olmalı. Böyle bir estetik müdahalenin ücretini kaçak bir işçinin ödemesi imkânsız.

– Ne demek istiyorsun?

– Sen bir işçi değildin, demek istiyorum. Charlier ve diğerleri yanılmıştı. İsimsiz, önemsiz bir Türk'ü ele geçirdiklerini sandılar. Ama sen çok daha önemli biriydin. Seni bulduklarında Türk mahallesinde saklanıyordun sanırım.

Anna hıçkırıklara boğuldu:

– Bu imkânsız... Bu imkânsız... Tüm bunlar ne zaman sona erecek?

– Bir bakıma, diye devam etti tuhaf bir hırsla. Bu gerçek, koşullandırmanın başarısını da açıklıyor. Ben bir sihirbaz değilim. Anadolu'dan gelmiş bir işçi kadını asla bu denli değiştiremezdim. Hem de birkaç hafta içinde. Ancak Charlier gibiler böyle bir şeye inanabilirdi.

Mathilde araya girdi:

– Anna'nın yüzünün değiştirilmiş olduğunu ne zaman Charlier'ye söyledin?

– Ona söylemedim. Bu müthiş olaydan kimseye bahsetmedim. (Anna'ya baktı.) Hatta geçen cumartesi Becquerel'e geldiğinde, röntgenleri değiştirdim. Yara izleri bütün klişelerde görünüyordu.

Anna gözyaşlarını kuruladı:

– Neden bunu yaptın?

– Deneyimi tamamlamak istiyordum. Bu fırsat bir daha ele geçmezdi... Ruh halin, böyle bir maceraya kalkışmak için idealdi.

Anna'nın ve Mathilde'in şaşkınlıkları sürüyordu.

Genç kadın, kupkuru bir sesle konuştu:

– Anna Heymes değilim, Sema Gökalp da, peki o zaman kimim ben?

– En ufak bir fikrim yok. Bir entelektüel, bir siyasî sığınmacı... Ya da bir terörist. Ben...

Işıklar yeniden söndü. Bu kez Mathilde yerinden kımıldamadı. Karanlık bir katran karası gibi otoparka çöktü. Kısa bir sessizlik oldu, Ackermann "Yanıldım, bu kadınlar beni öldürecek" diye düşündü. Ama Anna'nın sesi karanlığın içinde yankılandı:

– Bunu öğrenmenin tek bir yolu var.

Kimse ışıkları yakmıyordu. Eric Ackermann devamını tahmin etmeye çalışıyordu. Anna, tam kulağının dibinde mırıldandı:

– Benden çaldığını bana geri vereceksin. Belleğimi.

Sekizinci bölüm

42

Çaylaktan kurtulmuştu ve aslında çok daha önce kurtulmalıydı. Gardaki o kargaşadan ve bunun sonucunda elde ettikleri önemli ipucundan sonra, Jean-Louis Schiffer, Paul Nerteaux'yu Doğu Garı'nın tam karşısındaki La Strasbourgeoise adlı bir kafebara götürmüştü. Ona bir kez daha soruşturmanın selameti için yapılması gerekenleri açıklamış, sözlerini "o kadını bulmak gerekiyor" diye bitirmişti. Şu anda başka hiçbir şeyin önemi yoktu, ne kurbanların ne de katillerin. Bozkurtlar'ın hedefi haline gelmiş bu kadını saklandığı yerden çıkarmak gerekiyordu; Bozkurtlar beş aydan beri Türk mahallesinde onu arıyorlardı ve bugüne kadar da bulamamışlardı.

Nihayet, bir saat süren sıkı bir tartışmanın ardından, Paul Nerteaux boyun eğmişti ve her duruma bu kadar çabuk uyum sağlaması Schiffer'i şaşırtmaya devam ediyordu; çaylak izlenecek yeni stratejiler bile açıklamıştı.

Birinci strateji: ölü üç kadının fotoğraflarından yola çıkarak aradıkları kadının bir robot resmini çizdirmek, sonra bunu çoğaltıp Türk mahallesinin belli yerlerine asmak.

İkinci strateji: Küçük Türkiye'de devriyeleri artırmak, kimlik kontrollerini yoğunlaştırmak, aramaları sıklaştırmak. Böyle bir sıkı denetim gülünç gelebilirdi, ama Nerteaux'ya göre de kadın bir rastlantı sonucu ele geçebilirdi. Bu daha önce olmuştu: yirmi beş yıl süren bir kovalamacanın sonunda, Cosa Nostra'nın efsanevî lideri Toto Riina, Palermo'nun göbeğinde, sıradan bir kimlik kontrolü sonunda yakalanmıştı.

Üçüncü strateji: Marius'un, yani İskele'nin patronunun yanına dönmek ve bu eşgale uyan başka kadınlar olup olmadığını görmek için fişleri kontrol etmek. Bu fikir Schiffer'in aklına yatmıştı, ama o köle taciriyle yaşadıklarından sonra yeniden oraya gitmesi artık imkânsızdı.

Buna karşılık dördüncü stratejiyi kendi için benimsemişti: ilk kurbanın yanında çalıştığı Talat Gürdilek'i ziyaret etmek. Öldürülen kadınların işverenleriyle görüşerek bu soruşturmayı sonlandırmak gerekiyordu ve o, bu işe talipti.

Son olarak, beşinci strateji doğrudan katillere yönelikti: Göçmen ve Vize Bürosu'na başvurarak, 2001 kasımından itibaren Fransa'ya giriş yapmış, aşırı sağla veya mafyayla ilişkisi olduğu bilinen Türk uyruklular hakkında bilgi istemek. Bu da, beş ay önce Anadolu'dan gelmiş tüm insanları sıkı bir incelemeden geçirmek, onları İnterpol kayıtlarıyla karşılaştırmak ve Türk polisinin yardımına muhtaç olmak demekti.

Schiffer'in aklı bu öneriye yatmamıştı, bazı Türk polisleri ile Bozkurtlar arasındaki sıkı ilişkileri gayet iyi biliyordu, ama genç polise bundan bahsetmedi, çok coşkulu ve heyecanlıydı.

Aslında Schiffer bu önerilerin hiçbirine inanmıyordu. Ama ilgilenmiş gibi davranmıştı, kafasında başka bir düşünce vardı...

Yargıç Bomarzo'ya Nerteaux'nun yeni planını anlatmaya Île de la Cité'ye giderlerken, Schiffer şansını denemişti. Soruşturmanın selameti için ayrı ekipler halinde çalışmanın daha iyi olacağını söylemişti. Paul robot resimleri dağıtırken ve 10. Bölge'deki karakollarla görüşürken, o Gürdilek'i ziyaret edebilirdi...

Genç yüzbaşı cevabını yargıcı ziyaretinden sonra vermişti. Schiffer onu adalet sarayının karşısındaki küçük bir kafede, iki saatten fazla bir süre bir emir eri gibi ayakta dikilerek beklemişti. Sonra görüşmeden koltukları kabarmış bir şekilde çıkmıştı: Bomarzo, küçük planını uygulamakta onu özgür bırakmıştı. Kuşkusuz bu, Paul'ü memnun etmişti, artık her konuda onunla aynı fikirdeydi.

Paul onu, saat 18'de Magenta Bulvarı'nda, Doğu Garı'nın yakınında bırakmış ve durum saptaması yapmak için saat 20'de, Faubourg-Saint-Denis Sokağı'ndaki Kafe Sancak'ta buluşmayı kararlaştırmışlardı.

Schiffer şimdi Paradis Sokağı'nda yürüyordu. Nihayet yalnızdı! Nihayet özgürdü... Mahallenin yakıcı havasını solumak, "kendi" bölgesinin manyetik gücünü hissetmek. Sona eren gün ateşli bir hastayı andırıyordu, solgun ve uyuşuk. Güneş, her mağazanın vitrinine ışık tanecikleri bırakıyordu. Ölüyü çekici kılmak için ölü hazırlayıcısının kullandığı makyaj malzemesi gibi altın yaldızlı bir tür talktı bu.

Hızlı adımlarla ilerliyordu, mahallenin önde gelen şeflerinden

birinin, Talat Gürdilek'in karşısına çıkmaya koşullamıştı kendini.
60'lı yıllarda, on yedi yaşındayken Paris'e gelmiş biriydi Gürdilek,
cebinde beş kuruşu yoktu; ama şimdi Fransa'da ve Almanya'da
yirmiden fazla konfeksiyon atölyesinin, on kadar kuru temizleme
dükkânının ve çamaşırhanenin sahibiydi. Türk mahallesinde, res-
mî veya yarı resmî, yasal veya yasadışı herkesin üzerinde hâkimi-
yeti olan biriydi. Gürdilek hapşırsa, tüm mahalle nezle olurdu.
Schiffer 58 numaranın önünde durdu, bir garaj kapısını itti. Or-
tasında küçük bir su kanalı olan, iki yanında atölyeler ve küçük
matbaalar bulunan, karanlık bir çıkmaz sokağa girdi. Dar sokağın
sonunda, kare taşlarla döşeli, dikdörtgen bir avluya ulaştı. Sağ ta-
raftaki dar merdiven, yarısı ekili küçük bir bahçenin altındaki
uzun bir hendeğe iniyordu.

Schiffer, bu mahallenin, tüm gözlerden saklı burada oturanla-
rın çoğunun bile bilmediği gizemine bayılıyordu; kalp içinde bir
kalp, yatay ve dikey, tüm işaret noktalarını altüst eden bir hen-
dek. Paslı metal bir bölme geçidi kapatıyordu. Elini bölmenin
üzerine koydu: ılıktı.

Gülümsedi, sonra kuvvetlice vurdu.

Epey bir süre sonra, bir adam gelip açtı, dışarı yoğun bir buhar
bulutu çıktı. Schiffer Türkçe bir şeyler söyledi. Adam içeri girme-
si için kenara çekildi. Polis adamın ayaklarının çıplak olduğunu
fark etti. Yeniden gülümsedi: hiçbir şey değişmemişti. Schiffer,
içerinin boğucu havasına daldı.

Beyaz ışık, bildik manzarayı gözler önüne seriyordu: fayans
kaplı koridor, tavana asılı, solgun yeşil renkli bir kumaşla kaplı
ısı izolasyonlu büyük borular; karolar üstündeki buhar damlala-
rı; kullanılan sönmemiş kireç nedeniyle kapakları beyazlaşmış
kazanlar.

Bu şekilde birkaç dakika daha yürüdüler. Schiffer'in ayakkabı-
ları, küçük su birikintilerini geçerken şıpırtılar çıkarıyordu. Vü-
cudu nemden ve terden sırılsıklam olmuştu. Beyaz karo döşeli,
buhardan göz gözü görmeyen başka bir koridora saptılar. Sağ ta-
rafta bir açıklık vardı ve yüksek sesle soluk alıp vermelerin du-
yulduğu bir atölye gördü.

Schiffer bir süre bu görüntüyü seyretti.

Tavanı yine borularla kaplı, aydınlık bir atölyede, ağızlarında
beyaz maskeler bulunan, çıplak ayaklı otuz kadar işçi kadın tek-
nelerin ve ütü masalarının başında harıl harıl çalışıyordu. Belli
aralıklarla buhar püskürüyordu, içerde yoğun bir deterjan ve al-
kol kokusu vardı.

Schiffer, hamamın su pompalama makinelerinin yakınlarda, ayaklarının altında bir yerlerde olduğunu biliyordu; bu makineler suyu, sekiz yüz metrenin üstünde bir derinlikten çekiyor, hamama ve bu kuru temizleme tesisine basmadan önce borularda dolaştırarak klorluyor, ısıtıyordu. Gürdilek, iki farklı işte, tek bir boru sistemi kullanmak için temizleme atölyesini hamamın yanına kurmayı düşünmüştü. Bir tasarruf stratejisi: suyun en ufak bir damlası bile ziyan edilmeyecekti.

Geçerken Schiffer bir yandan da bu maskeli, alınları terden parlayan kadınlara bakarak, gözbanyosu yapıyordu. Terden ve nemden iş gömlekleri iyice vücutlarına yapışmıştı, memeleri ve kalçaları net bir şekilde fark ediliyordu; tam onun sevdiği gibi iri ve geniştiler. Erkeklik organının sertleştiğini hissetti. Bunu iyi bir haberin belirtisi olarak yorumladı.

Yeniden yürümeye başladılar.

Isı ve nem gitgide artıyordu. Farklı bir koku duyulur gibi oldu, sonra kayboldu, Schiffer bir an için kendisine öyle geldiğini sandı. Ama birkaç adım daha ilerledikten sonra aynı koku yeniden duyuldu.

Bu kez Schiffer emindi.

Hafif hafif solumaya başladı. Buruk, hatta keskin bir koku burun deliklerini ve genzini yaktı. Birbiriyle çelişen hisler uyandıran bu koku solunum sistemini etkisi altına aldı. Ağzı alev alev yanarken bir yandan da sanki ağzının içinde eriyen bir buz parçası vardı. Bu koku hem serinletiyor hem de yakıyordu, aynı solukta hem rahatsızlık veriyor hem de ferahlatıyordu.

Nane.

Yeniden ilerlediler. Koku, Schiffer'in biraz daha içine gömüldüğü bir nehir, bir deniz halini alıyordu. Bu hatırladığından çok daha kötü bir kokuydu. Her adımda, gitgide, bir kabın içinden yayılan bir infüzyona dönüşüyordu. Ciğerleri bir aysberg soğukluğuyla donarken yüzünde sıcak balmumundan bir maske varmış gibi hissediyordu.

Koridorun sonuna ulaştığında, boğulmak üzereydi, kısa kısa soluklarla zorlukla nefes alıyordu. Şimdi de dev bir inhalatörün içine girecekti. Ama artık hedefine çok yaklaşmıştı, taht odasına daldı.

Burası, derinliği fazla olmayan, beyaz ince sütunlarla çevrili boş bir havuzdu; havuzun kenarları, eski metro istasyonlarında olduğu gibi Prusya mavisi karolarla döşenmişti. En dipteki duvarın önünde ahşap paravanlar vardı ve hepsi kafes oymalı Osmanlı motifleriyle süslüydü; aylar, yıldızlar.

Havuzun ortasında, seramik bir blokun üzerinde bir adam oturuyordu.

Hantal, kilolu, boynuna beyaz bir havlu sarmış bir adam. Yüzü görünmüyordu, karanlıktaydı.

Yakıcı buharın içinde kahkahası yankılandı.

Talat Gürdilek'in kahkahası, nane adamın, cızırtılı sesli adamın kahkahası.

43

Türk mahallesinde onun hikâyesini bilmeyen yoktu. 1961'de çift hazneli bir tankerle Avrupa'ya gelmişti. Onu ve yol arkadaşlarını bu ikinci hazneye yerleştirmişler ve somunlu vidalarla sıkıca kapattıktan sonra tanker Anadolu'dan yola çıkmıştı. Ve kaçak yolcular, bu şekilde, ışıksız ve havasız uzun bir süre yaklaşık kırk sekiz saat yolculuk yapmıştı.

Sıcaktan, havasızlıktan nefes almakta güçlük çekiyorlardı. Sonra, Bulgaristan dağlarını geçerken, soğuk, metal haznenin de etkisiyle, iliklerine kadar işlemişti. Ama gerçek cehennem azabını Yugoslavya sınırında yaşamışlardı, tankere yüklenen kadmiyum asit sızdırmaya başlamıştı.

Yavaş yavaş, zehirli buhar, içinde bulundukları metal tabuta doluyordu. Türkler bağırmış, metal haznenin duvarlarına vurmuş, ama tanker yoluna devam etmişti. Talat, gidecekleri yere varmadan kimsenin onları dışarı çıkarmayacağını anlamıştı, bağırmak, hareket etmek asidin tahribatını artırmaktan başka bir işe yaramayacaktı.

Mümkün olduğunca az nefes alarak, kımıldamadan durmuştu. İtalya sınırında, kaçaklar el ele tutuşmuş ve dua etmeye başlamıştı. Alman sınırına vardıklarındaysa çoğu ölmüştü. Nancy'de kaçak yolcuları indirmek için duran şoför, sidiğe ve boka bulanmış otuz cesetle karşılaşmıştı, hepsinin ağzı son bir nefes almak ister gibi bir karış açıktı.

Sadece içlerinden biri, genç bir adam yaşıyordu. Ama solunum sistemi harap olmuştu. Solukborusu, gırtlağı, burun delikleri ciddi bir şekilde kavrulmuştu, tedavisi imkânsızdı; delikanlı bir daha asla koku alamayacaktı. Ses telleri de onarılmaz derecede tahriş olmuştu; bundan böyle sesi zımpara kâğıdı gibi hışırtılı çıkacaktı. Solunuma gelince, akciğerlerinde kronik bir iltihap vardı; sürekli olarak sıcak ve nemli buhar solumak zorundaydı.

Hastanede, doktor, bu üzücü tabloyu genç göçmene açıklamak ve on gün zarfında bir charter uçağıyla İstanbul'a yollanacağını bildirmek için bir tercüman çağırmıştı. Üç gün sonra Talat Gürdilek, suratı bir mumya gibi bandajlı bir şekilde hastaneden kaçtı ve yürüyerek başkente ulaştı.

Talat Gürdilek hep inhalatörüyle birlikte dolaştı. Genç bir atölye şefiyken onu hiç yanından ayırmaz, konuşurken sürekli ilaç püskürtürdü. Daha sonra tarazlı sesini biraz daha boğuklaştıran saydam bir maske takmaya başlamıştı. Rahatsızlığı gitgide kötüleşiyor, ama maddî olanakları da artıyordu. 80'lerin sonunda Gürdilek, Faubourg-Saint-Denis Sokağı'ndaki Mavi Kapı Hamamı'nı açmış, kendisi için özel bir oda yaptırmayı da ihmal etmemişti. Burası onun için, dev bir akciğer, mentollü balsofümin buharıyla dolu bir sığınaktı.

– Selamünaleyküm Talat. Yıkanırken seni rahatsız ettiğim için üzgünüm.

Adam bir kahkaha daha attı, her yanı buharla kaplıydı:

– Aleykümselam Schiffer. Ölülerin arasından geri mi döndün?

Türk'ün sesi, bir söğüt dalı gibi havada ıslık çaldı.

– Beni ölüler gönderdi demek, daha doğru olur.

– Seni bekliyordum.

Schiffer pardösüsünü çıkardı (terden sırılsıklamdı), sonra havuzun basamaklarını indi.

– Bugünlerde herkes beni bekliyor. Cinayetler hakkında bana ne söyleyebilirsin?

Türk derin bir iç çekti. Metal sürtünmesi gibi bir ses duyuldu:

– Ülkemden ayrılırken annem arkamdan su dökmüştü. Yolda bahtımın açık olması, tez gidip tez dönmem için. Ama asla geri dönmedim kardeşim. Paris'te kaldım ve her şeyin hep kötüye gittiğini gördüm. Burada artık hiçbir şey eskisi gibi değil.

Schiffer, adamdan en fazla iki metre uzaktaydı ama, hâlâ yüzünü seçemiyordu.

– "Gurbetlik zor zanaat" demiş şair. Ve benim için gitgide daha zorlaşıyor. Eskiden bize köpek muamelesi yaparlardı. Bizi sömürürler, hakkımızı gasp ederler, tutuklarlardı. Şimdi de kadınlarımızı öldürüyorlar. Bu nerede sona erecek?

Schiffer'in bu martavallara karnı toktu.

– Sınırları sen belirliyorsun, diye karşılık verdi. Senin bölgenden üç işçi kadın öldürüldü, hatta içlerinden biri senin atölyende çalışıyordu; bu oldukça dikkat çekici.

Gürdilek belli belirsiz bir hareket yaptı. Karanlıkta kalan omuzları kömür tepelerini andırıyordu.

– Fransa topraklarındayız. Bizi koruması gereken sizin polisleriniz.

– Bırak da güleyim. Bozkurtlar burada ve sen bunu biliyorsun. Kimi arıyorlar? Ve neden?

– Bilmiyorum.

– Hayır bilmek istemiyorsun.

Bir sessizlik oldu. Gürdilek'in soluk alışları hâlâ kaygı vericiydi.

– Ben bu mahallenin patronuyum. Ülkemin değil. Bu işin kökeni Türkiye'ye dayanıyor.

– Onları kim yolladı? diye sordu, bu kez daha sert bir sesle. İstanbul'daki gruplar mı? Antepli aileler mi? Lazlar mı? Kim?

– Schiffer, bilmiyorum. Yemin ederim.

Polis ona doğru ilerledi. Aynı anda havuzun kenarında, buhar dumanının içinde ayak sesleri duyuldu: korumalar. Hemen olduğu yerde kaldı, hâlâ Gürdilek'in yüz hatlarını ayırt edemiyordu. Sadece omuzlarının bir kısmını, ellerini ve gövdesini görüyordu. Mat, siyah, suyun etkisiyle krepon kâğıdı gibi buruşmuş bir cilt.

– Yani bu cinayetlere seyirci mi kalacaksın?

– İşleri hale yola koyduklarında sona erecektir, yani kızı bulduklarında.

– Ya da ben kızı bulduğumda.

Siyah omuzları titredi.

– Şimdi gülme sırası bende. Bu iş senin harcın değil, dostum.

– Bu konuda bana kim yardımcı olabilir?

– Kimse. Eğer bir şey bilen biri olsa çoktan söylerdi. Ama sana değil. Onlara. Mahalleli sadece huzur istiyor.

Schiffer bir an düşündü. Gürdilek doğru söylüyordu. Bu, en başından beri onun aklını meşgul eden bir sırdı. Bu kadın, onu ihbar etmeyi kafasına koymuş mahalleliden bugüne kadar kurtulmayı nasıl başarmıştı? Ve neden Kurtlar onu hâlâ mahallede arıyordu? Onun yakınlarda bir yerlerde saklandığından nasıl bu kadar emin olabiliyorlardı?

Konuyu değiştirdi:

– Senin atölyende, olay nasıl oldu?

– O sırada ben Münih'teydim ve...

– Bu kadar saçmalık yeter, Talat. Bütün ayrıntıları istiyorum.

Türk kaderine boyun eğen biri gibi iç geçirdi:

– Buraya, atölyeye paldır küldür geldiler. 13 kasım gecesi.

– Saat kaçta?

– Gecenin 2'sinde.

– Kaç kişiydiler?

– Dört.

– Yüzlerini gören biri var mı?

– Kar başlığı takmışlardı. Kızların söylediğine göre tepeden tırnağa silahlıymışlar. Tüfekler. Tabancalar. Aklına ne gelirse. Adidas ceketli adam da aynı şeyleri söylemişti. Komando elbiseli adamlar Paris'in göbeğinde cirit atıyordu. Kırk yıllık meslek hayatında, böyle çılgınca bir şey görmemişti. Bu kadın böyle bir müfrezeyi gerektirecek ne yapmıştı?

– Devam et, diye mırıldandı Schiffer.

– Kızı almışlar, sonra etrafa ateş açmışlar. Her şey üç dakika içinde olup bitmiş.

– Atölyeye girince, kızı hemen nasıl tanımışlar?

– Ellerinde bir fotoğraf varmış.

Schiffer bir adım geri çekildi ve buharın içinde, dersini ezberlemiş çocuk gibi anlatmaya başladı:

– Adı Zeynep Turna. Yirmi yedi yaşında. Birol Turna'yla evliymiş. Çocuğu yok. Fidélité Sokağı, 34 numarada oturuyormuş. Gaziantep kökenli. 2001 eylülünden beri Paris'teymiş.

– Dersini iyi ineklemişsin, kardeşim. Ama bu kez, bir sonuç elde edemeyeceksin.

– Kocası nerde?

– Türkiye'ye geri döndü.

– Ya diğer işçi kadınlar?

– Bu işi unut. Bu tür boktan işler sana göre değil.

– Bilmece gibi konuşmaktan vazgeç.

– Bizim zamanımızda, her şey çok basit ve açıktı. Kampların sınırları belliydi. Bu sınırlar artık yok.

– Açık konuş, pislik herif!

Talat Gürdilek kısa bir mola verdi. Buhar dumanı hâlâ siluetini gizliyordu. Sonra tükürür gibi konuştu:

– Eğer daha fazla şey öğrenmek istiyorsan, polise sor.

Schiffer ürperdi:

– Polis mi? Hangi polis?

– Tüm bunları, Louis-Blanc Karakolu'ndan gelenlere anlattım.

Nane kokusu bir anda çok daha fazla yakıcı geldi.

– Ne zaman?

Gürdilek oturduğu fayans blok üzerinde öne doğru eğildi:

– Beni iyi dinle, Schiffer; bir daha tekrar etmeyeceğim. Kurtlar o gece buradan ayrıldıktan sonra bir devriye arabasıyla karşılaştı. Kısa bir takip oldu. Ama katiller sizin çocukları atlattı. Ardından da aynasızlar atölyeye gelip, etrafa şöyle bir baktılar. Schiffer, ne yapacağını, ne diyeceğini bilemez bir halde bu önemli ve beklenmedik açıklamayı dinliyordu. Bir an, Nerteaux'nun bu olayı kendisinden saklamış olduğunu düşündü. Ama, böyle düşünmesine hiçbir sebep yoktu. Çaylağın bundan haberi yoktu, hepsi o kadar.

Talat anlatmaya devam ediyordu:

– Bu arada benim kızlar çoktan tabanları yağlamıştı. Polisler sadece atölyedeki hasarla ilgilendi. Atölye şefi onlara ne kaçırma olayından ne de komando giysili heriflerden bahsetti. Aslında, kızı bulmamış olsalardı hiçbir şeyden söz etmeyecekti.

Schiffer irkildi:

– Kız mı?

– Polisler, hamamın dip tarafında, makine dairesine gizlenmiş bir kadın işçi buldu.

Schiffer kulaklarına inanamıyordu. Demek bu kadın baskına en başından beri tanık olmuş ve Bozkurtlar'ı görmüştü. Ve bu kadın 10. Bölge polisleri tarafından sorgulanmıştı. Peki nasıl oluyorda da Nerteaux'nun böyle bir şeyden haberi yoktu? Ama artık kesin olan bir şey vardı: karakol polisleri bu olayı sumen altı etmişti; kahrolası herifler.

– Bu kadın; adı neydi?

– Sema Gökalp.

– Yaşı?

– Otuzlarında.

– Evli mi?

– Hayır. Bekâr. Tuhaf bir kızdı. Hep yalnızdı.

– Nereliydi?

– Gaziantep.

– Zeynep Turna gibi mi?

– Atölyede çalışan diğer kızlar gibi. Birkaç haftadır burada çalışıyordu. Ekim ayından beri sanırım.

– Kaçırma olayını gördü mü?

– Olup biteni görebilecek en uygun yerdeymiş. İki kız makine dairesinde ısı ayarı yapıyorlarmış. Kurtlar, Zeynep'i kaçırmış. Sema da dip tarafa saklanmış. Polisler onu bulduğunda şok geçiriyormuş. Korkudan ödü patlamış.

– Sonra?

– Bir daha haber alamadık.

– Onu Türkiye'ye mi yolladılar?

– Hiçbir fikrim yok.

– Cevap ver Talat. Bildiğin başka şeyler de olmalı.

– Sema Gökalp ortadan yok oldu. Ertesi gün karakolda yoktu. Gerçekten buharlaştı. Yemin ederim. İnan bana! Schiffer hâlâ derin derin nefes alıyordu. Sesini kontrol etmeye çalıştı:

– O gece operasyonun başında kim vardı?

– Beauvanier.

Christophe Beauvanier, Louis-Blanc'ın yüzbaşılarından biriydi. Günlerini spor salonlarında geçiren adaleli vücutlu küçük beyinli biriydi. Tek başına böyle bir işin üstesinden gelebilecek bir polis tipi değildi. Daha yukarılara tırmanmak lazımdı... Vücudunu sarsan heyecan titremeleri ıslak elbiselerini de titretiyordu.

Talat Gürdilek düşüncelerini söylemeye devam etti:

– Bozkurtlar'ı koruyorlar, Schiffer.

– Ne dediğini bilmiyorsun.

– Gerçeği söylüyorum ve bunu sen de biliyorsun. Bir tanığı ortadan kaldırdılar. Her şeyi görmüş bir kadını. Belki katillerden birinin yüzünü bile gördü. Ya da onların teşhis edilmesini kolaylaştıracak bir ayrıntıyı. Bozkurtlar'ı koruyorlar, bu kadar basit. Diğer cinayetlerin sebebi onlar. Artık adaleti korumak için başvurduğun yöntemleri gözden geçirebilirsin. Bu konuda bizden daha iyi değilsiniz.

Schiffer gırtlağındaki yanmanın daha da kötüleşmemesi için yutkunmamaya çalıştı. Gürdilek yanılıyordu; Türklerin etkisi Fransız polis teşkilatının üst kademelerine kadar ulaşamazdı. Bunu bilecek kadar tecrübesi vardı; yirmi yıl boyunca, iki dünya arasında tampon görevi yapmıştı.

Bunun başka bir açıklaması olmalıydı.

Yine de, bir ayrıntı kafasını kurcalıyordu. Yukarılarda bir dolapların döndüğüne dair bazı ihtimalleri kuvvetlendiren bir ayrıntı. Üç cinayet soruşturmasının, Paul Nerteaux gibi tecrübesiz bir yüzbaşıya, Ay'dan gelmiş bir çaylağa emanet edilmesi ilginçti. Ancak bir çocuk, ona bu denli güvenilebileceğini düşünürdü. Tüm bunlar, sanki onu ıskartaya ayırmak için yapılmıştı.

Düşünceler alev alev yanan şakaklarının altında akıp gidiyordu. Eğer bu boktan iş doğruysa, eğer bu olay bir Fransız-Türk ittifakına dönüşmüşse, eğer iki ülkenin siyasî iktidarları, menfaatlerini bu zavallı kızların hayatları ve genç bir polisin umutları pahasına her şeyin üstünde tutuyorsa, Schiffer sonuna kadar bu çaylağa yardım edecekti.

Herkese karşı ikisi.

Buharın içinde biraz daha geri çekildi, yaşlı paşayı selamladı, sonra tek kelime etmeden basamakları çıktı.

Gürdilek arkasından seslendi:

– Şimdi kendi evini temizleme vakti, kardeşim.

44

Schiffer, karakolun kapısını bir omuz darbesiyle açtı. Bütün gözler bir anda ona döndü. Schiffer de aynı şekilde onlara baktı, ter içindeydi, adamları ürkütmüş olmanın keyfini çıkarıyordu. Muşamba yağmurluklarını giymiş iki grup polis karakoldan çıkmak üzereydi. Sırtlarında deri ceketleriyle teğmenler kırmızı kolluklarını takıyorlardı. Büyük bir operasyonun hazırlığı içindeydiler.

Schiffer tezgâhın üzerinde bir yığın robot resim gördü. Paul Nerteaux 10. Bölge'deki bütün karakollara bunları normal birer el ilanı gibi dağıtmıştı, bir an bile bu işte kullanılan bir kaz olduğunu aklına getirmemişti. Yeniden ter boşandı, ama bu kez öfkedendi.

Hiçbir şey söylemeden, birinci kata çıkan merdivenleri tırmandı. İki yanında kontrplak kapılar bulunan bir koridora daldı ve doğrudan üçüncü kapıya gitti.

Beauvanier hiç değişmemişti. Geniş omuzlar, siyah deri bir ceket, Nike marka basket ayakkabıları. Gitgide polisler arasında yaygınlaşan tuhaf bir ifadeyle sırıtıyordu: gençlik ifadesi. Ellisine yaklaşıyordu, ama hâlâ inatla genç görünmeye çabalıyordu.

Kemerini takmakla meşguldü, gece baskınına hazırlanıyor olmalıydı.

– Schiffer? dedi şaşkın bir ses tonuyla. Burada ne arıyorsun?

– Nasılsın, toraman oğlan?

Cevap vermesine fırsat tanımadan, Schiffer onu ceketinin yakalarından yakaladı ve duvara yapıştırdı. Diğer polisler yardımına gelmişti bile. Beauvanier, adamları sakinleştirmek için, Schiffer'in omzunun üstünden seslendi:

– Sorun yok çocuklar! Bir arkadaş!

Schiffer, adamın kulağına fısıldadı:

– Sema Gökalp. Geçen 13 kasım. Gürdilek'in hamamı.

Gözleri fal taşı gibi açıldı. Dudakları titredi. Schiffer, adamın kafasını hızla duvara çarptı. Polisler yeniden ileri doğru bir hamle yaptı. Elleriyle Beauvanier'yi omuzlarından sıkı sıkı tutuyordu, ama yüzbaşı gülümsemeye çalışarak polisleri durdurmak için bir el hareketi yapmaya muvaffak oldu:

– Bir dost, size söyledim. Her şey yolunda!

Polisler sakinleşti. Birkaç adım gerilediler. Sonunda kapı, istemeye istemeye de olsa, yavaş yavaş kapandı. Schiffer de Beauvanier'yi bıraktı ve bu kez daha sakin bir sesle sordu:

– O kadını, yani tanığı ne yaptın? Onu nasıl ortadan yok ettin?

– Aslanım, dedi. Sandığın gibi değil. Onun ortadan kaybolmasıyla benim hiçbir ilgim yok...

Schiffer, onu daha iyi görebilmek için birkaç adım geriledi. Yüz hatları tuhaf bir biçimde yumuşaktı. Simsiyah saçları, masmavi gözleri olan bir kız yüzü gibi. Schiffer'e İrlandalı gençlik aşkını hatırlatmıştı: bir "Black-Irish", İrlandalıların klasik "kızıl saçlı ve beyaz tenli" ırkına ters düşen "siyah saçlı ve beyaz tenli" bir kızdı.

Gençlik budalası polisin başında, siperliği ensesine çevrili bir beyzbol şapkası vardı, şüphesiz sokaklarda dolaşırken polis kimliğini gizlemek, sıradan bir insan gibi gözükmek için.

Schiffer bir sandalye aldı ve Beauvanier'yi zorla oturttu:

– Seni dinliyorum. Bütün ayrıntılarıyla anlatmanı istiyorum.

Beauvanier'ye gülümsemeye çalıştı, ama başaramadı.

– O gece, bir devriye arabası bir BMW'yle karşılaştı. Herifler Mavi Kapı Hamamı'ndan çıkıyordu ve...

– Bunları biliyorum. Sen ne zaman olaya müdahale ettin?

– Yarım saat sonra. Çocuklar telsizle beni aradı. Onlara Gürdilek'in orada katıldım. Olay Yeri İnceleme Bürosu'nun polisleriyle birlikte.

– Kızı sen mi buldun?

– Hayır. Ben gelmeden önce bulmuşlar. Islanmıştı. Orada kadınların hangi şartlarda çalıştığını biliyorsun. Bu...

– Bana kızı tarif et.

– Ufak tefek. Siyah saçlı. Çok zayıf. Dişleri takırdıyordu. Anlaşılmaz bir şeyler mırıldanıyordu. Türkçe.

– Gördüklerini anlattı mı?

– Hiçbir şey. Bizi görmüyordu bile. Kadın şoka girmişti.

Beauvanier yalan söylemiyordu; sesi bunu doğruluyordu.

Schiffer odanın içinde bir aşağı bir yukarı dolaşıyor, gözlerini ondan ayırmıyordu.

– Sana göre, hamamda ne oldu?

– Bilmiyorum. Sanırım bir haraç işi. Herifler gözdağı vermek için gelmişler.

– Haraç almak mı? Gürdilek'ten? Buna kim kalkışabilir? Yüzbaşı deri ceketini düzeltti, yakalarını indirdi.

– Türklerin işine akıl sır ermez. Belki mahalleye bir başka çete musallat olmuştur. Ya da Kürt gruplardır. Bu onların arasındaki bir mesele. Gürdilek şikâyette bile bulunmadı. Sadece zabıt tutmakla yetindik ve...

Başka bir gerçek daha ortaya çıkmıştı. Mavi Kapı'nın adamları ne Zeynep'in kaçırılışından ne de Bozkurtlar'dan bahsetmişti. Beauvanier, bu olayın gerçekten bir haraç alma işi olduğuna inanıyordu. Kimse hamama yapılan bu basit "ziyaret" ile iki gün sonra bulunan ceset arasında bir bağ kurmamıştı.

– Peki Sema Gökalp'i ne yaptın?

– Karakolda ona bir eşofman ile bir battaniye verdik. Her tarafı titriyordu. Eteğinin iç kısmına tutturulmuş pasaportunu bulduk. Vizesi yoktu. Göçmen Bürosu'nu haberdar etmek gerekiyordu. Onlara faksla raporumu geçtim. İşimi sağlama almak için Beauvau Meydanı'ndaki müdürlüğe de bir tane yolladım. Beklemekten başka yapacak bir şey yoktu.

– Sonra?

Beauvanier derin bir iç çekti, boynunu kaşıdı:

– Titremeleri devam ediyordu. Hatta daha da fazlalaşmıştı. Dişleri takırdıyor, hiçbir şey yiyemiyor ve içemiyordu. Sabaha karşı 5'te, onu Sainte-Anne Hastanesi'ne götürmeye karar verdim.

– Neden çocuklar değil de sen karar verdin?

– Onlar kızı kımıldayamaz hale getirip burada tutmak istiyordu. Ve sonra... Bilmiyorum. Bu kızda bir şeyler vardı. Bir "32 13" doldurdum ve kızı alıp götürdüm.

Sustu. Ensesini kaşımaya devam ediyordu. Schiffer küçük, kırmızı kabartıları gördü. "Uyuşturucudan" diye düşündü.

– Ertesi sabah, VPE'den çocuklara haber verdim. Onları Sainte-Anne'a yolladım. Öğlene doğru beni aradılar; kızı bulamamışlardı.

– Kaçmış mı?

– Hayır. Sabah 10'da polisler gelip onu götürmüşler.

– Hangi polisler?

– Bana inanmayacaksın.

– Sen yine de anlat.

– Nöbetçi doktorun söylediğine göre, DNAT'a bağlı polislermiş.

– Terörle Mücadele Şubesi'nin polisleri mi?

– Bizzat gidip kontrol ettim. Bir nakil emri göstermişler. Her şey kuralına uygun.

Baba ocağına geri dönüşü şerefine böyle bir havaî fişek gösterisi beklemiyordu. Çalışma masasının köşesine dayandı. Yaptığı her hareketle, sanki hâlâ etrafa nane kokuları saçıyordu.

– Onlarla temas kurdun mu?

– Denedim. Ama heriflerin ağzı çok sıkıydı. Anladığım kadarıyla, Beauvau Meydanı'na yolladığım raporu ele geçirmişlerdi. Sonra da Charlier gerekli emirleri vermişti.

– Philippe Charlier mi?

Yüzbaşı kafasını salladı. Schiffer tüm bu işittiklerine akıl sır erdiremiyordu. Charlier, Terörle Mücadele Şubesi'nin beş komiserinden biriydi. Schiffer'in 1977 yılında Asayiş Şubesi'nde görev yaparken tanıdığı Charlier hırslı, gözü yükseklerde olan bir polisti. Gerçek bir pislikti. Belki kendisinden bile daha habis bir herifti, ama daha az kaba olduğu kesindi.

– Sonra?

– Sonrası, hiç. Bir daha herhangi bir haber almadım.

– Külahıma anlat.

Beauvanier tereddüt etti. Alnında ter damlaları birikmişti. Önüne bakıyordu.

– Ertesi gün, Charlier bizzat beni aradı. Bana olay hakkında bir yığın soru sordu. Kadın nerede bulunmuştu, durumu nasıldı gibi.

– Ona ne cevap verdin?

– Bildiğim her şeyi.

"Yani hiçbir şey, geri zekâlı" diye düşündü Schiffer. Yüzbaşı devam etti:

– Charlier bana bu dosyayla kendisinin ilgilendiğini söyledi. Savcılığa, Yabancılar Masası'na iletildiğini, her zamanki sürecin başlatıldığını belirtti. Çenemi kapamamı ima etmekten de geri kalmadı.

– Peki ya hazırladığın rapor, hâlâ sende mi?

Kaygı dolu yüzünü bir gülümseme kapladı.

– Sen ne düşünüyorsun? Aynı gün gelip benden aldılar

– Ya not defterin?

Gülümseme kahkahaya dönüştü.

– Hangi not defteri? Aslanım her şeyi sildiler. Telsiz konuşmalarının kayıtlarını bile. Tanığı ortadan kaldırdılar! Bu kadar basit ve açık.

– Neden?

– Nereden bileyim. Bu kız hiçbir şey söylemedi. Tamamen kafayı yemişti.

– Peki sen, neden olayı örtbas ettin?

Polis sesini alçalttı:

– Mecburdum. Eski bir hikâye...

Schiffer, Beauvanier'nin koluna dostça bir yumruk attı, sonra ayağa kalktı. Tüm bu bilgileri kafasında ölçüp biçiyordu, yeniden odanın içinde dolanmaya başlamıştı. Bu iş göründüğünden çok daha karmaşıktı, Sema Gökalp'ın DNAT tarafından kaçırılmasının ardında başka bir şey vardı. Seri cinayetlerle ve Bozkurtlar'la ilgisi olmayan bir şey. Ama tüm bunlar, bu tanığın araştırmasında taşıdığı önemi göz ardı etmesine neden olamazdı. Sema Gökalp'ı bulmak zorundaydı; çünkü o bir şeylere tanık olmuştu.

– Göreve geri mi döndün? diye sordu Beauvanier.

Schiffer ıslak pardösüsünü giydi, soruyu geçiştirdi. Çalışma masasının üstünde Nerteaux'nun hazırlattığı robot resimlerden birini gördü. Bir ödül avcısı edasıyla resmi aldı ve sordu:

– Sainte-Anne Hastanesi'nde Sema'yla ilgilenen doktorun adını hatırlıyor musun?

– Evet. Jean-François Hirsch. Bana yazdığı reçeteyle ilgili bilgi vermişti ve...

Schiffer artık dinlemiyordu. Gözleri yeniden robot resme takıldı. Öldürülen üç kadının bir senteziydi. Geniş ve yumuşak yüz hatları kızıl saçlarının altında ışıldıyordu. Aklına bir Türk şiiri geldi: "Padişahın bir kızı varmış / Ayın ondördü gibi güzelmiş..."

Beauvanier bir soru sorma gafletinde bulundu:

– Mavi Kapı olayının bu kadınla bir alakası olabilir mi?

Schiffer robot resmi cebine koydu. Polisin kasketinin siperliğini tuttu ve düzeltti:

– Eğer bir soru sorulacaksa, onu ben sorarım, "aslanım".

45

Sainte-Anne Hastanesi, saat 21.

Burayı çok iyi tanıyordu. Yüksek taş duvarlarla çevrili; Broussais Sokağı'na bakan küçük bir kapısı olan; çok geniş bir arazi üzerine kurulmuş bir hastaneydi. Çeşitli bloklardan ve pavyonlardan oluşan hastane yüzyılların ve bu yüzyıllara ait farklı mimarî üslupların bir karışımıydı. Delilerin yaşadığı bir evrenin üzerine sürgülenmiş gerçek bir kale.

Yine de bu gece, kale, önceki kadar güvenli gözükmüyordu. İlk binalardan itibaren afişler düşünceleri açıkça ortaya koyuyordu: "TAM GÜVENLİK İÇİN GREV", "İŞ YA DA ÖLÜM". Biraz daha ileride başka bez afişler göze çarpıyordu: "FAZLA MESAİYE HAYIR", "KANDIRMACA İSTEMİYORUZ", "TATİL GÜNLERİMİZ ÇALINIYOR"...

Hastalarının özgürce dolaşmasına izin veren, Paris'in en büyük akıl hastalıkları hastanesi düşüncesi bile Schiffer'i eğlendiriyordu. Delilerle dolu bir yer, hastaların bir gece vakti doktorların yerine geçtiği bir hastane düşünüyordu. Ama içeri girince, bir hayalet şehirle karşılaştı, in cin top oynuyordu.

Nöroşirürji ve nöroloji servisleri boyunca kırmızı levhaları takip etti, geçerken koridorların isimleri dikkatini çekti. "Guy de Maupassant" koridorunu bitirmiş, şimdi "Edgar Allan Poe" yolunda ilerliyordu. Bunun hastane yönetiminin bir mizah anlayışı olup olmadığını düşündü. Maupassant ölmeden önce uzun bir süre akıl hastanesinde kalmıştı, *Kara Kedi*'nin yazarı bir alkolikti ve ölürken akıl sağlığı yerinde değildi. Komünist şehirlerde, caddelerin adları "Karl Marx" veya "Pablo Neruda" olurdu. Sainte-Anne Hastanesi'nde ise koridorlar ünlü delilerin adlarını taşıyordu.

Schiffer gülümsedi, bugüne kadar hep tuttuğunu koparan, sert polis rolünü oynamaya çaba sarf etmişti, ama onun da korkuları olmuştu.

Cezayir dönüşü, bu binalardan birinde kalmıştı, o zamanlar yirmi yaşında vardı yoktu. Savaş sendromu teşhisiyle. Birkaç ay burada yaşamış, halüsinasyonlarla kovalamaca oynamış, intihar düşüncesi beynini kemirmişti. Cezayir'de, Harekât Koruma Birliği'nde birlikte çalıştığı başka arkadaşları da benzer hezeyanları yaşamıştı. Lille'li genç bir çocuk hatırlıyordu, evine döndükten hemen sonra kendini asmıştı. Bretagne'lı bir başkası da, ailesinin çiftliğinde baltayla sağ elini kesmişti; elektrot bağladığı, kafaları ensesinden tutup suya bastırdığı elini.

Acil servis bomboştu.

Grena karolarla kaplı kare biçimli bir salondu. Bir kan portakalının etli kısmını andırıyordu. Schiffer zile bastı, yaşlı bir hemşirenin geldiğini gördü: kuşakla bağlanmış beyaz bir önlük, topuz yapılmış saçlar ve çift odaklı gözlükler.

Kadın, Schiffer'in hırpanî görüntüsü karşısında yüzünü buruşturdu, ama yaşlı polis seri bir hareketle kimlik kartını gösterdi ve niçin burada olduğunu açıkladı. Kadın, tek kelime etmeden Doktor Jean-François Hirsch'i bulmaya gitti.

Duvara raptedilmiş koltuklardan birine oturdu. Fayans kaplı duvarlar içini karartmıştı sanki. Tüm çabasına rağmen, beyninin derinliklerinden açığa çıkmaya başlayan hatıralarına engel olmayı başaramıyordu.

1960

"İstihbarat ajanı" olmak için gemiden Cezayir'de indiğinde ne tehlikeli görevlerden kaçmayı ne iş stresini alkolle yenmeyi ne de sakinleştirici ilaçlara başvurmayı düşünmüştü. Tam tersine, gece gündüz demeden verilen her görevi yerine getirmiş, kaderinin çizdiği yolda inançla yürümüştü. Savaş, onu seçimini yapmaya zorlamıştı; hangi tarafta olacaktı. Artık ne vazgeçebilir ne de geri dönebilirdi. Her şey için çok geçti, burada kalacak ya da beynine bir kurşun sıkacaktı.

Gece gündüz işkence yaptı. Önce klasik yöntemlerle: yumruk, elektrik şoku, suya daldırma. Sonra kendi tekniklerini geliştirdi. Başlarına kukuleta geçirdiği esirleri şehir dışına götürüp kurşuna dizecekmiş gibi yapıyor, şakaklarına silah dayadığı adamların korkudan altlarına doldurmalarını seyrediyordu. Asit kokteylleri hazırlıyor, bunları huniyle zor kullanarak tutsakların gırtlaklarına akıtıyordu. Farklı işkence yöntemleri uygulamak için hastaneden tıbbî malzemeler de çalmıştı, lavman pompasını burun deliklerine su enjekte etmekte kullanıyordu...

Bir heykeltıraş gibi korkuya biçim veriyor, onu yontuyor, farklı şekillere sokuyordu, ama şiddeti azalmıyor hep artıyordu. Hem onları güçten düşürmek hem de kanlarını saldırı kurbanlarına vermek için esirlerden kan aldığı da oluyor, bu ona tuhaf bir coşku veriyordu.

Kendini, yaşama ve ölme hakkını elinde tutan bir tanrı gibi hissediyordu. Kimi kez, sorgu odasında kendi kendine gülüyor, parmaklarına bulanan kanı büyük bir zevkle seyrediyordu; sahip olduğu güç gözlerini kamaştırmıştı.

Bir ay sonra Fransa'ya geri gönderildi, hiç konuşamıyordu. Çenesi kilitlenmişti: tek kelime söyleyemiyordu. Onu Sainte-Anne'a, savaş nedeniyle ruhsal travma geçirmiş hastaların bulunduğu binaya yatırdılar. Burası, koridorlarında inlemelerin eksik olmadığı bir yerdi, her yemek aynı masayı paylaştığı birinin kusması nedeniyle yarım kalıyordu.

Schiffer hiç konuşmuyor, korku içinde yaşıyordu. Bahçede dolaşırken yönünü şaşırıyor, nerede olduğunu bilmiyordu, diğer hastaları işkence yaptığı tutuklular sanıyordu. Koridorda yürürken "kurbanları tarafından fark edilmemek" için duvara yapışıyordu.

Geceleri, kâbuslar halüsinasyonların yerini alıyordu. İskemleye bağlanmış çıplak adamlar; verilen elektrik nedeniyle alev alan taşaklar; lavabolara şiddetle çarpılarak kırılan çeneler; şırıngayla su püskürtülen, kan içindeki burunlar... Aslında bunlar birer hayal değil, geçmişin hatıralarıydı. Özellikle baş aşağı astıktan sonra tekmeleyerek beynini dağıttığı adamın görüntüsü gözünün önünden gitmiyordu. Ve her gece ter içinde uyanıyor, parçalanan beynin her tarafa sıçradığını düşünüyordu. Odasının içini dikkatle inceliyor ve yumuşak duvarları, küveti, orta masanın üzerindeki ANGRC 9 radyoyu görüyordu.

Doktorlar ona bu tip hatıraları engellemenin imkânsız olduğunu söylemişlerdi. Tam tersine korkusuzca onlara meydan okumalı, her gün belli bir süre onların üstünde yoğunlaşmalıydı. Bu onun karakterine uygun bir stratejiydi. O mücadeleden kaçacak biri değildi; artık hayaletlerle dolu bahçede dolaşırken korkmayacaktı.

Orduya istifasını verdi ve sivil hayata atıldı.

Geçmişteki psikiyatrik rahatsızlığını saklayarak, ama askerî başarılarını ve çavuş rütbesini ön plana çıkararak polis olmak için başvurdu. Siyasî durum onun lehineydi. Paris'te OAS'ın[1] saldırıları artmıştı. Teröristlerle mücadele etmek için adama ihtiyaç vardı. Ve tabiî iyi koku alacak bir burna da... Bu işlerde tecrübe sahibiydi. Hemen sokaklardaki başarısı kendini gösterdi. Yöntemleri de. Kimsenin yardımı olmadan, tek başına çalışıyor ve amacına ulaşıyordu. İstediğini söke söke elde ediyordu. Bütün hayatı mesleği olmuştu. Daima kendisiyle ve sadece kendisi hakkında bahse giriyordu. Yasaların ve insanların üstündeydi. Kendi yasaları vardı, kendi adaletini uygulama hakkına sahipti. Bir tür evrensel sözleşme yapmıştı: parolası dünyanın pislikleriyle savaşmaktı.

– Ne istemiştiniz?

Duyduğu sesle irkildi. Ayağa kalktı ve karşısındaki adamı tepeden tırnağa süzdü.

Jean-François Hirsch çok uzun boylu –bir seksenin üstünde– ve zayıf bir adamdı. Uzun kolları, iri elleri vardı. İnce uzun vücudunu dengede tutmaya yarayan iki ağırlık gibi diye düşündü Schiffer. Kıvırcık, kahverengi saçlarla süslü, güzel bir başı vardı. Başka bir denge unsuru diye aklından geçirdi... Üzerine beyaz önlük yerine kalın keçe bir palto giymişti. Anlaşılan çıkmak üzereydi.

Schiffer kimliğini göstermeden kendini tanıttı:

– Jean-Louis Schiffer, kıdemli teğmen. Size sormak istediğim birkaç soru var. Sadece birkaç dakikanızı alır.

– Çıkmam gerekiyor. Geç bile kaldım. Soracaklarınız yarını bekleyemez mi?

Sesinde de farklı bir ağırlık vardı. Ciddi. Kararlı. Sert.

– Üzgünüm, dedi polis. Önemli bir konu.

Doktor, Schiffer'i şöyle bir süzdü. Nane kokusu aralarında soğuk bir paravan gibiydi. Hirsch derin bir iç çekti ve duvara raptedilmiş koltuklardan birine oturdu.

– Neyle ilgili?

Schiffer ayakta durmayı tercih etti:

– 14 kasım 2001'de muayene ettiğiniz bir Türk işçi kadın hakkında. Yüzbaşı Christophe Beauvanier tarafından sabahın erken saatlerinde getirilmişti.

– Evet?

– Bu olayda, yöntem açısından bazı eksiklikler olduğunu düşünüyoruz.

---

1. "Cezayir Fransızlarındır" görüşünü savunan ve sivillere karşı acımasız terör eylemleri yapan örgüt, Gizli Ordu Örgütü. (ç.n.)

– Tam olarak hangi bölümdensiniz?

– İç Güvenlik Soruşturma Bürosu. Bölümler Genel Müfettişliği.

– Sizi şimdiden uyarayım. Yüzbaşı Beauvanier hakkında hiçbir şey söylemeyeceğim. Meslekî ahlak veya meslek sırrı, size bir şey ifade ediyor mu?

Doktor soruşturma sebebini yanlış anlamıştı. Kuşkusuz, uyuşturucu sorunu olan "Bay Delikanlı"ya bunun üstesinden gelmesi konusunda yardımcı oluyordu. Schiffer en etkileyici ses tonuyla konuştu:

– Benim soruşturmamın Christophe Beauvanier'yle ilgisi yok. Ona metadon tedavisi uyguluyor olmanız beni zerre kadar alakadar etmiyor.

Doktor kaşlarını kaldırdı –Schiffer onu gördü– sonra yumuşadı:

– Ne öğrenmek istiyorsunuz?

– Şu Türk işçi kadın. Onu buradan alıp götüren polislerle ilgileniyorum.

Doktor bacak bacak üstüne attı ve pantolonunun kırışıklığını düzeltti:

– Kız hastaneye kabul edildikten yaklaşık dört saat sonra geldiler. Ellerinde nakil emir kâğıdı, sınırdışı edilmesi için mahkeme kararı vardı. Her şey son derece kurallara uygundu. Hatta fazlasıyla diyebilirim.

– Fazlasıyla mı?

Kâğıtlar mühürlenmiş, imzalanmıştı. Doğrudan İçişleri Bakanlığı'ndan geliyordu. Tüm bunlar sabahın 10'unda oluyordu. Bu kadar sıradan bir iş için bir yığın resmî kâğıt, görülmüş şey değil.

– Bana kızdan bahsedin.

Hirsch ayakkabılarının burnuna baktı. Düşüncelerini toparlıyordu.

– Geldiğinde vücut ısısının normalin altında olduğunu düşündüm. Titriyordu. Soluk soluğaydı. Muayene ettikten sonra ateşinin normal olduğunu anladım. Solunum sisteminde de herhangi bir rahatsızlık yoktu. Semptomların sebebi histeriydi.

– Ne söylemek istiyorsunuz?

Doktor gülümsedi:

– Fiziksel belirtiler vardı, ama en ufak bir fizyolojik sebep yoktu. Her şey buradan kaynaklanıyordu. (İşaretparmağını şakağına koydu.) Kafadan. Bu kadın psikolojik bir şok yaşamıştı. Vücudu da buna tepki vermişti.

– Size göre, bu nasıl bir şok olabilir?

– Şiddetli bir korku. Dış etkenli bir korkunun tipik özelliklerini gösteriyordu. Yapılan kan tahlili de bunu doğruladı. Kana önemli miktarda hormon salgılanmış olduğunu tespit ettik. Belirgin miktarda kortizol artışı vardı. Tüm bunlar sizin için biraz fazla teknik olabilir...

Yeniden kibirli kibirli gülümsedi.

Bu herif havalı tavırlarıyla Schiffer'i sinirlendirmeye başlamıştı. Adam sanki bunu hissetti ve normal bir ses tonuyla konuşmasına devam etti:

– Bu kadının yaşadıkları onda şiddetli bir strese neden olmuş. Ruhsal bir travmadan bile söz edilebilir. Savaş sonrası bazı askerlerde görülen semptomlara benziyordu. Nedensiz paraliziler, ani soluk tıkanmaları, kekelemeler, bu tip...

– Biliyorum. Bana kızı tarif edin. Yani fiziksel olarak, demek istiyorum.

– Siyah saçlı. Çok solgun. Çok zayıf, anoreksi sınırında. Saçları Kleopatra gibi. Güzelliğini maskelemeyen, aksine onu daha da çekici kılan sert bir vücut yapısı. Bir bakıma... oldukça cazibeli bir kadın.

Schiffer kadını kafasında şekillendirmeye başlıyordu. İçgüdüsel olarak onun basit bir işçi kadın olmadığını düşünüyordu. Ne de sıradan bir tanık.

– Ona tedavi uyguladınız mı?

– Önce teskin edici bir iğne yaptım. Kasları gevşemişti. Gülmeye, anlaşılmaz şeyler söylemeye başladı. Tam bir geçici delilik durumu. Cümlelerinin hiçbir anlamı yoktu.

– Ama Türkçe'ydi, değil mi?

– Hayır. Fransızca konuşuyordu. Sizin ve benim gibi.

Aklına çılgınca bir fikir gelmişti. Ama soğukkanlılığını kaybetmemek için bunu daha sonraya sakladı.

– Size ne gördüğünü söyledi mi? Hamamda olanlardan bahsetti mi?

– Hayır. Anlaşılmaz kelimeler, yarım yarım cümleler söylüyordu.

– Mesela?

– Kurtların yanıldığını söyledi. Evet, yanıldığını... Kurtlardan bahsediyordu. Yanlış kızı kaçırdıklarını tekrar edip duruyordu. Anlaşılmaz.

Schiffer'in beyninde bir flaş çaktı. Düşünceleri gitgide ağırlık kazanıyordu. Bu kız hamama gelen davetsiz misafirlerin Bozkurtlar olduğunu nasıl anlamıştı? Yanlış kızı kaçırdıklarını nereden biliyordu? Bunun tek bir cevabı vardı: gerçek av kendisiydi.

Öldürmek için aradıkları kadın Sema Gökalp'tı.

Schiffer artık kolaylıkla parçaları yerine oturtuyordu. Katiller tüyo almıştı: aradıkları kişi, geceleri Talat Gürdilek'in hamamında çalışıyordu. Atölyeyi basmışlar ve ellerindeki fotoğrafa benzeyen ilk kadını kaçırmışlardı: Zeynep Turna'yı. Ama hata yapmışlardı; aradıkları kızıl saçlı asıl kadın, bir önlem olarak saçlarını siyaha boyamıştı.

Aklına başka bir fikir geldi. Cebinden robot resmi çıkardı.

– Kız, bu fotoğraftakine benziyor muydu?

Adam resme doğru yaklaştı:

– Pek değil. Neden?

Schiffer cevap vermeden resmi cebine koydu.

İkinci bir flaş. Tezi bir kez daha doğrulanıyordu. Sema Gökalp –bu ismin ardına saklanan kadın– uzun zaman önce metamorfoza uğramıştı; yüzünü değiştirtmişti. Estetik ameliyat yaptırtmıştı. Bir şeylerden kaçıp kurtulmak isteyenlerin başvurduğu klasik yöntem. Özellikle de suç dünyasında. Sonra basit bir işçi kadın olarak Mavi Kapı'da çalışmaya başlamıştı. Ama neden Paris'te kalmıştı.

Birkaç saniye boyunca kendini Türk'ün yerine koydu. 13 kasım 2001 gecesi kar başlıklı Kurtlar'ın atölyeyi bastığını görünce, her şeyin bittiğini düşündü. Ama katiller doğrudan iş arkadaşına yönelmişti. Bu kızıl saçlı kadın onun eski haline benziyordu... *Bu kadının yaşadıkları onda şiddetli bir strese neden olmuş.* Bu söylenebilecek en hafif şeydi.

– Başka şeyler de anlattı mı? diye sordu. Hatırlamaya çalışın.

– Sanırım... (Bacaklarını uzattı ve bu kez gözlerini ayakkabılarının bağlarına dikti.) Sanırım tuhaf bir geceden bahsetti. Dört hilalin parladığı tuhaf bir gece. Ayrıca siyah paltolu bir adamdan da söz etti.

Eğer son bir kanıt daha gerekiyorsa, işte o da buydu. Türkler bu sembolün ne anlama geldiğini biliyordu. Tezi gerçeğe dönüşüyordu.

Artık bu avın kim olduğunu anlamıştı.

Ve Türk mafyasının neden onun üzerine Kurtlarını saldığını.

– Ertesi sabah hastaneye gelen polislerden bahsedin, dedi, heyecanını kontrol etmeye çalışarak. Onu götürürlerken bir şey söylediler mi?

– Hayır. Sadece izin belgelerini gösterdiler.

– Görünümleri nasıldı?

– İriyarı adamlardı. Pahalı elbiseleri vardı. Korumalara benziyorlardı.

Philippe Charlier'nin köpekleri. Kızı nereye götürmüşlerdi? Merkez hapishaneye mi? Ülkesine mi göndermişlerdi? Terörle Mücadele Bürosu, Sema Gökalp'ın gerçek kimliğini biliyor muydu? Hayır, bu konuda herhangi bir risk yoktu. Bu kaçırma olayının ve bu sırrın ardında başka sebepler olmalıydı.

Doktoru selamladı, kırmızı karolu holü geçti, sonra bir anda durdu ve geri döndü:

– Sema'nın hâlâ Paris'te olduğunu düşünürsek, onu nerede arardınız?

– Bir tımarhanede.

– Aşırı heyecanını yenmiş, psikolojik olarak rahatlamış olamaz mı?

Doktor artık açılmıştı:

– Size iyi anlatamadım. Bu kadın korkmamıştı. Bizzat terörün kendisiyle burun buruna gelmişti. Normal bir insanın tahammül edebileceği eşiği geçmişti.

46

Philippe Charlier'nin ofisi, Faubourg-Saint-Honoré Sokağı 133 numarada, İçişleri Bakanlığı'nın yakınındaydı.

Champs-Elysées'nin birkaç adım uzağında yer alan sakin görünümlü binalar, aslında ülke üzerinde büyük bir denetimi olan bunkerlerdi. Paris Polis Teşkilatı'nın ek binalarıydı.

Jean-Louis Schiffer ana kapıdan geçip büyük bahçeye girdi. Park için, gri çakıl taşlarıyla kaplı oldukça geniş, kare bir alan ayrılmıştı, bir Zen bahçesi kadar temizdi; özenle kesilerek biçim verilmiş kurtbağırlarından oluşan çit, sanki geçilmez bir duvardı; dalları budanmış ağaçlar, kolsuz insan gövdelerini andırıyordu. Burası bir savaş meydanı değil, diye düşündü Schiffer bahçeyi geçerken, bir yalan meydanı.

Bahçenin dip tarafındaki ana binanın girişi, siyah metal direklerin taşıdığı camlı bir verandası olan arduvaz çatılı bir yapıydı. Verandanın üstünde, saçak silmeleri, balkonları ve taş oymalarıyla binanın beyaz cephesi yükseliyordu. Duvar oyuklarının içine yerleştirilmiş, üzerinde defne dalları bulunan yuvarlak amforaları gören Schiffer, tam bir "Ampir üslubu" diye geçirdi içinden. Aslında, burçları ve mazgallarıyla modası geçmiş bir mimarîydi.

Basamaklı sekiye ulaşınca, üniformalı iki polis ona doğru yaklaştı.

Schiffer, Charlier'nin adını verdi. Saat 22'ydi, o beyaz yakalı polisin masa lambasının ışığı altında yeni komplolar hazırlamakla meşgul olduğundan emindi.

Polislerden biri, gözlerini ondan ayırmadan telefon etti. Karşısındakinin cevabını dinlerken bir yandan da ziyaretçiyi süzüyordu. Sonra polisler Schiffer'i x-ray kapısından geçirdiler ve üstünü aradılar.

Sonunda Schiffer verandadan geçip büyük taş salona ulaştı. "Birinci kat" demişlerdi.

Merdivene doğru yöneldi. Ayak sesleri sanki bir kilisenin içinde yürüyormuş gibi yankılanıyordu. Ferforje iki meşalenin arasında yer alan mermer tırabzanlı, aşınmış granit basamaklardan üst kata ulaştı.

Schiffer gülümsedi; terörist avcıları dekor konusunda cimrilik etmemişti.

Birinci kat daha modern döşenmişti: abanoz ağacından ahşap panolar, akaju aplikler, duvardan duvara kahverengi halılar. Koridorun sonunda, aşması gereken tek bir engel kalmıştı: Komiser Philippe Charlier'nin gerçek statüsü hakkında bilgi veren kontrol noktası.

Kurşun geçirmez bir camın ardında, siyah Kevlar tulumları içinde dört adam nöbet tutuyordu. Üzerlerine tabancalar, şarjörler ve el bombaları takılı yelekler giymişlerdi. Her birinde, kısa namlulu H&K marka otomatik tüfek vardı.

Schiffer bir aramadan daha geçti. Bu kez VHF'den Charlier'ye haber verildi. Sonunda, üzerinde bakır bir levha bulunan açık renkli ahşap kapıya ulaşabildi. Ortama bakılırsa, kapıyı vurmak gereksizdi.

Yeşil Dev, masif meşeden çalışma masasının ardında oturuyordu, üzerinde sadece bir gömlek vardı. Ayağa kalktı ve gülümsedi:

– Schiffer, eski dost Schiffer.

Sessizce el sıkışırlarken bir yandan da birbirlerini tartıyorlardı. Charlier hiç değişmemişti. Bir seksen beş boy. Yüz kilonun üstünde bir ağırlık. Kırık bir burnu, pos bıyıkları vardı, kaya gibi sert mizacına rağmen tatlı dilliydi; yüksek mevkilere ulaşmıştı ama hâlâ belinde bir tabanca taşıyordu.

Gömleğinin kalitesi Schiffer'in dikkatini çekti; Charvet imzalı, kolları ve manşetleri beyaz, gök mavisi bir gömlekti. Şık olmak, zarif olmak için gösterdiği tüm çabaya rağmen, fizyonomisinde insanı ürküten bir şey vardı; onu diğer insanlardan farklı bir kategoriye oturtan güçlü bir fizik. Kıyamet gününde insanların kendilerini elleriyle koruyacak olduğu düşünülürse, Charlier en son öleceklerden biri olacaktı...

– Ne istiyorsun? diye sordu deri koltuğuna otururken. (Hırpanî kılıklı ziyaretçisini küçümser gözlerle süzdü. Parmaklarını, masasının üstünde yığılı dosyalarda gezdirdi.) Çok iş var.

Schiffer onun rahat görünmesinin bir aldatmaca olduğunu hissetti; aslında Charlier çok gergindi. Komiserin oturması için işaret ettiği koltuğu görmezden gelip derhal saldırıya geçti:

– 14 kasım 2001, özel bir işyerine yapılan saldırının tanığını başka yere naklettin. Mavi Kapı, bir hamam, 10. Bölge'de. Tanığın adı Sema Gökalp'tı. Soruşturmayı yürüten kişiyse Yüzbaşı Christophe Beauvanier. Sorun şu, kimse bu kadının nereye nakledildiğini bilmiyor. Bütün izleri sildin, tanığı ortadan yok ettin. Sebeplerin beni ilgilendirmiyor. Tek bir şey öğrenmek istiyorum: kadın şu anda nerede?

Charlier'nin ağzı bir karış açıktı. Şaşırmış gibi davranıyordu, ama Schiffer bunun altında yatan gerçeği anlamıştı; masal canavarının kanı donmuştu. Masasının üstüne bir bomba bıraktığını biliyordu.

– Neden söz ettiğini anlamıyorum, dedi sonunda. Bu kadını niçin arıyorsun?

– Üzerinde çalıştığım bir olayla ilgisi var?

Komiser bilgiç bir tavır takındı.

– Schiffer, sen emekli oldun.

– Yeniden göreve döndüm.

– Hangi olay? Ne görevi?

Schiffer, Charlier'nin bir şeyler öğrenebilmek için ödün vermeye hazır olduğunu biliyordu:

– 10. Bölge'deki üç cinayeti soruşturuyorum.

Yamrı yumru suratı kasıldı:

– O olayla 10. Bölge DPJ'si ilgileniyor. Seni bu işe kim bulaştırdı?

– Yüzbaşı Paul Nerteaux, dosya onun sorumluluğunda.

– Cinayetlerin Sema... Sema bilmem kimle ne alakası var?

– Var. Birbiriyle bağlantılı. Hatta aynı olay diyebiliriz.

Charlier kâğıt açacağıyla oynamaya başlamıştı. Doğu yapımı bir tür hançerdi. Her hareketinden sinirli olduğu belliydi.

– Bu hamam olayıyla ilgili tutanağı gördüm, dedi sonunda. Bir haraç meselesi, sanırım...

Schiffer, sesteki en ufak bir titremeden, en ufak bir farklılıktan her şeyi anlayabilirdi; yıllar yılı insanları sorgulamıştı. Charlier özünde samimiydi; onun gözünde Mavi Kapı'ya yapılan saldırının hiçbir önemi yoktu. Onu tuzağa düşürmek için biraz daha yemlemek gerekiyordu.

– Haraç meselesi değildi.

– Değil mi?

– Bozkurtlar geri döndü, Charlier. Hamamı basanlar onlar. O gece bir kızı kaçırdılar. İki gün sonra da cesedi bulundu.

Gür kaşları sanki iki soru işareti biçimini almıştı.

– Bir işçi kadını öldürmekle neden vakit kaybetsinler ki?

– Bir anlaşmaları var. Bir kadını arıyorlar. Türk mahallesinde. Bu konularda bana güvenebilirsin. Daha şimdiden üç cinayet işlediler.

– Sema Gökalp'la ilgisi ne?

Küçük bir yalanın vakti gelmişti.

– Hamamı bastıkları gece Sema her şeyi gördü. O önemli bir tanık.

Charlier'nin içini bir huzursuzluk kapladı. Bunu beklemiyordu. Hem de hiç.

– Peki sana göre bu baskının sebebi ne? Bu olayın ardında yatan ne?

– Bilmiyorum, diye bir kez daha yalan söyledi Schiffer. Ama o katilleri arıyorum. Ve Sema beni onlara götürebilir.

Charlier koltuğuna iyice gömüldü.

– Sana yardım etmem için bana bir sebep söyle.

Schiffer sonunda oturdu. Pazarlık başlıyordu.

– Bugün cömert günümdeyim, dedi gülerek. Sana iki sebep söyleyeceğim. Birincisi, üstlerine bir cinayet olayının tanığını ortadan yok ettiğini söyleyebilirim. Bu da bazı soru işaretleri yaratır.

Bu kez gülümseme sırası Charlier'deydi:

– Bütün evrakı gösterebilirim. Sınırdışı edilme emri. Uçak bileti. Her şey kuralına uygun.

– Kolun her yere uzanabilir, Charlier, ama Türkiye'ye değil. Tek bir telefonla Sema Gökalp'ın asla oraya gitmediğini ispat edebilirim.

Komiser elbisesi içinde sanki biraz daha ağırlaşmıştı.

– Tefessüh etmiş bir polise kim inanır? Asayiş Bürosu'ndan beri tek bildiğin şey muhbir koleksiyonu yapmak. (Ellerini açtı, odayı gösteriyordu.) Ama ben, piramidin en tepesindeyim.

– Bu benim işimi daha da kolaylaştırıyor. Kaybedecek bir şeyim yok.

– Şimdi bana ikinci sebebi söyle.

Schiffer dirsekleriyle masaya dayandı. Kazandığını biliyordu.

– 1995'teki Vigipirate planı. Louis-Blanc Karakolu'nda Mağripli şüphelileri dövdüğün gece.

– Bir komisere şantaj ha?

– Ya da vicdanî bir rahatlama. Ben emekliyim. İçimi dökmek isteyebilirim. Hatırladığım kadarıyla Abdül Saraui senin dayağın sonucunda ölmüştü. Eğer en önde ben yürürsem, Louis-Blanc'dakiler peşimden gelir. Herifin o geceki ulumaları, çığlıkları, inan bana, hâlâ kulaklarındadır.

Charlier, iri elleri arasında tuttuğu kâğıt açacağına bakmaya devam ediyordu. Konuşmaya başladığında, ses tonu değişmişti.

– Sema Gökalp artık sana yardım edemez.

– Onu öldürdü...

– Hayır. Bir deneye tabi tutuldu.

– Ne tür bir deney?

Charlier cevap vermedi. Schiffer tekrar etti:

– Ne tür bir deney?

– Psişik koşullandırma. Yeni bir teknik.

Demek buydu. İnsanların beynine hükmetmek hâlâ Charlier'nin takıntısı olmaya devam ediyordu. Teröristlerin beyinlerine sızma, bilinçlerini koşullandırma, buna benzer bir sürü salaklık... Sema Gökalp bir denek, saçma sapan bir deneyin kobayı olmuştu.

Schiffer durumun saçmalığını tüm çıplaklığıyla anlamıştı: Charlier, Sema Gökalp'ı seçmemişti, sadece kız onların eline düşmüştü. Yüzüne estetik yapıldığını bilmiyordu. Aslında onun kim olduğunu da tam olarak bilmiyordu.

Ayağa kalktı:

– Neden o?

– İçinde bulunduğu psişik durum nedeniyle, Sema kısmî bir bellek yitimine uğramıştı, bu da bizim deneyimizi çok daha kolaylaştırıyordu.

Schiffer, ona doğru eğildi, sanki onun söylediklerini iyi işitmemişti:

– Bana onun beynini yıkadığınızı mı söylemek istiyorsun?

– Evet, program bu tip bir yöntemi içeriyor.

Yumruklarıyla masaya vurdu.

– Salak oğlu salak, o silinecek en son bellekti! Bana söyleyeceği şeyler vardı!

Charlier kaşlarını çattı.

– Senin işini anlamıyorum. Bu kızın sana söyleyebileceği bu kadar önemli şey ne olabilir? Birkaç Türk'ü bir kadını kaçırırken gördü; başka?

– Bu katiller hakkında bilgi sahibiydi, dedi Schiffer, kafesinde dolanan vahşi bir hayvan gibi odanın içinde bir aşağı bir yukarı yürüyordu. Ayrıca avın kim olduğunu da biliyordu.

– Av mı?

– Kurtların aradığı kadın. Ve henüz onu ele geçiremediler.

– Bu kadar önemli mi?

267

– Üç ölü, Charlier, bu sana bir şey ifade ediyor mu? Ve onu enseleyene kadar da öldürmeye devam edecekler.

– Yoksa kızı onlara teslim etmeyi mi düşünüyorsun?

Schiffer cevap vermedi, gülümsemekle yetindi.

Charlier gerinir gibi omuzlarını hareket ettirdi, gömleğinin dikişlerinden ses geldi. Konuşmayı artık bitirmek istiyordu.

– Ne olursa olsun, artık senin için bir şey yapamam.

– Neden?

– Kız elimizden kaçtı.

– Saçmalıyorsun.

– Öyle bir halim mi var?

Schiffer gülsün mü bağırsın mı bilemiyordu. Yeniden yerine oturdu, Charlier'nin bıraktığı kâğıt açacağını aldı.

– Demek hâlâ polis teşkilatında salaklar var. Ne oldu, nasıl oldu anlat bana.

– Deneyimiz onun kişiliğini tamamen değiştirmeyi hedefliyordu. Şimdiye kadar asla başarılmamış bir deney. Onu bir Fransız burjuva kadınına dönüştürmeyi başardık. Sıradan bir kadını, anlıyor musun? Artık günümüzde koşullandırma hiçbir sınır tanımıyor... Biz...

– Senin deneyin beni alakadar etmiyor, diye kestirip attı Schiffer. Bana nasıl kaçtığından bahset.

Komiser suratını astı:

– Son haftalarda bazı rahatsızlıkları vardı. Unutkanlıklar, halüsinasyonlar. Ona yüklediğimiz yeni kişiliğinde bazı kaçaklar ortaya çıktı. Onu hastaneye yatırmaya hazırlanıyorduk, ama bu arada elimizden kaçtı?

– Bu ne zaman oldu?

– Dün. Salı sabahı.

İnanılmaz bir durum. Bozkurtlar'ın peşinde olduğu av yeniden doğaya dönmüştü. Ne Türk'tü ne de Fransız, süzgece dönmüş beyniyle etrafta dolanıyordu.

– Peki eski belleğini yeniden kazanmaya başlamış olabilir mi?

– Hiçbir şey bilmiyoruz. Ama bize güvenmediği kesin.

– Adamların onu aramıyor mu?

– Her yerde arıyoruz. Paris'in altını üstüne getirdik. Onu bulamadık.

Artık son kozunu oynama vakti gelmişti. Elindeki kâğıt açacağını masanın ahşap yüzeyine sapladı:

– Eğer yeniden belleğini kazanırsa, bir Türk gibi davranmaya başlayacaktır. Bu da benim ilgi alanıma giriyor. Onu herkesten daha iyi izleyebilirim.

Komiserin yüz ifadesi değişti. Schiffer ısrar etti:

– O bir Türk, Charlier. Çok özel bir av. O dünyayı tanıyan ve ortalığı ayağa kaldırmadan çalışacak bir polise ihtiyacın var.

İriyarı adamın kafasından geçenleri anlayabiliyordu. Son atışı daha iyi nişanlayabilmek için birkaç adım geri çekildi.

– İşte anlaşma. Yirmi dört saat beni rahat bırakacaksın. Onu ele geçirirsem sana teslim edeceğim. Ama önce ben sorgulamak istiyorum.

Yeniden bir sessizlik oldu. Sonra, Charlier bir çekmeceyi açtı ve bir yığın doküman çıkardı.

– Dosyası. Şu anki adı Anna Heymes ve...

Schiffer seri bir hareketle karton kapaklı dosyayı aldı ve açtı. Yazıyla dolu sayfalara, tıbbî tahlil sonuçlarına şöyle bir göz attı, sonra kadının yeni yüzüne takıldı gözleri. Resim, Hirsch'in tarifine tam olarak uyuyordu. Katillerin aradığı kızıl saçlı kadınla en ufak bir benzerliği yoktu. Bu bakımdan, Sema Gökalp'ın korkması gerekmezdi.

Antiterör uzmanı devam etti:

– Onunla ilgilenen nöroloğun adı Eric Ackerman ve...

– Kadının yeni kişiliği ve onu bu hale getiren herifler beni zerre kadar ilgilendirmiyor. Aslına dönecektir. Önemli olan da bu. Sema Gökalp hakkında başka ne biliyorsun? Yani Anna Heymes olmadan önceki Türk kızı hakkında?

Charlier koltuğunda kıpırdandı, boynunun iki yanındaki damarlar patlayacakmış gibi atıyordu.

– Yani... pek bir şey yok. Sadece belleğini yitirmiş bir işçi kadın ve...

– Giysilerini, kâğıtlarını, kişisel eşyalarını sakladın mı?

Eliyle hayır der gibi hareket yaptı:

– Her şey imha edildi. Yani, sanırım.

– Kontrol et.

– Bir işçi kadına ait birkaç ıvır zıvır. İlginç bir şey yok, en azından ipucu olacak...

– Şu Allah'ın cezası telefonu al ve kontrol et.

Charlier ahizeyi kaldırdı. Yaptığı iki görüşmenin ardından homurdandı:

– Buna inanamıyorum. Salak herifler kızın giysilerini imha etmeyi unutmuşlar.

– Giysiler nerede?

– Cité'nin deposunda. Beauvanier kıza yeni giysiler vermişti. Louis-Blanc'daki çocuklar eskileri Emniyet Müdürlüğü'ne yollamış. Kimse de onları oradan almayı akıl etmemiş. İşte benim seçme takımım.

– Giysiler hangi ada kaydedilmiş?

– Sema Gökalp adına. Bizde yapılırsa, salaklık tam yapılır. Yeni bir form aldı, doldurmaya başladı. Emniyet Müdürlüğü için bir izin belgesiydi bu.

"İki leş yiyici bir avı paylaşmak üzere" diye düşündü Schiffer. Komiser kâğıdı imzaladı ve masanın üstünden Schiffer'e uzattı:

– Gece senin. En ufak bir yanlışında, İGS'ye haber veririm.

Schiffer izin kâğıdını cebine koydu ve ayağa kalktı:

– Bindiğin dalı kesmezsin. Hele üzerine oturduğunu asla.

47

Artık çaylağı aramanın zamanı gelmişti.

Jean-Louis Schiffer, Faubourg-Saint-Honoré Sokağı boyunca yürüdü, Matignon Caddesi'ne saptı, sonra Champs-Elysées göbekli kavşağında bir telefon kulübesi gördü. Cep telefonunun şarjı bitmişti.

Tek çalıştan sonra, Paul Nerteaux'nun sesi duyuldu:

– Tanrı aşkına, Schiffer neredesiniz?

Sesi öfkeden titriyordu.

– 8. Bölge'de. Büyük başların mahallesinde.

– Neredeyse geceyarısı oluyor. Ne haltlar karıştırıyorsunuz? Kafe Sancak'ta sizi beklemekten ağaç oldum ve...

– Çılgın bir hikâye, ama sana iyi haberlerim var.

– Telefon kulübesinden mi arıyorsunuz? Bir kulübe de ben bulayım ve sizi arayayım; şarjım bitmek üzere.

Schiffer telefonu kapattı, polisler bir gün yüzyılın tutuklamasını ıskalayacaklar, sırf iyon-lityum pilleri yüzünden, diye düşündü. Kulübenin kapısını araladı; üzerine sinmiş nane kokusu onu boğuyordu.

Gece yumuşaktı, ne yağmur ne rüzgâr vardı. Yoldan geçenlere, şık mağazalara, büyük taş binalara baktı. Bir zamanlar elinden kaçırdığı, ama şimdi belki de çok yakınında olan şatafatlı, rahat bir yaşam...

Telefonun zilini duydu. Nerteaux'nun konuşmasına fırsat vermedi.

– Devriyelerinle durum nasıl?

– Emrimde iki polis minibüsü ile üç telsizli araba var, dedi gururla. Yetmiş kadar karakol polisi ile müfettiş mahalleyi karış karış arıyor. Tüm bölgeyi "suç alanı" ilan ettim. Robot resimleri 10.

Bölge'deki bütün karakollara ve polis birimlerine dağıttım. Mahalledeki barlar, kafeler, kulüpler, dernekler arandı. Ama Küçük Türkiye'de resmi tanıyan bir kişi bile çıkmadı. 2. Bölge'nin polis müdürlüğüne gitmeyi düşünüyorum ve...

– Bütün bunları unut.

– Nasıl?

– Askercilik oynamanın zamanı değil. Sendeki resmin, kızın şu anki haliyle ilgisi yok.

– NASIL?

Schiffer derin bir soluk aldı.

– Aradığımız kadın bir estetik ameliyat geçirmiş. İşte bu nedenle Bozkurtlar onu bugüne kadar bulamadı.

– Ka... kanıtınız, kanıtınız var mı?

– Hatta yeni yüzünün resmi bile var. Her şey örtüşüyor. Eski yüzünü, kimliğini silecek bir operasyon için yüz binlerce frank ödemiş. Fiziksel görüntüsünü tamamen değiştirmiş; saçlarını kahverengiye boyatmış, yirmi kilo vermiş. Sonra Türk mahallesine gizlenmiş, altı ay kadar önce.

Sonra bir sessizlik oldu. Paul Nerteaux yeniden konuşmaya başladığında biraz önceki heyecanını yitirmişti:

– Pe... peki o kadın kim? Ameliyat için parayı nereden bulmuş?

– Hiçbir fikrim yok, diye yalan söyledi Schiffer. Ama sıradan bir işçi kadın olmadığı açık.

– Başka ne biliyorsunuz?

Schiffer birkaç saniye düşündü. Sonra her şeyi anlattı. Bozkurtlar'ın hamam baskınını, yanlış kadını kaçırdıklarını; Sema Gökalp'ın şoka girdiğini; Louis-Blanc Karakolu'nda gözaltında tutulduğunu, ardından Sainte-Anne Hastanesi'ne götürüldüğünü. Ve tabiî kadının Charlier tarafından hastaneden çıkarılışını ve onun salak programını da.

En sonunda da, kadının yeni kimliğini söyledi: Anna Heymes.

Sustuğunda, Schiffer, genç polisin beyninin son hızla çalıştığını hisseder gibi oldu. Tamamen aklını yitirmiş, 10. Bölge'nin herhangi bir yerindeki telefon kulübesinin içinde kendini kaybetmiş olmalıydı. Tıpkı kendi gibi. Her biri kendi kafesinde, denizin derinliklerine inen iki mercan avcısı gibiydiler.

Paul kuşkulu bir ses tonuyla sordu:

– Tüm bunları size kim anlattı?

– Charlier'nin kendisi.

– Onunla görüştünüz mü?

– Biz iki eski suç ortağıyız.

– Beni ilgilendirmiyor!

Schiffer bir kahkaha attı.

– İçinde yaşadığın dünyayı anlamaya başladığını görüyorum. 1995'te Saint-Michel RER İstasyonu'na yapılan saldırıdan sonra DNAT –o sıralar hâlâ ismi Altıncı Şube'ydi– öfke içindeydi. Çıkarılan yeni bir yasayla sebepsiz gözaltına almalara izin çıktı. Tam bir karmaşa yaşanıyordu; ben de işin içindeydim. Arama taramalar artırıldı, her yere, İslamcı çevrelere, özellikle de 10. Bölge'dekilere baskınlar yapılmaya başladı. Bir gece Charlier, Louis-Blanc Karakolu'na geldi. Bir şüpheliyi sorguya çekmek istiyordu, adı Abdül Saraui'ydi. Adamın üzerine çullandı. Ben yan taraftaki ofisteydim. Herif ertesi gün Saint-Louis Hastanesi'nde öldü, karaciğeri patlamıştı. Bu gece ona bu güzel anısını hatırlattım.

– Sizler gerçekten kokuşmuş insanlarsınız, bu da size bir tür... bir tür tencere kapak hikâyesi yani.

– Sonuç elde ettikten sonra bu neyi değiştirir ki?

– Benim mücadelemin farklı olduğunu düşünüyorum, hepsi bu.

Schiffer yeniden telefon kulübesinin kapısını açtı ve dışarıdaki temiz havayı ciğerlerine çekti.

– Peki şimdi Sema nerede? diye sordu Paul.

– Bu pastanın üzerindeki kiraz, evlat. Eşyalarını toplamış, yolculuğa hazırlanıyor olmalı. Dün sabah onları ekmiş. Onların tezgâhını anlamış. Şu anda belleğini, yani eski belleğini yeniden bulmuş ya da bulmak üzere olmalı.

– Ha siktir...

– Söylediğin gibi. Şu anda bir kadın, iki kimlikli bir kadın Paris'in göbeğinde, peşindeki iki grup insandan kaçıyor ve biz de tam ortadayız. Kim olduğu hakkında bilgi edinmeye çalıştığını düşünüyorum. Gerçekten kim olduğunu öğrenmeye çalışıyor.

Telefonun diğer ucunda yeniden bir sessizlik oldu.

– Peki ne yapacağız?

– Charlier'yle bir pazarlık yaptım. Onu, bu kadını bulabilecek tek insan olduğuma ikna ettim. Bir Türk'ün benim konum olduğunu söyledim. O da bir geceliğine işi bana verdi. Kıçından soluyordu. Beyin yıkama programı yasadışı; gırtlağına kadar boka batmış durumda. Yeni Sema'ya ait dosya bende ve izlememiz gereken iki yol var. Birincisi senin için, eğer hâlâ bu işte varsan.

Schiffer bazı hışırtılar duydu. Nerteaux not defterini çıkarıyordu.

– Evet, sizi dinliyorum.

– Estetik ameliyat. Sema, Paris'in en iyi plastik cerrahlarından birine başvurmuş olmalı. Onu bulmak gerekiyor, gerçek Sema'yla ilişkisi olan tek kişi bu cerrah. Yani yüzünü değiştirmeden önce. Beyni yıkanmadan önce. Kurtların aradığı gerçek kadın hakkında bize bir şeyler söyleyebilecek tek herif o. Anlıyor musun? Nerteaux hemen cevap vermedi, yazmakla meşgul olmalıydı.

– Listemde yüzlerce plastik cerrah adı var.

– Hepsine gerek yok. En iyileri, bu konuda usta olanları sorgulamak lazım. Ve bunlar arasında da en paragöz olanları. Bir yüzü tamamen yeniden yaratmak, asla dürüst, masum bir insanın işi olamaz. Bu herifi bulman için önünde koca bir gece var. İşlerin gidişatına göre, doktoru arama konusunda yalnız olmayabilirsin.

– Charlier'nin adamları mı?

– Hayır. Charlier bile Sema'nın yüzünü değiştirdiğini bilmiyor. Sana Bozkurtlar'dan söz ettim. Onların bu işe uyanma ihtimalleri üç kat daha fazla. Yanlış kadını aradıklarını er geç anlayacaklardır. Estetik ameliyattan şüphelenecekler ve cerrahı aramaya başlayacaklardır. Onlarla bir yerlerde karşılaşacağız, bunu hissediyorum. Kızın dosyasını, yeni yüzünün fotoğrafıyla birlikte Nancy Sokağı'na bırakıyorum. Geçerken uğra ve onu al, sonra da işe koyul.

– Fotoğraf, fotoğrafı devriyelere vereyim mi?

Schiffer bir anda soğuk terler döktü.

– Kesinlikle hayır. Resmi sadece doktorlara göster, robot resimle birlikte, anlıyor musun?

Hatta yeniden bir sessizlik oldu.

İki dalgıç derinliklerde kaybolmuştu.

– Ya siz? diye sordu Nerteaux.

– Ben ikinci yolu izleyeceğim. DNAT'ın adamları Sema'nın eski elbiselerini imha etmeyi unutmuşlar. Bu kez şans yüzümüze güldü. Belki bu elbiselerde bir ipucu, bir ayrıntı, bizi asıl kadına götürecek bir şeyler bulabilirim.

Saatine baktı; geceyarısı olmuştu. Zaman geçiyordu, ama son bir soru daha sormak istiyordu:

– Peki sende yeni bir şey yok mu?

– Türk mahallesi ateşe ve kana bulandı, ama şimdi...

– Naubrel ve Matkowska'nın araştırmasından bir sonuç çıkmadı mı?

– Hayır, hâlâ hiçbir şey yok.

Bu soru Nerteaux'yu şaşırtmıştı. Schiffer'in yüksek basınç odaları fikriyle ilgilenmediğini düşünmüştü. Yanılıyordu. En başından beri, bu azot hikâyesi onun aklını bulandırmıştı.

Scarbon ona bunu anımsattığında, "Ben dalgıç değilim" demişti. Ama Schiffer, bir dalgıçtı. Gençliğinde Kızıldeniz'de ve Çin Denizi'nde dalışlar yapmıştı. Hatta bir ara Pasifik'te bir dalgıç okulu bile açmayı düşünmüştü.

Yüksek basıncın sadece kanda hava kabarcıklarına neden olmadığını, halüsinasyona yol açan bir etki de yarattığını biliyordu; tüm dalgıçların derinlik sarhoşluğu olarak bildiği bir etki.

Soruşturmanın başında, cinayetlerin bir seri katilin işi olduğunu düşündükleri zaman, Schiffer kanda rastlanan hava kabarcıklarının manasını pek çözememişti; neden bir katil bir vajinayı usturayla parçalayabilecekken kurbanlarının kanında azot kabarcıkları oluşturmakla vakit kaybetsin ki. Bu seri cinayetlerle örtüşen bir şey değildi. Buna karşılık, bir sorgulama sırasında derinlik sarhoşluğunun bir anlamı vardı.

İşkence yöntemlerinden biri de, tutukluya sırayla sıcak ve soğuk hava üflemekti. Tutukluyu sille tokat dövdükten sonra ona sigara vermekti. Ya da elektrik verdikten sonra sandviç ikram etmekti. İşte bu soluklanmalar sırasında adam ötmeye başlardı.

Kurtlar da, yüksek basınç odasıyla aynı şeyi yapmış, önce yüksek basınç vermişlerdi. Uzun süren bir acıdan sonra, bir anda basınç uygulamayı kesip kurbanlarını rahatlatmışlar, aşırı basıncın yol açtığı sarhoşluğun etkisiyle onları konuşturmayı denemişlerdi. Kadınların bu şekilde pes edeceklerini ya da bu derinlik sarhoşluğunun onlar üzerinde, kimi kez gerçeği söyletmekte kullanılan bir serum etkisi yapacağını düşünmüşlerdi...

Bu kâbus gibi işkence tekniğinin arkasında, acımasız bir işkencecinin olduğuna inanıyordu Schiffer. Bir işkence uzmanının.

Kim?

Kendi korkularını bir kenara bıraktı ve mırıldandı:

– Bir yüksek basınç odası, Paris'te sık bulunan bir şey olmamalı.

– OPJ'den çocuklar hiçbir şey bulamadı. Bu tip cihazları bulunduran yerlere gidildi. Mukavemet testleri yapan sanayi tesisi sahipleri sorgulandı. Sıfıra sıfır elde var sıfır.

Schiffer, Nerteaux'nun ses tonunda bir tuhaflık hissetti. Kendisinden bir şey mi saklıyordu? Ama bununla kaybedecek vakti yoktu.

– Ya Antikçağ'a ait masklar? diye sordu.

– Onlarla da mı ilgileniyorsunuz?

Paul'ün kuşkusu artmıştı.

– Bu bağlamda, dedi Schiffer. Her şey beni ilgilendiriyor. Kurtlar'dan birinin belki bir takıntısı, özel bir ruhsal bozukluğu vardır. Bu konuda bir sonuca ulaştın mı?

– Maalesef. Buna, yani bu konu üzerine eğilmeye vakit bulamadım. Benim çocukların da bir şey bulup bulmadığını bilmiyorum ve...

Schiffer, Nerteaux'nun sözünü kesti:

– İki saat içinde haberleşelim. Ve bu arada cep telefonunu şarj etmeye bak.

Telefonu kapattı. Bir an, bir şimşek hızıyla Nerteaux'nun silueti gözlerinin önünden geçti. Hintli saçları, badem gözleri. Bir polis için yüz hatları çok yumuşaktı, sert görünmek için tıraş olmuyor ve hep siyah renkli elbiseler giyiyordu. Ama tüm saflığına rağmen doğuştan polisti.

Bu çocuğu seviyordu. Henüz ona karşı yumuşamamıştı, ama onu, artık "kendi" soruşturması haline dönüşen bu işe ortak etmişti. Acaba ona gereğinden fazla şey mi söylemişti?

Telefon kulübesinden çıktı, yoldan geçen bir taksiye el etti. Hayır. En önemli kozu kendine saklamıştı.

Nerteaux'ya en önemli gerçeği söylememişti.

Taksiye bindi ve şoföre Quai des Orfèvres'deki adresi verdi.

Artık avın kim olduğunu ve neden Bozkurtlar'ın onun peşinde olduğunu biliyordu.

On aydan beri onun izini sürmesinin basit bir sebebi vardı.

48

Yetmiş santim uzunluğunda, otuz santim derinliğinde beyaz renkte ağaçtan dikdörtgen bir kutuydu, Fransa Cumhuriyeti'nin kırmızı mührüyle kapatılmıştı. Schiffer kapağın tozunu üfledi ve Sema Gökalp'ın hayatıyla ilgili ipuçlarının şimdi bu beyaz tabut içinde olduğunu biliyordu.

İsviçre çakısını çıkardı, en ince ağızlı bıçağı mührün altına soktu, kırmızı kabuğu kopardı ve kapağı açtı. Müthiş bir küf kokusu genzini yaktı. Giysileri gördüğü anda içini bir heyecan dalgası kapladı; burada, bu kutunun içinde onun işine yarayacak bir şeyler olduğundan emindi.

Kurulmuş bir makine gibi hızla kutunun içine bir göz attı. Adalet Sarayı'nın bodrumunda, serbest bırakılan tutukluların şahsî eşyalarının teslim alındığı kirli perdeli bir yerdeydi.

Bir kadavranın gün ışığına çıkarılması için ideal bir yer.

Önce beyaz bir iş gömleği ile buruş buruş olmuş beyaz bir şapka –Gürdilek'in işçilerinin giymek zorunda olduğu üniforma– buldu. Sonra diğer şahsî elbiseleri: açık yeşil renkli uzun bir etek, frambuaz rengi tığ işi bir ceket, yuvarlak yakalı arduvaz mavisi bir gömlek. Tümü TATİ mağazalarından üç kuruşa alınmış giysiler.

Bu elbiselerin hepsi, kesimleri itibariyle Batılıydı, ama renkleri ve özellikle de renk uyumları açısından köylülerin giydiği kıyafetleri andırıyordu; açık mor renkli bol pantolonlar ve limon veya fıstık renkli gömlekler gibi. Kadını çıplak hayal etme fikri onda farklı arzular uyandırdı. Bu elbiselerin altında hayal ettiği solgun vücut, bütün sinirlerini duyarlılaştırdı.

İç çamaşırlarını incelemeye başladı. Ten rengi, küçük beden bir sutyen, yıpraımış, tarazlanmış, çok kullanıldığından hareli bir görünüm almış siyah bir külot. Tüm bu iç çamaşırları genç bir kızın beden ölçülerine uygundu. Diğer üç cesedi düşündü: geniş kalçalar, iri memeler. Kadın sadece yüzünü değiştirmekle yetinmemiş, iliklerine kadar tüm vücudunu tıraşlatmıştı. Aramaya devam etti. Eski püskü ayakkabılar, kullanılmaktan parlamış naylon çoraplar, havı dökülmüş bir manto. Cepler boşaltılmıştı. Başka bir şeyler bulabilmek ümidiyle kutunun dibini yokladı. Plastik bir torba umutlarını boşa çıkarmadı. Bir anahtarlık, bir bilet karnesi, İstanbul'dan alınmış makyaj malzemeleri... Anahtarlığı aldı. Anahtarlar onun eski bir tutkusuydu. Bütün anahtar tiplerini tanıyordu: düz anahtarlar, elmas uçlu anahtarlar, kanallı anahtarlar... Elbette kilitler konusunda da bilgi sahibiydi. İnsanlardan oluşan bir çarkın mekanizmasını hatırlatıyordu ona; birbirlerinin haklarına tecavüz etmeyi, birbirlerini kontrol etmeyi, denetlemeyi seven insanlardan oluşan bir mekanizmayı.

Anahtarlıktaki iki anahtarı inceledi. Biri çift kademeli bir kilidi açıyordu; şüphesiz, bir evin, bir otel odasının veya boktan bir apartman dairesinin anahtarıydı. Diğeriyle, düz bir anahtardı ve aynı kapının üst kilidini açmakta kullanılıyordu.

Hiçbir alaka kuramadı.

Schiffer küfretmemek için kendini zor tuttu; ele geçirdiği ganimetin hiçbir önemi yoktu. Bu eşyalar, bu elbiseler sıradan bir işçi kadına ait şeylerdi. Hem de çok sıradan. Tüm bunlar sıradan, hiçbir önemi olmayan şeylerdi.

Sema Gökalp'ın bir zulası olduğundan emindi. Yüzünü değiştirmesi, yirmi kilo vermesi, kaçak bir işçi kadın gibi yer altında yaşaması için geride güvendiği bir şeyler olması gerekirdi.

Schiffer, Beauvanier'nin sözlerini hatırladı. *Pasaportu eteğinin iç tarafına dikilmiş olarak bulundu.* Her giysiyi elleriyle yokladı. Mantonun astarını kontrol etti; mantonun etek kısmını yoklarken, parmakları bir kabarıklık fark etti. Sert, uzun, tırtıklı bir kabartıydı bu.

Kumaşı yırttı ve giysiyi silkeledi.

Bir anahtar avucuna düştü.

Uç kısmı delikli bir anahtardı bu, üzerinde bir numara vardı:
4C 32

"Bire karşı yüz iddiaya girerim ki bir emanet dolabının anahtarı" diye düşündü.

– Bir emanet dolabının anahtarı değil, hayır. Artık onlar da şifre kullanıyor.

Cyril Brouillard, kendi alanında en usta çilingirlerden biriydi. Jean-Louis Schiffer onu, açılması ustalık gerektiren bir para kasası açma becerisini gösterdiğinde tanımıştı. Kirpi gibi saçları olan, sarışın ve miyop biriydi. Kasa hırsızıydı. Schiffer onun bu özelliğini görmezden gelmişti, nasılsa bir gün işine yarardı.

– Peki ne?

– Self-stockage.

– Nasıl?

– Bir eşya odasının anahtarı.

Tanıştıkları o geceden sonra, Brouillard, Schiffer'in bir dediğini iki etmemişti. Arama yapma amacıyla savcılık izni olmadan açılan kapılar; geceyarısı suçüstü yapmak için açılan kilitler; önemli dokümanları ele geçirmek için kırılan kasalar. Brouillard, yasal olarak izin almak yerine çok sık başvurulan bir seçenek halini almıştı.

Lancry Sokağı'ndaki dükkânının üstündeki evde yaşıyordu; burası gece mesailerinden elde ettiği paralarla kirasını ödediği bir çilingir dükkânıydı.

– Bana daha fazla bir şey söyleyebilir misin?

Brouillard, lambanın altına yerleştirdiği anahtara doğru eğildi. Bu herif kendi alanında bir numaraydı; bir kilide yaklaşması bile mucizenin gerçekleşmesi için yeterliydi. Bir titreşim, bir dokunuş. Sırrın çözülmesi için kâfiydi. Schiffer, onu çalışırken seyretmekten sıkılmazdı. Brouillard, ona doğada saklı bir sırrı ortaya çıkaran biri gibi gelirdi. Bu becerinin özünde açıklanamaz bir yetenek saklıydı.

– Surger, dedi Brouillard. Burada, yan kısmında filigran harfler okunuyor.

– Tanıyor musun?

. – Sanırım. Buralarda bu tür bir sürü yer var. Gece ve gündüz açık olan.

– Nerede?

– Château-Landon. Girard Sokağı.

Schiffer dilinin ucuna gelen şeyi söylemedi. Sanki ağzının içinde eriyip yok olmuştu.

– Giriş için, herhangi bir şifre var mı?

– AB 756. Senin anahtarının numarası 4C 32. Dördüncü kat. Küçük kasaların bulunduğu kat.

Cyril Brouillard kafasını kaldırdı. Sesi şarkı söyler gibiydi.

– Küçük hazinelerin bulunduğu kat.

50

Bina, Doğu Garı'nın raylarına bakıyordu, bir limana giren yük gemisi gibi etkileyici ve yalnızdı. Dört katlı binanın elden geçirilmiş, yeni boyanmış bir hali vardı. Transit malları barındıran küçük bir adayı andırıyordu.

Schiffer ilk bariyeri aştı ve park alanını geçti.

Saat gecenin 2'siydi, yanında saldırgan bir köpek ve elektrikli cop bulunan, SURGER yazılı siyah elbise giymiş bir bekçiyle karşılaşmayı bekliyordu.

Ama hiç kimseyi görmedi.

Şifreyi kodladı ve ana kapıyı geçti. Kırmızı bir ışığın aydınlattığı holün sonunda, sağlı sollu bir dizi metal storun yer aldığı beton bir koridora çıktı; her yirmi metrede bir, bu ana koridora dikey olarak inen başka koridorlar vardı, insan kendini bir labirentte hissedebilirdi. Dip taraftaki merdivene ulaşıncaya kadar dümdüz devam etti. Her adımda, gri beton zemin üzerinde, boğuk bir gürültü duyuluyordu. Schiffer bu sessizliğin, bu yalnızlığın, davetsiz misafir olmanın verdiği bu gerilimin tadını çıkarıyordu.

Dördüncü kata çıktı ve durdu. Önünde yeni bir koridor vardı, bölmeler çok daha bitişik yerleştirilmiş gibiydi. *Küçük hazinelerin katı.* Schiffer elini cebine soktu ve anahtarı çıkardı. Kapakların üzerindeki numaraları okumaya başladı, bulamadı, sonra 4C 32 numaralı kapağı gördü.

Kilidi açmadan önce, bir süre hareketsiz kaldı. Bölmenin arkasında, bir başkasının varlığını hissedebilirdi; henüz ismini bilmediği birinin.

Diz çöktü, anahtarı kilidin mekanizmasına soktu, sonra sert bir hareketle demir kepengi kaldırdı.

Bir metreye bir metre bir hücreydi burası, karanlık ve boş. Şaşırmadı; mobilyalarla ve hi-fi müzik setiyle dolu bir yer bulmayı beklemiyordu.

Brouillard'dan aldığı el fenerini cebinden çıkardı. Hâlâ eşikte çömelmiş bir halde, hücrenin içini el feneriyle ağır ağır taramaya başladı; her köşe bucağı fenerle aydınlatıyordu, dip tarafta bir karton kutu gördü.

O başkasına, gitgide yaklaşıyordu.

Karanlığın içine daldı ve kutunun önünde durdu. El fenerini dişlerinin arasına aldı ve karıştırmaya başladı.

Ünlü markaların etiketini taşıyan koyu renkli elbiseler. İssey Miyake. Helmut Lang. Fendi. Prada... Parmakları iç çamaşırlarına temas etti. Hepsi parlak siyah renkliydi. Yumuşak, insanı yoldan çıkaracak kadar tahrik ediciydi. Danteller parmaklarının arasında hışıldıyordu. Ama bu kez, hiçbir arzu duymadı, erkekliği ereksiyona geçmedi; bu iddialı çamaşırlar, içten pazarlıklı bu kibir, tüm iştahını kesmişti.

Kutuyu karıştırmaya devam etti ve ipek bir çantanın içinde yeni bir anahtar buldu.

Tuhaf bir anahtardı, kilide giren kısmı düz, ilkel bir anahtar.

Bay Brouillard için yeni bir iş, diye düşündü.

Ama emin olmak için hâlâ bir şeyler eksikti.

El yordamıyla aramaya devam etti, kutuyu kaldırdı ve ters çevirdi.

Birden, bir haşhaşın taçyapraklarını andıran altın bir broş, el fenerinin ışığında büyüleyici bir scarabeus gibi parıldadı. Tükürük içinde kalmış fenerini bıraktı, tükürdü, sonra karanlığın içinde mırıldandı:

– Allah'a şükür. Yeniden geri döndün.

Dokuzuncu bölüm

51

Mathilde Wilcrau, bir pozitron kamerasına hiç bu kadar yakın olmamıştı.

Uzaktan cihaz, sıradan bir scanner'e benziyordu; geniş, beyaz bir tekerlek, tekerleğin tam merkezinde, çeşitli analiz ve ölçüm aletleriyle donatılmış paslanmaz çelikten bir sedye; yaklaşıldığındaysa üzerine bir serum torbasının takıldığı askıyı andıran metal bir ayak; üzerine boş şırıngaların, plastik ilaç şişelerinin yerleştirildiği küçük tekerlekli bir masa vardı. Yarı karanlık salonda, cihaz garip bir görüntü oluşturuyordu; çok büyük bir hiyeroglif gibi.

Bu cihazdan yararlanmak için, kaçaklar, Paris'e yüz kilometre mesafedeki Reims Üniversitesi Hastanesi'ne gitmek zorunda kalmışlardı. Eric Ackermann radyoloji servisinin müdürünü tanıyordu. Evinden çağrılan doktor, hiç vakit kaybetmeden hastaneye gelmiş ve nöroloğu büyük bir saygı ve sevgi gösterisiyle karşılamıştı. Beklenmedik anda bir sınır karakolunu ziyaret eden efsanevî bir generali karşılayan bir subay gibiydi.

Altı saatten beri Eric Ackermann cihazın çevresinde koşturup duruyordu. Kumanda kabinindeki Mathilde Wilcrau ise onun çalışmasını izliyordu. Çelik sedyeye uzanmış, kafası cihazın içindeki Anna'nın üzerine eğilmişti, iğne yapıyor, serumu kontrol ediyor, silindirin üst kemerinin iç tarafında yer alan eğik aynanın üstüne görüntüler yansıtıyordu.

Camın arkasından onun coşkuyla çalıştığını gördükçe Mathilde hayranlık dolu gözlerini ondan ayıramıyordu. Bu gelişmemiş herif, ki ona arabasını kullanması için izin bile vermemişti, aşırı zorlu bir siyasî ortamda beyin konusunda eşsiz bir deneyim kazanmıştı. Beyni tanıma ve kontrol altında tutmada önemli engelleri aşmıştı.

Bu ilerleme, başka alanlarda da önemli tedavi yöntemlerinin geliştirilmesinde öncü bir rol oynayabilirdi. İsmi nöroloji ve psikiyatri kitaplarında yer alacaktı. Ackermann'ın bu yöntemi, acaba bir ikinci şans bulabilecek miydi? Uzun boylu kızıl saçlı adam enerji dolu hareketlerle çalışmaya devam ediyordu. Mathilde onun bu enerjisinin gerisindeki nedeni biliyordu. Ackermann, coşkuyla çalışmasının ötesinde, iliklerine kadar uyuşturucuyla doluydu. Amfetamin ve başka uyarıcı ilaçların bağımlısıydı. Zaten hastaneye gelir gelmez, "mazot ikmali" yapmak için hemen eczaneye uğramıştı. Bu sentetik ilaçlar ona çok iyi geliyordu: kimya için yaşamış ve yine kimya tarafından yaşatılmış keskin zekâlı bir adam oluyordu...

Altı saat.

Bilgisayarın tekdüze uğultusu ona beşik etkisi yapıyordu. Mathilde birkaç kez uyuyup uyanmıştı. Uyandığında, düşüncelerini toparlamaya çalışıyordu. Ama boşuna. Bir lambanın ışığına takılıp kalan bir pervane gibi hep tek bir düşünce aklını kurcalıyordu.

Anna'nın uğradığı metamorfoz.

Bir önceki gün, evine gelen bu genç kadın belleğini yitirmişti, bir bebek gibi güçsüz ve çıplaktı. Elinde, parmağının ucunda bulunan bir miktar kına her şeyi değiştirmişti. Bu beklenmedik ve önemli keşfin sonunda kadın bir kuvars kristali kadar sertleşmişti. Sanki o andan itibaren, en kötü bile artık korkulacak bir şey olmaktan çıkmış, tam tersine karşısında durulacak, meydan okunacak bir şey halini almıştı. Bütün risklerine rağmen, doğrudan düşmanın üzerine yürümeyi ve Eric Ackermann'ı ansızın yakalamayı o istemişti.

Artık dümeni elinde tutan oydu.

Sonra, kapalı park alanındaki sorgulama sayesinde de ortaya Sema Gökalp adında bir kadın çıkmıştı. İnsanın kafasında birçok soru işareti uyandıran gizemli bir işçi kadın. Fransızca'yı kusursuz konuşan, Anadolu'dan gelmiş kaçak bir işçi. Sessizliğinin ve tamamen değişmiş yüzünün arkasına farklı bir geçmiş saklayan bu kadın kimdi?

Yeni bir ismin ardına kim gizlenirdi? Başka biri olmak için bu derece değişmeyi becerebilen genç kadın kimdi?

Tüm bunların cevabı, belleğini yeniden kazandığında verilecekti. Anna Heymes. Sema Gökalp... Her ismin, her siluetin arkasında daima bir başka sır saklayan, çok kimlikli bir Rus bebeği, bir matruşka gibiydi.

Eric Ackermann oturduğu koltuktan kalktı. Anna'nın kolundaki kateteri çıkardı, ayağını serum pompasının üstünden çekti, aynayı kaldırdı. İşlem sona ermişti. Mathilde gerindi, sonra, son bir kez daha, aklından geçenleri tasnif etmeyi denedi. Başaramadı. Yeni bir düşünce aklını kurcalamaya başlamıştı. Kına.

Bazı Müslüman kadınların ellerindeki bu kırmızı lekeler, sanki Sema Gökalp'ın Parisli dünyası ile uzaklardaki dünyası arasında kesin bir sınır oluşturuyordu. Kendi halinde insanların yaşadığı, düzenli evliliklerin yapıldığı, gelenek ve göreneklerin ön planda olduğu bir dünya. Diğer taraftaysa çakıl taşlarıyla ve yırtıcı hayvanlarla dolu vahşi ve ürkütücü bir dünya.

Mathilde gözlerini kapattı.

Dövmeli eller; boğumlu bileklerin, kaslı parmakların çevresindeki, nasırlı avuçların içindeki kahverengi arabesk desenler; cildin bu desenlerle kaplı olmayan bir santimetresi bile yok; kırmızı çizgi asla kesintiye uğramıyor; uzuyor, genişliyor, kendi üzerine dönüyor, yeni bir hipnotik şekil oluşturana dek bukleler meydana getiriyor...

– Uykuya daldı.

Mathilde irkildi. Ackermann tam karşısında duruyordu. Beyaz önlüğü, omuzlarının üstünde dalgalanan beyaz bir bayrak gibiydi. Bütün vücudunu tikler, titremeler sarmıştı, ama genel görünüm itibariyle tuhaf bir güçlülük sergiliyordu; uyuşturucu müptelası birinin sinirliliği altındaki güven duygusu olmalıydı.

– Nasıl gitti?

Bilgisayar konsolu üzerinden bir sigara aldı ve yaktı. Derin bir nefes çektikten sonra, bir duman bulutunun içinden cevap verdi:

– Ona önce Flumazenil, yani Valium'un panzehirini enjekte ettim. Ardından, Oksijen-15'in etkisi altındaki belleğin her bölgesini uyararak koşullandırmayı ortadan kaldırdım. Tam olarak aynı yolu izledim. (Sigarasıyla düşey bir eksen çizdi.) Aynı kelimelerle, aynı sembollerle. Ama ne yazık ki, elimde Heymes'lerin ne fotoğrafları ne de video görüntüleri var. Yine de ben, işlemin en önemli kısmını hallettiğimi düşünüyorum. Şimdilik düşünceleri biraz bulanık olacak. Kendi gerçek anıları yavaş yavaş geri gelecek. Anna Heymes kendini yok edecek ve yerini ilk kişiliğe bırakacak. Ama dikkat edin (sigarasını sallıyordu) çok titiz bir çalışma bu!

Gerçek bir kaçık, diye düşündü Mathilde, bir duygusuzluk ve aşırı coşku karışımı. Ağzını açtı, ama çakan yeni bir şimşek onu durdurdu. Bir kez daha, kına. *Çizgiler, ellerin üzerinde hayat*

buluyor; çeşitli desenler damarlar boyunca yılankavi şekiller
çizerek ilerliyor, parmakların çevresinde dolandıktan sonra
pigmentten kararmış tırnaklara kadar ulaşıyor...

– Başlangıçta, biraz sıkıntılı olacak, diye devam etti Ackermann, sigarasından derin bir nefes çekerek. Farklı bilinç düzeyleri birbirine karışacak. Kimi kez, hangisinin gerçek hangisinin yapay olduğunu ayırt edemeyecek. Ama yavaş yavaş, asıl belleği yeniden üste çıkacak. Flumazenil kullanımı, ihtilaçlara da yol açabilir, ama ben ona yan etkileri azaltması için başka bir ilaç daha verdim...

Mathilde saçlarını geriye attı, yüzü hayalet gibi olmalıydı.

– Ya yüzler?

Belli belirsiz bir hareketle dumanı üfledi.

– Onların da silinmesi, belirsiz bir hal alması lazım. İşaretler daha belirgin olacak. Hatıraları, referansları açıklığa kavuşacak ve tepkileri denge bulacak. Ama bir kez daha yineliyorum, tüm bunlar çok yeni ve...

Mathilde, camın diğer tarafında bir hareketlenme fark etti. Hemen tıbbî görüntüleme odasına gitti. Anna, Petscan masasının üzerine oturmuş, ayaklarını aşağı sarkıtmış, elleriyle geriye dayanmıştı.

– Kendini nasıl hissediyorsun?

Yüzünde bir gülümseme vardı.

Ackermann da odaya geldi ve hâlâ çalışmakta olan bazı makineleri kapattı.

– Kendini nasıl hissediyorsun? diye tekrar etti Mathilde.

Anna, ona tereddütlü gözlerle baktı. O anda, Mathilde durumu anladı. O artık aynı kadın değildi: çivit mavisi gözleri başka bir bilinçle Mathilde'e gülümsüyordu.

– Sigaran var mı? diye sordu, tınısını arayan bir sesle.

Mathilde ona bir Marlboro uzattı. Sigarayı alan narin elleri gözleriyle izledi. Aynı anda, kına desenleri yeniden gözlerinin önünde canlandı. *Çiçekler, yılanlar sıkılı bir yumruğun çevresine dolanıyor. Otomatik bir tabancanın kabzasını sıkıca kavramış kınalı bir el...*

Siyah perçemli genç kadın, sigarasından çıkan duman kıvrımının arkasından mırıldandı:

– Anna Heymes olmayı tercih ederdim.

52

Reims'in doğusuna on kilometre mesafedeki Falmières Garı, kırlık alanın ortasında, raylar boyunca uzanan tek bir bloktan oluşuyordu. Ufkun siyahlığı ile gecenin sessizliği arasına sıkışmış, değirmentaşından salaş bir binaydı. Yine de, sarı feneri ve birbiri üzerine bindirilmiş camdan kapı sundurmasıyla binanın güven verici bir görünümü vardı. Kiremit kaplı çatısı, mavi ve beyaz, iki renge boyanmış duvarları, ahşap bariyerleri ona cilalı bir oyuncak, bir elektrikli tren dekoru havası veriyordu.

Mathilde arabayı park alanında durdurdu.

Eric Ackermann, kendisini bir garda bırakmalarını istemişti. "Herhangi birinde, ben başımın çaresine bakarım" demişti.

Hastaneden ayrıldıktan sonra hiç kimse tek kelime etmemişti. Ama sessizliğin niteliği değişmişti. Kin, öfke, güvensizlik yok olmuştu; üç kaçak arasında bir tür tuhaf suç ortaklığı bile başlamıştı sanki.

Mathilde motoru stop etti. Dikiz aynasından, arkada oturan nöroloğun solgun yüzünü gördü. Parlak, beyaz bir metali andırıyordu. Üçü de aynı anda arabadan çıktı.

Dışarıda fırtına çıkmıştı. Şiddetli rüzgâr asfaltın üzerine gürültüyle çullanıyordu. Uzakta sivri bulutlar, mızraklı askerlerden oluşan bir ordu gibi uzaklaşıyor, ay, mavi etli iri bir meyve gibi bütün duruluğuyla ortaya çıkıyordu.

Mathilde mantosunun önünü kapattı. Nemlendirici bir krem için her şeyi verebilirdi. Esen rüzgâr cildini kurutuyor, yüzündeki kırışıklıkları biraz daha derinleştiriyor gibi geliyordu.

Üzeri çiçek resimleriyle süslü bariyere kadar yürüdüler, hâlâ konuşmuyorlardı. Soğuk Savaş döneminde, eski Berlin'deki bir köprüde yapılan casus değiş tokuşları geldi aklına; asla elveda denmezdi.

Birden Anna sordu:

– Ya Laurent?

Bu soruyu Anvers Meydanı'ndaki otoparkta da sormuştu. Bu da hikâyesinin bir başka yanıydı: ihanete, yalanlara, acımasızlığa rağmen devam eden bir aşkın ifşası.

Ackermann yalan söylemeyecek kadar yorgun ve bitkindi.

– Açıkçası, hâlâ hayatta olması için çok az şansı var. Charlier arkasında hiçbir iz bırakmak istemeyecektir. Ve Heymes güvenilebilecek bir adam değildir. En ufak bir sorgulamada derhal öter. Bizzat kendini bile ele vermekten kaçınmaz. Karısının ölümünden sonra, o...

Nörolog sustu. Birkaç saniye boyunca Anna rüzgâra karşı koydu, sonra omuzları çöktü. Tek kelime söylemeden geri döndü ve arabaya gitti.

Mathilde, pardösüsüne sarılmış, havuç rengi dağınık saçları olan fasulye sırığına son bir kez dikkatle baktı.

– Ya sen? diye sordu, neredeyse acıma dolu bir sesle.

– Alsace'a gidiyorum. Bir sürü "Ackermann"ın arasında kaybolacağım.

Alaylı alaylı sırıttı. Sonra abartılı bir coşkuyla ekledi:

– Sonra da kendime gidecek başka bir yer bulacağım. Ben bir göçebeyim!

Mathilde cevap vermedi. Çantasını göğsüne bastırmış iki yana sallanıyordu. Tıpkı fakültedeki gibi. Ackermann bir şey söylemek için dudaklarını araladı, tereddüt etti, sonra fısıltı halinde konuştu:

– Yine de, her şey için teşekkürler.

İşaretparmağını alnına götürdü, bir kovboy selamı verdi ve topukları üzerinde dönerek tenha gara doğru yürüdü; omuzlarını rüzgâra karşı vermişti. Tam olarak nereye gidiyordu? "Kendime gidecek başka bir yer bulacağım. Ben bir göçebeyim!"

Bir ülkeden mi yoksa beynin yeni bir bölgesinden mi söz ediyordu.

– Uyuşturucu.

Mathilde tüm dikkatini yoğunlaştırmıştı. Çizgiler gözlerinin önünde, teknelerin gövdesine yapışan ve gecenin karanlığında parlayan deniz altı planktonları gibi ışıldıyordu. Yan koltukta oturan genç kadına baktı. Yüzü tebeşir gibi bembeyaz, donuk ve ifadesizdi.

– Ben bir uyuşturucu kaçakçısıyım, dedi soğuk bir sesle. Fransızların kurye dedikleri, yani. Bir hamal. Bir cokey.

Mathilde, bu itirafı bekliyormuş gibi kafasını salladı. Aslında her şeyi anlatmasını bekliyordu. Gerçeğin hiçbir sınırı yoktu. Bu gece, atılacak her yeni adım insanı şaşkına çevirebilirdi.

Dikkatini yeniden yola verdi. Birkaç saniye süren sessizlikten sonra sordu:

– Ne tür uyuşturucu? Eroin? Kokain? Amfetaminler? Ne tür?

Son kelimeleri söylerken sesini biraz yükseltmişti. Parmaklarıyla direksiyon simidinin üzerinde tempo tutmaya başladı. Sakinleşmek için. Hem de hemen.

Anna devam etti:

– Eroin. Sadece eroin. Her yolculukta birkaç kilo. Daha fazla değil. Türkiye'den Avrupa'ya. Benim üzerimde. Valizlerimde. Ya da başka yollarla. Başka incelikler, numaralar da var. Benim işim bunları bilmek. Hepsini.

Mathilde'in gırtlağı kurumuştu, her soluk alışında canı yanıyordu.

– Kim... Kimin için çalışıyordun?

– Kurallar değişti, Mathilde. Ne kadar az şey bilirsen senin için o kadar iyi olur.

Anna'nın ses tonu değişmiş, küçümseyici bir tavır takınmıştı.

– Gerçek adın ne?

– Gerçek ad diye bir şey yoktur. Bu da mesleğin bir parçası.

– Nasıl yapıyordun? Bana ayrıntılarıyla anlat.

Anna yeniden sustu, bir mermer gibi soğuktu. Sonra, uzun bir sessizliğin ardından konuşmaya başladı:

– Benimkisi eğlenceli bir hayat değil. Havalimanlarında yaşlanmak. En elverişli konaklama yerlerini bilmek. En gevşek gümrükleri. En hızlı ya da tam tersine en karmaşık ulaşım yollarını. Valizlerin sizi pistte beklediği şehirleri. Arama yapılan veya asla arama yapılmayan gümrükleri. Yük ambarlarını, transit geçiş yerlerini tanımak.

Mathilde onu dinliyor, özellikle de ses tonundan bir şeyler yakalamaya çalışıyordu; Anna hiç bu kadar gerçekçi konuşmamıştı.

– Şizofren bir iş. Sürekli olarak değişik dillerde konuşmak, birçok insana cevap vermek, vatandaşıymış gibi davranmak. Sadece havalimanlarının VİP salonlarında dinlenebilmek. Ve daima, her yerde korkuyla birlikte yaşamayı öğrenmek.

Mathilde uykusunu açmak için gözlerini kırpıştırdı. Görüş alanı netliğini kaybediyordu. Yol çizgileri dalgalanıyor, kesik kesik oluyordu... Yeniden sordu:

– Tam olarak nereden geliyorsun?

– Bu konuda henüz net bir hatıram yok. Ama o da olacak, bundan eminim. Şimdilik, bugünle ilgileniyorum.

– Peki ne oldu? Bir işçi kadın kimliğiyle Paris'te ne arıyordun? Neden yüzüne estetik yaptırdın?

– Klasik hikâye. Son parti malı kendime saklamak istedim. İşverenlerimi aldattım.

Sustu. Her hatıra artık ona ağır gelmeye başlamıştı.

– Geçen yıl haziran ayıydı. Uyuşturucuyu Paris'te teslim edecektim. Özel bir maldı. Çok değerli. Burada bir bağlantım vardı, ama ben başka bir yol seçtim. Eroini sakladım ve bir estetik cerraha başvurdum. O sırada bütün koşulların benden yana olduğunu sanıyordum... yani düşünüyordum. Ama nekahat dönemim sırasında hiç tahmin etmediğim bir şey oldu. Kimse tahmin etmemişti: 11 Eylül saldırısı. Akşamdan sabaha, bütün gümrük kapıları aşılması zor birer duvara dönüştü. Daha önceden planladığım gibi, uyuşturucuyla buradan ayrılmam artık söz konusu bile olamazdı. Onu Paris'te de bırakamazdım. Burada kalıp, etrafın sakinleşmesini bekleyebilirdim, işverenlerimin beni bulmak için her şeyi yapacağını biliyordum...

Böylece oraya, kimsenin bir Türk'ü, Türklerin yanında aramayacağı yere saklandım. 10. Bölge'deki kaçak işçi kadınların arasına.

Yeni bir yüzüm, yeni bir kimliğim vardı. Kimse beni tanıyamazdı. Sesi zayıfladı, bıkkın ve yorgundu.

Mathilde ateşi canlandırdı:

– Peki sonra ne oldu? Polisler seni nasıl buldu? Uyuşturucudan haberleri var mıydı?

– Hayır olaylar bu şekilde gelişmedi. Biraz muğlak, ama sahneyi hayal meyal hatırlıyorum... Kasım ayıydı, bir çamaşırhanede çalışıyordum. Bir hamamın içinde, yer altında bir tür kuru temizleme atölyesi. Hayal bile edemeyeceğin bir yer. Sana en fazla bir kilometre mesafede. Bir gece geldiler.

– Polisler mi?

– Hayır. İşverenlerimin yolladığı Türkler. Orada saklandığımı biliyorlardı. Biri beni ele vermiş olmalı, bilmiyorum... Elbette yüzümü estetik ameliyatla değiştirttiğimden haberleri yoktu. Gözlerimin önünde, bana benzeyen bir kızı kaçırdılar. Zeynep bir şey... O katilleri görünce saklandım... O geceden hatırımda kalan tek şey korku.

Mathilde, hikâyeyi kafasında yeniden oluşturmaya, eksik yerleri doldurmaya çalışıyordu:

– Charlier'nin eline nasıl düştün?

– Tam olarak hatırlayamıyorum. Şoka girmiştim. Polisler beni hamamda bulmuş olmalı. Bir karakol, bir hastane hatırlıyorum... Charlier de, şu ya da bu şekilde benden haberdar olmuştur. Belleğini yitirmiş bir işçi kadın. Fransa'da yasal bir statüsü yok. Mükemmel bir kobay.

Anna, kendi varsayımını ölçüp biçiyordu sanki, sonra mırıldandı:

– Benim hikâyemde inanılmaz bir ironi var. Çünkü polisler hiçbir zaman benim gerçek kimliğimden haberdar olmadılar. Ama buna rağmen beni başkalarından, peşimdeki katillerden korudular.

Mathilde, bağırsaklarında bir ağrı hissetmeye başladı; yorgunluk korkusunu daha da artırmıştı. Gözleri kararıyordu. Yoldaki beyaz şekiller, çırpınarak uçuşan, belli belirsiz martılara, kuşlara dönüşüyordu.

O sırada, çevreyolunun levhaları göründü. Paris ufuktaydı. Dikkatini yeniden yola verdi ve sorularına devam etti:

– Seni arayan şu adamlar, kim onlar?

– Her şeyi unut. Tekrar ediyorum, ne kadar az şey bilirsen, senin için o kadar iyi olur.

– Sana yardım ettim, dedi Mathilde dişlerini sıkarak. Seni korudum. Konuş! Tüm gerçeği bilmek istiyorum.

Anna tereddüt ediyordu. Bu kendi dünyasıydı; bugüne kadar asla kimseye anlatmadığı bir dünya.

– Türk mafyasının özel bir durumu vardır, dedi sonunda. Bazı işlerde veya tetikçi olarak, bir zamanlar siyasî cephede silahlı mücadele vermiş insanları kullanırlar. Genellikle aşırı sağcılardır bunlar. Kamplarda eğitilmiş teröristler. Onların yanında Charlier'nin adamlarının ellerinde çakı taşıyan izcilere benzediğini söylememe gerek yok.

Yol levhaları gitgide büyüyordu. PORTE DE CLİGNANCOURT. PORTE DE LA CHAPELLE. Mathilde'in aklında tek bir düşünce vardı; bu bombayı ilk taksi durağında bırakmak. Evine dönmek, eski rahatına ve güvenli yaşamına kavuşmak. Yirmi saat uyumak ve ertesi sabah "Sadece bir kâbusmuş" diyerek uyanmak.

Chapelle çıkışına saptı ve kararını açıkladı:

– Seninle kalıyorum.

– Hayır. İmkânsız. Yapacak önemli bir işim var?

– Ne?

– Malımı almak.

– Ben de seninle geliyorum.

– Hayır.

Midesinde bir şeylerin sertleştiğini hissetti. Cesaretten çok gururdu bu.

– Nerede? Bu uyuşturucu nerede saklı?

– Père-Lachaise Mezarlığı'nda.

Mathilde, Anna'ya baktı. Genç kadın tükenmiş gibiydi, ama hâlâ yoğun duygular yaşıyordu, hâlâ katıydı; gerçeğin katmanları arasına sıkışmış bir kuvars kristali gibi...

– Neden orası?

– Yirmi kilo. Güvenli bir yer bulmak lazımdı.

– Mezarlıkla bağlantısını anlayamıyorum.

Anna gülümsedi, uykusunda rüya gören biri gibiydi.

– Gri tozların arasında biraz da beyaz toz...

Kırmızı ışıkta durdular. Bu kavşaktan sonra Chapelle Sokağı, Marx-Dormoy Sokağı olarak devam ediyordu. Mathilde, daha sert bir sesle tekrarladı:

– Mezarlıkla arasında nasıl bir bağlantı var?

– Yeşil, dedi Anna. Chapelle Meydanı'nı geçtikten sonra Stalingrad yönüne sapacaksın.

54

Ölüler şehri.

İki tarafında, belirli aralıklarla yerleştirilmiş görkemli ağaçlar bulunan geniş ve düz yollar. Büyük bloklar, yüksek yapılar, kaygan ve siyah taştan mezarlar.

Ay ışığının aydınlattığı gecede, mezarlığın bu bölümü çimenlerle kaplıydı; büyük bir şatafat, gereksiz bir alan israfı söz konusuydu.

Havada bir Noel kokusu vardı; her şey billurlaşmış, gecenin karanlığının oluşturduğu kubbeyle sarmalanmış gibiydi, küçük mezar taşlarının altında her yere kar taneleri serpiştirilmişti sanki.

Gambetta Meydanı'nın yakınındaki Père-Lachaise Sokağı'na açılan girişten mezarlığa girmişlerdi. Anna, ana kapı hizasında uzanan çörten boyunca Mathilde'e kılavuzluk etmiş, sonra bölme duvarlarının demir parmaklıkları arasında ona yol göstermişti. Mezarlığın içindeki yokuştan iniş çok daha kolay olmuştu: elektrik kabloları taşlarla birlikte ilerliyor, onlara yol gösteriyordu.

Şimdi, Yabancı Askerler Sokağı'nı tırmanıyorlardı. Ay ışığında mezarlar ve mezar taşları çok net olarak ayırt ediliyordu. Bir bunker 14-18 savaşı sırasında ölen Çekoslovak askerlere ayrılmıştı; beyaz bir taş anıt Belçikalı askerlerin anısına dikilmişti.

Mathilde, yamacın kenarındaki, iki bacalı büyük yapıyı görünce her şeyi anladı. *Gri tozun arasında biraz da beyaz töz...* Columbarium.[1] Tüm ahlak kurallarını hiçe sayarak, Anna, kaçakçı kadın, eroinini urnaların[2] arasına saklamıştı.

Gecenin bu yarı karanlığında, bina, geniş kubbesi, krem ve altın rengiyle bir camiyi andırıyordu; bacalarıysa sanki birer mina-

1. Ölülerin küllerinin saklandığı mahzen. (ç.n.)
2. Ölülerin küllerinin konduğu vazo. (ç.n.)

reydi. Etrafındaki dört uzun yapıyla beşli bir küme oluşturuyordu. Bahçeye girdiler. Biraz ötede Mathilde, çiçeklerle ve sepetlerle süslü dehlizleri görebiliyordu. Üzerine renkli yazılar ve mühürler kazınmış, mermer sayfaları düşündü.

İn cin top oynuyordu.

Görünürde bekçi de yoktu.

Anna bahçenin dip tarafına doğru ilerledi, çalıların arkasına gizlenmiş bir mahzenin merdivenine ulaştı. Basamakların dibindeki dökme demirden kapı sürgülüydü. Birkaç saniye boyunca içeri girmek için başka bir yol aradılar. Araştırmalarını sürdürürken duydukları kanat çırpma sesleriyle başlarını yukarı kaldırdılar: güvercinler, iki metre yükseklikteki bir çatı penceresinin içine büzüşmüş, çırpınıyordu.

Anna, bu oyuğun boyutlarını kestirebilmek için birkaç adım geri gitti. Sonra ayaklarını, kapının metal süslemelerinin arasına soktu ve tırmandı. Birkaç saniye sonra, Mathilde kırılan camın sesini duydu.

Hiç düşünmeden aynı yolu izledi.

Tepeye ulaştığında, kırılan vasistastan içeri süzüldü. Tam zemine ulaşmıştı ki, Anna elektrik düğmesini açtı.

Columbarium oldukça büyüktü. Kare yuvaların çevresinde yer alan granit galeriler karanlığa gömülüydü. Düzenli aralıklarla yerleştirilmiş lambalar çevreye belli belirsiz bir aydınlık veriyordu.

Mathilde yuvalar boyunca ilerledi: ayaklarının altında, tünellerle dolu üç kat daha vardı. İnsan kendini bir yer altı şehrinin merkezinde hissedebilirdi.

Anna merdivenlere yöneldi. Mathilde de onu izledi. Aşağıya doğru indikçe, bir havalandırma sisteminin vızıltısı, ben buradayım diyordu. Her merdiven sahanlığında, bir tapınak, dev bir mezar duygusu bütün ağırlığıyla kendini hissettiriyordu.

İkinci bodrumda, Anna sağ taraftaki yola saptı, siyah ve beyaz kare kapakları olan yüzlerce mezar yuvası vardı. Mathilde çevresine tuhaf gözlerle bakıyordu. Kimi kez bir ayrıntı gözüne çarpıyordu. Yere bırakılmış, alüminyum folyoya sarılı taze çiçeklerden oluşan bir buket. Bir mezar yuvasını diğerlerinden farklı kılan bir süsleme. Tıpkı serigrafi tekniğiyle mermer yüzeye basılmış, kıvırcık saçlı, esmer tenli bir kadının yüzü gibi. Mezar taşında şunlar yazılıydı: SEN DAİMA BURADAYDIN. DAİMA BURADA KALACAKSIN. Ya da, biraz daha ileride, basit bir alçı levha üzerine yapıştırılmış, gri bir çevre çizgisi olan bu fotoğraf gibi. Altında şöyle bir yazı vardı: O ÖLMEDİ, BURADA UYUYOR. SAİNT-LUC.

– Burası, dedi Anna.

Oldukça geniş bir mezar yuvası koridoru kapatıyordu.

– Kriko, diye bağırdı.

Mathilde, omzuna çaprazlamasına astığı çantayı açtı ve aleti çıkardı. Seri bir hareketle Anna, krikoyu mermer ile duvar arasına soktu, sonra bütün gücüyle levyeye yüklendi. Kapağın yüzeyinde ilk çatlak oluştu. Mermer blokun alt kısmına doğru yeniden bastırdı. Kapak iki parçaya ayrılarak yere düştü.

Anna krikoyu bir çekiç gibi kullanarak yuvanın dip tarafındaki alçı bölmeye vurmaya başladı. Kırılan parçalar havada uçuşuyor, saçlarına takılıyordu. Çıkan seslere aldırmadan inatla vuruyordu.

Mathilde, artık nefes bile almıyordu. Gürültünün Gambetta Meydanı'ndan duyulduğunu sanıyordu. Bekçiler onları yakalamadan önce ne kadar zamanları vardı?

Yeniden sessizlik oldu. Beyaz bir dumanın arasından Anna mezar yuvasına daldı ve molozları temizledi. Duvar boyunca bir yığın toz birikti.

Birden arkalarında bir metal şıngırtısı işittiler.

İki kadın da aynı anda döndü.

Ayaklarının dibinde, alçı döküntülerinin arasında metal bir anahtar parlıyordu.

– Bununla dene. Zaman kazanırsın.

Alabros saçlı bir adam galerinin girişinde duruyordu. Silueti damalı zemin üzerine yansıyordu. Sanki sudan yeni çıkmış gibi ter içindeydi.

Pompalı tüfeğini onlara doğrultup, sordu:

– Nerede?

Vücudunu sıkan buruş buruş bir pardösü giymişti, ama bunun, onun kadınlar üzerindeki hâkimiyetine en ufak bir etkisi yoktu. Lambanın ışığıyla bir kısmı aydınlanan yüzünde acımasız bir ifade vardı.

– Nerede? diye tekrarladı, bir adım ilerlemişti.

Mathilde kendini kötü hissediyordu. Midesine kramp girmiş, bacakları güçsüzleşmişti. Düşmemek için bir mezar yuvasına tutunmak zorunda kaldı. Burada bir oyun oynanmıyordu. Ne bir atış müsabakası ne bir triatlon ne de riskleri önceden hesaplanmış bir yarışma söz konusuydu.

Ölebilirlerdi, evet hem de hiçbir şey yapamadan.

Davetsiz misafir biraz daha ilerledi, kararlı bir hareketle tüfeğinin mekanizmasını kurdu:

– Kaltak, uyuşturucu nerede?

55

Pardösülü adam silahını ateşledi.

Mathilde kendini yere attı. Zemine temas ettiği anda, adamın tüfeğini daha yeni ateşlediğini gördü. Alçı molozlarının arasında yuvarlandı. İşte o esnada ikinci gerçek kafasına dank etti: ilk olarak ateş eden Anna'ydı; otomatik tabancasını mezar yuvasının içine saklamış olmalıydı.

Etraf silah sesleriyle çınlıyordu. Mathilde bir köşeye büzüldü, kafasını ellerinin arasına almıştı. Tepesinin üstündeki mezar yuvaları parçalanıyor, kırılan urnalar ve içindeki küller etrafa saçılıyordu. Küller üzerinde dökülünce bağırmaya başladı. Galerinin içini gri bir duman bulutu kaplamıştı, kurşunlar havada vızıldıyor, çarptıkları yerden sekiyordu. Toz bulutlarının arasından mermer köşelere çarpan mermilerin çıkardığı kıvılcımları, molozlardan seken mermileri, yerde yuvarlanan, arkalarında gümüş parlaklığında izler bırakarak yerde zıplayan urnaları görüyordu. Koridor, altın ve demir karışımı bir cehennemi andırıyordu.

Biraz daha büzüldü. Kurşunlar vazoları parçalıyor, çiçekler etrafa dağılıyordu. Kurşun isabet eden urnalar kırılıyor, içleri bir anda boşalıyordu. Yerde sürünmeye başladı, gözleri kapalıydı, her silah sesinde irkilip sıçrıyordu.

Birden silah sesleri kesildi.

Mathilde olduğu yerde kaldı, gözlerini açmak için birkaç saniye bekledi.

Hiçbir şey göremedi.

Galeri, bir volkan püskürmesi sonrasını hatırlatıyordu, etraf küllerle kaplıydı. Pis bir barut kokusu molozlara karışıyor, nefes almayı zorlaştırıyordu.

Mathilde yerinden kımıldamaya cesaret edemedi. Bir ara Anna'ya seslenmeyi düşündü, ama vazgeçti. Katile yerine belli etmeye gerek yoktu.

Tüm bunları düşünürken, bir yandan da elleriyle vücudunu yokladı, yaralanmamıştı. Yeniden gözlerini kapattı ve dikkat kesildi. Çevresinde ne bir soluk sesi ne de inleme duyuyordu, hâlâ düşmekte olan birkaç molozdan çıkan gürültünün dışında başka bir ses yoktu.

Anna neredeydi?

Adam neredeydi?

Yoksa ikisi birden ölmüş müydü?

Bir şeyler görebilmek amacıyla gözlerini kıstı. Sonunda, iki-üç metre uzaktaki bir lambadan yayılan solgun ışığı gördü. Onar metre aralıklarla yerleştirilmiş bu lambaların columbariumun içindeki yolu aydınlattığını hatırlıyordu. Ama gideceği yol hangisiydi? Koridorun girişindeki yol olabilir miydi? Çıkış hangi taraftaydı? Sağda mı yoksa solda mı?

Öksürmemek için büyük bir çaba sarf etti, tükürüğünü yuttu, sonra, gürültü etmeden, bir dirseği üzerinde doğruldu. Sol tarafa doğru dizlerinin üzerinde ilerlemeye başladı, molozlara, yere saçılmış mermi kovanlarına değmemeye, vazolardan dökülmüş sulara basmamaya gayret ediyordu...

Birden önünü bir sis bulutu kapladı.

Baştan ayağa gri bir gölge yolunu kesmişti: katil.

Bağırmak istedi, ama bir el ağzını kapattı. Mathilde, ona bakan gözlerdeki ifadeyi okudu: *Bağırırsan, ölürsün.* Bir tabancanın namlusu boğazına dayandı. Dehşet içinde gözlerini kırpıştırarak, anladığını belirtti. Adam yavaşça ellerini Mathilde'in ağzından çekti. Hâlâ yalvaran gözlerle katile bakıyor, onun kendi üzerindeki hâkimiyetini kabul ettiğini anlatmaya çalışıyordu.

Aynı esnada, iğrenç bir duygu tüm bedenini sardı. Başına, ölüm korkusundan çok daha kötü bir şey gelmişti: altına yapmıştı.

Büzgenkasları gevşemişti.

İdrar ve dışkı bacaklarının arasından akıyor, naylon çoraplarını ıslatıyordu.

Adam onu saçlarından yakaladı ve yerde sürüklemeye başladı. Mathilde bağırmamak için dudaklarını ısırıyordu. Vazoların, çiçeklerin ve insan küllerinin arasından, duman tabakasının içinden geçtiler.

Birkaç kez galerilerin içinde dolandılar. Hâlâ yerlerde sürüklenen Mathilde tozların üstünde bir iz bırakarak kayıyordu. Bacakları yere çarpıyor, ama bu çarpmalardan en ufak bir gürültü dahi çıkmıyordu. Ağzını açtı, ama bir ses çıkarmaya muvaffak olamadı. Hıçkırıyor, inliyor, dudaklarının arasından hırıldar gibi sesler çıkarıyordu, ama toz her şeyi emiyordu. Tüm acısına rağmen, sessiz kalmanın kendisi için daha iyi olacağını anlamıştı. En ufak bir gürültüde adam onu öldürebilirdi.

Basamak ilerleyişlerini yavaşlatmıştı. Bir an için adamın ellerini gevşettiğini hissetti. Sonra onu yeniden saçlarından sıkıca kavradı ve birkaç basamak boyunca yukarı doğru sürükledi. Mathilde tüm vücudunun kasıldığını hissetti. Başından belkemiğine kadar büyük bir acı dalgası yayıldı. Sanki yüzünün derisini cımbızla çekiyorlardı. Ağırlaşmış, ıslanmış, sidik ve bok kokan bacakları hâlâ çırpınıyordu. Kalçalarının, uyluklarının bokla sıvanmış olduğunu hissediyordu.

Yeniden durdular.

Bu duraklama sadece bir saniye sürdü, ama bu yeterli olmuştu. Mathilde, ne olup bittiğini görmek için hafifçe doğruldu. Anna'nın gölgesi gri toz dumanın içinde karaltı halinde duruyordu, katil gürültü etmeden silahını ona doğru çevirmişti.

Mathilde, son bir gayretle, Anna'yı uyarmak için dizlerinin üzerinde doğruldu.

Artık çok geçti; adam tetiğe bastı, silah büyük bir gürültüyle ateş aldı.

Ama düşündüğü şey olmadı. Siluet binlerce parçaya bölündü ve küllerin üzerine dolu gibi yağdı. Aynı esnada adam uludu. Mathilde kendini kurtardı ve yan tarafa devrildi, basamakların dibine kadar yuvarlandı.

Düşerken ne olup bittiğini anlamıştı. Katil, Anna'ya değil, kendi aksini gördüğü, tozdan kir içinde kalmış camlı bir kapıya ateş etmişti. Mathilde sırtüstü yere çarptı ve o anda, gördüğü şeye inanmakta zorluk çekti. Ensesini zemine vurduğu sırada, tozdan grileşmiş gerçek Anna'nın tavan penceresinin içine gizlenmiş olduğunu fark etti. Onları, orada, ölülerin üstünde bekliyordu.

Tam o esnada Anna sıçradı. Sol eliyle bir mezar yuvasına tutunarak var gücüyle adamın üzerine atladı. Diğer elinde kırık bir cam parçası vardı. Keskin kenarı adamın yüzüne saplandı.

Katil silahını ona yönelttiği anda, bıçak gibi kullandığı cam parçasını geri çekmişti. Ardından da ikincisi, Anna hâlâ saplamaya devam ediyordu. Kırık cam parçası şakağa girdi ve tuhaf bir ses çıkararak eti parçaladı. Başka bir mermi havada vızıldadı. Anna onu duvara yapıştırmıştı.

Alın, şakaklar, ağız; Anna önüne gelen yere saplamaya devam

ediyordu. Katilin suratı parçalanmış, her yerinden kan fışkırıyordu. Adam sendeledi, silahını düşürdü, sanki katil arıların saldırısına uğramış gibi çırpınıyordu. Anna son darbeyi indirmeye hazırdı. Bütün ağırlığıyla adama çullandı. Yere yuvarlandılar. Kırık cam parçasını adamın sağ yanağına sapladı. Var gücüyle bastırdı, yanağı boydan boya parçaladı, artık dişetleri görünüyordu. Mathilde, dirsekleriyle destek alarak, yerde sırtüstü sürünüyordu. Gözlerini bu vahşi mücadeleden ayırmadan, bağırıyor, çığlık atıyordu. Anna sonunda elindeki cam parçasını bıraktı ve doğruldu. Adam, kül yığınının içinde, ellerini kollarını şuursuzca hareket ettirerek gözçukuruna saplanmış camı çıkarmaya çalışıyordu. Anna tabancayı yerden aldı ve can çekişmekte olan adamın kollarını iki yana açtı. Gözçukurundaki cam parasını yakaladı ve bir burgu gibi döndürerek biraz daha bastırdı. Mathilde bu sahneden gözlerini kaçırmak istedi, ama başaramadı. Anna tabancanın namlusunu fırın gibi açık ağzın içine soktu ve tetiği çekti.

56

Yeniden sessizlik.

Yeniden küllerin yakıcı kokusu.

Urnalar etrafa saçılmıştı, hepsinin kapakları açıktı.

Yerlerde, dağınık bir halde, rengârenk plastik çiçekler vardı.

Ceset, Mathilde'in birkaç santimetre önünde yatıyordu, kan içindeydi, beyni dağılmış, kafatası paramparça olmuştu. Bir eliyle bacağını tuttu, ama yerden kalkmaya mecali yoktu. Kalp atışları o kadar yavaşlamıştı ki, her iki atım arasındaki zaman aralığı her seferinde, işte bu son kalp atışı dedirtiyordu.

– Gitmemiz lazım. Bekçiler gelmek üzeredir.

Mathilde gözlerini ona çevirdi.

Görüntüsü Mathilde'in yüreğini parçaladı.

Anna'nın yüzü taş kesilmişti. Ölülerin külleri yüz hatlarının çukurluklarını kaplamış, çatlak çatlak kırış kırış bir görünüm vermişti. Buna karşılık yuvalarından farlayacakmış gibi duran gözleri çok canlıydı.

Mathilde'in aklına cam saplı göz geldi; kusacaktı.

Anna'nın elinde bir spor çantası vardı, mezar yuvasından almış olmalıydı.

– Uyuşturucu boku yemiş, dedi. Ama buna ağlayacak zamanımız yok.

– Kimsin sen? Tanrı aşkına, kimsin sen?

Anna çantayı yere bıraktı ve açtı:

– Yine de bize karşı hiç de kötü davranmamışlar, inan bana.

Dolar ve euro destelerini aldı, hızla saydı sonra yeniden çantanın içine koydu.

– Bu adam benim Paris'teki bağlantımdı, dedi. Uyuşturucuyu Avrupa'ya dağıtacak, dağıtım ağıyla ilgilenecek olan kişiydi.

Mathilde gözlerini cesede çevirdi. Bir zamanlar gözün olduğu yerde şimdi kahverengimsi bir leke vardı. Adamın bir ismi olmalıydı, en azından mezar taşına yazılacak bir ismi:

– Adı neydi?

– Jean-Louis Schiffer. Bir polisti.

– Bir polis mi, bağlantın bir polis miydi?

Anna cevap vermedi. Çantanın dibinden bir pasaport çıkardı, hızla yapraklarını karıştırdı. Mathilde cesede doğru yaklaştı:

– Siz... Siz ortak mıydınız?

– O beni hiç görmemişti, ama ben onun yüzünü tanıyordum. Birbirimizi tanımak için aramızda kararlaştırdığımız bir işaret vardı. Haşhaş çiçeği biçiminde bir broş. Ayrıca bir de parola belirlemiştik: dört hilal.

– Bunun anlamı ne?

– Boş ver.

Bir dizi yerde, çantanın içini karıştırmaya devam ediyordu. Bir sürü şarjör buldu. Mathilde kuşkulu gözlerle onu izliyordu. Yüzü, kurumuş çamurdan bir maskeyle kaplı gibiydi; kilden yapılmış bir ayin maskesiyle. Anna'da insanî hiçbir şey yoktu.

– Ne yapmayı düşünüyorsun? diye sordu Mathilde.

Genç kadın doğruldu ve belinden bir tabanca çıkardı; mezar yuvasında bulduğu otomatik olmalıydı. Kabzanın üstündeki düğmeye basıp boş şarjörü çıkardı. Hareketlerinden bu işlere talimli olduğu anlaşılıyordu:

– Gitmeyi. Paris'te benim için artık gelecek yok.

– Nereye?

Tabancaya yeni bir şarjör taktı.

– Türkiye'ye.

– Türkiye'ye mi? Ama neden? Eğer oraya gidersen, seni bulurlar.

– Nereyc gitsem, beni bulurlar. Kaynağı kurutmam gerekiyor.

– Kaynağı mı?

– Bu düşmanlığın kaynağını. Bu kinin kökenini. İstanbul'a dönmem gerek. Onları şaşırtmalıyım. Oraya gideceğimi asla düşünmezler.

– "Onlar" kim?

– Bozkurtlar. Er veya geç, yeni yüzümü öğreneceklerdir.

– Peki sonra? Saklanabileceğin binlerce yer var.

– Hayır. Yeni yüzümü keşfettikleri andan itibaren, nereye gidersem gideyim beni bulurlar.

– Neden?

– Çünkü şefleri yeni yüzümü gördü, tamamen farklı bir ortamda.

– Hiçbir şey anlamıyorum.

– Bir kez daha tekrarlıyorum; tüm bunları unut! Ölene kadar beni takip edeceklerdir. Onlar için bu, sıradan bir anlaşma değildi. Bu işi bir onur meselesi yapacaklardır. Ben onlara ihanet ettim. Yeminime ihanet ettim.

– Hangi yemin? Neden söz ediyorsun?

Mathilde, soluk almakta güçlük çektiğini hissetti, kan dolaşımı yavaşlamıştı. Anna diz çöktü ve onu omuzlarından tuttu. Yüzünün rengi solmuştu, ama konuşmaya başladığında, dudaklarının arasından pembe dili görünüyordu, neredeyse ışıl ışıldı.

Ağzı çiğ bir et parçasıydı sanki.

– Hayattasın ve bu bir mucize, dedi yumuşak bir sesle. Her şey bittiğinde sana yazacağım. İsimleri, ayrıntıları, her şeyi sana vereceğim. Gerçeği bilmeni istiyorum, zamanı geldiğinde. Bu iş sona erdiğinde sen de güvende olacaksın.

Mathilde cevap vermedi, ürkmüş, afallamıştı. Birkaç saat boyunca, bu genç kadını kendi canı gibi korumuştu. Kendi kızı, kendi yavrusu gibi.

Ama gerçek olan tek bir şey vardı: o bir katildi.

Şiddet yanlısı, acımasız bir varlıktı.

Vücudunun alt tarafından iğrenç bir koku geliyordu. Bu boktan yerde bir bok birikintisinin içinde yatıyordu. Gevşeyen bağırsaklarının saldığı yeşil bir ıslaklığın içinde.

O anda, gebelik düşüncesi soluğunu kesti.

Evet; bu gece bir canavar doğurmuştu.

Anna yeniden doğruldu, spor çantasını yerden aldı.

– Sana yazacağım. Söz veriyorum. Her şeyi açıklayacağım.

Küllerin arasında gözden kayboldu.

Mathilde bir süre hareketsiz kaldı, gözlerini boş galeride gezdirdi.

Uzaktan, mezarlığın sirenleri duyuluyordu.

Onuncu bölüm

57

– Benim, Paul.

Hattın diğer ucundan derin bir soluk sesi duyuldu, sonra:

– Saatten haberin var mı?

Saatine baktı: sabahın 6'sıydı, yani hemen hemen.

– Üzgünüm. Gece uyumadım.

Soluk alma sesi, bıkkın bir iç çekmeye dönüştü.

– Ne istiyorsun?

– Tek bir şey öğrenmek: Céline şekerlemeleri aldı mı?

Reyna'nın sesi sertleşti:

– Sen hastasın.

– Şekerlemeleri aldı mı, almadı mı?

– Bunu öğrenmek için mi 6'da telefon ediyorsun?

Paul telefon kulübesinin camına vurdu; cep telefonunu hâlâ şarj edememişti.

– Bana sadece, şekerlemeleri almaktan mutlu olup olmadığını söyle. On gündür onu görmedim!

– Onu mutlu eden şey, şekerlemeleri getiren üniformalı polisler oldu. Bütün gün, sadece bundan söz etti. Kahretsin. İşi bu noktaya vardıracağını sanmıyordum. Baby-sitter'lık yapan aynasızlar...

Paul, kızını gümüş sırmalı polislere hayranlıkla bakarken, onların verdiği şekerlemeleri ışıl ışıl gözlerle alırken hayal ediyordu. Bir anda yüreğine bir sıcaklık doldu. Neşeli bir ses tonuyla konuştu:

– İki saate kadar yeniden arayacağım, okula gitmeden önce.

Reyna tek kelime etmeden telefonu kapattı.

Paul kulübeden çıktı ve gecenin havasını ciğerlerine çekti. Trocadéro Meydanı'nda, İnsan ve Denizcilik Tarihi müzeleri ile

Chaillot Tiyatrosu arasındaydı. İnce ince yağan yağmur, çevresi tahta perdeyle çevrili –restorasyon çalışması vardı– ana meydanı ıslatıyordu. Tahtaların oluşturduğu bir koridor boyunca yürüyüp meydanı geçti. Çisenti yüzünde ince bir yağ tabakası oluşturuyordu. Isı, mevsime göre hiç de fena sayılmazdı, parkasının altında terliyordu bile. Bu tür yapış yapış havalar onun mizacına uygundu. Kendini kirlenmiş, yıpranmış, içi boşalmış hissediyordu; dilinde yapış yapış bir tat vardı.

Saat 23'te Schiffer'le yaptığı telefon görüşmesinin ardından estetik cerrahları araştırmaya başlamıştı. Soruşturmanın aldığı bu yeni safhanın ardından –yüzünü değiştirmiş, hem Charlier'nin adamları hem de Bozkurtlar tarafından aranan bir kadın– adaletle sorunu olan doktorları araştırmak için 8. Bölge'de Friedland Caddesi'nde bulunan Tabipler Birliği'nin merkezine gitmiş, "Bir yüzü yeniden yaratmak, asla masum bir iş değildir" demişti Schiffer. Demek ki hayasız bir cerrahtı arayacağı. Adlî sicil kaydı olanlardan başlamayı düşünmüştü.

Arşivlere dalmış, bu servisin sorumlusunu yardıma gelmesi için gecenin bir yarısı aramaktan çekinmemişti. Sonuç: sadece Île-de-France'da altı yüzden fazla dosya vardı ve bunlar son beş yıla aitti. Buradan nasıl bir liste çıkarabilirdi? Gecenin 2'sinde, Estetik Cerrahlar Odası Başkanı Jean-Philippe Arnaud'yu aramış, ona akıl danışmıştı. Uykulu adam, cevap olarak ona üç isim vermişti: bu üç uzmanın, bu tür estetik ameliyatları nedenini sorup soruşturmadan yapmayı kabul etme gibi karanlık ünleri vardı.

Telefonu kapatmadan önce, Paul, benzer ameliyatlar yapan daha "saygıdeğer" plastik cerrahların da isimlerini öğrenmek istemişti. Jean-Philippe Arnaud, istemeye istemeye de olsa yedi isim daha saymış, ama bunların asla böyle bir estetik müdahalede bulunmayacaklarını da belirtmişti. Paul, adamın yorumlarını dinledikten sonra teşekkür etmişti.

Gecenin 3'ünde, elinde on isimlik bir liste vardı. Gece onun için şimdi başlıyordu...

Trocadéro Meydanı'nın diğer tarafında, iki müze binasının arasında, Sen Nehri'nin tam karşısında arabasını durdurdu. Basamaklara oturup, manzaranın güzelliğini seyretti. Kat kat teraslarla, çeşmelerle ve heykellerle süslü bahçelerin olağanüstü bir güzelliği vardı. Dökme demirden kocaman bir kâğıt ağırlığını andıran Iéna Köprüsü'nün ışıkları nehre, karşı yakaya, Eiffel Kulesi'ne kadar yansıyordu. Champ-de-Mars'ın karanlık binaları, bir tapınak sessizliği içinde uyuyordu. Bu görüntü Tibet'teki gizli bir tapınağı, Mandrake'nin büyülü evi Xanadu'yu çağrıştırıyordu. Paul, son üç saat içinde yaptığı şeyleri düşündü. Önce cerrahlarla telefon aracılığıyla temas kurmaya çalışmıştı. Ama daha ilk aramada, bu şekilde herhangi bir sonuç alamayacağını anlamıştı; telefonu suratına kapatmışlardı. Yine de, onlara, Schiffer'in Louis-Blanc Karakolu'na bıraktığı kurbanların fotoğrafları ile Anna Heymes'in resmini göstermek istiyordu.

Böylece, "şüpheli" cerrahların, şu anda bulunduğu yere, en yakın olanına, Clément-Marot Sokağı'nda oturana gitmişti. Adam Kolombiya asıllıydı, milyarderdi ve Jean-Philippe Arnaud'ya göre Medellin ve Cali "mafya aileleri"nin yarısına estetik ameliyat yapmış olmasından kuşkulanılıyordu. Bu konudaki yeteneğiyle ünlüydü. Sağ eliyle başka, sol eliyle başka bir ameliyat yapabileceği söyleniyordu.

Gecenin bu geç vaktine rağmen, sanatçı yatmamıştı; en azından uyumuyordu. Paul onu, özel bir eğlencenin tam ortasında, geniş evinin parfüm kokulu alacakaranlığında rahatsız etmişti. Suratını tam olarak görememiş, ama gösterdiği resimlerin ona bir şey ifade etmediğini anlamıştı.

İkinci cerrahı, Champs-Elysées'nin diğer tarafında, Washington Sokağı'ndaki bir klinikte bulmuştu.

Paul, adamı acil bir yanık ameliyatına girmeden hemen önce yakalamıştı. Üç renkli kimliğini göstermiş, olay hakkında birkaç kelime etmiş, sonra resimleri bir koltuğun üzerine yaymıştı. Cerrah ameliyat maskesini bile indirmeden, başıyla "hayır" işareti yapmış, ardından da kömürleşmiş hastasının yanına gitmişti. Paul, Arnaud'nun sözlerini hatırlamıştı: adam yapay insan derisi üretiyordu. Ve iddiaya göre, bir yanık vakası sonrasında parmak izlerini değiştirebiliyor ve kaçak bir suçluyu tamamen farklı bir kimliğe kavuşturabiliyordu.

Paul yeniden gecenin karanlığına dalmıştı.

Üçüncü plastik cerrahı, Trocadéro Meydanı'nın yakınlarında, Eylau Caddesi'ndeki evinde, uykuda yakalamıştı. Gösteri dünyasının ünlü starlarına estetik ameliyatlar yapmakla ün salmış biriydi. Ama kimse, "kimlere", "ne tür" ameliyatlar yaptığını bilmiyordu. Kendisinin bile, doğduğu ülkenin, Güney Afrika'nın adaletiyle bazı sorunları olduğundan yüzünü değiştirttiği söyleniyordu.

Paul'ü, elleri ropdöşambrının cebinde –sanki ceplerinde tabanca vardı– kuşku dolu gözlerle kabul etmişti. Fotoğrafları inceledikten sonra, bıkkın bir şekilde "asla görmedim" demişti.

Paul, bu üç ziyaretten de eli boş dönmüştü. Saat sabahın 6'sıydı, birdenbire kendini yalnız, aile bağlarını kaybetmiş biri gibi hissetmişti. Bu yüzden tek ailesini –ya da en azından hâlâ var olan– aramıştı. Ama telefon onu rahatlatmamıştı. Reyna hâlâ başka bir gezegende yaşıyordu. Céline ise onun evreninin ışık dolu yıllarıydı. Katillerin, kadınların vajinasına canlı kemirgenler soktuğu, polislerinse bilgi almak için parmak kestiği bir dünyada yaşıyordu...

Paul kafasını kaldırdı. Şafak söküyordu, gökyüzünde uzaklardaki bir gezegenden dünyaya yansıyan bir ışık eğrisi gibiydi. Açık mor renkli geniş bir kuşak gitgide pembe bir renk alıyor, tam tepesi daha şimdiden beyaz ve parlak parçacıklarla dolu bir kükürt rengine dönüşüyordu...

Ayağa kalktı ve geldiği yere doğru yürümeye başladı. Trocadéro Meydanı'na vardığında kafeler açılmak üzereydi. Naubrel ve Matkowska'ya, iki DPJ polisine randevu verdiği Malakoff Barı'nın ışıklarını gördü.

Bir önceki gün, onlara yüksek basınç odalarını araştırmayı bırakmalarını, Bozkurtlar ve onların siyasî görüşleri hakkında bilgi toplamayı emretmişti. Eğer "av" üzerine odaklanmak istiyorsa, avcıları da yakından tanımalıydı.

Barın kapısında bir süre durdu, birkaç saatten beri aklını kurcalayan yeni bir sorun daha vardı: Jean-Louis Schiffer kayıptı. Saat 23'teki o telefon görüşmesinden sonra, bir daha ondan haber alamamıştı. Paul birkaç kez ona ulaşmaya çalışmış, ama başaramamıştı. En kötü şeyi düşünebilir, onun hayatından endişe edebilirdi, ama hayır, o serseri herif kendisini atlatmış olmalıydı. Özgürlüğüne kavuşan Schiffer, büyük bir ihtimalle, verimli bir ipucu bulmuş ve tek başına araştırmayı tercih etmişti.

Öfkesini bastırdı, Paul ona son bir şans vermişti; ortaya çıkmak için saat 10'a kadar vakti vardı. Eğer bu süreyi geçirirse, onun hakkında bir arama emri çıkartacaktı. Bunun dışında yapacak bir şey yoktu.

Barın kapısını itti, acı kahvenin kokusu genzini yaktı.

58

İki teğmen bir locanın dip tarafına yerleşmişti bile. Paul, onlara katılmadan önce, elleriyle yüzünü ovuşturdu ve parkasını düzeltti. Olması gerektiği gibi gözükmeli –ne de olsa hiyerarşik bakımdan onların amiriydi– ve geceyi sokakta geçirmiş bir evsize benzememeliydi.

Barın bol ışıklı, dekorasyonu yenilenmiş, sandalye arkalıkları tamamen taklit deri olan –taklit çinko, taklit ahşap, taklit deri– bölümünü geçti. Alışıldık alkol kokuları ve bar tezgâhında yapılan dedikodularıyla, burası boktan küçük bir yerdi; henüz içeride kimse yoktu.

Paul iki polisin tam karşısına oturdu ve neşeli yüzlerini görünce keyfi yerine geldi. Naubrel ile Matkowska belki önemli işler becerebilen polisler değildi, ama gençliklerinin vermiş olduğu heyecana sahiptiler. Paul'ün hiçbir zaman kendi için benimsemediği bir tutumları vardı: gamsız, tasasız, her şeyi hafife alan.

Gece yaptıkları araştırmaların detaylarını anlatmaya başladılar. Paul bir kahve ısmarladıktan sonra onları susturdu.

– Tamam çocuklar. Artık sadede gelin.

İki polis birbirine baktı, sonra Naubrel içinde bir yığın fotokopi bulunan kalın bir dosyayı açtı:

– Kurtlar, her şeyden önce bir siyasî hikâye. 60'lı yıllarda sol fikirler Türkiye'de önemli bir destek bulmuş. Tıpkı Fransa'da olduğu gibi. Buna karşılık, bir tepki olarak aşırı sağda da büyük bir yükselme olmuş. Alpaslan Türkeş adında emekli bir albay bir parti kurmuş: Milliyetçi Hareket Partisi. O ve partisi, kendilerini kızıl tehdide karşı bir kalkan olarak göstermişler. Matkowska araya girdi:

– Bu partinin ideolojisini benimseyenler tarafından gençlere yönelik dernekler kurulmuş. Önce fakültelerde, sonra kırsal kesimde faaliyetlere başlamışlar. Bu derneklere katılan gençler kendilerine "Ülkücüler" veya "Bozkurtlar" demişler. (Yeniden notlarına baktı.) Tüm bu bilgiler Schiffer'in anlattıklarını doğruluyordu.

– 70'li yıllarda, diye devam etti Naubrel, sağ-sol çatışması önüne geçilemez bir hal almış. Önce bazı sol fraksiyonlar, ardından da aşırı sağcılar silahlanmış. Kimi solcu militanlar Filistin kamplarına giderken, Anadolu'nun bazı bölgelerinde aşırı sağcılar tarafından eğitim kampları açılmış. Ülkücü gençler buralarda ideolojik eğitimin yanı sıra dövüş sanatlarını ve silah kullanmayı da öğrenmiş.

Matkowska yeni, bazı kâğıtlara hızla bir göz attı:

– 77'den itibaren eylemler en üst seviyesine çıkmış: bombalamalar, halka açık yerlerin otomatik silahlarla taranması, ünlü kişilerin öldürülmesi... Hem sağdan hem soldan. Gerçek bir iç savaş... 70'li yılların sonunda Türkiye'de günde on beş-yirmi kişi öldürülüyormuş. Tam bir terör ortamı.

Paul araya girdi:

– Peki hükûmet? Polis? Ordu?

Naubrel gülümsedi:

– Haklı olarak, askerler müdahale etmek için gerekli ortamın oluşmasını beklediler. 1980'de bir darbe yaptılar. Net ve kusursuz bir darbe. İki taraftan da teröristler tutuklandı. Bozkurtlar bunu kendilerine yapılmış bir ihanet olarak algıladı: komünistlere karşı savaşmışlardı, ama şimdi ülkeyi yönetenler onları hapse tıkıyordu... O dönemde Türkeş şöyle demişti: "Ben hapisteyim, ama fikirlerim iktidarda." Ama bir süre sonra Bozkurtlar serbest bırakıldı. Türkeş yavaş yavaş eski siyasî faaliyetlerine döndü. Onun izinden giden bazı Bozkurtlar da farklı bir tutum takındı. Milletvekili, parlamenter oldular. Ama başkaları da vardı: şiddetten ve fanatizmden başka bir şey bilmeyen, kamplarda eğitilmiş, 80 öncesinde birçok eyleme katılmış gençler.

– Yani, diye ekledi Matkowska, öksüz kalmışlardı. Sağ iktidardaydı ve artık onlara ihtiyacı yoktu. Türkeş bile onlara sırtını döndü, yeniden saygınlık kazanmakla meşguldü. Hapisten çıktıktan sonra ne yapacaklardı?

Naubrel elindeki kahve fincanını bıraktı ve soruyu cevapladı. Bu ikili anlatım konusunda başarılıydılar.

– İçlerinden kimileri, para karşılığı karanlık işlere bulaştılar. Silah kullanmayı biliyorlardı, deneyimliydiler. En yüksek fiyatı veren için, devlet veya mafya, çalışmaya başladılar. Temas kurduğumuz Türk gazetecilere göre bu bir sır değil; bu gazetecilerin çoğu bazı aşırı sağcıların MİT ve Türk istahbarat servisleri tarafından Ermeni ve Kürt terör örgütlerinin liderlerini ortadan kaldırmakta kullanıldığını ileri sürdü. Ama daha çok bu kişilerden mafya yararlandı. Borç tahsil etme, haraç ve daha bir sürü hizmet... 80'lerin ortalarında Türkiye'de gelişmeye başlayan uyuşturucu trafiğini kontrol altına aldılar. Kimi kez kendi mafya teşkilatlarını kurdular ve yeraltı dünyasında söz sahibi oldular. Diğer klasik suç örgütleriyle mukayese edildiğinde, ellerinde çok önemli bir koz vardı: iktidarla ve özellikle de polisle sıkı ilişkilerini sürdürüyorlardı. Son yıllarda Türkiye'de skandallar patlak verdi, mafya, devlet ve bir zamanların milliyetçileri arasındaki ilişki ortaya çıktı.

Paul düşünüyordu. Tüm bu anlattıkları ona çok uzak, çok muğlak geliyordu. "Mafya" kelimesi bile onun için bir İspanyol lokantasının adı gibiydi. Açgözlü insanlar, komplolar, yasadışı şebekeler... Tüm bunların anlamı neydi? Bu anlatılanlar ile aradığı katiller ve hedef kadın arasında bir bağ kuramıyordu. Elle tutulur ne bir yüz ne de bir isim vardı.

Paul'ün düşüncelerini okumuş gibi Naubrel kibirli bir kahkaha attı.

– Ve şimdi de, biraz fotoğraflara bakalım!

Kahve fincanlarını kenara çekti ve elini bir zarfın içine daldırdı:

– İnternetten, Türkiye'nin en büyük gazetelerinden birinin, *Milliyet*'in fotoğraf arşivine girdik. Ve bunları bulduk.

Paul ilk fotoğrafı eline aldı:

– Nedir bu?

– Alpaslan Türkeş'in cenaze merasimi. "Yaşlı kurt" 1997 nisanında öldü. Seksen yaşındaydı. Gerçek bir millî olay.

Paul gözlerine inanamadı: cenaze törenine binlerce Türk katılmıştı. Fotoğrafın altındaki İngilizce yazıda şunlar yazıyordu: "On bin polisin koruduğu dört kilometre uzunluğunda bir kortej."

Hem kaygı verici hem de muhteşem bir görüntüydü. Ankara'daki büyük caminin önünde cenaze alayının etrafına toplanan kalabalık gibi karanlıktı. Lapa lapa yağan kar gibi bembeyazdı. Kortejde yer alan bazı kişilerin taşıdığı Türk bayrağı gibi kırmızıydı...

Daha sonraki fotoğraflar, kortejin ön sıralarında bulunanları gösteriyordu. Eski başbakanlardan Tansu Çiller'i hemen tanıdı, başka önemli Türk siyasetçiler de cenazeye katılmıştı. Komşu ülkelerden de gelenler vardı, özellikle Orta Asya'dan gelenler, takkeleri ve altın işlemeli bol kaftanlarıyla geleneksel kıyafetlerini giymişti.

Birden Paul'ün aklına bir fikir geldi. Türk mafya aileleri de bu törene katılmış olmalıydı... İstanbul aileleri ve Anadolu'nun başka yerlerinden gelen aileler bu önemli siyasî şahsiyete saygılarını son bir kez daha sunmak istemişlerdi. Belki de kendi davasında ipin ucunu elinde tutanlar bile bu törene katılmıştı. Sema Gökalp'ın peşine katillerini salan adam bile.

Kalabalık arasından bazı detayları gösteren diğer fotoğraflara da hızla baktı. Kırmızı bayrakların çoğunda Türk bayrağındaki gibi tek bir hilal yerine üçgen olarak yerleştirilmiş üç hilal vardı. Ayrıca afişlerde üç hilal altında uluyan bir kurt resmi dikkati çekiyordu.

Paul bir an için, taştan savaşçılardan oluşan, ilkel değerleri, içrek sembolleri olan bir ordunun resmi geçidini seyrediyormuş gibi bir hisse kapıldı. Sıradan bir siyasî partiden çok Bozkurtlar, atadan kalma değerleri ön planda tutan kendi içine kapalı bir topluluk, gizemli bir tür kabile gibiydi.

Son fotoğraflarda gördüğü bir ayrıntı onu şaşırttı; militanlar, düşündüğü gibi, cenaze geçerken sıkılı yumruklarını havaya kaldırmıyordu. İki parmakları yukarıda değişik bir selamları vardı. Bu gizemli işareti yapan, gözyaşlarına boğulmuş bir kadına dikkatle baktı.

Fotoğrafı iyice yaklaştırınca, bu kadının işaretparmağı ile serçeparmağını havaya kaldırdığını, başparmağıyla kalan diğer iki parmağını bir çimdik oluşturur gibi bir araya getirdiğini gördü. Yüksek sesle sordu:

– Bu işaretin anlamı nedir?

– Bilmiyorum, diye cevap verdi Matkowska. Hepsi bu işareti yapıyor. Büyük bir ihtimalle bir tür selamlaşma olmalı.

Birden, her şeyi anladı.

Naubrel ve Matkowska'ya aynı işareti o da yaptı.

– Allah aşkına, dedi heyecanla, bunun ne ifade ettiğini anlamıyor musunuz?

Paul elini profilden onlara doğru çevirdi, bir hayvan suratını andırıyordu.

– İyi bakın.

– Kahretsin, dedi Naubrel. Bu bir kurt. Bir kurt başı.

59

Bardan çıkarken Paul kararını açıkladı:

– Ekipleri ayırıyoruz.

İki genç polis bu duruma bozuldu. Uykusuz bir gecenin ardından evlerine dönmeyi umut ediyorlardı. Paul onların kızgın yüz ifadelerini görmezden geldi.

– Naubrel, sen yüksek basınç odalarını araştırmaya devam et.

– Nasıl? Ama...

– Île-de-France'da bu tip aygıtları bulunduran yerlerin eksiksiz bir listesini istiyorum.

Naubrel çaresiz bir şekilde ellerini iki yana açtı:

– Yüzbaşım, bu iş tam bir açmaz. Matkowska'yla birlikte dolaşmadığımız, araştırmadığımız yer kalmadı. İnşaatçılardan ısıtma tesisatı yapanlara, sağlık kuruluşlarından camcılara kadar. Hatta bazı atölyeleri bile...

Paul onun sözünü kesti. Eğer kendi bildiği gibi davransa, o da bu işin peşini bırakırdı. Ama Schiffer, telefonda, onu bu konuyla ilgili olarak sorguya çekmişti, ve bu da, onun bu işle ilgilenmesi için yeterli bir sebepti. Ayrıca Paul bu yaşlı uzatmalı polisin içgüdülerine güveniyordu...

– Listeyi istiyorum, diye kestirip attı. Katillerin bir yüksek basınç odası kullanma şanslarının en düşük olduğu yerleri bile.

– Ya ben? diye sordu Matkowska.

Paul ona evinin anahtarlarını uzattı:

– Benim evime gidiyorsun, Chemin-Vert Sokağı. Posta kutumda bulunan, Antikçağ'a ait masklarla ve büstlerle ilgili katalogları, fasikülleri ve tüm dokümanları alıyorsun. BAC'tan bir polis onları benim için topluyor.

– Peki ben, onları ne yapacağım?

Bunun bir ipucu olabileceğine inanmıyordu, ama Schiffer'in sorusu aklından çıkmıyordu: "Ya Antikçağ maskları?" Belki de Paul'ün en baştaki varsayımı pek de yanlış değildi...
– Evime girip oturuyorsun, dedi sert bir ses tonuyla. Ve her resmi ölülerin yüzleriyle karşılaştırıyorsun.
– Neden?
– Benzerlikler bulmak için. Katilin, kadınların yüzlerini parçalarken bu arkeolojik kalıntılardan esinlendiğine eminim.
Polis avucunun içindeki anahtarlara bakıyordu, inanmamış bir hali vardı. Paul daha fazla açıklama yapmadı. Arabasına doğru giderken son noktayı koydu:
– Öğlen görüşüyoruz. Eğer çok önemli bir şey bulursanız, beni derhal arayın.

Artık, aklını meşgul eden başka bir düşünceyle ilgilenebilirdi: Türkiye Büyükelçiliği Kültür İşleri Müsteşarı Ali Acun birkaç blok ötede oturuyordu. Bu iş, ona bir telefon etmeye bakardı. Bundan önceki bazı soruşturmalarında adam ona her türlü kolaylığı göstermiş, yardımcı olmuştu ve Paul şimdi bir Türk vatandaşıyla konuşma gereği duyuyordu.

Arabasında, cep telefonunu eline aldı, nihayet şarj olmuştu. Acun uyumuyordu; en azından öyle umuyordu.

Birkaç dakika sonra, Paul diplomatın merdivenlerini tırmanıyordu. Hafifçe sallanıyordu. Açlık, uykusuzluk, heyecan...

Adam, Ali Baba'nın mağarasına dönüştürülmüş küçük, modern dairesinde onu karşıladı. Cilalı mobilyalar, duvarlara asılmış altın ve bakır madalyonlar, çerçeveler, fenerler. Zemin aşıboyalı kilimlerle kaplıydı. *Binbir Gece Masalları*'nı andıran bu dekor, kırklı yaşlardaki modern ve çok bilen Ali Acun'un kişiliğiyle bağdaşmıyordu.

– Benden önce, dedi özür diler bir ses tonuyla. Bu dairede eski okulumdan bir diplomat oturuyordu.

Gülümsedi, elleri gri jogging kıyafetinin ceplerindeydi.
– Evet, bu kadar acil olan şey nedir?
– Size bazı fotoğraflar göstermek istiyordum.
– Fotoğraflar mı? Sorun değil. Girin. Çay hazırlıyordum.

Paul, çayı reddetmek isterdi, ama oyunu sürdürmesi gerekiyordu. Ziyareti yasadışı olmasa da, gayriresmîydi; bir diplomatın dokunulmazlık alanına tecavüz ediyordu ne de olsa.

Halıların, işlemeli yastıkların arasına, yere oturmuştu, Acun ince belli bardaklarla çay servisi yaptı.

Paul dikkatle adama baktı. Yüz hatları çok düzgündü, siyah

saçları çok kısa kesilmişti, sanki başının üzerine oturmuş bir takkeydi. Bir Rotring kalemiyle çizilmiş gibi net bir yüzü vardı. Tek tuhaflık bakışlarındaydı, gözleri asimetrikti. Sol gözü hiç oynamıyor, karşısındakine sabit bir şekilde bakıyordu, ama diğer göz sürekli hareket halindeydi.

Sıcak bardağına dokunmadan, Paul konuşmaya başladı.

– Sizinle önce Bozkurtlar hakkında konuşmak istiyorum.

– Yeni bir soruşturma mı?

Paul soruyu geçiştirdi:

– Onlarla ilgili ne biliyorsunuz?

– Tüm bunlar çok uzakta kaldı. Onlar özellikle 70'li yıllarda çok güçlüydü. Çoğu şiddet yanlısıydı... (Yavaş yavaş çayından büyük bir yudum aldı.) Gözümü fark ettiniz mi?

Paul fark etmemiş gibi davrandı, içinden: "Şimdi bunun sırası mı diye..." düşündü.

– Evet, fark ettiniz, dedi gülümseyerek Acun. Gözümü ülkücüler çıkarttı. Üniversite kampüsünde, o zamanlar solcuların safında mücadele ediyordum. Yöntemleri oldukça, nasıl söyleyeyim, oldukça sertti.

– Ya bugün?

Acun, belli belirsiz bir hareket yaptı.

– Artık onların var olduğundan söz edilemez. En azından şiddet yanlısı olarak. Güç kullanma gereği duymuyorlar; çünkü bir şekilde iktidardalar artık.

– Size siyasetten söz etmiyorum. Para karşılığı kirli işler yapanlardan bahsediyorum. Suç kartelleri için çalışanlardan.

Yüzünde alaycı bir ifade belirdi.

– Tüm bu hikâyeler... Türkiye'de gerçek ile efsane arasında bir ayrım yapmak zordur.

– İçlerinden bazıları mafya gruplarına hizmet ediyor mu, evet mi hayır mı?

– Geçmişte, evet, belki. Ama bugün... (Alnı kırıştı.) Bu soruların sebebi ne? Bu seri cinayetlerle bir ilgisi var mı?

Paul anlatmayı tercih etti:

– Edindiğim bilgilere göre, bu adamlar, mafya için çalışırken bile davalarına sadık kalmayı sürdürüyorlar.

– Bu doğru. Aslında onları kullanan gangsterlerden nefret ediyorlar. Çok daha yüce idealleri var.

– Bana bu idealden bahsedin.

Acun derin bir soluk aldı, sanki ciğerleri büyük bir yurtseverlik dalgasıyla şişmişti.

– Türk imparatorluğunu yeniden kurma. Turan hayali.

– Bunun anlamı ne?

– Bunu size anlatmam için en az bir gün gerekli.

– Lütfen, dedi Paul biraz sert bir ses tonuyla. Bu adamların niyetini anlamam gerekiyor.

Ali Acun bir dirseğinin üzerine dayandı.

– Türklerin kökeni Orta Asya bozkırlarına dayanır. Atalarımız çekik gözlüydü ve Moğollarla aynı bölgede yaşıyordu. Hunlar, mesela, onlar Türk'tü. Bu göçebe kavimler Orta Asya'yı dalga dalga aştıktan sonra, yaklaşık X. yüzyılda Anadolu'ya geldi.

– Peki, Turan'ın manası ne, nedir Turan?

– Bir tür düşsel imparatorluk, Orta Asya'da yaşayan bütün Türk halklarını tek bir yurt, tek bir bayrak altında birleştirmeyi hedefleyen bir siyasî görüş. Bir tür Atlantis anlayacağın, tarihçilerin hep varlığına inandığı, ama hiçbir zaman en ufak bir kanıt bile bulamadıkları kayıp ülke. İşte Bozkurtlar da bu kayıp kıtanın hayalini kuruyor. Özbekleri, Tatarları, Uygurları, Türkmenleri bir araya getirmenin hayalini... Balkanlar'dan Baykal Gölü'ne kadar uzanan muazzam bir imparatorluğun hayalini.

– Gerçekleştirilebilir bir proje mi bu?

– Hayır, hiç kuşkusuz hayır, ama bu hayalin gerçek bir yanı da var. Bugün, milliyetçiler Türk halkları arasında ekonomik ittifaklar kuruyor, doğal kaynakların paylaşımı yoluna gidiyorlar. Mesela petrol gibi.

Paul, Türkeş'in cenaze törenine katılan çekik gözlü, işlemeli kaftanlı adamları hatırlıyordu. Şunu çok iyi anlamıştı: Bozkurtlar devlet içinde devletti. Yasaların ve diğer ülke sınırlarının üzerinde yer alan bir yer altı ulusuydu.

Cenaze fotoğraflarını çıkardı. Yerde, Buddha konumunda oturduğundan bacakları uyuşmaya başlamıştı.

– Bu fotoğraflar size bir şeyler anlatıyor mu?

Acun ilk fotoğrafı aldı ve mırıldandı:

– Türkeş'in cenazesi... O sırada ben Ankara'da değildim.

– Tanıdığınız önemli şahsiyetler var mı?

– Elbette tüm kodamanlar orada! Hükûmet üyeleri. Sağ partilerin temsilcileri. Türkeş'in siyasî mirasçıları...

– Hâlâ faal olan Bozkurtlar var mı? Yani kötü ün salmış olanları kast ediyorum.

Diplomat peş peşe fotoğraflara bakıyordu. Az da olsa keyfi kaçmış gibiydi. Bu adamların tekini görmek bile ona sanki eski terör günlerini hatırlatmıştı. Parmağıyla işaret etti:

– İşte o: Oral Çelik.

– Kim?

– Ali Ağca'nın suç ortağı. 1981 yılında papaya karşı düzenlenen suikast girişiminin 2 numaralı şüphelisi.

– Şimdi serbest mi?

– Evet, beraat etti. Ama hâlâ bazı soru işaretleri var!..

– Başka tanıdıklarınız?

Acun tereddüt etti:

– Ben bir uzman değilim.

– Ünlü kişilerden söz ediyorum. Mafya şeflerinden.

– Babalar mı demek istiyorsunuz?

Paul bu sözcüğü hatırlıyordu, "godfather"ın Türkçesi olmalıydı. Acun her resme uzun uzun bakıyordu.

– Bazıları bir şeyler ifade ediyor, dedi sonunda. Ama isimlerini anımsayamıyorum. Çeşitli davalar sebebiyle her gün gazetelerde yer alan tipler: silah kaçakçılığı, adam kaçırma, kumarhane...

Paul cebinden bir keçeli kalem çıkardı:

– Tanıdığınız her yüzü yuvarlak içine alın. Ve aklınıza gelirse ismini de yanına yazın.

Türk bir sürü yuvarlak çizdi, ama tek bir isim yazmadı. Birden durdu:

– İşte bu, gerçek bir star. Millî bir şahsiyet.

Bastonuna dayanarak yürüyen, en az yetmiş yaşında, uzun boylu bir adamı işaret ediyordu. Geniş bir alnı, arkaya taranmış gri saçları, profilden bir geyiği andıran ileri doğru çıkık çenesi vardı. Kutsal bir surat!

– İsmail Kutsi. "Büyükbaba", İstanbul'un en güçlü mafya şefi. Daha yeni onu konu alan bir makale okudum... Bugün bile hâlâ ne yapması gerektiğini iyi biliyor. Türkiye'nin en önemli uyuşturucu kaçakçılarından biri. Kolay kolay fotoğrafının çekilmesine izin vermez. Onun resimlerini çeken bir fotoğrafçının gözlerini oydurduğu bile söylenir.

– Suç dosyası kabarık mı?

Acun bir kahkaha attı:

– Elbette. İstanbul'da Kutsi'nin korktuğu tek bir şey olduğu söyleniyor, deprem.

– Peki Bozkurtlar'la alakası?

– Hem de nasıl! O tarihe mal olmuş bir lider. Üst rütbeli polislerin bir kısmı onun eğitim kamplarında yetişmiştir. Ayrıca hayırseverliğiyle de ünlüdür. Kurduğu vakıf yoksul çocuklara burs verir. Hep yüce yurtseverlik değerlerinden dolayı.

Bir ayrıntı Paul'ün dikkatini çekti:

– Ellerinde ne var?

– Asidin neden olduğu yara izleri. 60'lı yıllarda kiralık katil olarak mesleğe atıldığı söyleniyor. Cesetleri sudkostik çözeltisinde eritiyormuş. Bir söylenti bu elbette.

Paul, damarlarının karıncalandığını hissetti. Böyle bir adam Sema Gökalp'ın öldürülmesini emretmiş olabilirdi. Ama hangi sebeple? Ve cenaze töreninde yanında yürüyen adam değil de neden o? İki bin kilometre uzaktan bir soruşturmayı nasıl yürütebilirdi?

Keçeli kalemle yuvarlak içine alınmış diğer yüzlere dikkatle baktı. Sert ifadeli suratlar, sımsıkı kapalı ağızlar, çoğu kırlaşmış bıyıklar...

Kutsi'ye rağmen, suçun bu derebeylerine karşı anlaşılmaz bir saygı duyuyordu. Bu adamların arasında yer alan, kirpi saçlı genç bir adam dikkatini çekti.

– Peki bu kim?

– Yeni kuşak. Azer Akarca. Kutsi'nin bir yetiştirmesi. Vakfın desteğiyle bu küçük köylü çocuğu önemli bir işadamı oldu. Meyve ticaretinden büyük bir servet yaptı. Bugün Akarca'nın, doğduğu bölgede, Gaziantep yakınlarında uçsuz bucaksız bağları var. Ve henüz kırk yaşında bile değil. Türk usulü bir "golden-boy".

Gaziantep ismi, Paul'e hiç de yabancı değildi. Bütün kurbanlar hep bu bölgedendi. Bu basit bir rastlantı olabilir miydi? Son düğmesine kadar iliklenmiş kadife ceketli genç adama uzun uzun baktı. Bir işadamından çok, hayalci ve bohem bir öğrenciyi andırıyordu.

– Siyasetle ilgileniyor mu?

Acun, evet anlamında başını salladı.

– Modern bir lider. Kendi lokallerini açtı. Oralarda rap müziği dinleniyor, Avrupa tartışılıyor, içki içiliyor. Her şey çok liberal bir havada.

– Ilımlı biri mi?

– Sadece görüntüde. Benim düşünceme göre, Akarca tam bir fanatik. Belki de hepsinden daha kötü. Köklerine dönüşten yana. Türkiye'nin zengin ve büyüleyici geçmişi onda bir takıntı haline gelmiş. Onun da kurduğu bir vakıf var, arkeoloji çalışmalarını finanse ediyor.

Paul, Antikçağ'a ait maskları, taşa oyulmuş yüzleri düşündü. Ama bu ipucu olamazdı. Hatta bir teori bile. Olsa olsa hiçbir dayanağı olmayan bir saçmalıktı.

– Ya suç dosyası? diye sordu.

– Sanmıyorum, hayır. Akarca'nın paraya ihtiyacı yok. Ve mafyayla çalışan Bozkurtlar'dan nefret ettiğine eminim. Onun gözünde bu, "dava"ya ihanet.

Paul saatine bir göz attı: 9.30'du. Listesinde yer alan diğer cerrahlarla ilgilenmek için bol bol vakti vardı. Fotoğrafları topladı ve ayağa kalktı:

– Teşekkür ederim Ali. Şu ya da bu şekilde, bu bilgilerin benim çok işime yarayacağından eminim.

Adam onu kapıya kadar geçirdi. Eşikte sordu:

– Bana hâlâ söylemediniz: Bozkurtlar'ın bu seri cinayetlerle herhangi bir ilgisi var mı?

– Bu işin içinde olma ihtimalleri var, evet.

– Ama... ne şekilde?

– Bir şey söyleyemem.

– Siz... Siz onların Paris'te olduklarını mı söylüyorsunuz?

Paul cevap vermeden koridorda ilerledi. Merdivenin başında durdu.

– Son bir şey Ali. Bozkurtlar: neden bu isim?

– Türklerin kökeniyle ilgili bir mitolojiye gönderme.

– Hangi mitoloji?

– Anlatıldığına göre, çok eski zamanlarda Türkler bir göçebe kavimmiş. Bu göçebe Türkler, düşman tarafından katledilmiş, kılıçtan geçirilmiş, sadece tek bir Türk çocuğu hayatta kalmış. Bu çocuk bir dişi kurt, Asena tarafından kurtarılmış, sonra emzirilmiş. Efsane, bugünkü Türk ırkının bu tek çocuk ile dişi kurdun soyundan geldiğini ileri sürer.

Paul, eklem yerleri beyazlaşana dek tırabzanı sıktığını fark etti. Acun devam etti:

– Onlar Türk ırkını koruyorlar, Yüzbaşı. Soylarının, saf ırklarının bekçiliğini yapıyorlar. İçlerinden bazıları, bu dişi kurdun, Asena'nın oğulları olduklarına inanıyor. Umarım bu adamlar Paris'te değillerdir, umarım yanılıyorsunuzdur. Çünkü onlar sıradan insanlar değillerdir. Uzaktan veya yakından, tanıdığınız hiç kimseye benzemezler.

60

Telefonu çaldığında Paul, Golf'e binmek üzereydi:

– Yüzbaşım, sanıyorum bir şey yakaladım. Arayan Naubrel'di.

– Nedir?

– Bir kazan imalatçısıyla konuşurken, basıncın, bizim henüz araştırmadığımız başka bir iş alanında da kullanıldığını öğrendim.

Aklı hâlâ kurtlarda ve bozkırlarda olduğundan genç polisin neden söz ettiğini ilk anda anlayamadı. Rasgele sordu:

– Hangi alanda?

– Besinleri konserveleme işleminde. Japonların geliştirdiği bir teknik, henüz çok yeni. Isıtmak yerine, ürünlere yüksek basınç uygulanıyormuş. Pahalı bir yöntem, ancak vitaminlerin yok olmasını önlüyor ve...

– Kahrolası, dilinin altındaki baklayı çıkar. Bir ipucu yakaladın mı?

Naubrel suratını ekşitti.

– Paris'in banliyölerinde bulunan birçok fabrikada bu teknik uygulanıyor. Lüks yiyecekler, biyolojik gıdalar ve nitelikli bakkaliye ürünleri. Bièvre Havzası'ndaki bir yer bana çok ilginç geldi.

– Neden?

– Bir Türk şirketine ait.

Paul, saç diplerinin karıncalandığını hissetti.

– Adı ne?

– Matak Şirketi.

Bu iki heceli kelime elbette ona bir şey ifade etmiyordu.

– Ne tür ürünleri işliyorlar?

– Meyve suları, lüks gıda konserveleri. Edindiğim bilgilere göre, burası bir sanayi tesisinden çok bir laboratuvar. Gerçek bir pilot ünite.

Karıncalanmalar, elektrik dalgalarına dönüşmeye başlamıştı. Azer Akarca. Başarısını narenciye ve tarımsal gıda üretimine borçlu olan şu milliyetçi golden-boy. Gaziantepli haylaz çocuk. Bir bağlantı olabilir miydi?

Paul sesini sertleştirdi:

– Şimdi gelelim ne yapacağına; derhal gidip orayı ziyaret ediyorsun.

– Hemen mi?

– Sen ne zaman gitmeyi düşünüyorsun? Tepeden tırnağa her yeri, her şeyi araştırmanı istiyorum. Ama sakın unutma: arama izni çıkarmak, polis kimliğini göstermek yok.

– Peki nasıl yapmamı istiyorsunuz?..

– Başının çaresine bak. Ayrıca fabrikanın Türkiye'deki sahiplerinin kim olduğunu da öğrenmeni istiyorum.

– Bir holding veya anonim şirket olabilir!

– Şirketin buradaki sorumlularıyla konuş. Fransız Ticaret Odası'yla temas kur. Gerekiyorsa Türkiye'yle de. Önemli hissedarların listesini istiyorum.

Naubrel, amirinin bu konudaki kararının kesin olduğunu anlamış gibi davrandı.

– Ne arıyoruz?

– Belki bir isim: Azer Akarca.

– Kahretsin, bu isimler... Kodlayabilir misiniz?

Paul istenileni yaptı. Tam telefonu kapatmak üzereydi ki Naubrel başka bir soru daha sordu:

– Telsiziniz kapalı mı?

– Neden?

– Bir ceset bulundu, bu gece, Père-Lachaise'de. Ceset berbat bir haldeymiş.

Paul ürperdiğini hissetti.

– Bir kadın mı?

– Hayır. Bir erkek. Bir polis. 10. Bölge'de görev yapmış eski bir polis. Jean-Louis Schiffer. Türkler konusunda uzman ve...

Ana hasara, insan vücuduna saplanan mermi değil, merminin geçtiği yerlerde yaptığı ağır tahribat, açtığı ölümcül delikler neden olurdu, tıpkı bir kuyrukluyıldızın kuyruğu gibi eti, dokuları ve kemiği delip geçerdi.

Paul, kelimelerin de aynı şekilde onu delip geçtiğini, bağırsaklarında patladığını, acıyla bağırmasına sebep olan bir yol boyunca ilerlediğini hissetti. Ama kendi çığlığını işitmedi, çünkü tepe lambasını arabanın üzerine takmış ve sirenini çalıştırmıştı bile.

61

Hepsi oradaydı.

Paul, onları kıyafetlerine göre sınıflandırabilirdi. Beauvau Meydanı'nın, siyah paltolu ve ayakkabıları cilalı önemli şahsiyetleri, doğuştan farklı kişiler gibi yas tutuyordu; şube komiserleri ve amirleri yeşil kamuflaj elbiseleri içinde orman kaçkını avcılara benziyordu; OPJ polisleri, deri ceketleri ve kırmızı kolluklarıyla milis kuvvetlerine katılmış pezevenkleri andırıyordu. İçlerinden çoğu, rütbesi ve görevi ne olursa olsun bıyıklıydı. Bu, diğerlerinden üstün olduklarını gösteren bir işaret, bir etiketti. Resmî kimlik kartları üzerindeki kokart kadar önemliydi.

Paul, columbariumun önüne park etmiş, tepe lambaları sessizce dönen polis minibüslerinin ve devriye arabalarının arasından geçti. Binalar arasına gerilmiş, üzerinde "polis" yazan şeridi kimseye gözükmeden aştı.

Polis tarafından çembere alınmış alana girdikten sonra, sıra kemerlerin altına, sol tarafa yöneldi ve bir sütunun arkasına gizlendi. Etrafı hayranlıkla seyredecek vakti yoktu; duvarlarını isimlerin ve çiçeklerin kapladığı uzun galeriler, ölülerin anısının, suyun üzerini kaplayan bir sis tabakası gibi kendini hissettirdiği, saygının ön planda olduğu kutsal bir ortam. Bahçede duran polislere dikkatle bakmaya başladı, içlerinden bazılarını tanıyor olmalıydı.

İlk tanıdık kişi Philippe Charlier'ydi. Kalın, yün paltosunun içinde Yeşil Dev, lakabına layık bir görüntü arz ediyordu. Onun yanında, beyzbol kasketi ve deri ceketiyle Christophe Beauvanier vardı. Bu gece Schiffer tarafından sorguya çekilen bu iki polis, çakallar gibi daha ceset soğumadan hızla buraya gelmiş olmalıydı. Paul, onların biraz uzağında duran Cumhuriyet Savcısı Jean-Pierre Guichard'ı, Louis-Blanc Karakolu Komiseri Claude Monestier'yi ve bu boktan işte Schiffer'le birlikte çalıştığını bilen birkaç kişiden biri olan Yargıç Thierry Bomarzo'yu fark etti. Bu resmî tablonun onun için ne anlam ifade ettiğini gayet iyi biliyordu: meslek hayatı bu kaostan yara almadan kurtulamayacaktı.

Ama, en şaşırtıcı olanı, OCRTİS'in şefi Morencko ile Narkotik'in patronu Pollet'nin de bu tabloda yer almasıydı. Emekliye ayrılmış sıradan bir müfettişin ölümü için bu kadar zevat çok fazlaydı. Paul, onun, patladıktan sonra gerçek gücü ortaya çıkan bir bomba olduğunu düşündü.

Hep sütunların arkasına gizlenerek biraz daha yaklaştı. Kafasında yüzlerce soru vardı. Ama bir gerçek gözünden kaçmadı. Bahçedeki bu asık suratlı insan kalabalığı tuhaf bir şekilde Türkeş'in cenazesine katılanları hatırlatıyordu. Aynı debdebe, aynı yüz ifadeleri, aynı bıyıklar. Jean-Louis Schiffer de, kendi tarzında bir devlet töreni yaptırtmayı başarmıştı.

Bahçenin dip tarafında, bir yer altı girişinin yakınına park etmiş bir ambulans gördü. Beyaz önlüklü ambulans görevlileri sigara tellendirerek üniformalı polislerle sohbet ediyordu. Cesedi görmek için Olay Yeri İnceleme Bürosu polislerinin işlerini bitirmesini bekliyor olmalıydılar. Demek ki Schiffer hâlâ içerideydi.

Paul gizlendiği yerden çıktı ve girişe doğru yöneldi, kurtbağırlarının oluşturduğu çiti kendine siper etmişti. Tam merdivene ulaşmıştı ki bir ses onu durdurdu:

– Hayır! Oradan geçemezsiniz!

Döndü ve kimliğini uzattı. Polis bir anlık bir şaşkınlık yaşadı ve heyecandan hazır ola geçti. Paul hiçbir şey söylemeden, adamı şaşkınlığıyla baş başa bırakıp, ferforje ana kapıya kadar merdivenleri indi.

Önce, tünelleri ve sahanlıklarıyla, bir maden ocağının labirentlerine girmiş gibi hissetti kendini. Sonra gözleri karanlığa alıştı ve içerisini daha iyi algılamaya başladı. İki yanında, üzerinde isimler ve cam vazolar içinde çiçeklerin bulunduğu binlerce yuvanın yer aldığı siyah ve beyaz yollar uzayıp gidiyordu. Mağara adamlarının yaşadığı, bir kayaya oyulmuş bir şehri andırıyordu.

Alt katları havalandırmak için açılmış bir bacadan aşağı baktı. İkinci bodrumdan beyaz bir ışık geliyordu; polis laboratuvarının adamları aşağıdaydı. Yeni bir merdiven buldu ve indi. Işığa doğru yaklaştıkça, içerisi aydınlanacağına tam tersine loşlaşıyordu sanki. Tuhaf bir koku burun deliklerinden içeri nüfuz ediyordu: sert, yakıcı, madenî bir koku.

İkinci bodruma ulaşınca, sağ tarafa yöneldi. Artık ışığı değil, kokuyu izliyordu. İlk dönemeci kıvrıldığında, beyaz iş tulumları ve boneleriyle teknisyenleri gördü. Birçok galerinin kesiştiği yere karargâhlarını kurmuşlardı. Plastik örtülerin üzerine koydukları krom rengi valizleri açıktı, deney tüpleri, küçük şişeler, atomizörler dışarıdaydı... Paul gürültü etmeden yaklaştı; iki teknisyenin arkası dönüktü.

Öksürmemesi imkânsızdı; her yer toz içindeydi. Adamlar ona doğru döndü; yüzlerinde ters "Y" biçiminde maskeler vardı. Paul, bir kez daha kimliğini gösterdi. Böcek kafalılardan biri, eldivenli ellerini kaldırarak "hayır" anlamında bir işaret yaptı.

Boğuk bir ses duyuldu; hangisinin konuştuğunu anlamak zordu.

– Üzgünüm. İpucu araştırmasına başladık.

– Sadece bir dakika. O adam benim ortağımdı. Kahrolasıcalar, bunu anlayamıyor musunuz, ha?

İki ters "Y" birbirine baktı. Birkaç saniye geçti. Sonra teknisyenlerden biri valizinden bir maske çıkardı.

– Üçüncü yol, dedi. Projektörleri izle. Ve hep yerdeki kalasların üzerinden yürü. Asla zemine basma.

Paul maskeyi takmadan yürümeye başladı. Adam onu durdurdu:

– Tak şunu. Aksi takdirde nefes alamazsın.

Paul, yumurta kabuğu kadar beyaz maskeyi homurdanarak yüzüne taktı. Sol taraftaki birinci yol boyunca yerleştirilmiş kalasların üstünde yürüdü, her kesişme noktasına konmuş projektörlerin kablolarının üzerinden atlıyordu. Gitgide havadaki gri toz taneciklerinin yoğunluk kazandığı yolda, mezar yuvalarının ve ölü hakkındaki yazıların yer aldığı duvar –sanki ona hiç bitmeyecekmiş gibi gelen– boyunca ilerledi.

Sonunda, bir köşeyi dönünce, adamların yaptığı uyarının sebebini anladı.

Halojen ışıkların altında, her yer griydi: zemin, bölmeler, tavan. Ölülerin külleri, mermilerin parçaladığı yuvalardan dışarı saçılmıştı. Yerde onlarca urna vardı, içindeki küller duvarlardan dökülmüş alçıyla ve molozla karışmıştı.

Paul, duvarlardaki iki farklı silahtan çıkmış mermi deliklerini gördü: biri büyük kalibreli, Shotgun tipi bir silahtı, diğeriyse 9 milimetrelik ya da 45'lik yarı otomatik bir tabancaydı.

Biraz daha ilerledi, Ay yüzeyini andıran bu manzaraya şaşkınlıkla bakıyordu. Filipinler'de bir volkan püskürmesi sonucu lavların altında kalmış şehirlerin fotoğraflarını görmüştü. Soğumuş lavla kaplı sokaklar. Kucaklarında taşlaşmış çocuklarını taşıyan şaşkın insanlar. İşte şimdi önünde buna benzer bir manzara vardı.

Bir başka sarı "girilmez" şeridini geçti, sonra, birden, yolun sonunda onu gördü.

Schiffer bir pislik gibi yaşamıştı.

Bir pislik gibi ölmüştü.

Vücudunun her tarafı gri tozla kaplıydı, kasılmıştı, profilden bakıldığında sağ bacağı pardösüsünün altına doğru kıvrılmıştı, sağ eli havada, bir horoz ayağı gibi büzülmüştü. Kafatasından geri kalan kısmı bir kan gölünün içindeydi, sanki en karamsar, en karanlık hayallerinden biri kafasının içinde infilak etmişti. Yüzünün hali çok kötüydü. Suratını kaplayan küller bile yaraların korkunçluğunu gizleyemiyordu. Gözü oyulmuştu; hatta gözçukuruyla birlikte parçalanmıştı. Boğazında, alnında, yanaklarında kesikler vardı. Bu kesiklerden biri, en uzun ve derin olanı, gözçukurundan dudaklarının kenarına kadar uzanıyor ve dişetlerini açığa çıkarıyordu. Ağzı sanki tuhaf bir biçimde sırıtmış gibiydi.

Paul şiddetli bir bulantıyla iki büklüm oldu ve maskesini çıkardı. Ama midesi boştu. Acıyla kıvranırken, şu ana kadar aklının bir köşesinde tuttuğu sorular bir bir dökülmeye başladı: neden Schiffer buraya gelmişti? Onu kim öldürmüştü? Bu derece barbarlığın sebebi neydi?

Birden dizlerinin üzerine çöktü ve hıçkırıklara boğuldu. Birkaç saniye içinde gözyaşları oluk oluk akmaya başladı, ne gözyaşlarına hâkim olabiliyor ne de onları silmeyi düşünebiliyordu.

Schiffer'e ağlamıyordu.

Öldürülen kadınlara da ağlamıyordu.

Kendisine ağlıyordu.

Yalnızlığına ve içinde bulunduğu açmaza ağlıyordu.

– Konuşmak için biraz vaktiniz var mı?

Paul hızla arkasına döndü.

Şimdiye kadar hiç görmediği, maske takmamış, tozdan mavimsi bir renk almış uzun boyuyla bir sarkıtı andıran, gözlüklü bir adam ona gülümsüyordu.

62

– Schiffer'i bu işe sokan siz misiniz?

Duru, kendine güvenli ve sevimli bir ses tonu vardı.

Paul, parkasındaki külleri silkeledi; soğukkanlılığını yeniden kazanmış gibiydi.

– Yardıma, bir yol göstericiye ihtiyacım vardı, evet.

– Ne tür yardımlar?

– Paris'te, Türk mahallesinde işlenen bir dizi cinayeti araştırıyorum.

– Bu yönteminizden amirlerinizin haberi var mı?

– Cevabı biliyorsunuz.

Gözlüklü adam "anladım" der gibi başını salladı. Sadece uzun boylu olmak sanki onun için yeterli değildi; davranışlarıyla da soylu bir görüntüsü vardı. Kibirli bir kafa, hafif kalkık bir çene, üzerinde gri renkli kıvırcık saçların yer aldığı geniş bir alın. Her şeye burnunu sokan olgunluk çağında bir yüksek devlet görevlisi.

Paul adamı şöyle bir yokladı:

– İGS'den misiniz?

– Hayır. Olivier Amien. Uyuşturucu Kaçakçılığında Jeopolitik Etkenleri Araştırma Bürosu.

OCRTİS'te çalıştığı dönemlerde Paul bu ismi çok sık duymuştu. Amien, Fransa'nın uyuşturucuyla mücadeledeki en önemli kişisiydi. Bir zamanlar hem Narkotik Şube müdürlüğü yapmış, hem de uyuşturucu kaçakçılığıyla mücadele eden uluslararası servisleri yönetmişti.

Sırtlarını columbariuma döndüler ve XIX. yüzyılın kaldırım taşı döşeli dar sokaklarını andıran bir yolda yürümeye başladılar. Paul, bir mezara yaslanmış sigara tellendiren mezarcıları gördü. Sabah bulunan cesetten söz ediyor olmalıydılar.

Amien, belli belirsiz sert bir ses tonuyla konuşmaya başladı:
– Narkotik Şube Merkez Bürosu'nda da çalıştınız, sanıyorum...
– Birkaç yıl, evet.
– Hangi işlerde?
– Küçük işler. Özellikle esrar. Kuzey Afrikalı şebekeler.
– Hiç Altın Hilal adını duymadınız mı?
Paul elinin tersiyle burnunu sildi.
– Eğer doğrudan konuya girerseniz, vakit kazanırız, hem siz hem de ben.
Amien hafifçe gülümsedi.
– Umarım kısa bir çağdaş tarih dersi sizi sıkmaz...
Paul, şafaktan beri aklına doldurduğu isimleri ve tarihleri bir bir hatırladı.
– Devam edin. Sizi dinliyorum.
Yüksek görevli burnunun ucuna düşmüş gözlüklerini yerine oturttu ve başladı.
– Umarım Taliban adı size bir şeyler ifade ediyordur. 11 Eylül'den sonra bu adı anımsamamanın imkânı yok... Yazılı ve görsel medya onların görüşlerini, yaptıkları şeyleri ıcığını cıcığını çıkarana kadar inceleyip gözler önüne serdi... Plastik patlayıcılar kullanan Buddhalar. Hepsi Bin Ladin'in karşısında süt dökmüş kedi gibi. Ama kadınlara, kültüre ve her türlü hoşgörüye karşı tutumları alçakça. Ancak pek iyi bilinmeyen bir yanları da var, belki de rejimlerinin tek olumlu tarafı: bu barbarlar afyon üretimiyle etkili bir mücadele yaptılar. İktidarlarının son yıllarında Afganistan'da haşhaş ekimini yasakladılar, bu işin kökünü kazıdılar. 2000 yılında 3 300 ton olan ham afyon üretimi, 2001 yılında 185 tona geriledi. Onların gözünde uyuşturucu kullanmak Kuran'ın yasalarına tersti.

Ama Molla Ömer iktidarı kaybedince, haşhaş ekimi yeniden yaygınlaştı. Sizinle konuştuğum şu anda, Nangarhar köylüleri geçen kasımda ektikleri tohumların çiçeklerinin açılmasını seyrediyorlar. Nisan ayının sonundan itibaren de hasada başlayacaklar.

Paul'ün dikkati gidip geliyordu, içindeki çalkantının etkisi sanki hâlâ devam ediyordu. Ağlama krizi onu duygusallaştırmış, aşırı duyarlı yapmıştı, en ufak bir şeyde gülme krizine gireceğini veya hıçkıra hıçkıra ağlayacağını hissediyordu.

– ... Ama 11 Eylül saldırısından önce, diye devam etti Amien. Kimse bu rejimin yıkılacağını düşünmüyordu. Ve uyuşturucu kaçakçıları başka kanallara yöneldiler. Özellikle de, Avrupa'ya eroin yollayan Türk "büyükbabalar", Özbekistan veya Tacikistan gibi diğer üretici ülkelerle daha sıkı ilişkilere girdiler. Biliyor musunuz bilmem, ama bu ülkelerin konuştukları diller aynı kökendendir.

Paul yeniden burnunu çekti.

– Öğrenmeye başlıyorum, evet.

Amien kafasını salladı.

– Önceden, Türkler afyonu Afganistan ile Pakistan'dan alıyordu. İran'da baz morfine dönüştürüyor, sonra da kendi laboratuvarlarında eroin üretiyorlardı. Bu Türkçe konuşan halklarla birlikte, onlar da yöntemlerini değiştirmek zorunda kaldılar. Afyon sakızını Kafkasya'da işlemeye, sonra da Doğu Anadolu'nun en uç noktalarından birinde beyaz toz üretmeye başladılar. Bu uyuşturucu ağının iyice yerleşmesi için zaman gerekiyor ve bildiğimiz kadarıyla geçen yıla dek ufak çaplı olmaktan öteye gidemedi.

2000-2001 kışının sonunda, bir ittifak projesinden söz edildiğini duyduk. Uçsuz bucaksız ekim alanlarını kontrol altında tutan Özbek mafyası; on yıldan beri Kafkasya yollarını ve bu bölgede gerçekleştirilen afyon sakızını işleme işini denetleyen Kızıl Ordu artığı Rus çeteler; ve eroin üretimini sağlayan Türk mafya aileleri arasında kurulan bir üçlü ittifak. Elimizde ne bir isim ne de kesin bir bilgi var, ama bazı ayrıntılardan bir zirve toplantısı hazırlığı içinde olduklarını düşünüyoruz.

Mezarlığın en iç karartıcı bölümüne gelmişlerdi. Yan yana mezarevler, simsiyah kapılar, eğik çatılar; bu kısım, kömür dumanıyla kaplı bir gökyüzünün altına sıkışıp kalmış bir madenci kasabasını andırıyordu. Amien, sözlerine devam etmeden önce dilini şaklattı.

– ... Birer suç makinesi olan bu üç grup, birleşmelerinin ilk adımını bir pilot partiyle gerçekleştirmeye karar verdi. Test amacıyla Avrupa'ya yollanacak ve malın kalitesinin göstergesi olacak az miktarda uyuşturucu madde. Geleceğe açılan bir kapı... Böylece, her ortak kendi hünerini gösterme fırsatı buldu. Özbekler, yüksek kalitede afyon sakızı ürettiler. Ruslar, en iyi kimyagerlerini seferber ederek baz morfini işlediler, ve hattın diğer ucunda yer alan Türkler, neredeyse saf bir eroin imal ettiler.

Malın taşınmasıyla, yani Avrupa'ya kadar transferiyle de ilgileneceklerini düşünüyorduk. Bu alanda güvenilirliklerini ispatlamaları gerekiyordu. Ama Balkanlar yolunu ellerinde tutan Arnavut ve Kosovalı mafya örgütlerinin sıkı bir rekabetiyle karşılaştılar.

Paul, tüm anlatılan hikâyenin kendi hikâyesiyle olan bağlantısını hâlâ anlayamıyordu.

– ... Tüm bunlar 2001 kışının sonunda oldu. İlkbaharda bu malın sınırlarımızda ortaya çıkmasını bekliyorduk. Yılanın başını daha büyümeden ezmek için büyük bir fırsattı...

Paul mezarlara bakıyordu. Bu kez çok daha aydınlık, insanın kulağına bir müzik parçası gibi gelen oymalı, çeşit çeşit mezar taşlarıyla dolu bir yere gelmişlerdi.

– ... Mart ayından itibaren, Almanya'da, Fransa'da, Hollanda'da, tüm gümrükler en üst düzeyde alarma geçirildi. Limanlar, havaalanları, karayolu gümrükleri sürekli olarak kontrol altındaydı. Bu ülkelerde yaşayan Türkleri sorguladık. Muhbirlerimizi uyardık, telefonları dinledik... Mayısın sonunda, elimizde hâlâ hiçbir şey yoktu. Ne bir ipucu ne de bir bilgi. Fransa'da biz durumdan kaygı duymaya başlamıştık. Burada yaşayan Türk toplumunun içinde derinlemesine bir araştırma yapmaya karar verdik. Ve bir uzmandan yardım istemeyi. Anadolu'daki suç şebekelerini avucunun içi gibi bilen ve bir denizaltı gibi sessiz ve derinden hareket edebilen bir adamdan.

Bu son kelimeler Paul'ü gerçeğe döndürdü. Bu iki soruşturma arasında bir bağ olabileceğini anladı.

– Jean-Louis Schiffer, dedi hiç düşünmeden.

– Doğru. Rakam veya Demir, nasıl istersen.

– Ama o görevden uzaklaştırılmıştı.

– Yeniden dönmesini sağlamak zorundaydık...

Her şey yerine oturuyordu. 2001 nisanındaki olayın hasıraltı edilmesi. Paris İstinaf Mahkemesi'nin, Gazi Hamdi'nin öldürülmesi olayında Schiffer hakkında takipsizlik kararı vermesi. Paul düşüncesini yüksek sesle söyledi:

– Jean-Louis Schiffer, işbirliğini paraya çevirdi. Hamdi olayının hasıraltı edilmesini istedi.

– Görüyorum ki dosyayı çok iyi biliyorsunuz.

– Dosyanın bir kısmını bizzat ben hazırladım. Küçük bir uyuşturucu satıcısının hayatının, siz şube amirlerinin büyük tutkularıyla mukayese edildiğinde beş paralık bir değeri yoktur.

– Gerekçemizi unutuyorsunuz; büyük bir şebekeyi durdurmak, önünü...

– Durun. Bu şarkıyı çok dinledim.

Amien uzun ellerini havaya kaldırdı, bu konu üzerine her türlü polemikten uzak durmak ister gibiydi.

– Bizim sorunumuz, ne olursa olsun, çok farklı.

– Ne gibi?

– Schiffer fikir değiştirdi. İttifakın buradaki ayağını bulduğunda ve malın cinsinin ne olduğunu öğrendiğinde bizi haberdar etmedi. Tam tersine, kartele verdiği hizmetler karşılığında para aldığını düşünüyoruz. Ayrıca Paris'e gelecek kuryeyi karşılamayı ve uyuşturucuyu en iyi dağıtıcılar arasında pay etmeyi önerdiğini de. Fransa'daki kaçakçıları ondan daha iyi tanıyan kim vardı? Amien utanmazca sırıttı:

– Bu olayda bazı şeyleri önceden sezemezdik. Biz Demir'i istemiştik. Karşımızda Rakam'ı bulduk... Ona hep beklediği şöleni önermiştik. Schiffer için bu olay büyük bir başarı olabilirdi.

Paul sessizliğini koruyordu. Kendi mozaiğini oluşturmaya çalışıyordu, ama hâlâ çok miktarda boşluk vardı. Dayanamadı:

– Madem Schiffer meslek hayatını böyle usta işi bir tezgâhla sona erdirdi, öyleyse Longères'deki yaşlılarevinde neden kokuşmuş bir yaşam sürdü?

– Çünkü, bir kez daha, işler, öngörüldüğü gibi gitmedi.

– Yani?

– Türklerin yolladığı kurye hiç ortaya çıkmadı. Malla birlikte kayıplara karışarak herkes aldattı. Schiffer de, şüphesiz kendisinden kuşkulanılmasından korktu. Gözden kaybolmayı ve ortalık sakinleşene kadar Longères'de inzivaya çekilmeyi tercih etti. Onun gibi bir adam bile Türklerden korkuyordu. Hainlere ne yaptıklarını tahmin edebilirsiniz...

Rakam, Longères'e başka bir adla kayıt yaptırmıştı, yaşlılarevinde gizleniyordu... Evet, Türk mafyasının misilleme yapmasından korkuyordu. Parçalar birleşmeye başlamıştı, ama Paul hâlâ ikna olmuş değildi. Bütün olarak baktığında her şey ona çok temelsiz, çok eğreti geliyordu.

– Tüm bunlar, dedi. Sadece varsayım. Elinizde herhangi bir kanıt yok. Üstelik, uyuşturucunun Avrupa'ya hiç gelmediğinden bu kadar nasıl emin olabilirsiniz?

– İki unsur bize bunu net olarak gösterdi. Birincisi, bu cins bir eroin pazarda büyük bir gürültü koparırdı. Mesela aşırı doz vakalarında artış olurdu. Oysa hiçbir şey olmadı.

– Peki ikinci unsur?

– Uyuşturucuyu bulduk.

– Ne zaman?

– Bugün. (Amien, omzunun üstünden geriye baktı.) Columbariumda.

– Burada mı?

– Eğer galerinin içinde biraz daha ilerleseydiniz, onu siz de görürdünüz, ölülerin küllerinin arasına saçılmış. Mezar yuvalarından birine saklanmış ve çatışma sırasında da delinmiş olmalı. Artık kullanılamaz halde. (Yeniden gülümsedi.) Simgenin oldukça güçlü olduğunu itiraf etmeliyim: gri ölüme dönüşen beyaz ölüm... İşte Schiffer, bu gece buraya bu eroini bulmaya geldi. Yaptığı soruşturma onu buraya kadar getirdi.

– Hangi soruşturma?

– Sizinki.

Elektrik kablolarında hâlâ bağlantı yoktu. Paul mırıldandı, kafası karmakarışıktı:

– Anlamıyorum.

– Çok basit. Birkaç aydan beri, Türklerin kuryesinin bir kadın olduğunu düşünüyoruz. Türkiye'de kadınlar doktor, mühendis, bakan olabiliyor. Neden uyuşturucu kaçakçısı olmasın?

Bu kez bağlantı sağlandı. Sema Gökalp, Anna Heymes. İki yüzlü kadın. İhanete uğrayan Türk mafyasının peşine adamlarını taktığı kadın.

Av bir uyuşturucu kaçakçısıydı.

Paul bir durum muhakemesi yaptı; bu gece Schiffer, uyuşturuyucu almaya gelen Sema'ya baskın yapmıştı.

Bir çatışma olmuştu.

Bir katliam yaşanmıştı.

Ve av hâlâ kaçıyordu...

Olivier Amien artık gülümsemiyordu.

– Soruşturmanız bizi yakından ilgilendiriyor Nerteaux. Sizin olayınızdaki öldürülen üç kadın ile bizim aradığımız kadın arasında bir bağ kurduk. Türk kartelinin şefleri, kadını bulmaları için katillerini yolladı ve bugüne kadar da onu bulmayı başaramadılar. Kadın nerede, Nerteaux? Onu bulmak için elinizde herhangi bir ipucu var mı?

Paul cevap vermedi. Burnunun dibinden geçmiş gitmiş olan trene yeniden binmeye çalışıyordu; Kurtlar, uyuşturucuyu bulmak için kadınlara işkence yaparken, burnu iyi koku alan Schiffer yavaş yavaş durumu kavramış, kendisini de aldatarak değerli malla ortadan kaybolan kadının peşinden buraya gelmişti.

Birden kararını verdi. Olivier Amien'e her şeyi anlattı. 2001 kasımında Zeynep Turna'nın kaçırılması. Sema Gökalp'ın hamamda bulunması. Philippe Charlier'nin işin içine dahil olması ve beyin yıkama operasyonu. Ruhsal koşullandırma programı. Anna Heymes'in yaratılması. Sonra bu kadının onların elinden kurtulup kaçması, kendi geçmişinin izinden yürüyüp yavaş yavaş belleğine kavuşması... yeniden uyuşturucu kaçakçısı kimliğine bürünüp mezarlığa kadar gelmesi.

Paul sustuğunda, yüksek görevli tamamen grogi durumundaydı. Bir süre konuşamadı bile, sonra sordu:

– Charlier bu yüzden mi burada?

– Beauvanier'yle birlikte. Gırtlaklarına kadar bu hikâyenin içine gömülmüş durumdalar. Schiffer'in ölüp ölmediğini kontrol etmeye gelmiş olmalılar. Ama geriye Anna Heymes kaldı. Ve Charlier, kadın konuşmadan onu bulmak zorunda. Onu ele geçirir geçirmez ortadan kaldıracaktır. Bundan böyle aynı amacın ardında koşacaksınız.

Amien, Paul'ün önüne geçti ve onu durdurdu. Yüz ifadesi bir taş kadar sertti:

– Charlier benim sorunum. Bu kadını bulmak için elinizde ne var?

Paul etrafındaki mezarlara bakıyordu. Oval bir çerçeve içindeki eskimiş bir portre. Başı hafifçe öne eğik, üzerinde kolsuz bir üstlük bulunan, telaşsız bir Bakire Meryem. Tunçtan, suskun bir İsa... Tüm bunların içinde bir ayrıntı ona bir şey ifade ediyordu, ama hangisi olduğunu söyleyemiyordu.

Amien, onu sertçe kolundan tuttu:

– Elinizdeki ipucu ne? Schiffer'in öldürülmesi sizi sarsmış olmalı. Polis olarak mükemmelsiniz. Kız yakalanmalı ve olay açığa çıkarılmalı. Tabiî sizinle birlikte. Sorumu tekrar ediyorum, elinizdeki ipucu ne?

– Soruşturmaya tek başıma devam etmek istiyorum, dedi Paul.

– Bana bilgileri verin. Sonra bakarız.

– Söz vermenizi istiyorum.

Amien yüzünü buruşturdu:

– Haydi, Tanrı aşkına.

Paul anıtmezarlara son bir kez daha baktı; Bakire Meryem'in aşınmış suratı, İsa'nın uzun kafası... Sonunda mesajı anladı: yüzler. Ona ulaşmanın tek yolu, yüzüydü.

– Yüzünü değiştirtmiş, diye mırıldandı. Estetik ameliyat. Elimde, Paris'te bu operasyonu yapmış olabilecek on şüpheli cerrahın isminin yer aldığı bir liste var. Üçüyle görüştüm. Diğerlerini de sorgulamam için bugünü bana verin.

Amien hayal kırıklığını belli etti:

– Bu... Elinizdekilerin hepsi bu mu?

Paul meyve konserveleme tesisini, Azer Akarca'yla ilgili şüphelerini hatırladı. Eğer bu herifin seri cinayetlerle bir alakası varsa, onu sadece kendisi için istiyordu.

– Evet, diye yalan söyledi. Hepsi bu. Ve hiç de fena değil. Schiffer, cerrahın onu bulmamızı sağlayacağına inanıyordu. Bırakın, onun haklı olduğunu ispatlayayım.

Amien dişlerini sıktı; şimdi bir leş kargasına benziyordu. Paul'ün arkasındaki kapıyı işaret etti:

– Alexandre-Dumas Metro İstasyonu arkanızda, yüz metre ileride. Ortadan kaybolun. Size öğlene kadar zaman veriyorum onu yakalamanız için.

Paul, polisin onu buraya bilerek getirmiş olduğunu anladı. Belli ki ona bir pazarlık teklifinde bulunmak istemişti. Kartvizitini Paul'ün cebine koydu.

– Cep telefonum. Onu bulun Nerteaux. Bu işten kurtulmanız için tek şansınız bu. Aksi takdirde, birkaç saat içinde, siz av olacaksınız.

63

Paul metroya binmedi. Aklı başında hiçbir polis metroyu kullanmazdı. Mezarlığın yüksek duvarları boyunca Gambetta Meydanı'na kadar koştu ve Emile-Landrin Sokağı'na park ettiği arabasına ulaştı. Torpido gözünden, üzerinde hâlâ kan lekeleri bulunan eski Paris planını çıkardı ve ziyaret etmesi gereken cerrahların listesine yeniden bir göz attı.

Yedi cerrah vardı.

Paris'in dört bölgesinde ve iki banliyö şehrinde.

Adresleri plan üzerinde kalemle daire içine aldı, sonra birbiri ardına onları sorguya çekebilmek için 20. Bölge'den ayrılmadan önce elverişli güzergâhı belirledi.

Yola çıkınca tepe lambasını taktı ve gaza sonuna kadar yüklenip, tüm dikkatini ilk isme verdi.

Doktor Jérôme Chéret.

Rocher Sokağı, 18 numara, 8. Bölge.

Batıya doğru yol alıyordu, Villette Bulvarı'nı, Rochechouart Bulvarı'nı, sonra da Clichy Bulvarı'nı geçti. Otobüsler için ayrılmış tercihli yolda ilerliyor, kimi kez bisiklet yoluna giriyor, kaldırıma tecavüz ediyordu, hatta iki kez ters yöne girdi.

Batignolles Bulvarı'na ulaşınca, yavaşladı ve Naubrel'i aradı.

– Neredesin?

– Matak Şirketi'nden çıkıyorum. Sağlık Müdürlüğü'nden gelmiş gibi davrandım. Beklenmedik bir ziyaret.

– Sonuç?

– Pırıl pırıl, tertemiz bir fabrika. Gerçek bir laboratuvar. Yüksek basınç odasını da gördüm. Dikkatle temizlenmiş: en ufak bir iz bile bulmak imkânsız. Mühendislerle de konuştum...

Paul, terk edilmiş, kir pas içinde, kimsenin insan bağırtılarını duyamayacağı bir sanayi tesisi hayal etmişti hep. Ama tertemiz bir alan düşüncesi onda, birden sonradan ayarlanmış bir dekor intibası uyandırdı.

– Patronu sorguya çektin mi? diye sordu.

– Evet. Çaktırmadan. Bir Fransız. Bana temiz gibi geldi.

– Peki daha üst kademe? Firmanın Türk sahiplerine ulaşabildin mi?

– Tesis, YALIN AŞ adında bir anonim şirkete ait, bu şirket de Ankara'ya kayıtlı bir holdinge bağlı. Ticaret Odası'yla da temas...

– Elini çabuk tut. Şirketin hissedarlarının bir listesini bul. Ve listenin başında Azer Akarca'nın adının olup olmadığına bak.

Telefonu kapattı, saatine baktı; mezarlıktan ayrılalı yirmi dakika olmuştu.

Villiers kavşağında, sola saptı ve Rocher Sokağı'na ulaştı. Sireni kapattı, tepe lambasını söndürdü, mecburî girişe doğru ağırbaşlı adımlarla ilerledi.

Saat 11.20'de, Doktor Jérôme Chéret'nin zilini çalıyordu. Müşterileri ürkütmemek için onu gizli bir kapıdan içeri aldılar. Doktor onunla, küçük cerrahî müdahalelerde bulunduğu salonun dışındaki bekleme odasına görüştü.

– Sadece bir göz atmanızı istiyorum, dedi Paul, birkaç kelimelik bir açıklamadan sonra.

Bu kez elindeki iki fotoğrafı da gösterdi: Sema'nın robot resmi ve Anna'nın yeni yüzü.

– Aynı kişi mi? diye sordu doktor, hayranlık dolu bir sesle. Güzel bir iş.

– Onu tanıyor musunuz?

– Ne bunu ne de öbürünü, hayır. Üzgünüm.

Paul kırmızı halı kaplı merdivenleri indi.

Listedeki ismin üzerini çizdi ve yola çıktı.

Saat 11.40'tı.

Doktor Thierry Dewaele.

Phalsbourg Sokağı, 22 numara, 17. Bölge.

Aynı tip mobilyalar, aynı sorular, aynı cevap.

Saat 12.15'te bir kez daha kontak anahtarını çevirdiği sırada cep telefonu bipledi. Matkowska'dan bir mesaj vardı; doktorla yaptığı kısa görüşme sırasında onu aramıştı. Ama bu lüks apartmanın kalın duvarlarının arkasında telefon çekmiyordu. Derhal Matkowska'yı aradı.

– Antik döneme ait heykeller hakkında yeni bir şey öğrendim, dedi Matkowska. Dev kafaların yer aldığı arkeolojik bir sit var. Fotoğraflarını gördüm. Bu heykellerin çatlakları... Cesetlerin yüzlerindeki yara izleriyle büyük bir benzerlik arz ediyor... Paul gözlerini kapattı. Onu en fazla neyin heyecanlandırdığını bilmiyordu: adım adım çılgın bir katile yaklaşması mı yoksa en baştan beri haklı olduğunun ispatlanması mı?

Matkowska titrek bir sesle devam ediyordu:

– Bunlar tanrı kafaları, Pers ve Makedon tanrılara ait heykeller, İsa'dan önceki dönemlerden kalma. Türkiye'nin doğusunda, bir dağın tepesindeki bir kral mezarının çevresinde...

– Tam olarak nerede?

– Güneydoğuda. Suriye sınırına yakın bir yerde.

– Bana o bölgedeki önemli şehirlerin isimlerini söyle.

– Biraz bekleyin.

Paul kâğıt hışırtıları, kısık sesle edilen küfürler işitti. Ellerine baktı: titremiyorlardı. Kendini hazır hissediyordu, sanki bir buz torbasının içindeymiş gibi hissizdi.

– İşte. Haritayı buldum. Sit alanının adı Nemrut Dağı, Adıyaman ile Gaziantep şehirlerine yakın.

Gaziantep. Azer Akarca'yı işaret eden yeni bir şüphe daha. *"Doğduğu bölgede, Gaziantep yakınlarında uçsuz bucaksız bağları var"* demişti Ali Acun. Bu bağlar, heykellerin bulunduğu dağın eteklerinde olabilir miydi? Azer Akarca, bu dev gibi heykellerin gölgesinde mi büyümüştü?

Paul esas konuya döndü. Matkowska'nın bir kez daha doğruladığını işitmek istiyordu:

– Bu yüzler gerçekten kurbanların yüzlerini hatırlatıyor mu?

– Yüzbaşım, hem de şaşırtıcı derecede. Aynı yarıklar, aynı bıçak izleri. Kommagene Krallığı'na ait bir heykel var, bir doğurganlık tanrıçası, suratı üçüncü kurbanın yüzüyle bir benzerlik gösteriyor. Burun yok, çene tıraşlanmış. İki resmi yan yana koyup baktım. Yıpranma sebebiyle oluşmuş çatlaklar milimi milimine yara izleriyle örtüşüyor. Bunun ne demek olduğunu bilmiyorum, ama beni rahatsız etti ve...

Ali Acun'un sesi bir kez daha kulağında çınladı: *"Türkiye'nin zengin ve büyüleyici geçmişi onda takıntı haline gelmiş. Onun da kurduğu bir vakıf var, arkeoloji çalışmalarını finanse ediyor."*

Bu "golden-boy" bu sit alanının restorasyon çalışmalarını da finanse ediyor muydu? Geçmişe ait bu heykellerin yerleriyle özel bir sebepten dolayı mı ilgileniyordu?

Paul durdu, derin bir nefes aldı, sonra kendine en önemli soruyu sordu: Azer Akarca esas katil olabilir miydi, yani Kurtlar'ın şefi? Antik döneme ait taşlara olan tutkusu, onu işkencelerde bu şekilde vahşice davranmaya yöneltiyor olabilir miydi? Ama bu kadar ileri gitmek için elindeki kanıtlar yetersizdi. Bu teorisinden vazgeçti, sonra Matkowska'ya emretti:

– Bu anıtlar üzerinde çalışmaya devam et. Herhangi bir restorasyon çalışması yapılıyor mu veya en son ne zaman yapılmış bulmaya çalış. Eğer yapılmış veya yapılıyorsa kim finanse etmiş öğren.

– Düşündüğünüz bir şey mi var?

– Belki bir vakıf, evet, ama adını bilmiyorum. Eğer bir enstitüye veya vakfa rastlarsan örgütlenme şemasını bul ve bağış yapanların, vakıf yöneticilerinin listesini kontrol et. Özellikle de Azer Akarca ismini ara.

Bir kez daha ismi kodladı. Sanki harflerin arasından, birbirine sürtünen çakmaktaşları gibi kıvılcımlar çıkıyordu.

– Hepsi bu mu? diye sordu Matkowska.

– Hayır, dedi hattın öbür ucundan Paul. Geçen kasımdan bu yana Türk uyruklulara verilmiş vizeleri de kontrol et. Akarca'nın ismi bunlar arasında var mı bak.

– Ama bu saatler sürer!

– Hayır, her şey bilgisayar ortamında. Vize Dairesi'nde bir adamım var. Onunla temas kur ve bu ismi ver. Acele et.

– Ama...

– Kımılda!

64

Didier Laferrière.

Boissy-d'Anglas Sokağı, 12 numara, 8. Bölge.

Apartmandan içeri girerken, Paul tuhaf bir hisse kapıldı; polisleri harekete geçiren, açıklanamaz bir histi bu. Buradan sanki eli boş çıkmayacaktı.

Muayenehane oldukça loştu. Kıvırcık, kır saçlı ufak tefek bir adam olan cerrah çalışma masasının arkasında duruyordu. Tınısız bir sesle sordu:

– Polis mi? Ne oldu?

Paul ona durumu açıkladı ve cebinden resimleri çıkardı. Doktor sanki biraz ufaldı. Masa lambasını yaktı ve fotoğraflara doğru eğildi.

Hiç tereddüt etmeden işaretparmağını Anna Heymes'in portresinin üzerine koydu.

– Onu ben ameliyat etmedim, ama bu kadını tanıyorum.

Paul yumruklarını sıktı. Evet, sonunda talihi dönmüştü.

– Birkaç gün önce beni görmeye geldi, diye devam etti adam.

– Kesin bir tarih veremez misiniz?

– Geçtiğimiz pazartesi. İsterseniz ajandama bakabilirim.

– Ne istiyordu?

– Tuhaf bir hali vardı.

– Nasıl?

Cerrah kafasını salladı.

– Bana, bazı cerrahî müdahaleler sonucunda oluşan yara izlerini sordu.

– Bunda tuhaf olan ne?

– Hiç. Sadece.. Ya bir oyun oynuyordu ya da belleğini yitirmişti.

– Neden?

Doktor işaretparmağıyla Anna Heymes'in portresine vurdu:

– Çünkü bu kadın daha önce bir estetik ameliyat geçirmişti. Görüşmemizin sonunda yara izlerini fark ettim. Beni görmeye gelmesinin sebebini bilmiyorum. Belki de kendisini ameliyat eden kişiye dava açmak istiyordu. (Resme dikkatle baktı.) Çok güzel bir çalışma, yine de...

Schiffer bir konuda daha haklı çıkmıştı: "Benim fikrime göre, kim olduğunu araştırıyordur." Evet gerçekten de böyle olmuştu: Anna Heymes Sema Gökalp'ın izini sürüyordu. Kendi geçmişine doğru yolculuk yapıyordu.

Paul ter içinde kalmıştı, bir ateşin ayak izlerini takip ediyordu sanki. Av oradaydı, tam önünde, elinin uzanabileceği bir uzaklıkta.

– Tüm söyledikleri bu mu? diye sordu. Herhangi bir adres, telefon numarası bırakmadı mı?

– Hayır. Giderken sadece "Düşünüp karar vermem gerekiyor" dedi ya da buna benzer bir şey. Anlaşılır gibi değildi. Tam olarak kim bu kadın?

Paul cevap vermeden ayağa kalktı. Masanın üzerinden bir post-it aldı ve cep telefonunun numarasını yazdı.

– Eğer, olur da yeniden size gelirse, onu oyalayın. Ona ameliyatından söz edin. Yan etkilerden. Ne bileyim herhangi bir şeyden. Ama onu burada tutun ve beni arayın. Anladınız mı?

– Her şeyin yolunda olduğundan emin misiniz?

Paul durdu, eli kapı tokmağındaydı.

– Ne demek istiyorsunuz?

– Bilmiyorum. Kıpkırmızı oldunuz.

65

Pierre Laroque.
Maspero Sokağı, 24 numara, 16. Bölge.
Sonuç: olumsuz.

Jean-François Skenderi
Massener Kliniği,
Paul-Doumer Caddesi, 58 numara, 16. Bölge.
Sonuç: olumsuz.

Saat 14'te, Paul bir kez daha Sen Nehri'ni geçiyordu. Sol Yaka'ya doğru.

Tepe lambasından, sirenden vazgeçmişti –başı ağrıyordu– ve yayaların yüzlerinde, vitrinlerin renkliliğinde, güneşin parlaklığında bir nebze sükûn arıyordu. Normal bir hayatın içinde normal bir gün geçiren şehirlilere imreniyordu.

Birkaç kez yardımcılarını aramıştı. Naubrel hâlâ Ankara Ticaret Odası'yla uğraşıyordu, Matkowska ise Nemrut Dağı'ndaki arkeolojik çalışmaları finanse etmiş olan kuruluşları bulabilmek için müzeleri, arkeoloji enstitülerini, turizm bürolarını ve hatta UNESCO'yu aramakla meşguldü. Bu arada, arama motorlarının incelemeye devam ettiği vize listelerine bir göz atmış, ama Azer Akarca adına rastlamamıştı.

Paul kendini boğulacakmış gibi hissediyordu. Suratı alev alev yanıyordu. Migreni tutmuştu ve ensesinde şiddetli bir ağrı vardı. Çarpıntısı iyice artmış, o kadar hissedilir bir hal almıştı ki, kalp vuruşlarını tek tek sayabilirdi. Bir eczaneye uğraması gerekiyordu, ama bir sonraki kavşağa kadar bu düşüncesini gerçekleştirmeyi erteledi.

Bruno Simonnet
Ségur Caddesi, 139 numara, 7. Bölge.
Sonuç: olumsuz.
Cerrah, kollarının arasında iri bir erkek kedi bulunan, cüsseli bir adamdı. Birbirleriyle öylesine tek vücut oluşturmuşlardı ki, kimin kimi okşadığını anlamak imkânsızdı. Paul fotoğrafları yeniden cebine koyarken doktor bir saptamada bulundu:

– Bu suratı bana gösteren ilk kişi siz değilsiniz?
– Hangi yüzü? diye sorarken yüreği oynadı.
– Bunu.

Simonnet, Sema Gökalp'ın portresini işaret ediyordu.
– Size bu resmi gösteren kimdi? Bir polis mi?

Adam başıyla "evet" işareti yaptı. Parmakları hâlâ kedinin ensesini kaşımaya devam ediyordu. Paul bir an için Schiffer'i düşündü:

– Yaşlı, sağlam yapılı, gümüş renkli saçlı biri mi?
– Hayır. Genç bir adam. Dağınık saçlı. Öğrenci kılıklı. Hafif bir aksanı vardı.

Paul, iplere dayanmış bir boksör gibi gelen her darbeyi alıyordu. Şöminenin mermer tabletine dayanma ihtiyacı hissetti.
– Aksanı, bir Türk gibi miydi?
– Bunu nasıl bilmemi beklersiniz? Doğulu, evet, belki.
– Ne zaman geldi?
– Dün, sabah saatlerinde.
– İsmini söyledi mi?
– Hayır.
– Peki, irtibat için bir numara?
– Hayır. Bu çok tuhaf. Halbuki filmlerde, polisler hep bir telefon numarası bırakır, değil mi?
– Geri döneceğim.

Paul arabasına koştu. Türkeş'in cenaze törenine ait, içinde Akarca'nın bulunduğu resimlerden biri aldı. Döner dönmez, fotoğrafı doktora uzattı:
– O adam, sizi ziyarete gelen, bu fotoğrafta yer alıyor mu?

Cerrah kadife ceketli adamı işaret etti:
– Bu o. En ufak bir şüphem yok.

Gözlerini Paul'e çevirdi:
– Sizin meslektaşınız değil mi?

Paul soğukkanlılığını korumaya çalıştı ve kızıl saçlı kadının bilgisayarda çizilmiş portresini yeniden gösterdi.
– Size o adamın bu portreyi gösterdiğini söylediniz. Bunun ay-

nısı mıydı? Bunun gibi bir çizim miydi?

– Hayır. Siyah beyaz bir fotoğraftı. Daha doğrusu bir grup fotoğrafı. Bir üniversite kampüsünde ya da ona benzer bir yerde çekilmiş. Kalitesi oldukça kötüydü, ama kadın sizinkiyle aynı kadındı. Hiç şüphem yok.

Diğer öğrenciler arasında genç ve sağlıklı Sema Gökalp bir an için gözünün önünde canlandı.

Katillerin elindeki tek fotoğraf demek buydu.

Üç masum kadının hayatına mal olan flu fotoğraf.

Paul, asfaltta lastik izlerini bırakarak hareket etti.

Tepe lambasını yeniden arabanın üzerine koydu ve akvaryum maviliğindeki günü delip geçen sirenini çalıştırdı.

Çorap söküğü gibi çözülüyordu.

Kalp atışları düzelmişti.

Demek Kurtlar onunla aynı iz üzerindeydi. Yaptıkları hatayı anlamak üç cana mal olmuştu. Şimdi, avlarının yüzünü değiştiren plastik cerrahın peşindeydiler.

Bu da, Schiffer'in yeni bir zaferiydi.

"Aynı yolda karşılaşacağız, inan bana."

Paul saatine baktı: 14.30'du.

Listede iki isim kalmıştı.

Cerrahı katillerden önce bulmalıydı.

Kadını onlardan önce ele geçirmeliydi.

Paul Nerteaux'ya karşı Azer Akarca.

İnsanın oğluna karşı Asena'nın, Dişi Kurt'un oğlu.

66

Frédéric Gruss, Saint-Cloud'nun tepelerinde oturuyordu. Sen boyunca uzanan tercihli yola girdikten ve Boulogne Ormanı'na kadar yol aldıktan sonra Paul bir kez daha Naubrel'i aradı:

– Hâlâ Türklerle bir sonuç elde edemedin mi?

– Uğraşıyorum Yüzbaşım. Ben...

– Boş ver. Vazgeç.

– Nasıl?

– Türkeş'in cenazesine ait fotoğrafların kopyalarını sakladın mı?

– Evet, hepsi bilgisayarımda.

– Tabutun ön planda olduğu bir resim var.

– Bekleyin. Not alıyorum.

– Bu fotoğrafta, soldan üçüncü adam; genç, kadife ceketli. Portresini büyütmeni, bir tutuklama emri çıkartmanı istiyorum, adı da...

– Azer Akarca mı?

– Doğru.

– Katil o mu?

Paul boyun kaslarının gerildiğini hissediyor, konuşurken zorluk çekiyordu.

– Tutuklama emrini çıkart.

– Derhal. Hepsi bu mu?

– Hayır. Gidip Bomarzo'yu gör, cinayetlerle ilgilenen yargıç o. Ondan Matak Şirketi için bir arama izni iste.

– Ben mi? Ama sizin onu görmeniz daha iyi olurdu...

– Oraya benim adıma gidiyorsun. Ona elimde kanıtlar olduğunu söyle.

– Kanıtlar mı?

– Bir görgü tanığı. Matkowska'yı da ara ve ondan Nemrut Dağı'nın resimlerini iste.

– Neyin?

Bir kez daha ismi kodladı ve ona durumu izah etti.

– Ayrıca onunla birlikte, Akarca'nın adının vize listelerinde olup olmadığına bak. Sonra tüm bunları dosyala ve yargıcın karşısına çık.

– Peki sizin nerede olduğunuzu sorarsa?

Paul bir an tereddüt etti:

– Ona bu numarayı ver.

Olivier Amien'in telefonunu yazdırdı. Onlar kendi aralarında hallederler, diye düşündü telefonu kapatırken. Saint-Cloud Köprüsü gözükmüştü.

Saat 15.30.

République Bulvarı, Saint-Cloud'a hâkim tepenin ardından gelen güneş ışığıyla pırıl pırıldı. Tam bir ilkbahar havasıydı, kafelerin dışarıları insan doluydu. Buraya en son gelişinde hava çok kötüydü. Kış kıyametti, fırtınalı ve yağmurlu bir havaydı.

Bulvar boyunca ilerlerken, Schiffer'le birlikte Garches Morgu'na geldikleri günü hatırladı; o günden bu yana kaç yüzyıl geçmişti?

Şehrin yüksek kesimlerinde sokaklar daha sakindi. Burası kaymak tabakanın oturduğu lüks semtlerdi. Sen Vadisi'ne ve "şehrin aşağı" kesimine hâkim olan bir zenginlik ve kendini beğenmişlik havası vardı burada.

Paul titriyordu. Ateş, bitkinlik, heyecan. Zorlukla açık tutabildiği gözleri yanıyordu. Uykusuzluğa tahammülü hiç yoktu, bu da onun zayıf yanlarından biriydi. Çocukken, babasının dönüşünü büyük bir sabırsızlıkla beklerken bile hep uykuya yenik düşerdi.

Babası. Yaşlı adamın hayali ile Schiffer'in hayali birbirine karışmaya başlamıştı, Skaï koltuğun parçalanmış derileri ile külle kaplı ceset yaraları birbirlerine o kadar benziyordu ki.

Bir korna sesiyle irkildi. Yeşil yanmıştı. Bir an için içi geçmiş olmalıydı. Öfkeyle gaza bastı ve sonunda Chênes Sokağı'nı buldu. 37 numarayı görebilmek için ağır ağır ilerliyordu. Taş duvarların veya çam ağaçlarının arkasına gizlenmiş evleri görmek çok zordu; böcekler vızıldıyordu; tüm tabiat ilkbahar güneşiyle uyuşmuş gibiydi.

Aradığı numaranın tam önünde bir park yeri buldu: kireçle beyazlatılmış iki direk arasında yer alan siyah bir bahçe kapısıydı.

Tam zili çalmaya hazırlanıyordu ki, kapının yarı açık olduğunu fark etti. Bir an için dikkatli olması gerektiğini düşündü. Bunun nedeni mahallenin güvenliksiz olması değildi. Paul mekanik bir hareketle tabanca kılıfının çıtçıtını açtı.

Evin bahçesinde olağanüstü bir durum yoktu. Çim kaplı bir zemin, gri ağaçlar, çakıl taşlı bir yol. Dip tarafta, beyaz duvarları, siyah pancurlarıyla ev bütün heybetiyle duruyordu. Yan tarafında otomatik kapısı olan, iki ya da üç arabalık bir garaj yer alıyordu. Onu karşılamaya gelen ne bir köpek ne de bir hizmetli vardı. İçeride de bir hareket görünmüyordu.

Bir kez daha dikkatli olması gerektiğini düşündü. Evin sekisine çıkan üç basamağı tırmandı ve bir camın kırılmış olduğunu fark etti. Tükürüğünü yuttu ve yavaşça 9 milimetrelik silahını kılıfından çıkardı. Pencerenin kanadını itti ve yerdeki cam kırıklarına basmamaya çalışarak pervazın üzerinden geçip içeri girdi. Bir metre ileride, sağ tarafta hol vardı. Etrafın sessizliğinde, her hareketinden büyük bir gürültü çıkıyormuş hissine kapılıyordu. Paul sırtını girişe verdi ve koridorda ilerledi.

Solda, aralık bir kapının üzerinde BEKLEME SALONU yazıyordu. Biraz daha ileride, sağ taraftaki kapı ardına kadar açıktı. Cerrahın muayenehanesi olmalıydı. Önce odanın duvarını gördü, alçı ve hasır karışımı ses geçirmez bir malzemeyle kaplıydı.

Sonra zemini. Fotoğraflar etrafa saçılmıştı: pansumanlı, şiş, dikişli kadın yüzleri. Şüpheleri haklı çıkmıştı; burayı aramışlar, her tarafı altüst etmişlerdi.

Duvarın diğer tarafında bir tıkırtı duydu.

Paul olduğu yerde kaldı, tabancasının kabzasını sıkı sıkı kavramıştı. Hep bu an için yaşamamış mıydı? Hayatın süresinin ne önemi vardı; yaşamdaki mutlulukların, umutların, düş kırıklıklarının ne önemi vardı. Önemli olan tek şey hayatın değerleriydi. Bundan sonraki birkaç saniye onun bu dünyada geçirdiği hayatın anlamını belirleyecekti. Ruhlar terazisindeki bir parça cesaret ve erdem gibi...

Kapıya doğru hareketlendiği sırada duvar büyük bir gürültüye paramparça oldu.

Paul karşı duvara doğru savruldu. Koridor bir anda barut ve duman kokusuyla doldu. Duvarda tabak büyüklüğünde bir delik açılmıştı, peş peşe iki patlama, yalıtkan malzemeyle kaplı duvarı paramparça etti. Yalıtkanı oluşturan hasır alev aldı, koridor bir ateş tüneline dönüştü.

Paul yerde iki büklüm olmuştu, alevler ensesini yakıyordu. Alçı ve hasır parçaları üzerine düşüyordu.

Sonra bir sessizlik oldu. Paul kafasını kaldırdı. Tam karşısında bir moloz yığınından başka bir şey yoktu, muayenehanenin içi tamamen görüş alanındaydı.

Buradaydılar.

Siyah elbiseli, kar başlıklı, fişeklik kuşanmış üç adam tam karşısında duruyordu. Her birinin elinde SG 5040 model bombaatarlı tüfek vardı. Paul bu modeli silah kataloglarında hiç görmemişti, ama tanıyordu.

Adamların ayaklarının dibinde, bornozlu bir ceset yatıyordu. Frédéric Gruss, mesleğinin son kumarını oynamıştı. Paul, refleksle Glock'unu aradı. Ama buna vakti yoktu. Karnından fışkıran kan ceketini kırmızıya boyamıştı. Herhangi bir acı duymuyordu; ölümcül bir yara aldığını biliyordu.

Sol tarafında bazı sesler duydu. Kulakları patlamaların sesinden sağırlaşmış olmasına rağmen, Paul, tuhaf bir netlikle molozları ezen adımların sesini algılayabiliyordu.

Dördüncü adam kapının aralığında belirdi. Aynı siyah elbiseler, aynı başlık, eldivenler, ama tüfeği yoktu.

Yaklaştı ve Paul'ün yarasına dikkatle baktı. Sonra ani bir hareketle kar başlığını çıkardı. Suratı tamamen boyalıydı. Kahverengimsi eğriler, arabesk şekiller yüzünü bir kurt suratına benzetmişti. Bıyıklar, kaş kemerleri, gözlerinin altı siyaha boyanmıştı. Kınayla yapılmış bir makyaj olduğu belliydi, ama bu haliyle Maorili savaşçıları andırıyordu.

Paul, fotoğraftaki adamı tanıdı: Azer Akarca. Elinde bir polaroid fotoğraf vardı; siyah saçlarıyla solgun, oval bir yüz. Anna Heymes'in estetik ameliyattan sonraki hali.

Artık Kurtlar avlarını yakalayabilirdi.

Av devam edecekti. Ama onsuz.

Türk diz çöktü.

Paul'ün gözlerinin içine baktı, sonra yumuşak bir sesle mırıldandı:

– Basınç onları çılgına döndürüyor, çıldırtıyordu. Basınç acılarını yok ediyordu. Son kadın kesik burnuyla şarkı bile söylüyordu.

Paul gözlerini kapattı. Bu kelimelerin manasını anlamıyordu, ama kesin olarak bildiği bir tek şey vardı: adam onun kim olduğunu gayet iyi biliyordu ve Naubrel'in laboratuvara yaptığı ziyaretten haberi vardı.

Bir şimşek hızıyla, kurbanların yaraları, yüzlerindeki bıçak izleri gözünün önüne geldi. Azer Akarca imzalı, antik taşlara bir övgü.

Ağzından dışarı köpüklerin çıktığını hissetti: kandı. Gözlerini açtığında, katil kurt, alnına bir 45'lik doğrultuyordu.

Son düşündüğü Céline oldu.

Ve okula gitmeden önce ona telefon edecek zamanı da bulamamıştı.

On birinci bölüm

Roissy-Charles-De-Gaulle Havalimanı.

Perşembe 21 mart, saat 16.

Bir silahı havalimanına sokmanın tek bir yolu vardır.

Amatörler, genellikle, polimerden üretilmiş Glock marka otomatik bir tabancanın x-ray ve metal detektörleri tarafından algılanmayacağını düşünürler. Yanlış: namlu, geri tepme yayı, horoz, tetik, şarjör yayı ve birkaç başka parça daha metaldir. Ve henüz kurşunlar hesapta bile yoktur.

Bir tabancayı havalimanına sokmanın tek bir yolu vardır.

Ve Sema bunu biliyordu.

Türk Hava Yolları'nın, İstanbul'a gidecek TK 4067 uçuş sayılı uçağına binmeden önce havalimanı terminalindeki ticarî bölgenin mağazalarına uğradı.

Önce birkaç parça giysi ve bir seyahat çantası satın aldı –bagajsız bir yolcudan daha fazla şüphe çekecek hiçbir şey yoktur– sonra da fotoğraf malzemeleri. Bir F2 Nikon fotoğraf makinesi, 35-70 ve 200 milimetrelik bir objektif, bu marka makinelere uyumlu aletlerin yer aldığı küçük bir kutu ve güvenlik kontrolü sırasında filmleri koruyan içi kurşun kaplı iki film kabı. Tüm bu malzemeleri büyük bir itinayla, profesyonellerin kullandığı Promax marka bir çantaya yerleştirdi, sonra havalimanının tuvaletine gitti.

Burada, bir kabine girdikten sonra, namluyu, horozu ve Glock 21'inin diğer metal parçalarını, alet kutusunun içine tornavidaların ve penslerin arasına yerleştirdi. Ardından tungsten mermileri, X ışınlarını geçirmeyen ve içindekini tamamen görünmez kılan kurşun kaplara koydu.

Sema, bu konudaki reflekslerine hayret ediyordu. Hareketleri, tüm bu yaptıkları kendiliğinden oluyordu. "Kültürel bellek" demişti Ackermann.

Saat 17'de, sakince uçağına bindi ve gün sonuna doğru, gümrükte herhangi bir zorlukla karşılaşmadan İstanbul'a ulaştı. Takside, çevresindeki manzarayla ilgilenmedi. Çoktan hava kararmıştı. Yağan belli belirsiz bir yağmur, sokak lambalarının ışığında gizemli yansımalar oluşturuyordu, kendi bilincinin bulanıklığıyla uyum gösteren yansımalar.

Sadece birkaç ayrıntı dikkatini çekti: simit satan seyyar bir satıcı; bir otobüs durağının altına sığınmış türbanlı genç kadınlar; ağaçların tepesinde bütün haşmetiyle dikilen büyük bir cami; bir rıhtıma arı kovanı gibi yan yana dizilmiş kuş kafesleri... Tüm bunlar ona hem çok tanıdık hem de çok uzak bir lisanla bir şeyler mırıldanıyordu. Arabanın camına arkasını döndü ve koltuğunda iyice büzüldü.

Şehir merkezindeki en şık otellerden birini seçti, yeni gelmiş turist kalabalığının arasında kaybolmayı düşünüyordu.

Saat 20.30'da odasının kapısını kilitledi ve yatağına uzandı, bir müddet sonra elbiseleriyle uyuyakaldı.

Ertesi gün, 22 mart cuma günü, sabah 10'da uyandı.

Hemen televizyonu açtı ve uydu yayınından bir Fransız kanalı aradı. Fransızca konuşan ülkelere yayın yapan TV 5'le yetinmek zorunda kaldı. İsviçre'nin Fransızca konuşan bölgesindeki avcılar üzerine bir programın ve Québec ulusal parklarıyla ilgili bir belgeselin ardından, saat 12'de, TF1'in televizyon gazetesini yakalamayı başardı.

Onun sabırsızlıkla beklediği haberi veriyordu: Jean-Louis Schiffer'in cesedi Père-Lachaise Mezarlığı'nda bulunmuştu. Ama hiç beklemediği bir haber daha vardı: aynı gün, Saint-Cloud'nun tepelerindeki bir villada iki ceset daha bulunmuştu.

Villayı tanıyan Sema, televizyonun sesini biraz daha açtı. Kurbanların kimliği saptanmıştı: Frédéric Gruss, estetik cerrah, villanın sahibi ve Paul Nerteaux, Paris DPJ'sinden, otuz beş yaşında bir polis yüzbaşısı.

Sema büyük bir korkuya kapıldı. Yorumcu devam ediyordu:

– "Kimse henüz bu çifte cinayet hakkında bir açıklama yapmıyor, ama Jean-Louis Schiffer'in ölümüyle bir bağlantısı olabilir. Paul Nerteaux, geçtiğimiz aylarda Paris'in Küçük Türkiye denilen bir mahallesinde peş peşe üç kadının öldürülmesini araştırıyordu. Bu soruşturma çerçevesinde, Nerteaux, 10. Bölge uzmanı olan emekli müfettişle çalışmıştı..."

Sema, bu Nerteaux'dan hiç söz edildiğini duymamıştı –genç biriydi, daha ziyade Japonlar gibi kesilmiş saçları olan güzel bir çocuktu– ama hemen tüm bu olayların mantıksal bir yorumunu yaptı. Gereksiz yere üç kadını öldürdükten sonra, Kurtlar sonunda doğru izi bulmuşlar ve onu 2001 yazında ameliyat eden cerrah Gruss'a kadar ulaşmışlardı. Buna koşut olarak, genç polis de aynı yolu izlemiş ve Saint-Cloud'daki adamın kimliğini belirlemiş olmalıydı. Doktorun muayenehanesine gittiğinde de, Kurtlar'ı onu sorguya çekerken bulmuştu. Bu karşılaşma bir kan gölünde sona ermişti.

İçinde bulunduğu karmaşık ruh haline rağmen, hep bunu tahmin etmişti: Kurtlar eninde sonunda onun yeni yüzünü keşfedeceklerdi. Oysa şimdi onu nerede bulacaklarını da biliyorlardı. Düzenli olarak Çikolata Evi'ne gelen bademezmeli çikolataların tutkunu Bay Kadife onların şefiydi. Bu şaşırtıcı gerçeği, belleğini yeniden kazandığı andan itibaren biliyordu. Adı Azer Akarca'ydı. Yeniyetmelik dönemindeyken Sema, onu Adana Ülkü Ocakları'nda görmüştü, bir kahraman gibiydi orada...

Hikâyenin en ironik yanıysa, aylardan beri 10. Bölge'de aranan katille haftada iki kez karşılaşıyor olmasıydı, onu tanımadan dükkâna gelip sevdiği şekerlemeleri satın alıyordu.

Televizyon haberine göre, Saint-Cloud'daki olay, dün yaklaşık 15 sularında olmuştu. İçgüdüsel olarak Sema, Kurtlar'ın Çikolata Evi'ne saldırmak için ertesi günü bekleyeceğini düşündü.

Yani bugünü.

Sema telefona koştu ve Clothilde'i, dükkânı aradı. Cevap yoktu. Saatine baktı: İstanbul'da saat yarımdı, yani Paris'ten bir saat ileriydi. Çok mu geç kalmıştı? Bu dakikadan sonra, her yarım saatte bir telefon açtı. Boşuna. Elinden gelen bir şey yoktu, odanın içinde dolanıp duruyor, aklını oynatmaktan korkuyordu.

Çaresizlik içinde, otelin "business center"ına indi ve bir bilgisayar buldu. İnternetten, perşembe akşamının Le Monde'unun elektronik sayfasını incelemeye başladı, Jean-Louis Schiffer'in ölümü ve Saint-Cloud'daki çifte cinayet haberlerini geçti.

Mekanik olarak elektronik gazetenin diğer sayfalarına göz gezdirmeye başladı ve bir kez daha hiç beklemediği bir haberle karşılaştı. Haberin başlığı şöyleydi: "Bir yüksek devlet görevlisinin intiharı". Beyaz üzerine siyah puntolarla verilmiş haber Laurent Heymes'in ölümünü bildiriyordu. Ceset perşembe sabahı, Hoche Caddesi'ndeki evinde bulunmuştu. Laurent beylik tabancasını –38 milimetrelik bir Manhurin– kullanmıştı. Haberde kısaca karısının intiharından da söz ediliyordu, kocası da onun ölümünden bir yıl sonra, içinde bulunduğu depresyondan çıkamayarak –birçok tanık ifadesinde bunu doğrulamıştı– intihar etmişti.

Sema, tüm dikkatini yalanla örülmüş bu habere vermişti, ama artık kelimeleri görmüyordu. Onların yerine Laurent'ın solgun ellerini, ürkek bakışlarını, dalgalı sarı saçlarını görüyordu... Bu adamı sevmişti. Tuhaf, hüzünlü, halüsinasyonları sebebiyle çalkantılı bir aşktı. Gözlerine yaş doldu, ama ağlamadı.

Aklına Saint-Cloud'daki villada öldürülmüş genç polis geldi, bir şekilde onun uğruna kendini kurban etmişti. Polis için ağlamadı. Diğerleri tarafından bir maşa olarak kullanılmış Laurent için de ağlamayacaktı.

Saat 16'da, "business center"da, bir gözü televizyonda, diğeri bilgisayarda sigara üstüne sigara içerken, bomba patladı. *Le Monde*'un yeni baskısının "Fransa-Toplum" adlı elektronik sayfasının başlığı dikkatini çekti:

FAUBOURG-SAİNT-HONORÉ SOKAĞI'NDA ÇATIŞMA

Emniyet makamlarından yapılan açıklamaya göre, 22 mart cuma günü, öğlen saatlerine doğru Faubourg-Saint-Honoré Sokağı'ndaki "Çikolata Evi" adlı mağazada bir silahlı çatışma meydana geldi. Öğlen saatlerinde, üç kişinin öldüğü, iki kişinin yaralandığı çatışmanın sebebi hâlâ bilinmiyor; ölenlerden biri ve iki yaralı, polis.

Görgü tanıklarının, özellikle de bu olaydan yara almadan kurtulan mağaza çalışanı Clothilde Ceaux'nun ifadesine göre olay şu şekilde gelişti. Saat 10.10'da, mağaza açıldıktan kısa bir süre sonra, üç adam içeri girdi. Hemen ardından da, dükkânın karşısında pusuya yatmış sivil polisler geldi. Bunun üzerine üç adam otomatik silahlarını kullandı ve polislere ateş açtı. Çatışma birkaç saniye sürdü, sokağın her iki yanından da ateşe karşılık verildi. Vurulan üç polisten biri hemen öldü. Diğer ikisinin durumu kritik. Saldırganlara gelince, ikisi öldürüldü. Üçüncüsü kaçmayı başardı.

Polis saldırganların kimliğini belirledi. Söz konusu kişilerin adları Lütfü Yıldırım, Kadir Kır ve Azer Akarca, her üçü de Türk vatandaşı. Ölen iki adam, Lütfü Yıldırım ve Kadir Kır, diplomatik pasaport taşıyordu. Fransa'ya ne zaman geldiklerini belirlemek şimdilik imkânsız, ve Türk Elçiliği yorumda bulunmaktan kaçındı.

Fransız emniyetine göre, bu iki adam Türk polis teşkilatı tarafından tanınıyor. "Ülkücüler"in ya da "Bozkurtlar"ın en aşırı kesiminden olan bu kişilerin Türk organize suç kartelleriyle bir "anlaşma" yaptığı tahmin ediliyor.

Kaçmayı başaran üçüncü adamın kimliğiyse oldukça şaşırtıcı. Azer Akarca, Türkiye'de tarımsal gıda sektöründe büyük bir başarı kazanmış bir işadamı, İstanbul'un ünlü simalarından. Yurtsever fikirleriyle tanınan bu adam, ılımlı, çağdaş, demokratik değerleri savunan bir milliyetçiliğin yandaşı olarak biliniyor. Şimdiye kadar Türk polisiyle herhangi bir sorunu olmamış.

Böyle birinin bu olaya karışmış olması bazı politik oyunları akla getiriyor. Ama olay esrarını hâlâ koruyor: neden bu adamlar, sabahın bir vakti ellerinde otomatik tüfekler ve tabancalarla Çikolata Evi'ne geldiler? Neden DNAT'a (Terörle Mücadele Bürosu) bağlı sivil polisler de oradaydı? Üç cinayetin izini mi sürüyorlardı? Birkaç gündür mağazayı gözetim altında tuttukları biliniyor. Türkleri yakalamak için pusu mu kurmuşlardı? O halde neden böyle riski göze aldılar? Neden onları, en kalabalık saatte, hiçbir güvenlik önlemi almadan sokağın ortasında yakalamaya kalktılar? Tüm bu aksaklıkları araştıran Paris savcılığı bir iç soruşturma açılmasını emretti.

Kaynaklarımıza göre bu işe özel bir ayrıcalık tanınmış. Faubourg-Saint-Honoré Sokağı'ndaki silahlı çatışma, dünkü baskımızda yer alan iki cinayet olayıyla bağlantılı olabilir: emekli müfettiş Jean-Louis Schiffer'in cesedinin 21 mart sabahı, Père-Lachaise'de bulunması, sonra yine aynı gün, Saint-Cloud'daki bir villada polis yüzbaşısı Paul Nerteaux ile estetik cerrah Frédéric Gruss'ün öldürülmesi. Yüzbaşı Nerteaux, son beş ay içinde Paris 10. Bölge'de kimliği belirsiz üç kadının öldürülmesini soruşturuyordu. Bu olay için, Paris'teki Türk topluluğu uzmanı olan Jean-Louis Schiffer'den yardım istemişti.

Bu seri cinayetler, Paul Nerteaux'nun amirlerinin ve kadınların öldürülmesini soruşturmakla görevli Yargıç Thierry Bomarzo'nun gözünden kaçmış hem cezaî hem de politik, karmaşık bir olayın can alıcı noktasını oluşturuyor olabilir. Bu yaklaşımımızı güçlendiren bir olgu da, ölümünden bir saat önce Yüzbaşı Nerteaux'nun, Azer Akarca hakkında bir tutuklama tezkeresi ile Bièvres'deki Matak Şirketi için bir arama izni çıkartmış olması, şirketin büyük hissedarlarından biri de Akarca. Polis müfettişleri, çatışmanın en önemli tanığı Clothilde Ceaux'ya onun resmini gösterdiğinde kadın Azer Akarca'yı kesin olarak teşhis etti.

Bu soruşturmanın kilit isimlerinden biri de Philippe Charlier olabilir; DNAT komiserlerinden olan Charlier'nin hiç şüphesiz silahlı saldırıda bulunanlar hakkında bilgisi vardır. Terörle mücadelenin en önemli simalarından olan, ama yöntemleri sebebiyle de eleştirilen Philippe Charlier'nin, bugün hazırlık soruşturması kapsamında Yargıç Bernard Sazin tarafından dinlenmesi bekleniyor.

Bu karışık olay tam seçim kampanyası sırasında meydana geldi, Lionel Jospin DST ile DCRG'nin birleştirilmesini programına alabilir. Bu tip birleşme projeleri, şüphesiz, yakın bir gelecekte, bazı polislerin veya haberalma ajanlarının bağımsız davranmalarını önlemeyi amaçlıyor.

Sema bağlantıyı kesti ve olayların bir değerlendirmesini yaptı. Clothilde'in hayatının kurtulmuş olması ve yargıcın Charlier'yi çağırması olumlular hanesinde yer alıyordu. Üstelik kısa veya uzun vadede antiterör uzmanı bu polis tüm bu ölümlere ve Laurent Heymes'in "intiharı"na cevap vermek zorunda kalacaktı.

Olumsuzlar hanesinde ise Sema için tek bir şey vardı, ama hepsini bertaraf ediyordu.

Azer Akarca hâlâ peşindeydi.

Ve bu tehdit, kararını uygulamak için ona güç veriyordu.

Önce Azer Akarca'yı bulacak, sonra en tepeye, bütün işin başındaki adama ulaşacaktı. Adını bilmiyordu, hiçbir zaman da bilmemişti, ama tüm piramidi su yüzüne çıkaracağını biliyordu.

Artık kesin olan bir şey vardı: Akarca Türkiye'ye dönecekti. Büyük bir ihtimalle de şu anda dönüş yolundaydı.

Mantosunu aldı ve odadan çıktı.

Kendisini ona götürecek yolu bulacak olan belleğiydi.

68

Sema önce, otelinden fazla uzak olmayan Galata Köprüsü'ne gitti. Uzun uzun büyük bir hayranlıkla Haliç'in diğer yakasından şehrin muhteşem manzarasını seyretti. Boğaz ve gemiler; Eminönü ve Yeni Camii; taş merdivenleri, güvercinleri; kubbeler, günde beş kez müezzinin müminleri namaza çağırdığı ezanın okunduğu minareler. Bir sigara yaktı.

Kendini turist gibi hissetmiyordu, şehrin –şehrinin– tüm belleğine yeniden kavuşmasını sağlayacak bir ipucu vereceğini, bir kıvılcım ateşleyeceğini biliyordu. Şimdilik Anna Heymes'in hayatından uzaklaştığını, onun yerini yavaş yavaş uyuşturucu kaçakçısı geçmişine bağlı olarak belli belirsiz, karmaşık duyguların aldığını hissediyordu. Onun eski "kardeşleri"ni bulmasını sağlayacak en küçük bir ayrıntı, en ufak bir işaret yoktu aklında, karanlık bir meslekten geriye kalan kırıntılar dışında.

Bir taksi çağırdı ve şoförden, şehirde dolaşmasını istedi, rastgele. Duraksamadan, gayet düzgün bir telaffuzla konuşmuştu bu dili. Kelimeler, kullanılması gerektiği gibi dudaklarının arasından dökülmüştü; tıpkı derinlerdeki bir suyun yüzeye fışkırması gibi. Ama öyleyse neden hâlâ Fransızca düşünüyordu? Belleğinin koşullandırılmasının bir sonucu muydu? Hayır: bu alışkanlık tüm bu hikâyenin çok öncesine dayanıyordu. Bu, kişiliğini oluşturan temel unsurlardan biriydi. Yol boyu, eğitimi sırasında hep bu garip aşılamaya maruz kalmıştı...

Arabanın camından, dışarıdaki her ayrıntıya dikkatle bakıyordu: beyaz ay-yıldızlı kırmızı Türk bayrağı, şehrin üzerinde bir soğuk damga gibiydi; taş duvarların, anıtların mavi rengi kirlilikten yol yol kararmıştı; camilerin yeşil renkli damları, kubbeleri güneş ışığının altında yeşimtaşı veya zümrüt gibi parlıyordu.

Taksi, surlar boyunca ilerliyordu: Hatun Caddesi. Sema tabelalar üzerindeki isimleri okudu: Aksaray, Küçükpazar, Çarşamba... İçinde tarifsiz bir kıpırtı vardı, ama bunun sebebi ne bir heyecan ne de özel bir anıydı.

Yine de, hiç olmadığından daha çok, bir şeyin veya bir şeylerin –bir anıt, bir dükkân tabelası, bir işaret veya bir sokak adı– içinde uyumakta olan hareketli kumları kıpırdatacağını, belleğine ket vuran blokları parçalayacağını düşünüyordu. Tıpkı derinliklerdeki enkazların zaman içinde yavaş yavaş yüzeye çıkması gibi...

Şoför sordu:

– Devam edelim mi?

– Evet.

Haseki. Nişanca. Yenikapı.

Bir sigara daha yaktı.

Trafik çok yoğundu, yollarda büyük bir taşıt ve yaya kalabalığı vardı. Şehrin çalkantısı burada kendini hissettiriyordu. Yine de, belli bir yumuşaklık hâkimdi. İlkbaharın gölgeleri bu gürültü patırtının üzerinde titreşiyordu. Havada solgun bir aydınlık vardı. İstanbul'un üzerinde, gümüşî renkte hareli bir ışık, her türlü öfkeyi dindiren sarımsı gri bir aydınlık dolaşıyordu. Ağaçlarda bile insanın ruhunu rahatlatan, sıkıntısını gideren bir şeyler vardı...

Birden, bir afişin üzerinde gördüğü bir kelime dikkatini çekti. Sarı ve kırmızı bir zeminin üzerindeki birkaç hece.

– Beni Galatasaray'a götürün, dedi şoföre.

– Liseye mi?

– Liseye, evet. Beyoğlu'na.

69

Taksim, İstanbul'un en büyük ve önemli meydanı. Bankalar, bayraklar, uluslararası oteller. Şoför sadece yayalara açık bir caddenin girişinde durdu.

– Yürüyerek daha çabuk gidersiniz, diye açıkladı. İstiklal Caddesi'ne girin. Birkaç yüz metre sonra...

– Biliyorum.

Birkaç dakika sonra Sema, ağaçlarla kaplı bahçeyi çevreleyen büyük demir parmaklıklara ulaştı. Ana kapıdan içeri girdi ve kendini gerçek bir koruda buldu. Köknarlar, serviler, ıhlamur ağaçları, çınarlar: her biri kılıcı andıran iç içe geçmiş dallar, renklerin açıklı koyulu tonları, gölgelik yerler... Kimi kez, bazı ağaçların kabukları gri, hatta siyahtı. Kimi kez de iki farklı ağacın dalları doğal olarak birbirine aşılanmıştı. Ya da hemen hemen mavimsi bir renk almış kuru dallar... Tüm bitki tayfı burada toplanmıştı sanki.

Ağaçların ilerisinde, dört bir yanı spor sahaları, basket potalarıyla çevrili, sarı renkli dış cepheyi gördü: lisenin binaları. Sema biraz geri çekildi, yeşil yapraklı dalların altında durup dikkatle baktı. Duvarlar polen rengiydi. Bahçenin beton zemini ise renksizdi. Lisenin amblemi, kırmızı bir "G" harfinin içinde sarı "S" harfiydi; bu amblemi taşıyan lacivert renkli yelekler giymiş öğrenciler bahçede geziniyordu.

Sema, öğrencilerin gürültü patırtısını dinledi bir süre. Dünyanın her yerinde aynı olan uğultu; okuldan kurtulan çocukların neşesi. Saat 12'ydi: öğle paydosu olmalıydı.

Tanıdık bir gürültüden çok bir çağrı, bir toplanma işaretiydi. Birden farklı duygulara kapıldı. Heyecandan soluğu kesildi, bir banka oturdu ve geçmişin hayallerine daldı.

Önce Anadolu'nun ücra bir köşesindeki köyünü düşündü. Üçsuz bucaksız bir gökyüzünün altında, bir dağın yamacına yapılmış kerpiç evler, amansız bir hayat. Göz alabildiğince uzanan ovalar, yüksek otlar. Zorlukla yürünen, kirli bir kâğıt gibi griye çalan dik yamaçlarda otlayan koyun sürüleri. Sonra, vadide yaşayan, elleri güneşten ve soğuktan bir taş gibi çatlamış erkekler, kadınlar, çocuklar...

Sonra. Bir eğitim kampı; Kayseri yakınlarında, dikenli tellerle çevrilmiş, yapılış amacı dışında kullanılan bir termal tesis. Her gün görülen teorik dersler, eğitim, spor egzersizleri. Sabahtan öğlene kadar Alpaslan Türkeş'in *Dokuz Işık*'ının okunması, milliyetçilik ilkelerinin tekrarlanması, Türk tarihiyle ilgili sessiz filmlerin izlenmesi. Balistik üzerine temel bilgilerin verildiği dersler, patlayıcı maddeler ile yangın bombaları arasındaki farkın öğrenilmesi, tüfekle atış talimleri, kesici ve delici aletleri kullanma.

Sonra, birden, Fransızca eğitim yapan bir lise. Her şeyin değişmesi. İlk bakışta insana cazip gelen, farklı bir çevre. Ama belki de onun için çok daha kötü bir ortam. O bir köylü kızıydı. Temiz aile çocuklarının arasında dağlı bir kız. Aynı zamanda da mutaassıptı. Çoğu şehirli ve solcu öğrenciler arasında Türk kimliğine, ülkülerine sımsıkı sarılmış bir milliyetçi...

Burada, Galatasaray'da, zihninde anadili yerine Fransızca düşünecek kadar bu dile büyük bir ilgi duydu. Hâlâ çocukluğunun lehçesini, kopuk kopuk ve yalın heceleri anlıyordu, ama yavaş yavaş onların yerini yeni kelimeler, kitaplar, şiirler almıştı, artık düşüncelerini savunabiliyor, her yeni fikri tartışabiliyordu. Böylece tüm yaşamı, kelimenin tam anlamıyla Fransızlaşmıştı.

Sonra seyahatler başladı. Afyon. İran'da haşhaş ekimi, çölde oluşturulan sekilerde yapılıyordu. Afganistan'da sebze ve buğday tarlalarının yerini haşhaş tarlaları almıştı. İsimsiz, belirli bir hattı olmayan sınırlar gördü. Kaçakçıların sık sık gidip geldiği, mayın döşeli, insandan arındırılmış bölgelerden geçti. Savaşları hatırlıyor. Tanklar, Stinger'lar; bir Sovyet askerinin kellesiyle buskaşi oynayan Afgan mücahitler.

Laboratuvarlar da gördü. İçerisi, bez maske takmış erkek ve kadınlarla dolu, nefes almanın imkânsız olduğu barakalar. Beyaz toz ve asit dumanları; baz morfin ve saf eroin... Gerçek meslek hayatına atılan ilk adım.

İşte o dönemde yüz takıntısı başladı.

Bugüne kadar da belleği hep tek bir doğrultuda çalıştı. Yüzler, her seferinde bir ateşleyici görevi gördü. Schiffer'in yüzü ona son aylarını hatırlaması için yeterli olmuştu; uyuşturucu, kaçma, saklanma. Azer'in gülümsemesi de, ocakları, milliyetçi toplantıları, işaretparmağı ile serçeparmağını yukarı kaldırmış, diğer üç parmağı çimdik yapar gibi birleştirmiş, birbirlerini selamlayan insanları ve dişi kurt kimliğini hatırlatıyordu.

Ama şimdi, Galatasaray'ın bahçesindeydi ve olaylar tersine akıyordu. Hatıralarında, belleğinin her noktasına nüfuz etmiş, kendisi için çok önem taşıyan biri canlanıyordu. Önce hantal, şişman bir çocuk. Sonra lisedeyken, beceriksiz bir yeniyetme. Ardından, uyuşturucu kaçakçılığı işinde bir çalışma arkadaşı. Yasadışı laboratuvarlarda, beyaz önlüğü içinde ona gülümseyen hep aynı tombul siluet.

Yıllar boyunca, hep yan yana oldukları, birlikte büyüdükleri bir çocuk. Bir kankardeşi. Onunla her şeyini paylaşmış bir Bozkurt. Şimdi, tüm dikkatini verdiği bu yüz yavaş yavaş netlik kazanıyordu. Bakır rengi kıvırcık saçların altında bebeksi yüz hatları. Çöl taşları arasındaki iki turkuaz gibi mavi gözler.

Birden, dudaklarının arasından bir isim çıktı: Kürşat Metin.

Ayağa kalktı ve lisenin içine girmeye karar verdi. Bunu doğrulamalıydı.

Sema, okul müdürüne kendini bir Fransız gazeteci olarak tanıttı ve röportajının konusunu açıkladı: ünlü Galatasaray mezunları. Müdür gururla gülümsedi: bundan daha normal ne olabilirdi?

Birkaç dakika sonra, duvarlarında sıra sıra kitaplar bulunan küçük bir odadaydı. Önünde son on yıllık dönemin klasörleri vardı –eski öğrencilerin isimleri, resimleri, her yılın tarihi ve dönemi. Hiç tereddüt etmeden 1988 yılının dosyasını açtı ve son sınıfın, yani kendi sınıfının sayfalarına gelince durdu. Eski yüzünü aramadı, düşüncesi bile canını sıkmaya yetti, sanki kendisi için bir tabuymuş gibi rahatsız olmuştu. Hayır: Kürşat Metin'in resmini aramaya başladı.

Bulduğunda, hatıraları bir kez daha gözünde canlandı. Çocukluk arkadaşı. Yol arkadaşı. Bugünün kimyacısıydı. Alanının iyilerindendi. Sıradan bir ham afyondan en iyi kalite morfin üretebilir, en saf eroini elde edebilirdi. Asit anhidriti işlemesini bilen, sihirli parmaklara sahipti.

Yıllardan beri, operasyonların hepsini onunla birlikte organize etmişti. Son parti sırasında da eroini sıvı çözelti haline getiren Kürşat'tı. Ama fikir Sema'nındı: uyuşturucuyu havakabarcıklı zarfların gözeneklerine şırınga etmek. Zarf başına yüz mililitreden hesaplanırsa, on zarfta bir kilo eroin yapardı; iki yüz zarf, malın tamamına yeterdi. Sıvı çözelti halinde yirmi kilo dört numara eroin, her türlü tehlikeden uzak, sıradan belgeler yollar gibi bu zarflarla gönderilir ve Roissy Serbest Bölgesi'nden alınırdı.

Sema hâlâ fotoğrafa bakıyordu: beyaz alınlı, bakır rengi kıvırcık saçlı bu şişman yeniyetme, sadece geçmişe ait bir hayalet değildi. Bugün çok önemli bir rol üstlenmeliydi.

Azer Akarca'yı bulmada Sema'ya bir tek o yardım edebilirdi.

Bir saat sonra Sema taksiyle Boğaz'ın üzerindeki dev çelik köprüyü geçiyordu. Tam o anda fırtına çıktı. Birkaç saniye içinde Asya yakasına geçti, yağmur başlamıştı. Işık dolu kaldırımlar bir anda su birikintileriyle kaplanmıştı, yağmur damlaları bu birikintilere hızla çarpıyor, sac çatılar üzerine vuran damlalar gibi sesler çıkarıyordu. Geçen arabalardan sıçrayan kahverengi çamurlar kaldırımları istila ediyordu. Taksi, köprünün ayağı altındaki Beylerbeyi'ne geldiğinde yağmur tufan halini almıştı. Gri bir sis, görüşü engelliyor, arabalar, kaldırımlar ve evler bu hareketli sis bulutunun içinde birbirine karışıyordu. Semt tamamen katı halden sıvı hale geçmişti; Tarihöncesi'nden kalma çamura batmış yerlerdi sanki.

Sema, Yalıboyu Caddesi'nde taksiden inmeye karar verdi. Arabaların arasından geçip, karşı kaldırımdaki dükkânların sundurması altına sığındı. Bir yağmurluk, açık yeşil bir pançо satın almak için kısa bir süre oyalandı, sonra iz peşine düştü. Bu semt küçük bir şehir gibiydi; İstanbul'un küçültülmüş bir modeli, bir cep versiyonuydu. Şerit kadar dar kaldırımlar, yan yana evler, deniz kıyısına inen dar sokaklar.

Sema bu dar sokaklardan birine saptı. Sol tarafta, kapalı küçük dükkânlar, sundurmalarının altına sıkışmış büfeler, üzeri naylonlarla örtülmüş tezgâhlar vardı. sağdaysa bir caminin bahçe duvarı uzanıyordu. Kırmızı, gözenekli moloz taştan, üzerinde yer yer çatlaklar bulunan duvarın melankolik bir görüntüsü vardı. Aşağıda, yaprakların altında, insan her an, bir orkestra çukurundaki timballer gibi homurdanan ve yuvarlanan Boğaz'ın sularıyla karşılaşacakmış hissine kapılıyordu.

Sema kendini su içinde kalmış hissediyordu. Damlalar başından süzülüp omuzlarına çarpıyor, sonra yağmurluğundan kayıp gidiyordu... Dudaklarında bir çamur tadı vardı. Suratı da, hareli, hareketli bir akışkana dönüşmüştü sanki.

Deniz kıyısına kadar yürüdü, fırtına burada sanki daha şiddetliydi. Kıyı karadan kopmaya ve Boğaz boyunca ilerleyip açık denize kavuşmaya hazırlanıyor gibiydi.

Sema geri döndü, sonra caminin girişini aramaya başladı. Sıvası dökülmüş, yer yer paslı demirleri açığa çıkmış bir duvarı takip etti. Üzerinde kubbeler parıldıyor, minareler yağmur damlaları arasında kendine bir yol bulmaya çalışıyordu.

İlerledikçe, aklına yeni hatıralar geliyordu. Kürşat'ın lakabı "Bahçıvan"dı, çünkü uzmanlık alanı botanikti, haşhaşa karşı özel bir ilgisi vardı. Burada, kendi yabanî haşhaşlarını yetiştiriyor sonra bahçede onları toprağa gömüyordu. Her akşam Beylerbeyi'ne geliyor ve *papaveraceae*'lerini kontrol ediyordu...

Ana kapıyı geçtikten sonra mermer kaplı bir avluya girdi, namazdan önce aptes almakta kullanılan bir dizi musluk ve yalak vardı. İç avluda ilerledi, pencere boşluklarına büzüşmüş bir grup sarman kedi gördü. İçlerinden birinin tek gözü yoktu, diğerinin yüzündeyse kabuk bağlamış bir yara vardı.

Bir kapıdan daha geçti ve sonunda bahçeye ulaştı.

Karşılaştığı görüntü yüreğini burktu. Ağaçlar, çalılar, otlar hepsi birbirine karışmıştı. Toprak altüst edilmişti; etrafta meyankökü kadar siyah dallar vardı; ökseotu çalıları gibi sıkışık, küçük yapraklı ağaçlarla doluydu. Yağmurun okşadığı, gürleştirdiği, canlandırdığı bir bitkiler dünyası.

Biraz daha ilerledi, çiçeklerden, topraktan yayılan kokular insanın başını döndürüyordu. Şiddetle yağmaya devam eden yağmurun sesi burada hiç duyulmuyordu. Damlalar yaprakların üzerine bir gitarın tellerinden çıkan sesler gibi düşüyor, sular yerdeki yapraklarda bir harpın tellerinde kayar gibi kayıyordu. Sema "Beden müziğe dansla cevap verir. Toprak ise bahçeleriyle yağmura cevap verir" diye düşündü.

Dalları araladı, tam önünde, ağaçların altında büyük bir sebze bahçesi vardı. Bambu herekler; bahçe toprağıyla dolu ağız kısmı kesik bidonlar; filizleri koruması için üzerlerine ters çevrilerek konmuş büyük can kavanozlar. Sema bir an kendini bir açık hava serasındaymış gibi hissetti. Hatta bir bitki kreşinde. Birkaç adım daha attı ve durdu: bahçıvan oradaydı.

Bir dizi yerde, saydam plastik örtülerle koruma altına alınmış bir sıra haşhaşın üzerine eğilmişti. Alkaloit kapsülünün bulunduğu dişiorganın içine bir dren sokmakla meşguldü. Sema, adamın uğraştığı haşhaş türünü tanımıyordu. Çiçeklenme mevsiminden önce açtığına göre yeni bir melez olmalıydı. Bir haşhaş türü denemesi hem de Türkiye'nin en büyük şehrinin göbeğinde... Onun varlığı hissetmiş gibi, kimyacı kafasını kaldırdı. Başlığı alnını örtüyor, kalın yüz hatları zorlukla ayırt ediliyordu. Dudaklarında bir gülümseme belirdi, ardından şaşkın gözlerle ona baktı.

– Gözler. Seni gözlerinden tanıdım.

Fransızca konuşmuştu. Bu eskiden beri aralarında oynadıkları bir oyundu; bir başka suç ortaklığı. Sema cevap vermedi. Karşısındaki adamı kafasında şekillendirmekle meşguldü: çay yeşili bir başlık altında çok zayıf bir beden, çökmüş, tanınmayacak bir hal almış yüz hatları. Ama Kürşat en ufak bir şaşkınlık belirtisi göstermemişti; demek ki yeni yüzünü biliyordu. Onu bu durumdan haberdar etmiş miydi? Yoksa Kurtlar mı onu bilgilendirmişti? Dost mu yoksa düşman mıydı? Bu adam onun sırdaşı, suç ortağıydı. Kaçış planının bütün ayrıntılarını ona anlatmıştı.

Hareketleri çok yapmacıktı, hiç güven telkin etmiyordu. Sema'dan biraz daha uzundu. Üzerinde bir iş gömleği ile muşamba bir önlük vardı. Kürşat Metin ayağa kalktı.

– Neden geri döndün?

Sema hiçbir şey söylemedi, birkaç saniye boyunca sustu, yağmuru dinledi. Sonra cevap verdi, onun gibi Fransızca olarak:

– Kim olduğumu bilmek istiyorum. Belleğimi kaybettim.

– Nasıl?

– Paris'te polis tarafından yakalandım. Bellek koşullandırma işlemine tabi tutuldum. Belleğini yitirmiş biriyim.

– Bu imkânsız.

– Bu dünyada her şey mümkün, bunu sen de benim gibi gayet iyi biliyorsun.

– Sen... Sen hiçbir şey hatırlamıyor musun?

– Tek bildiğim, yaptığım araştırmada kendimle ilgili öğrendiklerim.

– Ama neden geri döndün? Neden ortadan kaybolmadın?

– Kaybolmak için çok geç. Kurtlar peşimde. Yeni yüzümü biliyorlar. Onlarla görüşmek istiyorum.

Naylona sarılmış çiçeği, itinayla bidonların ve toprak saksıların arasına bıraktı. Sema'ya kaçamak gözlerle baktı:

– Hâlâ sende mi?

Sema cevap vermedi. Kürşat ısrarla soruyu tekrarladı:

– Uyuşturucu hâlâ sende mi?

– Soruları ben sorarım, dedi genç kadın. Bu işin başındaki adam kim?

– Asla onun adını bilmeyiz. Bu kuraldır.

– Artık kural yok. Benim kaçışım her şeyi altüst etti. Seni sorgulamaya geleceklerdir. İsimler ağızdan ağıza dolaşacaktır. O adamları kim yolladı.

Kürşat tedirgindi. Yağmur başlığına çarpıyor, yüzünden aşağı akıyordu.

– İsmail Kutsi.

İsim beyninin içinde yankılandı. Kutsi, büyük patron; ama hatırlamamış gibi davrandı:

– O kim?

– Bu derece kafayı yediğine inanamıyorum?

– O kim? diye tekrarladı.

– İstanbul'un en önemli babası. (Azalan yağmurla birlikte o da sesini alçaltmıştı.) Özbeklerle ve Ruslarla bir ittifak yapmaya hazırlanıyor. O mal bir örnekti. Bir test. Bir sembol. Seninle birlikte uçup gitti.

Sema gülümsedi.

– Ortaklar arasındaki hava hiç bozulmamalı.

– Savaşın eli kulağında. Ama Kutsi'nin umurunda değil. Tek takıntısı sensin. Seni bulmak. Söz konusu olan para kaybı değil, onur, saygınlık. Adamlarından birinin ihanetine uğramış olmayı kabullenemiyor. Kendi Kurtlarından, kendi yarattıklarından biri tarafından.

– Kendi yarattıkları mı?

– Var olma nedenimiz. Kurtlar tarafından eğitildin, bilinçlendirildin, yetiştirildin. Doğduğunda, bir hiçtin. Benim gibi. Diğerleri gibi. Onlar bize her şeyi verdi. İnancı. Gücü. Bilgiyi.

Sema'nın asıl konuya geçmesi gerekiyordu, ama diğer gerçekleri, diğer ayrıntıları da duymak istiyordu.

– Neden Fransızca konuşuyoruz?

Kürşat'ın yuvarlak suratında bir gülümseme belirdi. Gurur dolu bir gülümseme.

– Seçildik. 80'li yıllarda, reisler, şefler gizli bir ordu kurmak istedi. Türk toplumunun en yüksek katmanlarında görev alabilecek Kurtlar'dan.

– Bu Kutsi'nin bir projesi miydi?

– Onun tarafından başlatıldı, ama herkes tarafından tasvip gördü. Vakfına bağlı görevliler Orta Anadolu'daki evleri neredeyse tek tek dolaştılar. En yetenekli, en umut vaat eden çocukları buldular. Amaçları onlara en üst düzeyde eğitim sağlamaktı. Yurtseverce bir projeydi; İstanbul'un burjuva piçlerine değil, gerçek Türklere, Anadolu çocuklarına bilgiyi ve gücü vermek.

– Ve biz seçildik, öyle mi?

Gurur dolu bir ses tonuyla devam etti:

– Başka çocuklarla birlikte Galatasaray Lisesi'ne ve diğer önemli okullara gönderildik, tabiî vakfın bursu sayesinde. Tüm bunları nasıl unutabilirsin?

Sema cevap vermedi. Kürşat konuşmasını sürdürdü, iyice coşmuştu.

– On iki yaşındaydık. Daha o zamandan bölgemizin küçük başkanları, şefleriydik. Önce eğitim kampında bir yıl geçirdik. Galatasaray'a geldiğimizde tüfek kullanmayı bile biliyorduk. *Dokuz Işık*'ın pasajlarını ezberden söylüyorduk. Ve birden çevremiz rock dinleyen, sigara içen, Batı hayranı gençlerle kuşatıldı. Alçaklar, komünistler... Onlara karşı, daha fazla dayanışmak zorundaydık, Sema. İki kardeş gibi. Burslu okuyan iki köylü çocuğu, iki zavallıydık... Ama kimse ne kadar tehlikeli olduğumuzu bilmiyordu. Bizler, birer Kurt'tuk. Savaşçıydık. Bize yasak olan bir dünyaya sızmıştık. Bu Kızıl piçlerle daha iyi mücadele etmek için! Tanrı Türk'ü Korusun!

Kürşat yumruğunu havaya kaldırdı, işaretparmağı ve serçeparmağı yukarıdaydı. Bir fanatik gibi davranmak için büyük bir çaba harcıyordu, Ama kinle, şiddetle koşullandırılmış yumuşak ve beceriksiz bir çocuk olarak kalmaktan öteye gidemiyordu.

Hereklerin ve yaprakların arasında hareketsiz duran Sema, sormaya devam ediyordu:

– Peki sonra?

– Ben Fen Fakültesi'ne, sen İngilizce eğitim veren Boğaziçi Üniversitesi'ne gittin. 80'li yılların sonunda bazı Kurtlar uyuşturucu pazarında söz sahibi olmaya başlamıştı. İşinin ehli kişilere ihtiyaçları vardı. Zaten rollerimiz çoktan yazılmıştı. Benim için kimya, senin için nakliye. Başkaları da vardı. Şirket müdürleri, diplomatlar...

– Azer Akarca gibi.

Kürşat ürperdi.

– Bu ismi biliyor musun?

– Paris'te, benim peşimde olan adam.

Yağmurun altında, bir suaygırı gibi soludu.

– En kötüsünü yollamışlar. Eğer seni arıyorsa, bulacaktır.

– Ben onu arıyorum. Nerede?

– Nereden bilebilirim?

Bahçıvan'ın sesinden yalan söylediği belliydi. O anda, bir şüphe içini kemirmeye başladı. Hikâyenin bu yanını neredeyse unutmuştu: onu kim ele vermişti? Gürdilek'in hamamında gizlendiğini Akarca'ya kim söylemişti? Bu soruyu daha sonraya sakladı... Kimyacı telaşlı bir şekilde yeniden sordu:

– Hâlâ sende mi? Uyuşturucu nerede?

– Sana belleğimi yitirdiğimi söyledim.

– Eğer onlarla görüşmek istiyorsan, elin boş gidemezsin. Bu senin tek şansın... Sema birden başka bir soru sordu:

– Neden böyle davrandım? Neden herkese ihanet ettim?

– Bunu senden başka bilen biri yok.

– Kaçma planıma seni de bulaştırdım. Seni tehlikeye attım. Sebeplerini ister istemez sana anlatmış olmalıyım.

Bahçıvan belli belirsiz bir hareket yaptı.

– Kaderimizi asla kabullenmedin. Bizi zorla bu işe bulaştırdıklarını söylüyordun. Bize seçim hakkı vermediklerini. Ama hangi seçim? Onlar olmasaydı, biz hâlâ çobanlık yapıyor olacaktık. Anadolu'nun ücra bir köşesinde yaşayan köylülerdik.

– Eğer ben uyuşturucu kuryesiysem, param da olmalıydı. Neden tek başıma ortadan yok olmadım? Neden eroini de çaldım?

Kürşat sırıttı:

– Daha fazlası gerekiyordu. Karışıklık çıkarmak, çeteleri birbirine düşürmek istiyordun. Böylece intikamını alacaktın. Özbekler ve Ruslar geldiklerinde, tam bir kıyım başlayacak.

Yağmurun hızı iyice azalmıştı, hava kararıyordu. Kürşat yavaş yavaş karanlığın içinde kayboluyor, bir lamba gibi sönüyordu. Üzerlerinde, caminin kubbesi bir fluoresans ışığı gibi parlıyordu.

Bahçıvan'ın ona ihanet ettiği kuvvet kazanmaya başlamıştı, artık sonuna kadar gitmeli, bu pis işi tamamlamalıydı.

– Peki sen, diye sordu buz gibi bir sesle. Nasıl oluyor da hâlâ hayattasın? Seni sorguya çekmediler mi?

– Çektiler, elbette.

– Hiçbir şey söylemedin mi?

Kimyacının vücudunu bir titreme aldı.

– Söyleyecek bir şeyim yoktu. Hiçbir şey bilmiyordum. Malı Paris'te eroine dönüştürmüş ve geri dönmüştüm. Senden bir daha haber alamadım. Kimse nerede olduğunu bilmiyordu. Ve özellikle de ben bilmiyordum.

Sesi titriyordu. Sema birden ona acıdı. *Kürşat, Kürşatım, bu kadar uzun nasıl hayatta kalabildin?* Adam devam etti:

– Bana güvendiler, Sema. Yemin ederim. İşin üzerime düşen kısmını yapmıştım. Senin nerede olduğun hakkında en ufak bir bilgim de yoktu. Gürdilek'in hamamına saklandığın andan itibaren, ben düşündüm...

– Sana Gürdilek'i kim söyledi? Ben Gürdilek'ten bahsettim mi? Anlamıştı. Kürşat her şeyi biliyordu, ama gerçeğin sadece bir kısmını Akarca'ya söylemişti. Paris'teki adresini ona vererek bu işten sıyrılmış, ama yeni yüzü konusunda sessiz kalmıştı. İşte "kan kardeşi" kendi vicdanını böyle rahatlatmıştı.

Kimyacı bir süre ağzı açık kalakaldı, sanki altçenesine bir ağırlık bağlamışlardı. Sonra aniden elini muşamba önlüğünün altına daldırdı. Sema pançosunun altından Glock'unu doğrulttu ve ateş etti. Bahçıvan filizlerin ve kavanozların arasına devrildi.

Sema diz çöktü; Schiffer'den sonra bu ikinci cinayetiydi. Ama bu güven dolu hareketinden, daha önce de başkalarını öldürmüş olduğunu anladı. Ve bu şekilde, tabancayla, bu kadar yakın mesafeden. Ne zaman? Kaç kere? Hiçbir şey hatırlamıyordu. Bu noktada belleği tamamen duruyordu.

Haşhaşların arasında hareketsiz yatan Kürşat'a bir an dikkatle baktı. Ölüm yüz hatlarını gevşetmişti; içindeki saflık yavaş yavaş yüzeye çıkmış ve sonunda özgür kalmıştı.

Cesedin üzerini aradı. İş gömleğinin altında bir cep telefonu buldu. Hafızadaki numaralardan biri tanıdık bir isme aitti: "Azer". Aleti cebine attı ve ayağa kalktı. Yağmur tamamen durmuştu. Karanlık iyice çökmüştü. Nihayet bahçe soluk alıyordu. Kafasını camiye doğru kaldırdı; yağmurdan ıslanmış kubbesi yeşil seramiktendi, minareler yıldızlara doğru havalanmaya hazırdı.

Sema birkaç saniye cesedin yanında kaldı. İçinden kopan, açıklayamadığı bir şeyler vardı.

Artık neden bu şekilde davrandığını biliyordu. Neden uyuşturucuyla birlikte kaçtığını da.

Özgürlük için, kuşkusuz.

Ama aynı zamanda, çok sarih bir olayın intikamını almak için. Harekete geçmeden önce, bunu doğrulaması gerekiyordu.

Bir hastane bulması lazımdı. Ve bir jinekolog.

71

Bütün geceyi yazmakla geçirdi.

Mathilde Wilcrau, Le Goff Sokağı, 5. Bölge, Paris adresine yollanmak üzere yazılmış on iki sayfalık bir mektup. Hikâyesini tüm ayrıntılarıyla anlattı. Kökenini. Eğitimini. Mesleğini. Ve son parti malı. Ayrıca bazı isimler de verdi. Kürşat Metin. Azer Akarca. İsmail Kutsi. Her ismi, bir piyon gibi satranç tahtası üzerindeki yerine yerleştirdi. Büyük bir titizlikle onların bu işteki rollerini, konumlarını açıkladı. Freskin bütün parçalarını tamamladı... Sema bu açıklamaları yapmaya borçlu hissediyordu kendini.

Ona, Père-Lachaise yer altı mezarlığındayken bu açıklamaları yapacağına dair söz vermişti, ama özellikle de, psikiyatrın hayatını bile tehlikeye attığı bu olayda anlaşılmak istiyordu.

Otelin antetini taşıyan beyaz kâğıda "Mathilde" diye yazdığında, bu ismi yazarken kalemi sıkı sıkı tuttuğunda, birkaç heceden oluşan bu isimden neden bu kadar etkilendiğini düşündü.

Bir sigara yaktı ve düşünceye daldı. Mathilde Wilcrau. Siyah saçlı, uzun boylu ve otoriter kadın. Kırmızı dudaklarının gülümsemesini ilk kez gördüğünde, aklına bir anısı gelmişti: bu dudaklar, saplarını, renklerini koruması için yaktığı gelinciklere benziyordu.

Bu karşılaştırma, geçmişiyle ilgili tüm anılarını bulduğu bugüne ait bir duygunun o günkü tezahürüydü demek. Düşündüğü gibi o köylüler. Fransız topraklarına değil Anadolu'ya aitti. Gelincikler de yabanî haşhaşlardı; afyonun ilk hali yani... Sema hafifçe titredi, tıpkı sapları yakarken korkuyla karışık duyduğu heyecanda olduğu gibi. Siyah alev ile taçyaprakların renk renk çatlayıp açılması arasında gizemli, açıklanamaz bir bağ olduğunu hissediyordu.

Mathilde Wilcrau'da da aynı gizem vardı.

Alev alev yanmakta olan o bölge, gülümsemesindeki o kırmızılığı bir kat daha artıyordu.

Sema mektubu bitirdi. Bir an tereddüt etti: birkaç saat önce hastanede öğrendiği şeyi de yazmalı mıydı? Hayır. Bunu kendine saklayacaktı. Mektubu imzaladı ve zarfın içine koydu.

Odadaki çalar saat 4'ü gösteriyordu.

Son bir kez planını gözden geçirdi: "Elin boş gidemezsin..." demişti Kürşat. Ne *Le Monde*'un elektronik sayfası ne de diğer televizyon gazeteleri yer altı mezarlığında bulunan uyuşturucudan söz ediyordu. Azer Akarca ile İsmail Kutsi'nin eroinin kaybolduğunu bilmeme olasılıkları oldukça yüksekti. Sema'nın elinde, görüşmede koz olarak kullanabileceği önemli bir şey vardı...

Zarfı kapının önüne bıraktı, sonra banyoya gitti.

Lavabonun musluğunu açtı ve birkaç saat önce Beylerbeyi'ndeki bir aktardan satın aldığı karton kutuyu açtı.

Boyarmaddeyi lavaboya boşalttı, yavaş yavaş gerçek rengini kaybederek, suyun içinde kahverengi bir renk alan kırmızı tozu seyretti.

Birkaç saniye boyunca aynada kendine baktı. Tüm kemikleri kırılmış bir yüz ve dikiş atılmadık yeri olmayan bir cilt: görünüşteki bu güzelliğin altında bir yalan gizliydi...

Kendi görüntüsüne gülümsedi ve mırıldandı:

– Hiç seçim hakkımız yoktu.

Sonra, dikkatle işaretparmağını kınaya daldırdı.

72

Saat beş.

Haydarpaşa Garı.

Hem demiryoluyla hem de denizyoluyla geliş ve gidiş noktası. Her şey hatıralarındaki gibiydi. İki kulesi olan "U" biçimli ana bina Boğaz'ın tam girişinde, denizi kucaklıyordu. Etrafı mendireklerle çevriliydi. Bir su labirentini andırıyordu. İkinci mendireğin ucunda bir fener vardı. Kanal geçişlerine yerleştirilenler gibi yalnız bir fenerdi. Bu saatte, her yer karanlık, soğuk ve ışıksızdı. Sadece garın girişinden dışarıya loş bir ışık sızıyordu.

İskelenin ucunda bulunan kulübeden de dışarı ışık vuruyor, denize yansıyordu.

Boynu omuzlarının arasında, yakaları kalkık bir şekilde Sema bina boyunca yürüdü, sonra kıyıya indi. Çevrenin bu sessizliği onun işine geliyordu; bu sessizlik, kıpırtısızlık, uyuşukluk istediği şeydi. Gezi motorlarının iskelesine doğru ilerledi. Sanki halatlar, yelkenler belli belirsiz bir tıkırtıyla peşinden geliyordu.

Sema her tekneyi, her sandalı dikkatle inceledi. Sonunda, sahibi bir örtünün altına büzülmüş uyuyan bir kayık gözüne takıldı. Adamı uyandırdı ve hemen pazarlığa girişti. Afallamış kayıkçı Sema'nın önerdiği parayı kabul etti; bir servetti. Adama ikinci mendirekten daha uzağa gitmeyeceğine dair güvence verdi, teknesi hep onun gözünün önünde olacaktı. Denizci kabul etti, tek kelime etmeden motoru çalıştırdı, sonra karaya çıktı.

Sema dümene geçti. Diğer teknelerin arasından manevra yaparak rıhtımdan ayrıldı. Birinci mendireği takip etti, bitiminden dönerek ikinci mendirek boyunca, fenere kadar ilerledi. Mendireğin çevresinde ne bir insan ne de gürültü vardı. Sadece, uzaktaki bir yük gemisinin köprü ışıkları karanlığı deliyordu. Projektörlerin ışığı altında bazı gölgeler hareket halindeydi. Bir an kendine suç ortakları bulmuş gibi hissetti, sanki bu uzaktaki hayatlarla bir dayanışma içindeydi. Kayalıklara yanaştı. Teknesini bağladı ve fenere doğru ilerledi. Hiç zorluk çekmeden, kapıyı açtı. İçerisi dar ve soğuktu. Fener otomatik olarak çalışıyor, insan müdahalesine gerek kalmıyordu. Kulenin tepesindeki dev projektör ağır ağır dönüyor, belli aralıklarla yanıp sönüyordu. Sema el fenerini yaktı. Hemen yakınındaki yuvarlak duvar pis ve nemliydi. Yerlerde su birikintileri vardı. Kulenin tam ortasındaki sarmal demir merdiven üst kata çıkıyordu. Sema ayaklarının altında dalgaların şıpırtısını hissediyordu. Issız bir yerdi. İdeal bir mekândı. Tam istediği gibi.

Kürşat'ın telefonunu cebinden çıkardı ve Azer Akarca'nın numarasını tuşladı.

Çalıyordu. Açıldı. Sessizlik. Her şeye rağmen saat sabahın beşiydi...

Türkçe olarak:

– Ben Sema, dedi.

Sessizlik devam ediyordu. Sonra Azer Akarca'nın sesini duydu, sanki çok yakındaydı:

– Neredesin?

– İstanbul'da.

– Ne istiyorsun?

– Bir randevu. Sen ve ben, yalnız. Tarafsız bir yerde.

– Nerede?

– Haydarpaşa Garı'nda. İkinci mendirekte, fenerin olduğu yerde.

– Kaçta?

– Hemen şimdi. Yalnız gel. Kayıkla.

Akarca güldü:

– Beni bir tavşan gibi avlaman için mi?

– Bu benim sorunumu halletmez.

– Senin sorunlarını halledebilecek bir şey göremiyorum.

– Gelirsen görürsün.

– Kürşat nerede?

Numara onun telefonunun ekranında görünmüş olmalıydı. Yalan söylemenin âlemi yoktu.

– O öldü. Seni bekliyorum. Haydarpaşa. Yalnız. Ve kürekle.

Telefonu kapattı ve demir kafesli pencereden dışarı baktı. Gar hareketlenmeye başlamıştı.

Bulunduğu yer, konum itibariyle mükemmeldi. Buradan hem garı ve iskelesini, hem de rıhtımı ve birinci mendireği görüyordu: görünmeden birinin gelmesi imkânsızdı.

Titreyerek merdivenin basamaklarına oturdu.

Bir sigara yaktı.

Düşüncelere daldı; anlaşılmaz bir şekilde geçmişe ait bir anı geldi aklına. Cildindeki alçının sıcaklığı. Ölmüş, tüm hissini kaybetmiş etini saran gazlı bez. Pansumanlar sırasındaki dayanılmaz acılar. Müsekkinlerin etkisiyle, yarı uyanık yarı uyur vaziyette geçen nekahat dönemi. Ve özellikle de şişmiş, yer yer hematomlarla, kabuk bağlamış yaralarla kaplı yüzünü gördüğünde yaşadığı büyük dehşet...

Bunların hepsini ödeyeceklerdi.

Saat 5.15.

Soğuk gitgide kendini daha fazla hissettirmeye başlamıştı. Sema ayağa kalktı, ayaklarını yere vurdu, kollarını ovuşturdu, soğuktan uyuşmamaya çalışıyordu. Ameliyat anıları onu doğrudan, birkaç saat önce İstanbul'daki bir hastanede yaptığı son keşfine götürdü. Aslında, bu keşiften ziyade bir doğrulamaydı. Şimdi gayet net bir şekilde, 1999 martında Londra'da yaşadığı o günü hatırlıyordu. Basit bir kolit sebebiyle röntgen çektirmek zorunda kalmıştı. Ve gerçeği kabul etmek.

Ona bunu nasıl yapabilmişlerdi?

Ebediyen onu sakat bırakmayı.

İşte bu yüzden kaçmıştı.

İşte bu yüzden onların hepsini öldürecekti.

Saat 5.30.

Soğuk iliklerine işliyordu. Hayatî organlarına akan kan, yavaş yavaş uç noktalara ulaşmıyor onları soğuğa ve donmaya terk ediyordu. Birkaç dakika içinde donacaktı.

Mekanik adımlarla kapıya kadar yürüdü. Fenerden dışarı çıktı, sanki kötürüm olmuştu, bacaklarının uyuşmasını gidermeye çalıştı. Vücudundaki tek sıcak şey belki de kanıydı, onu harekete geçirmek, tüm bedenine yayılmasını sağlamak lazımdı.

Uzaktan bazı sesler duyuldu. Sema kafasını kaldırdı. Balıkçılar birinci mendireğe yanaşıyordu. Bunu düşünmemişti. En azından bu kadar erken saatte.

Karanlıkta, suyun yüzeyine çarpan oltaları gördü.

Acaba gerçekten balıkçılar mıydı?

Saatine baktı: 5.45.

Birkaç dakika sonra gidecekti. Azer Akarca'yı daha fazla bekleyemezdi. Bu saatte, İstanbul'un herhangi bir yerinden en fazla yarım saat içinde gara gelinebileceğini biliyordu. Eğer bundan daha uzun sürerse bir şeyler hazırlıyor, bir tuzak kuruyor demekti. Bir şıpırtı duydu. Karanlıkta, bir kayık suyu yararak geliyordu. Tekne birinci mendireği geçti. Küreklerin üzerine eğilmiş bir silueti ayırt etti. Ağır ve düzenli bir şekilde kürek çekiyordu. Ay ışığı kadife omuzlarını aydınlatıyordu.

Sonunda kayık, kayalıklara ulaştı.

Adam ayağa kalktı, halatı aldı. Hareketleri, çıkardığı gürültü o kadar sıradandı ki, neredeyse gerçekdışı gibiydi. Sema, onun ölümünü görmekten başka bir şey istemeyen adamın iki metre uzağında olduğuna inanamıyordu. Işık olmadığından, ancak adamın eskimiş zeytin yeşili kadife ceketini, uzun atkısını, kirpi gibi saçlarını ayırt edebiliyordu... Halatı ona atmak için yaklaştığında, bir anlık adamın gözlerinin açık mor renkli parlaklığını fark etti.

Halatın ucunu yakaladı ve kendi halatına bağladı. Azer karaya çıkmaya hazırlanıyordu ki, Sema Glock'unu doğrultarak onu durdurdu.

– Örtü, dedi.

Adam, kayığın içinde yığın halinde duran eski örtülere baktı.

– Kaldır onları.

Denileni yaptı; kayıkta başka kimse yoktu.

– Yaklaş. Çok yavaş.

Mendireğe çıkması için biraz geri çekildi. Adamdan ellerini havaya kaldırmasını istedi. Sol eliyle üstünü aradı; silah yoktu.

– Oyunu kurallarına göre oynarım, diye mırıldandı Azer.

Onu fenerin kapısına doğru itekledi, arkasından ilerliyordu. Fenere girdiğinde o, demir basamaklara çoktan oturmuştu bile.

Elinde şeffaf küçük bir torba vardı.

– Çikolata?

Sema cevap vermedi. Adam torbadan bir şekerleme aldı ve ağzına attı.

– Şeker, dedi mazeret belirten bir ses tonuyla. Ensülin tedavisi kanımdaki şeker oranını düşürüyor. En uygun dozu bulmak imkânsız. Haftada birkaç kere, şiddetli hipoglisemi krizine tutuluyorum. Heyecanlandığım zamanlarda da iyice artıyor. Hemen şeker yüklemesi yapmam lazım.

Kristal görünümlü kâğıt parmaklarının arasında parlıyordu. Sema, Çikolata Evi'ni, Paris'i, Clothilde'i düşündü. Başka bir dünyaydı.

– İstanbul'da, üzeri kakao kaplı bademezmeleri alıyorum. Beyoğlu'ndaki bir şekercinin spesiyalitesi. Paris'teyse jikolaları tercih ediyordum.

Torbayı, özenle yanına demir basamağa bıraktı. Aldatmaca ya da gerçek, vurdumduymaz bir hali vardı. Fenerin içi yavaş yavaş kurşun mavisi bir ışıkla dolmaya başlamıştı. Hava aydınlanıyordu, ama kulenin tepesindeki fener hâlâ dönmeye devam ediyordu.

– Bu çikolatalar olmasaydı, diye ekledi. Seni asla bulamazdım.

– Beni sen bulmadın.

Güldü. Elini yeniden ceketinin içine soktu. Sema silahını doğrulttu. Azer hareketlerini yavaşlattı, sonra cebinden siyah beyaz bir fotoğraf çıkardı. Sıradan bir polaroiddi; bir kampüste çekilmiş bir grup fotoğrafı.

– Boğaziçi Üniversitesi, nisan 1993, dedi. Sana ait tek fotoğraf. Senin eski yüzüne, demek istiyorum.

Birden elinde bir çakmak belirdi. Alev karanlığı deldi, sonra yavaş yavaş parlak kâğıdı sardı, etrafa kesin bir kimyasal koku yayıldı.

– Bu halinle seni tanıyabilecek insan çok azdır Sema. İsmini, görüntünü, ülkeni değiştirmiş olmanı hesaba bile katmıyorum...

Yanmakta olan resmi hâlâ parmaklarının arasında tutuyordu. Pembe alevler yüz hatlarını aydınlatıyordu. Sema halüsinasyonlardan birini gördüğünü düşündü. Belki de bir krizin başlangıcıydı... Ama hayır: sadece katilin yüzü alevleri yutuyordu.

– Tam bir sır perdesi, dedi. Bir şekilde, üç kadının hayatına mal olan bir sır perdesi. (Parmaklarının arasındaki aleve hayranlıkla bakıyordu.) Acı içinde işkence gördüler. Uzun süre. Çok uzun süre.

Sonunda yanan kâğıdı bir su birikintisinin içine attı:

– Estetik ameliyat yaptırmış olabileceğini düşünmeliydim. Bu akla yakın bir şeydi. Büyük bir değişim...

Hâlâ dumanı yükselmekte olan siyah su birikintisine baktı:

– Biz en iyileriyiz Sema. Her birimiz kendi alanında. Evet önerin nedir?

Adam onu bir düşmandan çok bir rakip olarak görüyordu. Hatta kendisinin bir benzeri olarak. Bu av, basit bir anlaşmaydı. Bir meydan okuma. Bir aynanın içinden geçiş... İçgüdüsel olarak onu kışkırttı:

– Biz, babaların elinde bir maşa, bir oyuncaktan başka bir şey değiliz.

Azer kaşlarını çattı. Yüz hatları kasılmıştı.

– Tam tersi, dedi sinirli bir şekilde. Davamız için ben onları kullanıyorum. Onların paraları...

– Bizler sadece onların esiriyiz.

Sesinde bir öfke vardı:

– Ne istiyorsun? (Birden bağırmıştı, çikolatalar yere düştü.) Teklifin nedir?

– Hiç. Senden istediğim hiçbir şey yok. Sana hiçbir teklifim de. Sadece Tanrı'ya hesap vereceğim.

On ikinci bölüm

73

İsmail Kutsi, Yeniköy'deki yalısının bahçesinde, yağmur altında bekliyordu. Taraçanın kenarında, sazların arasında ayakta durmuş, büyük bir nehri andıran Boğaz'a sabit gözlerle bakıyordu. Uzakta, Asya yakası yağmurun altında saçaklanmış ince bir şerit gibi görünüyordu. Karşı yaka ile bulunduğu yer arasında bin metreden fazla bir mesafe vardı ve görünürde tek bir gemi bile yoktu. Yaşlı adam bir suikastçının atış menzili dışında, güvenlik içinde hissediyordu kendini. Azer'in telefonundan sonra, buraya gelmek için büyük bir istek duymuştu. Elini bu gümüş rengi dalgalara sokmak, parmaklarını yeşil köpükler içinde oynatmak istiyordu. Bu onun için kaçınılmaz, hatta fiziksel bir ihtiyaçtı.

Bastonuna dayanarak korkuluk boyunca yürüdü ve doğruca Boğaz'ın sularına uzanan basamaklardan dikkatle indi. Deniz üzerine geldi, beton kıyıya çarpan bir dalga onu ıslattı. Deniz sanki isyan halindeydi, ama bu ne olursa olsun Boğaz'da sık görülen çalkantılardan biriydi; taşların alt kısmında gizli oyuklar açan ve bu oyuklara vuran suların gökkuşağının tüm renklerini sergileyerek çalkalanmasını sağlayan sıradan bir dalga.

Bugün de, yetmiş dört yaşındaki Kutsi, düşünmeye ihtiyacı olduğunda buraya geliyordu. Burası onun köklerinin bulunduğu yerdi. Yüzmeyi burada öğrenmişti. İlk balığını yine burada yakalamıştı. Çaputlardan yaptığı ilk topunu buradan denize kaçırmış, suyla temas eden çaput topu oluşturan sargılar bir yaranın üzerine kapatılmış gazlı bez gibi açılmıştı...

Yaşlı adam saatine baktı: 9 olmuştu. Nerede kalmışlardı? Merdiveni yeniden çıktı ve krallığına büyük bir hayranlıkla baktı; yalısının geniş bahçesine. Koyu kırmızı renkli yüksek duvarlar bahçenin dış dünyayla bağlantısını kesiyordu, bambulardan oluşan küçük bir orman, tatlı bir esinti, sarayının basamaklarının iki yanındaki taş aslanlar, içinde kuğuların yüzdüğü yuvarlak havuzlar.

Bir motor sesi duyunca güvende olacağı bir köşeye çekildi. Yağmura rağmen motorun sesi gayet net bir şekilde işitiliyordu. Sesin geldiği yöne doğru kafasını çevirdi ve her dalgada yükselen sonra hızla suyun yüzeyine vuran tekneyi gördü, arkasında köpükler bırakarak yalıya doğru yaklaşıyordu.

Son düğmesine kadar iliklenmiş ceketiyle Azer dümendeydi. Yanında Sema, yağmurluğunun içinde büzülmüş haliyle çok daha ufak tefek görünüyordu. Onun yüzünü değiştirttiğini biliyordu. Ama, bu mesafeden bile, onu duruşundan tanımıştı. onun bu sevimli kabadayı hali, yirmi yıl önce, yüzlerce çocuk arasından dikkatini çekmişti.

Azer ile Sema.

Katil ile hırsız.

Biricik çocukları.

Ve biricik düşmanları.

74

Yürümeye başlayınca, bahçe bir anda hareketlendi. Bir koruma ağaçların arasından çıktı. İkincisi ıhlamur ağacının arkasından. Diğer ikisi çakıllı yolda belirdi. Hepsinin elinde, titan veya Kevlar zırhları beş yüz metreden delebilecek subsonik mermiler atan MP-7 vardı. Bunlar, birlikte iş yaptığı silah kaçakçısının verdiği yakın savunma silahlarıydı. Ama tüm bunların en ufak bir anlamı var mıydı? İçinde yaşadığı bu çağda, çekinmesi gereken düşmanlar, göz göre göre son hızla bir tekneyle üzerine gelenler değildi: onlar çok yakınında, kendi içindeydi, onu yok etmek için bıkmadan usanmadan sabırlı bir faaliyet içindeydiler.

İki yanı ağaçlıklı yolu takip etti. Adamlar hemen çevresini sardı ve etten bir duvar oluşturdu. Artık hep bu şekilde dolaşıyordu. Korunması gereken bir mücevher gibi, ama en ufak bir pırıltısı olmayan bir mücevher. Dört duvar arasına sıkışmış, çevresinde adamları olmadan bahçeden dışarı adımını atamayan bir tür mahpustu.

Sarayına doğru yöneldi; Yeniköy'ün son yalılarından biriydi. Katranlı kazıklar üzerine oturtulmuş su seviyesinde ahşap bir binaydı, yazlık bir konut. Kuleleriyle dikkati çeken, yüksek, görkemli bir binaydı, tıpkı bir kale gibi, ama aynı zamanda sıradan, bir balıkçı kulübesinden farksızdı.

Çatının, yıpranmış ahşap kiremitleri, bir ayna gibi ışığı yansıtıyordu. Binanın cepheleri ise tam tersine, ışığı emiyor, ama sonsuz bir yumuşaklıkla mat bir parlaklık veriyordu çevresine. Yapının etrafında, insana yolculuğa çıkma duygusu veren bir rıhtım, bir iskele yer alıyordu; deniz havası, yıpranmış ahşap, denizin çırpıntısı yaşlı adam için bir hareket noktası, bir yazlık mekân demekti.

Yine de, iyice yaklaşıp, ön cephenin Doğu süslemelerine, terasın iki yanındaki kafeslere, balkonlara vuran güneş ışığına, yıldızlara, pencerelerdeki hilal şekilli süslemelere bakınca bu saray, tamamen farklılaşıyordu; inceden inceye elle işlenmiş, oturaklı, her şeyiyle farklı bir yapı oluyordu. Burası onun hep hayalini kurduğu mezardı. Boğaz'ın sesini dinleyerek ölümün gelmesini bekleyeceği ahşap bir mezar.

Holde, İsmail Kutsi yağmurluğunu ve botlarını çıkardı. Sonra terliklerini ve Hint ipeğinden ceketini giydi, aynanın önünde bir süre kendini seyretti.

Yüzü, büyük bir gururla bakabildiği tek yanıydı. Zaman onarılmaz bir tahribata neden olmuştu, ama derisinin altındaki kemik yapısı hâlâ iyi durumdaydı. Yüz hatlarıyla değme gençlerle bile rekabete girebilirdi. Belirgin çene yapısıyla bir geyik profiline sahipti, dudaklarında hep başkalarını küçümser bir ifade vardı.

Cebinden bir tarak çıkardı ve saçlarını taradı. Saçlarındaki gri meçleri özenle yatırdı, ama birden durdu, bu davranışının sebebi belliydi; görüntüsünü onlar için titizlikle gözden geçiriyordu. Çünkü onlarla karşılaşmaktan çekiniyordu. Çünkü, yılların onda bıraktığı derin izlerin görülmesinden korkuyordu.

1980 darbesinden sonra, Almanya'ya sürgüne gitmek zorunda kalmıştı. 1983'te geri döndüğünde etraf biraz yatışmıştı, ama silah arkadaşları, diğer Bozkurtlar hapisteydi. Tek başına, yapayalnız kalan Kutsi yine de davadan vazgeçmemişti. Tam tersine, büyük bir gizlilik içinde eğitim kamplarını yeniden açmış ve kendi ordusunu kurma kararı almıştı. Bozkurtlar'ı yeniden canlandıracak, onlara hayat verecekti. Hatta daha da ileri gidip, hem siyasî ideallere hem de onun yasadışı çıkarlarına hizmet edecek Kurtlar'ı eğitecekti.

Vakfı için çocuklar bulmak amacıyla bizzat kendisi Anadolu yollarına düştü. Yeniden kamplar kurdu, eğitime tabi tutulan gençleri yakından gözlemledi, seçkin bir grup oluşturmak için onlar hakkında fişler tuttu. Ve bir anda kendini oynanmakta olan oyunun içinde buldu. Devrimden sonra İran'ın boş bıraktığı yerde, afyon pazarında etkin bir konuma geçti, ama "baba" için her şeyden önce çocuklarının eğitimi önemliydi.

Bu küçük köylü çocukları ona, ister istemez sokaklarda geçirdiği kendi çocukluğunu hatırlatıyordu. Onların dostluğunu, öz çocuklarının dostluğuna bile tercih ediyordu –geç yaşta eski bir bakanın kızıyla evlenmişti, çocuklarının biri Oxford'da, diğeriyse

Berlin Üniversitesi'nde okuyordu– çünkü rahat bir yaşam süren çocukları ona daima yabancıydı.

Seyahat dönüşlerinde yalısına kapanıyor ve her dosyayı, her veriyi inceden inceye inceliyordu. Yetenekli her çocuğu, umut vaat eden her çocuğu yakından takip ediyor, bir adım öne çıkanlara bile farklı yaklaşıyordu. Amacı en umut vaat edenleri seçmekti; onları burs vererek okutacak, sonra da kendi örgütü içinde değerlendirecekti. Bu araştırması onda hastalık halini almıştı. Milliyetçiliği bile onun bu ihtirasının önüne geçememişti. İnsanları uzaktan yönlendirmek, onları eğitmek, kendinden geçmesine yetiyordu. Onların hayatına yön vermek, kaderlerini tayin etmek büyük bir tutkuydu onun için...

Bir müddet sonra iki isim onun ilgisini çekti.

Bir oğlan ve bir kız.

Umut vaat eden iki çocuk.

Azer Akarca, Nemrut Dağı antik sitinin yakınlarındaki bir köydendi ve eşsiz yeteneklere sahipti. On altı yaşındaydı, hem zorlu bir savaşçı hem de parlak bir öğrenciydi. Ama öncelikle, Türkiye'nin tarihî mirasına büyük bir tutkusu vardı ve milliyetçi inançları çok yüksekti. Adıyaman'daki ocağa kaydolmuş, teorik ve pratik eğitimde büyük bir başarı göstermişti. Hatta Kürt teröristlerle savaşmak için orduya bile yazılmayı düşünüyordu.

Ama Azer'in önemli bir handikapı vardı: şeker hastasıydı. Kutsi onun bu zayıf noktasının üzerine düşen görevleri yerine getirmesine engel olmayacağına karar vermişti. Ona en iyi tedavi imkânlarını sunacağına dair kendine söz vermişti.

Diğer dosya Sema Gökalp adında bir kıza aitti; on dört yaşındaydı, bir koleje girmeyi başarmış ve devlet bursu kazanmıştı. Görünürde, kökenleriyle bağını koparmak isteyen, zeki bir Türk kızıydı. Ama sadece kaderini değiştirmek değil, ülkesini de değiştirmek istiyordu. Sema, Gaziantep Ülkü Ocakları'ndaki tek kadındı. Kendi köyünden bir başka çocuğun, Kürşat Metin'in peşine takılarak, Kayseri'deki kampa gelmişti.

Birden, bu yeniyetme kız onun ilgisini çekmişti. Bu yabanıl arzuyu, kendini aşma isteğini seviyordu. Fizik olarak, kızıl saçlı, kısa boylu ve balıketli, köylü görünümlü bir genç kızdı. Hiçbir şey onun yeteneklerini, siyasî bağnazlığını ifade etmeye yetmezdi. Gözleri dışında, tüm görüntüsü taş gibi katıydı.

İsmail Kutsi gayet iyi biliyordu: Azer ile Sema, burslu okuyan birer basit öğrenci olmaktan daha ileri gidecekti; aşırı sağın davasının ve onun suç örgütünün isimsiz neferleri olacaklardı. Bu çocuklar onun himayesindeydi. Ama onlar hiçbir şey bilmeyecekti. Onlara uzaktan, gizlice yardım edecekti. Yıllar geçmişti. Bu iki seçilmiş genç verdikleri sözü tutmuşlardı. Azer, yirmi iki yaşında İstanbul Üniversitesi'nden fizik ve kimya lisans diploması almış, sonra Münih'te uluslararası ticaret üzerine master yapmıştı. Sema on yedi yaşında, büyük bir başarıyla Galatasaray Lisesi'nden mezun olmuş, ardından da Boğaziçi Üniversitesi'ni bitirmişti. Üç dili rahatlıkla konuşuyordu: Fransızca, İngilizce ve Almanca.

Her ikisi de, siyasî faaliyetlerini sürdürmüşler, semtlerindeki ocaklara "başkanlık" etmişlerdi, ama Kutsi bazı şeyleri aceleye getirmek istemiyordu. Onlar için başka planları vardı. Kendi narkotik imparatorluğuyla ilgili planlar...

Karanlıkta kalmış bazı yanları aydınlığa kavuşturmak istiyordu. Azer'in davranışlarında bazı bozukluklar vardı. 1986'da, henüz bir Fransız lisesinde öğrenciyken, bir kavga sırasında bir başka öğrencinin suratını dağıtmıştı. Çocuğun yaraları oldukça ciddiydi ve bunları bir anlık öfkeyle değil gayet soğukkanlı bir biçimde yapmıştı. Kutsi, Azer'in hapse girmemesi için tüm nüfuzunu kullanmak zorunda kalmıştı.

İki sene sonra, Fen Fakültesi'nde okurken fareleri canlı canlı kesip biçmeye, parçalamaya başlamıştı. Kız öğrenciler onun bu davranışlarından şikâyetçi oluyorlar, ancak Azer'in edepsizce sözleriyle karşılaşıyorlardı. Daha sonra, yüzme havuzunun soyunma odalarında, iç çamaşırlarına sarılmış kedi leşleri bulmuşlardı.

Kutsi'yi, ileride yararlanmayı düşündüğü Azer'in bu canice tavırları rahatsız ediyordu. Ama henüz onun gerçek karakterini görmemişti bile. Bir rastlantı sonucu durum aydınlandı. Azer Akarca Münih'te öğrenciyken, girdiği şeker koması nedeniyle hastaneye kaldırılmıştı. Alman doktorlar ona tuhaf bir tedavi önermişlerdi: oksijenin organizmasına daha iyi dağılmasını sağlamak için yüksek basınç odasında ona birkaç seans basınç uygulamışlardı.

Bu seanslar sırasında, Azer derinlik sarhoşluğu denilen garip bir davranış bozukluğu göstermiş ve saçma sapan konuşmaya başlamıştı; kadınları, "bütün kadınları!" öldürmek, onlara işkence yapmak, onların yüzlerini değiştirmek, Antikçağ masklarına benzeyen suratlar yapmak istediğini bağırmıştı. Bir kez de, odasında, müsekkinlerin etkisinde olduğu halde yatağının kenarındaki duvarı oyarak yüz taslakları yapmıştı. Bozuk yüz hatları, kesik burunlar, ezilmiş kemikler, bu surat taslaklarının çevresine de makasla kestiği saçlarını spermiyle yapıştırmıştı; yüzyılların kemirdiği, canlı saçlara sahip ölü harabeler... Alman doktorlar, vakit geçirmeden, öğrencinin tedavi masraflarını üstlenen Türkiye'deki vakfı haberdar etmişti. Bunun üzerine Kutsi, kalkıp Almanya'ya gitmişti. Psikiyatrlar ona durumu izah etmişler ve çocuğun derhal bir yere kapatılmasını salık vermişlerdi. Kutsi söylenenleri dikkatle dinlemiş, kabul etmiş, ama ertesi hafta Azer'i Türkiye'ye yollamıştı. Himayesindeki bu gencin öldürme tutkusunun önüne geçebileceğine, hatta bu tutkuyu dilediği gibi yönlendirebileceğine inanıyordu.

Sema Gökalp'ın ise farklı davranış bozuklukları vardı. Yalnızlığı seven, içine kapanık, inatçı bir karakteri olan Sema, vakfın çizdiği sınırları ihlal etmekten vazgeçmiyordu. Yatılı olarak okuduğu Galatasaray'dan birçok kez kaçmıştı. Bir defasında onu Bulgaristan sınırında yakalamışlardı. Bir başka keresinde de İstanbul Atatürk Havalimanı'nda. Bağımsızlık tutkusu, özgürlük arzusu onda patolojik bir hal almış, saldırganlık ve kaçma takıntısıyla kendini göstermeye başlamıştı. Kutsi kızın bu kaçma takıntısını, özgürlük arayışını da kendi çıkarı doğrultusunda değerlendirmişti. Onu bir göçebe, seçkin bir uyuşturucu kuryesi yapacaktı.

1990'ların ortasına doğru, Azer Akarca parlak bir işadamı, aynı zamanda da başarılı bir Kurt olmuştu. Kutsi, yardımcıları aracılığıyla ona birçok görev –tehdit veya muhafızlık– vermiş, Azer de hepsini büyük bir başarıyla yerine getirmişti. Ama bir gün kendi sınırlarını aşacağını biliyordu. Azer kanı seviyordu, hem de çok.

Bir başka sorun daha vardı. Akarca kendi siyasî grubunu kurmuştu. Onlar için şiddet çok daha ön plandaydı ve kendileriyle aynı düşüncede olmayanları pasiflikle suçluyorlardı. Azer ve yandaşları, daha ılımlı bir yol izleyen yaşlı Kurtlar'ı ve Kutsi gibi mafyaya bulaşmış milliyetçileri aşağılıyorlardı. Bu durum yaşlı adama acı vermeye başlamıştı; kendi çocuğu bir canavar halini almıştı, her geçen gün biraz daha kontrolden çıkıyordu.

Biraz olsun teselli bulmak için, Sema Gökalp'la ilgilenmeye başladı. "İlgilenmek" belki uygun bir kelime değildi; onu hiç görmemişti ve fakülteyi bitirdikten sonra da adeta ortadan kaybolmuştu. Taşıma işini kabul etmişti –kendini borçlu hissediyordu– ama buna karşılık işverenlerinden hep uzak kalmayı yeğlemişti.

Kutsi bu durumdan hoşlanmıyordu. Gerçi, her seferinde uyuşturucu kazasız belasız yerine ulaşıyordu. Daha ne kadar bu karşılıklı anlaşma devam edecekti? Ne olursa olsun, bu gizemli kıza olan hayranlığı her geçen gün biraz daha artıyordu. Uzaktan da olsa hep onun izini sürüyor, onun başarılarından büyük bir zevk alıyordu... Çok geçmeden Sema bir efsane haline geldi. Kelimenin tam anlamıyla, sınırlardan ve dillerden oluşan bir labirentin içinde dolaşıyordu. Hakkında birçok söylenti vardı. Kimileri onu Afganistan sınırında gördüklerini, ama yüzünde peçe olduğunu söylüyordu. Diğerleri, ona Suriye sınırında, yasadışı bir laboratuvarda rastladıklarını, ama yüzünde doktorların taktığı bir maske bulunduğunu iddia ediyordu. Başkalarıyla, onu Karadeniz kıyılarındaki bir gece kulübünde, stroboskop ışıkları altında gördüklerine yemin ediyordu.

Kutsi, hepsinin yalan söylediğini biliyordu; kimse Sema'yı asla görmemişti. En azından gerçek Sema'yı. Duruma göre sürekli kimlik değiştiren, güzergâh değiştiren, biçim ve teknik değiştiren soyut bir kadın olup çıkmıştı. Elinde sadece tek bir somut şey –taşıdığı uyuşturucu– bulunan, sürekli hareket halinde bir varlık.

Sema onu tanımıyordu, ama bu işte asla yalnız olmadığını gayet iyi biliyordu. İhtiyar onun hep yanındaydı. Bir kez bile, babaya ait olmayan bir malı taşımamıştı. Bir kez bile, onun adamlarının uzaktan gözetimi olmadan bir taşıma yapmamıştı. İsmail Kutsi, onun içindeydi.

1987 yılında, bir apandisit krizi sonucu kaldırıldığı hastanede Kutsi, onun haberi olmadan Sema'yı kısırlaştırtmıştı. Fallop boruları bağlanmıştı: geri dönüşü olmayan, ancak vücudun hormon dengesini bozmayan bir cerrahî müdahaleydi. Doktorlar, karında açtıkları küçük kesi yerlerinden içeri optik aletler sokarak çalışmıştı. Ne bir iz ne de yara vardı...

Kutsi'nin başka çaresi yoktu. Savaşçıları hep yalnız olmalıydı. Doğurmamaları, ürememeleri gerekiyordu. Sadece Kutsi onları yaratabilir, büyütebilir ya da askerlerini öldürebilirdi. Bu düşüncesine rağmen, sebep olduğu bu sakatlık onu hep kaygılandırmış, hep korkutmuştu; kendini bir tabuyu ihlal etmiş, yasak bir yere girmiş gibi hissediyordu. Sık sık rüyalarında, iç organlarına tutunmuş beyaz eller görüyordu. Belli belirsiz bir biçimde, asıl felaketin de bundan kaynaklanacağını hissediyordu...

Bugün, Kutsi, iki çocuğunun karşısında satranç tahtasında son hamlesini yapacaktı. Azer Akarca psikopat bir katil olmuştu, hiçbir yere bağlı olmayan bir hücrenin başındaki adamdı; yüzlerine tuhaf makyajlar yapan, kendilerini eski Türkler sanan, Türk devletine ve davasına ihanet ettiğine inandıkları Bozkurtlar'a suikastlar düzenleyen bir grubun. Belki Kutsi'nin kendisi de bu listede yer alıyordu.

Sema'ya gelince, artık görünmez bir kuryeydi, ama aynı zamanda da kaçmak için eline fırsat geçmesini bekleyen bir paranoyak, bir şizofrendi.

Kutsi iki canavar yaratmıştı.

Gırtlağına çökmeye hazır iki çılgın.

Yine de, onlara önemli görevler vermeye devam etmişti; onlara bu kadar saygınlık kazandırmış bir teşkilata ihanet edeceklerini düşünmüyordu. Özellikle de kaderin, onu böyle bir hakaretle, böyle bir aldatmayla yüz yüze getireceğini ummuyordu, hem de kendisine bu kadar güvenilen bu işte.

İşte bu nedenle, geçen ilkbahar, Altın Hilal'de tarihî bir ittifakın temellerini atacak bir parti malın taşınması gerektiğinde, hiç düşünmeden tek bir isim telaffuz etmişti: Sema.

İşte bu nedenle, kaçınılmaz olay gerçekleştiğinde ve çıkarı için onu satan kız uyuşturucuyla birlikte ortadan yok olduğunda, tek bir katili görevlendirmişti: Azer.

Onları hiçbir zaman kendisi ortadan kaldırmayı düşünmemişti; ama onları birbirlerinin üzerine salarken, birbirlerini yok etmeleri için dua etmişti. Ama hiçbir şey düşündüğü gibi olmamıştı. Sema bulunamamıştı. Azer Paris'te bir dizi cinayet işlemekten öteye gidememişti. Hakkında uluslararası bir tutuklama emri vardı ve Kutsi'nin suç karteli onun fermanını imzalamıştı; Azer artık çok tehlikeli biri olmuştu.

Ama beklenmedik bir olay her şeyi altüst etmişti.

Sema ortaya çıkmıştı.

Ve bir görüşme istiyordu.

Aynada son bir kez yansımasına baktı, sanki gördüğü adam başka biriydi. Bütün itibarını yitirmiş yaşlı bir adam. Pakistan'da bulunmuş, Tarihöncesi döneme ait o iskelet gibi, her yanı kireçlenmiş bir leş yiyici...

Tarağı ceketinin cebine koydu ve aynadaki görüntüsüne gülümsemeye çalıştı.

Bir an, boş gözçukurlarıyla bir ölü kafasını andıran bir başı selamladığını sandı.

Merdivenlere yöneldi ve korumalarına emretti:

– Geldiler. Beni yalnız bırakın.

"Meditasyon odası" olarak adlandırılan salon yüz yirmi metrekare genişliğinde, ham ahşap parkeli, hiçbir kesintiye uğramadan uzanan bir mekândı. Aslında buraya "taht odası" denilmesi daha uygun olurdu. Üç basamakla çıkılan bir sekinin üzerinde yumurta kabuğu renginde bir kanepe vardı, üstü altın işlemeli yastıklarla doluydu. Kanepenin tam karşısına alçak bir masa, bir sehpa yerleştirilmişti. İki yanında da, beyaz duvarlara monte edilmiş lambalar vardı. Duvarların kenarlarına el yapımı sedef kakmalı ve gizli perçinli ahşap sandıklar dizilmişti. Ve mobilya olarak başka bir şey yoktu.

Kutsi bu sadeliği, bu mistik boşluğu seviyordu, bir sufi gibi derin düşüncelere dalmaya hazır hissediyordu kendini burada.

Salonda ilerledi, basamakları çıktı ve sehpaya yaklaştı. Bastonunu bıraktı ve bir süreden beri orada durmakta olan ayran dolu sürahiyi aldı. Kendine bir bardak doldurdu, bir dikişte içti, vücuduna yayılan serinliğin tadını çıkardı, hazinesini hayranlıkla seyre daldı.

İsmail Kutsi, Türkiye'nin en güzel kilim koleksiyonuna sahipti ve en önemli parça da burada muhafaza ediliyordu, kanepenin üstünde asılıydı.

Yaklaşık bir metrekare genişliğinde olan bu eski kilimin zemini koyu kırmızı renkteydi, bordürü ise solgun sarıydı; altının, buğdayın ve pişmiş ekmeğin rengi. Tam ortasında ise, gökyüzü ve sonsuzluk anlamına gelen mavi-siyah bir dikdörtgen vardı. İçinde, koç boynuzlarıyla süslü büyük bir haç yer alıyordu, erkeklere ve savaşçılara ait bir sembol. Haçın üstünde, sanki onu korumak ister gibi bir kartal kanatlarını açmıştı. Kilimin bordürünü ise hayat ağacı, neşenin ve mutluluğun çiçeği çiğdem, insana sonsuz uyku veren sihirli bir bitki haşhaş süslüyordu...

Kutsi, saatlerce bu şaheseri seyredebilirdi. Sanki onun savaşla, uyuşturucuyla ve güçle dolu dünyasını özetliyordu. Bu kilimin satır aralarındaki gizemi de seviyordu, yünden dokunmuş bu bilmece onu hep düşündürmüştü. Bir kez daha kendine aynı soruyu sordu: "Üçgen nerede? Talih nerede?"

Önce büyük bir hayranlıkla genç kadındaki değişimi seyretti. Bir zamanların balıketli bu genç kızı, siyah saçlı ince bir genç kadın haline gelmişti, bugünün modern kızlarına benziyordu; küçük memeler ve dar kalçalar. Üzerinde astarlı siyah bir manto, yine aynı renkte düz bir pantolon vardı, ayaklarında ise küt burunlu botlar. Tam bir Parisli kadın.

Ama, özellikle yüzündeki değişiklik onu büyüledi. Böyle bir sonuç elde etmek için kim bilir kaç kez ameliyat edilmiş, kim bilir kaç kez yeni yaralar açılmıştı? Tanınmayacak hale gelmiş bu yüz onun kaçma isteğinin, esaretinden kurtulma arzusunun bir göstergesiydi. Bunu kadının çivit mavisi gözlerinden bile okuyabiliyordu. Yorgun gözkapaklarının altından görülen bu koyu mavilik, size davetsiz bir misafir, iğrenç bir varlıkmışsınız gibi bakıyordu. Evet, ne kadar değiştirilmiş olursa olsun bu yüz hatlarının altında, bu gözlerde Kutsi, onun ilkel göçebe yanını, rüzgârın ve güneşin yakıcılığının neden olduğu yabanî enerjiyi görebiliyordu.

Bir anda kendini yaşlı hissetti. Ve tükenmiş.

Dudakları tozla kaplı, binlerce yıllık bir mumya.

Kanepeye oturmuştu, genç kadından yaklaşmasını istedi. İçeri girmeden önce iyice üstünü aramışlardı. Elbiseleri elle yoklanmış, teker teker incelenmişti. Sonra x-ray'den geçirilmişti. Şimdi, emniyeti açık, ağzına mermi sürülmüş MP-7'li iki korumanın arasında duruyordu. Azer ondan biraz daha gerideydi, o da silahlıydı.

Yine de Kutsi'nin içinde anlaşılmaz bir huzursuzluk vardı. Savaşçı içgüdüsü, güçsüz görüntüsüne karşın bu genç kadının hâlâ tehlikeli olabileceğini söylüyordu. Midesi bulanır gibi oldu. Sema'nın kafasından neler geçiyordu? Neden bu kadar kolay kendini teslim etmişti?

Genç kadın, Kutsi'nin arkasında, duvara asılı kilime hayranlıkla bakıyordu. Bu ilk karşılaşmalarını daha gösterişli kılmak için Kutsi Fransızca konuşmaya karar verdi:

– Dünyanın en eski kilimlerinden biri. Rus arkeologlar onu Sibirya ile Moğolistan sınırında, bir buz kütlesinin içinde buldular. Yaklaşık iki bin yıllık. Hunlara ait olduğu sanılıyor. Haç. Kartal.

Koç başları. Hepsi erkek sembolleri. Hun boylarından birinin şefinin çadırına ait olmalı.

Sema sessizliğini sürdürüyordu.

– Erkek sembolleriyle süslü bir kilim, diye devam etti. En ince ayrıntısına kadar bir kadın tarafından dokunmuş, diğer Orta Asya kilimleri gibi. (Gülümsedi ve kısa bir ara verdi.) Hep bu kilimi dokuyan kadını düşünmüşümdür; savaşçıların dünyasının dışında yer alan, ama hanın çadırında kendi varlığını hissettirmesini bilen bir anne.

Sema en ufak bir harekette bulunmuyordu. Korumalar iyice çevresini sarıyordu.

– O dönemlerde, kilim dokuyan kadınlar, daima diğer motiflerin arasına kem gözlerden halıyı koruması için bir üçgen gizlermiş. Bu fikri seviyorum; bir kadın sabırla savaş motifleriyle dolu, erkeklere özgü bir tür tablo dokuyor, ama kilimin herhangi bir yerine, bordürüne anaç bir işaret koymaktan da geri kalmıyor. Bu kilimin üzerinde uğur getireceğine inanılan üçgeni görebiliyor musun?

Sema cevap vermedi, hâlâ hareketsizdi.

Kutsi, ayran sürahisini aldı ve ağır ağır bardağını doldurdu, sonra yine ağır ağır içti.

– Göremiyor musun? dedi sonunda. Önemi yok. Bu hikâye bana, senin hikâyeni hatırlattı Sema. Erkeklerin dünyasında gizlenen bu kadın bizimle ilgili bir şeyi saklıyor. Bize şans ve mutluluk getirecek bir şeyi.

Sesi bu son cümleleri söylerken iyice alçalmıştı, sonra birden şiddetle bağırmaya başladı:

– Üçgen nerede, Sema? Uyuşturucu nerede?

Hiç tepki vermedi. Kelimeler yağmur damlaları gibi üzerinden akıp gidiyordu. Kutsi'nin söylediklerini işittiği bile kuşkuluydu. Ama bir anda kelimeler dudaklarından döküldü:

– Bilmiyorum.

Kutsi yeniden gülümsedi; genç kadın pazarlık yapmak istiyordu, anlaşılan. Ama Sema konuşmaya devam etti:

– Fransa'da tutuklandım. Polis belleğimi koşullandırdı. Bir tür beyin yıkama. Geçmişimi hatırlamıyorum. Uyuşturucunun nerede olduğunu bilmiyorum. Hatta kim olduğumu bile bilmiyorum.

Kutsi gözleriyle Azer'i aradı; o da şaşkın bir haldeydi.

– Böyle saçma bir hikâyeye inanmamı mı bekliyorsun? diye sordu.

– Oldukça uzun bir işlemdi, diye devam etti sakin bir ses tonuyla. Radyoaktif bir madde yardımıyla bir tür telkin yöntemi. Böyle bir işleme tabi tutulanların çoğu ya ölmüş ya da aklını kaçırmış. Söylediklerimin doğruluğunu araştırabilirsiniz; hepsi dünkü ve bir önceki günkü Fransız gazetelerinde yazıyor.

Kutsi, anlatılanları kuşkuyla dinliyordu.

– Polis eroini buldu mu?

– İşin içinde uyuşturucu olduğunu bile bilmiyorlar.

– Nasıl?

– Benim kim olduğumu da bilmiyorlar. Beni seçtiler, çünkü Azer'in baskınından sonra Gürdilek'in hamamında beni şok halinde buldular. Sırrımı bilmeden tüm belleğimi silmeyi başardılar.

– Hiçbir şey hatırlamayan biri için çok şey biliyorsun.

– Bir araştırma yaptım.

– Azer'in ismini nasıl öğrendin?

Sema, bir fotoğraf makinesinin deklanşörüne kısa bir süre basılması gibi hafifçe gülümsedi.

– Bu ismi bilmeyen yok. Öğrenmek için Paris gazetelerini okumak yeterli.

Kutsi susmuştu. Başka sorular da sorabilirdi, ama kararını vermişti. Bu değişmez kanunu bildiği için bugüne kadar yaşamıştı: anlatılanlar ne kadar saçma olursa doğru olma ihtimali de o kadar az olurdu. Ama, genç kadının davranışını anlamıyordu.

– Neden geri döndün?

– Size Sema'nın öldüğünü haber vermek istiyordum. Hatıralarımla birlikte o da öldü.

Kutsi bir kahkaha attı:

– Gitmene göz yumacağımı mı umuyorsun?

– Hiçbir şey ummuyorum. Ben başka biriyim. Artık, bana ait olmayan bir kadının adıyla kaçmak istemiyorum.

Kutsi ayağa kalktı ve birkaç adım ilerledi. Bastonunu Sema'ya doğrulttu:

– Elin boş bir şekilde beni görmeye geldiğine göre gerçekten belleğini yitirmiş olmalısın.

– Suçlu yok. Ceza da yok.

Damarlarını tuhaf bir sıcaklığın doldurduğunu hissetti. İnanılmaz bir şey yaşıyordu; onun canını bağışlamaya kalkışıyordu. Bu kabul edilebilir bir son olabilirdi, hatta çok orijinal, çok karmaşık bir son. Her şeyiyle yeni bu genç kadının uçup gitmesine izin vermek. Tüm bu olanları unutmak... Ama kadının gözlerinin içine bakarak yeniden konuşmaya başladı:

– Artık bir yüzün yok. Bir geçmişin yok. Hatta ismin bile yok. Sen soyut bir kavramdan başka bir şey değilsin, bu doğru. Ama hâlâ acı çekebilirsin. Lekelenen şerefimizi senin kanınla yıkayacağız. Biz...

Kutsi bir anda nefesinin kesildiğini hissetti.

Genç kadın, avuçları açık bir halde ellerini ona doğru uzatmıştı. Her bir avucunda, kınayla çizilmiş bir desen vardı. Dört hilalin altında uluyan bir kurt. Bu yeni yasadışı teşkilatın üyeleri tarafından kullanılan bir semboldü. Kutsi'nin bizzat kendisi, Osmanlı bayrağındaki üç hilalin yanına, Altın Hilal'i simgelemesi için bir dördüncüyü eklemişti.

Kutsi bastonunu fırlattı ve parmağıyla Sema'yı göstererek bağırmaya başladı:

– Biliyor. BİLİYOR.

Sema bu şaşkınlık anından yararlandı. Korumalardan birine arkadan saldırdı ve sıkıca belinden yakaladı. Sağ eliyle adamın parmaklarıyla birlikte MP-7'nin tetiğine bastı, sekinin bulduğu tarafa doğru yaylım ateşi açtı.

İsmail Kutsi bir anda ayaklarının yerden kesildiğini ve ikinci koruma tarafından kanepenin dip tarafına doğru savrulduğunu hissetti. Yerde yuvarlandı ve hayatını kurtaran adamın kanlar içinde yere düşerken can havliyle silahının tetiğine basarak tüm mermilerini boşaltmaya başladığını gördü. İsabet alan ahşap sandıklar binlerce parçaya ayrılıyor, tahta kıymıklar havada uçuşuyordu. Elektrik arkları gibi kıvılcımlar çakıyor, tavandan tabaka tabaka alçılar dökülüyordu. Sema'nın kalkan gibi kullandığı birinci adam yere yıkılmadan hemen önce genç kadın belindeki tabancayı aldı.

Kutsi, etrafta Azer'i görmüyordu.

Sema hızla sandıklara doğru yöneldi ve arkasına siper almak için onları devirdi. Aynı anda iki başka koruma salonun kapısında belirmişti. Ama içeri adım atamadan vuruldular; Sema'nın tabancasının soğuk sesi, kendisine ateş eden otomatik silahların sesinden çok farklıydı.

İsmail Kutsi kanepenin arkasına geçmeye çalıştı, ama vücudu beyninin komutlarına itaat etmiyordu. Parkenin üzerinde donup kalmıştı, kıpırdayamıyordu. Birden bütün vücudu sarsıldı; vurulmuştu.

Üç koruma daha salonun eşiğinde göründü, sırayla ateş ediyorlar, sonra kapı pervazının arkasına saklanıyorlardı. Kutsi, ateş eden tüfeklerin namlusundan çıkan alevleri görünce gözlerini kırpıştırıyor, ama silah seslerini duymuyordu. Sanki kulakları, beyni suyla doluyordu.

İki büklüm olmuş, parmaklarını bir yastığa geçirmişti. Canı çok yanıyordu, midesinin alt kısmı, karnı çok acıyor, onu böyle cenin pozisyonunda durmaya zorluyordu; bağırsakları meydandaydı, bacaklarının arasından sarkıyordu. Gözleri karardı. Kendine geldiğinde, Sema basamakların aşağısında, ahşap bir sandığı kendine siper etmiş tabancasının şarjörünü değiştiriyordu. Kutsi sekinin kenarına doğru döndü ve kolunu uzattı. Kendisinden başka kimse onun hareketini fark edemezdi; yardım istiyordu.

Sema Gökalp'tan yardım istiyordu!

Genç kadın ona doğru döndü. Gözleri yaşlı Kutsi elini salladı. Sema bir an tereddüt etti, sonra mermilerden korunmak için eğilerek basamakları tırmandı. Yaşlı adam minnet dolu bir sesle inledi. Zayıf, titrek, kanlı elini uzattı, ama genç kadın o eli tutmadı.

Doğruldu ve tabancasını Kutsi'ye doğrulttu, bir yay gibi gergindi. Artık İsmail Kutsi, Sema'nın İstanbul'a neden geri döndüğünü gayet iyi biliyordu.

Sadece onu öldürmek için.

İçini kemiren öfkeden kurtulmak için.

Ve belki de bir hayat ağacından intikam almak için.

Onu köklerine bağlayan hayat ağacından.

Yeniden kendini kaybetti. Gözlerini açtığında, Azer, Sema'nın üzerine atlıyordu. Tahta parçalarının, döküntülerin, kan birikintilerinin arasında basamakların dibine kadar yuvarlandılar. Asıl savaş şimdi başlamıştı. Kollar, yumruklar, darbeler; ama tek bir çığlık, tek bir bağırtı yoktu. Sadece kin dolu bir inat. Hayatta kalmak için mücadele eden iki insanın öfkesi.

Azer ve Sema.

Uğursuz bir son.

Yüzükoyun yere kapaklanan Sema, tabancasını doğrultmaya çalışıyor, ama Azer ağırlığıyla onu eziyordu. Ensesine bastırarak onu hareketsiz hale getirdi ve bir bıçak çıkardı. Genç kadın son bir gayretle Azer'in elinden kurtuldu, ama bu kez de sırtüstü düştü. Adam üzerine çullandı ve bıçağını kadının karnına soktu. Sema boğuk bir ses çıkardı.

Bir kolu merdivenden aşağı sarkmış, sekinin üzerinde hareketsiz yatan Kutsi her şeyi görüyordu. Kavganın sonunu görmeden ölmek için dua ediyor, ama onlara bakmaktan da kendini alamıyordu.

Bıçak iniyor, kalkıyor, yeniden iniyordu, inatla vücudun derinliklerine ulaşmaya çabalıyordu.

Sema arkaya doğru yay gibi büküldü. Azer onu omuzlarından yakaladı ve yere yapıştırdı. Bıçağını yana doğru fırlattı ve kolunu taze yaranın içine soktu.

İsmail Kutsi ölümün bataklığına yavaş yavaş gömülüyordu.

Ölmeden birkaç saniye önce, ona doğru uzanan, kandan kıpkırmızı olmuş elleri gördü, ganimetini havaya kaldırmıştı.

Sema'nın kalbi Azer'in ellerindeydi.

Epilog

Nisan ayının sonunda, Doğu Anadolu'da, yükseklerdeki karlar erimeye başlar ve Toroslar'ın en tepesine, Nemrut Dağı'na kadar ulaşmayı sağlayan yol açılır. Turistik geziler henüz başlamamıştır ve sit alanı ıssızlığını hâlâ korumaktadır. Her görevin sonunda, adam taştan tanrıların yanına gitmek için hep bu zamanı bekliyordu.

Bir önceki gün, 26 nisanda, İstanbul'dan uçağa binmiş ve öğleden sonra Adana'ya inmişti. Birkaç saat havalimanının yakınındaki bir otelde dinlendikten sonra, kiraladığı bir arabayla, geceyarısı yola çıkmıştı.

Şimdi doğuya doğru, Adıyaman yönünde yol alıyordu, yaklaşık dört yüz kilometrelik bir yolu vardı. Çevresinde geniş otlaklar, uçsuz bucaksız ovalar uzanıyordu. Karanlıkta hafif hafif kımıldayan yumuşak dalgalardı sanki. Bu dalgalanmalar, saflığın, duruluğun ilk evresi, ilk aşamasıydı. Gençliğinde Eski Türkçe olarak yazdığı bir şiirin ilk mısrası geldi aklına:

Yeşil denizlerde dolaştım...

Saat 6.30'da, Gaziantep'i geçtikten sonra manzara değişti. Şafak sökmeye, Toroslar görünmeye başlamıştı. Yeşilin farklı tonlarındaki tarlalar yerini taşlı, çorak bir araziye bırakıyordu. Kızıl renkli, çıplak tepeler, sarp kayalar yükseliyordu. Uzaktan, kurumuş ayçiçeklerini andıran kraterler gözüküyordu.

Bu manzara karşısında, sıradan bir yolcu daima bir korkuya kapılır, nedensiz bir tedirginlik duyardı. Ama o, tam tersine, şafağın mavisinden çok daha güçlü, çok daha gerçekçi olan bu toprak rengi ve sarı tonlarını seviyordu. Orada kendi izlerini buluyordu. Bir demirci gibi onun bedenine şekil veren bu çoraklıktı. Saflığın, duruluğun ikinci aşamasıydı bu.

Şiirin devamını hatırladı:

Yeşil denizlerde dolaştım,
Taş duvarları, karanlık gözçukurlarını kucakladım...

Adıyaman'da durduğunda, güneş yeni yeni kendini hissettirmeye başlamıştı. Şehirdeki benzin istasyonunda, görevli ön camı temizlerken o depoyu doldurdu. Dağın yamaçlarına serpiştirilmiş bronz tonlarındaki evleri uzun uzun seyretti.

Ana cadde üzerinde yer alan Matak depolarını, işlenmek, konserve edilmek, sonra da ihraç edilmek için stoklanmış tonlarca meyvenin bulunduğu "kendi" depolarını gördü. Ama en ufak bir gurur duymadı. Bu tür sıradan tutkuları hiç olmamıştı. Buna karşılık dağa bu kadar yakın olmak, terasların yakınlarda bir yerde olması onu heyecanlandırıyordu...

Beş kilometre sonra, ana yoldan ayrıldı. Artık ne asfalt ne de yol tabelası vardı. Bulutlara kadar yılankavi bir biçimde uzanan, dağın içine oyulmuş bir patikadaydı. Artık doğduğu topraklara ulaşmıştı. Erguvan kırmızısı küçük tepeler, dikenli bitkiler, gri-siyah koyunlara rastlıyordu yol boyunca.

Kendi köyünü geçti. Başörtülü kadınlarla karşılaştı. Yüzleri bakır rengi kadınlarla. Annesi gibi geleneklerine ve dinine gönülden bağlı kaya gibi sert, ancak ürkek ve çekingen kadınlarla. Belki bu kadınların arasında kendi ailesinden kadınlar da vardı...

Biraz daha yukarıda, kepeneklerinin içine büzülmüş çobanlara rastladı. Yirmi beş yıl önce onların yerinde kendisinin oturduğunu düşündü. Palto yerine giydiği kalın yünden örülmüş kazağını hatırladı; kolları çok uzundu, ama her geçen sene geliştikçe kazağın kolları biraz daha kısalıyordu. Bu kazak onun takvimiydi bir anlamda.

Heyecandan parmak uçlarına kadar titriyordu. Babasının darbelerinden korumaya çalıştığı dazlak kafası geliyordu aklına. Koyunları otlatmadan dönerken büyük sepetlere doldurulmuş kuruyemişleri okşar gibi elleyişini; sonbaharda topladığı cevizlerin yeşil kabuklarının bütün kış boyunca avuçlarında bıraktığı lekeyi hatırlıyordu.

Şimdi bir sis bulutunun içine giriyordu.

Etrafındaki her şey beyaz, pamuksu ve nemli bir görünüm almıştı. Bulutların arasındaydı. Yol kenarlarında karlar vardı. Kum gibi, parlak ve pembe renkli farklı bir kar.

Yolun kalan son kısmını tırmanmadan önce lastiklerine zincir taktı, sonra yeniden yola devam etti. Yaklaşık bir saat kadar sarsılarak ilerledi. Kar yığınları gitgide daha parlak bir hal alıyordu. Saf ve duru yolun son aşamasıydı burası.

Kar kaplı yamaçları okşadım,
pembe renkli kum gibi serpiştirilmiş,
kadın bedenleri gibi şişmiş...

Sonunda, büyük kayanın dibindeki park alanını gördü. Ama üzerinde yer alan ve bir sis örtüsüyle kaplı dağın zirvesi görülmüyordu. Arabadan çıktı ve hayranlıkla çevresine baktı. Karın sessizliği bir kristal bloku gibi etrafa çökmüştü. Buz gibi soğuk havayı ciğerlerine teneffüs etti. Bulunduğu yerin yüksekliği iki bin metreden fazlaydı. Daha tırmanacak üç yüz metre vardı. Güç toplamak için iki çikolata yedi, sonra elleri cebinde yürümeye başladı.

Mayıs ayına kadar kapalı olan bekçi kulübelerinin bulunduğu yeri geçti, sonra kar tabakasının altından zorlukla görülen taşlardan oluşan yolu izlemeye başladı. Tırmanış gitgide zorlaşıyordu. Dik yamaca yaklaşmamak için biraz dolambaçlı bir yol izlemek zorundaydı. Yan yan ilerliyor, sol tarafındaki yamaçtan uzak duruyor, kayıp boşluğa uçmamak için büyük çaba harcıyordu. Ayaklarının altında karlar gıcırdıyordu.

Soluk soluğa kalmıştı. Vücudunun güçten düştüğünü, ama zihninin hâlâ uyanık olduğunu hissediyordu. Birinci terasa ulaştı –doğu tarafındakine– ama fazla oyalanmadı. Buradaki heykeller çok aşınmıştı. Sadece soluklanacak kadar bir süre "ateş sunağı"nın üstünde durdu: burası Toroslar'ı yüz seksen derecelik bir açıyla seyretme imkânı veren bronz yeşili taş bir platformdu.

Güneş, nihayet manzaraya şükran borcunu ödemeye başlamıştı. Vadinin dibinde, kırmızı lekeler, sarı haleler ve zümrüt yeşili boğazlar uzanıyor, eski krallıklardan kalma harabelerle dolu ovalar görülüyordu. Güneş ışığı dağın kraterlerine vuruyor, beyaz, titrek kar birikintilerini ağır ağır eritiyordu. Diğer taraflardaki karlar sanki çoktan buharlaşmaya, milyarlarca küçük pul halinde tozlaşıp uçuşmaya başlamıştı. Öte yandan güneş bulutlarla oyun oynuyordu, bir yüzdeki ifadeler gibi dağların tepeleri kâh gölgeleniyor kâh ışıklanıyordu.

Sözle anlatılamaz bir heyecan dalgası sardı tüm vücudunu. Bu toprakların "kendi" toprakları olduğunu ve kendisinin de bu güzelliğe, bu sonsuzluğa ait olduğunu biliyordu. Ufukta bir an dörnala ilerlemekte olan atalarının ordusunu görür gibi oldu; Anadolu'ya güç ve uygarlık getirmiş Türkleri.

Biraz daha dikkatle baktığında, onların ne insan ne de at olduğunu anladı, sadece kurtlardı ufukta gördüğü. Gümüş renkli kurtlardan oluşan bir sürü, topraktan yansıyan ışıkla karışıyordu. Kusursuz savaşçılar oluşturmak için ölümlülerle birleşmeye hazır, çok güzel kurtlar...

Yoluna devam etti, doğu yamacına doğru. Kar kimi yerlerde çok kalın, kimi yerlerde ise oldukça inceydi; ama hep yumuşaktı. Dönüp arkasına baktı, kendi ayak izlerine doğru; sanki sessizliğin içinde çözümlenmeyi bekleyen gizemli bir yazıydı bu izler.

Sonunda, taştan baş heykellerinin bulunduğu terasa ulaştı.

Beş taneydi. Her biri iki metre yüksekliğinde dev başlar. Başlangıçta bu başlar, bir tümülüsün tepesindeki dev heykellerin üstündeydi, ama çağlar boyunca yaşanan depremlerle hepsi devrilmişti. İnsanlar tarafından yerleştirilmişti tümü, sanki bir zamanlar omuzlarıyla dağa destek veren güçlü kuvvetli insanlar.

Tam ortada, hem Eski Yunan hem de Pers, melez tanrıların arasında ölmek isteyen Kommagene Kralı I. Antiohos'un heykeli yer alıyordu. İki yanında tanrıların tanrısı, yıldırımdan ve ateşten oluşan Zeus-Ahuramazda ile boğaların kanlarında insanları kutsayan Apollon-Mitra, başında başak ve meyveden oluşan taç bulunan krallığın bereket tanrıçası Tihe...

Güçlerine rağmen, bu yüzlerde dingin bir gençlik ifadesi vardı... İri, beyaz gözleri sanki hayallere dalıp gitmişti. Tapınağın bekçileri, aşınan üzerleri karla örtülmüş hayvanlar kralı Aslan ile göklerin hâkimi Kartal da, bu hoşgörü dolu kortejdeki yerlerini almıştı.

Henüz vakti gelmemişti; sis hâlâ çok yoğundu beklediği olayın gerçekleşmesi için. Atkısını biraz daha sıktı ve bu anıt mezarı inşa eden hükümdarı düşünmeye başladı. I. Antiohos. Hükümdarlık dönemi o kadar müreffeh olmuştu ki kendini çok şanslı addetti, hatta bir tanrı olduğunu iddia ederek, kendini bu kutsal dağın tepesine gömdürttü.

İsmail Kutsi, o da kendini bir tanrı olarak görüyor, insanların yaşamasının ve ölmesinin kendi elinde olduğuna inanıyordu: Ama en önemli şeyi unutmuştu; sadece dava için bir araç, Turan'a giden yolda bir halkaydı. Tüm bunları göz ardı ederek, hem kendisine hem de Kurtlar'a ihanet etmişti. Bir zamanlar savunduğu ilkeleri hiçe saymıştı. Yozlaşmış, güçsüz bir adam olup çıkmıştı. İşte bu yüzden Sema onu öldürebilmişti.

Sema. Dudakları acıyla kavruldu. Onu ortadan kaldırmayı başarmış, ama yine de zafer kazanamamıştı. Tüm bu av bir başarısızlıktan başka bir şey değildi, kurbanını, atalarının kurallarına uygun olarak onlara sunmak ancak onurunu kurtarabilirdi. Onun kalbini Nemrut Dağı'nın taş tanrılarına adamıştı; bu tanrıları, onların yüz hatlarını kurbanlarının suratlarına yontarak saygı göstermişti hep onlara.

Sis dağılıyordu.

Karın üzerine diz çöktü ve bekledi.

Birkaç saniye içinde sis kalkacak ve son bir kez dev başları sarmalayacak, kendi hafifliğiyle onları alıp götürecek, hareketliliğiyle onları cezbedecek; onlara hayat verecekti. Yüzler netliliğini, çizgilerini kaybedecek, sonra da karın üzerinde dalgalanmaya başlayacaktı. Bu durumda bir ormanı düşünmemek imkânsızdı. Onları ilerlerken görmemek imkânsızdı. İlk heykel Antiohos, sonra Tihe ve ardından da diğer Ölümsüzler, buzdan yükselen buharla sarmalanan, okşanan ve dumana boğulan heykeller. Sonunda dudakları aralanacak ve sözcükler dökülecekti.

Çocukken sık sık bu mucizeye tanık olmuştu. Onların mırıldanmalarını hep duymuş, onların konuştukları dili daima anlamıştı. Burada, bu dağın eteklerinde doğmamış olanlar için anlaşılmaz, tuhaf bir şeydi bu.

Gözlerini kapattı.

Dev heykellerin ona bağışlayıcılığını bahşetmesi için dua ediyordu. Ayrıca tanrılardan bir yanıt da bekliyordu. Onun geleceğini belirleyecek sözler arasından gelecek sözcükler. Bu taştan akıl hocaları ona bugün bir şeyler fısıldayacak mıydı?

– Kımıldama.

Adam bir anda donup kaldı. Önce bunun bir halüsinasyon olduğunu sandı, ama şakağında bir silahın namlusunun soğukluğunu hissetti. Ses Fransızca olarak yineledi:

– Kımıldama.

Bir kadın sesiydi.

Kafasını çevirdi ve üzerinde bir parka ile siyah renkli dar bir pantolon bulunan uzun boylu bir siluet gördü. Siyah saçları, beresinin altından omuzlarına dökülüyordu.

Şaşırmıştı. Bu kadın onu buraya kadar nasıl izlemiş olabilirdi?

– Kimsin sen? diye sordu, Fransızca olarak.

– Adımın bir önemi yok.

– Seni kim yolladı?

– Sema.

– Sema öldü.

Kendi hac yerinin mahremiyetine bu şekilde tecavüz edilmesini kabullenemiyordu. Kadın devam etti:

– Ben, Paris'te hep onun yanında olan kadınım. Polisten kaçmasını, belleğine yeniden kavuşmasını, sizinle hesaplaşması için Türkiye'ye gelmesini sağlayan kadın.

Adam kafasını salladı. Evet, en baştan beri, bu hikâyede eksik bir halka vardı. Sema, bu kadar uzun süre kaçamazdı; yardım almış olmalıydı. Dilinin ucuna gelen bir soruyu sormaktan çekinmedi:

– Uyuşturucu, o nerede?

– Bir mezarlıkta. Ölülerin küllerinin konduğu urnaların içinde. "Gri tozların arasında bir miktar beyaz toz..."

Adam yeniden kafasını salladı. Sema'nın alaycı tavırlarını gayet iyi biliyordu, hep bir oyun gibi bakmıştı.

– Beni nasıl buldun?

– Sema bana bir mektup yazmıştı. Orada her şeyi anlatmış. Kökenini. Eğitimini. Uzmanlık alanını. Bana eski dostlarının –bugünkü düşmanlarının– adlarını da vermiş.

Kadının konuşmasındaki farklı vurgu, son heceleri söyleyişindeki tuhaflık dikkatini çekti. Bir an heykellerin beyaz gözlerine baktı, henüz uyanmamışlardı.

– Neden bu işe karıştın? diye sordu. Hikâye sona erdi. Senin için de.

– Çok geç geldim, bu doğru. Ama hâlâ Sema için yapacak bir şeyler var.

– Ne?

– Senin korkunç emellerine engel olmak.

Adam gülümsedi ve kendine çevrilmiş namluya rağmen ona arzulu gözlerle baktı. Çok esmer, çok güzel, uzun boylu bir kadındı. Solgun, hafif çökmüş yüzünde kırışıklıklar vardı, ama bu izler güzelliğini azaltmak yerine onu daha çekici kılıyordu. Bu görüntü karşısında nefesi kesilir gibi oldu. Konuşan yeniden kadın oldu:

– Üç kadının öldürülmesiyle ilgili olarak Paris gazetelerinde çıkan yazıları okudum. Senin bu kadınların yüzlerinde ve bedenlerinde açtığın yaraları inceledim. Ben psikiyatrım. Senin bu takıntıların, kadınlara olan öfken hakkında çok karmaşık tıbbî terimler söyleyebilirim. Ama neye faydası olur ki? Adam, kadının onu öldürmeye geldiğini anlamıştı, sırf onu öldürmek için buraya kadar izini sürmüştü. Bir kadının elinden ölmek; işte bu imkânsızdı. Bütün dikkatini taş kafalarda yoğunlaştırdı. Güneş ışıkları yakında onlara hayat verecekti. Bu taş devler ona nasıl davranması gerektiğini fısıldayacak mıydı?

– Ve beni buraya kadar izledin, öyle mi? diye sordu, zaman kazanmak için.

– İstanbul'da, şirketinin merkezini bulmakta zorlanmadım. Er veya geç buraya geleceğini biliyordum, hakkında çıkartılan tutuklama tezkeresine ve içinde bulunduğun duruma rağmen. Korumalarınla çevrili bir halde ortaya çıktığında, artık seni gözden kaçıramazdım. Günlerce seni izledim, gözlemledim. Ve sana yaklaşmak için en ufak bir şansım olmadığını anladım ve seni beklemediğin bir anda yakalamak için de...

Sözlerindeki tuhaf kararlılık dikkati çekiyordu. Demek onun için bu kadar önemliydi. Kadına bir kere daha baktı. Nefesinden çıkan buharın arasından, başka bir ayrıntı dikkatini çekti. Soğuktan hafifçe morarmış kıpkırmızı dudakları. Birden bu renk, kadınlara olan öfkesini daha da şiddetlendirdi. Diğerleri gibi o da bir fahişeydi. Kendinden emin, günaha eğilimli bir kadın...

– Ama bir gün mucize gerçekleşti, diye devam etti kadın. Bir sabah, saklandığın yerden çıktın. Yalnızdın. Havalimanına gittin... Senin yaptığını yapmaktan, Adana için bilet almaktan başka çarem yoktu. Yasadışı laboratuvarlarını veya bir eğitim kampını ziyarete gittiğini düşünüyordum. Ama neden yalnız gidiyordun? Ailen aklıma geldi. Ama bu senin tarzın değildi. Senin tek bir ailen vardı, o da bir kurt sürüsüydü. Öyleyse nereye gidiyordun? Sema, mektubunda seni Doğu'dan, Adıyaman bölgesinden gelmiş, takıntı derecesinde arkeolojiyle ilgilenen bir avcı olarak tanımlıyordu. Uçuş saatini beklerken, bazı haritalar ve gezi rehberleri satın aldım. Nemrut Dağı sit alanını ve heykelleri gördüm. Heykellerin yüzlerindeki çatlaklar, kırıklar bana parçalanmış, doğranmış yüzleri hatırlattı. Bu heykellerin sana model oluşturduğunu anladım. Çılgınlığını hayata geçirmeyi sağlayan bir model. Bu ulaşılması güç tapınağa kendini toparlamaya gidiyordun. Deliliğinle yüz yüze gelmeye.

Adam sakinleşmişti. Evet, her geçen dakika bu kadının azmine hayran oluyordu. Onu kendi toprağında takip etmeyi başarmıştı.

Hac bölgesine kadar gelmiş, onu faka bastırmıştı. Belki de onu öldürmeye layık tek insandı...

Yeniden heykellere baktı. Şimdi beyazlıkları güneşin altında parlıyordu. Ona hiç bu kadar güçlü –aynı zamanda da uzak– görünmemişlerdi. Suskunlukları bir onaylamaydı. Kaybetmişti; artık onlara layık değildi.

Derin bir nefes aldı ve başıyla heykelleri işaret etti:

– Bu mekânın gücünü hissediyor musun?

Hâlâ dizlerinin üstündeydi, yerden bir avuç kar aldı ve elinde ufaladı:

– Buradan birkaç kilometre uzakta, vadide doğdum. O dönemde bu bölgede tek bir turist bile yoktu. Bu terasa yalnız kalmak için gelirdim. Bu heykellerin dibinde güç ve ateş hayalleri kurardım.

– Kan ve cinayet de.

Gülümsedi.

– Büyük Türk imparatorluğunun yeniden kurulması için çalışıyoruz. Irkımızın Doğu'daki üstünlüğü için mücadele veriyoruz. Çok yakında, Orta Asya'daki sınırlar yok olacak. Hepimiz aynı dili konuşuyoruz ve aynı kökten geliyoruz. Hepimiz Asena'nın, Dişi Kurt'un soyundanız.

– Çılgınlığını bir mitosla besliyorsun.

– Bir mitos efsaneye dönüşmüş bir gerçektir. Bir efsane de gerçeğe dönüşebilir. Kurtlar geri döndü. Kurtlar Türk halkını kurtaracaktır.

– Sen bir katilden başka bir şey değilsin. İnsanların hayatına değer vermeyen bir cani.

Güneşe rağmen, adam kendini soğuktan uyuşmuş, felç olmuş gibi hissediyordu. Sol tarafını, rüzgârın etkisiyle havalanan karların olduğu yeri gösterdi:

– Eskiden, diğer terasta, savaşçılar Apollon-Mitra adına boğa kanıyla kutsanırlarmış. Sizin vaftiziniz –Hıristiyanların vaftizi– bu geleneğe dayanır. Doğru yolu gösteren kandır.

Kadın serbest eliyle gözlerinin önüne düşen saçlarını çekti. Soğuk gittikçe artıyordu, ama bu coğrafyanın görkemi de her an biraz daha gözler önüne seriliyordu. Tabancanın horozunu kaldırdı.

– Evet, seni artık neşelendirmenin zamanı geldi. Çünkü birazdan kan akacak.

– Bekle.

Adam hâlâ onun bu cesaretinin, bu sebatının nedenini anlamıyordu.

– Kimse böyle bir tehlikeyi göze alamaz. Özellikle de birkaç gün önce tanıştığı bir kadın için. Sema, senin için ne ifade ediyordu?

Bir an tereddüt etti, sonra başını hafifçe yana eğdi:

– Bir dost. Gerçek bir dost.

Söylediği bu kelimeler kadını gülümsetti. Tapınağın alçakkabartmaları üzerinde beliren ve bütün gerçekleri doğrulayan kırmızı, içten bir gülümseme.

Belki de o, sadece o, burada gerçekten kaderini oynuyordu. En azından, ondan başkası oynamıyordu.

Bu eski freskler içinde her ikisi de doğru yerini bulmuştu. Adam bütün dikkatini bu parlak ve kusursuz dudaklara vermişti. Annesinin, parlak rengini koruması için saplarını yaktığı yabanî haşhaşları düşündü.

45'liğin namlusundan çıkan mermi vücuduna girdiğinde, en azından böyle bir gülümsemenin gölgesi altında ölmekten mutlu olduğunu biliyordu.